한글개정판
구비문학개설

|한글개정판|

구비문학개설

口碑文學槪說

장덕순 조동일
서대석 조희웅 지음

일조각

| 한글개정판 | 머리말

『구비문학개설』을 출간한 지 어언 35년이 지났다. 그동안 대표 저자였고 필자들의 스승이셨던 성산城山 선생이 타계하신 지도 10년이 되었다. 공동 저자 중 조동일은 이미 정년퇴직을 하였고 서대석과 조희웅은 몇 년 안에 정년을 맞게 되었다. 이처럼 저자들이 늙어가는데도 이 책은 거의 초판 간행 당시의 모습 그대로 오늘날까지도 강의 교재로 쓰이고 있다. 그 사이 구비문학의 학문적 성장은 실로 놀라운 것이었다. 한국정신문화연구원에서 구비문학 전국 조사가 이루어져 82권의 『한국구비문학대계』가 간행되었고 한국구비문학회가 결성되어 『구비문학연구』라는 학회지 지령誌齡이 21호에 이르렀다. 연구논문이 축적된 것도 수천 편을 상회한다. 또한 구비문학 개설서들도 여러 권 출간되었다. 이러한 학계의 학문적 성과를 반영하여 벌써 개정했어야 마땅한 일이지만 저자들이 다른 일에 골몰하여 차일피일 미루다가 오늘에 이르게 되었다. 실로 부끄럽기 짝이 없는 일이다.

그러나 『구비문학개설』은 아직까지도 구비문학론의 강의 교재로서 많이 쓰이고 있고 지금까지 출간된 개설류 중 구비문학 전반의 강의 요목要目을 두루 갖추고 있어 학부생을 위한 안내서로서 의의가 살아 있는 책이라고 생각한다.

구비문학에 대한 전체적 윤곽을 소개하는 학부 강의에서는, 세부 분야에서 이루어진 학문의 성과까지 모두 반영하기는 어렵다. 또한 구비문학의 연구방법이나 자료의 분류 및 기능 등과 같은 원론적 문제는 비록 30여 년의 세월이 지났다고 해도 크게 바뀌는 것은 아니다. 이런 점에서 이 책은 아직까지 학부의 강의 교재로서 생명력이 있는 책이라고 생각한다. 그래서 구태여 이 책을 증보하여 개정하기보다는 한국 구비문학에 대한 최근까지의 연구 성과를 단행본 중심으로 정리하여 참고문헌으로 수록하고, 부록으로 수록된 참고자료를 바꾸는 것으로 개편 방향을 정하게 되었다.

지금껏 『구비문학개설』을 교재로 쓰는 데 가장 큰 불편은 본문에 한자가 지나치게 많이 노출되어 있어 학생들이 읽기에 어려움이 많다는 것이다. 그래서 본문에 노출된 한자 어휘만이라도 되도록 한글로 바꾸고 꼭 필요한 한자는 병기하는 것이 좋겠다는 견해가 강의 담당자와 출판사 측에서 제기되었다. 마침 최원오 박사가 강의를 하면서 이 책의 본문을 한글로 바꾸어 입력한 디스켓을 저자에게 전달하였기에 출판사와 상의하여 본문의 한자를 한글로 처리하게 되었다. 본문의 내용은 수정하지 않고 한글 전용으로 의미의 혼란을 줄 수 있는 어휘에 국한하여 한자를 병기하고 잘못된 어휘와 오자·탈자를 바로잡았을 뿐이다. 또한 각주들 중에 요건과 격식을 갖추지 못한 것이 많아서 이를 보충하였다.

이 책 머리말에서 밝힌 바와 같이 참고자료 편은 대부분 필자들이 1960년대 말 서울대학교 문리과대학 국어국문학과 학술답사를 하면서 현지에서 채록한 자료를 수록한 것이었다. 본래 개설서에 자료편을 두는 것은 자료 분류체계에 따른 자료 소개로서 의의를 가진다고 본다. 이는 구비문학 자료 강독 강의가 별도로 개설되지 않더라도 자료편을 참고하여 구비문학 작품세계를 학생들에게 알게 하는 의의를 갖기 때문이다. 그런데 원 저서에서는 자료편이 체계를 갖추어 배열되지 않았고 대표성도 없었으며 또한 빈약하였기에 이를 새롭게 보강하였다. 각 장르별 분류체계에 맞추어 대표적 한국유형을 두루 수록하려고 하였다. 그러나 지면관계로 장르에 따라서는 선만 보이는 데 그친 분야도 있고 속담과 수수께끼는 본문에 인용된 자료가 있고 대표성을 가지는 자료를 별도로 선정하기도 어려워 제외하기로 하였다.

참고문헌은 지금까지 국내외에서 이루어진 구비문학 연구 성과들 중에서 단행본으로 간행된 것만을 분야별로 정리하였다. 그러나 모든 연구 성과를 완벽하게 수집·정리한 것이 아니기에 누락된 업적이 많으리라고 생각한다. 지금까지 이 책을 교재로 채택하여 주신 선생님들께 감사드리며 이 책이 아무쪼록 구비문학에 입문하는 학생들에게 좋은 길잡이가 되기를 바라 마지않는다.

2006년 2월 24일
저자 일동

머리말

어렸을 때의 일이다. 이야기 잘하고 놀기를 좋아하는 집안 아저씨가 수수께끼를 내 놓고 대답을 하란다.

"먼 산 보고 절하는 것이 뭐냐?"

나는 대뜸,

"발방아"

라고 대답했다. 아저씨는 또 물었다.

"하늘 보고 주먹질하는 것은?"

"절굿공이"

나는 모두 맞았을 것이라고 자신을 갖고 있었다. 그러나 아저씨는,

"모두 틀렸어!"

라고. 나는 틀린 이유를 몰랐다.

"광 속에 자빠져 있는 절굿공이도 하늘 보고 주먹질하니?"

아저씨의 이 말을 듣고 나는 깨달았다. '절구질을 할 때의 절굿공이'라는 것을, 그리고 발방아도 방아를 찧을 때에야 절하는 동작을 나타내고 있다는 것도 깨달았다.

나는 구비문학을 강의할 때마다 어렸을 때의 기억이 늘 머릿속에 되살아나곤 한다. 이 동적動的인 상태가 민속학이나 구비문학에서 중요시하고 있는 전승傳承과 깊은 연관성이 있기 때문이다. 현지조사를 할 때마다 느끼는 것이 바로 전승의 신비이다. 태초太初의 사고思考를 촌부村婦 어옹漁翁의 신앙에서 오늘도 실감할 수 있고, 아득한 옛날의 이야기와 노래를 그들의 입에서 직접 현대문명의 이기利器인 녹음기에 연결시킬 수 있다는 것은 전승이 태고太古와 오늘을 연결시켜 주고, 또 공존할 수 있게 하는 것이다. 예와 오늘은 단절된 것이 아니요, 옛 것은 한갓 정지되어 있는 사물死物이 아니다. 구비전승의 문학적 고찰이 가능한 것도 여기에 연유되는 것임은 말할 것도 없다.

'먼 산 보고 절하는 방아'나 '하늘 보고 주먹질하는 절구'도 이젠 도회都會에서는 볼 수 없게 되었다. 농촌에서는 아직도 남아 있으나, 정미소가 방방곡곡에 들어서면 머지않아 우리 관습에서 사라져 버리고 말 것이다. 그러나 이 소박한 수수께끼가 구비전승의 자료로 채록되고 그 문학적 고구考究가 문자화하면 먼 뒷날, 우리의 후손들은 '하늘'과 '산'을 인식하듯이 이것을 불멸의 고전으로 소중히 여길 것이다.

다시 동심童心을 회고해 보자. 나는 '하늘 보고 주먹질'하는 그 버릇없는 절굿공이를 미워하면서도 '먼 산 보고 절하는 방아'를 귀엽게 생각했다. 동심 속엔 벌써 '하늘'과 '산'에 대한 외경畏敬의 염念이 싹텄던 것이다.

'하늘은 아버지, 땅은 엄마, 해는 누나, 달은 언니 그리고 나는 별'이라는 동심은 곧 신화요 또 시원始原의 사고인 것이다. 어느 민족의 천지창조天地創造 신화를 보더라도 모두 이런 인본주의人本主義 사상으로 구성되어 있다. 동심에 신화가 있고 신화에 종교, 철학 그리고 문학이 있다. 동요나 민요에도 우주의 섭리가 소박 진솔하게 내포되어 있고 인류의 심성이 강렬하게 메아리치고 있다. 구비문학은 정녕 이런 세계에 파고들어 가야 할 사명을 지니고 있는 것이다.

구비전승에 관심을 갖고 공부를 시작한 지도 어언 10여 년이 되었다. 1960년대 초기에 서울대학교 문리과대학 국어국문학과에 비로소 구비문학과 설화문학 강의가 마련되었다. 나는 이 강좌를 오늘까지 계속하면서 문헌에서 또는 현지조사에서 구비口碑의 자료를 수집 정리하느라고 애를 써왔다. 강의와 자료의 수집은 주로 나와 제자가 공동으로 한 셈이다. 처음 시도된 강의 내용의 빈약을 풍부한 자료로 메우고 또 제자들의 의욕적인 학구열로 점점 향상시켰다. 그 결과 작년에 『한국설화문학연구』라는 변변치 않은 저술을 내놓게 되었다. 이 작업도 오로지 사제동행師弟同行의 결실에서 얻어졌음은 그 서문에서 밝힌 바 있다.

이제 상재上梓하게 된 『구비문학개설』은 명실 공히 나에게서 이 강의를 들으며 이론과 자료를 공동으로 연구한 제자들의 노고와 예지로써 엮어진 것이다. 조동일趙東一・서대석徐大錫・조희웅曹喜雄의 세 석사는 학부에서 고전문학을 전공하고 각각 대학원에서 구비문학을 연구한 나의 제자들이다. 이젠 각 대학에서 강의를 맡으면서 중후重厚한 학풍學風 확립에 헌신하고 있는 소장학자들이다. '청출어람青出於藍'이란 말은 정녕 이들과 나를 두고 하는 말 같다. 구비문학의 이론적인 저술이 우리 학계에 절실히 요청되고 있음을 느끼고 나는 이들과 의논하였다. 무엇보다도 제자들과의 공저가 스승으로서는 최고의 보람이요 영광이라고 생각했기 때문이다. 다음은 나 혼자의 저술로서는 벅차기도 하거니와 역시 젊은 학구의 패기 있는 정열이 독자에게 더 큰 감명을 주겠기 때문이다.

그러나 이 작업은 우리 학계에서는 처음 시도되는 일이기 때문에 공동연구의 결과라 해도 미흡한 데가 많으리라는 것을 인정한다. 여기 간단히 저작의 태도와 그 방법에 대해 변명 삼아 이야기해 둘 의무를 느낀다. 이 변辨이 우리의 역부족과 방법의 조잡을 솔직히 고백하는 것도 되기 때문이다.

첫째, 각 분야의 집필은 전공에 따라 분담했으나, 그 원고는 우리 넷이 돌려가며 읽고, 고치고, 보완하고 그리고 합동토론도 하느라고 했다. 원고가 예정보다 늦어지고 출판이 늦어진 것도 여기에 이유가 있다.

둘째, 각 분야의 집필내용에 대해서 간단히 변명해 두겠다.

1) 구비문학 총설은 우리 일동의 연구 입장을 밝히면서 한국의 구비문학 확립을 강조하느라고 노력했고,

2) 설화 분야에서는 국내외의 연구방법과 그 업적을 가급적이면 광범하게 소개하려고 애썼다. 그것은 설화의 연구는 세계적으로 활발히 전개되고 있으며, 이것은 우리의 자료 연구에도 참고가 되어, 정중와격井中蛙格인 학문태도를 탈피해야 하겠다는 노파심에서이기도 하다.

3) 민요 분야는 지금까지 국내 연구에서 진일보進一步해 보려는 만용이 있어서 새로운 각도에서 제 나름으로의 창의적인 체계화를 시도해 보았다.

4) 무가와 판소리는 자료 정리에 주력하면서, 특히 무가의 경우는 지금까지 주로 민속적 고찰에서 답보하고 있는 것을 대담하게 문학적인 면으로 승화시키려고 애써 보았고,

5) 민속극 역시 희곡, 곧 문학으로서의 가면극의 체계화를 시도해 보았다.

6) 속담 · 수수께끼는 불행히도 우리 저자 중에 전공자가 없었다. 그렇다고 구비문학을 운위云謂하는 데에서 뺄 수도 없는 귀중한 민중문예이기 때문에 용기를 내어서 여기에 넣었으나, 특히 속담은 이 방면의 기존업적에 의존하여 그야말로 개설적 서술에 그치고 말았다. 이 방면의 많은 연구가 요청된다는 것을 이번 기회에 새삼 느끼게 되었다. 수수께끼 역시 앞으로의 연구에 큰 기대를 걸어 보아야겠다. 옛날의 소박한 수수께끼와 요새 출현한 기발한 퀴즈는 고금을 통한 민중의 예지叡智가 잘 나타나 있기 때문이다.

7) 끝으로 자료편(현 참고자료)은 과거에 시도한 간접적 수집에서 벗어나서, 실제로 현지조사에서 화자나 창자의 육성을 들을 수 있을 정도로 정리해 보려고 노력했다. 욕심 같아서는 민요 같은 것은 채보까지 제공해 볼까 했으나, 인쇄를 비롯한 제반 사정이

허락지 않아 이번 기회에는 뜻대로 되지 않았다. 여기 실린 자료는 「봉산탈춤」 대사를 제외하고는 모두 우리가 직접 수집한 것이다. 「봉산탈춤」 대사는 외우畏友 이두현 박사가 수집한 것인데 그 귀한 자료를 제공해 주신 데 대해 삼가 감사한다.

끝으로 이 책을 출판해 준 일조각의 한만년韓萬年 사장에게 감사하며 편집위원 여러분의 노고에 대해서도 충심으로 감사한다.

1971년 10월 30일

장덕순張德順

차례

제1장 서론

제2장 설화

제3장 민요

제4장 무가

제5장 판소리

제6장 민속극

제7장 속담

제8장 수수께끼

제9장 구비문학에서 기록문학으로의 이행

제10장 구비문학의 현지조사

제1장 서론

I 구비문학의 개념

1. 구비문학이라는 용어

구비문학口碑文學 oral literature, littérature orale, mündliche Dichtung은 '말로
된 문학'을 의미하고 '글로 된 문학'인 기록문학written literature, littérature écri-
te, schriftliche Dichtung과 구별된다. 구비문학을 구전문학口傳文學이라고도 한
다. 구비와 구전은 대체로 같은 뜻이나, 굳이 구별하자면 구전은 '말로 전함'을
뜻하는 데 그치나, 구비는 '대대로 전하여 내려오는 말'이라 할 수 있기에,[1] 구
전문학보다 구비문학이 더 적절한 용어라고 생각한다. 아울러 구비문학이 이
미 학술 용어로서 널리 쓰이고 있는 점도[2] 고려하여, 이 책에서는 '구비문학'으

---

1 이희승, 『국어대사전』(민중서관, 1961). 『사원辭源』(상무인서관商務印書館, 1923)에서는 '구전
口傳'을 '猶口授也'로, '구비口碑'를 '人口所傳誦者也'라고 각각 풀이하고 있다. '구비'의 어원은
말로 된 비석, 즉 "비석에 새긴 것처럼 오래도록 전하여 온 말"(『국어대사전』)이다.
2 1961년 서울대학교 문리과대학에서 '구비문학론'을 개강한 이래, 여러 대학에서의 강좌명에 구
비문학이라는 용어가 사용되고 있다. 『한국문화사대계』 V(고려대학교 민족문화연구소, 1967)에서
도 '구비문학사'란 용어를 사용했다.

로 용어를 고정시켰다.

구비문학을 유동문학流動文學 · 적층문학積層文學 등으로 부르기도 한다. 이런 용어들은 구비문학이 지닌 한 가지 특징, 즉 구비문학은 계속 변하며 그 변화의 누적으로 개별적인 작품들이 존재한다는 특징을 적절하게 지적하기 때문에 '구비문학'의 한 측면을 대신할 수 있으나 포괄적인 의미로 쓰기에는 미흡하다고 본다.

한편 구비문학을 민속문학民俗文學이라 부르기도 한다. 구비문학을 민속학적인 관점에서 다룬다면, 민속문학이라는 용어가 편리할 것이다. 그러나 이 책에서는 구비문학을 문학 연구의 관점에서 다루고자 하기 때문에 민속문학이라는 용어는 우선 피하기로 했다. 이와 같은 방법을 취하는 이유는 다음 절에서 밝히겠다.

2. 말로 된 문학

문학은 언어예술言語藝術이다. 문학이 예술이라는 점에서는 음악이나 미술과 같으나, 언어로 되어 있다는 점에서는 문학이 음악이나 미술과 다르다. 언어는 형체(미술의 수단)와 달리 시간적인 것이며, 음(음악의 수단)과 달리 반드시 의미를 갖는다. 그러므로 언어예술은 시간적인 의미예술意味藝術이라고 규정할 수 있다.

구비문학이든 기록문학이든 언어예술 또는 시간적인 의미예술이라는 점에서는 동일하다. 구비문학은 문학이 아닌 듯이 생각하는 견해도 있는데, 이는 타당성이 없는 견해다. 구비문학이 구비전승(예컨대 욕설이나 명명법命名法 등)과 구별될 수 있는 유일한 기준은 예술이라는 점이다. 기록문학이 문학이 아닌 기록과 구별될 수 있는 유일한 기준이 예술이라는 사실과 동일한 현상이다.

'문학'이나 'literature'는 어원적으로 문자 활동을 의미하나, 문학의 본질은
이런 어원적인 뜻에 구애되지 않는다.

언어는 원래 말로서 존재하지, 글로서 존재하는 것은 아니다. 말을 고정시키
기 위해서 글이라는 수단이 생겨났어도, 글은 어디까지나 말을 보조하는 구실
을 하는 데 그친다. 글이 없는 말은 있어도 말이 없는 글은 있을 수 없다. 말로
된 문학인 구비문학과 글로 된 문학인 기록문학의 관계는 말과 글의 관계에 비
추어 생각할 때 분명해진다. 구비문학은 기록문학보다 원초적이며 기본적인
문학이다. 기록문학의 역사는 구비문학의 역사에 비해서 현저히 짧으며, 구비
문학을 바탕으로 하지 않고서는 기록문학이 시작될 수 없었다. 기록문학이 시
작된 후에도 전혀 기록을 필요로 하지 않는 구비문학은 얼마든지 있을 수 있으
나, 창작이나 전달이 말과는 아무 관계 없이 글로만 이루어진 기록문학의 작품
은 상상하기 어렵다. 따라서 기록문학이 아무리 발전되거나 풍부해진다 해도
문학을 기록문학으로 한정할 수는 없다. 문학이라면 기록문학을 연상하는 태
도가 널리 퍼져 있다. 이는 마치 글로 써 놓은 것만이 언어라고 생각하는, 또는
글로 써 놓은 것만이 언어학의 연구 대상이라고 생각하는 것과 같은 비과학적
인 태도이다.

언어예술은 시간예술時間藝術이라고 했는데, 순수한 의미의 시간예술은 구
비문학이다. 글은 말을 고정시킨 것인데, 고정시켰다 함은 무엇보다도 말이 지
닌 시간성을 고정시켰다는 뜻이다. 말은 들리면서 없어지나 글은 보이면서 없
어지지 않는다. 구비문학의 작품은 들리면서 없어지나 기록문학의 작품은 보
이면서 없어지지 않는다. 그렇다고 해서 기록문학의 작품이 그림을 보듯이 한
꺼번에 볼 수 있다는 것은 아니다. 차례대로 보아(읽어) 나가야 하나 본(읽은)
뒤에도 그대로 남아 있다는 뜻이다. 따라서 시간예술이라는 본질은 변함이 없
으나, 일회적이지는 않다는 뜻이다.

'말로 된 문학'은 자세히 살펴본다면 세 가지 뜻이 있다. ① 말로 존재하고, ② 말로 전달되고, ③ 말로 전승된다는 뜻이다. 구비문학은 말로 존재하기 때문에 시간적이며 일회적이다. 그것이 거듭 말해진다면 이미 다른 작품이 된다. 말로 전달되기에 말하는 사람과 듣는 사람이 대면할 수 있는 범위 안에서만 전달이 가능하며 대량 전달은 원칙적으로 불가능하다. 말로 전승된다는 것은 말로 들은 바가 기억되다가 다시 말로 나타난다는 뜻이고, 그러기에 구비문학에서 그대로의 보존은 불가능하고 다만 전승이 가능할 뿐이다. 전승은 반드시 변화를 내포한 보존이다.

3. 구연되는 문학

구비문학을 말로 나타내려면 일정한 격식이 필요하다. 억양을 위시한 여러 가지 음성적 변화가 있고, 말하는 사람은 표정과 몸짓을 사용하며, 말하는 데는 구체적인 상황이 있다. 어떤 상황 속에서 음성적 변화·표정·몸짓 등을 사용하여 문학 작품을 말로 나타내는 것을 구연口演 oral presentation이라고 한다면, 구비문학은 반드시 구연되는 문학이다. 기록문학의 작품도 구연될 수 있으나, 기록문학에서는 구연이 필수적 여건은 아니며, 오직 가능한 전달방식의 하나일 뿐이다. 그러나 구비문학으로서는 구연이 필수적인 존재 양상이다.

구비문학의 구연에서는 음성적 변화·표정·몸짓 등으로 이루어진 구연방식이나 구연상황이 문학적 표현의 목적에 맞도록 일정하게 조직되어 있다. 그러기에 구연은 일상적인 말을 하는 현상과는 다르며, 또한 구연방식이나 구연상황이 구비문학의 종류나[3] 장르에 따라 선명하게 달라진다. 노래로 하는 구연

---

3 종류는 장르 구분과 다른 기준에서 구비문학을 나눈 것으로 관습적인 기준 등이 있다. 민요·노동요·길쌈노동요 등은 모두가 장르가 아닌 종류들이고, 서정민요·서사민요 등이 장르다.

방식도 있고, 노래가 아닌 구연방식도 있다. 표정과 몸짓이 특히 중요시되는 구연방식도 있고, 그렇지 않은 구연방식도 있다. 그리고 특정한 구연상황을 필요로 하는 장르도 있고, 그렇지 않은 장르도 있다. 뿐만 아니라 같은 장르나 같은 유형類型 type의 구비문학이라고 하더라도 구연자口演者에 따라 또는 구연의 기회에 따라 구연방식이나 구연상황이 달라진다.

구연만 두고 본다면 구비문학의 전부 또는 그 중 특히 몇 가지는 문학이 아닌 듯이 생각되기 쉽다. 구연방식이 노래인 것들(민요·무가·판소리)은 음악일 듯이 생각된다. 물론 이들은 음악이다. 그러나 어디까지나 음악이면서 문학이다. 노래라 해도 전혀 음악이기만 한 것은 아니다. 음악학의 입장에서 본다면 문학이 부수적일 수 있겠지만, 문학 연구의 입장은 이와 다르다. 음악은 문학을 나타내는 구연방식에 불과하기에 구연방식 그 자체만을 따로 논구論究할 필요는 없다는 것이 문학 연구의 입장이다. 특히 표정이나 몸짓이 중요시되는 구연방식을 택하는 것들 중에는 연극도 있다. 그러나 구연방식이 연극이라 하더라도 문학임에는 변함이 없다. 무가는 굿이라는 특수한 구연상황을 떠나서는 존재할 수 없는 것이지만, 굿 자체는 결코 문학적인 무엇은 아니다. 그러나 어떠한 상황에서 구연되든 무가는 문학이다.

구비문학의 작품이 문자로 정착되면 구연은 사라지고 만다. 문자라는 수단은 구연을 정착화할 능력을 갖지 못하고 오직 사설(음성적 변화마저 제외된 말 자체)만 정착시킬 수 있을 뿐이다. 따라서 문자로 정착된 구비문학은 엄밀한 의미에서 이미 구비문학이 아니다.

4. 공동작의 문학

구비문학에서 구연은 단지 있는 것만의 전달이 아니고 창작이기도 하다. 구연은 들어서 기억하고 있는 것을 말로 나타내는 행위인데, 구연자는 아무리 자기가 들은 대로 말하려고 해도 결과는 불가피하게 달라지게 마련이며, 실제로는 들은 대로만 말하려는 의도는 거의 없다. 들은 대로의 윤곽에다 구연자는 자기대로 보태기도 하고 고쳐 넣기도 해서 구연한다. 보태고 고치는 것은 구연자대로의 개성이나 의식에 따라 결정되니, 개변改變이 무의식적으로 이루어지든 의식적으로 시도되든 창작으로서의 성격을 지닌다. 실제로 구연된 하나하나의 작품을 각편各篇 version이라고 한다면, 모든 각편은 반드시 서로 다르다. 모든 각편이 서로 다른 이유 중에서 구연자의 개성적 차이가 가장 큰 비중을 차지한다.[4]

그러나 구연은 공동적인 창작에 참여하는 행위이기도 하다. 구연자는 구연을 통해서 다른 사람으로부터 들은 바를 자기의 창작을 보태서, 자기대로 재현하여 다시 새로운 구연자에게 넘겨준다. 새로운 구연자는 이를 받아서 같은 행위를 되풀이한다. 구연에서 개인적인 창작은 개인적인 창작으로 그치기도 하지만, 공동적인 창작으로 누적되기도 한다. 개인의 특수한 의식에서 나온 창작일수록 개인작個人作에 그칠 가능성이 크지만, 개인이 보다 공동적인 의식을 가지고 한 창작일수록 공동작共同作으로 통용될 수 있는 가능성이 크다. 모든 각편들은 서로 다르지만, 상이한 구연자들의 각편들 사이에도 또한 공통점이 존재한다. 공통점은 이미 공동작으로 굳어진 부분이다. 구비 서사문학에서 잘 나타나는 현상인데, 한 유형이 지니고 있는 유형구조類型構造 같은 것은 그 유형에 속한 모든 각편에 반드시 동일하게 나타나는 전혀 공동적인 부분이다.[5]

위에서 분석한 바와 같은 현상은 구비문학의 창작과정을 명확히 해준다. 구비문학은 공동작으로 창작된다. 공동작은 많은 사람들이 오랜 기간에 걸쳐 차

---

4 조동일, 『서사민요연구』(계명대학교 출판부, 1970), 제5장 전승론 참조.
5 조동일, 위의 책, 제3장 유형론 참조.

춤 창작해 나가는 방식을 말하고, 개인이 일시에 창작 완성하는 방식인 개인작과는 다르다. 그러나 구비문학이 공동작이라고 해서 전혀 공동작만으로 되는 것은 아니고 개인작을 배제한다는 뜻도 아니다. 오히려 구비문학은 공동작이면서 개인작이다. 공동작은 개인작의 집결을 통해서 이루어질 수 있을 뿐이고, 개인작은 공동작에 참여하면서 이루어진다. 구비문학의 모든 각편은 공동작인 면과 개인작인 면으로 이루어져 있고, 각편들의 비교분석을 통해서 양면을 갈라낼 수도 있다.

공동작이면서 개인작이라는 현상은 유독 구비문학에서만 나타나는 것이 아니다. 기록문학도 공동작이면서 개인작이다. 아무리 독창적인 기록문학의 작품이라 하더라도 적어도 장르 개념이나 형식과 내용의 상당한 부분은 공동작이라고 해야 할 것이다. 다만 기록문학에서는 개인작의 비중이 특히 크고 구비문학에서는 공동작의 비중이 특히 크다는 양적 차이가 있고, 양적 차이를 기초로 한 질적 차이가 존재한다. 구비문학은 공동작이고 기록문학은 개인작이라고 한다면 이는 부당한 언술言述이 아니나, 위에서 지적한 사실을 충분히 고려하는 한 타당하다.

5. 단순하며 보편적인 문학

구비문학은 형식이나 내용이 단순하다고 지적되고 있다. 설화와 소설, 가면극과 현대극 등을 서로 비교해 보면 이 점은 잘 드러난다. 문체, 구성, 인물의 성격, 주제 등에서 구비문학은 기록문학에 비해서 현저히 단순하다.

구비문학은 말로 된 문학이기에 단순할 수밖에 없다. 단순하지 않고서는 기억되고 창작되기도 어렵고, 또한 듣고 이해하기도 어렵다. 공동작의 비중이 높다는 사실 또한 단순성單純性을 초래하게 된다. 많은 구연·창작자들의 공통적인 요구를 만족시켜 줄 수 있는 것은 단순하게 마련이다. 단순할수록 보편성普遍性이 커지고, 복잡할수록 보편성의 폭이 줄어들 수밖에 없기 때문이다. 논리학에서 말하듯이 내포內包가 간단할수록 외연外延이 커지고, 외연이 커질수록 내포가 줄어드는 것이다. 문학은 현실의 반영이다. 현실의 거듭된 경험적 인식에서 널리 타당하다고 인정될 수 있는 진실을 역시 보편적이라고 시인될 수 있는 형식을 통해서 공동적으로 반영하는 것이 구비문학이기에, 구비문학은 단순하게 나타난다. 그러므로 단순성은 진화가 덜 되었다든지 무가치하다든지 하는 등으로 해석될 수 없다.

그러나 구비문학에는 단순성만 존재하지 않고 복잡성複雜性도 아울러 나타난다. 단순성이 공동작의 측면에서 보이는 현상이라면, 개인작의 측면에는 복잡하고 구체적이며 또한 개별적인 창작이 가능한 영역이 비교적 넓게 열려져 있다. 줄거리는 간단한 민담이라도 자세하게 이야기할 수도 있다. 어느 시대에든 통용될 수 있는 민담을 어느 한 시대의 것으로 구체적이고 특수한 의미를 부여해 이야기할 수도 있다. 특히 전문적인 수련을 거친 구연자만 구연할 수 있는 장르, 이를테면 판소리의 경우에는 모든 각편이 단순한 줄거리에 만족하지 않고 복잡하고 구체적으로 현실의 세부까지 반영한다.

요컨대 단순성은 공동작에서 필수적으로 요청되는 것이며, 복잡성은 개인작의 측면에서 가능한 현상이다. 그러므로 구비문학에서는 두 가지 성격이 동시에 존재하며, 이 점에서 기록문학의 경우와 근본적으로 다르지는 않다. 다만 구비문학에서는 단순성의 비중이 더 높고 단순성이 평가해야 할 중요한 의의를 지니고 있다는 차이를 지적할 수 있다. 구비문학은 소박하다는 표현이 널리 사용되고 있는데, 만족스러운 견해는 아니다. 단순성은 소박 이상의 것이며, 현실의 보편적 추상화라는 의의를 지닌다.

6. 민중적 · 민족적 문학

구비문학은 전문적인 작가가 창작해서 소수의 독자만 향유하는 문학이 아니다. 구비문학은 작자나 향유자가 될 수 있는 자격과 기회가 널리 개방되어 있는, 작자가 향유자이고 향유자가 또한 작자일 수 있는 공동작의 문학이다. 널리 개방되어 있는 공동의 문학적 광장이라 할 수 있다.

구비문학은 민중의 문학이다. 양반으로 이루어진 소수의 지배층 또는 지식층을 제외한, 농민을 중심으로 하는 대다수의 민중은 생활을 통해서 구비문학을 창조하고 즐겨 왔다. 노동을 하면서 노동요를 부르고, 세시풍속歲時風俗의 하나로서 가면극을 공연하고, 생활을 흥미롭고 윤택하게 하고자 여러 가지 민요를 부르고 설화도 이야기한다. 양반 지식층의 기록문학은 생활 자체와는 구별되는 지식이고 품위 있는 교양이기에 문학을 한다는 의식과 함께 한가하게 창조되나, 민중의 구비문학은 생활과 구별되지 않고 문학을 한다는 의식 없이 창조된다. 그리고 구비문학은 민중의 생활 경험 · 의식 · 가치관 등을 반영하며 지배층에 대한 비판과 항거를 나타낸다. 구비문학은 민중이 자기의 주장을 구현하는 공동의 문학적 광장이다. 민중이 각성될수록 구비문학을 통해 나타나는 주장도 뚜렷해진다.

구비문학의 종류나 장르에 따라 민중문학으로서의 구체적인 성격은 다르다. 민속극은 오직 민중만의 것이고 지배층에 대한 날카로운 비판으로 거의 일관되어 있으며, 민요도 민중만의 노래여서 민중 스스로의 의식을 충실히 반영한다. 그러나 설화나 속담에서는 사정이 다르다. 지배층이나 지식층도 설화나 속담의 작자 및 향유자로서 참여하고, 나타내는 주장 역시 민중들만의 것으로 제한되지 않는다. 한편 판소리 같은 것은 하층민인 광대廣大가 노래하나, 청중의 구성은 다양하여 여러 계층의 생각을 복합적으로 반영한다. 무가 역시 하층민인 무당巫堂이 노래하나 그 내용은 반드시 민중적이지 않다. 이와 같이 종류 또는 장르에 따르는 차이는 있지만, 구비문학이 민중의 문학이라는 근본적인 성격이 부인될 수는 없고, 민중의 범위가 경우에 따라서는 축소되기도 하고 확대되기도 할 뿐이다.

구비문학은 민중의 문학인 데 그치지 않고 민족의 문학이다. 구비문학은 민족을 구성하고 있는 대다수 사람들이 공유하고 있는 문학이기에, 생활 및 의식 공동체로서의 민족이 지닌 문학적 창조력의 바탕으로서 여러 형태의 기록문학을 산출한 바탕으로서 작용해 왔다. 상층의 기록문학이 민족적 성격을 상실하고 타국 문학을 추종하거나 타국 문학에 예속되더라도, 민중의 구비문학은 여전히 민족문학으로서 창조적인 활동을 계속하기에 추종 내지 예속을 극복할 수 있는 힘이 되어 왔다.

민족적 성격 또한 구비문학의 장르에 따라 차이가 있다. 무가 같은 것은 외래문화로부터 세계관적 영향을 농후하게 받고 있고, 민담에서는 유형이나 화소話素 motif의 차용이 아주 쉽사리 이루어진다. 이에 반해서 민요 같은 것은 민족적인 특징이 특히 분명하다. 그러나 내용적으로 타민족과 같이 지닌 것이든 자기 민족만의 것이든 구비문학이 민족의 생활과 더불어 발전되고 민족적 창조력의 바탕으로 작용해 왔다는 사실에는 변함이 없다.

구비문학에 대한 탐구는 상층문학이 공허해지거나 발전이 정지되는 시기에 민중의 창조력을 재평가하기 위해서,[6] 또는 상층문학이 주체성을 상실한 시기에 민족적 창조력을 되살리기 위해서[7] 시도되는 것이 우연은 아니다.

---

6 서구에서 고전주의의 공허함을 극복하기 위해 낭만주의자들이 구비문학의 탐구에 열의를 가졌던 것이 그 대표적인 예다. 조선 후기 평민문학이 구비문학에 기반을 두고 성장한 것도 이런 현상이다.
7 특히 독일에서 구비문학 연구는, 낭만주의 시기에 있어서 독일 민족의 문화적 주체성을 확립하겠다는 의도가 강했다. 20세기에 들어서서 핀란드·아일랜드 등지에서 왕성하게 대두한 구비문학 연구나 1930년대 이후 한국의 구비문학 연구도 같은 목적을 띠고 있다.

7. 구비문학의 범위

구비문학은 '말로 된 문학'이기에, 문학이 아닌 말은 제외되고 말로 되지 않은 문학도 제외된다.

구비 중에서 설화·민요·무가·판소리·민속극·속담·수수께끼는 문학이다. 무가는 주술적인 목적에서 신을 향해서 구연되지만, 신이라고 설정된 대상이 결국은 인간의 투영이기에 인간적인 감정의 표현이며, 주술성呪術性과 함께 문학성文學性을 지닌다. 속담은 지혜 또는 교훈의 비유적 압축이기에 문학적 형상화의 좋은 예다. 수수께끼는 말놀이이지만 문학적 표현에 의해서 말놀이가 성립된다. 그러나 욕설·명명법·금기어 등은 구비전승이기는 해도 문학이라 할 수 없으니 구비문학에서 제외된다.

말로 되지 않은 문학은 제외된다고 했다. 순수한 의미의 구비문학은 실제로 구연되는 구비문학 작품뿐이다. 다만 실제 구연이 그대로 채록採錄된 자료는, 구연방식 및 구연상황에 대한 보고와 함께 충실히 전사轉寫된 것일수록, 구비문학 자체는 아니나 그 사진이라 할 수 있기에, 비록 글로 쓰여진 것이지만 구비문학에 포함된다. 구비문학을 연구하려면 채록해서 채록본을 놓고 연구할 수밖에 없다.

채록은 구비문학에 관한 학문적 연구와 더불어 시작된 것이지만, 그 전에는 기재記載라고 할 수 있는 것이 흔하다. 구비문학의 작품을 글로 쓰기에 편리하도록 문체를 바꾸어 문자로 기록한 것은 채록과 구별해서 기재라 부르기로 하겠다. 한역된 것도 기재에 포함된다. 문헌설화文獻說話는 기재된 구비문학의 대표적인 예다. 기재된 구비문학은 실제와 더 멀고 기재자의 의식이 가미되어 있다. 따라서 기재된 구비문학은 이미 기록문학의 성격을 지니고 있으나, 다음에 말할 개작의 경우와는 달라, 화석화化石化한 구비문학이라 할 수 있다.

구비문학을 소재로 하여 기록문학의 작품을 창작한 경우는 기재가 아니라 개작改作이라고 하여 구별할 필요가 있다. 개작에서는 소재가 되는 구비문학의 작품보다 개작자의 의도가 중요하며, 결과적으로 구비문학으로서의 특징은 거의 사라지고 기록문학으로서의 성격이 두드러진다. 따라서 개작된 구비문학이 아니고, 이에 관한 연구는 기록문학에 관한 연구이다.

II 구비문학 연구의 제관점

구비문학만 연구의 대상으로 삼는 학문은 따로 없는 대신에 여러 분야의 학문에서 구비문학을 상이하게 다루고 있다. 구비문학을 어느 학문의 입장에서 다룰 것인가는 구비문학 연구의 선결문제라고 할 수 있다.

1. 민속학 또는 인류학의 관점

구비문학에 관한 학문적 연구는 서구에서나 한국에서나 민속학에서 시작되었다. 서구에서는 19세기 이래 'folklore'라는 용어가 사용되면서,[8] 'folklore의 학문', 즉 민속학folklore, folkloristics, the science of folklore에서 구비문학의 연구가 계속되어 왔다. 한국에서도 1930년대 송석하宋錫夏·손진태孫晋泰 등이 민속학이라는 이름의 학문을 시작하면서[9] 구비문학은 학적學的 연구의 대상으로 등장하여 오늘에 이르렀다.

---

8 folklore라는 용어는 1846년 영국의 윌리엄 톰스William Thoms가 처음 사용했다.
9 송석하·손진태 등은 1933년 '조선민속학회朝鮮民俗學會'를 조직했다. 이 학회의 활동에서 한국에서의 민속학이 본격적으로 시작되었다.

'folklore' 또는 민속의 범위에 대해서는 의견의 차이가 있다. 'folklore'는 좁게는 구비문학만을 지칭하기도 하나, 넓게는 구비문학을 포함한 전승문화의 전부를 지칭하기도 한다.[10] 민속이라는 용어는 구비문학만을 지칭하는 경우는 없고, 구비문학을 포함한 몇 가지 전승문화, 특히 세시풍속 · 민간신앙民間信仰 · 민간유희民間遊戲 등을 주로 의미하거나,[11] 더 넓게 일체의 전승문화를 다 포괄하기도 한다.[12] 그러나 어느 경우에든 구비문학이 민속학folklore 또는 민속에 포함된다고 하는 데는 의견이 일치한다.

민속학에서 구비문학을 연구의 대상으로 삼는 이유는 구비문학이 민속의 하나이기 때문이다. 구비문학은 민속인 동시에 다른 민속들, 즉 세시풍속 · 민간신앙 · 민간유희 등과 밀접한 관련이 있다. 따라서 구비문학이 지닌 민속으로서의 성격과 기능, 전파와 분포 등을 다른 민속들과의 관련 하에 조사 기술하거나 사적으로 연구하는 것은 필요하고도 의의 있는 일이다.

그러나 구비문학에 관한 민속학적 연구는 중요한 의의를 가지지만 거기에는 한계가 있다. 민속학은 문예학이 아니기에 구비문학을 문학으로서 연구하는 데는 미흡할 수밖에 없다. 송석하는[13] 특히 민속극의 연구에 큰 열의를 보였고 상당한 업적을 남겼지만, 민속극을 세시풍속의 하나로 민간예능의 하나로 보고하고 고찰하는 방향의 연구였지, 민속극의 문학적인 성격과 가치에 대해서는 깊은 관심을 갖지 않았다. 손진태는[14] 설화에 관한 중요한 저서를 남겼으나, 그의 관점은 어디까지나 문화사적인 것이었지 문학적인 것은 아니었다. 그 후

---

10 Maria Leach ed., *Standard Dictionary of Folklore, Mythology, and Legend*, vol.1 (New York : Funk & Wagnalls 1949 ; 1972), 'folklore' 참조.

11 송석하, 『한국민속고』(일신사, 1960), '한국민속 개관' 참조.

12 한국문화인류학회, 『한국민속자료분류표』(한국문화인류학회, 1967).

13 송석하, 위의 책.

14 손진태, 『조선민족설화의 연구』(을유문화사, 1947).

의 민속학자들도 구비문학을 계속 다루고 특히 무가를 채록한다든지 하는 데서는 큰 성과가 있었으나, 대체로 채록된 무가를 무속이라는 현상의 그리 중요하지 않은 일부로 처리하는 정도에 그쳤다.

인류학anthropology, 특히 문화인류학cultural anthropology은 민속학과 밀접한 관련을 가지는 학문이면서 그 대상 또는 방법에서 민속학과 구별된다. 그러나 구비문학을 다루는 태도에서는 인류학은 민속학과 근본적으로 같거나, 구비문학에 관한 문학으로서의 관심은 오히려 인류학이 민속학보다 희박한 편이다. 한국에서는 인류학과 민속학이 별로 다름이 없고, 구비문학에 관한 인류학의 업적으로서 특히 거론할 만한 것이 없다.

2. 기록문학 연구가들의 관점

한편 민속학 또는 인류학과는 별도로 기록문학 연구가들도 옛날부터 구비문학에 대해 일정한 관심을 보여왔다. 국문학의 경우에도 1930년대 국문학 연구가 학문으로서 확립되면서부터 구비문학과 기록문학의 관련을 밝히기 위한 연구가 계속되어 왔다.

소설의 모체라는 점에서 설화를 중요시하고, 설화에서 소설로의 이행을 문학사적으로 고찰한다든지, 각 소설의 근원설화根源說話를 찾는다든지 하는 등의 연구는 김태준金台俊[15] 이후 많은 국문학자들의 관심사가 되어 왔다. 민요에서 여러 고시가古詩歌들이 생겨났을 가능성을 전제하고, 고시가의 연구를 위해 민요를 자료로 이용하는 연구 태도도 이병기李秉岐[16] 이후 어느 정도 광범위하게 나타났다. 판소리로부터 판소리계 소설로의 전환에 관한 연구도 대체로 같

---

15 김태준, 『조선소설사』(한국어문학회, 1933).
16 이병기・백철, 『국문학전사』(신구문화사, 1965) ; 이병기, 『국문학개론』(일지사, 1961).

은 성격의 것이다. 이러한 연구들이 다각도로 시도되면서 구비문학의 중요성이 인식되고, 자료가 개척되었다. 구비문학의 현지조사의 필요성도 국문학자들 사이에 인식되고, 국문학과의 사업으로 계획적인 현지조사를 진행하기에도 이르렀다.

이러한 관점에 입각한 구비문학의 연구는 타당한 근거를 가지고 상당한 성과에 이르렀지만 한계가 있다. 이러한 관점을 가진 학자들은 구비문학 자체를 연구하자는 것이 아니기 때문이다. 그들은 구비문학 자체는 문학이 아니거나 문학 이전의 것 또는 민속이라고 생각해, 구비문학 자체에 관한 연구는 국문학의 과제가 아니고 민속학의 분야라고 본다. 오직 기록문학과 문학사적으로 관련되는 범위 안에서만 구비문학을 다루며, 그렇지 않은 구비문학에는 하등의 중요성을 부여하지 않는다. 그러므로 이러한 관점으로 본다면, 구비문학에 관한 전면적인 연구는 이루어질 수 없고, 구비문학이 문학으로 정당하게 해석되고 평가될 수 없다.

3. 구비문학을 문학으로 연구하는 관점

구비문학을 문학으로 연구하는 관점은 위에서 든 두 가지 관점들과 출발점을 달리한다. 첫째, 구비문학이 문학이라는 점을 분명히 하고자 한다. 구비문학은 민속의 하나이지만, 민속에 그치지 않고 문학이라는 점을 중요시한다. 구비문학은 기록문학에 비해서 열등하다든지 미흡하다든지 하는 등의 전제를 거부하고, 기록문학과의 관련 하에서만 구비문학을 다루고자 하는 시도는 정당한 접근 방식이 아니다.

둘째, 구비문학은 문학으로서 연구되어야 한다는 점을 분명히 하고자 한다. 민속학은 구비문학의 일면을 다룰 수 있을 뿐이며, 구비문학은 문예학의 대상이 될 때 비로소 깊이 있고 성과 있게 연구될 수 있다. 뿐만 아니라 국문학은 기록문학의 연구로써 만족할 수 없고 구비문학까지 연구해야 하며, 국문학의 양대 분야로서 기록문학의 연구와 구비문학의 연구가 있다는 견해다.

이러한 관점에 입각한 구비문학의 연구는 그리 오랜 역사를 가지고 있지 않으며, 구비문학을 부가적으로 보는 관점을 극복하고자 시도되었다. 서구에서는 민속학자들 중에서 이러한 관점을 가진 학자들이 나타나서, 구비문학을 다루는 민속학의 성격을 변모시키고 있다.[17] 한국에서는 국문학계의 새로운 동향이 이러한 관점을 요청하게 되었다.[18] 구비문학의 방대한 세계에 대한 진지한 탐구 없이 국문학이 정당하게 연구될 수 없다는 인식이 구비문학이 무엇인가 하는 철저한 재검토와 함께 구비문학 연구의 관점을 반성하게 했다. 처음에는 기록문학과의 관련 하에서 구비문학을 다루는 데서 출발하여, 구비문학 자체가 지니고 있는 의의와 가치를 적극적으로 탐구하는 데서 민족문학으로서의 국문학의 연구는 심화될 수 있다는 생각에 이르렀다. 그러기 위해서는 구비문학을 민속학적으로만 다루는 태도나 기록문학의 연구를 위해 구비문학의 자료를 이용하자는 태도와는 일단 결별할 필요가 있다.

이러한 관점이 학적 기초를 분명히 하는 데는 적지 않은 난관이 있다. 난관은 무엇보다도 방법론적인 것이다. 문학연구의 방법은 지금까지 거의 기록문학을 대상으로 발전되어 왔기에 구비문학에 그대로 적용하기는 곤란하며, 구비문학대로의 연구방법을 모색하지 않을 수 없는 난관이 가로놓여 있다. 구비문학대로의 연구방법 모색은 구비문학이 지닌 특수성을 기초로 진행되어야 하

---

17 그 한 예로 Max Lüthi, "Das Märchen als Gegenstand der Literaturwissenschaft", *Internationaler Kongerß der Volkserzählungsforscher in Kiel und Kopenhagen, Vorträge und Refearte*(Berlin, 1961) 참조.
18 장덕순, "설화문학의 의의와 방법", 『한국설화문학연구』(서울대학교 출판부, 1970) ; 조동일, 『서사민요연구』, 제1장 서론 참조.

겠지만, 더 나아가서 문학 일반에 대한 새로운 접근이 되지 않을 수 없다. 따라서 구비문학의 새로운 연구방법은 장차 기록문학의 연구에도, 전에 볼 수 없었던 가능성을 열어 줄 수 있으리라고 기대한다.

제2장 설화

I 총설

1. 설화의 전반적 특징

설화說話는 문자 그대로 '이야기'를 말한다. 그러나 신변잡기를 전부 설화라고 하지는 않는다. 역사적 사실이나 현대적 사실을 말로 전하는 것도 설화의 범주에 넣을 수 없다. 설화는 일정한 구조를 가진 꾸며낸 이야기이기 때문이다. 물론 설화 중에는 사실을 가장하는 이야기가 얼마든지 있으나, 이는 어디까지나 사실이 아닌 사실적인 이야기이며, 사실 여부보다도 문학적인 흥미와 교훈 때문에 존재하는 것이다. 요컨대 설화는 꾸며낸 이야기라는 점에서 서사민요·서사무가·판소리·소설 등 모든 서사문학의 장르들과 일치한다.

설화의 다음 특징은 구전된다는 데 있다. 설화의 구전은 일정한 몸짓이나 창곡唱曲과는 관련 없이 보통의 말로써 이루어지며, 이야기의 구조에 힘입어 가능하게 된다. 설화의 구전은 구절구절 완전히 기억해서 이루어지는 것이 아니고, 핵심이 되는 구조를 기억하고 이에 화자話者 나름대로의 수식을 덧보태어

이루어진다. 따라서 설화는 구전에 적합한 단순하면서도 잘 짜인 구조를 지니며, 표현 역시 복잡할 수 없다. 이 점은 특히 소설과의 큰 차이이다. 소설의 구조와 표현은 복잡성과 특수성을 갖고자 하나, 설화는 그렇지 않다. 또한 설화는 구전된다는 특성 때문에 보존과 전달 상태가 가변적이다.

설화의 특징으로 산문성散文性 또한 빼놓을 수 없다. 설화는 보통의 말로 구연되며, 규칙적인 율격은 발견되지 않는다. 다만 설화의 어느 부분에 율문律文, 즉 노래가 들어갈 수 있는 정도다. 설화가 서사민요 · 서사무가 · 판소리 등의 율문 서사 장르들과 구별될 수 있는 근거가 여기에 있다.

설화의 구연 기회에는 대체로 제한이 없다. 신화 중에는 예외도 있을 수 있으나, 언제 어느 때나 가리지 않고 이야기를 하고 들을 분위기가 이루어지면 구연할 수 있는 것이 설화다. 특히 어느 일정한 기회에 구연하는 노동요 · 무가 · 가면극 등과는 다르다.

설화는 반드시 화자와 청자聽者의 관계에서, 화자가 청자를 대면해서 청자의 반응을 의식하면서 구연된다. 스스로 즐기기 위해서 노래를 할 수 있어도 이야기를 하지는 않는다. 그러나 화자로서의 자격에 제한은 없다. 일정한 수련을 겪어야만 화자가 될 수 있는 것이 아니고, 누구나 한 번 들은 이야기를 옮길 수 있다. 그러기에 설화는 수수께끼 · 속담 등과 함께 가장 널리 향유되는 구비문학 장르다. 일반적으로 구비문학의 화자나 청자로서 적극적인 열의를 갖지 않는 양반이나 지식인도 설화는 즐긴다.

구비문학의 여러 장르 중에서 문자로 기재될 수 있는 기회를 가장 흔히 가지는 것이 설화다. 이는 설화가 양반이나 지식인을 포함해서 누구나 즐길 수 있는 것이기 때문이기도 하지만, 설화는 글로 적어도 변질될 가능성이 적은 탓이기도 하다. 문자로 기록된 설화, 즉 문헌설화는 이미 구비를 벗어나고 가변성이 사라져서 엄밀히 따진다면 이미 설화가 아니나, 문자로 정착되기 전에는 구

구전승口口傳承되었을 것으로 인정되고, 설화로서의 구조와 표현이 의식적으로 바뀌지 않는다면, 설화의 범위를 넓혀 이에 포함시킬 수 있다.

설화를 정착시켜 기록문학적 복잡성을 가미하면 소설이 된다. 설화에서 소설로의 이행은 구비문학이 기록문학으로 바뀌는 현상에서 가장 큰 비중을 차지한다. 또한 설화 가운데 특히 민담 중의 일부는 근래에 전래동화로 정착되기도 한다. 이리하여 설화는 구전을 떠나서도 지속적인 효용성을 지닌다.

설화는 구비문학에서 가장 먼저 그리고 가장 활발하게 연구된 분야다. 서구에서는 그림Grimm 형제에 의해 구비문학에 관한 학문적 연구가 시작된 이래 그 주된 대상은 설화였고, 설화에서 개척된 이론적 성과가 타 분야에 적용되는 것이 예사였다. 따라서 설화를 고찰할 때 서구에서 개척된 이론적인 성과를 폭넓게 참고할 만하다. 또한 설화는 국제적인 유사성이 크다는 사실을 고려한다면, 이러한 시도는 한국 설화를 이해하는 데 큰 도움이 될 것이다.

2. 신화 · 전설 · 민담

설화를 신화神話 myth · 전설傳說 legend · 민담民譚 folktale 세 가지로 나누는 것은 세계적인 통례이다. 이 셋 사이에 확연한 선을 긋는 것은 어려우며, 서로 넘나드는 경우도 있고, 하나가 다른 것으로 전환되기도 하나, 대체적인 차이를 다음과 같이 정리할 수 있다.[1]

1) 전승자의 태도에서

신화의 전승자傳承者는 신화를 진실眞實되고 신성神聖하다고 인식하고 있다.

---

1 장덕순, 『한국설화문학연구』, pp. 3~10 ; Roger Pinon, *Le conte merveilleux comme sujet d'étude*(Liège, 1955), p. 8.

일상적인 경험에 비추어 보아서 꾸며낸 이야기라고 인정할 수 있어도, 신화의 세계는 일상적 합리성을 넘어서 존재한다고 믿고, 그 진실성과 신성성을 의심하지 않을 때 신화는 신화로서의 생명을 갖는다. 사학자들이 단군신화檀君神話를 어떻게 해석하든 이에 상관 없이 개천절開天節이 국경일로 유지되고 있기에 단군신화는 오늘날까지 신화라 할 수 있다. 진실성은 손상되지 않는다 해도 신성성을 상실하면 이미 신화가 아니다.

　전설은 전승자가 신성하다고까지는 생각하지 않으나, 진실되다고 믿고 실제로 있었다고 주장하는 이야기다. 전설의 세계는 일상적 경험을 떠나 따로 존재하지는 않으며, 그러기에 전설의 진실성은 끊임없이 의심된다. '사실이 아니고 전설일 따름이다'는 말이 가능하다. 그러나 전설은 사실로서의 근거를 전적으로 부인할 수 없도록 되어 있으니, 특히 증거물證據物이 이런 구실을 한다.

　민담의 전승자는 민담이 신성하다고 생각하지 않으며, 진실되다고 생각하지도 않는다. "옛날 옛적 호랑이 담배 먹을 적에……"라고 시작할 때부터 민담은 사실이 아니고 꾸며낸 이야기임을 화자는 선언한다. 신성한 무엇을 나타내기 위해서도 아니고, 사실의 전달을 위해서도 아니고, 오직 흥미를 주기 위해서 말해지는 것이 민담이다.

2) 시간과 장소에서

　신화는 아득한 옛날, 일상적인 경험으로 측정할 수 있는 범위를 넘어서 태초에 일어난 일이고, 특별한 신성장소를 무대로 삼는 것이 예사다. 단군신화의 태백산太伯山·아사달阿斯達이나 그리스 신화의 올림포스olympos산 등이 신화 장소의 좋은 예다. 신화는 진실성과 신성성은 그러한 시간과 장소가 갖은 진실성이고 신성성이기도 하다.

　전설은 구체적으로 제한된 시간과 장소를 갖는다. "조선조朝鮮朝 숙종대왕肅

宗大王 시절에 서울 남산골에……"라고 시작되는 것이 전형적인 예다. 구체적인 시간과 장소는 전설의 진실성을 뒷받침해 주는 구실을 한다.

민담에는 뚜렷한 장소와 시간이 없는 것이 보통이다. "옛날 옛적 어느 곳에"라고 하는데, '옛날 옛적'은 신화의 경우와 같이 태초라는 뜻이 아니라 서사적인 과거일 뿐이고, '어느 곳'은 화자가 이야기를 하고 있는 곳이 아니라 딴 곳이라는 뜻이다. '옛날 옛적'과 '어느 곳'으로, 화자나 청자가 직접적인 경험과는 구별되는 작품세계를 자유로이 이룩할 단서가 마련된다.

3) 증거물에서

신화의 증거물은 매우 포괄적이다. 천지창조 신화에서는 천지가 바로 증거물이고, 국가창건 신화라면 국가가 바로 증거물이다. '우리는 단군 할아버지의 자손이다'라는 의식이 바로 단군신화의 증거물이다.

전설은 이와 달리 특정한 개별적 증거물을 갖는다. 바위에 관한 전설은 바위 일반을 증거물로 삼을 수 없고, 어느 곳에 있는 어떤 모양의 바위만이 증거물일 수 있다. 그리고 이 바위는 다른 바위와 구별될 수 있는 특징을 지니기에 화자가 늘 주목해 왔거나 쉽사리 찾아낼 수 있는 것이어야 하고, 그 생김새를 누구나 기이하게 생각하는 것일수록 유리하다. 전설의 증거물은 자연물인 경우도 있고 인공물인 경우도 있고 인물인 경우도 있는데, 어느 것이나 전설을 떠나서도 알려질 수 있는 것이어야 한다. 전설은 이러한 증거물을 가짐으로써 이미 알려진 근거에 호소해 진실성을 인정받고자 하는 것이라기보다, 오히려 증거물에서부터 출발하여 그 유래나 특징을 이야기로 꾸며낸 것이며, 증거물이 실재하니 이야기 역시 실제로 있었다고 주장할 수 있어야 꾸며낸 의의가 있다. 증거물을 상실한 전설은 전승이 중지되거나, 민담으로 전환된다.

민담은 이야기가 그 자체로 완결되며, 증거물에 호소할 필요가 없다. 더러 증거물을 갖는다 해도 널리 존재할 수 있는 현상, 이를테면 수숫대가 빨갛다든지 수탉이 하늘을 보고 운다든지 등으로 이야기의 흥미를 돋우기 위해서 첨가된다.

4) 주인공 및 그 행위에서

신화의 주인공은 신이며, 그의 행위는 신이 지닌 능력의 발휘다. 여기서 신이라고 하는 것은 보통 사람보다 탁월한 능력을 가진 신성한 자라는 뜻이지 인간과 전적으로 구별되는 존재라는 뜻은 아니다.

전설의 주인공은 한정될 수 없는 여러 종류의 인간이지만 그의 행위는 인간과 인간 또는 인간과 사물 사이에서 일어나는 예기치 않던 것들이 대부분이다. 따라서 전설의 주인공은 신화나 민담의 경우보다 왜소하며, 예기치 않던 관계를 성공적으로 극복하지 못하는 경향이 많다. 때로는 인간보다 사물이 중심이 된 전설도 있다.

민담의 주인공은 일상적인 인간이다. 비록 초인적인 능력을 가진 인물이라 하더라도 그의 심리상태는 일상적인 차원에서 멀리 벗어나지 않는다. 민담은 주인공에게 관심이 집중되어 있어서, 타인과 부딪쳐도 타인은 그리 중요시하지 않으며, 난관에 부딪혀도 결국은 이를 극복하고 만다. 그의 행위는 운명을 개척해 나가는 것이다.

5) 전승의 범위에서

신화는 민족적인 범위에서 전승된다. 신화는 민족적인 범위에서 진실성과 신성성이 인정되고 있으며, 한 민족의 신화가 다른 민족의 것과 많은 유사성을 가지고 있다 하더라도 다른 민족에게는 신화로서 인정되지 않을 수도 있다. 신화는 민족의 고대사, 실제적인 또는 가상적인 역사와 관련을 갖고 민족적 융합을 위해서 신성성이 작용하는 것이 예사이다. 신화에는 씨족적·부족적 신화도 있으나, 민족적인 것으로 확대될 때 신화로서의 생명을 갖고 확대된다.

전설은 증거물의 성격상 대체로 지역적인 범위를 갖는다. 증거물이 전국적으로 널리 알려진 것이면 전국적인 전설일 수도 있으나, 대부분의 증거물은 일부 지역에서만 알려진 것이다. 어느 지역의 전설은 그 지역에 거주하는 사람들 전체에게 알려져 있고, 지역적인 유대감을 갖게 해주는 구실을 할 수 있다.

민담은 지역적인 유형이나 민족적인 유형은 있어도 어느 지역이나 민족으로 한정되지 않는다. 전승은 개인적으로 이루어지며, 분포는 세계적이라 할 수 있다. 한 민족에게 흥미로운 민담은 약간만 수정하면 다른 민족의 어느 누구에게도 흥미로운 민담일 수 있다.

3. 설화의 기원과 전파

설화의 기원과 전파에 관해서 지금까지 여러 학설들이 제기되어 왔다. 논의의 대상은 주로 신화와 민담이고 전설은 포함되지 않는 것이 예사이다. 전설은 신화처럼 원초적이지도 않고 민담처럼 세계적이지도 않기 때문이다. 설화의 기원과 전파에 관한 제설諸說은 구비문학 내지 민속연구사의 핵심을 이루고 여러 모로 다채롭게 제기되어 왔으나 아직 만족스러운 결과에 이르렀다고 하기 어렵고, 그중에는 한국 설화를 이해하는 데 거의 도움이 안 되는 견해도 있으나, 이해의 폭을 넓히기 위해서 중요한 학설의 요점을 간단히 소개하겠다.

설화의 기원에 관한 문제는 '설화는 무엇으로부터 시작되었는가' 하는 측면과 '설화는 언제 어디서 시작되었는가' 하는 측면에서 제기되어 왔다.

'설화는 무엇으로부터 시작되었는가' 하는 의문에 대한 최초의 체계적인 대답은 자연신화학파自然神話學派 mythological school라고 불리는 학자들의 저술에서 발견된다. 19세기 중엽 독일의 쿤Adalbert Kuhn[2], 독일 출신의 영국학자 막스 뮐러Max Müller[3] 등은 신화는 벼락(쿤의 주장) · 해(뮐러의 주장) · 바람 · 구름 등의 자연 현상을 의인화하는 데서 시작되었다고 주장했다. 뮐러는, 처음에는 어느 자연 현상을 명백히 나타내던 신의 이름이 언어의 질병malady of language으로 구체적인 의미가 망각되고 여러 가지 추상적인 추측의 설명이 부가됨으로써 신화는 모호하고 복잡하게 되었다고 보았다. 이러한 견해는 특히 인류학파人類學派 anthropological school의 공격을 받고, 학문적인 타당성이 없는 역사적인 유물로 되고 말았지만, 그 흔적은 광범위하게 나타난다. 최남선崔南善[4]이 한국 고대 신화의 핵심을 '붉' 〔光明〕으로 본 것도 이러한 견해와 관련 있다고 할 수 있다.

자연신화학파가 언어학, 특히 고대 인구어印歐語 연구의 성과를 배경으로 나타난 학파라면 인류학파는 비서구민족의 원시 문화에 관한 광범위한 지식이 개발됨으로써 나타나게 되었다. 영국의 타일러Edward Tylor[5]와 랭Andrew Lang[6]에 의해 시작된 이 학파는 설화를 이미 사라진 원시문화가 남긴 흔적이라고 보고 자연신화학파의 학설을 비과학적이라고 비판했다.[7] 그리고 유사한 설화가 세계적으로 분포되어 있는 현상은 인류의 정신적인 공통성과 문화발전 과정의 유사성 때문에 일어난다고 하여 다원발생설多元發生說 polygenesis의 입장을 취했다. 타일러나 랭의 설명이 불충분하고 시대적인 한계가 있다 해도, 이 학파

---

2 Adalbert Kuhn, *Entwickelungsslufen der Mythenbildung*(Berlin, 1859).

3 Max Müller, "Selected Essays on Language", *Mythology, and Religion*(London, 1881).

4 최남선, "불함문화론不咸文化論", 『조선급조선민족朝鮮及朝鮮民族』, v. 1(조선사상통신사朝鮮思想通信社, 1925)

5 Edward Tylor, *Primitive Culture*(London, 1871).

6 Andrew Lang, *Myth, Ritual and Religion*(London, 1887).

7 두 학파의 역사적인 논쟁은 Richard Dorson, "The Eclipse of Solar Mythology", ed., Thomas Sebeok, *Myth ; a Symposium*(Bloomington, 1955)에 매우 흥미 있게 정리되어 있다.

의 견해는 쉽사리 부정되지 않고 오늘날까지 유력한 전제로 통용되고 있다. 한 국 신화에 관한 손진태孫晋泰[8]의 접근은 이런 입장과 상통하는 것이다.

심리학파心理學派 psychological school 또는 정신분석학파精神分析學派, psychoanalystic school는 이와는 매우 다른 입장에서 출발하여, 설화의 기원을 심리적인 현상에서 찾고자 하는 것이다. 분트Wilhelm Wundt[9]는 설화가 꿈이나 몽환 상태에서 이루어졌다고 했고, 프로이트Sigmund Freud[10]는 한 걸음 더 나아 가 억압되어 있는 성性 libido적인 무의식의 발로로 설화가 생긴다고 했다. 프 로이트가 오이디푸스Oedipus신화를 아들의 어머니에 대한 성적 친근과 아버 지에 대한 성적 적의를 나타낸다고 해석한 것은 널리 알려져 있다. 이러한 견 해가 갖는 그 자체로서의 타당성에도 논란의 여지가 많지만, 프로이트 식의 단 일한 해결은 설화에 관한 개별적이고 구체적인 연구에 기여하는 바가 빈약하 다. 황패강黃浿江[11]의 연구에서 이러한 견해의 접근이 발견된다.

프레이저James Frazer[12]에 기원을 두고 해리슨Jane Harrison[13] 등에 의해서 일 단 확립된 제의학파祭儀學派 ritual school는 인류학파의 입장을 특수하게 발전시 킨 것이라 할 수 있다. 이 학파에 의하면 신화는 제의, 특히 풍요제豊饒祭 fer-tility나 성년식成年式 initiation ceremony에서 행동으로 나타내던 것을 말로 옮긴 제의의 구술적口述的 상관물相關物 oral correlative이라고 한다. 이 학파의 세력 은 오늘날 특히 미국에서 상당히 확대되고 있는데, 모든 신화를 이렇게 볼 수

8 손진태, "고대 산신山神의 성性에 대하여", 『조선민족문화朝鮮民族文化의 연구』(을유문화사, 1948).

9 Wilhelm Wundt, "Mythos und Religion", Bd. 5 der Völkerpsychologie(dritte Auf, Leipzig, 1912).

10 Sigmund Freud, Die Traumdeutung(Leipzig und Wien, 1900).

11 황패강, "한국고대서사문학의 Archetype", 『문호文湖』, 4(1966).

12 James Frazer, The Golden Bough, 12 vols. (London, 1911~1915).

13 Jane Harrison, Themis(Cambridge, 1912).

있을지 신화 이외의 설화 전반을 제의와 결부시킬 수 있을지에는 의문이 있다.[14] 김열규金烈圭[15]는 이 학설에 입각해 한국의 설화를 다루려는 시도에 큰 관심을 갖고 있다.

이상의 제설은 설화 특히 신화가 다른 무엇으로부터 전환되었거나 무엇을 근거로 생겨났다고 한다. 그러나 설화는 처음부터 설화 자체로서 존재했기에 이 '무엇'의 설정이 무의미하다고 보거나,[16] '무엇'을 인정한다 해도 단일화될 수는 없고, 실제로 추구하는 것이 거의 불가능하다고 한다면,[17] 이상의 제설은 근거가 흔들리게 될 것이다. 설화가 '무엇'으로 인해 시작되었는가 하는 문제는 매우 어려운 문제이며, 해결의 전망은 아직 밝지 못하다고 해야 할 것이다.

'설화는 언제 어디서 시작되었는가' 하는 문제는 보다 간단한 것이고 보다 구체적인 결과에 이를 수 있을 듯 생각되나, 이에 대한 논의 역시 간단하지 않다.

설화에 관한 학문적 연구를 처음으로 시도한 그림 형제, 특히 형인 야코프 그림Jacob Grimm[18]은 소위 인구기원설印歐起源說 Indo-European theory을 제기했다. 인구의 각국어各國語가 인구공통조어印歐共通祖語에서 비롯했듯이, 각국의 신화도 인구공통신화라고 할 수 있는 것에서 유래되었다고 하는 견해이다. 따라서 비롯한 시기는 아리안족이 분파되기 전이고, 생겨난 장소도 원시 아리안족이 거주하던 곳이라는 것이다. 그는 민담을 신화의 부스러기라고 보았으므로 이 견해에는 민담도 포함된다. 언어에서 공통조어설은 오늘날까지 인정되고 있지만, 설화는 사정이 달라 인구기원설은 이미 낡은 학설로 취급되고 있

---

14 제의학파를 강경하게 비판한 논문으로는 William Bascom, "The Myth-Ritual Theory", *Journal of American Folklore*(April~June 1959)가 있다.

15 김열규, 『한국민속과 문학연구』(일조각, 1971).

16 Claude Lévi-Strauss를 중심으로 한 구조주의structuralism에서는 이런 입장을 취한다. Claude Lévi-Strauss, *Mythologique* ; *Le cru et le cuit*(Paris, 1964).

17 Stith Thompson, "Myth and Folktales", *Myth, a Symposium* 참조.

18 Grimm, *Kinder und Hausmärchen*(Leipzig, 1856).

다. 자연신화학파 역시 설화의 형성 시기와 장소에 관해서는 그림과 같은 견해를 가졌고, 그들의 학설을 더 분명히 입증하고자 했다.

벤파이Theodor Benfey라는 독일의 범어학자梵語學者는 『판차탄트라Pancha-tantra』를 번역하면서 서구 각국 설화와 공통된 것들이 다수 있음에 착안해 '인도기원설印度起源說 Indianist theory'을 제창했다. 즉 설화는 고대 인도에서 생겨나 여러 가지 경로를 거쳐서 서구 각국으로 전파되었다는 것이다. 이러한 벤파이의 주장은 실제로 입증된 것이 아니라는 점에서 역사지리학파歷史地理學派 historic-geographic school에 의해 심각한 비판을 받았다. 한국의 설화도 대부분 불경을 통해 인도에서 왔으리라는 추측은 한국판 인도기원설이라 할 수 있다.

역사지리학파는 핀란드에서 시작되었다고 해서 일명 핀란드학파Finnish school라고도 한다. 이 학파는 종래의 학자들이 엄밀한 방법론이 없이 설화의 기원을 논한 데 반대하여 방법론의 확립을 내세웠고, 설화는 어느 한 시기 한자리에서 생겨난 것이 아니라 유형마다 다른 역사를 가지고 있다는 전제에서 출발했다. 크론Kaarle Krohn[19]과 아르네Antti Aarne[20]에 의해 개척된 이 방법은 어느 한 유형의 설화(거의 민담)를 택해 가능한 모든 구전 및 문헌상의 각편 version을 수집하고, 수집된 자료를 중요 특징에 따라 분석해서 공통적인 특징에 입각해 원형archetype을 추정한 다음, 원형과 가장 가까운 것이 어디에서 주로 발견되는가에 따라 그 유형이 생겨난 지역과 시기를 판단하고 원형으로부터 현재의 각편들에 이르기까지의 변화 과정을 설명한다는 것이다. 이 방법은 앤더슨Walter Anderson[21] 등에 의해 더욱 발전되고, 톰슨Stith Thompson[22]에 의

---

19 Kaarle Krohn, *Die Folkloristische Arbeitsmethode*(Oslo, 1926).

20 Antti Aarne, *Leitfaden der vergleichenden Märchenforschungen*(Helsinki, 1913).

21 Walter Anderson, *Zu Albert Wesselskis Angriffen auf die finnische folkloristische Arbeitsmethode*(Tartu, 1935).

22 Stith Thompson, *The folktale*(New York, 1946).

해 미국으로 건너가 한때 대단한 세력을 가졌다. 이 학파에 의한다면, 한국의
어느 설화가 중국·몽골·일본 등의 것과 같은 유형에 속한다 해도 엄밀한 검
증 없이 어디서 어디로 전파되었다고 말할 수는 없게 된다.

그러나 일견 빈틈이 없이 조리 정연하게 보이는 이 방법에 감출 수 없는 결
함이 있어 비판 또한 왕성하게 대두되고 있다. 비판의 핵심은 설화의 전파는
언어와는 달리, 파동적波動的으로 이루어지지 않고 창의적인 화자의 역할이 크
기 때문에 원형의 재구再構가 무리라는 것[23]과 원형이 가장 완전하리라는 생각
은 퇴화적 전제에 입각한 잘못된 가정이라는 점이다.[24] 또한 역사지리학파가
설화의 다원발생의 가능성을 무시한 점도 비판되고 있다.

4. 한국 설화의 세계성

역사지리학파의 방법이 결함을 지니고 있다고 해도 유사한 설화가 국제적으
로 분포되어 있는 현상을 어떻게 해석해야 할 것인가는 여전히 문제로 남는다.
유사성을 독립 발생으로 해석할 수 있는 가능성과 함께 전파의 결과로 볼 수
있는 가능성이 여전히 있다.

한국 설화가 외국과 유사한 예들을 서구의 것, 일본의 것과 대조해 표를 작
성하면 다음과 같다(선택된 설화는 모두 민담이다).

---

23 C. W. von Sydow, *Selected Papers on Folklore*(Copenhagen, 1948).
24 Alan Dundes, "The Devolutionary Premise in Folklore Theory", *Journal of Folklore Institute*, vol.6, no. 1(Hague, 1969).

<표 1-1〉   설화 유형 비교표

	한국	Aarne-Thompson	Grimm
1	꼬리로 물고기 잡는 호랑이	The tail-fisher(2)	
2	참새 잡는 호랑이	The painting(8)	
3	토끼의 간	Monkey who left his heart at home(91)	
4	고양이 목에 방울 달기	Belling the cat(110)	
5	춤추는 호랑이	Wolves climb on top of one another to tree(121)	
6	늙은 닭과 그 동료들의 여행	The animals in night quarters(130)	Die Bremer Stadtmusikanten(27)
7	은혜 모르는 호랑이	The ungrateful serpent (155)	
8	심보 사나운 호랑이와 할머니	Cock, hen, duck, pin, and needle on a journey(210)	Das Lumpengesindel(10) Herr Korbes(41)
9	게와 여우의 경주	The race of the fox and clay fish(275)	Der Hase und der the Igel(187)
10	호랑이와 곶감	The thief and the tiger (177)	
11	하늘을 받치고 있는 거인	(Motif A842 Atlas)	
12	지하국 대적 퇴치	The thrce stolen princess (301)	Dat Erdmanneken(91)
13	벌 받은 도깨비 노파	Hensel and gretel(A327)	Hänsel und Gretel(15)
14	선녀와 나무꾼	(Motif D361.1 Swan madien) 313 · 400 · 465	
15	야래자형夜來者型 설화 · 뱀신랑	The monster(animal) as bridegroom(A425)	Der Eisenofen(127)
16	욕신금기浴身禁忌설화	(Motif C31.1.2. Tabu : looking at supernatural wife on certain occasion)	
17	개구리 신선	The frog king or Iron Henry(440)	Der Frosch König(1) (129a)
18	구복여행求福旅行	Three hairs from the devil's beard(461)	Der Teufel mit den drei goldener Haaren(29)
19	혹부리 영감	The gifts of the people (503)	
20	콩쥐팥쥐	Cinderella(A510)	Aschenputtel(21)
21	네 사람의 장사	Six go through whole world(A513)	Sechse Kommen durch die ganze Welt(71) (134) (224)
22	사냥꾼과 그의 아내	The fisher and his wife (555)	Der Fisher und seine Frau(19)
23	이상한 세 개의 병	(Motif D.672 Obstacle flight) 313 · 314	Die Wassernixe(73)
24	견묘쟁주犬猫爭珠	The magic ring(560)	Die treuen Tiere(104a)

25	바닷물은 왜 짠가?	The magic mill(565)	*Der süße Brei(103)
26	금 달걀을 낳는 거위	(Motif D876 goose that laid the golden egg)	
27	눈 먼 아우	The two travellers(613)	Die beiden Wanderer(107)
28	똑같은 재주	The four skillful brothers (653)	Die vier kunstreichen Brüder(129)
29	선계유락仙界遊樂	(Motif D1960. 1 Rip van Winkle)	
30	한 근의 살	A pound of flesh(890)	
31	천 냥 점	Precepts bought(910)	
32	당나귀 알	Pumpkin sold as an ass's egg(1319)	
33	부부의 떡 다툼	Who will speak first (1350)	
34	악처징치惡妻懲治	The corpse killed five times(1537)	
35	점 잘 치는 두꺼비	Doctor Know-all(1641)	Doktor Allwissend(98)
36	아버지의 유물과 삼 형제	The three lucky brothers (1650)	Die drei Gluckkinder(70)
37	좁쌀 한 알로 장가든 총각	The profitable exchange (1655)	
38	실수만 하는 바보	The boy's disasters(1681)	
39	전보로 부친 옷	Boots sent by telegraph (1710)	
40	두더지의 혼인	Stronger and strongest (2031)	
41	끝없는 이야기	Endless tale(2300)	

〔※ ( ) 안의 숫자는 Aarne-Thompson, *The Types of the Folktale*(2nd rev., Helsinki, 1964) 및 Grimm, *Die Kinder und Hausmärchen*(Leipzig, 1856)의 민담번호임〕.

〈표 1-2〉 한·일 설화의 비교

	한국	일본		한국	일본
1	혹부리 영감	瘤取物語	10	棄老說話 親棄山	
2	선녀와 나무꾼	羽衣傳說	11	아침에 심어 저녁에 따먹는 외	金瓜
3	선계유락仙界遊樂	浦島太郎			
4	숯구이 총각	炭燒長者	12	사미설화沙彌說話	毒酒 혹은 毒梨
5	견훤구인甄萱蚯蚓	三輪山式傳說	13	꼬리로 물고기 잡는 호랑이	熊과 虎
6	욕신금기설화	豊玉姬·鶴女房			
7	콩쥐팥쥐	繼子話	14	바닷물은 왜 짠가?	
8	게으른 아들의 새끼 서발	藁長者	15	심보 사나운 호랑이와 할머니	猿蟹合戰
9	금도끼 은도끼	黃金蛇 혹은	16	끝없는 이야기	果無話

17	토끼의 간	뼈 없는 海月	39	독장수 구구九九, 옹깃셈	水甁
18	청와전설靑蛙傳說	梟의 효도			
19	견묘쟁주犬猫爭珠	猿·猫·鼠	40	불식경不識鏡	松山鏡
20	게와 여우의 경주	狸와 田螺	41	사신과의 수문답 手問答	小僧의 手問答
21	호랑이와 곶감	古屋漏			
22	이상한 절구	黃金小臼	42	삼년아부三年啞婦	
23	해와 달이 된 오누이	天道님의 金網	43	치형힐제痴兄黠弟	
24	말하는 남생이	말하는 䲓	44	이상한 세 개의 병	護符 3枚
25	도깨비 방망이	團栗을 깨무는 소리	45	재로 만든 새끼	灰繩
			46	칠곡주七曲珠 꿰기	
26	구복여행求福旅行	山神과 童子	47	이야기로 사위 삼기	
27	똑같은 재주	3형제의 出世	48	코를 늘이는 부채	鼻都
28	징처설화懲妻說話	知惠有殿 혹은	49	꿀 강아지	餅木
29	방귀 뀌는 며느리		50	바보 사위의 물건 사기	
30	방귀 시합		51	음상와우陰上臥牛	
31	가자방적茄子防賊		52	은혜를 모르는 호랑이	은인을 물려고 한 뱀
32	바보 사위	南山의 馬鹿鼠	53	두더지의 혼인	쥐의 결혼
33	긴 이름을 가진 아이		54	밉다가 곱다가 하는 처	
34	일상천금一相千金	話買	55	명관치장승名官治長丞 설화	名判決說話
35	의사와 무당과 기생에의 재판	輕業師와 山伏과 醫者	56	부부쟁병夫婦爭餅	
36	점 잘 치는 두꺼비	僞八掛	57	고양이 목에 방울 달기	
37	사금갑射琴匣	머리 없는 그림자	58	네 사람의 장사	
38	시아버님과 며느리와 팥죽	味噌豆	59	벌 받은 도깨비 노파	
			60	형제투금兄弟投金	

위의 표에서 보인 민담 중 전파로 해석될 수 있는 가능성을 가진 예를 하나 들어보면 다음과 같은 것이다.

구복여행求福旅行

● 한국[25]

A. 발단 : 한 총각이 삼청동(혹은 서천서역국·옥황상제·저승할망)으로 복을 빌러 떠남.

---

25 이 이야기는 서울대학교 문리대학 학술조사단 설화반이 1967년 6월 12일 충북 옥천沃川에서 2화, 1967년 10월 27일 충북 영동永同에서 1화 채집한 것이다. 진성기秦聖麒, 『남국의 전설』(학문사, 1978), p. 118에도 유화類話가 수록되어 있음을 볼 수 있다.

B. 경과 : (1) 도중 ① 여인(노처녀·과부) ② 노인(도령) ③ 이무기를 차례로 만나 청탁을 받는다.

(2) ① 시집을 못 가는 이유 ② 배나무에 배가 안 열리는 이유(짐을 벗어 놓을 수 없는 이유) ③ 용이 못 되는 이유

(3) 신의 응답 ① 처음 만난 총각과 결혼하라(여의주를 가진 남편이어야 한다). ② 배나무 밑에 금은보화를 캐내라(맨 처음 만난 사람에게 벗어 주라). ③ 여의주 하나(혹은 둘)를 총각에게 주라(뱃속에 보물 방망이가 있어 그러하니 꺼내 주라).

C. 결과 : ① 여인과 결혼 ② 금은보화를 얻다. ③ 여의주를 얻다.

- 일본[26]

  (1) 소년이 노인을 구해줌. 노인(신)의 권고에 따라 천축국天竺國 사원으로 참배 떠남.

  (2) 도중 ① 부잣집 딸을 낫게 하는 방법 ② 주인집 꽃나무에 꽃이 피게 하는 방법 ③ 괴물이 승천할 수 있는 방법

  (3) 신의 해답 ① 부잣집 근처의 남자들로 하여금 처녀에게 술잔을 권하게 하여, 처녀가 선택한 술잔의 임자에게 재산을 주면 된다. ② 나무 밑에 묻힌 2개의 금항아리를 캐내어 소년에게 절반을 나누어 주면 된다. ③ 여의주 하나를 소년에게 주면 된다.

  (4) 결과 ① 처녀와 결혼하고 전 재산을 상속받다. ② 금항아리를 얻다. ③ 여의주를 얻다.

- Aarne-Thompson(460A, 460B, 461, 461A)[27]

  (1) 한 청년이 복을 빌러 길 떠남.

  (2) 도중 ① 과수果樹가 시든 이유 ② 수서동물水棲動物의 몸이 괴로운 이유 ③ 공주가 병든 이유 ④ 샘이 마르는 이유 등을 해결하여 주기를 부탁받다.

---

26 柳田國男, "山の神と子供", 『日本の昔話』(東京, 1953), p. 156.
27 S. Thompson, *The Types of the Folktale*, pp. 156~158.

(3) 답 ① 나무 아래 금, 은이 묻혀 있다. ② 몸 안에 보석이 있다. ③ 도둑 맞은 물건을 되찾으면 낫는다. ④ 돌(혹은 동물)을 들어내면 된다. 등등 ······.

이 이야기는 거의 전 유럽과 아시아에 분포되어 있고 아프리카에서도 나타난다. 아르네는 내용 자체도 동양적인 것이므로 아시아 특히 인도에서 발생한 것이라 하고, A. D. 430년경 인도의 법구경(담마파다*Dhammapada*)이나 중국 문헌에서도 찾을 수 있음을 지적하고 있다.[28] 그러므로 이 이야기의 전파 경로는 인도에서 발생하여 동으로 중국 → 한국 → 일본을 거쳐갔다고 추정할 수 있다 하겠다.

II 신화

1. 신화의 본질과 기능

신화가 무엇인지 이미 전설·민담과 비교해서 규정한 바 있으나, 신화는 전설이나 민담보다 성격이 복잡하여 여러 가지 심각한 견해의 대립을 초래하므로 자세한 고찰이 필요하다.

신화는 다음의 세 가지 각도로 규정될 수 있다.

① 신에 관한 이야기
② 자연현상이나 사회현상의 기원과 질서를 설명하는 이야기
③ 신성시되는 이야기

---

28 A. Aarne, *Der reiche Mann und seine Schwiegersohn*(Helsinki, 1916).

이 셋은 모두 근거 있는 규정이나, 어느 것이 신화의 보편적인 성격을 무리 없이 나타내며 한국 신화의 경우에도 타당성을 갖는가 하는 데 문제가 있다.

신을 인간과는 다른 존재라고 한다면, ①은 보편성을 갖기 어렵다. 고대 그리스에서 신은 불사불멸不死不滅이어서 유한한 인간과 엄연히 달랐으나, 단군이나 주몽朱蒙은 이 세상에 살면서 일정한 수명을 가졌다. 오히려 수명을 마친 후에 신이 되었다. 신과 인간을 굳이 구별하지 않고 양자를 겸한 존재를 인정한다면, ①의 의의는 걷잡을 수 없이 약화된다.

②는 원인론적原因論的 aetiological 이야기가 신화라는 뜻이다. 역시 고대 그리스 신화에서 출발하여 19세기까지 널리 인정되던 견해이나, 타당성에 한계가 있다. 주몽신화朱蒙神話는 고구려高句麗라는 국가의 기원과 질서를 설명하는 이야기라 할 수 있으나, 이러한 규정이 주몽신화의 본질을 가장 잘 드러낸다고 하기는 어렵다. 뿐만 아니라 원인론적 이야기들 중에서도 신화로 볼 수 없는 것이 많다. '해와 달이 된 오누이', '바닷물은 왜 짠가', '수탉은 왜 하늘을 쳐다보며 우는가' 등을 신화라 한다면, 신화의 한계는 아주 모호해진다. 이런 이야기들은 민담이기에 ②는 만족스러운 규정이 아니다.

③은 보다 보편적으로 타당한 규정이라 할 수 있다. 모든 신화는 신성시되고, 신성시되지 않는 이야기는 신화가 아니다. 20세기의 인류학자들은 비서구 신화非西歐神話의 광범위한 자료와 접하면서 ①, ②를 대신해서 ③의 규정을 제기하게 되었으며,[29] ③은 한국 신화에서도 제한 없는 타당성을 갖는다.

그러면 신성하다는 것은 무엇인가? 여기에서 신화의 본질에 관한 논의가 시작된다. 신화가 지닌 신성성에 관해서는 다음과 같은 두 가지의 근본적으로 서

---

29 Clyde Kluckhon, "Myth and Rituals : A General Theory", ed., Robert A. Georges, *Studies in Mythology*(Homewood, 1968), pp. 137~139 참조.

로 대립된 견해가 있어 왔다.[30]

① 신성성은 영원하며 현실을 초월해서 존재하는 근원적인 무엇을 상징적으로 나타 내는 현상이다.

② 신성성은 현실적으로 존재했거나 존재하는 것을 포괄적·규범적 의의를 가지도 록 차원을 높여 나타내는 현상이다.

①은 플라톤Platon 이래의 여러 관념론적 학자들이 취하는 견해이다. 현대에 서는, 융Carl Gustav Jung 같은 정신분석학자精神分析學者, 카시러E. Cassirer와 같 은 신칸트학파, 베르댜예프N. Berdyaev 같은 신학자神學者, 엘리아데M. Eliade와 같은 기독교적 전제에서 출발하는 종교학자宗敎學者들이 서로 상당한 차이를 가지면서 ①의 입장에 선다. 레비 스트로스Claude Lévi-Strauss 등의 정태적 구 조주의情態的 構造主義 le structualisme statique도 근본적으로 같은 생각이다.

②는 데모크리토스Democritus 이래의 보다 실증적인 학자들이 취하는 견해 이다. 현대에서는 밀러V. Miller 같은 역사학파歷史學派 the historical school, 타일 러Tylor 같은 진화론자進化論者, 말리노프스키Bronislaw Kasper Malinowski 같은 기능주의자機能主義者, 해리슨J. Harrison 등의 제의학파祭儀學派, 골드만L. Goldmann 등의 생성적 구조주의生成的 構造主義 le structuralisme génétique가 역 시 서로 상당한 차이를 가지면서 ②의 입장에 선다.

그런데 모든 신화가 지닌 신성성은 초월적이며 영원하다고 보아도 좋을지 의문이고, ①의 입장에 선다면 한국 신화를 정당하게 이해하는 데 상당한 지장

---

30 두 견해의 차이에 대해서는 David Bidney, "Myth, Symbolism and Truth", ed., Thomas Sebeok, *Myth : a Symposium* 참조. 그러나 이 논문에서는 M. Eliade·구조주의·역사학파·제 의학파 등은 언급되어 있지 않다.

이 생긴다. 주몽신화나 탈해신화脫解神話는 초월적이며 영원한 무엇을 나타낸다기보다 오히려 운명의 시련을 극복하고 싸워 이기는 위대한 투지를 보여 주기에 신성하다. 그리고 단군과 탈해의 투쟁은 역사적인 시간 속에서 전개되고, 일찍이 고구려와 신라에서 실제로 있었던 일의 신화적 반영이다. 따라서 한국 신화의 실상은 ①의 입장을 버리고 ②의 입장을 취하도록 요구한다.

②의 입장에서 신성성을 더 분석해 보자. 신화의 신성성은 위대하거나 숭고한 행위로써 성립된다. 행위와 사건으로 나타나지 않은 신성성은 아무런 신화적 의의도 지니지 않는다. 천신天神에 대한 숭배가 있다 해도 천신의 구체적인 행위가 말해지지 않는다면 신화와는 무관한 종교에 그친다. 위대하거나 숭고한 행위는 반드시 특이해야 하고, 일상생활에서 흔히 일어날 수 있는 것이 아니다. 난생卵生, 기아棄兒, 짐승의 보호 또는 표류, 불가능에 가까운 시련의 극복, 거대한 승리 등은 흔히 발견되는 특이한 요소들이다.

그러나 특이한 요소들이 기괴하게 생각되지는 않는다. 널리 인정될 수 없는 방향으로 나타나는 예기치 않던 사태는 기괴할 수 있으나, 신화적 행위는 비록 일상생활과는 다른 차원에서 전개되나 그 의의를 이미 인정하고 있는 것이어서 기괴할 수 없다.[31] 일상생활에서의 보편적인 경험을 특정한 의미가 두드러지도록 집약화集約化해서 이야기로 만든 것이 신화이며, 일단 성립된 신화는 행동의 규범이나 당위로서 간주된다. 집약화는 문학 창작의 일반적인 원리이나 규범과 당위라는 점에서는 다르다.

신화의 생활적 근거는 단순하지 않으나, 개인적인 생활보다는 집단적인 또는 공동체적인 생활에 신화가 기반을 두고 있다. 공동체적 생활도 크게 두 가지 각도에서 이해될 수 있으니, 하나는 역사적인 경험이고 하나는 제의적인 풍

---

31 일연一然은 『삼국유사』 두 번째 부분 '紀異'에다 신화를 수록하고, 그 서序에서 '帝王之將興'에는 "必有異於人者 然後能乘大變"이라고 '異'의 개념을 설명했다.

속이다. 가령 주몽신화는 고구려의 역사적 투쟁의 반영이라는 해석이 널리 인정되고 있고, 한편 그 시절에 행해지던 풍요를 위한 부활제의復活祭儀·성년식成年式 등의 구술적 상관물口述的 相關物 oral correalative로 간주되기도 하는데,[32] 후자의 해석이 타당할 수 있기 위해서는 원론적인 또는 실증적인 논의가 더 있어야 할 것이다.

신화는 그 신화를 신성하다고 생각하는 집단의 것이다. 이 집단을 벗어나면 같은 신화라 하더라도 의의가 달라지거나 신화가 아니다. 한국인은 그리스 신화를 신화로 인정할 수는 있어도 신화로 느껴지는 않는다. 어느 부락의 당신화堂神話는 다른 부락의 사람들에게는 전설일 수 있다. 신화의 요소는 차용될 수 있어도 신성성은 차용되지 않는다. 어느 집단이든 자기의 신화가 보편적인 신성성을 가지고 있다고 믿고 있으나, 실제로 보편적이지는 않다. 다만 집단의 영역이 확대될 때에는 보편성도 따라서 확대된다. 집단이 민족으로 확대되면 과거에 있던 씨족 또는 부락의 신화 중 어느 것이 또는 몇 가지가 복합되어 민족의 신화로 된다. 고려高麗에 이르러서는 단군신화와 주몽신화가 민족적인 것으로 되었다. 그러나 신화가 확대될 수 있는 한계는 원칙적으로 민족까지이고, 종교적으로 전파되는 경우에만 민족의 한계를 넘어선 신화가 생긴다.

신화는 신화시대神話時代라고 할 수 있는 시기의 산물이다. 신화시대는 인류가 아직 사회적 분화를 격심하게 경험하지 않고, 과학보다는 상상에 입각하여 공동의 지표를 설정하던 시기이다. 그렇다고 해서 신화는 저급한 단계의 것이고 과학의 발전과 더불어 의의가 없어진다는 것은 아니다.

한국에서는 삼국三國이 고대국가로서 자리를 잡자 이미 신화시대는 끝났다고 생각된다. 신화시대가 끝난 후에도 신화는 계속 전승되고 시대에 따라 변모

---

32 김열규의 『한국민속과 문학연구』에서는 이런 각도에서 주몽, 탈해 등 여러 신화가 분석되었다.

한다. 그러나 전설이나 민담과는 달리 신화는 개인적으로 쉽사리 변모시킬 수 있는 것이 아니다. 개인작의 문학작품에서 신화를 소재로 이용하는 경우만은 사정이 다르다. 신화시대가 끝난 후에도 신화는 만들어질 수 있다. 이런 경우에는 신성화의 대상이나 목적이 미리 설정되고 과거의 신화들로부터 필요한 요소들을 모으거나, 전설을 고쳐서 신화로 바꾼다.

신화의 기능 중에서 가장 중요한 것은 사회통제의 기능이다. "신화는 풍속을 고정시키고, 행위의 모범을 설정하고, 어떤 제도에 위엄과 중요성을 부여하는 규범적인 힘을 가진다."[33] 고구려인에게는 주몽신화가 행위의 모범이고 가치의 기준이며, 국가가 갖는 위엄을 상징하는 구실을 했을 것이다.

이와 아울러 신화는 그것을 가지는 집단으로 하여금 긍지를 갖게 한다. 광개토대왕廣開土大王의 위대한 업적을 새긴 비문이 주몽신화로부터 시작되는 것도 이런 까닭이다. 주몽신화를 민족적인 것으로 확대하며, 이를 서사시로 노래하는 의도를 이규보李圭報는 '欲使夫天下之我國本聖人之都耳(우리나라가 본래 성인의 도읍지임을 천하가 알게 하고자 한다)'[34]고 했다. 씨족신화나 부락신화도 씨족이나 부락민에게 이런 구실을 한다.

2. 신화의 분류 및 자료 개관

신화는 신성성이 인정되는 집단의 범위에 따라 다음과 같이 분류된다.

---

33 B. Malinowski, "In Tewara and Sanaroa-Mythology of the Kula", ed., Robert A. Georges *Studies on Mythology*, p. 99.
34 이규보李圭報, 『동국이상국집東國李相國集』 권제3, 고려 고종 28년(1241), "동명왕편東明王篇", 서序 참조.

① 건국신화 : 국가적인 범위에서 신성성이 인정되는, 국가 창건의 군주에 관한 신화이다.

② 시조신화 : 성씨의 범위에서 신성성이 인정되는, 시조에 관한 신화이다.

③ 부락신화 : 자연부락의 범위에서 신성성이 인정되는, 부락신당에다 모시는 신에 관한 신화이다.

④ 기타신화 : 신성성을 인정하는 범위가 일정하지 않은 일반적인 신화이다.

(1) 건국신화는 모두 옛 문헌에 기록되어 있는 문헌신화이며, 구전은 이미 오래전에 중단되었다. 만약 구전에 의존했다면 오늘날까지 전해질 수 없었을 것이다. 구전을 떠났기에 구비문학으로서의 순수성은 상실했다 할 수 있으나, 신화 자료 중에서 가장 중요하다.

소재문헌所載文獻 및 자료는 다음과 같다.

〈소재문헌 및 약호〉

　사史 = 삼국사기三國史記

　유遺 = 삼국유사三國遺事

　광廣 = 광개토대왕릉비廣開土大王陵碑

　동東 = 이규보李圭報 동명왕편東明王篇

　제帝 = 제왕운기帝王韻紀

　고高 = 고려사高麗史

　용龍 = 용비어천가龍飛御天歌

　지地 = 세종실록지리지世宗實錄地理志

　여輿 = 동국여지승람東國輿地勝覽

	史	遺	廣	東	帝	高	地	輿	龍
檀君(朝鮮)		遺			帝		地	輿	
朱蒙(高句麗)[35]	史	遺	廣	東	帝		地	輿	
赫居世(新羅 朴氏)	史	遺			帝				
脫解(新羅 昔氏)	史	遺						輿	
閼智(新羅 金氏)		遺							
首露(駕洛)		遺					地	輿	
三姓(耽羅)						高	地	輿	
高麗國祖						高			
朝鮮國祖									龍

이 중에서 고려와 조선의 국조신화는 신화시대 이후의 것이어서 인위적으로 형성되었다. 궁예弓裔와 견훤甄萱에 관해서도 인위적인 신화가 있었으나, 두 인물이 창건한 나라가 일찍 망했기에 곧 전설로 바뀌었다.

각 신화가 지닌 중요 화소話素를 정리하면 다음과 같다(고려와 조선의 것은 분석에서 제외한다).

〈화소의 자료〉

천天 = 천제손天帝孫이라는 혈통을 지녔다.

왕王 = 왕자로 태어났다.

강降 = 하늘에서 내려왔다.

용湧 = 땅에서 솟아났다.

부父 = 부모의 신이혼神異婚으로 태어났다.

난卵 = 난생卵生

궤櫃 = 궤짝 속에 들어 있었다.

---

35 주몽신화는 중국 문헌인 왕충王充의『논형論衡』·『양서梁書』·『위서魏書』·『주서周書』·『수서
隋書』·『북사北史』 등에도 전한다.

기棄＝태어나자 버림받거나 부모를 떠나 자랐다.

표漂＝표류되어 왔다.

수獸＝버림받자 짐승이 보호하거나 도와주었다.

양養＝사람에게 구출·양육되었다.

출出＝집을 버리고 떠나갔다.

투鬪＝적대자와 싸웠다.

이異＝싸움의 방식에 이적이 포함되었다.

국國＝나라를 세워 왕이 되거나 왕위에 올랐다.

혼婚＝특이한 부인과 혼인했다.

수壽＝특히 오래 살았다.

신神＝죽은 후에 신이 되었다.

	天	父·王	降·湧	卵	櫃	棄	漂	獸	養	出	鬪	異	國	婚	壽	神
檀君	天	父											國		壽	神
朱蒙	天	父		卵		棄		獸	養	出	鬪	異	國			
赫居世				卵		棄		獸					國	婚		
脫解		王		卵	櫃	棄	漂	獸	養	出	鬪	異	國	婚		神
閼智					櫃	棄		獸								
首露			降	卵		棄					鬪	異	國		壽	
三姓			湧											婚		

(2) 건국신화도 왕가王家의 시조에 관한 것으로 시조신화를 겸하고 있다. 제주도濟州島 삼성신화 같은 것은 건국신화로서의 자격을 상실하고 시조신화와 다름없이 되었다. 시조신화는 각 가문에서 족보·비문 등의 기록과 함께 구전으로도 전한다. 몇 가지 예를 들면 다음과 같다.

① 남평문씨족서南平文氏族書

湖之南平郡之東有大澤 澤畔有岩屹立千丈 君主一日遊於其下 五雲叢集於岩上 忽聞
嬰兒之聲 隱隱來 君主心異之 卽令構架觀察之 有石函 以鐵索繫之 而兜下開視之 中
有小兒 肥膚玉雪 容貌奇異 遂收養之 年甫五歲 文思自然通達 武略超邁 聰明穎悟
達事物之理 故因以文爲姓 多省爲名 明達爲字 時人稱之曰 文多省 昭若日月 燦如星
辰 號爲三光

② 창녕조씨족보昌寧曺氏族譜

曺氏始祖母 諱禮香氏 生有腹痛 有人云 昌寧火王山池 宿著靈異 若齋沐行禱 應見有
效 如其言卜日上池 沐浴將行禱 忽然雲霧晦暝 不知所之 居無何 雲霧開霽 禮香氏自
池中湧出 自此痛乃應 仍有身生男子 夢有一丈夫 來告曰 汝知此兒之父乎 其名曰玉
玦 卽吾是也 善養之 大可爲公侯 小亦卿相 而子孫萬代不替矣 父翰林學士李光玉 上
聞其事 王賜姓曺名繼龍 及長爲眞平王婿 封昌城府院君 實爲曺氏始祖云 依梅溪家
牒 生男子 脅下有曺字 故仍姓曺 云云

③ 배씨구보裵氏舊譜

檀君南巡 海上赤龍呈異祥 神女奉金檯 檀君開之 有裶衣童子一在焉 着衣裶衣 姓裵
天以生之 故名天生 及長 爲南海上長

이상에서 볼 수 있듯이 시조신화는 건국신화와 공통적인 화소들을 지니며,
특히 시조의 출생을 신성화하고 있다.

(3) 부락신화로서는 당본풀이인 서사무가가 큰 비중을 차지하나, '제4장 무
가'에서 다루기로 하고 여기서는 언급하지 않는다. 서사무가가 아닌 부락신화
는 이야기로 전해지는데, 다음과 같은 예를 들 수 있다(줄거리만 간단히 소개한
다).

① 죽령竹嶺 산신山神 다자구 할머니

옛날 죽령에 도적이 많아 나라에서 근심했는데, 어떤 할머니가 '다자구', '더자구'라는 이름의 아들을 찾는다는 구실로 도적들 속에 들어가 도적들이 잠들지 않으면 '더자구야!' 하고 부르고, 도적들이 잠들면 '다자구야!' 하고 불러 도적을 다 잡을 수 있게 했다.[36]

② 일월산日月山 황씨부인黃氏夫人

시어머니 학대에 견디지 못한 며느리가 일월산에 가서 죽었다. 죽은 후 남편의 꿈에 나타나, 남편은 썩지 않고 있는 아내의 시체를 찾았다.[37]

③ 연평도延坪島 임경업林慶業 장군

임경업 장군이 중국으로 가다가 종이에다 부적을 써 바다에다 띄우고 부하들을 시켜 잡게 하니 그게 다 조기였다. 그 후 장군은 연평도 조기잡이의 신이 되었다.[38]

부락신화는 위의 예들로 알 수 있듯이 건국신화와 매우 다르고 전설에 가깝다. 신을 섬기는 부락민들로서는 신화이나, 다른 사람이 보면 전설이다.

(4) 그 밖의 일반적인 신화는 영등할머니(풍신風神), 업(복신福神), 삼신할머니(산신産神) 등에 관한 이야기인데, 서사무가의 일반 본풀이와 같은 성격의 것이지만 훨씬 단순하다.

---

36 원래 인근 3군 수령이 제사를 지냈는데, 지금은 충북忠北 단양군丹陽郡 대강면大崗面 용부원리龍跌院里의 신이다. 1969년 5월 6일 서울대학교 문리과대학 국문학과 조사단이 조사.

37 경북慶北 영양군英陽郡 청기면靑杞面. 일월면日月面 일대에서 황씨부인당을 섬긴다. 1971년 2월 18일 조동일 조사.

38 "백령·대청·연평·소청 제도서학술조사보고", 『문리대학보』, 제6권 제2호(서울대학교 문리과대학, 1958), pp. 167~170.

3. 한국 신화의 사유방식

```
환인          천제[39]
 |            |
환웅          해모수
 |            |
단군          주몽
```

단군신화와 주몽신화는 위와 같은 삼대기三代記이다. 환인桓因 또는 천제天帝
는 하늘에 있으며, 그 아들인[40] 환웅桓雄과 해모수解慕漱가 하늘에서 땅으로 내
려왔다. 내려와서는 각각 웅녀熊女 및 유화柳花와 혼인하여 단군과 주몽을 낳았
다. 그런데 신화의 주인공은 하늘에 있는 환인과 천제도 아니고, 하늘에서 내
려온(또는 오르내리기도 하는) 환웅과 해모수도 아니며, '천제손天帝孫'이라는
명칭만 지녔지 하늘과 직접적인 관련이 없는 단군과 주몽이다.

환인과 천제는 역사적인 시간을 초월해서 존재하고, 환웅과 해모수는 초월
적인 시간에서 역사적인 시간으로 들어오고, 단군과 주몽은 역사적인 시간 속
에서 일정한 수명을 지닌다. 신화는 환웅과 해모수가 시간으로 들어오는 데서
비롯한다. 환웅은 '내왕이천재乃往二千載'에, 해모수는 '한신작삼년漢神爵〔雀〕
三年'에 땅으로 내려온다. 단군과 주몽이 태어나면서 신화는 본론에 들어간다.
환웅과 해모수는 단군과 주몽을 위해서 필요한 역할을 할 뿐이고, 단군과 주몽
이 태어난 후에는 다시 언급되지 않는다.

이와 같은 현상은 주목할 만한 의의를 가진다. 천상의 것보다는 지상의 것

---

39 해모수는 '천제자天帝子'(『삼국유사』, 권제1, 고구려 참조) 또는 '천제견태자해모수天帝遣太子解
慕漱'(『제왕운기』, 권 하)라고만 되어 있지 천제에 대한 그 이상의 언급이 없다.
40 해모수는 주 39에서 보듯이 '천제자天帝子' 또는 '태자太子'이며, 환웅은 환인의 '서자庶子'이다
(『삼국유사』, 권제1, 고조선 참조).

이, 초월적인 시간보다는 역사적인 시간이, 수직적인 질서보다는 수평적인 질서가 월등히 중요하다는 사유방식이다. 환웅은 '삭의천하數意天下 탐구인세貪求人世'하여 '홍익인간弘益人間' 하러 왔지, 천신을 숭상하도록 가르치기 위하거나 천신을 영화롭게 하러 왔다는 말이 없다. 단군과 주몽의 사업은 오직 이 세상을 잘 되도록 하자는 것이고, '천제손'이라고 하는 건 이들이 고귀하고 탁월한 능력을 가졌음을 의미한다.

다른 신화에서는 상기한 바와 같은 삼대기는 보이지 않으나, 혁거세가 세상에 나타난 것도, 수로가 하늘에서 내려온 것도 근본적으로 같은 의미이다. 혁거세는 '광명리세光明理世'를 의미한다. 둘 다 육촌장六村長과 구간九干의 환영을 받고 곧 왕위에 올랐다. 그리고 혼인이 즉위와 함께 중요한 사업으로 간주되고 있다. 이 세상에 나오기 전의 혁거세와 수로는 전혀 관심 밖이다.

건국신화의 주인공은 원래 부족신部族神이었는데, 후대에 역사화하여 국조國祖로 되었다는 견해는 타당성이 있다. 『삼국사기』는 물론 『삼국유사』까지도 건국신화에 역사성을 지나치게 부여해 연대 고증 같은 데 세심한 배려를 했다. 그러나 '후대의 역사화'라고 하는 것은 만족스러운 해석은 아니다. '한신작삼년', '전한지절원년임자前漢地節元年壬子'(박혁거세가 태어난 해, 『삼국유사』에서) 등의 설명은 후대의 것이라 해도, 신화의 주인공이 갖는 역사적 성격 자체는 본래의 것이라 해야 할 것이다. 건국신화는 어느 것이나 현세적 · 역사적인 세계의 중요성을 나타내고 있다.

또한 건국신화의 주인공들은 신이라기보다 인간이며, 그들의 행위는 인간의 능력을 뛰어나게 발휘한 영웅적인 것이다.[41] 이것은 건국신화뿐만 아니라 모든

---

41 '찬양받는 제신諸神'에 대해 말하는 헤시오도스Hesiodos의 『신통기Theogony』보다 '인간'에 대해 말하는 호머Homer의 『오디세이Odyssey』에 가깝다. 서구적인 기준에서 본다면 신화라기보다 영웅서사시의 성격을 지닌다. C. M. Bowra, *Heroic Poetry*(London, 1952), p. 23.

신화에서 공통적인 현상이다. 신화의 주인공들은 마땅히 해야 할 일이되 누구나 쉽사리 할 수 없는 일을 함으로써 신성시되는 인물들이다. 시조신화의 경우에는 위대한 행적이 장차 후손이 한 것으로 미루어져 있기도 하고, 부락신화에서는 주인공의 생애가 지극히 평범한 것이기도 하기에, 영웅적인 의미마저도 일상적인 경험과 쉽사리 상응한다. 무속신화라 할 수 있는 서사무가의 주인공도 힘을 지녔기에 숭상되며, 힘을 실제적인 방향으로 발휘한다.

주몽·탈해(또는 궁예·작제건作帝建까지도) 및 여러 서사무가의 주인공의 일생은 일정한 유형에 따라 이루어져 있는데, 정리하면 대체로 다음과 같다.[42]

① 고귀한 혈통을 지니고,
② 비정상적으로 태어나,
③ 어려서부터 비범했으나,
④ 일찍 기아棄兒가 되거나 고난에 부딪혀,
⑤ 구출·양육자를 만나 살아나고
⑥ 다시 죽을 고비에 이르렀으나,
⑦ 투쟁에서 승리해 영광을 차지했다.

이와 같은 '영웅의 일생'은 한국만의 것이 아니되 몇 가지 주목할 만한 특징이 있다. 중국의 경우와는 달리 투쟁이 중요시되고, 서구의 경우와는 달리 현세의 영광으로 모든 싸움이 끝나며, 현세의 승리자가 된 후에 다시 비장한 패배를 한다는 전개는 찾아볼 수 없다.[43]

---

42 김열규, "민담의 전기적 유형", 『한국민속과 문학연구』(일조각, 1971) ; 조동일, "영웅의 일생, 그 문학사적 전개", 『동아문화』, 제10집(서울대학교 문리과대학 동아문화연구소, 1971) 참조.
43 중국의 경우에는 『사기』에 나오는 은殷 설契, 주周 후직后稷, 진秦 대업大業이 그런 예다. 서구의 경우에는 Lord Raglan, *The Hero : A Study in Tradition, Myth, and Drama*(London, 1937), Joseph Campbell, *The Hero with a Thousand Faces*(New York, 1956) 참조.

중국과는 달리 투쟁이 중요시되는 이유는 영웅의 일생이 정통론正統論과 선위사상禪位思想 같은 명분에 지배되지 않기 때문일 것이다. 『삼국사기』의 저자는 유교사관儒敎史觀에 입각해 건국신화를 다루었으나, 무엇이든 구애되지 않고 뜻을 관철하는 주몽이나 탈해의 투지를 크게 손상시키지는 못했다. 서구와는 달리 비장한 패배가 없는 것은 크게 보아, 현세적現世的 낙관주의樂觀主義라 할 수 있는 사고방식 때문일 것이다. 이 세상에서 만족하지 않고 인간의 한계를 넘어서는 이원론二元論을 기반으로 한 의지 같은 것은 한국인과 무관하다 할 수 있다.[44]

따라서 한국 신화에는 비장미悲壯美가 나타나기는 하나 상당히 제한되어 있으며, 숭고미崇高美가 더 중요한 미적 범주이다. 주몽의 투쟁은 때로 불가능하고 역설적인 성격을 갖기도 하나, 결국 시련은 극복되게 마련이다. 부락신화 같은 데서는, 황씨부인의 예에서 볼 수 있듯이 비장한 결말이 더러 발견되나, 비장미의 보다 분명한 전개는 전설에서 나타난다.

III 전설

1. 전설의 자료 개관

전설傳說 수집蒐集의 역사는 매우 오랜 것으로 추정된다. 현재 남아 있는 문헌을 중심으로 하여도 『삼국사기』(1145)나 『삼국유사』(1285)가 편찬된 연대로 미루어 800여 년을 훨씬 상회한다. 조선시대에 들어와서도 『동국여지승람』,

---

44 조동일, 앞의 논문(주 42) 참조.

『세종실록지리지』외의 수많은 읍지邑誌들에서 우리는 수많은 자료를 쉽사리 찾아낼 수 있다.[45]

그러나 전설은 그것을 소유하고 있는 지방민 외에는 별 흥미가 없는 것이기에, 오늘날에 와서는 자료 채집이 구비문학 타 분야에 비하여 저조한 편이다. 기껏해야 향토지 편찬시 약간의 대접을 받아 왔을 뿐이다. 근자에 이르러 각 대학과 학회의 현지조사의 일환으로 차차 자료 채집이 활기를 띠어 가고 있어 크게 기대된다.[46]

전설 채집에 있어 지금까지 이루어진 주요 업적을 들어보면 다음과 같다.

① 최상수, 『한국민간전설집』(통문관, 1958)

저자의 여러 구저舊著[47]들을 대폭 증정增訂하여 펴낸 것인데, 이 책은 여러 가지 점에서 설화학사상 큰 의의를 지닌다. 첫째, 전설을 독립한 학문분야로 인정하고, 연구를 위한 자료집으로서 엮으려 하였다. 둘째, 이왕의 전설 채집을 집대성하였다. 셋째, 사실상의 최초이자 최대의 전설집이라고 할 수 있다(총 371화 수록). 넷째, 유일한 전국적인 전설집이다. 다섯째, 최초로 전설 분류를 시도하고, 화자도 명기하고 있다는 점 등이다.

② 진성기, 『남국의 전설』(일지사, 1968)

1958년에 초판을 내었던 『제주도 설화집』(프린트판)의 개정판改訂版이다. 서명書名에서도 추찰推察하여 알 수 있듯이, 저자는 전설의 개념을 설화와 동일한 것으로 다루고 있다. 따라서 이 책 속에는 신화·전설·민담이 모두 포함되어 있다.

---

45 장덕순, 『한국설화문학연구』, pp. 374~534 문헌설화 분류 참조.

46 서울대학교 문리과대학 국어국문학과, "연평·백령·대청 제도서학술조사보고", 『문리대학보』, 제6권 제2호(1958) ; 성균관대학교 문과대학 국어국문학과, 『안동문화권학술조사보고서』(성균관대학교, 1967) ; 단국대학교 문리과대학 국어국문학과, "안동봉화지방학술답사보고", 『국문학논집』, 제2집(1968) ; 단국대학교 문리과대학 국어국문학과, "전남지방학술답사보고", 『국문학논집』, 제3집(1969).

47 최상수, 『조선지명전설집』(연학사, 1947) ; 『조선민간전설집』(통문관, 1958) ; 『조선구비전설지』(조선과학사, 1949) 등.

이 책의 특징은 채집 지역을 제주도란 한 지역으로 국한시키고 있다. 수록 편수는 지역적 전설 14편, 역사적 전설 14편 도합 28편이다.[48]

③ 성균관대학교 국어국문학과, 『제1차 3개년계획 안동문화권학술조사보고서』(1967)[49] 개인조사가 아닌 공동조사로서 얻은 성과를 단행본으로 발간한 것은 이 책이 처음인 듯하다. 이 책의 특징은 채집이 앞에서 든 두 저서보다도 더욱 국부적인 지역에서 이루어졌음을 들 수 있다. 수록 편수는 약간의 민담을 합해서 42편이다.

④ 문화재관리국, 『한국민속종합조사보고서 전남편』(문화공보부 문화재관리국, 1969) 전국 민속조사계획 중 제일 첫 번째로 얻어진 성과를 발간한 것으로, 수록 편수는 14편이다.

이 밖에 문화방송국 편編인 『전설 따라 삼천리』란 책이 현재까지 3권이 발간되었으나, 원래가 방송을 위한 목적으로 각색자 자의로 개편한 것이므로 전설 연구를 위하여는 보조적 자료밖에는 되지 못한다. 또한 한글학회 편編인 『전국지명조사집』도 많은 도움이 된다.

이상에서 본 바와 같이, 전설 수집 결과는 매우 영성蕪堆함을 면치 못하는 형편에 있다. 이미 채집 보고된 자료라 할지라도 채록자의 임의대로 개변하여 전설 연구를 위하여는 무가치한 경우가 있기에 하루 속히 원형 그대로의 채집이 이루어져야 하겠다.

2. 전설의 분류

전설은 전승장소where, 발생목적why, 설화대상what에 따라 분류할 수가 있

---

48 진성기는 『남국의 지명유래집』(제주민속문화연구소, 1964 재판)이란 저서도 낸 바 있다.
49 성균관대학교는 안동문화권 학술조사의 계속 사업으로 제2차 3개년 계획을 수립하여 그 첫 번째 해(1967)에 얻은 성과를 『성대문학』, 제14집에 수록하였다. 전기 16편, 후기 21편, 계 37편 수록.

다.[50]

우선 전승장소에 따라 전설을 지역적地域的 전설local legend, 이주적移住的 전설migratory legend로 나눈다.[51] 전자는 어떤 일정한 지역에서 옛날에 일어났으리라고 믿어지는 사실을 설명해 준다. 그러므로 하나의 전설은 한 지방에 부착되어 지리적 특징, 명칭의 유래, 습관의 기원 등을 이야기한다. 그러나 후자는 어떤 특정지역에 고착되어 있다고는 하지만 똑같은 줄거리를 가진 전설이 도처에서 발견된다. 예를 들면 국제적인 「장자못 전설」이라든가 전국적인 「오뉘 힘내기」 전설[52]과 같은 것이다.

비슷한 전설의 분포가 이주에 의한 것인가 혹은 독립적 발생에 의한 것인가 하는 것을 결정하기란 참으로 곤란하다. 왜냐하면 '애기장수' 이야기라든지 '장사 발자국이 남아 있는 바위'에 대한 전설이라든지 하는 것은 범지역적인 것이며, 어디서나 생겨날 법한 애기인 때문이다. 그러므로 전설을 이와 같이 양분법으로 분류하는 데는 많은 난점이 있을 것으로 예상된다.

다음 발생목적에 의한 분류는 설명적 전설, 역사적 전설, 신앙적 전설로 구분할 수 있다.[53]

첫째, 설명적 전설aetiological legend은 민중들이 어떻게 자기를 둘러싸고 있는 자연이 이루어졌는가, 사물들이 생겨나게 되었는가 하는 것들을 설명할 목적으로 만들어 낸 것이다.

따라서 설명적 전설은 지리상의 특징, 자연현상, 특수한 습관, 어느 지역의

---

50 시도우C. W. von Sydow는 전설을 추억전설追憶傳說·연대전설年代傳說·신앙전설信仰傳說·개인전설個人傳說·발생전설發生傳說로 분류하였다.

51 A. H. Krappe, *The Science of Folklore*(London, 1930).

52 최래옥, "설화와 그 소설화 과정에 대한 구조적 분석—특히 장자못 전설과 옹고집전의 경우—", 『국문학연구』, 6(1968).

53 Wayland D. Hand, "Status or European and American Legend Study", *Current Anthropology*, vol. 6, no. 4, pp. 443~444.

동·식물의 특수한 형상, 산이나 바위의 생김새 등을 소박한 지식으로 설명한다. 그런데 이 설명적 전설은 종종 설명적 민담과 혼동된다. 설명적 전설과 설명적 민담 둘 다 어떤 사물의 특징을 설명해 주기 때문이다. 그러나 양자의 구별은 간단하다. 설명적 전설은 전설의 특징대로 어떤 장소에 국한된 것이기 때문이다. '며느리밥풀꽃'이 '밥풀을 입에 문 채 죽은 며느리의 넋'이라고 하는 것은 어떤 제한 없이 종 전체를 말해 주는 것으로 민담의 범주임이 확실하지만, 경남 하동河東의 '철쭉꽃' 등이 '절개를 지키다 죽어간 아내의 넋'이라고 하는 것은 분명 전설의 범주에 넣어야 한다. 설명적 전설에는 기존 전설에 설명적 요소가 후에 첨가되어 이루어진 것도 많다. 이는 물론 전설이 가진 설명적 특징 때문이라고 생각된다.

둘째, 역사적 전설historical legend은 대부분의 전설이 여기에 포괄될 수 있는 것으로, 어떤 역사적 사실로부터 성립하고 성장했던 것이다. 그러므로 이것은 역사적 사건에 대한 기초적 지식을 가진 사람이 그 사건의 설명으로서 이야기하고 그것이 민중의 기억이나 지식에 결합되어 생기는 것이다. 따라서 역사적 전설 속에는 지방적·국가적 영웅이 등장하게 된다. 물론 영웅이라고 하지만 그들은 모두가 유명인물이 아니고 무명인물도 대단히 많다. 야담野談·야사野史·패사稗史 등은 모두 역사적 전설이다.

셋째, 신앙적 전설mythic, religious legend은 민간신앙을 기초로 하고 있다. '정鄭 도령'의 재래再來를 믿는다든지 금기禁忌를 교시해 주는 것과 같은 것 등이 있다.

설화대상에 의한 분류는 종래 국내에서도 많이 시도되었던 것으로, 다음에 이왕의 업적을 참작하여 분류 시안을 제시해 보겠다.

3. 전설의 문체와 구조

　전설은 신화나 민담에 비해서 대체로 단순한 것이 특징이다. 전설의 최소 요
건은 증거물을 설명해 줄 수 있으면 되기 때문에, 이야기로서의 짜임새를 갖추
지 못하고 문학적 형상화가 작용할 여지가 없이 단순한 전설도 있다. 이런 예
는 지명전설地名傳說에서 흔히 발견된다. '오리재'라는 마을이 있는데, 한자로
는 오리동梧里洞이라고 쓰면서 설명하기를, 옛날에 어떤 풍수風水가 근처의 일
월산日月山에 상운봉祥雲峰이라는 길지吉地가 있다고 말했는데, 상운봉까지 오

리五里가 되기 때문에 오리동五里洞(=오리동梧里洞)이라고 했다는 것이다. 이런 정도라면 민담으로서는 성립 불가능하고 전승이 불가능하다. 보다 복잡한 전설이라 하더라도 이야기 자체로서의 유기적인 짜임새를 갖지 못하는 경우가 많다.

다음과 같은 예를 보자.

① 이태조李太祖가 고승高僧 무학無學에게 천도遷都할 땅을 구하라고 의뢰했다.
② 무학이 동야東野(지금의 왕십리汪十里) 근방에서 지세를 살폈다.
③ 밭 가는 노인이 "미련하기 무학 같은 소, 바른 곳도 버리고 굽은 길을 찾는구나!" 하며 소를 꾸짖었다.
④ 무학이 가르침을 청하자 노인은 10리十里만 더 가라고 했다.
⑤ 10리를 더 가서 무학은 서울의 터를 발견했다.
⑥ 눈이 쌓인 설〔雪〕 울〔圍〕을 경계로 성城을 쌓았기 때문에 '설울'이 변해서 '서울'로 되었다.
⑦ '10리만 더 가라'고 해서 그곳은 왕십리往十里라 부른다.
⑧ 무학이 처음 왕심枉尋한 곳이기에 왕십리枉十里하고도 한다.[54]

②·③·④·⑦ 사이에는 서로 유기적인 관련이 있으나, ⑥·⑧은 전혀 그렇지 못하다. ⑥·⑧의 개재는 증거물 때문에 가능해지지 이야기 자체만으로는 납득할 수 없다. 한 증거물을 두고 다른 해석을 할 수 있기에, 전설에는 ⑦·⑧과 같이 이야기로서는 서로 관련이 없는 이설이 생기기도 한다. ①·②·③·④·⑤·⑦과 ①·⑥ 또는 ①·②·⑧이 따로 이야기될 수도 있다.

이와는 달리 유기적인 구조를 갖는 전설도 있을 수 있으니, 「선녀의 깃옷」

---

54 최상수, 『한국민간전설집』, pp. 15~16을 자료로 필자 정리.

(일명 금강산 선녀와 나무꾼),[55] 「지네산」[56] 같은 것들이 그 대표적인 예다. 이런 전설은 일정한 증거물과 결부되어 있으니 전설이지, 증거물을 떠나서 민담으로도 존재할 수 있는 것들이다. 이 밖에도 유기적인 구조를 가진 전설들이 더 있는데, 이들은 모두 민담이거나 민담으로 전환될 수 있는 가능성을 가졌다.

민담과 비슷한 것들을 제외하고 대부분의 전설은 증거물에 관해 알려 주는 정도를 별로 넘어서지 않기에 문체 역시 일상적인 말과 큰 차이를 갖고 있지 않다. 민담에서 큰 구실을 하는 공식적公式的 표현이나 관용적慣用的 표현도 적게 사용된다. 또한 유능한 화자에 의한 풍부한 수식이 없어도 전설은 생명을 지닐 수 있다.

민담은 누구에게나 이해될 수 있을 만큼 평이한 문체로 되어 있으나, 전설의 문체는 난삽難澁할 수도 있다. 풍수에 관한 전설, 과거科擧에 관한 전설, 역사적 인물이나 사건에 관한 전설(야담·야사·패사 등) 같은 것들은 한국 전설에서 큰 비중을 차지하는데, 이들은 대체로 유식한 한문 문구나 해박한 사실史實을 포함하고 있다. 이들은 양반의 전설이고 문헌에 기재될 기회가 많기 때문에 더욱 유식해지기도 한다. 그러나 그 글의 유식함과 난삽함은 증거물의 특수성과 화자들의 말투에 따라 생기는 현상이지, 작품세계가 복잡하기 때문은 아니다. 따라서 전설의 문체가 일상적인 말과 큰 차이를 갖고 있지 않다는 지적은 이런 경우에도 타당하다.

4. 전설에 나타난 인간관

이미 지적한 바와 같이, 전설의 주인공은 대체로 예기치 않던 사태에 부딪쳐

---

55 최상수, 위의 책, pp. 437~439.
56 최상수, 위의 책, pp. 29~30.

당황하거나 왜소해지는 경우가 많다. 이 점은 신화나 민담이 보여 주는 인간의 모습과 대조적이다. 신화의 주인공인 신으로서의 인간은 그가 지닌 탁월한 능력을 발휘하여 자연의 질서나 국가의 창건創建을 이룩하며, 예기치 않던 사태에 부딪친다 해도 이를 쉽사리 극복하게 마련이다. 신화의 세계에서는 패배가 있다 해도 일시적인 것에 불과하다. 민담의 주인공은 일상적인 인물이나 운명을 개척하는 데 근본적으로 낙관적이다. 주인공의 행동을 가로막는 존재에 대해서 민담은 주의를 깊이 기울이지 않는다. 그러나 전설에서는 사정이 다르다.[57]

전설의 인물이 갖는 특수성은 증거물에서 유래된다고 할 수 있다. 예기치 않던 사태는 증거물에서 오는 경우가 흔하기 때문이다.

> 도산서원陶山書院은 선조宣祖 때의 사액서원賜額書院으로서 현판懸板의 글씨를 선조가 당시의 명필 한석봉韓石峰에게 명하여 쓰게 하였는데, 이때 선조는 도산서원이라고 알려주면 석봉이 놀라 붓이 떨려 글씨가 잘 되지 않으리라 생각하여, 도산서원의 네 글자를 거꾸로 한 자 한 자 불렀다. 그래서 마지막으로 '도陶'자를 쓰게 했다. 이때 석봉은 이것이 도산서원이란 것을 알아차리게 되매, 놀란 마음에 붓이 떨려 마지막 '도陶'자를 비뚤게 썼다.[58]

위의 전설은 증거물에 편중되어서 한석봉에게는 중요성을 부여하지 않는다. 오직 도산서원이라는 것 때문에 그가 당황했고, 그 결과가 증거물에 남아 있다.

전설의 이러한 설정은 단지 증거물에 편중하기 때문에 생기는 것만은 아니

---

57 전설과 민담의 이러한 차이에 대해서는 Max Lüthi, "Aspects of the Märchen and the Legend", *Genre,* vol. II, no. II(University of Illinois at Chicago circle, June, 1969) 참조.

58 성균관대학교 국문학과, 『안동문화권학술조사보고서』, p. 104.

다. 처음에는 전혀 증거물과 결부되지 않고 예기치 않던 사태가 발생해서 주인공에게 불행이 생기고 그 결과가 나중에 증거물에 남기도 한다.

…… 노승老僧이 착한 며느리에게 집이 함몰될 터인데 자기를 따라 오면 살 수 있으리라고 했다. 그러면서 무슨 일이 있더라도 절대로 뒤를 돌아보지는 말라고 했다. 며느리는 노승의 뒤를 따라 가다가, 갑자기 천지가 무너지는 듯한 소리가 나기에 뜻하지 않게 뒤를 돌아보았기 때문에 그 자리에서 돌이 되었다.[59]

여기에서는 예기치 않던 사태가 며느리의 부주의로 인해서 생겼다. 말하자면 실수다. 노승은 실수가 없으나 며느리는 실수를 범했다. 이러한 실수를 범하는 것은 인간으로서는 어쩔 수 없는 일이며, 그 결과가 아무리 엄청난 것이라 해도 미리 방지하기 어렵다. 따라서 실수로 생긴 예기치 않던 사태는 인간의 한계를 드러낸다고 할 수 있다. 전설은 이처럼 인간의 한계로 인해 생기는 불행을 민감하게 그린다. 「에밀레종」의 전설, 「쌀 나오는 구멍」의 전설, 「오뉘 힘내기」 전설 등에서도 비슷한 주제를 발견할 수 있다.

오 장군吳將軍은 싸움터에 나갔으나, 싸움이 끝나서 할 일 없이 돌아왔다. 오면서 활을 쏘아 화살이 먼저 가나 말이 먼저 달리나 경주를 했다. 가 보니 화살이 보이지 않아 말을 죽였다. 말을 죽이고 나니 화살이 날아왔다. 장군은 자기의 실수를 알고 자살했다.[60]

---

59 「장자못 전설」의 후반부. 이 전설의 분포 및 구조에 관해서는 최래옥의 "설화와 그 소설화 과정에 대한 구조적 분석" 참조.
60 경북慶北 영양군英陽郡 일월면日月面 곡강동曲江洞 장천將川마을의 전설이다. 1971년 2월 18일에 남재식(南在植, 42세)에게서 조동일 조사.

위의 이야기에서 말을 죽인 것도 실수로 생긴 예기치 않던 사태다. 그러나 좀더 깊은 고찰이 요청된다. 화살과 말의 경주부터가 실수라고 생각할 수 있고, 그 이유는 오 장군이 출전하지 못하게 된 데서 다시 찾을 수 있다. 출전하지 못하게 되었다는 것이 이 유형 전설에서 필수적이지는 않지만, 탁월한 능력을 가지고 있으나 능력을 발휘하거나 뜻을 펴지 못하는 장수의 이야기인 것만은 공통적이다. 그리고 자기의 실수를 알고 장수가 자살했다는 결말도 보편적이고, 그 결과로 흔히 말무덤이나 장수의 무덤이 증거물로 남는다. 장수의 비극은 단순한 실수 때문만은 아니고 역사적이고 시대적인 의미를 가진 것이기도 하다.

탁월한 능력을 지닌 장수가 뜻을 이루지 못하고 패배한 전설은 아주 흔한데, 한 예를 들면 다음과 같다.

능포 동리 어귀에서 방석같이 평평한(바위가 장수) 바위가 있다. 전설에 의하면 촌부村婦가 노경에 낳은 아들이 신묘하게 빨리 장성하고 겨드랑이에 날개가 돋혔다는 소문에, 어리석은 촌부가 겁에 질려 이 아들을 죽였는데, 3일 후 백마가 슬피 울다 이 바위에서 죽었다고 하며, 그때의 발자국이 지금껏 이 바위에 새겨져 있다 한다.[61]

이 아이는 장수다. 어려서부터의 비범함이 고대 건국신화의 주인공들과 통하는 바 있는데, 뜻을 이루지 못하고 죽었다. 아버지가 비범한 아들을 죽이려는 것도 신화적인 모티프인데, 죽인 이유가 다르다. 아들이 역적이 되리라는 두려움, 뛰어난 인물은 세상이 용납하지 않는다는 두려움 때문이다. 이러한 두려움으로 해서 생기는 비극에는 좌절된 역사 창조의 의지로 해서 생긴 쓰라림

---

61 경상남도교육연구소, 『경상남도 땅이름』(연구사, 1965), p. 29. 경남慶南 거제군巨濟郡 장승포읍 長承浦邑 능포리菱浦里의 전설.

이 서려 있다. 그러면서도 이러한 전설은 나라를 구하고 세상을 바꾸어 놓을 장수에 대한 간절한 기대가 역설적으로 나타나 있다.

전설 중에는 임진왜란壬辰倭亂에 관한 것이 상당히 많다. 왜병倭兵을 교묘한 방법으로 물리쳤다는 것도 흔하지만, 민족적 비극을 반영한 것도 적지 않다.[62] 한 예를 들면 다음과 같은 것이다.

　…… 함경남도 보청甫靑에 사는 박 장군이라는 이가 여러 동지들과 같이 전장에 나가 싸우다가 불행히도 전사하자, 박 장군이 탔던 말은 자기 주인의 시체를 물고 주인집까지 찾아와서 함성을 지르고 눈에 피눈물을 흘리고 거꾸러져 죽고 말았다. …… 이리하여 그 말은 참으로 의로운 말이라고 하여 박 장군 무덤 곁에다 묻고 '의마총義馬塚'이란 비석을 세워 주었다고 한다.[63]

전설에는 이처럼 비장悲壯한 것이 흔하다는 사실은 참으로 주목할 만하다. 비장은 국문학에서 그리 두드러진 미적 범주가 아니고, 기록문학에서는 드물게 발견된다 할 수 있는데, 전설에서는 이처럼 집중적으로 나타나고 있다.

IV 민담

1. 민담의 자료 개관

우리나라의 민담民譚 수집의 역사를 현존 기록으로 본다면 고려 문종文宗 때

---

62 장덕순, "설화문학에 나타난 대일감정", 『한국설화문학연구』(서울대학교 출판부, 1970), pp. 162 ~188.

63 최상수, 『한국민간전설집』(통문관, 1958), p. 460. 이 책에는 임진왜란에 관한 전설이 16편 소개되어 있다.

박인량朴寅亮이 편찬했다는 『수이전殊異傳』이 효시가 아닐까 한다. 불행히도 이 책은 현재 전해지지 않고, 다만 그 일편佚篇들이 여러 문헌에 실려 원모原貌를 대략 추측할 뿐이다.

한편 『삼국사기』나 『삼국유사』는 책의 성질상 순수한 민담 수집과는 약간 거리가 있지만, 그래도 현전現傳 민담의 역사를 고구考究하고 고형古形을 상정하는 데는 다시 없는 훌륭한 자료가 된다. 고려 말의 문헌으로 민담 자료를 기재하고 있는 것은 약간의 패관문학서稗官文學書와 개인 문집들인데, 이런 유서類書들은 근조近朝에 들어와서 더욱 성하게 되었다. 여기에 하나하나의 서목書目을 들 겨를은 없지만, 조선시대에 이르러 『고금소총古今笑叢』·『대동야승大東野乘』·『패림稗林』·『동야휘집東野彙集』·『계서야담溪西野談』 등의 이름으로 집성集成된 막대한 양의 서적 속에는 수많은 민담 자료들이 포함되어 있다.

갑오경장甲午更張과 함께 시작된 개화의 물결에도 민담에 대한 인식은 일부의 외국 선교사에 의한 것을 제외하면 별로 눈에 띌 만한 것이 없었다. 손진태의 『조선민담집朝鮮民譚集』에 한국 민담을 집대성된 것은 1930년의 일이었으니, 이것은 필자가 알고 있는 한 최초의 한국 민담집인 앨런H. N. Allen의 *Korean Tales*(1989)보다 약 40년 후의 일이었다.

갑오경장 이후부터 현재까지 민담집 또는 동화집으로 출간된 서적 중에서 중요한 것을 들어보면 다음과 같다.

① 심의린, 『조선동화대집』(한성도서주식회사, 1926).
　　외국인이 아닌 한국인의 손으로 이루어진 최초의 민담집이다. 당시까지 출판된 민담집 중에서 가장 많은 이야기를 싣고 있는데, 루비 활자(한자 옆에 음을 단 작은 문자)를 사용하여 총 92편이 수록되어 있다.
② 손진태, 『조선민담집』(東京 : 鄕土文化社, 1930).
　　비록 일본에서 일문日文으로 발행되었다는 흠은 있으나, 이 책은 여러 가지 점에

서 중요시해야 한다. 첫째, 오늘날까지 출간된 다른 어떤 민담집도 뒤따르지 못하고 있는 가장 많은 민담을 수록하고 있다는 점(몇 편의 전설 자료를 포함하여 154화)이다. 둘째, 최초로 설화력說話歷을 부기附記하고 있다는 점이다. 셋째, 한국 민담과 비교되는 외국 민담의 예를 각종 문헌에서 찾아 부록에 보충하고 있다는 점이다.

③ 김상덕, 『한국동화집』(숭문사, 1959).

수록된 백화百話는 대부분이 이미 발간된 다른 전래동화집으로부터 거두어 모은 것으로 내용상 새로운 것은 별로 없지만, 아동용으로 집필된 이런 유서類書 중에서는 가장 대표적인 편저서이다.

④ 이주홍, 『한국풍류소담집』(성문각, 1962).

작자가 후기後記에서 밝히고 있는 바와 같이, 구전된 것보다는 문헌에 있는 것을 위주로 한 수집서이다. 이 책의 의의와 가치는 현대 국어로 표기된 유일의 소화집笑話集다운 소화집이라는 데 있지 않을까 한다.

⑤ 진성기, 『남국의 전설』(일지사, 1968).

제주도란 한 지역의 민담을 조사 수록하고 있다는 특색을 가지고 있다. 이것은 아마 우리나라 유일한 특정 지역 민담보고집(단행본)일 것이다.

⑥ 이훈종, 『한국의 전래소화』(동아일보사, 1969).

표제標題는 소화로 되어 있지만, 내용은 소화만에 국한된 것이라기보다 민담 전반에 걸쳐 있다. 이 책의 가장 큰 의의는 아무래도 편자編者가 실제 현지조사에 의해 얻어진 새로운 자료들을 많이 포함시켜 우리 민담 재산 목록을 일시에 배증倍增시켰다는 데 있다.

⑦ 정인섭, *Fork Tales from Korea*(Hollym, 1970).

총 99편(신화 24, 전설 39, 민담 14, 우화 19, 고전소설 3)이 수록되어 있다. 편자가 신화로 규정한 24편 중 '단군신화', '주몽신화朱蒙神話' 외에는 신화로 보기 어려운 민담들이므로, 우화와 합하면 민담은 55편이 되는 셈이다. 한국 민담이 이렇게 한꺼번에 서구에 소개되기는 이것이 처음이다.

⑧ 장덕순·서대석·조희웅, *The Folk Treasury of Korea*(한국구비문학회, 1970).
이 책은 신화 I 5편, 신화 II (서사무가) 6편, 전설 21편, 민담 26편으로 되어 있다.
한국의 서사무가가 외국에 소개되기는 이 책이 처음인 듯싶다. 그리고 각편마다
의 간단한 해설을 서론 부분에 덧붙이고 있다는 특징을 가지고 있다.

그 밖의 민담집 서지書誌에 관한 것은 다음 '참고'를 참조하여 주기 바란다.

〈참고〉

1. Allen, Horace Newton, *Korean Tales*,[64] New York, 1889, 193pp.

2. Arncus, H.G., *Koreanische Märchen und Legenden*(독문), Leipzig, 1893, 146pp.

3. N. G. Garin, *Koreanische Märchen*(독문), 1898.

4. 高橋亨, 『朝鮮の物語集 附俚諺』(일문), 日韓書房, 1910, 304pp.

5. William Elliot, Griffis, *Unmannerly Tiger and Other Korean Tales*(영문), New York, 1911, xi～155pp.

6. Griffis, W. E., *Fairy Tales of Old Korea*(영문), London, 1912, 168pp.

7. Gale, James Scarth, *Korean Folk Tales*(영문), London, 1914, xi～233pp.

8. 山崎源太郎, 『朝鮮奇譚と傳說』(일문), 京城 : ウツボヤ書籍店, 1920, 222pp.

9. Griffis, W. E., *Korean Fairy Tales*(영문), London, 1923, vii～212pp.

10. 조선총독부, 『조선동화집朝鮮童話集』(일문), 京城 : 大阪屋號書店, 1923, 180pp.

11. Garine, A., *Contes Coréens*(불문), Paris.

12. Hulbert, Homer Bezaleel, *Omjee the Wizard, Korean Folk Stories*(영문), Springfield, 1925, 156pp.

---

64 이 책은 1904년에 'A Chronological Index'와 합본하여 *Fact and Fancy*라는 제명題名으로 발간
되었다.

13. 심의린, 『조선동화대집朝鮮童話大集』(국문), 한성도서주식회사, 1926, 180pp.

14. 中村亮平, 『朝鮮童話集』(일문), 東京, 1926, 558pp.

15. 정인섭, 『溫突夜話』(일문), 東京 : 日本書院, 1927, 380pp.

16. 한중충, 『우리 동무』(국문),[65] 운향서관芸香書館, 1927, 186pp.

17. Eckardt, Andreas, *Koreanische Märchen und Erzälungen zwischen Halla- und Pä'ktusan*(독문), Oberbayern, 1928, vii~135pp.

18. 손진태, 『朝鮮民譚集』,[66] 東京 : 鄕土研究社, 1930, 128pp. iv~54+색인.

19. Paik, L.G., "Korean Folk-tales and Its Relation to Folk-lores of West"(영문), 『朝鮮民俗』, 2(1934.5), pp73~76.

20. 김소운, 『青い葉つば』(일문), 三學書房, 1942, 246pp.

21. 김소운, 『石の鐘』(일문), 東亞書院, 1942, 200pp.

22. 박영만, 『조선전래동화집』(국문), 534pp.

23. 森川淸人, 『朝鮮の隨筆·野談·傳說』(일문), 京城ロカル社, 1944, 308pp.

24. 국제문화협회, *Tales From Korea*(영문), 1946, 148pp.

25. 조선아동문화보급회, 『원숭이재판』(국문), 문영당서점, 1946, 86pp.

26. 전영택, 『세계걸작동화집』, 조선편(국문), 1946.

27. 中村亮平, 『模範家庭文庫 朝鮮童話集』(일문) 富山房, 1941.

28. 松村武雄 편, 『世界童話大系, 第16卷 : 朝鮮』(世界童話大系刊行會, 1924)

29. Carpenter, *Tales of korean Grandmother*(영문), New York, Doubleday, 1947, 287pp.

30. Garin, *Koreanische Märchen*(독문), 1948.

31. Aston, William George, Korean Märchen(독문).

32. 손희조, 『선녀의 날개 옷』(국문), 교문사, 1960.

---

65 1928년에 한매헌韓梅軒의 이름으로 재간된 듯하다.

66 이 책은 1966년에 岩崎美術社 民俗民藝雙書 제7권 『朝鮮の民話』로 출간되었는데, 초간과 달라진 것은 부록과 색인을 싣지 않은 점이다.

33. Zong, In-Sob, *Folk Tales From Korea*(영문), London, 1952; Seoul: Hollym, 1970, xxvii~257pp.

34. 金素雲, 『ろばの耳の王さま』(일문), 講談社, 1953, 170pp.

35. Grove, *Folktales from Korea*(영문), New York, 1953, 257pp.

36. 金素雲, 『ねぎをうえた人』(岩波少年文庫 71)(일문), 岩波書店, 1954, 249pp.

37. 임석재 · 홍웅선, 『팥이영감』(국문), 백등사, 1954, 70pp.

38. Kim So-Un, *The Story Bag*(囊譚)—*A Collection of korean Folk Tales*(영문), Tokyo, 1955, 229pp.

39. 이영철, 『미련이나라』(국문),[67] 글벗집, 1957, 183pp.

40. 김병희, 『옛날이야기』(국문), 새별출판사, 1958.

41. 이영철, 『참 재미있는 한국 동화집』(국문), 글벗집, 1958, 79pp.

42. 임석재, 『이야기는 이야기』(국문), 南山敎護所, 1959.

43. 김상덕, 『한국동화집』(국문), 崇文社, 1959, 571pp.

44. 김진태, 『토끼와 거북』(국문), 大邱, 1959.

45. Ha Tae-Hung, *Tales from Korea*(영문), Korea Information Service, 1959, 259pp.

46. 진성기, 『제주도설화집』, 제1집(프린트판)(국문),[68] 제주 영주신보사, 1959, 237pp.

47. Byeon Yeong-Tae, *Tales from Korea*(영문), Seoul, Ilchokak, 1960, 259pp.

48. 최병칠 · 최재건, 『개똥이와 호랑이』(국문), 홍지사, 1960, 91pp.

49. 이원수, 『한국전래동화집』(국문), 계몽사, 1961, 210pp.

50. 이주홍, 『톡톡할아버지』(국문), 1961.

51. 이영철, 『이상한 절구』(국문), 글벗집, 1961, 126pp.

52. D. L., Olmsted, *Korean Folklore Reader*(영문), Indiana, 1962, vii~97pp.

---

67 외국동화도 다수 포함되었다.
68 이 책은 1968년 일지사에서 『남국의 전설』이란 책이름으로 인쇄, 증정판을 발간하였다.

53. 이주홍,『한국풍류소화집』(국문), 成文閣, 1963, 347pp.

54. 이상로,『한국전래동화독본』(국문), 乙酉文化社, 1963, 349pp.

55. 이원수,『전래동화집』(국문), 現代社, 1963, 486pp.

56. 이영철,『토끼와 거북』(국문), 글벗집, 1963(재판), 130pp.

57. 방기환,『우리 겨레의 옛이야기』(국문), 삼성출판사, 1964, 362pp.

58. 방정환,『호랑이형님』(국문),[69]삼도사, 1965, 223pp.

59. 이원수,『세계동화전집 15 한국편』(국문), 삼화출판사, 1968, 362pp.

60. 민희식,『韓國民話集』(일문), 集賢閣, 1968, 141pp.

61. 진성기,『남국의 전설』(국문), 일지사, 1968, 251pp.

62. 허문녕,『한국동화집』(국문), 청산문화사, 1969, 203pp.

63. 이훈종,『한국의 전래소화』(국문),[70] 동아일보사, 1969, 262pp.

64. 장덕순 · 서대석 · 조희웅, The Folk Treasury of Korea(영문), Society of Korean Oral Literature, 1970, 298pp.

65. 김영일,『한국전래동화집』(국문), 육민사, 1970, 254pp.

그 밖에 다음과 같은 자료 보고가 있었다.

1938. 1.	眞木琳(任晳宰), "朝鮮の民話—虎の話—",『朝鮮』, 통권 272호.
1938. 5.	상동, "朝鮮の民話—武勇譚—",『朝鮮』, 통권 275호.
1938. 7~8.	상동, "續朝鮮の民話—龍話—",『朝鮮』, 통권 278, 279호.
1935. 8~11.	佐佐木五郎, "平壤附近の傳說と昔話",『旅と傳說』.[71]
1957.	『경기도지京畿道誌』, 하권에 최상수 씨 수집 민담.

---

69 『소파아동문학전집小波兒童文學全集』중 첫째 권으로 발간(1967. 1). 동양출판사에서 판권을 인수해 출판하기도 하였다.
70 이 책은 월간잡지『여성동아』1969년 4월호 별책부록으로 발간되었다.
71 『旅と伝說』1935년 8월호에 "平壤附近の伝說"이란 제목으로 시작되었다가 9월호부터는 위에 적은 제명으로 바뀌었다.

1959. 10~12.   서정범, "백정白丁설화연구", 『자유문학自由文學』.

1967. 2.   성균관대학교, 『안동문화권 학술조사보고서』(제1차 3개년계
           획) 중 민담 수편.

1968. 12.   임석재, 『다도해지역의 설화와 민요』, 문화재관리국, 프린트판.

2. 유형과 화소

민담을 분류하기 전에 우선 명백히 알아두어야 할 것은 종래 많은 민담학자
들이 사용해 온 유형類型 type과 화소話素 motif[72]라는 용어의 개념이다.

유형은 독립적으로 존재하는 전승적인 이야기라고 규정된다.[73] 이야기가 아
무리 단순하거나 복잡해도 하나의 이야기로서의 독립성을 가지면 유형으로 인
정된다.

화소는 이야기를 이루는 독립된 요소들이며, 한 유형에는 하나 이상의 화소
가 들어 있다. 간단한 유형은 하나의 화소로 이루어져 있으나, 복잡한 유형은 수
많은 화소를 포함하고 있다. 화소는 특이하고 인상적인 내용으로 이루어져 있
어서 쉽사리 파괴되지 않고 용이하게 기억되며 독립적인 생명을 지니므로 같은
화소가 서로 다른 유형에서 나타날 수 있다.[74] 사람은 화소가 될 수 없으나, '혹
부리 영감'은 특이하고 인상적이니 화소가 될 수 있다. 결혼은 화소가 될 수 없
으나, 사람과 짐승의 결혼은 같은 이유에서 화소가 될 수 있다. 화소는 어떤 물
건(부자 방망이)일 수도 있고, 행위자(잔인한 계모)일 수도 있고, 행위(보지 말라고
하는 것을 보다)일 수도 있고, 행위가 일어나는 장소(용궁)일 수도 있다.

---

72 'motif'를 '화소'라고 번역한 것은 필자의 시역試譯이다.

73 Stith Thompson, *The Folktale*, p. 416.

74 Arthur Christensen, *Motif et thème : plan d'un dictionnaire de motifs des contes populaire,
    des légendes et des fables*(Helsinki, 1925), pp. 5ff. ; Stith Thompson, op. cit., p. 415.

유형은 유럽·아시아 등의 문명권에 따라 차이가 나타나는 것이 보통이나, 화소는 세계적인 공통성을 가지며 민담에만 국한되지도 않는다. 역사지리학파歷史地理學派에서는 민담의 국제적인 이동을 논하기 위한 기초 작업으로서의 유형과 화소의 분류에 힘을 기울여 왔는데, 그 결과가 아르네Antti Aarne와 톰슨Stith Thompson에 의한 『민담유형집民譚類型集』[75]과 톰슨에 의한 『화소색인話素索引』[76]으로 정리되었다. 전자는 유럽 민담만 취급했고, 후자는 전 세계 모든 구비서사문학을 포괄하려고 시도한 것이다.

그러면 민담을 하나 예로 들어 유형 및 화소를 설명해 보자.

어떤 노부부老夫婦가 아들을 낳았는데 뱀이었다. 뱀 아들은 나이가 차니 김 정승의 딸에게 장가를 들고 싶다고 했다. 김 정승의 딸에게 의사를 물어 보니, 첫째 딸과 둘째 딸은 거절했으나, 셋째 딸은 아버지의 뜻이면 따르겠다고 했다. 혼인하던 날 뱀서방은 허물을 벗고 잘 생긴 선비가 되었는데, 이를 알고 신부의 두 언니는 질투를 했다. 남편은 뱀 허물을 아내에게 주면서 잘 보관할 것이며, 만약 없애면 다시 만나지 못할 것이라고 하며 집을 떠났다. 이 비밀을 안 두 언니는 뱀 허물을 훔쳐다 몰래 태웠다. 아내는 남편을 찾아 떠나 바위 속의 세계로 찾아 들어갔다. 남편과 아내는 노래를 주고받다가 만났다. 만나보니 남편에게는 딴 부인이 있었다. 남편은 몇 가지 시험을 해서 무난히 통과하는 사람을 진짜 아내로 삼겠다고 했는데, 찾아간 아내만 시험에 통과했다.[77]

75 Anti Aarne, *Verezeichnis der märchentypen*(Helsinki, 1910). 이를 영어로 번역하고 보충한 것이 Stith Thompson, *The type of Folktale*(Helsinki, 1st. ed., 1928, 2nd. ed., 1964).

76 S. Thompson, *Motif Index of Folk Literature : A Classification of Narrative Elements in Folktales, Ballads, Myths, Fables, Medieval Romances, Exempla, Fabliaux, Jest Books, and Local Legends*(Helsinki and Bloomington, 1935~1936).

77 1970년 1월 18일부터 경북慶北 청송군靑松郡 청송면靑松面 청운동靑雲洞에서 림금호(여, 60)로부터 조동일 수집. 수집된 자료의 개요만 보인다.

흔히 '뱀서방'이라고 불리는 이야기인데, 아르네와 톰슨에 의하면 Type 425 '잃어버린 남편을 찾아서The Search of Lost Husband'에 해당된다. 이 번호는 다음과 같은 분류상의 의의를 가지고 있다.

Type 300~1199 '완형담完型譚 Ordinary Folktales'에 속한다.

Type 300~746 '마술담魔術譚 Tales of Magic'에 속한다.

Type 400~549 '초인적인 또는 마술에 걸린 남편(아내 또는 다른 친척들) Super-natural or Enchanted Husband(wife) or Other Relatives'에 관한 이야기에 속한다.

Type 425~449 '남편Husband'에 관한 이야기에 속한다.

Type 425 '잃어버린 남편을 찾아서The Search of Lost Husband'이다.

그리고 이 이야기에 내포된 화소들은 다음과 같이 분석될 수 있다.

① 뱀아들 : D 마술Magic / D0~669. 변신Transformation / D300~399. animal to person / D310~349. animal to person / D390. reptiles and miscellaneous animals to person / D391. serpent(snake) to person.

② 사람과 뱀의 혼인 : B 동물Animals / B600~699. 사람과 동물의 혼인Marriage of person to animal / B640. Marriage to person in animal form / B646. Marriage to person in snake form.

③ 아버지가 뱀과 혼인하게 하다 : S 자연스럽지 않은 잔인성Unnatural Cruelty / S200~299. Cruel sacrifices / S240. Children unwittingly promised / S240.1. 부모로 인해서 괴물과 혼인하게 된 처녀Girl promised unwittingly by her parents to ogre.*78

---

78 *표를 한 것은 꼭 일치하지는 않는 화소임.

④ 셋째가 결혼하고, 언니들은 시기하게 되었다 : L 행운의 뒤바뀜*Reversal of Fortune* / L0~99. *Victorious youngest child* / L50. *Victorious youngest daughter* / L54. *Compassionate youngest daughter* / L54.1. 막내딸이 괴물과 혼인하기로 했고, 언니들이 나중에 시기했다. *Youngest daughter agrees to marry a monster, later the sisters are jealous.*

⑤ 뱀 허물을 벗었다 : D 마술 / D700~799. 마술에서 벗어남*Disenchantment* / D799. *Attendant circumstances of disenchantment* / D791. *Disenchantment possible under unique conditions* / D791.1. *Disenchantment at end of specified time.*

⑥ 뱀 허물을 보존하지 못했다 : C 금기 / C700~899. *Miscellaneous tabus* / C750. *Time tabus* / C757. 동물의 허물을 파괴해 금기를 어겼다. *Tabu : doing thing too soon* / C757.1. *Tabu : destroying animal skin of enchanted person too soon.*

⑦ 언니들이 비밀을 알았다 : C 금기 / C400~499. *Speaking tabu* / C420. *Tabu : uttering secrets* / C421. 초인적인 남편의 비밀이 탄로나다. *Revealing for breaking secret of supernatural husband.*

⑧ 뱀 허물을 잃어 남편을 잃었다 : C 금기 / C900~999. *Punishment for breaking tabu* / C930. *Loss of fortune for breaking tabu* / C932. 금기를 어겨서 남편을 잃었다. *Loss of husband for breaking tabu.*

⑨ 남편을 찾아가다 : H 시험*Tests* / H1200~1399. *Tests of prowess : quests* / H1250~1399. *Nature of quests* / H1370. *Miscellaneous quests* / H1385. *Quest for lost person* / H1385.4. 잃어버린 남편을 찾다. *Quest for vanished husband.*

⑩ 바위 속의 세계로 들어가다 : F 경이*Marvels* / F0~199. 딴 세계로의 여행 / F110 ~199. *Miscellaneous world* / F130. *Location of otherworld* / F131. *Other world in hollow mountain.**

⑪ 잃은 아내와 만나다 : D 마술 / D1800〜2199. *Manifestations of magic power* / D1950〜2049. *Temporary magic characteristics* / D2000. *Magic forgetfulness* / D2003. 잃어버린 여인*Forgotten fiancee.**

⑫ 남편에게는 딴 아내가 있었다 : N 기회와 행운*Chance and fate* / N400〜699. *Lucky accident* / N600〜699. *Other lucky accident* / N680 *Lucky accidents-Miscellaneous* / N681. *Husband(lover) arrives home just as wife(mistress)is to marry* / N681.1. 다른 사람과 결혼하려는, 잃어버린 남편을 아내가 찾았다. *Wife finds lost husband just as he is to marry another.**

⑬ 시험에서 이기면 진짜 아내로 삼겠다 : H 시험 / H300〜499. 부인의 시험*Marriage Tests* / H460. *wife tests.*

위의 예에서 볼 수 있듯이 화소의 분석은 매우 미세한 작업이며, 번거롭기 이를 데 없다. 그리고 이러한 분석도 민담의 국제적인 이동을 밝히는 데는 도움이 될 수 있어도 민담을 유기적인 작품으로 다루는 데는 오히려 장애가 된다고 할 수 있기에, 이에 대한 비판이 제기된다. 분석의 단위를 민담의 구조에 관해서 의미 있는, 보다 높은 차원의 것으로 설정하자는 대안이 제시되는 것도 당연한 일이다.[79] 그리고 분석의 단위를 이처럼 설정하면 유형의 개념도 달라져 구조적 유형structure type이 문제된다. 이에 관한 고찰은 '5. 민담의 구조'에서 상론될 것이다.

3. 민담의 분류

민담의 분류는 민담의 정의를 어떻게 하느냐에 따라서, 또는 실지로 민담을

---

[79] Alan Dundes, "From Etic to Emic Units in the Structural Study of Folktales", *Journal of American Folktlore*, 75(1962).

분류하려는 방법과 입장의 차이로 말미암아 여러 가지로 달라질 수 있다.

이 책에서는 재래의 편법便法대로 동물담動物譚 animal tale · 본격담本格譚 ordinary folktale · 소화笑話 jest and anecdote의 3분법을 취하기로 하나, 자세한 분류는 새로 시도하는 것이다.

1) 동물담

이것은 다시 동물유래담動物由來譚, 본격동물담本格動物譚, 동물우화動物寓話로 세분할 수 있다. 동물유래담은 동물의 생김새, 동물의 습성, 동물의 명칭 등을 설명해 주고 있는 것이다. 그러므로 이야기 속에 등장하는 동물은 개체로서보다는 종을 대표하게 된다. 가령 「견묘쟁주犬猫爭珠」에 등장하는 개와 고양이는 개체임에는 틀림없지만, 결과적으로는 개와 고양이의 사이가 나쁜 이유를 설명하게 되어 종 전체를 대표하고 있는 것이다.

이 동물유래담은 다시 이야기의 전체 구성이 '왜 그런가' 하는 것을 설명하기 위하여 전개되는 순수유래담純粹由來譚과, 이야기의 전체 구성이 원인 설명과는 무관하게 전개되나 결말에 가서 '그리하여 어찌어찌 되었다' 라는 어구가 덧붙게 된 부가유래담附加由來譚으로 세분할 수 있다.

본격동물담은 동물에게 모든 인간적 속성을 부여하여 의인화한다. 그리하여 꾀쟁이 토끼, 미련한 곰, 교활한 여우, 어리석은 호랑이와 같은 유형이 생겨나는 것이다. 동물유래담의 동물은 종으로 행동한다는 특징을 가졌다면, 본격동물담의 동물은 개체로서 행동한다. 또 동물우화의 동물이 동물의 환경에서 행동한다는 특징을 가졌다면, 본격동물담의 동물은 인간의 세계에서 행동한다. 그러므로 본격동물담에 나타나는 동물들은 종종 인간과 함께 등장하여 인간과 우호 또는 적대 관계를 나타낸다.

동물우화는 직관적 관찰에 의해 동물에게 일정한 유형을 부여하고, 인간 행동을 동물 행동으로 바꾸어 그 속에 도덕적·교훈적 내용을 담는다. 즉 항상 비유적이다. 이는 속담으로도 통용되는 요인이 되는 것이다.

2) 본격담

배경·등장인물·초자연력 유무에 의하여 다시 현실담現實譚과 공상담空想譚으로 분류할 수 있다. 즉 전자는 현실계에 현실적 인물이 등장하여 지혜와 용기로 사건을 처리하는 데 반해, 후자는 초현실계에 초자연적 인물이 등장해 초자연력을 사용하여 난관을 극복하고 행복한 결말로 이끈다. 때로는 흥미성이 특히 강조되어 소화와 구별할 수 없게 되는 경우도 많다.

3) 소화

과장담誇張譚·모방담模倣譚·치우담癡愚譚·사기담詐欺譚·경쟁담競爭譚의 다섯으로 나눈다.

과장담은 쉽게 말하여 엉터리 이야기다. 현실에는 전혀 있을 법하지 않은 이야기들, 즉 방귀를 뀌어 뒷동산의 밤을 딴 며느리, 밤 껍질과 함께 쓸려 나간 꼬마 신랑, 기름강아지로 수백 마리의 호랑이를 잡은 게으름뱅이, 죽을 틈이 없어 1년 동안이나 호랑이 꼬리를 잡고 있었다는 스님 등과 같은 예다. 여기에는 게으른 사람, 구두쇠, 겁쟁이, 성미 급한 사람, 정신 없는 사람들의 얘기도 포함된다.

모방담은 정직자의 성공을 흉내내다가 실패하고 마는 부정직자의 이야기다. 가장 저명한 예로 「흥부와 놀부」와 같은 것을 들 수 있다.

치우담은 '바보'들의 이야기다. 저능아, 바보사위, 어리석은 시어머니와 같은 유들이 모두 포함되고, 그 밖에 무식한 사람, 실언하는 사람, 신체 장애자들의 이야기도 포괄된다.

사기담은 거짓말이나 지혜로 상대방을 속이고 의도했던 바를 성취하는 이야기인데, 김선달이나 정수동·정만서의 일화逸話가 대표적이라 할 수 있다. 경쟁담은 어떤 내기(시합)에서 지혜로 승리를 쟁취하는 것이다. 요컨대 누가 단수段手가 높은가 하는 이야기다.

상술한 것은 유형별 분류이고, 화소별 분류를 보면 다음과 같다.[80]

A. 기원
   1. 창세
   2. 인류
   3. 동물
     3.1 형상
     3.2 성질
   4. 식물
   5. 창성創姓
   6. 신앙

   6.1 금기적
   6.2 풍습적
   6.3 씨족적
   6.4 지역적
   6.5 천후天候
   6.6 제사
   7. 언어 → Y

B. 탄생
   1. 이상 탄생
     1.1 이류교혼탄생異類交婚誕生
       1.1.1 인신혼탄생人神婚誕生
       1.1.2 인수혼탄생人獸婚誕生
       1.1.3 인물혼탄생人物婚誕生
     1.2 비인간탄생非人間誕生

   2. 재생
   3. 환생
     3.1 인간
     3.2 비인非人
       3.2.1. 식물
       3.2.2. 동물

---

80 조희웅, "한국민담의 연구─민담의 분석 및 소원적 고찰─", 『국문학연구』, 11집(1969), pp. 36~40. 이 분류는 톰슨S. Thompson의 것을 참고로 하여 한국 민담에 적합하도록 새로 시도된 것이다.

C. 금기

  1. 물시勿視   1.3 규찰窺察

    1.1 방향   2. 물어勿語

    1.2 개문開門   3. 물청勿聽

      1.2.1 상자   4. 음식

      1.2.2 방문   5. 촉수觸手

D. 변신

  1. 둔갑   2. 피주被呪

    1.1 동물   3. 탈신脫身

    1.2 인간   4. 화신化身(화석化石)

E. 주물呪物

  1. 재보財寶   5. 용력

  2. 은신   6. 작불구作不具

  3. 장애   7. 수의隨意(여의보如意寶)

  4. 질주 · 비행   8. 치료

F. 이계

  1. 천상계   4. 지하계

  2. 저승   5. 용궁

  3. 선계

G. 초인

  1. 염왕閻王   4. 귀령鬼靈

  2. 천인天人   5. 신령神靈

  3. 용   6. 이인異人

K. 지략

1. 판결
   1.1 명관
   1.2 아동
   1.3 부녀
2. 지혜(사기)

3. 징치懲治(보복)
4. 치부致富 → N
5. 포획 → R
6. 결혼 → W

L. 행복(우연)

1. 축도逐盗
2. 치부致富
3. 결혼 → W
4. 치병

5. 득관得官
6. 예언 → M
7. 획득

M. 예언

1. 풍수
   1.1 지관
   1.2 우연
   1.3 오도
   1.4 오인
   1.5 절맥絶脈
2. 연명

3. 해몽
4. 참언
5. 현몽現夢
6. 점복(推命 · 觀相)
7. 예언
8. 예조豫兆

N. 치부致富

1. 노력
2. 보은

3. 응보應報
4. 우연

P. 인륜

   1. 가정   3. 효성

     1.1 부부   4. 정절

     1.2 고부   5. 우정

     1.3 계모   6. 우애

   2. 충성

Q. 응보應報

   1. 선보善報   3. 상벌

   2. 악보惡報

R. 포획

S. 퇴치

   1. 대적大賊   3. 요괴

   2. 동물

T. 외설

V. 종교

W. 결혼

   1. 근친   4. 사기

   2. 비인非人   5. 우연(운명)

   3. 계략   6. 현상懸賞

X. 이조異助

   1. 이인異人   2. 동물

Y. 어문語文

1. 관용어
  1.1 유명인물
  1.2 무명인물
  1.3 지명
  1.4 동물
  1.5 사건
2. 민간어원
  2.1 인물명
  2.2 지소명地所名

2.3 동물명
2.4 식물명
2.5 음식물명飮食物名
2.6 물건명
2.7 가요歌謠명
2.8 성씨명
3. 화답
4. 결말
5. 육담풍월肉談風月

Z. 허풍 · 형식

이상과 같이 화소를 23개항으로 대별하고 이를 다시 세분하였는데 I, O, U의 3개항을 공란으로 한 까닭은 이들 문자가 가지는 외적인 특성(다시 말하면 기재의 곤란, 숫자와의 혼동)도 고려한 것이긴 하지만, 한편 예비 항목을 위하여 남겨 둔 것임을 밝혀 둔다.

4. 민담의 형식

민담의 형식에서는 공식적 또는 관용적 표현이 큰 구실을 하고 있다. 민담의 화자는 자기대로의 독창적인 표현을 하기도 하지만, 이미 있어 온 대로의 형식을 존중하고 이를 자기대로 다시 이용하는 데서 각편各篇 version으로서의 특수성을 창조한다. 이와 같은 현상은 민담에만 국한된 것이 아니고 구비문학 전반에서, 특히 구비 서사문학에서 두루 나타나는 현상인데 민담에서 가장 선명하다. 민담은 산문이어서 율격의 도움을 받지 않고, 설화 중에서도 문학적 흥미가 가장 중요시되는 것이기에 공식적·관용적 표현의 다채로운 활용이 특히 요청된다 하겠다.

민담 형식의 이러한 특징은 민담학자들에 의해서 일찍부터 추측되어 왔으며, '법칙'으로 정립된 전례도 있다.[81] 이에 관해서 여러 각도의 고찰이 가능하나, 여기서는 서두와 결말의 형식, 대립과 반복의 형식, 진행의 형식으로 나누어 살피기로 한다. 이런 형식들은 작품 전체에 걸쳐 작용하는 것으로서, 공식적 표현과 관용적 표현을 나누어 생각한다면 공식적 표현에 속하는 것이다. 관용적 표현은 부분적인 것들로서, '밤이 되니' 하는 대신에 '밤의 밤중쯤 되니까'라고 한다든지, '부자'라는 말 대신에 '천석꾼도 부럽지 않고 만석꾼도 부럽지 않고'라고 하는 구절들이 좋은 예다. 관용적 표현도 전승적인 고정성을 가지되 화자에 따른 개인적인 차이가 크다.

서두와 결말의 형식은 이야기를 시작할 때와 마칠 때에 사용되는 일정한 표현을 말한다. 시작할 때는 '옛날 옛적에'라고 하거나 '옛날 옛적 갓날 갓적 호랑이 담배 피울 시절에'라고 한다. 끝날 때에는 '이런 이야기란다'라고 하거나 '그래 가지고 그 사람이 죽었는데, 어제가 바로 제삿날이었다'라고 한다. 이러한 서두와 결말은 다음과 같은 구실을 한다고 할 수 있다.

(1) 일상적인 말과는 구별되는 작품 세계의 독자적인 소우주를 확립할 수 있게 해 준다.

(2) 이야기가 서사적 과거시제로 전개됨을 명백히 하고, 끝나고 나서는 이야기하고 있는 현재로 되돌아오게 해준다.

(3) 이야기가 허구라는 것을 나타내고, 결말에서는 허구적인 그럴듯함을 강조한다.

---

81 Axel Olrik, "Epic Laws of Folk Narrative", *The Study of Folklore*, pp. 129~141.

(4) 흥미를 돋우어 준다.

대립과 반복의 형식은 인물이나 상황을 창조할 때 흔히 사용된다.

인물의 대립으로는 선과 악의 대립이 가장 흔하다. 「혹부리 영감」, 「흥부와 놀부」 등 일련의 이야기가 그 좋은 예인데, 인물의 성격은 악하거나 선하며, 그 중간은 없다. 처음에는 선이 궁지에 몰리다가 마침내 승리를 거둔다. 선은 평민으로 악은 양반으로 되어 있는 경우도 있으니, 「우렁색시」 이야기가 그 대표다. 양반인 현감이 미녀를 겁탈하자 미녀는 자살하여 청조靑鳥가 되고, 혹은 참빗이 되어 현감을 괴롭힌다. 살아서 다하지 못한 싸움을 죽어서 계속하여 원수를 갚는 처절한 싸움이다. 선이 인간으로 악은 비인간인 괴물로 나타나는 경우도 있으니, 그 대표적인 예가 「지하국 대적 퇴치地下國大賊退治」이다. 힘과 꾀의 대립(「호랑이와 토끼」), 미와 추醜의 대립(「콩쥐와 팥쥐」)도 있으나, 미·악의 대립과 무관하지 않다.

대립은 자세한 묘사를 하지 않고도 현실의 문제를 선명하게 반영하는 방식이며, 또한 선이 승리하고 악이 패배해야 한다는 신념을 나타내기 위한 수단이기에 형식적인 것만은 아니다.

반복 역시 현실 자체의 반복적 성격에 근거를 두고 있는 것이면서도 강조의 수단이기도 하다. 자세한 묘사나 서술을 회피하는 민담으로서는 반복 이상만큼 효과적인 강조의 수단을 갖지 않는다.

「바보 사위의 실수담」, 「심보 사나운 호랑이와 할머니」, 「새끼 서 발」(또는 「좁쌀 한 알」) 같은 일련의 형식담은 말할 것도 없고, 보통 민담에서도 반복은 흔히 사용된다. 「해와 달이 된 오누이」에서 "할멈 할멈 떡 한 개 주면 안 잡아먹지" 하는 호랑이의 말이 세 번 반복되고, 「금강산 포수와 호랑이」에서 영웅이 같은 수법으로 호랑이를 퇴치한다.

선·악의 대립과 결부된 반복은 두 번으로 이루어진다. 혹 뗀 영감을 흉내내다 혹 붙이고 온 영감, 흥부를 흉내내다 망한 놀부의 경우이다. 이때의 반복은 사실은 꼭 같은 것이 아니나 어리석은 악인은 꼭 같다고 착각하는 것이고 파멸의 요소를 내포한 것이다.

그 밖의 반복에서는 세 번이 흔하다. 세 가지 소원, 세 가지 시련, 세 가지 과업, 세 가지 보물, 삼 형제 등이다. 그런데 셋 중에는 마지막 것이 가장 어렵거나 가장 소중하거나 가장 강하다. '뱀서방'에서는 셋째 딸이 뱀서방과 혼인했고, 두 언니는 나중에 부러워하게 된다.

경우에 따라서는 네 번, 다섯 번, 일곱 번, 아홉 번 반복 등도 있으나 그리 흔하지는 않다. 세 번 이상의 반복에서도 마지막에 역점이 주어져 있는 것이 보통이다.

따라서 반복은 동질적인 반복일 수도 있으나, 발전적인 반복일 수도 있다. 발전되면서 반복되다가 마지막에 이르러서는 다른 상태로 전환된다. 이는 현실의 발전 법칙을 반영한 것이기도 하다.

대립과 반복의 형식이 갖는 또 하나의 구실은 민담의 기억과 구연을 쉽게 하는 것이다. 만약 대립과 반복이 없고 모든 인물과 상황이 모두 특수하다면 구전이 거의 불가능하게 될 것이다. 또한 청중은 이런 형식을 미리 알고 있기 때문에 민담을 쉽게 이해하며 즐길 수 있다.

진행의 형식에서 가장 큰 특징은 작중시간의 진행에 따라 이야기가 전개되는 점이다. 이렇게 되어야만 이야기의 기억과 이해가 쉬워진다. 소설에서처럼 작중시간을 잘라서 건너뛰거나 다시 되돌아가거나 한다면 화자나 청중이 다 혼란에 빠질 염려가 있다.

그리고 민담에서는 시간의 흐름에 따라 사건이 계속 일어나고 장소도 계속 바뀐다. 일정한 시간에 한 자리에 머물러서 여러 가지 형편을 서술하는 법은 없다. 인물도 사건보다 중요성이 적다. 인물의 생김새·나이·성격·거주지 등도 사건 전개에 필수적인 것이 아닌 한 말하지 않는다.

한 인물의 행동을 시간의 흐름에 따라 계속 이야기하는 단선적 진행이 민담의 기본적인 형식이다. 예를 들면 「천 냥 점」과 같은 이야기가 있다.

사업에 실패한 장사꾼이 마지막 남은 3천 냥을 주고 세 마디 교훈을 샀다. 남이 질러가거든 돌아가라, 남이 밉다 하거든 귀엽다고 해라, 곱거든 기어라. 고향으로 돌아가는 도중에 재를 만나 길을 돌아갔으므로 도둑을 피해 목숨을 구했고, 강가에 이르러 주술에 걸려 괴물이 된 용자龍子를 귀엽다고 하여 여의주를 얻고, 드디어 집에 이르러 아내가 곱게 단장하고 기다리고 있기에 기었더니 마루 밑에 간부姦夫가 숨어 있어 불행을 면했다.

두 인물이 대립되어 있는 경우에는 먼저 한 인물의 행동을 따라 이야기하고, 다음에 다른 인물의 행동을 따라 이야기하는 형식을 취한다. 약간 성격이 달라진 단선적 진행이다. 「심보 사나운 호랑이와 할머니」, 「흥부와 놀부」, 「혹부리 영감」 등이 그 좋은 예이다.

인물이 삼 형제나 사 형제 등으로 나뉘어 있을 때에는 이야기의 중간 부분에서는 병립적인 형식을 취할 수밖에 없다. 「아버지의 유물과 삼 형제」는 다음과 같은 이야기다.

가난한 아버지가 죽으면서 세 아들에게 맷돌, 대竹와 술병·북을 유산으로 주었다. 세 아들은 세 갈래의 기로에서 헤어져, 장자는 맷돌을, 차자는 대와 술병을, 삼자는 북을 가지고 각각 도적·귀신·호랑이와 싸워 이기고 모두 부자가 되고 결혼을 했다.

진행의 형식에는 또한 누적적累積的인 것과, 연쇄적連鎖的인 것이 발견된다.

둘 다 유사한 사건들의 반복으로 이루어져 있되, 누적적 형식은 한 행위가 원인이 되어 다음 행위가 생기는 결과가 계속되는 경우인데, 결과는 더 큰 기대를 실현시키는 방향으로 누적되는 것이 예사이나, 연쇄적 형식은 반복되는 사건들이 서로 인과 관계는 없는 경우이다. 누적적 형식에서는 중간의 어느 사건을 빼면 이야기가 성립되지 않고, 연쇄적 형식에는 중간의 어느 사건을 빼도 지장이 없다.

각각 예를 들면 다음과 같다.

① 누적적 형식 : 「새끼 서 발」의 경우이다.

새끼 서 발을 꼬고 아버지에게 쫓겨난 게으른 아들이 새끼 서 발을 깨진 동이와 바꾸고, 깨진 동이를 안 깨진 동이와 바꾸고, 안 깨진 동이를 죽은 말과 바꾸고, 죽은 말을 산 말과 바꾸고, 산 말을 죽은 색시와 바꾸고, 죽은 색시를 산 색시와 바꾸었다.

② 연쇄적 형식 : 「심보 사나운 호랑이와 할머니」의 경우이다.

호랑이가 할머니를 잡아먹으러 오는데, 바늘이 눈을 찌르고, 게가 물고, 절구통이 때리고, 멍석이 말아버리고, 지게가 져다 강물에다 버렸다.

연쇄적 형식을 이루는 각 사건이 완전히 독립된 이야기를 이루는 경우에는, 이를 연쇄담이라 한다. 「호랑이와 토끼」 같은 것이 그 예이다.

진행의 형식에 특수한 것은 회귀적回歸的인 형식이다. 「두더지의 혼인」이 좋은 예인데, 여러 높은 곳에 혼처를 구하다가 결국 두더지에게로 되돌아가는 이야기다.

누적적 형식 · 연쇄적 형식 · 회귀적 형식 같은 것들은 반복의 묘미를 잘 살려서 형식 자체의 흥미를 큰 효과로 삼고 있다.

이상에서 살핀 민담의 여러 형식은 민담의 빈약함을 나타내지 않고, 구비문

학의 특수성을 잘 살려 민담의 예술성을 높이는 데 아주 효과적인 것이다.[82]

5. 민담의 구조

민담의 각 부분이 서로 어떤 관계를 가지며 작품 전체를 이루는가 하는 것이 민담의 구조다. 구조는 모든 문학작품 또는 모든 구비문학의 작품에서 운위될 수 있으나, 민담의 경우에는 특별한 의의를 갖는다. 민담에서는 구조가 기억·구연·재창조를 가능하게 하는 가장 핵심이기 때문이다.

민담은 단순하면서도 체계적인 구조의 일부가 비록 망각된다 해도 전후 관계를 보아 망각된 부분을 보충할 수 있으며, 구조는 공통적인 것으로서 이를 기반으로 각편들대로의 특수성이 전개된다. 내용적으로나 형식적으로나 서로 다른 민담들 사이에도 같은 구조가 존재한다. 그리고 민담이 의미하는 바 또는 그 주제는 무엇보다도 구조에 의해서 결정된다고 할 수 있다.

민담 구조에 관한 위와 같은 사실은 민담을 즐겨 이야기하거나 듣는 사람이면 누구나 의식적으로나 무의식적으로나 인정할 수 있는 바이나, 구조의 분석은 용이한 일이 아니다. 민담의 연구가 유형분류니 화소분석이니 하는 미시적인 면에 치중되는 동안 구조의 문제는 중요시되기 어려웠다. 또한 민담의 형식에 대한 다각도의 지적도 구조의 발견에는 이르기 어려웠다. 대립과 반복 같은 형식은 구조와 깊이 관련되기는 하지만, 구조는 형식적인 것만은 아니기 때문이다.

민담의 연구가 보다 거시적인 관점에서 이루어지면서 구조에 관한 새로운 시야가 열렸는데, 두 사람의 개척자는 프로프Vladimir Propp와 레비-스트로스

---

82 Marx Lüthi, *Das Europänische Volksmärchen. From und Wesen,* Eine literaturwissen-schaftliche Darstellung(Bern, 1947), pp. 32~47 참조.

Claude Lévi-Strauss다. 그런데 이들이 개척하는 방향은 서로 대조적이다.

레비-스트로스에 의해서 개척된 것은 병립적 구조paradigmatic structure라고 한다.[83] 그는 주로 신화를 대상으로 방법을 열었는데, 이야기의 순서에 구애되지 않고 이야기에 내포된 삶과 죽음, 남성과 여성 등의 기본적인 대립을 찾아내 이를 종합적으로 파악한다. 이리하여 "한 영역과 다른 영역 사이의 논리적 관계의 직관에서 존재하는 은유를 발견"[84]하자는 것이다.

프로프에 의해 개척되고 던데스Alan Dundes에 의해서 계승된 것은 순차적 구조syntagmatic structure라고 한다.[85] 여기서는 이야기를 순서에 따라서 부분으로 나누고, 부분들의 근본적인 성격과 그 관계의 논리를 파악하자는 것이다. 병립적 구조의 분석이 연역적이고 사변적인 데 비해서, 순차적 구조의 분석은 보다 귀납적이고 경험적이며,[86] 민담의 실제적 연구에서 많은 성과를 올렸다. 프로프는 러시아 민담에서, 던데스는 북미 인디안 민담에서 종래의 유형보다는 더 큰 범위에서 존재하는 유형적 구조를 각각 발견했다.

그러나 어느 방법이든 아직 시도 단계이고 민담 전체를 포괄할 수 있는 범위의 것으로 발전하지는 못하고 있다. 또한 구조의 분석에 머무르고, 분석된 구조가 어떤 의미를 갖는가에 대해서는 별로 열의를 갖지 않고 구조 자체가 연구의 목적이라는 생각을 갖고 있다.

여기서는 순차적 구조를 분석하는 방법을 참고로 하여 한국 민담 구조의 일

---

83 Claude Lévi-Strauss, *Mythologiques : Le Cru et le cuit*(Paris, 1964) 참조. paradigmatic은 언어학의 paradigm에서 온 말이다.

84 Ibid., p. 313.

85 Vladimir Propp, *Morphology of the Folktale,* 2nd ed.(Austin, 1968).
   Alan Dundes, *The Morphology of North American Indian Folktales*(Helsinki, 1964).
   Syntagmatic은 언어학의 Syntax에서 온 말이다.

86 두 방법의 차이에 관해서는 Alan Dundes, "Introduction to Second Edition," Vladimir Propp, *Morphology of Folktale*(2nd Edition, Austin and London: University of Texas Press, 1968), pp. xi~xvii 참조.

단을 보다 새로운 각도에서 살펴보고, 그 의미 해석을 시도하고자 한다.[87]

「동삼童蔘과 이시미」라는 이야기는 다음과 같이 정리될 수 있다.

① 어느 가난한 나무꾼이 한겨울에 나무를 하러 갔다.
② 많은 동삼을 발견했다.
③ 가파른 벼랑 밑에 있어서 동삼을 캘 수 없었다.
④ 이웃 사람이 도와주어서 같이 캐게 되었다.
⑤ 이웃 사람의 악의로 벼랑 위에 올라갈 수 없게 되고 이시미를 만났다.
⑥ 이시미의 도움으로 구출되어 복수를 하고 부자가 되었다.

①에서 ⑥까지의 각각을 단락이라 한다면, 뒤의 단락은 앞의 단락을 부정하고 있음을 발견할 수 있다. 즉 ①은 고난이나 ②는 의외의 행운이다. ③ · ④의 관계, ⑤ · ⑥의 관계도 마찬가지다. 따라서 다음과 같이 다시 정리할 수 있다.

① 고난
② 의외의 행운   ①의 부정
③ 고난   ②의 부정   ①의 부정의 부정
④ 의외의 행운   ③의 부정   ②의 부정의 부정
⑤ 고난   ④의 부정   ① · ③의 부정의 부정
⑥ 의외의 행운   ⑤의 부정   ② · ④의 부정의 부정

'고난'과 '의외의 행운'은 단락의 내용을 그 전후 관계에 따라 추상화한 것이니, 단락에 대해서 '단락소段落素'[88]라 부를 수 있다.

---

87 조동일, "민담구조의 학술적 · 사회적 의미에 관한 일고찰", 『한국민속학』, 3(1970. 12) 참조.
88 Vladimir Propp가 'function', Alan Dundes가 'motifeme'라고 하는 것이다.

「동삼과 이시미」의 구조는 '고난'과 '의외의 행운'이라는 두 가지 단락소의 연속적인 대립·부정의 관계로 이루어져 있다고 규정할 수 있다. 이러한 구조는 「뱀서방」, 「부자가 된 거지」 등 다른 유형의 민담에서도 널리 발견된다.

한편 「꿩과 이시미」라는 이야기는 다음과 같이 정리될 수 있다.

① 어떤 부인이 꿩을 구해 먹고 아들을 낳았다.
② 그것은 이시미가 잡아 놓은 꿩이었다.
③ 아들이 장가갔다.
④ 이시미가 잡아먹겠다고 했다.
⑤ 신부가 구하려고 나섰다.
⑥ 이시미가 살려 주기를 거절했다.
⑦ 신부가 슬기로 이시미를 죽였다.

역시 같은 방법으로 다시 정리하면 결과는 다음과 같다.

① 행운		
② 의외의 고난	①의 부정	
③ 행운	②의 부정	①의 부정의 부정
④ 의외의 고난	③의 부정	②의 부정의 부정
⑤ 행운	④의 부정	①·③의 부정의 부정
⑥ 의외의 고난	⑤의 부정	②·④의 부정의 부정
⑦ 행운	⑥의 부정	①·③·⑤의 부정의 부정

「꿩과 이시미」의 구조는 '행운'과 '의외의 고난'이라는 두 가지 단락소의 연속적인 대립·부정의 관계로 이루어져 있다. 이러한 구조는 「염소로 변한 남편」, 「일꾼의 지혜」 등 다른 유형의 민담에서도 널리 발견된다.

「동삼과 이시미」와 「꿩과 이시미」는 서로 비슷한 이야기 같으면서도 구조상 극히 대조적이다. 전자는 고난을 초인적인 존재가 가져다 주는 의외의 행운으로 극복하자는 운명론을 나타내고 있다면, 후자는 의외의 고난을 인간적인 노력에서 있는 행운으로 극복하자는 반운명론의 차이라 할 수 있다.

더 많은 민담 자료를 분석한다면, 이들과는 다른 여러 구조를 발견할 수 있을 것이다.

6. 민담의 전승과 재창조

「이야기 주머니」라는 이야기가 있다. 이야기를 좋아하는 소년이 자신이 들은 이야기를 모조리 큰 자루에 집어넣고, 주둥이를 꽁꽁 묶어 놓았다. 그 속에 들어 있는 재미난 이야기는 수없이 많다. 이 소년이 커서 장가를 가게 되었다. 장성한 그는 이제 '이야기 주머니'에 관심이 없다. 그 자루는 대청 대들보에 대롱대롱 매달려 있을 뿐이다. 자루 속에 구금되어 있는 '이야기'들은 자기 주인에게 복수하기로 했다. 독수毒水·독아毒牙·독사 등으로 화해서 젊은 신랑을 죽이려 했다. 그러나 충직한 신랑의 하인으로 인해 그 복수는 실현되지 못했다.[89]

이 '이야기의 이야기'는 민담의 본질을 말해 주는 귀중한 자료이다.[90] 민담은 듣고만 그칠 것이 아니라 다른 사람에게 다시 전해야 한다는 뜻이다. 위의 이야기가 아니라도 듣고 모아 두기만 하면 해롭다고 하는 말이 있다. 다시 전해야만 전승은 계속되고 민담이 살아 있게 된다. 다시 구연될 기회를 갖지 못

---

89 장덕순, 『한국설화문학연구』, p. 160 참조.
90 이런 것을 영어로는 'metafolklore'라고 한다. Alan Dundes, "Metafolklore and oral Literary Criticism", *The Monist*, L(1966) 참조.

하고 기억 속에 저장된 민담은 죽은 것과 다름없다.

민담의 전승은 신화나 전설과는 다른 점이 있다. 신화는 신성한 것이기에 신성성을 인정하는 민족에 속하는 사람으로서는 전승이 일종의 의무이기도 하다. 전설의 전승은 증거물과 결부되어 있다. 증거물을 늘 대하는 사람들은 자연히 이것들과 관계시켜 전설을 전승하게 마련이다. 그러나 민담에서는 신성성도 없고, 전승의 이유는 오직 이야기 자체의 흥미와 의미일 따름이다.

전승은 전혀 같은 것의 되풀이가 아니라 반드시 변화를 내포하고 있다. 일정한 형식과 기본적인 구조는 지키더라도 구체적인 내용이나 수사는 화자에 따라 다르고, 같은 화자의 이야기라 해도 이야기할 때마다 다르다. 따라서 서로 완전히 같은 2개의 각편은 있을 수 없다. 이 점은 모든 구비문학이나 설화 전반에 공통된 현상이지만, 민담에서는 변화의 폭이 특히 넓기에 문제가 된다. 민요는 부르다가 막히면 더 계속하지 못하는 법이나, 민담은 구조를 알고 있으므로 자세한 내용은 막혀도 적당히 얼버무려 끝낼 수 있다. 신화의 신성성이나 전설의 증거물은 변화를 제한하는 구실을 하나 민담에는 그런 요인이 없고, 특히 흥미로워야 한다는 요청이 더 있어 변화를 오히려 자극한다.

변화는 크게 두 가지 방향에서 이루어진다. 하나는 창조적인 방향이고 하나는 파괴적인 방향이다. 유능하고 적극적인 화자는 주어진 구조와 유형을 잘 기억하고, 이를 토대로 자기의 개성에 맞고 시대적 요청에 상응하는 재창조를 할 수 있다. 때로는 재창조가 구조와 유형을 새로이 만드는 데까지 이르는 경우도 있다. 그리고 이러한 유능한 화자가 있음으로 해서 민담은 잘 전승되고 생생히 살아 있을 수 있다.[91] 그러나 소극적인 화자는 기억력도 좋지 못하고 창조력은

---

91 유능한 화자의 구실에 대해서는 C. W. von Sydow, *Selected Papers on Folklore*(Copenhagen, 1948), p. 203 ; Linda Dégh, "Die Schöpferische Tätigkeit der Erzählers", *Internationaler Kongreß der Volkserzaählerforscher in Kiel und Kopenhagen Vorträsge und Referate*(Berlin, 1961) 참조.

물론 표현력조차 빈약해서 자기가 들은 것보다 더 빈약한 각편을 만들어 낸다. 어느 사회에서나 유능한 화자의 수는 그리 많지 못하다. 현지조사를 가 보면 한 마을에 한두 사람의 유능한 화자(또는 성, 연령 및 계층 집단별로 한두 사람씩)가 있는 정도이고, 누구라는 것이 널리 알려져 있다.

또한 유능한 화자는 자기대로 즐겨 이야기하는 레퍼토리를 갖고 있다. 이런 것을 화자들은 대체로 '문서'라 부르고, '문서가 많다'고 한다. '문서'에 포함된 이야기들은 서로 구조나 주제에서 비슷하고 유사한 문체로 다듬어져 있다. 따라서 '문서'를 다 조사하면 그 화자의 가치관과 문학관을 알 수 있다.

유능한 화자는 때로는 직업화하기도 했다. 민담은 원래 모든 사람의 것인데 예외적인 현상이 나타나는 셈이다. 이 마을 저 마을로 사랑방을 찾아다니는 과객 이야기꾼이나, 한 자리를 지키고 손님들을 모으는 이야기꾼의 두 가지 부류가 직업적으로 존재한다. 오늘날도 서울 파고다공원 같은 데서는 후자의 잔존을 발견할 수 있다. 직업적인 이야기꾼의 이야기는 개성적인 창조가 한층 더 강하며 길고 구체적인 특징을 가져서 소설에 접근한다.

그러나 소극적인 화자나 일반 청중도 민담의 전승과 재창조를 위해서 무시할 수 없는 중요한 구실을 한다. 들어주는 사람이 있어야 전승도 재창조도 될 수 있기 때문이다. 이야기는 결코 혼자 하며 즐길 수 없는 것이다. 아무리 유능한 화자라 하더라도 청중을 잃으면 힘을 발휘하지 못하고, 다만 개인적인 기억 속에만 보존된 이야기는 불안정해지고 쇠퇴하지 않을 수 없게 된다.[92]

7. 민담에 나타난 민중의식

옛날 지하국地下國에 사는 아귀餓鬼가 지상세계에 나타나 세 공주를 잡아갔다. 한

---

92 Gyula Ortutay, *Ungarische Volksmärchen*(Berlin, 1957), pp. 51~54 참조.

장수가 공주를 구출하겠다고 나섰다. 몇 사람의 부하를 데리고 지하국의 입구를 찾았으나 찾을 수 없었다. 마침내 꿈에 산신이 나타나서 지하국의 입구를 가르쳐 주었다. 입구에 이른 장수는 부하들은 땅 위에 남겨 놓고 광주리를 타고 지하국에 이르렀다. 세 공주 중의 하나가 물을 길러 나왔다가 장수를 만났다. 장수는 수박으로 화하여 아귀의 집에 들어갔다. 세 공주는 아귀에게 독주를 권하여 잠들게 하고 장수는 아귀의 힘의 근원이 되는 옆구리의 비늘 2개를 제거하고 목을 잘라 죽여 버렸다. 장수는 세 공주를 땅 위로 내보냈는데, 부하들은 장수를 올려 주지 않고 그대로 왕궁으로 돌아갔다. 지하에 남은 장수는 처음 나타났던 산신의 도움으로 말을 타고 땅 위에 올라와서, 처음 약속대로 공주와 결혼했다.[93]

이 「지하국 대적 퇴치」(Aarne-Thompson type 301)는 민담이 지닌 민중의식을 여러 모로 잘 나타내 준다.

우선 주목할 것은 주인공인 장수다. 그는 엄청난 모험을 감행하면서도 조금도 주저하거나 두려워하지 않는다. 민담에 나타난 인물은 이런 장수뿐만 아니라 아무리 보잘것없는 자라도 역시 마찬가지다. 신화의 주인공은 이미 지닌 능력을 발휘하는 데 과감하나, 민담의 주인공은 이미 능력을 지니고 있다는 보장이 없어도 과감하다. 전설의 주인공은 예기치 않던 사태에 부딪혀 좌절하거나 패배하는 것이 예사이나, 민담의 주인공은 계속되는 시련 속에서도 좌절과 패배를 모른다. 요컨대 민담은 인간 행위에 대한 구김살 없는 신화를 나타내고 어떠한 고난이나 어떠한 적대적인 자와도 싸워 이길 수 있다는 낙관론을 펴고 있다.

다음 주목할 것은 장수와 아귀의 대결이다. 인간과 비인간의 싸움이다. 비인간으로는 뱀·호랑이 등도 등장하는데, 민담은 언제나 인간과 비인간의 싸움

---

93 손진태, 『조선민담집』, p. 272.

에서 인간의 과감한 승리를 나타내고 있다. 「심보 사나운 호랑이와 할머니」, 「꿩과 이시미」 등도 그 좋은 예이다. 그런데 비인간 또는 초인간적인 존재 중에는 아귀·호랑이·이시미처럼 인간과 적대적인 것들도 있지만 산신 또는 「심보 사나운 호랑이와 할머니」에 나오는 여러 동물과 물건들처럼 인간에게 우호적인 것들도 있다. 우호적인 존재의 도움을 받아 적대적인 존재를 물리치기도 한다. 인간과 비인간의 싸움에서 거둔 인간의 과감한 승리는 원시시대 이래로 민담 향유자들이 계속되는 자연의 위협 속에서 살아 왔다는 사실을 생각할 때 참으로 중요한 의의를 가진다고 할 수 있다.

또한 주목할 것은 장수와 부하들의 대결이다. 즉 선과 악의 싸움이다. 민담의 인간들은 대체로 선인과 악인으로 나누어지고, 처음에는 악인이 유리한 위치에 있다가 마침내 선인이 승리한다. 이미 지적한 바와 같이, 「혹부리 영감」, 「흥부와 놀부」 같은 것들이 그 좋은 예이다. 「동삼과 이시미」도 들 수 있다. 선인과 악인의 대결은 도깨비·제비 등의 매개로 이루어지기도 하고, 이시미의 도움으로 이루어지기도 하나, 직접적인 대결도 있다. 악인은 스스로의 어리석음 때문에 패망하기도 하고, 패망을 모면하려다가 악의 추악한 모습을 더욱 노출하기도 한다. 「우렁색시」 같은 이야기에서 선인은 평민이고 악인은 횡포한 양반이다. 악인인 양반은 패망을 모면하려다 오히려 더욱 추악하게 된다. 선과 악의 대결에서 선이 마침내 승리한다는 것은 정의에의 신뢰를 나타내고 소박하나마 가장 기본적인 가치관의 표현이다.

끝으로 주목할 것은 장수와 공주의 결혼이다. 민담의 주인공은 어떠한 난관을 극복하고서도 결국 행복을 쟁취한다. 행복에는 결혼·부·과거급제 등이 중요한 요건으로 등장하는데, 모두 세상에서 널리 부러워하는 것들이다. 행복을 쟁취하기도 하지만 노력을 안 했는데도 행복에 이르게 되는 경우도 있다. 「새끼 서 발」, 「천 냥 점」 등이 좋은 예이다. 행복을 찾으러 나섰다가 처음 예견하던 방향과는 매우 다른 데서 행복을 구하게 되는 경우도 있다. 「구복여행」이 그 좋은 예다. 행복을 구한다는 것은 인간의 가장 간절한 소망이라 할 수 있는데, 민담은 이를 아주 솔직하고 선명하게 나타낸다.

행복에의 도달이 주인공의 자력으로 이루어지는 경우도 있고 의외의 행운으로 주어지는 경우도 있다. 의외의 행복으로 주어지는 경우에는 운명론적 사고를 지적할 수 있는데, 그 극단적인 예는 '풍수담風水譚'이다. 「부자가 된 거지」라는 이야기가 있다. 어느 거지가 살 길이 없어서 처자를 버리고 유랑했는데, 가는 곳마다 의외의 행운을 입어 위기에서 벗어났고, 집으로 돌아와 보니 큰 부자가 되어 있었다. 그의 아버지를 아무 데나 묻었는데, 사실은 그 자리가 명당이었기 때문이었다고 한다. 그러나 이러한 이야기에서도 주인공은 가만히 앉아 운명을 기다리지 않고 계속 움직이며 싸운다. 부지런하고 진실된 사람은 하늘이 돕게 마련이라고 하는 것이 민담의 운명론이고, 이 점은 고전소설에 나타난 운명론과는 상당한 차이가 있다.

'동물담動物譚' 중에서 인상적인 것은 「호랑이와 토끼」 이야기다. 호랑이는 토끼를 잡아먹으려고 하는데, 토끼는 여러 가지 꾀를 써서 위기를 모면하고 드디어 호랑이를 골탕 먹인다. 호랑이는 힘이 세나 어리석고, 토끼는 약하나 지혜롭다. 어리석은 강자는 지혜로운 약자를 당해 내지 못한다. 호랑이와 토끼의 대결은 포괄적인 의미를 지니고 있다. 치자治者와 피치자被治者의 대결일 수도 있고, 권력을 가진 자와 권력을 가지지 못한 자의 대결일 수도 있다. 「토끼와 거북」 이야기도 이와 관련해서 살펴볼 만하다. 여기서는 둘 다 지혜로써 싸운다. 처음에는 거북이 토끼를 속였으나, 나중에는 토끼가 거북을 속여서 마침내 토끼의 승리에 이르렀다. 그런데 거북의 지혜는 용왕이란 권력자에게 충성을 다하기 위해 약한 백성을 속이려는 더러운 간계라면, 토끼의 지혜는 힘의 횡포로부터 자기를 지키기 위한 정당한 전술이기 때문에 토끼의 승리는 필연적이다.

동물담은 이처럼 동물에다 인간의 특징을 부여하여 인간 사회의 문제를 제기한다. 제기된 문제는 대체로 민중과 그 적대자 사이의 대결이고, 이 대결에서 민중은 지혜로써 승리하는 모습을 보여준다. 그러나 사정이 다른 경우도 있다. 「개와 고양이는 왜 원수가 되었는가(犬猫爭珠)」라는 이야기는 몇 가지 유형으로 나타나는데, 민중적인 성격을 지닌 쪽이 순박한 개이고, 그 반대 입장에 서는 쪽이 간교한 고양이다. 고양이는 양반이고 개는 상민 또는 백정이라고 명백히 설명된 유형도 있다. 개와 고양이의 대결은 동물유래담답게 어느 쪽의 승리도 아닌 채 계속되고 있다는 것이다.

소화笑話도 민중의식을 나타낸다는 점에서 중요한 의의를 지닌다. 소화는 낡은 권위나 경화硬化된 관념을 파괴하고 삶의 진실된 모습을 보여주는 이야기이기 때문에 단지 웃기는 데 그치지는 않는다.

소화에서 큰 비중을 차지하는 것은 주인을 골탕 먹이는 하인에 관한 여러 유형의 이야기이다. 주인은 대체로 횡포하나 어리석고, 하인은 지혜롭다고 설정되어 있어서 주인의 어리석음이 나타나면서 그 권위가 파괴된다. 기본적인 설정이 「호랑이와 토끼」의 경우와 비슷하나, 일상 생활적인 디테일과 과장된 표현이 웃음을 자아낸다. 어리석음이 웃음을 일으키는 이야기로는 이 밖에도 '모방담模倣譚'이 있다. 욕심 많은 인물이 선인의 행동을 모방하려다가 낭패를 보는 「흥부와 놀부」 같은 모방담에서도 어리석음으로 해서 낡은 권위가 파괴된다.

성性에 관한 소화도 상당히 많은데, 이는 경화된 윤리적 관념을 파괴하고 삶의 자유로운 모습을 긍정적으로 보여 준다. 유교 윤리가 사회를 아주 구속하려 들던 시기에 이런 웃음이 중요한 의의를 가졌다 할 수 있다. 성에 관한 소화는 오히려 양반들이 더 즐겨 이야기했던 것 같고, 『어면순禦眠楯』 등에 기록되어 남아 있다.

깊은 뜻은 지니지 않으나 삶의 여유를 갖게 해주는 시원한 웃음을 제공하는 소화도 있다. 「바보 사위」 같은 것이 이런 계열이다. 재미있는 예를 하나 들면 다음과 같다.

어떤 산중에 호랑이란 놈이 먹을 것을 구하러 나갈 궁리를 하고 있는데, 마침 어느 농부가 산 아래에 와서 담배밭을 맨다.

'옳지 저놈을 잡아먹으리라.'

잔뜩 장을 대고 있는데, 일하던 청년은 땀이 나고 덥던지 웃통을 홀떡 벗어 던진다. 보니 살도 엔간히 쪘고, 그런 중에 찢는 수고마저 덜라고 옷까지 벗어 놓았겠다. 어쩌나 좋은지 한 번 실컷 웃고 싶은데, 이놈이 듣고 도망치면 헛일이다. 그래 어슬렁어슬렁 산등성이를 넘어가 실컷 웃고 도로 넘어와 보니까, 농사꾼은 벌써 집에 돌아갔는지 없어진 뒤더라는 것이다.[94]

국문학에서 전설은 비장의 원천이라 할 수 있으며, 소화는 골계의 고향이고 계속적인 공급처다. 소화는 생활을 윤택하게 하고 문학을 살찌게 한다.

민담은 흥미로운 이야기이다. 그러나 흥미에 그치지 않고 진실성을 지니고 있다. 도깨비도 진실 앞에는 머리를 숙이고 허위에는 반항한다. 혹을 뗀 노인은 진정에서 우러나오는 노래를 불렀고, 혹 붙인 노인은 공리적인 타산으로 노래를 불렀기 때문에 진실은 이미 결여되고 말았던 것이다. 민담의 진실성은 널리 인정되고 있는 것이지만 매우 준엄하다.

---

94 이훈종, 『한국의 전래소화傳來笑話』(동아일보사, 1969), p. 114.

제3장 민요

Ⅰ 민요의 전반적 특징

민요는 노래로 된 구비전승이다. 민요는 노래이기에 음악이면서 문학이고, 그 가사는 율문律文으로 되어 있다. 노래가 아닌 것은 민요가 아니다. 설화·민속극·속담·수수께끼 등은 모두 구비전승이기는 해도 노래는 아니다. 민속극은 부분적으로 노래이고 율문이나, 전편이 다 그렇지는 않다.

또한 구비전승이 아닌 것은 민요가 아니다. 어느 특정 개인이 일시에 작사·작곡해서 부르는 노래는 구비전승이 아니기 때문에 민요가 아니다. 모든 구비전승이 그렇듯이, 민요는 공동작이면서도 개인작이지, 개인작만으로는 성립되거나 존재할 수 없다.

민요는 비전문적인 민중의 노래다. 전문적인 특수집단의 노래는 민요가 아니다. 무가는 무당이라는 종교적 특수집단의 노래이기에, 불가佛歌도 승려라는 종교적 특수집단의 노래이기에 둘 다 민요에서 제외된다. 가곡·가사(12가사 등의 가창가사)·시조·판소리 등은 가객歌客 또는 광대라는 예능적 특수집단의 노래이기에 민요에서 제외된다. 그러나 소위 잡가(일명 속가, 속요로서 산타령이나 육자배기 등)는 전문적이기도 하지만, 널리 불리기 때문에 넓은 의미의 민요에 포함시킨다. 전문적인 특수집단의 노래는 기억의 부담이 많거나 세련되어 있어서 일정한 수련을 거쳐 의식적으로 배워야 하지만, 민요는 기억의 부담이 그리 많지 않을 뿐 아니라 단순해서 의식적인 수련 없이도 배울 수 있다. 세련되어 있느냐 단순하냐 하는 것은 예술적 가치와는 관계 없는 것이다.

민요는 민중이 널리 부를 뿐만 아니라, 그 음악적·문학적 성격도 민중적이다. 가곡·가사·시조는 평민가객平民歌客이 불러도 지적知的이며 점잖은 노래라는 점에서 양반문학의 일부라 할 수 있다. 그리고 무가와 불가는 종교를 기반으로 한 노래들이기에 반드시 광범위한 민중적 공감을 자아낸다 할 수 없다. 그러나 민요는 민중이 민중의 생활·감정·사상을 솔직하게 나타내는 노래다.

설화·속담·수수께끼도 민중의 것이지만 민중이 지배층과 공유하고 있는 것이다. 그러나 민요는 민속극과 함께 순수하게 민중만의 예술이며 문학이라 할 수 있다. 양반은 이야기하기는 즐겨도 노래하기는 즐기지 않는다. 가곡·가사·시조 정도는 더러 가까이할 수 있어도, 상스럽다고 규정한 민요는 되도록 멀리해야 양반으로서의 품위를 유지할 수 있었다. 그러나 민중은 생활상의 필요성에서도 민요를 불러야만 했다.

민요는 생활상의 필요성에서 창자唱者가 스스로 즐기는 노래이다. 민요의 대부분은 일정한 생활상의 필요성 때문에 존재한다. 즉 노동을 하거나, 의식을 거행하거나, 유희를 하면서 부른다. 그러나 설화·판소리·수수께끼 등에서는 생활상의 기능이 거의 존재하지 않는다. 설화·판소리·수수께끼 등은 창자·화자와 청자의 관계에서만, 그리고 창자·화자가 청자에게 들려주기 위해서 존재하나 민요의 경우는 이와 다르다. 민요는 창자만으로도 존재하는 자족적自足的인 성격을 지닌다. 즉 민요는 창자 스스로의 필요성에서 부르고 창자가 스스로 즐기기 위해서 부른다. 무가는 의식의 거행이라는 생활상의 필요성에서 부르지만 창자에게 들려주자는 것이고, 민속극도 근본적으로 의식의 거행과 관련되지만 역시 관중에게 보여 주자는 것이다. 그러나 민요는 기능적일 뿐만 아니라 자족적이다.

그러기에 민요는 창자 자신에게 충실한다. 창자인 민중의 의식을 충실히 반영하면 되지 다른 누구에게 평가받을 필요가 없다. 이 점은 판소리와 좋은 대조를 이룬다. 판소리에서는 청중의 반응이 창자의 의도 못지 않게 중요하다. 그러기에 판소리는 민중의 문학이면서도 양반을 흉내내어 양반 청중의 호감을 얻으려 하나, 민요는 오직 민중의 문학일 뿐이다.

II 민요의 자료 개관

민요 수집의 역사는 매우 오래된다. 고대에서 조선까지의 시기에도 민요의 수집은 부분적으로 계속되어 왔는데, 민요가 궁중악곡宮中樂曲으로 상승해서 생기는 수집, 민심을 알아보기 위한 정책적인 수집, 그리고 문인들이 관심을 가지고 한역漢譯함으로써 수집된 것들이 있었다. 그러나 그 어느 경우나 모두 불완전한 수집이었고, 더욱이 전면적인 수집은 아니었다.

민요를 전면적으로 수집해서 정확히 기술하자는 노력은 1930년대부터 시작되었는데, 민족문화운동의 일환으로, 민속에 대한 조사 · 연구의 일환으로 많은 사람들의 참가가 있었다. 따라서 수집의 결과는 상당히 풍성하여, 단행본으로 출간된 중요한 업적만 들어 보아도 다음과 같다.

① 김소운, 『조선구전민요집』(동경 : 제일서방, 1933).
② 임화, 『조선민요선』(조선문고, 학예사, 1939).
③ 김사엽 · 최상수 · 방종현, 『조선민요집성』(정음사, 1948).

④ 성경린·장사훈, 『조선의 민요』(국제음악문화사, 1949).

⑤ 고정옥, 『조선민요연구』(수선사, 1949).

⑥ 진성기, 『남국의 민요』(제주민속문화연구소, 1958).

⑦ 임동권, 『한국민요집』(동국문화사, 1960).

⑧ 김영돈, 『제주민요연구 (상) 자료집』(일조각, 1965).

⑨ 성균관대학교 국어국문학과, 『제1차 3개년계획 안동문화권학술조사보고서』(성 균관대학교, 1967).

⑩ 『한국민속종합조사보고서 전남편』(문공부 문화재관리국, 1969).

이상에서 든 각 자료집의 특징을 지적하면 다음과 같다.

① 김소운, 『조선구전민요집(인용 약호 '김')은 총 2,375편의 민요를 지역별로 분류 수록하고 있다. 신문사 독자 투고의 집성이지만 최초의 본격적인 민요집이면서도 가장 많은 자료를 수록하고 있다는 점에서 계속 중요시되어야 할 책이다.

② 임화, 『조선민요선』(인용 약호 '임')은 총 160편의 민요를 '서정가抒情歌'·'결혼·가정에 관한 가요'·'사친가思親歌'·'자탄가自嘆歌'·'서경요敍景謠'·'풍유요諷諭謠'·'노동가요勞動歌謠'·'서사가요敍事歌謠'·'잡요雜謠'로 분류 수록하고 있다. 이재욱의 발문跋文이 첨부되어 있다.

③ 김사엽·최상수·방종현, 『조선민요집성』(인용 약호 '김·최·방')은 470편의 민요를 '부요婦謠'·'남녀공요男女共謠'·'남요男謠'·'동요童謠'·'기타요其地謠'를 대항목으로 하여 분류·수록하고 별도로 '영남내방가사嶺南內房歌詞' 12편과 '제주도 민요'를 수록하고 있다. 김사엽·최상수·방종현의 수집을 모은 것이다.

④ 성경린·장사훈, 『조선의 민요』(인용 약호 '성·장')는 총 84편의 민요를 지역별로 수록하고 있다. 음악적으로 우수한 민요를 모아 그 가사를 수록한 것이다.

⑤ 고정옥, 『조선민요연구』(인용 약호 '고')는 최초의 본격적인 민요 연구서인데, 364편의 자료를 '남요男謠'·'부요婦謠'의 대항목으로 하여 분류 수록하고 있다.

자료의 대부분은 저자 자신의 수집이고 일부는 ① 등에서 인용했다. 동요는 민요
가 아닌 걸로 보고 제외했다.

⑥ 진성기, 『남국의 민요』(인용 약호 '진')는 총 400편의 제주도 민요를 '자탄가'·
'정가情歌'·'경세가經世歌'·'근로가'·'만가'·'오락가'·'타령'·'동요'·
'토속가'·'문답가' 등으로 분류 수록하고 있다. 최초의 본격적인 제주도 민요집
으로 자료는 전부 저자 자신의 수집이다.

⑦ 임동권, 『한국민요집』(인용 약호 '임')은 총 2,115편의 자료를 우선 민요와 동요
로 대별하고 민요는 다시 '노동요'·'신앙성요信仰性謠'·'내방요內房謠'·'정
련요情戀謠'·'만가輓歌'·'타령打令'·'설화요說話謠'의 대항목으로 분류 수록
했다. 그리고 '고대민요편古代民謠篇'이라 하여 총 218편의 문헌에 나타난 민요
를 수록하고 있다. 여러 민요집의 자료를 재정리하고 저자의 수집자료를 첨가해
서 체계적이며 표준이 될 만한 민요집을 만든 것이다.

⑧ 김영돈, 『제주도민요연구 상』(인용 약호 '김영')은 총 1,403편의 제주도 민요를
'노동요'·'타령'·'동요'의 대항목으로 분류 수록하고, 모두 표준어로 대역對
譯해 놓았다. 창자를 다 밝히고 있는 최초의 민요집이다. 녹음에 의한 조사라고
생각된다.

⑨ 성균관대학교, 『안동문화권조사보고서』(인용 약호 '안')는 경북 안동군 및 봉화
奉化·영주군榮州郡 일부 지역의 민요만 64편 수집하여 부락별로 수록하고 있다.
한 지역을 잡아 부락별로 민요를 조사 보고한 최초의 본격적인 업적이며, 처음으
로 창자는 물론 채록상황까지 밝혀 놓았다. 전부 녹음에 의한 조사이다. 종합조사
보고서의 일부이다.

⑩ 『한국민속종합조사보고서 전남편』(인용 약호 '전')은 총 168편의 전남 민요를
'노동요'·'정요情謠' 등 모두 13항목으로 분류 수록했다. 전남 민요에 대한 최초
의 종합적인 보고이며, 종합조사보고서의 일부이다.

그러나 이상에서 든 업적에도 불구하고, 민요의 자료는 아직도 조사될 수 있
는 여지가 거의 무한하게 남아 있다. 철저한 조사를 한다면 한 창자에게서 수

십 편, 한 부락에서 수백 편의 자료를 얻을 수 있을 정도이다(이 책에서 '저자 수집'이라고 인용하는 민요는 조동일이 경북 동북부 지방에서 채록한 미발표 자료다).

III 기능·창곡·가사의 관계

민요는 기능·창곡·가사로 성립되며, 민요 전체를 두고 본다면 이 셋이 모두 중요하다. 설화라면 이 셋 중에서 가사에 해당하는 것만 특히 중요하며, 나머지는 존재한다 해도 부수적인 것에 불과하다. 설화는 일정한 생활상의 기능을 뚜렷이 갖지 않으나, 민요는 노동하기 위해서, 의식을 거행하기 위해서, 놀이를 하기 위해서 부른다든가 하는 고정적인 기능을 가진 것이 대부분이다. 설화에서는 창곡에 해당하는 것이 존재한다고 해도 말의 억양 정도에 지나지 않기에 독자적인 중요성은 없으나, 민요는 창곡을 떠나서는 성립될 수 없는 노래이다.

그러나 기능·창곡·가사는 어느 특정 민요에서 고정적으로 결합되어 있을수도 있고 유동적으로 결합되어 있을 수도 있다. 고정적 결합은 '='로, 유동적 결합은 '≠'로 나타내면, 다음과 같은 다섯 가지 경우가 있다.

① 기능=창곡=가사

이를테면 「모내기노래」의 경우이다. 「모내기노래」는 모내기를 하면서 「모내기노래」라는 창곡으로 된 「모내기노래」라는 가사를 부르는 민요이다. 모내기를 할 때에는 다른 창곡이나 다른 가사로 된 노래는 거의 부르지 않으며, 부른다면 예외적이라고 할 수 있다. 「모내기노래」의 창곡은 「모내기노래」가 아닌 다른 민요에서는 부르지 않는다. 그 가사 역시 「모내기노래」에서만 부르는 것이고 다른 민요의 가사와는 구별되는 뚜렷한 특징을 지니고 있다. 그러기에 「모내기노래」에서는 기능·창곡·가사가 서로 고정적으로 결합되어 있다. 이와 같이 셋이 다 고정적으로 결합되어 있는 민요로는 「어사용」(나무 하면서 부르는 신세타령의 슬픈 노래. 경북 산악지방에서 주로 부른다.)·「지신밟기」·「놋다리밟기」 등이 더 있다.

② 기능=창곡≠가사

이를테면 「논매기노래」의 경우이다. 「논매기노래」는 논매기를 하면서 「논매기노래」의 창곡으로 부르나, 가사는 일정하지 않다. 선창자의 재량에 따라 가사는 무엇이든지 부를 수 있다. 기능과 곡은 고정적으로 결합되어 있으나, 가사는 유동적으로 결합된다. 이와 같은 예는 「땅다지기」·「상여소리」·「달구질」·「강강수월래」 등이 더 있다.

③ 기능=가사≠창곡

이를테면 「자장가」의 경우이다. 어린아이를 재운다는 기능과 아이에게 자라고 하는 가사는 일정하며 서로 긴밀히 연관되어 있으나, 창곡은 여러 가지로 달라질 수 있다. 조용한 창곡이라면 무엇이든 된다.

④ 기능≠창곡=가사

이를테면 달거리 「창부타령倡夫打令」의 경우이다. 일정한 창곡과 일정한 가사는 서로 긴밀히 결합되어 있지만, 이 노래에는 고정적인 기능이 없다. 「노랫가락」·「몽금포타령夢金浦打令」·「도라지」·「천안삼거리」 등도 이와 같다.

⑤ 기능≠창곡≠가사

이를테면 삼을 삼으면서 「정선아라리」를 부르는 경우이다. 「삼삼기노래」는 반드시 「정선아라리」를 부르도록 되어 있는 것은 아니니, 우선 기능과 창곡의 결합이 유동적이다. 그리고 「정선아라리」란 창곡의 명칭이고, 그 가사는 일정하지 않으며 거의 무제한으로 달라질 수 있다. 따라서 창곡과 가사의 결합 역시 유동적이다. ⑤-1 : 기능을 두고 말하면, 「삼삼기노래」·「빨래노래」 등이 이에 속한다. ⑤-2 : 창곡을 두고 말하면, 「밀양아리랑」·「육자배기」 등이 여기 속한다. ⑤-3 : 가사를 두고 말한다면, 「시집살이」·「범벅타령」 등이 여기 속한다.

민요가 기능·창곡·가사에 의해서 성립된다고 하는 사실은 민요가 이 셋에 의해서 전승될 수 있음을 의미한다. 그리고 위에서 한 ①에서 ⑤까지의 분류는 각 민요는 전승되기 위해서 이 셋 중에서 무엇에 의거하느냐를 말해 준다.

①은 기능·창곡·가사에 의해서 전승되는 민요이다.

②는 기능·창곡에 의해서 전승되는 민요이다.

③은 기능·가사에 의해서 전승되는 민요이다.

④는 창곡·가사에 의해서 전승되는 민요이다.

⑤-1은 기능에 의해서 전승되는 민요이다.

⑤-2는 창곡에 의해서 전승되는 민요이다.

⑤-3은 가사에 의해서 전승되는 민요이다.

기능·창곡·가사 중에서 없어지기 가장 쉬운 것은 기능이다. 나머지는 기억으로 보존되는 한 존속될 수 있지만, 기능은 생활방식이 달라지면 없어질 수 있기 때문이다. 만약 기능이 없어진다면, 이를테면 길쌈을 하지 않게 되거나, 지신밟기를 중단한다든가 하게 되면, 민요의 전승에는 큰 변동이 일어난다.

①은 만약 창곡이나 가사가 충분히 아름답거나 흥미로운 것이면 ④로 전환된다. ②도 그런 조건을 갖춘 것이면 ⑤-2로 전환되고, ③도 그런 조건을 갖춘 것이면 ⑤-3으로 전환된다. 그러나 ②나 ③에는 그런 조건을 갖춘 노래가 실제로는 흔하지 않기 때문에, 기능이 없어지면 ②나 ③은 전승이 중단되기 쉽다. 기능이 없어지면 ⑤-1의 전승은 완전히 중단된다.

민요의 창곡은 일정한 구조를 가진 가락이 반복되고 변화되어 한 노래를 이루기에,[1] 창창(唱唱)의 능력이 아주 보잘것없는 사람이 아니라면, 창곡의 기억은 그리 어렵지 않다고 할 수 있다.

---

1 윤양석, "남도민요 '보념報念' 가락의 이디엄", 『동서문화』, 제3집(계명대학교 동서문화연구소, 1969) 참조.

그러나 가사의 기억은 쉽지 않다. 설화는 유형구조로서 기억되고 전승되나, 민요의 가사는 설사 유형구조를 지닌 것이라 하더라도 구절구절 구체적으로 기억될 수밖에 없기 때문이다. 만약 가사의 기억이 막히면 ②, ⑤-1, ⑤-2의 경우에는 오로지 즉흥적으로 지어내도 되고 기억할 수 있는 다른 노래의 것을 가져와도 되나, 그 밖의 경우에는 노래를 중단할 수밖에 없다. 설화는 한번 이야기하기 시작하면 끝마치게 되는 것이 보통이나, 민요는 흔히 부르다가 중단하는 이유가 여기에 있다.

요컨대 민요는 기능·창곡·가사에 의해 전승되기 때문에 설화의 전승보다 쉬울 것같이 생각될 수도 있으나, 사실은 이 셋이 다 작용되므로 오히려 설화의 전승보다 어렵다. 설화는 특별히 익혀 전승할 필요가 없으나, 민요는 배워서 전승해야 한다. 원래는 자연스럽게 배우게 되지만, 오늘날은 애써 배우지 않으면 전승이 중단될 민요가 많다.

IV 민요의 분류

민요의 분류에서는 단일한 기준이 있을 수 없고, 다음과 같은 여러 기준에 의한 분류가 가능하다.[2]

① 기능에 의한 분류
② 가창방식에 의한 분류
③ 창곡에 의한 음악적인 분류
④ 율격에 의한 분류

---

2 고정옥, 『조선민요연구』(수선사, 1949), pp. 96~98 참조.

⑤ 장르에 의한 분류

⑥ 창자에 의한 분류

⑦ 시대에 의한 분류

⑧ 지역에 의한 분류

이상 각 기준에 의한 분류는 대개 앞으로 하나씩 상론될 기회가 있겠기에, 여기서는 그 대체적인 결과만 보이고자 한다.

① 기능에 의한 분류

• 노동요

농업노동요	토목노동요	제분노동요
어업노동요	채취노동요	수공업노동요
운반노동요	길쌈노동요	가내노동요

• 의식요

| 세시의식요 | 장례의식요 |

• 유희요

| 무용유희요 | 경기유희요 | 기구유희요 | 언어유희요 |

• 비기능요

② 가창방식에 의한 분류

| 선후창 | 교환창 | 독창(제창) |

③ 창곡에 의한 분류(음악의 분야이기 때문에 자세히 다루지 않는다.)

| 가창민요 | 음영민요 |

④ 율격에 의한 분류

| 1음보격 민요 | 3음보격 민요 | 분련체 민요分聯體民謠 |
| 2음보격 민요 | 4음보격 민요 | 연속체 민요連續體民謠 |

⑤ 장르에 의한 분류

    교술민요   서정민요   서사민요   희곡민요

⑥ 창자에 의한 분류

    남요男謠   부요婦謠   동요童謠

⑦ 시대에 의한 분류

    옛날노래   중년소리(근대요)

⑧ 지역에 의한 분류

    각 도별로 나눈다.

V 민요의 기능

전항에서의 고찰에 의하면 민요는 기능을 두고 볼 때 두 가지로 크게 나눌 수 있다. ①, ②, ③, ⑤-1은 일정한 기능을 지닌 민요이나 ④, ⑤-2, ⑤-3은 기능이 일정하지 않다. 전자를 기능요機能謠 functional song라고 한다면, 후자를 비기능요非機能謠 non-functional song라 할 수 있다.[3]

기능요는 기능의 성격에 따라서 크게 노동요勞動謠 · 의식요儀式謠 · 유희요遊戲謠로 나눌 수 있다. 노동요는 노동을 하면서 노동의 박자와 맞게 부르는 노래다. 의식요는 주술적이거나 종교적인 의식의 목적을 실현하기 위해서 부르는 노래다. 유희요는 유희를 하면서 유희의 박자에 따라 부르는 노래다.

노동요를 부르는 이유는, 첫째 노동을 즐겁게 하기 위해서이다. 노래를 부르면 노동의 박자가 보다 규칙적으로 되는데, 규칙적인 신체 운동은 불규칙적인 신체 운동보다 힘이 덜 든다. 또한 노래를 부르면서 일하면 심리적으로 즐겁게

---

3 George Herzog, "Song, Folk Song and the Music of Folk Song", ed., Maria Leach, *Standard Dictionary of Folklore*, vol.2(New York : Funk & Wagnall, 1950) 참조.

된다. 둘째로, 공동 노동을 하는 경우에는 노동요를 같이 부르면서 행동 통일을 유지하는 데 유리하다. 다른 신호가 없어도 같이 노동하는 사람들이 노래에 맞추어서 일제히 또는 질서 있게 움직일 수 있다.

노동요는 노동의 종류에 따라서 다음과 같이 분류할 수 있다.

① 농업노동요 : 밭갈기 · 모내기 · 밭매기 · 논매기 · 보리타작 등을 할 때 부르는 노래들이 있다.
② 어업노동요 : 고기를 후리거나, 그물을 당길 때 부르는 노래가 있다. '해녀노래'도 여기에 속한다.
③ 운반노동요 : 가마메기 · 목도메기 · 상여메기 등을 할 때 부르는 노래나, '노젓는 노래'가 여기에 속한다(상여메기노래는 운반노동요이면서 장례의식요이다).
④ 토목노동요 : 땅다지기 · 말뚝박기 · 달구질 등을 할 때 부르는 노래다(달구질노래는 토목노동요이면서 장례의식요이다).
⑤ 채취노동요 : '어사용'이나 꼴베기노래 등을 말한다.
⑥ 길쌈노동요 : 물레노래 · 삼삼기노래 · 베 짜면서 부르는 노래 등이다.
⑦ 제분노동요 : 방아노래 · 맷돌노래 등이다.
⑧ 수공업노동요 : 풀무질노래 · 양태노래 · 망건노래 등이다.
⑨ 가내家內노동요 : 빨래노래 · 바느질노래 · 자장가 등을 말한다.

노동요의 가사는 다음과 같은 것들로 이루어져 있다.
(1) 현재 하고 있는 노동의 진행상 필요한 말이거나 그 내용을 나타내는 구절. 이런 구절은 즉흥적으로 지어내는 경우가 흔하다.

"여개*를 때려라 ∨⁴   *여기

---

4 ∨는 후렴이 있으나 생략되었음을 나타낸다.

저개를 때려라 ∨"

(고 11, 보리타작)

(2) 노동의 일반적인 내용이나 과정을 나타내는 구절. 이런 구절은 즉흥적으로 지어낸 것이 아니고 고정적으로 전승되는 경우가 흔하다.

"영해영덕 진삼가리 진보청송 관솔가지
　우리아배 관솔패고 우리올배* 관솔놓고　　　　　*오빠
　이내나는 비비치고 우리형님 나리치고
　밤새도록 삼고나니 열손가리 반을축여"
　(삼삼기노래, 김 · 최 · 방, p.106)

(3) 노동과는 직접 관련되지 않으나, 노동하는 자의 감정이나 의식을 나타내는 구절. 이런 구절은 즉흥적일 수도 있고, 전승적일 수도 있다.

"이선달네 맏딸애기 밀창문을 밀채놓고
　저게가는 저선볼*랑 앞을보니 신선보요 뒤를보니 글선본데　　　*선비일랑
　이내집에 와가주고 잠시잠깐 노다가나 가이시소
　아그락신 배운글로 잠신들 잊을손냐
　글코말고 잼**이나 한숨 들러가소"　　　　**잠
　(영천군에서 저자 채록, 삼삼기노래이며 가사는 「이선달네 맏딸애기」)

노동요는 위에서 든 바와 같이 재래적인 노동의 거의 전 영역에 걸쳐서 존재한다. 노동은 민요와 불가분의 관계를 가진다고 할 수 있다. 뷔허K. Bücher에 의하면,[5] 민요는 노동요에서 시작되었다. 민요의 박자는 노동의 박자를 근거로

---

5 Karl Bücher, *Arbeit und Rhythmus*(Leipzig und Berlin : B. H. Leubner, Vierte, neubearbeitete Auf. 1909), p. 357.

성립된 것이며, 처음에는 노동요로만 존재하던 민요가 차츰 여러 가지의 것들로 분화되었다. 그리고 다른 것들로 분화되어 나간 민요라 하더라도 노동하는 자의 의식은 비교적 오랫동안 유지한다. 민요가 구비문학의 다른 어느 것보다도 민중생활과 밀착되어 있는 이유를 여기서 찾아볼 수 있다.

의식요는 언어가 주술적인 힘을 지녀 인간과 귀신이나 혼령 사이의 의사 교환의 수단으로도 사용된다고 생각하기에 성립될 수 있다.

의식요는 노동요에 비해서 아주 폭이 좁다. 무가巫歌나 불가佛歌를 제외하면, 의식요에는 다음과 같은 것들이 있다.

① 세시의식요 : 지신밟기나 서낭굿을 할 때 부르는 노래
② 장례의식요 : 「상여메기노래」나 「달구질노래」

이 밖에 무가에서 파생되어 나온 「성주풀이」·「동티(동토動土)잡이」 등이 있고, 불가에서 파생되어 나온 염불 같은 것들이 있다.

의식요의 가사는 다음과 같은 것들로 이루어져 있다.

(1) 의식을 진행시키기 위해 필요한 말이거나 그 내용을 나타내는 구절.

"앗따 그다리 잘났다 우렁추렁 건너가자"
　(봉화군에서의 저자 채록. 서낭굿을 할 때 다리를 건너가면서 부르는 노래)

(2) 귀신·혼령에게 하는 말 또는 귀신·혼령이 하는 말.

"인제가면 언제오나 ∨
　춘삼월 호시절에 꽃피거든 올라든가 ∨
　부모형제 이별하고 ∨

극락세계 나는가네 ∨   (안 30, 달구질노래)

(3) 축복 또는 축원의 말

"아들이나면 효자가되고 딸이나면 열녀가낳소 ∨
  잡귀잡신은 물알로   만복은   이집으로 ∨   (지신밟기, 김 · 최 · 방, p.199)

의식요의 가사는 단순하며, 의식의 거행과 직접 관련되지 않은 생활이나 의
식의 표현을 찾아보기는 어렵다. 그러기에 의식요는 노동요에 비해서 단순하
고 문학적 가치가 떨어진다.

유희요는 놀이의 박자를 정확하게 유지하며 놀이를 잘 진행하기 위해서 또
는 놀이를 더욱 즐겁게 하기 위해서 부른다.

놀이의 성격에 따라 유희요를 다음과 같이 분류할 수 있다.

① 무용유희요 : 「강강수월래」나 「놋다리밟기」 등이다.
② 경기유희요 : 체력 · 정신력, 또는 운수運數 등으로 승부를 판정하는 놀이에서 부르
   는 노래로, 「줄다리기노래」 · 「윷노래」 · 「장기노래」 · 「살넹이노래」[6] 등이 있다.
③ 기구유희요 : 일정한 기구를 사용하되 승부는 판정하지 않는 놀이에서 부르는 노
   래로, 「그네노래」 · 「널뛰기노래」 · 「연노래」 등이 있다.
④ 언어유희요 : 다른 수단이 있더라도 주로 말로써 성립되는 놀이에서 부르는 노래
   인데, 대문놀이 · 군사놀이 등이 그러한 놀이의 예다.

유희요는 다음과 같은 내용의 가사로 이루어져 있다.

---

6 전남 진도珍島에서 숫자가 쓰인 상평통보常平通寶를 사용해서 하는 일종의 놀음에서 부르는 노래
  (전 pp. 686~691, pp. 717~718).

(1) 놀이의 진행상 필요한 말. 이는 대체로 고정적으로 전승된다.

"문문직아 문열어라
 어느문을 열어주리
 동남문을 열어주리
 열쇠없이 못열겠네"   (김 564, 「대문놀이노래」)

(2) 놀이의 내용을 말하면서 놀이하는 사람의 심리를 나타내는 말. 이는 전 승적일 수도 있고 즉흥적일 수도 있다.

"서제도령 공치기가 널뛰기만 못하리라 ∨
 규중생장 우리몸은 설놀음이 널뛰기라 ∨
 널뛰기를 마친후에 떡국노리를 가자세라 ∨"   (임 2101, 「널뛰기노래」)

(3) 놀이와 직접 관련되지 않는 내용이면서 놀이를 다채롭게 하는 것. 이는 전승적일 수도 있고 즉흥적일 수도 있다.

"도리도리 삿갓집에 ∨
 처녀하나 좋게커서 ∨
 중신왔네 중신왔네 ∨
 서울에서 중신왔네 ∨"   (전, p. 712, 「강강수월래」)

유희요는 (2)와 (3)을 지니고 있기에 문학적인 내용이 의식요에 비해서는 풍 부하나, 노동요에 비해서는 빈약한 편이다.

비기능요非機能謠는 노래 그 자체의 즐거움 때문에 불려진다. 일정한 생활상의 기능은 없기에 비기능요라고 하지만, 노래의 즐거움 때문에 부른다는 기능이 있다. 기능요는 일정한 생활상의 소용과 노래 자체의 즐거움이라는 두 가지 기능을 다 지니고 있으나, 비기능요는 이 두 가지 기능 중 전자의 것이 없으므로 기능요와는 구별되어야 한다는 말이다.

비기능요 중에는 기능요에서 전환된 것이 많다. 기능요는 본래의 기능을 떠나서도 부를 수 있는데, 본래의 기능을 떠나서 부르는 기회가 차츰 많아지다가 마침내 비기능요로 바뀌게 된다. 그러면 비기능요로서 적합하게 창곡이나 가사가 달라질 수도 있다. 한 예로 「방아타령」은 원래 방아를 찧으면서 부르는 노래인데, 방아 찧는 노동과는 무관하게 존재하는 비기능요로 변한 것이 더 흔하다. 또한 한 지방에서는 기능요인 노래가 타 지방으로 전파되면서 비기능요가 되기도 한다. 한 예로 전라도의 모내기노래를 「농부가」라고 하기도 하는데, 농부가는 전라도에서는 기능요일 수도 있고 비기능요일 수도 있다. 그러나 경상도로 전해진 「농부가」는 반드시 비기능요이다. 경상도에는 경상도대로의 모내기노래가 따로 있기 때문이다.

비기능요는 기능요보다 후대의 것일 뿐만 아니라, 비기능요가 대량 생겨나거나 유행하기 시작한 시기는 특히 개화기 이후가 아닌가 한다. 그전에는 전문적인 또는 반전문적인 가객들의 소위 잡가雜歌라는 것은 여러 가지 있어도, 일반 민중이 널리 부르는 비기능요들은 드물지 않았을까 한다. 개화기 이후에 문화의 일반화로 잡가가 개방되고, 지방 간의 문화교류로 기능요가 비기능요로 대량 전파되고, 생활방식이 달라지면서 또한 기능요는 차츰 기반을 잃고 비기능요로 바뀌었으리라고 생각한다. 「노랫가락」·「창부타령」[7]은 개화기 이후에 생긴 노래이고, 각 지방의 「아리랑」도 그 시기 이후에 크게 유행했다. 경북 지

---

7 장사훈, 『국악개요』(정연사, 1961), p. 116, 166 참조.

방에서의 조사에 의하면,[8] 기능요는 '옛날노래'라 하여 60대 이상이 잘 부르고, 비기능요는 '중년소리'라 하여 50대 이하가 잘 부른다.

현재의 추세로는 기능요는 더욱 줄어들고 비기능요만 남을 것 같다. 특히 방송이 이런 추세를 촉진시킨다. 그러나 모든 기능요가 비기능요로 전환될 수 있는 것은 아니다. 의식요의 노래 자체는 대체로 단순하거나 빈약하니 비기능요로 불려질 만한 것이 못 된다. 유희요 중에서도 창곡이나 가사가 아름다운 것은 비기능요로 전환될 수 있다. 비기능요로 부르기에 가장 적합한 것은 노동요이다. 노동요에는 창곡이 다채롭거나 가사가 아주 감동적인 것들이 많기 때문이고, 가장 널리 불려져 온 기능요가 노동요인 때문이다. 이미 「모내기노래」·「보리타작노래」('옹해야'란 후렴을 가진 것)·「뱃노래」·「삼삼기노래」·「방아타령」·「베틀노래」 등은 비기능요로서의 세력을 넓혀 가고 있다.

VI 민요의 가창방식 및 율격

1. 가창방식

가창방식이란 창자들이 어떻게 조직되어서 노래를 부르는가를 말하고, 선후창先後唱·교환창交換唱·독창獨唱(또는 제창齊唱)으로 나눌 수 있다.

선후창은 후렴을 제외한 가사를 선창자가 부르고, 이어서 후렴을 후창자가 부르는 방식이다. 의미가 없는 음성이든 의미가 있는 말이든 똑같은 구절이 일정한 간격을 두고 되풀이되면 후렴이다.

---

8 조동일, 『서사민요연구』(계명대학교 출판부, 1970), pp. 147~148 참조.

① "텃밭팔아 옷사주랴

　　강강수월래

　　아니아니 그말싫소

　　강강수월래

　　옷도싫고 신도싫고

　　강강수월래

　　장지밖에 매여둔소

　　강강수월래

　　황소팔아 임사주소

　　강강수월래"　　(전남, p. 709, 「강강수월래」)

② "하나둘이 갈아도

　　둘러주소 둘러주소

　　열스물이 가는 듯이

　　둘러주소 둘러주소

　　먼데사람 듣기좋게

　　둘러주소 둘러주소

　　곁에사람 듣기좋게

　　둘러주소 둘러주소

　　인삼녹용 먹은듯이

　　둘러주소 둘러주소"　　(김 2,210, 「맷돌노래」)

①의 후렴 '강강수월래'는 의미 없는 음성이고, ②의 후렴 '둘러주소 둘러주소'는 의미 있는 말이다.

선창자는 한 사람이고 후창자는 여러 사람인 경우가 보통이나, 때로는 후창자도 한 사람일 수 있다. 「강강수월래」·「땅다지기」·「상여메기」·「달구질노래」와 같은 노래에서는 후창자가 필수적으로 여러 사람이나, 「맷돌노래」를 부를 때는 후창자가 한 사람이다.

선후창으로 노래를 할 때에는 가사를 선택할 수 있는 권리가 선창자에게만 주어져 있고, 후창자는 후렴으로 받기만 하면 된다. 그러기에 선창자는 율격만 어기지 않는다면 원칙적으로 무슨 가사를 불러도 된다. 전래적인 가사를 이것 저것 생각나는 대로 부르기도 하지만, 선창자가 즉흥적인 창작을 할 수도 있다. 그러기에 선후창의 민요는 가사가 일정하지 않고 그 장르적 성격도 다양할 수 있다.

선창자는 창의 음악적인 능력도 탁월하지만 기억력과 창작력을 갖춘 사람이라야 될 수 있다. 그는 창자들의 지휘자이고 존경받는 존재이다. 노동요를 부를 때면 그는 일은 하지 않고 노래의 선창만 하는 것이 보통이지만, 일하는 사람보다 품삯을 더 받는다.

선후창으로 부르는 민요는 민요의 가장 오랜 형태라고 간주되고 있다. 맨 처음에는 의미 없는 후렴만 여럿이 같이 부르다가 의미 있는 말이 삽입되기 시작했고, 차츰 의미 있는 말의 비중이 커졌다.[9] 그리고는 교환창이나 독·제창의 민요도 생겨났으나, 일하거나 춤추는 사람들이 후렴 이상의 것을 노래하기에는 벅찬 노동요나 무용유희요에서는 선후창이 계속 유지되었다.

교환창도 선창자와 후창자로 나누어 가창하는 방식이지만, 선창자나 후창자가 다 의미 있는 말을 변화 있게 노래하고 후렴이 없다는 점이 선후창과 다르다. 교환창에서는 흔히 선창의 가사와 후창의 가사가 문답이나 대구로 되어 있다.

① 선창 : 이논뺌이 모를숭거 감실감실 영화로세
　후창 : 우리동상* 곱게길러 갓을씨와 영화로세　　*동생　　　　(고 20, 모내기)

___
9　C. M. Bowra, *Primitive Song*(New York, 1963), pp. 65~68 참조.

② 선창 : 무슨띠를 띠고왔노
　후창 : 관대띠를 띠고왔네
　선창 : 무슨바지 입고왔노
　후창 : 진주바지 입고왔네
　선창 : 무슨버선 신고왔노
　후창 : 타래버선 신고왔네 　（김 · 최 · 방, p. 189, 「놋다리밟기」)

①은 대구로 되어 있고, ②는 문답으로 되어 있다.

창자의 수를 보면, ㄱ) 선창자도 여러 사람이고 후창자도 여러 사람인 경우도 있고, ㄴ) 선창자는 한 사람이고 후창자도 한 사람인 경우도 있다. ㄱ)의 예는 「모내기노래」이다. 「모내기노래」는 남자들만 패를 갈라 부르기도 하지만, 남자들이 선창하고 여자들이 후창을 하는 곳도 있다. ㄴ)의 예는 「놋다리밟기」이다. ㄷ)의 예로서는 「징금타령」이 있다. 「징금타령」이란 두 사람이 교환해 부르는 다음과 같은 노래이다.

선창 : 여바라 징금아 내돈석냥 내어놔라
후창 : 눈섭을 빼어서 붓대전에 팔아도
　　　 너돈석냥 갚아주마 　（임 1,168)

교환창에서는 선창자가 가사 선택을 마음대로 할 수 없다. 후창자가 받지 못하는 가사는 부를 수 없기 때문이다. 선창자가 여러 사람일 때에는 더욱 선택의 자유가 제한되어 있다. 그러기에 교환창에서는 즉흥적인 창작이 힘들며, 일정한 내용과 순서의 전래적인 가사를 부르게 된다. 장르적인 성격도 일정하다. 그리고 교환창에서는 일반적으로 선후창에 비해서 선창자의 중요성이 적다.

독창은 혼자서 부르고 제창은 여러 사람이 같이 부르는 방식인데, 선후창으로 나누지 않는다는 점에서는 동일하다. 독창민요는 어느 것이나 제창으로 부를 수 있다.

「아리랑」・「신고산타령」처럼 독창민요이지만 후렴이 있는 것들도 있다. 후렴도 혼자서 부르면 독창이지만, 후렴이 있기 때문에 선후창으로 부를 수도 있다. 「쾌지나칭칭나네」나 「오돌또기」는 주로 선후창으로 부르지만 후렴까지 독창으로 부를 수도 있어서, 후렴이 있는 노래에서는 선후창과 독창의 구분이 불분명하다. 그러나 후렴이 없는 독창민요는 선후창이나 교환창으로 바꾸어 부를 수 없다.

가창방식은 노래의 음악적 성격과도 깊은 관련을 가지고 있다. 선후창・교환창 및 후렴이 있는 독창의 노래는 악곡이 민요가 성립되는 데 필수적인 요소이고 악곡은 대체로 선율이 풍부하다. 그러나 후렴이 없는 독창민요에는 길게 연속되는 것이 많은데, 이런 노래는 가사 중심이고, 곡조는 단조롭게 반복되어서 노래한다기보다도 음영한다고 할 수 있다. 전자를 가창민요歌唱民謠라고 한다면, 후자는 음영민요吟詠民謠라고 할 수 있다.

2. 율격

율격律格의 기본단위는 음보音步이다. 몇 개의 음절들이 모여서 한 음보를 이루는데, 한 음보를 이룰 수 있는 음절수는 2~7음절까지다. 한 음보를 이루는 여러 음절수들 중에서, n이 최빈수最頻數이고(때로는 중위수中位數이기도 하고), 평균수가 n-1<x<n+1의 범위 안에 있으면, n을 표준음절수라고 한다. 3음절이 표준음절수인 경우와, 4음절이 표준음절수인 경우가 있는데, 후자가 전자보다 흔하다.[10]

---

10 조동일, 『서사민요연구』, pp. 97~103 참조.

- 전자의 예 : "임은 보구요 술도 먹구요 몽금포 규암포 들렸다 가게나"　　(성 · 장, p. 192, 「몽금포타령」)
- 후자의 예 : "보롱보롱 물레질아 새벽잠을 못이룬다 범같은 시아바님 사랑방에 기시네"　　(안 54, 「물레노래」)

전자는 보다 경쾌한 느낌을 주고, 후자는 보다 장중한 느낌을 준다.

음보와 음보 사이에는 후렴이 개입할 수 있다. 이 경우에는 후렴이 음보를 나누는 구실을 한다.

"잘도한다　　응애야
단둘이　　　응애야
하드라도　　응애야
열쯤이나　　응애야
치는듯이　　응애야"　　(임 229, 「보리타작」)

음보보다 더 큰 율격의 단위는 행行이다. 몇 개의 음보들이 모여서 한 행을 이룬다. 한 행을 이룰 수 있는 음보수는 1음보에서 6음보까지이다. 한 행을 이루는 여러 음보수들 중에서, n이 최빈수이고(때로는 중위수이기도 하다), 평균수가 n-1<x<n+1의 범위 안에 있으면, n을 표준음보수라고 한다. 또는 그러한 율격을 n음보격이라고 한다. 1음보격 · 2음보격 · 3음보격 · 4음보격이 있는데, 이 중 4음보격이 가장 흔하고, 다음 3음보격과 2음보격이 흔하고, 1음보격은 아주 드물게 존재한다.

1음보격의 예
"잘도한다 ∨

　　　　단둘이 ∨

　　　　하드라도 ∨

　　　　열쭘이나 ∨

　　　　하는듯이" ∨　　(임 229,「보리타작」)

　　2음보격의 예

　　　　"하늘이가　높다더니 ∨

　　　　밤중샛별이 중천에떴네 ∨

　　　　하늘이야　높다구해도 ∨

　　　　밤중전에　이슬진다" ∨　　(안 59,「땅다지기」)

　　3음보격의 예

　　　　"이씨의 사촌이 되지말고

　　　　민씨의 팔촌이 되려무나"　　(성·장, p. 3,「본조아리랑」)

　　4음보격의 예

　　　　"모애모야　노랑모야　언제커서　영화볼레

　　　　하루크고　이틀크고　감실감실　영화보세"　　(임 47,「모내기」)

　　1음보격은 가장 급격한 느낌을 준다. 빠른 동작으로 하는 노동요에서만 나
타난다.「보리타작」이 그런 예이다.

　　2음보격은 그 다음 급박한 느낌을 준다. 1음보격의 경우와는 다르나, 역시
빠른 동작으로 하는 노동요에서 나타난다.「땅다지기」가 그런 예이며,「맷돌
노래」(김 2,210)도 그런 예이다.「강강수월래」,「놋다리밟기」에서도 보인다.

　　3음보격은 그리 급박하지 않으나, 4음보격에 비해서는 경쾌한 느낌을 준다.
「아리랑」,「한강수타령」,「둥당이타령」(임 857),「데그리펑펑타령」(임 883) 등
의 선율이 풍부한 비기능요에서 주로 나타난다. 그러나 드물게는「물레노래」
같은 길쌈노동요(안 26)에서도 나타난다.

4음보격은 3음보격에 비해서 장중한 느낌을 준다. 위에서 특별히 지적한 경우를 제외하고 모든 민요에서 두루 나타난다.

행과 행 사이에는 후렴이 개입할 수 있다. 이 경우에는 후렴이 행을 나누는 구실을 한다. 위에서 「보리타작」, 「땅다지기」는 후렴 때문에 각각 1음보격이고 2음보격이다(「보리타작」에서는 후렴이 음보를 나누는 구실을 하는 동시에 행을 나누는 구실도 한다). 「맷돌노래」(김 2,210)나 「강강수월래」가 2음보격인 이유도 이와 같다. 이들은 모두 후렴이 없다면 4음보격이 될 것이다.

교환창인 경우에는, 행이 달라지면 창자가 달라진다. 「놋다리밟기」는 2음보 1행씩 번갈아 노래하고, 「모내기」는 4음보 1행씩 번갈아 노래한다. 「놋다리밟기」가 2음보인 이유는 여기 있다.

행보다 더 큰 율격의 단위는 연聯이다. 몇 개의 행들이 모여서 한 연을 이룬다. 한 연을 이룰 수 있는 행수에는 원칙적으로 제한이 없다. 특히 규칙적으로 나타나는 행수는 1행, 2행, 3행이며, 그 중에도 2행이 흔하다.

2행의 예
 "찔레꽃을 똑떼내서 임의보손 잔볼받세
  임을보고 보선보니 임줄정이 뜻이없네"   (임 168, 「모내기」)
 "제주야 한로산 고사리맛도 좋고좋고
  산지야 축항끗 뱃고동소리도 좋고좋고"   (김영 1,145, 「오돌또기」)
3행의 예
 "정월이라 대보름 답교하는 명절이라
  청춘남녀 짝을지어 양양삼삼이 다니는데
  우리님은 어딀갔기에 답교하잔말이 어이없나"   (임 478, 「달거리」)

2행이 1연이 되는 예는, 노동요에서는 모내기 외에 제주도의 「맷돌노래」·

「방아노래」가 대체로 그러하며 동요의 대부분이 그렇다. 비기능요로는 「사발가」·「몽금포타령」·「신고산타령」·「아리랑」·「한강수타령」 등이 있다. 2행이 1연으로 되는 것은 분연의 기본적인 형식이다.

3행이 1연이 되는 예는 「달거리」 외에(「달거리」가 모두 그런 것은 아니지만) 「노랫가락」이 있다.

연과 연 사이에는 후렴이 개입할 수 있다. 이 경우에는 후렴이 연을 나누는 구실을 한다. 「오돌또기」나 「사발가」·「몽금포타령」·「신고산타령」 등이 그런 예다. 그리고 「달거리」와 같은 경우에는 정월·2월·3월 등의 서두가 연을 나누는 구실을 한다.

연은 내용상 완전히 독립성을 가져야 된다. 후렴이 행 이상의 간격마다 개입된다든가, 교환창에서 전부창前部唱과 후부창後部唱이 한 번 끝났다 해도, 독립된 내용의 단락이 나타나지 않으면 연이 이루어진다고는 볼 수 없다.

노래 한 편이 둘 이상의 연으로 나누어지는 형식은 분련체分聯體라 하고, 연으로 나누어지지 않는 형식은 연속체連續體라 한다. 연속체란 말을 바꾸면 노래 한 편이 한 연으로 이루어진 것이다. 이와 같은 기준에서 논한다면 모내기노래는 한 편이 2행 1연으로 되었으니 연속체이고, 행의 수가 무수히 길어질 수 있는 「베틀노래」나 「이선달네 맏딸애기」도 연속체이다. 「달거리」는 분련체의 좋은 예이다. 「오돌또기」·「아리랑」·「사발가」·「몽금포타령」 등은 한 연의 내용이 다음 연으로 연결될 수도 있고, 연결되지 않을 수도 있으니, 엄격히 말해서 분련체이다.

2행으로 한 편이 끝나는 「모내기」·「맷돌노래」·「방아노래」·동요 등은 민요의 가장 짧은 형식이다. 그리고 행 수의 제한이 없이(때로는 100행 이상) 계속되는 형식이 가장 긴 민요를 산출한다. 짧은 것일수록 선율이 풍부한 가창민요이고, 긴 것일수록 단조로운 음영민요이다.

율격 외에 운韻은 더러 나타나기는 하나, 일정한 규칙이 발견되지 않는다.

운의 예

"둥실둥실 모개야 아무락구 굵아다오

둥글둥글 모개야 개똥밭에 궁글어도"   (안 57, 자장가)

VII 민요의 장르 구분

민요는 엄격한 의미에서 문학 장르의 명칭이 아니다. 설화나 판소리는 서사 장르류에 속하는 장르종들이고, 가면극은 희곡장르류에 속하는 장르종이나, 민요는 어느 단일한 장르류에 속하지 않기 때문이다.

민요는 모두 서정민요라고 생각하기 쉬우나 사실은 그렇지 않다. 교술민요도 있고, 서사민요도 있으며, 희곡민요도 있다. 즉 민요는 네 가지 장르류들에 각각 속하는 네 가지 장르종들의 집합으로 이루어져 있다.

교술민요는 사물을 객관적으로, 묘사·설명해서 알려 주는 것을 특징으로 삼고 있으며, 이 점에서 모든 교술문학과 일치한다.[11] 교술민요는 그 독자적인 성격이 잘 인식되지 않던 것이나, 서정·서사·희곡민요와는 구별되어야 한다.

노동·의식·유희의 진행상 필요한 노래이거나 그 내용을 설명하는 노래는 모두 사물에 관해서 알려 주자는 것이기에 교술민요라 할 수 있으나, 기능요 중에는 특히 의식요가 교술민요이다. 의식요는 의식의 진행이나 그 내용과 직

---

11 교술의 개념에 대해서는 조동일의 "가사의 장르규정", 『어문학』, 21집(한국어문학회, 1969. 12) 참조. 국문학의 장르체계는 교술장르류를 포함해서 네 가지 장르류로 이해해야 하리라고 이 논문에서 밝혔다.

접 관련되는 범위 내에서 가사가 이루어지기 때문이다.

비기능요인 교술민요는 알려 주자는 실용적 목적보다는 사물에 관한 묘사나 설명을 흥미 있게 해서 즐기자는 노래이나, 객관성을 유지한다는 점에서 서정민요와 다르고, 이야기가 아니라는 점에서 서사민요와 다르다. 비기능요인 교술민요에는 다음과 같은 것들이 있다.

(1) 한 가지 사물의 여러 가지 특징을 자세히 나타내는 것.「소타령」·「토끼타령」·「꿩타령」·「바늘노래」·「줌치노래」·「메물노래」·「미나리노래」·「담방귀타령」 등이 있다. 그 중「담방귀타령」을 살펴보자.

> "하루이틀　　　자라나서　　　속잎이　　　자랐구나
> 겉대잎을　　　저쳐놓고　　　속대잎을　　　도리다가
> 네모번듯　　　장도칼로　　　어슥어슥　　　쓸어놓고
> 영감의쌈지　한쌈지　　　총각의쌈지　두쌈지라"　　　(임 935)

(2) 서로 관련되는 여러 가지 사물을 하나씩 나열해 보이는 것.「지명地名풀이」·「장타령場打令」·「큰애기타령」·「새타령」·「꽃노래」 등이 있다. 그 중「장타령」을 살펴보자.

> "춘천이라 샘밭장　신발이질어 못보고
> 홍천이라 구만리장 길이멀어　못보고
> 이귀저귀 양귀장　당귀많어　못보고
> 한자두자 삼척장　베가많어　못보고"　　　(김 1845)

(3) 숫자나 자순字順·월순月順 등에 따라서 전개되는 것.「숫자요數字謠」·「구구가九九歌」·「한글뒷풀이」·「천자가千字歌」·「요일요曜日謠」·「월요月

謠」・「화투뒷풀이」・「투전풀이」 등이 있다. 그 중 「한글뒷풀이」를 살펴보자.

"가갸　가다가
거겨　거름에
고교　고기를"　　(김 860)

위의 세 가지 중에서 (2)와 (3)은 말재주의 재미에 의해서 성립되며, 별 내용이 없는 경우가 많다.

교술민요는 교술문학 전체에서 별로 중요한 비중을 차지하지 못한다. 가사 歌辭를 성립시킨 바탕이 교술민요라 할 수 있으나, 가사는 교술민요에 비할 바 없이 내용이 풍부하고 문학적으로 발전되어 있다. 교술이란 설명적인 사고방식과 교훈적 인생관과 결부될 때 크게 성장할 수 있는 장르이기 때문이다.

서정민요는 감정의 주관적이며 집약적인 표현을 특징으로 삼고 있으며, 이점에서 모든 서정문학과 일치한다.

노동요 중에서 노동하는 자의 감정이나 의식을 나타내는 노래는 교술민요가 아니고 서정민요이거나 서사민요이다. 급격한 동작으로 비교적 짧은 시간 동안 진행하는 노동에서 부르는 노래는 음악적으로 가창민요이고, 노동하는 사람의 감정을 서정적으로 나타낸다. 이와는 달리 완만한 동작으로 오래 지속되는 노동에서 부르는 노래는 음악적으로 음영민요이고, 노동하는 사람의 의식을 서사적으로 나타낸다.

특히 서정민요로만 되어 있는 노동요는 「모내기노래」・「어사용」・「맷돌노래」・「방아노래」・「해녀노래」 등이다. 한 예로 「어사용」을 살펴보자.

"구야구야 가마구야 기리산* 갈가마구야　　　　　　*지리산

에이에 니새끼 검다고 한탄말어라

거치**검지 속조치랑 검을 손냐   **겉이

올게낳는 햇까마구야 작년에낳는 묵은까마구에이

두손으는 엄마품에옇고 두발으는 아바품에 옇고

기리산을 날어가자"   (청송군에서 저자 채록)

「어사용」은 산에서 나무를 하면서 부르는 노래다. 까마귀를 노래하는 건 까마귀를 흥미 있게 묘사하자는 의도에서가 아니고, 까마귀를 통해서 자기의 심정을 나타내려는 데 있다. 다시 말하면 까마귀가 표현의 매체이기에 교술민요와는 다르다.

유희요의 경우에도 유희와는 직접 관련되지 않는 내용이면서 유희를 하는 즐거운 마음을 나타내는 노래는 대체로 서정민요이고 드물게는 서사민요이다. 그 대표적인 예가 「강강수월래」인데, 그 가사는 달 밝은 밤에 춤을 추며 노는 즐거움을 서정적으로 표현하고, 더러는 이런 분위기에 맞는 서사민요이기도 하다. 「그네노래」·「널뛰기노래」도 놀이의 분위기나 노는 사람의 감정을 서정적으로 나타낸다. 그러나 그 밖의 유희요는 대체로 교술민요에 그친다. 「그네노래」를 살펴보자.

"달래종을   꺾으랴   마늘종을   먹으랴 ∨

검정콩을   심으랴   강낭콩을   심으랴 ∨

종남산이   어디냐   수양산이   여길다 ∨"   (임, p. 195)

두 사람이 그네를 마주 타고 선후창으로 부르는 이 노래는 가장 간단한 서정민요의 하나다.

비기능요 중에서도 선율이 풍부한 가창민요는 대체로 서정민요이다. 각 지

방의 「아리랑」, 함경도의 「노령露領노래」·「신고산타령」·「애원성哀怨聲」, 평
안도의 「수심가愁心歌」·「영변가寧邊歌」, 경기도의 「경복궁타령」·「한강수타
령」, 전라도의 「육자배기」 등이 그 좋은 예이다. 이런 노래는 원래 한 지방에서
생겨나서 전국적으로 퍼졌다. 이러한 노래들은 창곡의 아름다움에서도 큰 가
치를 지니지만, 시상詩想이 잘 짜여진 우수한 서정시이기 때문에 널리 애창된
다. 양반의 서정과는 달리 생활에 밀착되어 있고, 그저 흥겨운 데 그치지 않고
절실한 경험을 소박하면서도 날카롭게 나타낸다. 생활의 고난과 시름을 이겨
내고자 하는 밝고 힘찬 노래들이다. 한 예로 「몽금포타령」을 들어 보자.

"장산곶 마루에 북소리 나더니
금일도 상봉에 님만나 보겠네 ∨
갈길은 멀구요 행선은 더디니
늦바람 부라고 성황님 조른다 ∨"   (성·장, pp. 192~193)

또한 이러한 서정민요들은 생활감정을 건강하게 나타내는 데 그치지 않고
사회비판 또는 시대비판의 노래이기도 하다.

서정민요는 모든 서정시를 산출한 모체이고, 새로운 서정시의 장르종들을
계속 성립시킨 바탕이었기에 높이 평가해야 하지만, 그 자체의 양적인 풍부함
과 질적인 우수성에서도 한국 서정문학 전반에서 압도적으로 중요한 비중을
차지한다.

서사민요는 일정한 인물과 사건을 갖춘 이야기로 되어 있으며, 이 점에서 모
든 서사문학과 일치한다.[12] 서사민요 대신에 설화요說話謠니 전설요傳說謠니 하
는 용어도 있었는데, 이러한 용어는 서사민요의 개념을 잘 나타내지 못한다.

---

12 조동일, 『서사민요연구』, pp. 45~52 참조. 서사민요는 서구의 발라드ballade와 대체로 일치한다
(pp. 50~52).

설화요란 설화에서 전환된 민요라는 뜻인데, 설화에서 전환되었든 그렇지 않든 장르적 성격이 서사인 민요가 서사민요이다. 실제로 서사민요 중에서 설화에서 전환된 것은 있다고 해도 극소수에 불과하고, 설화에서 전환된 민요는 오히려 단편적인 서정민요인 경우가 더 흔하다.

기능요인 서사민요는 주로 길쌈노동요로서 불려진다. 「강강수월래」 같은 유희요 중에도 서사민요가 더러 있으나 길쌈노동요로서 불려지는 것들과 같은 유형들이다. 길쌈노동은 완만한 동작으로 오랜 시간 동안 계속되기 때문에 음영조로써 노래를 부르게 마련이고, 길고 재미있는 내용이 필요하다. 교술민요도 부르기는 하나, 서사민요가 가장 적당하다. 길쌈노동은 여자들만의 일이고, 길쌈을 하면서 부르는 서사민요는 모두 부요婦謠이다.

비기능요인 서사민요는 다음의 몇 가지로 나눌 수 있다.

① 길쌈노동요이면서 비기능요로도 불리는 것, 또는 비기능요로 전환된 것은 대체로 부요이고 슬픈 노래다.

② 길쌈노동요와는 무관한, 대체로 남요男謠이고 우스운 노래인 서사민요도 있다. 「범벅타령」(임 771), 「상투 잡고 해산하는 노래」(고 163) 등이 있다.

③ 다른 서사장르들에서 전환된 서사민요도 있다(서정민요로 전환된 것들은 당연히 제외된다). 서사무가 「당금애기」에서 전환된 「산골 중」(김 1,100, 고 350, 김·최·방 p. 771), 판소리 또는 소설에서 전환된 「춘향요春香謠」나 「흥부요興夫謠」 등이 있다. 설화와 유형상 일치하는 서사민요들도 있는데, 설화에서 민요로 전환된 것인지 민요에서 설화로 전환된 것인지는 확인할 수 없다. 이러한 서사민요들은 그 특징이 일정하지 않다.

길쌈노동요로 부르거나 길쌈노동요에서 생겨난 비기능요인 서사민요는 유형구조에서 주목할 만한 특징이 있다.[13] 모두 20여 개의 유형들이 확인되는데,

---

13 조동일, 『서사민요연구』, 제3장 유형론, pp. 63~94. 이는 민담구조에서 말하는 순차적Syntagmatic

그 줄거리나 인물은 달라도 유형구조는 전체적인 공통점이 있다. 즉 어느 유형이나 '고난'에서 시작되어 '해결의 시도'를 거쳐 '좌절'로 끝나거나 '해결'에 이른다. 한 예를 들어 보자.

고난 : 시집살이가 너무 심해 견딜 수 없었다.
해결의 시도 : 머리 깎고 중이 되어 갔다.
좌절 : 중으로만 살 수 없었다.
해결의 시도 : 친정으로 갔다.
좌절 : 친정에서도 살 수 없었다.
해결 : 시집으로 돌아와 죽은 남편의 혼과 같이 살았다.[14]

생활상의 고난을 극복하자는 강한 의지를 나타내고 있으며, 고난을 초래한 압제자壓制者에 대한 고발이다. 좌절을 통해서 역설적인 해결에 이름으로써 고발과 해결의 의지가 더욱 철저히 부각된다. 슬픈 노래이지만 슬픔에 빠져들어 가지 않고 비판적인 객관성을 잃지 않는다.

남요이며 우스운 노래인 서사민요는 이와는 달리 낙천적이며 긍정적인 생활 태도를 나타내고 있다.

서사민요는 다른 서사장르종들과는 구별될 수 있는 특징을 지니고 있으니, 민담·서사무가·판소리·소설 등에 비해서 단순하면서도 가장 현실적이라 할 수 있다.

희곡민요는 어떤 행위를 대화를 통해서 전개하는 것을 말하고, 이 점에서 모든 희곡문학과 일치한다. 희곡민요 역시 독립적인 성격이 인식되지 않던 것

구조의 분석이다(이 책 pp. 65~67 참조).
14 위의 책 자료편, pp. 199~200 (A₆) ; pp. 204~205 (A₇).

이다.

희곡민요는 교술·서정·서사민요에 비해서 현저히 빈약하다. 오로지 언어유희요만 희곡민요라 할 수 있을 뿐이지, 다른 기능요에서는 보이지 않는다. 비기능요에서도 보이지 않는다.

이를테면 다음과 같은 것이 희곡민요이다.

"어디　　　군사냐
　전라도　　군사일세
　몇천냥　　벌었나
　삼천냥　　벌었네
　무슨기　　꼬벗나
　파란기　　꼬벗네
　무슨신　　신었나
　가죽신　　신었네
　무슨옷　　입었나
　베옷　　　입었네
　동대문　　어디요
　여기　　　여기"　　(임 2,037, 「군사놀이요」)

대화에 의해서 군사들이 몰려와 동대문을 열 때까지의 행위가 전개된다. 「대문놀이요」도 이와 비슷한 것이다.

그러나 희곡민요는 희곡으로서의 최소한의 요건만 갖추었지 내용이 극히 빈약하다. 가면극·인형극에 비하면 거의 무시해도 좋을 만한 것이다.

Ⅷ 남요 · 부요 · 동요의 차이

민요에는 남요男謠 · 부요婦謠 · 동요童謠의 구분이 있다. 설화와는 달리 민요에 이와 같은 구분이 있는 이유는 다음과 같다.

민요는 스스로 부르며 즐기는 것이다. 설화는 화자만의 것이 아니고 청자가 있어야 존재할 수 있는데, 어른이 아이에게 이야기를 해주듯이 상이한 사회집단에 속하는 사람들끼리도 화자와 청자의 관계가 성립되는 것이 예사이다. 그러나 민요는 스스로 부르며 즐기는 것이기에 청자를 필수적으로 요구하지 않고, 남자는 남자들끼리, 여자는 여자들끼리, 아이는 아이들끼리 창자로서 결합되어 노래한다. 창자끼리의 결합은 화자와 청자의 관계보다 동질적이다.

민요는 다른 어느 구비문학보다 기능적이다. 남자들의 노동과 여자들의 노동이 다르기에, 남성노동요가 여성노동요와 같을 수는 없다. 아이들은 노동을 하지 않으니 아동노동요라는 것은 없다. 같은 이유에서 아동의식요라는 것도 없다. 유희는 남성 · 여성 · 아동들이 다 하나, 같이 어울려 놀기보다는 각각 자기들대로의 유희가 있으니, 유희요는 서로 다르다. 요컨대 기능요는 남성 · 여성 · 아동의 것이 서로 다를 수밖에 없는데, 비기능요에서도 이러한 차이는 어느 정도 연장되어 나타난다.

남요는 성년 남자들의 노래인데, 노동요 · 의식요 · 유희요 · 비기능요가 다 있다. 민요에 나타난 바에 의하면, 남성의 생활이 가장 폭이 넓다고 할 수 있다.

남성의 노동요는 대체로 격렬한 소리로 짧은 시간 동안 부르는 것들이며, 가창민요이고 분련체인 것이 특징이다. 장르상으로는 교술이거나 서정인 것이 특징이다. 노동의 내용, 노동하는 사람의 감정이나 사회적 처지에 대한 의식을 특히 직감적으로 단편적으로 노래한다. 한편으로는 유식한 문구를 사용해서 양반문화에의 추종을 보이지만, 또 한편으로는 일하는 보람을 앗아가는 양반

지주에 대한 반발을 보이는 것이 전반적인 현상이다. 한 예로 다음과 같은 「논매기노래」를 살펴보자.

"석가여래 공덕으로 아버님전 뼈를빌고 ∨
어머님전 살을빌어 이내일신 탄생하니 ∨
한두살에 철을몰라 이삼십이 다하도록 한이없는 고생이라 ∨
하는일은 농부답게 논일밖에 또 있는가 ∨
농부를 다리고 오뉴월 삼복염날에 ∨
논을 허비자니 근력인들 오작들겠는가 ∨"　(안 51)

의식요는 특히 남성의 것이다. 지신밟기나 장례요나 양반을 위해서 부르는 기회가 많기에 특히 유식하게 양반의 사고를 흉내내는 경향이 있고, 민중적 사고의 표현으로서는 의의가 약하다.

남성의 유희요는 대체로 경기유희요이며, 내용은 교술에 머문다 할 수 있다. 놀이의 즐거움이나 놀이하는 사람의 의식을 서정적으로 나타내는 경우는 드물다.

부요는 성년 여자들의 노래인데, 노동요 · 유희요 · 비기능요가 있다. 부요인 의식요는 뚜렷한 것이 없기에, 남요보다 폭은 좁다고 할 수 있다.

여성의 노동요는 두 종류가 있다. 격렬한 소리로 짧은 시간에 부르는 분련체의 가창민요도 있으며, 완만한 소리로 오랫동안 부르는 연속체의 음영민요도 있다. 「맷돌노래」나 「방아노래」는 전자의 예이고, 「길쌈노래」는 후자의 대표적인 예이다. 전자는 서정이고, 후자는 교술이거나 서사인데, 남성노동요에서보다 교술의 비중이 낮다. 여성노동요는 노동하는 사람의 감정을 단편적으로 보여 주는 데 그치지 않고 생활에 대한 깊고 지속적 투시透視인 경우가 많다. 사랑 · 혼인, 그리고 시집살이라는 여성생활의 슬픔과 고난을 감동적으로 노래한다. 반발의 대상도 양반 지주地主가 아니고 횡포한 시부모와 무관심한 남편이다. 이들의 횡포에 맞서서 평민여성의 자유롭고 보람찬 생활 태도를 관철시키고자 한다. 그리고 노래의 문체와 수사도 유식하려 하지 않고 자신에게 충실한다. 같은 여성의 문학이면서도 규방가사閨房歌辭와는 극히 대조적이다. 한 예로 다음과 같은 「물레노래」를 살펴보자.

"물레야 물레야 니살물레* *살이 네 개 있는 물레
뱅그라 뱅그라 잘돌아라
얼른야 자서놓고 잠자러 가자
호박잎 난들난들 날바랜다
뒷집에 김도령 밤이슬맞네" (안 26)

여성의 유희요는 「강강수월래」나 「놋다리밟기」와 같은 무용유희요나, 「그네노래」·「널뛰기노래」 같은 기구유희요인데, 그 어느 것이나 교술적인 성격은 약하고 대체로 서정으로, 드물게는 서사로 여성 생활을 깊이 있고 아름답게 표현한다.

부요가 남요보다 종류는 적으나, 작품 양에서는 훨씬 우세하다. 부요의 양적·질적 우세를 한국 민요의 가장 큰 특징의 하나로 든 학자도 있다.[15] 원시시대 이래로 민중사회에서는 여성의 사회적·문화적 역할이 남성보다 오히려 우위에 놓여져 왔기에 생기는 보편적인 현상이라고 할 수 있다.[16]

동요는 남녀를 불문하고 아이들이 부르는 노래인데, 아이들이 부르는 노래인데, 유희요와 비기능요만 있다. 아이들에게는 별다른 노동이나 의식이 없기

---

15 고정옥, 『조선민요연구』, pp. 497~498.
16 Karl Bücher, *Arbeit und Rhythmus*(Leipzig und Berlin : B. H. Leubner, Vierte, neubear-beitete Auf. 1909), p. 410ff. 참조.

때문이다. 동요는 가장 폭이 좁을 뿐만 아니라, 그 성격도 한정되어 있다.

아동유희요는 놀이의 성립을 위해서 불가결한 내용만 지니고 있어서 단순하다. 대체로 간단한 교술민요가 대부분이고, 더러는 서정민요와 희곡민요가 대부분이다. 생활감정의 노래라기보다는 사물에 대한 관찰에 그치는 경우가 대부분이다. 따라서 사회적인 의미는 약하다.

동요는 어느 것이나 유희요로서의 성격을 다소간 지니고 있어서, 기능요와 비기능요의 한계가 분명하지 않다. 동요의 대부분을 차지하는 다음과 같은 노래들은 비기능요라 할 수 있지만, 기능적인 성격도 지니고 있다.

① 다른 아이를 놀리면서 부르는 노래 : 이 빠진 아이, 까까중, 곰보, 성난 아이 들을 놀린다.
② 동물을 가지고 놀면서 부르는 노래 : 메뚜기에게 방아를 찧으라고, 풍뎅이에게 마당 쓸라고 부르는 노래 등.
③ 동물을 잡으면서 잡히라고 부르는 노래 : 잠자리 · 매미 · 개똥벌레 등을 잡으면서 부른다.
④ 동물을 보고 즐기면서 부르는 노래 : 제비 · 까치 · 거미 · 뱀 등을 보면서 부른다.
⑤ 기후 변화를 바라며 부르는 노래 : 비나 눈이 오라고, 바람이 불라고, 햇빛이 나라고 부르는 노래 등.

동요는 구비문학의 세계에서 존재하는 유일한 아동 자신의 문학이라는 점에 의의가 있다. 남요나 부요에 비해서는 빈약하지만, 아동 자신의 관찰력과 감수성을 가장 순수하게 나타내고 있다는 점에서 다른 무엇으로 결코 대치될 수 없는 독자적인 가치를 지닌다. 그 한 예로 다음과 같은 노래를 보자.

"방아야   방아야
퉁덩퉁덩   찧어라
아침먹이   찧어라
저녁먹이   찧어라
퉁덩퉁덩   찧어라"   (김 1,490, 「메뚜기요」)

방아깨비를 잡아서 뒷다리를 쥐고 놀리면서 부르는 노래다.

동요는 기능요이든 비기능요이든 뚜렷한 그것대로의 특징을 지니고 있지만, 남요와 부요는 기능요에서는 구분되지만 비기능요에서는 구분이 어렵다. 비기능요는 특히 어느 사람들의 노래가 아니기에 남자든 여자든 부를 수 있기 때문이다. 다만 노래의 성격에 따라서 주로 남자들이 부르는 노래와 주로 여자들이 부르는 노래 사이의 어느 정도의 차이가 있을 뿐이다.

남성과 여성은 자연물을 관찰하더라도 흥미를 가지는 대상과 관찰의 방식에 차이가 있다.

남요 : "구십구에   백자나무
          열에아홉   스무나무
          마흔아홉에   쉰나무
          처녀애기   자장나무
          요실고실   버들나무" (김·최·방, p. 211, 「나무타령」)
부요 : "청노지상* 살구꽃은 술잔찾는 지상이요   *청루기생靑樓妓生
          해듯해듯 박꽃은   지붕위로 휘돌으네
          검고붉은 목단꽃은 사랑앞에 휘돌으네"   (김·최·방, p. 136, 「꽃노래」)

그리고 사랑의 태도도 남요에서는 직접적·육감적이고, 부요에서는 간접적이고 은근하다.

남요 : "너도총각 나도처녀 처녀총각 단둘이만나
        동동그러졌구나 ∨" (임 772, 「군밤타령」)
부요 : "너와나와 첫날밤에 두통벼개   잠들적에
        댕기댕기 줏은댕기 그시절그때 너를주마"   (임 632, 「댕기노래」)

IX 민요에 나타난 민중의식

민요에는 일하며 사는 즐거움이 두루 나타나 있다. 즐거움은 우선 일의 터전
이며 대상인 자연에서 생기는 것이다. 양반 시가에서는 자연이란 패배자가 돌
아가 쉬며 바라보는 경치이지만, 민요에서의 자연은 생산의 가능성을 내포하
기 있기에 소중하며, 이 가능성은 노동을 통해서 실현할 때 즐거움이 생긴다.
    이를테면 해녀의 바다는, 유람객은 접근할 수 없는 숨가쁜 즐거움을 준다.

"너른바당   앞을재연   혼질두질 들어가난
 홍합대합   뻬죽뻬죽   미역귀가 너훌너훌
 미역에만   정신들연   미역만   호단보난
 숨막히는중 몰람고나"   (김영 836, 「해녀노래」)

위 노래의 표준어 번역은 다음과 같다.

"너른바다   앞을재어   한길두길   들어가니
 홍합대합   뻬죽뻬죽   미역귀가   너울너울

미역에만   정신들여   미역만   하다보니
숨막히는줄 모르는구나"

　노동의 즐거움은 공동 노동일 때 더 커진다. 여러 사람이 한 자리에 모여서
떠들썩하게 같이 일하고 때로는 농악까지 울리는 '두레'라는 이름의 공동 노
동은 노동이면서 축전祝典이다. 이런 느낌은 다음과 같은 노래에서 잘 나타나
있다.

"먼데사람 듣기좋게 가차운사람 보기좋게
　북잡고　　장단에　심어나　　보세나"　（임 42,「모내기」）

　그리고 노동의 결과가 생산으로 나타나는 것은 언제나 경험하는 바이지만,
늘 새로운 감동을 주기에 이러한 감동은 노래로 표현된다. 특히 생산의 과정을
자세히 묘사하는 노래가 세밀한 관찰을 장기로 삼는 부요에 흔한데, 그 한 예
로 다음과 같은 「메밀노래」가 있다. 메밀을 심어서 메밀이 자라고, 거두어서
타작해서 찧고, 끝으로 음식을 만드는 데까지의 생산의 전 과정을 흥미 있게
서술하는 교술민요이다. 「베틀노래」와 성격상 같은 것이다.

"야도산에　　미물갈어　미물가든　사흘만에
　애기도령　　앞서우고　미물밭에　올라가니
　대는동동　　뿛은대　　닢은동동　떡잎이라
　꽃은동동　　배꽃이요　열매동동　깜운열매
　아밤주든　　은장도로　어럼설설　설어다가
　단단이　　　묶어내여　바리바리　실어다가
　딧문안에　　부라놓고　마당에　　배이였네

도로끼로　비락맞쳐*　싸리비로　날부리여　*도리깨로 벼락맞추어

앞내물에　배를띄워　조리쪽박　건지다가…"(김·최·방, p. 144, 「메물노래」)

　　노동으로 생산하면서 사는 민중의 생활은 생산없이 소비만으로 살아가는 양반의 생활과는 근본적으로 성격이 다르다. 양반생활은 인간관계에서만, 특히 지배와 피지배의 관계에서만 영위되고, 만약 지배와 피지배의 관계가 없다면 양반은 생존할 수 없게 된다. 그러니 양반으로서는 지배와 피지배의 관계를 유지하기 위한 도덕률이 극히 소중하다. 유교 도덕률로써 인간의 자유로운 욕구나 행위를 끊임없이 제약해야 한다. 양반들은 군신유의君臣有義에서 남녀칠세부동석男女七歲不同席에 이르기까지 수많은 조항으로 된 율법律法을 제정했다. 그러나 민요를 통해서 명백히 나타나는 바로는, 민중은 이러한 도덕률에 끝까지 구애되지 않는 자유롭고 건강한 생활을 유지했다. 노동은 인간을 건강하게 하고 자유롭게 하는 것이다.

　　「모내기노래」는 내용이 연가戀歌로 되어 있는 것이 많고, 남자들과 여자들이 같이 일하면서 연가를 1행씩 주고받기도 한다. 유교 도덕률에서는 상상할 수 없는 일이다.

"모시야적삼　시적삼에　분통같은　저젖봐라

많이보면　병난다네　살금살금　보고가자"　(임 45)

"유자야탱주는　의가좋와　한꼭지에　둘이여네

처자총각은　의가좋아　한벼게에　잠이드네"　(임 129)

"방실방실　웃는님을　못다보고　해가지네

걱정말고　한탄마소　새는날에　다시보세"　(영양군에서 저자 채록)

　　그리고 민요에 나오는 민중은 항상 현실주의자이다. 초자연적 세계나 초자

연적 질서에 배경을 둔 운명론 같은 것이 민요에서는 보이지 않는다.

그러나 민중생활은 괴롭고, 민요는 괴로움의 노래이다. 민중생활이 괴로운 이유는 우선 땀 흘려 일한 결과가 자기의 것이 아니고, 타인의 것이기 때문이다. 그러기에 노동은 근본적으로 즐거우면서도 괴롭지 않을 수 없다.

```
"산같이도    지심논을      불같이도  더운날에
 땀을흘려    열심히        김을매는  우리네농부에이
 우리농부도  누구를위해서  이꾸      일을하느냐"    (안 12, 논매기)
"아무리     고생한들      가슬할    보람없네
 온손배미   다거두어도    한솥이    못차구나
 관청의     세금재촉      갈수록    심하여서
 동네의     구실아치      문앞에와  고함친다"      (임 200, 모내기)
```

더욱이 여성에게는 시집살이의 괴로움이 가해진다. 남존여비男尊女卑라는 유교적이며 봉건적인 도덕률은 여성을 시집살이라는 이름으로 구속해 자유로운 삶을 짓밟는다. 시부모의 학대, 남편의 배신 등은 노동을 괴로운 것으로 만들고, 그 보람을 앗아간다. 다음과 같은 서사민요가 있다.

```
"시집가든    사흘만에
 호망자리    둘러미고  밭매로야  가라칸다
 머슴들아    머슴들아  밭매로야  가자시라
 마당겉이    굳은밭을  미겉이도  지심밭을  남산겉은  넓은밭을
 한골매고    두골매고  삼시골을  거듭매니
 저임때가    되였구나
 머슴들아    머슴들아  전심묵을  집에가자
```

집이라고   들어오니 시아버지   하는말이
번개겉이   뛰나오매 그게라상   일이라고   저임찾어 버러오나
쪼바리겉은 시어마님 쪼부시가   기나오매
고게라상   일이라고 점심찾어   버러오나…"   (영천군에서 저자 채록)

특히 남편의 배신으로 인한 불행을 나타내는 노래로는 다음과 같은 것이 있
다. 이것 역시 서사민요이다.

"울도담도 없느나집에 시집을 삼년을 살고나니
시어머님 하신말씀 야야메느라 아가야 야야메느라 아가야
진주낭군 오실란지 진주낭강에 빨래질가라
진주낭강에 빨래질가니 추죽추죽 빨래질하니
왈그럭덜그럭 하는소래 옆눈으로 흘끔 돌아다보니
구름같은 말을타고 우산같은 갓을쓰고
기생첩을 앞서우고 본체만체 지내가네
껌은빨래는 껌게나씻고 흰빨래는 희게씻게
집이라고 돌아오니 시어머님이 하신말씀
야야메느라 아가야 야야메느라 아가야
진주낭군이 오셨단다 진주낭군이 오셨단다 어서방으로 들어가라
씨은빨래를 툭툭털어 줄에다털썩 걸처놓고 뒷방으로 들어가니
열두가지 안주를놓고 기생첩을 옆에다끼고 노랫가락을 하는구나
하도나하도나 기가막혀 뒷방으로 들어가서
아홉가지 약을먹고 명지수건 넉자에다 목을매여 죽었구나
본처낭군이 이말씀듣고 보선발로 뛰여나와
본처에정은 삼년이요 후처에정은 석달이라
싱퉁글망퉁글 하드란다."   (영양군에서 저자 채록)

그러나 이러한 괴로움을 그냥 참고 견디기만 하지는 않는다. 괴로움을 노래로 표현한다는 것부터가 항거의 의도를 나타내며, 사회적 불평등에서 생기는 고난에서 벗어나서 평등하고 자유로운 삶을 쟁취하고자 위에서 든 것과 같은 고발의 노래가 나왔다.

특히 서사민요는 이 점에서 몇 가지 주목할 만한 특징을 지니고 있다. 슬픔을 노래하면서도 슬픔에 침잠하지 않고, 항상 골계가 슬픔을 차단함으로써 비판적인 입장이 성립된다. 그리고 이미 지적한 바와 같이, 서사시는 대부분 "고난—해결의 시도—좌절—해결"이라는 구조로 되어 있다. 어떠한 좌절을 무릅쓰고라도 고난을 해결하자는 의지를 보여 주고 있다.

위에서 "쪼바리겉은 시어마님 쪼불새가 기나오매"라고 한 것도 슬픔을 공격으로 전환시키는 풍자이지만, 더 나아가서 고난을 극복하자는 민중의 비판정신은 다음과 같은 풍자시를 산출하기도 한다.

"뚜껍아 뚜껍아 너등어리가 왜그렇노
　전라감사 살적에 기생첩을 많이해서
　창이올라 그렇다"　　(김 2, 285)

한편으로 유흥적이고 퇴폐적인 정서를 노래한 민요도 비기능요 중에는 흔하다. 비기능요 중 특히 「노랫가락」이나 「창부타령」 같은 것은 원래 술집에서 술 마시며 놀 때 부르기에 적당한 노래이고, 노동하는 생활이 아니라 불건전한 생활을 보여 준다.

"노세노세 젊어노라 늙어지면 못노나니
　화무십일홍이요 달도차면 기우나니
　인생이 일장춘몽이라 아니놀고"　　(성·장, p. 57, 「노랫가락」)

「노랫가락」은 그리 오래된 민요가 아니고 일제 하에서 크게 유행했다. 일제 하의 허탈감 때문에 퇴폐적인 노래가 유행했다 할 수 있다. 더욱이 허탈감이나 퇴폐성 같은 것들을 상품화해서 파는 레코드 제작 기업이 이러한 노래를 널리 퍼뜨렸고, 농민을 위시한 전통적인 민중이 아니라 농촌을 왕래하는 '하이까라 잡놈'을 즐겨 불렀다.

"낙동강   칠백리   공글놓고
하이까라   잡놈이   왕래한다"   (고 117)

위와 같은 노래가 시대의 변화를 잘 나타내 준다.

그러나 시대의 변화는 퇴폐적 노래를 산출하는 데 그치지 않았다. 전통적인 민중음악은 시대를 비판하고 일제에 항거하는 새로운 내용의 민요로 발전되었다. 퇴폐적인 신민요의 대표적인 예는 「아리랑」이다.

"말깨나 하는놈 재판소가고
일깨나 하는놈 공동산간다"
"아깨나 낳을년 갈보질하고
목도깨나 메는놈 부역을간다"   (성·장, p. 4, 「본조아리랑」)
"감발을 하고서 주먹을쥐고
용감하게도 넘어간다
밭잃고 집잃은 동무들아
어데로 가야만 좋을가보냐

괴나리 봇짐을 짊어지고
아리랑 고개로 넘어간다

아버지 어머니 어서오소
북간도 벌판이 좋다더라
쓰라린 가슴을 움켜쥐고
백두산 고개로 넘어간다

감발을 하고서 백두산넘어
북간도 벌판을 헤매인다" (성·장, pp. 5~6,「신아리랑」)

일제의 침략으로 강요된 민족의 고난을 날카롭고 선명하게 대변하고 있다. 민중은 일제로 인해서 가장 큰 피해를 받기에, 그러면서도 굴복하지 않는 항거의 전통을 지니고 있기에, 지식인의 현대시는 접근하기 어려운 감동적인 항일의 노래를 산출했다.

새로운 시대를 비판적으로 반영하고 항일의 주제를 선명하게 표현하는 데는 민요가 가장 적극적이다. 설화에서는 이러한 창조가 그리 활발하게 나타나지 않았고, 가면극은 봉건적인 사회의 모순을 해결하자는 데서 그쳤다.

제4장 무가

Ⅰ 무가의 전반적 특징

무가巫歌는 무巫에 의하여 무속적 의례에서 가영歌詠되는 구비물이다. 따라서 무나 무속을 떠나서 무가는 존재할 수 없다. 설화나 민요는 일반 민중의 산물이요, 민중 누구나 그 전승에 참여한다. 그러나 무가는 '무'라는 특수한 부류의 전유물이며, 일반 대중이 그 전승에 참여하지 못한다. 무가의 일부분이 민중에게 전파되어 노래로 불리기도 하지만, 그것은 무가에서 파생된 민요이지, 무가 자체는 아닌 것이다. 또한 서사무가의 내용이 민중에게 전파되어 이야기로 전승되기도 한다. 그러나 그것도 설화이지 무가는 아니다. 무가는 '무'라는 전문직업인에 의하여, 무로서의 기능을 발휘하기 위하여 무속의례에서 구연되는 구비물인 것이다.

이러한 점에서 무가에는 여타 구비문학과 구별되는 몇 가지 특징이 있다.

첫째, 주술성呪術性이다. 구비문학에서 주술성이 있는 것은 무가뿐이다. 일반 민중이 무가의 일부를 가영한다 해도 그것이 무가가 될 수 없는 이유는 바로 주술성 때문이다. 즉 무가는 무의 기능인 점복·치병治病·예언 및 사제자로서의 신이성을 나타내는 데 있어서 그 주술적 효과가 실제적으로 입증된다.

그러나 무가에서 파생된 민요는 이러한 주술의 기능이 없다. 다만 무가의 문학적 흥미나 가창의 오락성으로 인하여 민중에게 인기가 있을 뿐이다. 민요에서 「지신밟기요」와 같은 의식요는 주술성을 인정할 수가 있다. 그러나 이러한 의식요의 대부분은 무가와 상통하는 성격의 노래이며, 무가의 주술성에 비하여 민요의 주술성은 훨씬 약화되어 있다. 또한 민요의 주술성은 무가의 주술성의 반영이라고 보며 민요의 특성은 될 수 없는 것이다.

둘째, 신성성神聖性이다. 무가는 그 청자聽者가 신이라는 점이 특징이다. 일반 민중이 들을 수도 있으나, 그들은 구경꾼일 뿐 무가의 일부를 담당한 것은 아니다. 그렇기 때문에 무가는 인간인 청자가 없어도 얼마든지 구연된다. 오히려 무의巫儀에 따라서는 사람이 많이 듣는 것을 꺼려 하기도 한다. 판소리나 민요는 그 청자가 인간이다. 그리고 인간인 청자와 관객은 판소리나 가면극의 전승에 일부를 담당하는 요소가 된다. 그러나 무가는 신이 청자이며 신과 인간과의 대화인 것이다. 이런 점에서 무가에는 여타 구비문학에서 찾을 수 없는 신성성이 있다. 신을 청하고, 신에게 소원을 빌고 하는 것은 인간이 신에게 하는 말이며, 공수를 주고 앞일을 예언하는 것 등은 신의 의사가 인간에게 전달되는 것이다. 이처럼 무가는 신을 대상으로 인간이 구연하는 문학이며 신성성의 문학인 것이다.

셋째, 전승이 제한되어 있다. 무가는 무속인이라는 특정 부류에 의하여 전승되고 있으며, 무속인의 사제관계를 통해서나 무의를 공동으로 하는 과정에서 이루어진다. 또한 설화나 민요는 단편적이고 내용도 평이하여 쉽게 전파될 수 있으나, 무가는 분량도 많고, 내용도 난삽한 것이 있어서 전승이 어려운 것이다. 뿐만 아니라 인간이 외경하는 신과의 대화라는 점에서 친근감이 적기도 하다. 이런 점에서 무가의 전승은 여타 구비문학보다도 많은 제한을 받는다. 무가는 대개 즉흥적 창작부분과 고정전승 유형으로 나눌 수 있다. 즉흥적 창작은 무의의 성격에 따라서, 또는 주위 분위기에 따라서 달라질 수도 있으며, 고정 전승 유형의 무가를 습득하지 못한 강신무降神巫의 경우에 많이 나타난다. 그러나 구비문학에서 문제삼는 것은 이 같은 즉흥적 창작보다는 고정전승 유형이 더 중요시된다. 강신무의 즉흥적 무가는 체계도 없고 논리도 정연치 못할 뿐더러, 문학적 수사도 결여되어 있다. 그러나 고정전승 유형의 무가는 비교적 문학적으로 윤색되어 있고 내용도 풍부하다. 이러한 무가는 세습무世襲巫나 장님과 같이 배워서 무의를 하는 학습무의 자료에서 많이 발견된다. 그러나 무속인의 개성에 따라, 또는 무풍巫風에 따라 무가의 전승은 달라지며 보수적인 것이 일반적 현상인 것이다.

넷째, 오락성娛樂性이다. 이상과 같은 특징에도 불구하고 무가에는 오락적 요소가 많다. 그것은 무의 자체가 민중의 큰 구경거리 구실을 해 왔으며 무의가 흥미롭다는 사실은 무가가 문학적으로 흥미롭다는 뜻도 포함되어 있기 때문에 무가가 문학적으로 성장할 수 있는 기틀이 되었다. 또한 무의 중에서 치병ㆍ치재治災와 같은 절박한 상황에서 구연되는 무가는 이러한 오락성이 적지만, 재수굿이라든가 연중 정기의례와 같은 무의는 의례의 효과나 무의 영험이 즉시 나타나는 것이 아니고, 무의를 통한 심리적 위안이 주가 되기 때문에 오락성이 보다 강하게 나타난다. 그리하여 '굿놀이'라고 하는 무가는 일종의 희곡 형태를 취하고 있으며, 재담ㆍ익살 등의 요소가 풍부하게 삽입되어 흥미롭게 전개되고 있다. 이러한 무가는 신성성마저 결여되어 흥미 위주로 윤색되어 있다.

다섯째, 율문律文 전승이다. 무가의 악곡은 대개 그 지방의 민요곡을 배경으로 하고 있으며, 서사무가와 같은 장편무가는 4음보격으로 듣기 좋게 구송되고 있다. 무가 중에는 「노랫가락」ㆍ「창부타령」 등 민요곡과 같은 것도 있으나, 이것은 경기도 지방을 중심으로 한 지역적 현상이요, 무가 전반의 특징은 아니다. 서사무가의 내용은 설화와 같으나, 설화는 산문전승이나 무가는 율문으로 구송된다는 점에서 구별된다.

II 무경과 무가

무가는 광의의 개념으로 무속적 의례에서 가영되는 구비물의 전반을 의미한다. 그러나 무의는 그 형태상 크게 '독경讀經'과 '굿'으로 구분되며, 굿에서 가창되는 것은 무가로, 독경에서 독송讀誦되는 것은 무경巫經으로 나누어지며, 양자의 차이로는 다음과 같은 점이 주목된다.

첫째, 무경은 신통神統의 나열, 신병神兵의 결진結陣, 귀신의 착금捉擒 등이 주 내용을 이루고 있으며, 무가는 덕담德談·찬신讚神·신의 유래 등이 주 내용을 이루고 있다.

둘째, 무경은 귀신을 위협하여 쫓아버리는 내용이 주가 되며, 무가는 신을 즐겁게 하고 신의 노여움을 푸는 내용이 대부분이다.

셋째, 무경에 나타나는 신격은 옥황玉皇·칠성七星·천존天尊·신장神將·진군眞君·사자使者·용왕龍王·제석帝釋·산령山靈 등 도교적·불교적 신이 많으며, 무가에 나타나는 신격은 부정不淨·민명萬明·호귀胡鬼·대감大監·창부倡夫·산마누라·광대廣大·수비 등으로서 경무經巫들이 잡귀로 취급하는 것까지 나타난다.[1]

이상과 같은 성격에서 무경과 무가는 구분된다.

무경은 대부분이 신통의 나열이며, 한문구에 토만 단 것으로서, 문학성은 거

---

1 서대석, "경무고經巫攷", 『한국문화인류학』, 창간호(한국문화인류학회, 1968).

의 찾아볼 수 없으며, 또한 구비문학으로서의 성격도 결여되어 있다. 즉 무경은 구전도 되지만 문서에 의한 습득도 많아서 경문의 책자가 발간되어 분포되며, 전국 어느 지역에서도 같은 경문이 구송되는 것이다. 경무經巫 중에서 장님의 경우는 구전으로 경문을 습득하나 그들의 암기력은 비상하여 일자 일구의 와탈訛脫이 없고, 글을 아는 사람에게 의뢰하여 새로운 경문을 읽게 하고 암기하는 방법을 쓰기도 한다. 또한 무경을 완전히 암송하지 못한 사람은 독경시에 책자를 들고 읽기도 한다. 그리하여 '경 읽는다'라는 말이 독경을 의미하는 말로 쓰여지게 되었다. 이러한 점에서 무경은 구비문학의 분야에서 제외하기로 한다. 단 경무들의 축원·덕담·해원사解冤辭 등의 경문은 고정된 무경이 아니며, 개인에 따라 또는 지역에 따라 다르게 나타난다. 또한 즉흥적 창작도 많이 있으며, 일반 민중이 쉽사리 알 수 있는 내용이며, 문학성도 풍부하다. 이런 점에서 이것들은 무가에 포함하여 구비문학의 일환으로 다루기로 하겠다.

III 무가의 자료 개관

무가가 문헌에 정착된 것은 고대에서부터 비롯되었다. 오늘날 무가로 알려진 고려가요의 「처용가」나 『시용향악보時用鄕樂譜』에 실려 있는 「군마대왕軍馬大王」·「성황반城隍飯」·「별대왕別大王」·「삼성대왕三城大王」·「내당內堂」·「구천九天」 등은 고려 이전의 무가의 편린으로 보인다. 그러나 무가를 연구하기 위하여 또는 어떤 필요에 의하여 수집된 것은 1930년대 이후의 일이다. 지금까지 조사 발표된 중요한 무가집을 들면 다음과 같다.

① 손진태, 『조선신가유편朝鮮神歌遺篇』(도쿄 : 향토문화사, 1930)

　　이 책은 우리나라 최초의 무가집으로 함흥咸興·홍원洪原·동래東萊·중화中和
등의 현지자료를 수집한 것이다. 내용은 「창세가創世歌」·「회생곡回生曲」·「황
천혼시」·「숙영랑·앵연랑신가淑英郎·鶯蓮娘神歌」·「도랑선배」·「청정각씨노
래」·「성조成造풀이」·「계책가戒責歌」·「무녀기도사巫女祈禱詞」 등이 수록되어
있다.

② 赤松智城·秋葉隆, 『조선무속의 연구朝鮮巫俗の研究』, 上(서울 : 大阪屋號書店,
1937)

　　이 책은 지금까지 출간된 무가 자료집 가운데 본토의 무가로는 가장 많은 자료를
수록하고 있다. 조사지역은 경기도와 서울의 중부지방과 제주도가 중심이 되고
있는데, 여기에 실린 자료가 과연 구전 그대로의 채록인지 또는 조사자의 주관이
삽입된 점이 있는지는 확실치 않다. 내용은 「무조전설巫祖傳說(바리공주)」, 경성
京城과 오산烏山의 「열두거리 무가」, 경성의 「고사축원告祀祝願」·「성조신가成造
神歌」 경성과 오산의 「지두서指頭書」, 시흥始興지방의 「주검의 말」, 그리고 제주
도의 서사무가 16편과 경성과 오산지방의 잡편으로 「기도사祈禱詞」·「축원祝
願」·「호귀노정기胡鬼路程記」·「창언唱言」·「맹인덕담盲人德談」·「고사告祀」·
「동토경動土經」 등을 싣고 있다.

③ 임석재·장주근, 『관북지방무가』(문화재관리국, 1965)

　　이 책은 함흥咸興·홍원洪原·흥남興南 등지에서 월남한 무녀들을 대상으로 녹음
에 의하여 재록한 자료집이나. 자료의 신빙성이 높고 제보자informant의 인석 사
항이 자세히 조사되어 있다. 수록된 무가는 「토세굿」·「안택굿」·「문열이천
수」·「동갑젯기」·「오기풀이」·「문굿」·「돈전풀이」·「천디굿」·「신선굿」·
「신선천수」·「대감굿」 등이다.

④ 임석재·장주근, 『관북지방무가』(추가), (문교부, 1966)

　　앞의 관북지방무가의 속편으로서 수록된 자료는 「생굿」·「화청」·「요사굿」·
「살풀이」·「혼쉬굿」·「타성풀이」·「짐가제굿」·「산천굿」 등이 있다.

⑤ 임석재 · 장주근 , 『관서지방무가』(문화재관리국, 1966)

　　이 무가집은 평양平壤에서 월남하여 현재 서울 · 강원도 등지에서 무업에 종사하
는 무격巫覡을 대상으로 녹음에 의하여 채록한 자료집이다. 「수왕굿」·「요왕
굿」·「당굿」·「재수굿」 등 23편의 무가가 수록되어 있다.

⑥ 진성기, 『남국의 무가』(제주민속연구소, 1968)

　　이 책은 제주도의 무가를 집대성한 무가집으로, 그 전에 진성기가 출간했던 『제주
도 무가집』 1집 · 2집 · 3집을 합하고 보충한 자료집이다. 표기는 방언을 그대로
적었기 때문에 내용 파악에 불편한 점도 있으나, 자료집으로서는 더욱 귀중한 가
치를 지니는 책이다. 이 책에 수록된 무가는 일반본풀이 12편, 당신본풀이 141종,
특수본풀이 12편, 기타 비념 24편 등이 있다.

⑦ 현용준 · 김영돈, 『제주도무당굿놀이』(문화재관리국, 1965)

　　이 책은 제주도의 무가 중 특히 「굿놀이」의 무가를 채록한 자료집으로, 녹음에 의
하려 채록되었다. 수록된 자료로는 「시왕맞이」·「삼공맞이」·「세경놀이」·「영
감놀이」 등이 있다.

⑧ 김태곤, 『한국무가집』 1(원광대학교 민속학연구소圓光大學校 民俗學硏究所, 1971)

　　이 책은 서울과 부여扶餘, 그리고 동해안의 고성高城 · 강릉江陵 · 울진蔚珍 · 영덕
盈德지방의 무가를 채록한 것이다. 한 지역에서 무녀 1인을 선정하여 그들의 보
유 무가를 녹음에 의하여 수집한 자료집인데, 제보자에 대한 비교적 상세한 해설
이 있고, 어투 그대로의 표기와 주석을 겸하고 있어 손색이 없는 본격적인 무가집
이다.

　　내용은 서울지역의 「재수굿」·「진오귀」의 무가 및 「황제풀이」, 부여지역의 「축원
굿」·「오기굿」 무가, 고성지역의 「재수굿」·「용신龍神굿」·「초망자굿」 무가, 강
릉지역의 「시준굿」·「손님굿」 무가, 울진지역의 「풍어제굿」 무가, 영덕지역의
「오구굿」 무가 등이 수록되어 있다. 특히 강릉의 「시준굿」, 울진의 「심청굿」 등 서
사무가 10편이 수록되어 있어 귀중한 가치를 가진다.

이상이 단행본으로 간행된 순수한 자료집이다. 이 밖에 월간잡지·학술지·무속조사보고서 등에 단편적으로 발표된 무가들이 있다.

① 손진태, "무격巫覡의 신가神歌 기1~기4", 『청구학총』, 21~28호(1935~1937)
② 김태곤, "바리공주계의 서사무가 4편", 『황천무가연구』, 부록(창우사, 1966)
③ 장주근·최길성, 『경기도지역무속』(문화재관리국, 1967)
　　경기도 양주楊洲 무녀 조영자趙英子를 중심으로 '무속조사보고'와 함께 「바리공
　　주」 및 일반무가 20여 편이 수록되어 있다.
④ 『한국민속종합조사보고서 전남편』(문화재관리국, 1969)
　　「오구물림」·「제석굿」 등의 서사무가와 일반무가 4편이 수록되어 있다.
⑤ 장덕순·서대석, "제석본풀이", 『동아문화』, 9집(동아문화연구소, 1970)
　　경기도 양평楊平의 맹무盲巫 김용식金用植 구전의 서사무가를 채록 정리한 것이다.

IV 무가의 장르별 분류

무가는 엄격한 의미에서 문학 장르의 명칭은 아니다. 무가 중에는 서사무가도 있고 서정무가도 있고 교술무가도 있으며 희곡무가도 있다. 따라서 무가는 네 가지 장르가 모두 혼합되어 있으며, 장르를 논할 경우에는 네 가지 장르로 분류하여 처리해야 할 것이다.

1. 서정무가

서정무가抒情巫歌는 「서울 열두거리굿」 무가에 있는 '노랫가락'이 대표적인 예가 된다.

산간데 그늘이지고 용가신데 소이로다
소이라 깁소컨만 모래위마다 서계우셔
마누라 영검술을 깁히몰나   (「산마누라 노랫가락」)

본향양산 뵈오련하고 정막허니 산에올나
호렴단신에 구비마다 돌아든이
설상에 매화진쇠이 나뷔본 듯   (「가망 노랫가락」[2])

  '노랫가락'은 민요에도 존재하며, 무가의 '노랫가락'과 민요의 그것은 악곡 구조도 같고 사설도 공통된 것이 많다. '노랫가락'은 신을 즐겁게 하고자 부르는 하나의 「오신무가娛神巫歌」의 하나이며, 민요의 '노랫가락'이 무가로 이입될 수도 있겠고, 무가의 '노랫가락'이 민중에게 전파되어 민요화될 수 있는데, 원초적인 문제는 밝혀져 있지 않다.[3]
  무가의 '노랫가락' 중에는 시조에서 차용한 것도 많이 나타난다.

간밤에 부든바람 만정도화 다지겠다
아해는 비를들고 쓸으려고 하는고나
락화는 쇠안이랴 쓸어모와   (「산마누라 노랫가락」[4])

적토마 살지게먹여 두만강에 굽씨쎠매고
용천금 드는칼을 연열석에 들게갈어

---

2 赤松智城・秋葉隆,『朝鮮巫俗の硏究』, 上(大阪屋號書店, 1937), p. 74, 80.
3 대개 무가의 노랫가락에서 민요의 노랫가락이 파생되었다고 하는데, 납득할 만한 입증이 아직 없다. 민요에도 분련체 4음보의 노랫가락 형식은 고대로부터 존재했으리라고 보며, 악곡면에 있어서도 단정적으로 말할 수 없다고 본다.
4 赤松智城・秋葉隆, 위의 책, p. 85.

장부의 입신양명이 이안이 조흘손야   (「산마누라 노랫가락」[5])

시조집 중에서 『남훈태평가南薰太平歌』에 수록된 평시조는 종장 넷째 구가 탈락되어 있는데, 이것은 노랫가락의 형식과 일치한다. 따라서 시조창時調唱의 민요화와 노랫가락의 형식과는 긴밀한 관계를 가진다고 보며, 시조 사설이 노랫가락으로 옮겨간 사정을 말해주는 것이 아닌가 한다.

노랫가락 이외에도 서정무가는 부분적으로 많이 존재한다. 그러나 대부분 교술무가나 서사무가 일부분의 삽입이기에 서정무가로 독립시킬 수가 없다.

기밀망지요 여이라도 천공에 부유같이 나온 인생아
기밀망제요 한갑동냥을 못 일우시고 초목같이 실어졌네.
기밀망제요 공산영은 강산월이요 이내 일신은 만두강이라.[6]

이상은 「초망자굿」의 일부인데, 분명한 서정무가로 볼 수 있다. 그러나 역시 무가 전편은 교술이기에 서정무가로 독립시킬 수가 없다.

2. 교술무가

서사무가敍事巫歌와 희곡무가를 제외한 단편적인 무가는 대부분이 교술무가 敎述巫歌에 속한다. 단편적인 무가는 신통의 나열이나 의례를 행하기까지의 설명, 또는 인간의 소원을 신에게 아뢰고 신의 의사를 인간에게 전달하는 것이 주가 되어 있다. 따라서 사물의 묘사 설명이나 알려 주는 것이 중심이 되며, 이

---

5 赤松智城·秋葉隆, 위의 책, p. 83.
6 김태곤, 『한국무가집』, 1(원광대학 민속학연구소, 1971), p. 188.

것은 모두 교술의 성격에 부합하는 것이다. 이러한 예로 우리는 「지두서指頭書」의 일부를 들을 수 있다.

> 턴디현황 생긴후에 일월영책 되였세라 만물이 번성하야 산천이 개탁시에 곤륜산 제일봉은 산악지조종이요 황하수는 섬유백이라 백두산이 쥬산이요 한라산이 남산이라[7]

이와 같은 무가는 서정이라고는 볼 수 없는, 우주의 창조 내지는 우리나라 산천 형성에 관한 기술인 것이다. 그렇다고 인물의 활동이나 사건을 서술한 것도 아니다. 교술무가로 볼 수밖에 없다.

교술무가 중에서 서사무가와 혼동할 수 있는 것으로 「주검의 말」(=오구굿 무가)가 있다.

> 저사자 거동보소 지부왕의 명을 밧고 망녕그물 손에 들고 쇠사실 빗겨차고 활등 갓치 구분길로 살갓치 쌜니나와 압산에 외막치고 뒤산에 장막치고 마당 한가운데는 명패 긔웃헤 쇠자노코 일직사자 강림도령 봉의 눈을 부릅쓰고 삼각수 거슬으고 문지방 가루집고 이바 망재야 어서 밧비 나스거라[8]

이것은 「주검의 말」 가운데 '초압말'이다. 언뜻 보면 서사무가의 일부분으로 생각될 수 있으나 서사무가는 아니다. 사람이 저승사자에게 잡혀간다는 사건과, 잡혀간 혼령이 명부왕冥府王으로부터 인간사의 선善 · 불선不善을 심판받는 내용이 있어 일정한 스토리의 서술과 같이 보이는 것이 「주검의 말」이다. 그러나 개성적 인물의 이야기가 아니다. 즉 주인공이 없다. '일직사자' · '월직

---

7 赤松智城 · 秋葉隆, 위의 책, p. 257.
8 赤松智城 · 秋葉隆, 위의 책, p. 268.

사자'·'강림도령'을 등장인물로 볼 수 있을지 모른다. 그러나 이들은 인물의 명칭이 아니요 일종의 명부冥府의 직명이며, 또한 그들의 행위도 명수命數가 다 된 사람을 잡아간다는 일반적 직능 이외에 개성적인 활동은 전혀 없다. 또한 죽는 사람도 어떤 특정한 인물을 선택한 것이 아니요, 인간이면 누구에게나 해당되는 죽음이라는 보편적인 사건을 맡은 추상적 의미의 사람인 것이다. 따라서 이 무가는 사람이 죽는다는 것은 저승사자가 잡아가기 때문이라는 속신적俗信的 관념을 서사 형식으로 설명 기술한 것이요 서사 자체는 아닌 것이다. 그러므로 이 무가도 역시 교술무가로 볼 수밖에 없다.

다음으로 교술무가의 내용을 검토하여 보자.

교술무가는 무의에 따라서, 또는 무속인의 개성에 따라서 여러 가지로 달라진다. 즉 열두거리굿에서 가창되는 각 거리 무가나 성주굿에서 하는 축원·덕담, 지노귀굿에서 하는 「주검의 말」 등의 고정유형의 무가로부터 푸닥거리에서 축원되는 간단한 「비념」에 이르기까지 다양한 무가가 전승된다. 그러나 핵심을 이루고 있는 무가의 내용을 분석하면, 다음과 같은 몇 가지로 정리될 수 있다.

1) 역사의 기술

이것은 무가의 서두에서 가창되는데, 천지조판天地肇判 이후 건국 흥망과 지금까지의 왕조王朝 및 도읍지 등을 약술하는 것이다.

> 텬디현황 생긴후에 일월영책 되엿세라 만물이 번성하야 산천이 개탁시에 곤륜산 제일봉은 산악지조종이오 황하수는 섬유백이라[9]

이것은 경성 「지두서指頭書」의 첫 부분이다. 이와 같이 천지창조부터 시작하

---

9 赤松智城·秋葉隆, 위의 책, p. 275.

여 우리나라 강산의 나열과 중국의 삼황오제三皇五帝로부터 우리나라 조선조에 이르기까지 왕조의 변천에 대한 약술이 보통 무가 모두冒頭를 장식한다. 이것은 제주도 무가의 경우「초감제」중에「배포도업침」[10]에 해당하며, 무경에서는「박살경搏殺經」에 "천개어자天開於子 지벽어축地闢於丑 인생어인人生於寅 물생어묘物生於卯……"[11]와 같은 내용으로서 광의의 무가 전반에서의 서두 부분이기도 한 것이다. 서사무가의 경우에도 처음 시작은 이 같은 교술무가의 삽입으로 이루어져 있는데, 그 일례가「성주풀이」이다.

홀연천지忽然天地 개벽후開闢後에 삼황오제三皇五帝 그 시절에 천황씨天皇氏 처음나서 목덕木德으로 임군되어 일월성신日月星辰 조림照臨하니 날과달이 밝가있고 지황씨地皇氏 후에나서 토덕土德으로 임군되니 물과남기 도닷드라[12]

이처럼 역사의 개략적 기술이 교술무가의 일부를 이루는 요소가 된다.

2) 무의 준비과정의 기술

이것은 무의巫儀를 하게 된 연유와 주제자主祭者 및 제물祭物 준비과정 등을 신에게 알리는 것이다. 이것도 무가 서두 부분으로서 제주祭主 해설·제일祭日 해설·제물 준비과정, 제물의 진설상태, 의례를 하게 된 이유 등으로 구성된다. 제주도 무가의 경우「집안연유닦음」[13]이 이에 해당되며, 축원무가의 부류에 드는 것이다. 다음에「서낭굿」[14] 무가의 일부를 인용한다.

제주해설 : 강원도江原道라 ××군에 ××면에 ××리에 ×성가姓家에 이놀이정성

---

10 현용준, 『제주도무당굿놀이 개관』, p. 26.
11 赤松智城·秋葉隆, 『朝鮮巫俗의 研究』, 下, 부록.
12 손진태, 『조선신가유편朝鮮神歌遺篇』(도쿄 : 향토문화사, 1930), p. 79.
13 현용준, 위의 책, p. 27.
14 임석재·장주근, 『관서지방무가』(문화재관리국, 1966), pp. 150ff.

서낭님맞이를 드립네다.

제일해설 : 해년단은 ××년 해운에 달이나 월책 ×월달에 날에 성수 ××날 아침 × 시時로 이 정성을 드리라고 이나라에 음력이면 저나라에 양력이면 백등력을 설흔 세책 내어놓고 원천강에 날을 골라 주역선생周易先生 시時를 메여 일상생기一上生氣 골라내서…….

제물준비 : 칠일정성七日精誠 구일재계九日齋戒를 드릴 적에 사문밖에 금줄로 재개 사오방四五方 터전에 황토黃土를 재개 벽문앞에 송참재개 방안에는 인물人物재개 상탕에다 머리를 감고 중탕에다 목욕을 하고 하탕에다 수족手足을 시처 건조단발 시렁배포 험한 옷을 벗어놓고 새라새옷 갈아입어 낮이면은 전통걸어 밤이면은 수이잠에 으논소에 공논하고 공논소에 으논을하야 공비공창 이루자고 명산대천名山大川 찾아가서 낮이면은 햇나루에 밤이면은 이슬나무 강태공姜太公에 조작방애 팔선녀八仙女가 들어앉어 데석님네 본을받고 신농씨神農氏에 법을 받아 이십팔수二十八宿 내구르고 삼三이삼천三天 디리굴러 정백미精白米 옥백미玉白米 상상미上上米를 골라낼 때…….

제물진설 : 백설기와 세설기를 겸어나 동시루 일을 공빈 감배지 부재비 인절미에 높은낭게 청실과靑實果면 낮은낭게 황실과黃實果라 꼬감대초 삼색三色과일 녹불제사 사과별법 모서놓고…….

3) 청배

청배請拜는 신의 강림을 청하는 무가로서 대부분 신격의 호칭으로서 이루어진다. 무경 중에 「신장편神將篇」은 역시 청배의 기능을 가지며, 서사무가도 일종의 청배무가라고 할 수 있다.

어하라 대감 만신몸주 대신대감 사외삼당 제당대감 그연 상산대감 안산대감 밧산대감 닉외산에 왕러대감 한우물 룡궁대감 섯우물 룡신대감[15]

---

15 赤松智城·秋葉隆,『朝鮮巫俗の硏究』, 上, p. 100.

이것은 「대감청배」의 일부인데, 무슨무슨 대감 식의 신통의 나열로서 일관하고 있다. 그 밖에 「노정기」라고 하는, 신이 오는 경로를 서술한 것도 청배무가인데, 여기에서는 일종의 모방주술imitation magic의 모습을 찾아볼 수 있다.

> 글잘하는 문신손임 활잘쏘는 호반손임 례바르고 돈바른 부인호구 삼세분이 나오신다 앞바다는 열두바다 뒤ㅅ바다도 열두바다 이십사강 다달아서 사공불러 배대라하니 대울배가 업나이다 돌배는 갈아안고 무쇠배는 봉쌔지고 버들배는 순풍맞고 …….[16]

이것은 「호구노정긔」의 일부인데, 신이 오는 과정을 서술함으로써 그와 같이 강림해 달라는 청배의 뜻이 포함되어 있는 것이다.

4) 공수

공수는 무당이 무의를 하는 중에 신이 내리어 신이 행세를 하며 신의 말을 전하는 것이다. 서울지방의 열두거리 무가에 보이는 「가망공수」·「산마누라공수」·「말명공수」 등은 그 일례이며, 지노귀굿에서 망자의 혼이 무녀에게 응접하여 망자의 언어를 무녀를 통하여 전하는데, 이것도 공수의 일종이다. 또한 태주(공창무空唱巫)가 점복시에 예언을 하는 것도 역시 공수로 볼 수 있다. 공수는 가창이 아니고 대화와 같은 산문으로 구송된다.

> …… 산나무 천룡대감 죽은남게 고목대감 천변에 수각대감 만장육장 열입대감 천갑씨대감 지갑씨대감 놀으신 자최에는 허씨양위와 남녀자손의 열액대익 다제치고 삼재팔난 다제치고 신사덕 입혀주자 그러나 허씨긔주야 이것이 무엇이냐 원숭이 입

16 赤松智城·秋葉隆, 위의 책, pp. 556~557.

니냐 쌧저고리 부적이냐 이것만 도와주고 이것만 셍겨주엇느냐 먹는 것이 뉘것이며 쓰는 것이 뉘것이냐 모두 우리대감 수위에서 도와주신 것이 아니냐[17]

5) 찬신

찬신讚神은 신을 찬양하는 무가이다. 신의 외모의 묘사가 중심이 된다.

광대치장이 업슬손야 절구통바지 골통행전 고양나이 속버선에 몽고삼싱 겻버선에 아미탑골 밋투리에 장창밧고 굽창밧고 매부리징에 잣징박고 어ㅡㄹ망건 당사슨에 엽낭차고 상낭차고[18]　　(창부타령)

남손임 치례보소 물ㅅ결갓흔 외울망건 대모관자 달어쓰고 삼백대 통갓에 밀화갓슨 달어쓰고 방초바지 통힝전에 남수아주 집저고리 몸에 맞게 지여입고 홍대단자락텬류 광디우썩 눌러미고[19]　　(손굿)

6) 축원

인간의 소원을 신에게 비는 무가이다. 축원祝願은 상황에 따라서 또는 대상신에 따라서 달라진다. 상황에 따라서는 치병·방재防災·구복求福 등의 유형이 있으며, 대상신에 따라서는 그 신의 직능에 따라 역시 축원의 내용이 다르게 나타난다. 축원 중에 가장 대표적인 것이 '고사축원告祀祝願'과 '삼신축원三神祝願'인데, '고사축원'은 '성조축원'이라고도 하며, 가신家神인 성조신에게 농사의 풍성豊盛, 자손의 영귀榮貴, 재운의 도래 등 가장 보편적인 인간 소망을 기구祈求하는 것이다. 삼신축원에는 「안산기자축원安産祈子祝願」·「기유축원祈

17　赤松智城·秋葉隆, 위의 책, p. 103.
18　赤松智城·秋葉隆, 위의 책, pp. 111~112.
19　赤松智城·秋葉隆, 위의 책, pp. 144~145.

乳祝願」·「아환축원兒患祝願」·「삼신불三神祓」 등이 있다. 그러나 모든 무가에
축원이 빠지는 경우는 없으며, 교술무가 전반이 광의의 축원무가에 속한다고
도 할 수 있다.

> 삼신자손 유도식신 동해룡왕 새암숫듯 남해룡왕 새암숫듯 북해룡왕 새암숫듯 한
> 가운데 사실룡왕 룡춤갓치 소사나서 먹고남고 싸고남게 도와줍소사[20]
>
> (기유祈乳축원)
>
> 이정성 바드신후 셩쥬디신 안ㅅ당도 안읍하고 화재부새도 막어내고 꿈자리도 물
> 리치고 삼재팔란 손재실물 천리만리로 다제치고 악인을 제지하고 셩인을 상구하고
> 죄악돌에 걋침업시 오는사망 휘여들여 가는사망 손을 쳐서 만사망 쎄사망이 억수장
> 마 비퍼붓듯 함박물에 물퍼붓듯 대천바다에 물밀어들어오듯이 우숨으로 열락하고
> 천량으로 노리하고 쟈손으로 화초삼고 봉학이 넘노난듯 만사가 대길하고 백사가 순
> 종하게 매사일이 잘되게 도와줍소사[21] (성조축원)

이상은 무가 전반에 걸쳐 내용의 중추를 이루는 핵심적 요소를 추출한 것이
다. 이 밖에 무의에 따라 고정전승유형의 무가가 있다. 즉 「열두거리」·「오구
풀이」·「성주풀이」·「지두서」 등이 그것이다.

(1) 「열두거리」

이것은 소위 '큰굿'이라고 하는 무의에서 가창되는 각 거리 무가를 말한다.
이 「열두거리」는 사실상 대소 무의의 기본 절차가 되는 것으로, 영신迎神·오
신娛神·송신送神의 과정으로 전개된다. 큰굿은 연중 정기의례인 '당굿', 부정
기적인 '재수굿' 등에서 주로 행해지며, 이것은 여러 무녀들의 합동으로 이루
어진다. 「열두거리」의 무가는 주로 서울 및 중부지방에서 채록되었다. 다음에

---

20 赤松智城·秋葉隆, 위의 책, pp. 574~575.
21 赤松智城·秋葉隆, 위의 책, pp. 194~195.

각 거리의 명칭만을 소개한다.

　서울 : ① 부정 ② 가망 ③ 말명 ④ 상산上山 ⑤ 별상 ⑥ 대감 ⑦ 제석 ⑧ 호구 ⑨ 성주
　　　⑩ 군웅軍雄 ⑪ 창부 ⑫ 뒷전²²
　경기도 오산 : ① 부정 ② 시루말 ③ 제석 ④ 손굿 ⑤ 군웅 ⑥, ⑦ 조상 · 안당굿 ⑧ 성
　　　쥬푸리 ⑨ 선왕굿 ⑩ 계면굿 ⑪ 터쥬굿 ⑫ 마당굿²³

　특히 서울지방의 「열두거리」 무가는 청배 · 공수 · 노랫가락(또는 대감타령 ·
창부타령) 등으로 구분되어 있으며, 이것은 타지방 무가와 구별되는 특징이라
고 하겠다.

(2) 「오구풀이」

　이 무가는 「회심곡」과 비슷한 내용으로서, 죽음 앞에 무상한 인생의 허무함
과 인간 일생의 반성 및 저승사자에 의하여 혼령이 명부에 인도되는 과정, 그
리고 그 시왕 앞에서 인간생활의 선 · 불선을 심판받는 것 등으로 결구되어 있
다. 이 무가가 불려지는 무의는 「지노귀」 · 「오구」 · 「씨끔」 등으로 불려지는
굿인데, 죽은 사람의 영혼을 저승으로 잘 인도한다는 의미에서 행해진다. 특히
청춘에 죽었다든지, 또는 사고로 인하여 비명횡사를 하였다든지, 사인死因 모
르는 죽음인 경우에 많이 행해진다. 그것은 사람이 원통하게 죽을 경우, 그 원
혼이 명부로 가지 못하고 방황한다고 믿고, 그렇게 되면 가정에 우환이 잦게
된다고 생각했기 때문이다. 또한 원통한 죽음을 했을 경우 그 원을 풀어주는
것이 자손의 도리라고 생각했던 점도 있다. 이러한 해원과 천도의 의미를 지닌
이 무가는 인간의 죽음과 함께 때와 장소에 구애됨이 없이 빈번히 행하여졌고

22　김태곤, 『한국무가집』, 1, pp. 13∼51, 재수굿무가.
23　赤松智城 · 秋葉隆, 위의 책.

민중에게 가장 널리 알려졌으며, 서도西道의 판소리라고 하는 「배뱅이굿」은 바로 이 무의를 풍자하여 발생된 것이다. 또 이것은 민중의 내세관을 지배하고 다른 구비문학에도 많은 영향을 준 무가이다. 「바리공주」도 바로 이 「오구풀이」 무가의 일종으로 「오구굿」에서 가창되는 서사무가인 것이다.

(3) 「성주풀이」

이 무가는 「황제풀이」·「고사반」 등으로도 불리는데, 가신家神인 성조신에 대한 무의에서 많이 가영된다. 무가의 내용은 솔씨를 뿌려 그것을 키워 재목으로 베어다가 집을 짓고 집 치장과 세간치레 등을 하는 모습과 농사를 짓는 모습, 아들을 키워 과거급제하는 모습 등을 서술한 것으로서, 농민의 가장 소박한 이상을 표현한 무가이다. 민요의 「지신밟기」·「터다지기」 노래와 잡가 「성주풀이」 등이 모두 이 무가의 범주에 속하는 것이라고 하겠다.

(4) 「지두서」

이 무가는 초혼제招魂祭에서 불려지는 무가이며, 그 내용은 천지개벽 이후 강산의 생성된 모습과 조선왕조까지의 간략한 역사의 서술과 제석·군웅·영산靈山·조상祖上·말명·수비 등의 신을 차례로 정하려 제물을 흠향하고 가정을 행복하게 하도록 돌봐 달라는 축원으로 결구되어 있다. 서울과 오산 두 곳에서 아키바 다카시秋葉隆의 채록이 있다.

3. 서사무가

서사무가는 완전한 설화의 구조를 갖춘 이야기로 되어 있는 무가를 말한다. 따라서 서사무가는 ① 일정한 성격을 가진 인물이 있을 것, ② 그 인물의 활동을 중심으로 한 사건의 서술일 것 등의 요건이 필요하리라 본다. 이러한 관점에서 「주검의 말」은 사건은 있다고 할 수 있으나 개성적 인물의 이야기가 아니며, 「황제풀이」는 집을 짓는 모습이나 농사를 짓는 장면 등의 서사적 요소가 있으나 역시 주인공의 개성적 활동이 아니므로 서사무가라 할 수 없다.

서사무가에는 부분적으로 서정이나 교술이 없는 것은 아니나, 이는 모든 서사문학이 다 그렇듯이 중심이 되는 것이 서사이기 때문에 별로 문제 될 것이 없다.

그러면 서사무가의 유형 및 내용을 검토해 보자.

서사무가의 기능과 서사적 구조는 별개로 존재한다. 서사무가의 기능은 무의에서 신을 초청하는 청배무가로서 나타나고, 무의의 대상신에 따라 서사무가도 선정된다. 그러나 어느 하나의 신에 대한 서사무가는 하나만이 존재하는 것은 아니다. 예를 들면 성조신成造神에 대한 서사무가 「성주풀이」는 동래東萊 지방과 서울 지방의 두 곳의 자료가 채록되었는데, 그 기능은 가신인 성조신의 유래가由來歌이며, 「성주굿」에서 청배무가로서 의의를 갖는 점은 동일하나, 서사적 내용은 전혀 별개의 것이다. 반면에 내용은 같으면서도 기능은 다르게 나타나기도 한다. 제주도의 「초공본풀이」와 중부지방의 「제석본풀이」는 서사의 내용은 같으나 서사로서의 기능은 다르다고 할 수 있다. 이런 점에서 유형이라 함은 무의로서의 기능은 논외로 하고 서사적 내용의 동일성만을 문제삼을 때에 운위되는 술어임을 밝혀 둔다.

전국에 걸쳐 전승되는 서사무가는 지금까지 채록된 것만도 100여 편이 넘는다. 또한 수집활동이 계속되고 있으므로 그 전체적인 양태를 단적으로 지적하기는 시기상조라고 본다. 다만 지금까지 조사 발표된 자료를 중심으로 동일 유형을 정리하고 그 내용을 소개하고 형성과정의 문제점을 지적하고자 한다. 여기에 동일 유형을 논함에 있어서 인명이나 지명 등 구체적 명칭의 차이는 문제되지 않는다.

전체적인 이야기 줄거리가 같고 인물의 성격과 활동이 같으면 동일 유형으로 보는 것이 마땅하다고 본다.

1) 바리공주형

「바리공주」는 「오구풀이」라고도 하며, 「오구굿」에서 가창되는 서사무가이다. 지금까지 채록된 이 유형의 무가는 서울의 「바리공주」, 함경도의 「칠공주七公主」, 「오기풀이」, 경상도의 「바리데기」, 전라도의 「바리데기」, 「오구물림」 등이다. 황해도, 강원도, 충청도 등의 지역에서는 아직 채록된 자료가 발표되지 않았으나, 우리나라 남부, 중부, 북부에서 전승됨을 보아 전국적으로 전승되는 서사무가 유형으로 보여진다. 이들 각편에는 세부적인 차이가 있으나 대체로 공통된 줄거리는 다음과 같이 요약이 될 수 있다.

옛날 어느 임금 부부가 살았는데, 딸만 계속 낳아서 일곱이나 되었다. 화가 난 임금은 일곱째로 낳은 딸을 내다 버렸다. 뒤에 임금 부부가 병이 들어 죽게 되었는데, 버림을 받았던 일곱째 공주가 나타나서 갖은 고생을 무릅쓰고 영약靈藥을 구해 와서 부모를 회생시킨다. 뒤에 일곱째 공주는 무조巫祖가 되었다.

이 무가를 일명 「무조전설巫祖傳說」이라고 하는데, 이것은 무의 직능 중에 하나인 치병을 바리공주가 시작했다는 데서 유래된 것으로 본다. 즉 치병의 업적 중에서 가장 큰 것이란 죽은 사람을 살리는 것이며, 바리공주는 바로 서천신선西天神仙의 영약을 구해 와서 죽은 부모를 회생시켰다는 점에서 명의名醫가 된 셈이다.

이 무가의 주제는 '효'라고도 할 수 있다. 부모의 병을 낫도록 하기 위하여 약을 구하러 모험을 하는 이야기는 설화·소설 등에서 많이 발견되는 모티브다. 『숙향전淑香傳』, 『적성의전狄成義傳』 등의 고소설에서 이 같은 삽화를 찾을 수 있다.

또한 출생부터 버림을 받고 시련을 겪는 것은 동서에 공통된 영웅의 일생과 그 궤를 같이한다. 그럼에도 불구하고 설화나 소설에서 똑같은 자료를 찾을 수 없다. 이런 점에서 「바리공주」는 무가로서 창작되어 전승된 유형이며, 전국적으로 전승되고 있음을 보아 그 전승 기간이 장구했으리라 생각된다.

2) 제석본풀이형

「제석본풀이」는 일명 「당금애기」라고도 하는데, 「제석굿」이나 「안택安宅」 등과 같은 무의에서 전승된다. 지금까지 조사된 자료를 보면 다음과 같다.

① 초공본풀이(제주도)　⑤ 제석풀이(충북 영동)　⑨ 삼태자(평남 평양)
② 제석굿(전남 진도)　⑥ 제석본풀이(경기 양평)　⑪ 셍굿(함남 함흥)
③ 세존굿(경북 울진)　⑦ 제석(경기 오산)　⑩ 성인놀이푸넘(평북 강계)
④ 제석굿(충남 부여)　⑧ 시준굿(강원 강릉)　⑪ 셍굿(함남 함흥)

이상의 조사된 지역을 보면 황해도를 제외하고는 전국 각도에서 이 유형의 무가가 전승되고 있음을 알 수 있다. 그런데 황해도는 아직 조사가 이루어지지 않았기 때문에 채록되지 않았으리라 보며, 전국적으로 전승되는 무가임에 틀림없다.

이들의 각편을 비교하면 명칭의 혼란도 심하고 다른 유형과 복합된 것도 있으며, 제의에서의 기능도 여러 가지라서 언뜻 보면 동일 유형의 무가가 아닌 것 같기도 하다. 그러나 이들 각편에서는 동일한 서사적 구조를 갖는 핵심 부분이 존재하고 있다. 다음에 등장인물만을 비교해 보겠다.

무가 ＼ 인물	여주인공	남주인공	여주인공의 부 모	여주인공의 시 녀	삼 형제
제주도	자지명애기	주자대사	임정국 · 김정국	한임	초공 · 이공 · 삼공
전남 진도	제석남네 딸애기	청금산 청에중	제석남네 부부		
경북 울진	당금애기	시준님		옥단춘 · 명상근	태산 · 한강 · 평택
충남 부여	지석각씨	중		금단춘 · 단단춘	
충북 영동	당금애기	황금산 항에중	제석천왕과 만화부인	금단춘 · 옥단춘	삼태성
경기 양평	당금애기	석가여래	이부상서부처	금단춘 · 옥단춘	대산 · 한강 · 평택
강원 강릉	당곰애기	시준님(송불통 宋佛通)		옥단춘 · 명상근	대산 · 한강 · 평택
평남 평양	서장애기 (당금애기)	성인	서참봉부처	동자	초화수 · 이화수 · 삼화수
함남 함흥	세주애기	성인	만년장재비부처	세지애기 · 동지 애기	채궁쇠 · 일궁쇠 · 생경쇠

　　위의 도표를 보면 여주인공의 명칭은 지역에 따라 구구하게 나타나지만 ‘애기’라는 점에서 귀가문貴家門에 미혼 처녀임은 공통이다. 남주인공도 역시 불승佛僧이라는 점에서 공통점이 있으며, 여주인공의 부모도 벼슬이 높고 재력도 있는 상류층 인물로 나타난다. 여주인공의 시녀도 명칭은 차이가 있으나 대개 두 명이며, 여주인공이 낳은 아들도 삼 형제라는 점에서 공통된다. 이처럼 각 지역에 따라 인물의 명칭이 혼란되는 사실은 이 무가의 전승 기간이 오래되었음을 말해 준다. 또한 인접 지역 간에 상사점相似點이 상대적으로 먼 지역보다 많은 것은 전파의 면을 제시해 주는 것이기도 하다.

　　이들 각편에서 공통되는 내용은 다음과 같다.

　　옛날 어느 벼슬도 높고 돈도 많은 집에 딸이 하나 있었다. 부모들은 불가피한 볼일로 집을 떠나게 되었고, 시녀와 딸만 남아 있게 되었다. 이때 도술이 높은 중이 이집을 찾아와서 시주를 청한다. 딸은 시주를 하였으나 중의 바랑은 터진 것이어서 쌀은 모두 흘려진다. 중은 쌀을 주워 달라고 요청한다. 쌀을 줍는 도중(또는 다 줍고 나서 자면서) 중은 그 집 딸아기에게 잉태를 시키고 사라진다. 잉태한 딸은 귀가한 부모에게 발각되어 추방(또는 토굴에 감금)되고, 딸은 천우신조로 아들 세 쌍둥이를 낳아서, 중을 찾아간다(중을 찾아가서 아들들을 낳는다). 그리하여 중은 아이들의 이름을 지어주고 앞길을 인도한다(아들들은 삼불제석 또는 삼신 등이 된다).

이상의 공통된 플롯은 고대 영웅신화와 비교되는 중요한 면을 가지고 있다. 참고로 「동명왕설화東明王說話」와 이 무가를 비교해 보겠다.

첫째, 도술 잉태의 면이다. 이 무가에서 딸아기와 중의 결합은 비정상적이다. 부모가 없는 틈에 잠근 문을 열고 시주를 빙자하고 도술로써 잉태시키는 것은, 해모수解慕漱가 유화柳花에게 술을 먹이고 인연을 맺은 것이나, 유화가 일광日光을 받고 잉태한 것과 같은 성격이다.

둘째, 잉태한 여주인공의 시련이 상통된다. 무가에서 여주인공은 부모에게 잉태 사실이 발각되자 토굴 속에 감금당하거나 추방당한다. 이 점은 「동명왕설화」에서 유화가 하백河伯에게 입술을 늘리우고 추방당하는 것과 일치한다.

셋째, 아이들이 부친을 찾는 장면이다. 무가에서는 중이 잉태를 시키고 떠나면서 자기의 주소를 가르쳐 준다. 또는 박씨 세 개를 준다. 그리고 아이들은 자라서 부친을 찾아간다. 그러나 중은 자기 아들인가 아닌가를 시험하기 위해서 소뼈로 살아 있는 소를 만들라든지, 종이 버선을 신고 냇물을 걸어도 물이 묻지 않아야 된다든지 등의 문제를 낸다. 또한 마지막에는 손가락을 끊어 부자의 피가 한데 엉기는 것으로 최종의 징표를 삼는다.[24] 이것은 「유리왕類利王 설화」와도 일치한다. 부父의 신표信標로서 박씨를 준 것이나 부러진 칼을 숨겨놓은 것이나 같은 성격이며, 부친을 만났을 때 부러진 칼이 피를 흘리며 합쳐졌다든지 몸을 공중에 솟구쳐 올랐다든지[25] 하는 것은 아들의 신성성을 나타냈다는

---

24 김태곤, 위의 책, pp. 230~233, 270~271.
25 최남선, 『삼국유사』, 부록 '동명왕편'. 王出所有劍 一片合之 血出連爲一劒 王謂類利曰 汝實我子 有何神聖乎 類利應聲 舉身聳空 乘牖中日 示其神聖之異.

점에서 동일한 성격으로 본다.

해모수는 중이 아니다. 그러나 당시 민중들이 지고至高의 신으로 숭배했던 태양이나 하늘의 아들이라고 한다면, 태양숭배사상太陽崇拜思想에서 불교의 전래로 신앙관념이 변질됨에 따라 불교에서의 지고의 존재인 석가釋迦로 치환될 가능성은 충분히 있다고 볼 수 있다. 하백의 딸인 유화도 마찬가지다. 당시 하나의 세력을 과시하던 '부족장의 딸'이라면 그것이 시대 사조가 변질됨에 따라 '이부상서吏部尙書의 딸'이나 '장자의 딸' 등으로 바뀌어질 수도 있는 것이다.

이러한 면에서 제석본풀이형의 무가는 고대 영웅 서사문학의 구비전승 면을 이해하는 데 귀중한 자료가 된다고 할 수 있다. 또한 이러한 서사무가가 전승되는 과정에서 영웅소설의 구조 형성에도 상당한 영향을 준 바가 있을 것이라 생각된다.

3) 강림도령형

강림도령형의 서사무가는 제주도의 「체사본풀이」와 함경도의 「짐가제굿」의 2본이 채록되었다. 「체사본풀이」를 요약해서 소개한다.

동정국 범을 황제 아들 구 형제가 있었는데, 위로 삼 형제 끝으로 삼 형제가 죽고 가운데 삼 형제만 남았다. 하루는 지나가는 중이 아이들을 보고 장사나 하며 세상에 나가 고생을 하여야 오래 살겠다고 한다. 그래서 삼 형제는 장사를 하며 주년국 연못까지 왔는데, 그때 과양생이 기집이 아이들을 꾀어 자기 집으로 데리고 가서 술을 먹여 취하게 한 후, 죽여서 연못 속에 시체를 던지고 재물을 뺏는다. 그 후 과양생이 기집은 그 연못에서 핀 세 송이의 꽃을 가져왔더니, 그것이 구슬이 되었으므로 입에 물고 있다가 삼킨 후 아들 삼 형제를 낳는다. 세 아이가 커서 과거를 보아 급제한 후 집에 돌아오니, 과양생이 기집은 좋아하며 잔치 준비를 할 때 삼 형제는 돌연 모두 죽고 만다. 이에 과양생이는 김치고을 김치원님께 자기의 원통한 사정을 소지所志로 올리니, 원님은 도사 강임을 시켜 염라대왕을 잡아 오도록 하였다. 강임은 그 명령을 듣고 아내가 시키는 대로 떡을 만들어 가지고 떠나서 조왕과 세 신선에게 주고, 그들의 도움을 염라대왕을 데리고 온다. 염라대왕은 즉시 연못물을 푸고 삼 형제 시체를 내 과양생이 처의 죄를 다스리고, 삼 형제는 살려서 집으로 보내고, 강임은 저승차사로 데리고 갔다.[26]

「짐가제굿」도 등장인물의 명칭만 다를 뿐 대동소이한 내용이다. 이처럼 같은 내용의 서사무가가 제주도와 함경도에서 공통으로 전승되고 있다는 사실은 매우 흥미 있는 점이다. 제주도와 함경도는 지리적으로 우리나라 남·북 양단이며, 따라서 전파가 되기 힘든 곳인 것이다. 이러한 무가는 항간에 구전되는 설화를 무가에 수용시켜서 형성된 것이 아닌가 한다. 이 무가와 같은 설화로는 충북 보은군報恩郡에서 전승되는 「영동이 유래담」과 『전라북도지全羅北道誌』에 있는 「흥덕현감설화興德縣監說話」가 있다.[27]

4) 연명설화형

연명설화형의 서사무가는 저승사자에게 인정人情을 베풀어주고 수명을 연장하는 내용의 서사무가인데, 제주도의 「맹감본」, 함흥 지방의 「황천혼시」·「혼쉬굿」, 부여의 「장자풀이」 등이 이 유형에 속한다.

「맹감본」의 플롯을 요약하면 다음과 같다.

① 사만이는 가난한 생활을 하다가 해골을 얻는다.
② 그 해골을 위성한 뒤로 큰 부자가 된다.
③ 하루는 해골이 사만이의 죽을 것을 예언하고, 그 도액 방법을 가르쳐 준다.

---

26 赤松智城·秋葉隆, 『朝鮮巫俗の硏究』, 上, pp. 507~519.
27 서대석, "서사무가연구", 『국문학연구』, 8집(서울대학교 국문학연구회, 1968), pp. 51~55.

④ 사만이는 해골이 시킨 대로 뒷동산에다 음식을 차려놓고 정성을 드린다.

⑤ 저승사자가 사만이를 잡으러 오다가, 그 음식을 먹고 정성을 받는다.

⑥ 저승사자는 사만이가 정성을 드린 것을 알고, 다른 곳에 있는 유사만이를 대신 잡아간다.

⑦ 그 후 사만이는 오래 살았는데, 강림 도령이 우물에서 숯을 씻다가 사만이를 알아보고 잡아갔다.

이러한 무가나 설화는 인간의 죽음이라는 문제에 대한 해석을 제시해 주는 것으로서 우리 민족의 생사관을 보여 주는 자료이다. 사람이 죽는다는 것은 저승의 사자가 잡아가기 때문이라는 관념은 무가나 설화에서 뿐만 아니라, 초상初喪 시에 「사자밥」과 「짚신 3켤레」를 만들어 놓는 것에서도 볼 수 있다. 이 사자밥과 짚신의 유래는 연명설화 형 무가의 내용으로 설명될 수 있으리라 보며, 이 무가의 형성도 우리 민중의 생사관의 형성과 관련되어 나타난 것이라 생각된다.

이 무가와 같은 내용의 설화로는 「삼천갑자 동방삭」의 이야기가 있다.

5) 군웅본풀이형

제주도 서사무가 「군웅본풀이」는 『삼국유사三國遺事』의 「거타지설화居陀知說話」나 『고려사高麗史』의 「작제건설화作帝建說話」와 같은 내용으로 되어 있다.

「군웅본풀이」의 플롯을 요약하면 다음과 같다.

① 구농 아방 왕 장군이 홀아비로 사는데, 하루는 동해 용왕의 아들이 초청했다.

② 초청 이유는 동해 용왕이 서해 용왕과 싸우는데 도와달라는 것이다.

③ 왕 장군은 동해 용왕에게 가서 동해 용왕과 싸우는 서해 용왕을 살로 쏘아 죽인다.

④ 그 공로로 연갑을 얻어 가지고 나온다.

⑤ 연갑 속에는 동해 용왕의 딸이 있어서 같이 배필을 맺고 산다.

⑥ 왕근·왕빈·왕사랑의 삼 형제를 낳고 용왕의 딸은 용궁으로 사라진다.

⑦ 왕 장군은 군웅을 차지한다.[28]

이상의 내용은 용왕을 도와주고 용녀龍女와 결혼한 이야기로서, 특히 『고려
사』의 「작제건설화」와 깊은 관계가 있는 것이다. 무가에, '구농어멍은 희속에
낭'이라고 되어 있는데, '희속에낭'은 고려 태조의 어머니인 위숙왕후威肅王后
와 명칭이 상사하며, '큰 아달 왕근'의 '왕근'도 고려 태조 '왕건王建'과 일치하
고 있다. 또한 플롯이 왕건의 선조라고 할 수 있는 작제건 이야기와 일치하고
있다. 이 무가는 「작제건설화」의 수용으로 이루어진 것이라 추측된다.

6) 이공본풀이형

제주도의 서사무가 「이공본풀이」의 플롯을 요약하면 다음과 같다.

① 김진국의 아들과 원진국의 딸은 결혼을 하여 산다.

② 하루는 옥황의 사자가 와서 부르므로 부부 같이 출발한다.

③ 가는 도중 부인은 발병이 나서 김장자에게 종으로 팔린다.

④ 김장자는 원부인에게 청혼을 하나 거절당한다. 이때 원부인은 태중胎中이었다.

⑤ 원부인은 아들을 낳아 '할락궁'이라고 이름짓는다.

⑥ 할락궁은 자라나면서 김장자에게 많은 고역을 당한다.

⑦ 할락궁은 김장자 집에서 도망하여 서천 꽃밭으로 아버지를 찾아간다.

⑧ 김장자는 할락궁이 도망간 것을 알고 원부인을 살해한다.

⑨ 할락궁은 서천 꽃밭에서 회생의 꽃을 얻어 와서 어머니를 회생시키고 김장자 일
   가를 죽인다.

---

28 赤松智城·秋葉隆, 위의 책, pp. 525~529.

⑩ 모자는 서천 꽃밭에 가서 꽃밭대왕이 된다.

이 무가는 『월인석보月印釋譜』 제8상절부詳節部에 수록된 「안락국태자경安樂國太子經」을 무가에 수용한 것이다.[29] 또한 평북에서 전승되는 「신선세텬님청배」도 역시 「안락국태자경」을 무가화한 것으로 「이공본풀이」와 같은 유형의 서사무가이다.

7) 추양대형

함경도 무가 「문굿」의 플롯은 다음과 같다.

① 양산백과 추양대는 8살 때 은하사 절에 가서 함께 공부를 한다.
② 양산백 16살, 추양대 15살 때 한강에 가서 목욕을 하다가 혈수血水가 떠내려오는 것을 보고 양산백은 추양대가 여자인 줄 안다.
③ 양산백은 추양대에게 청혼하나 추양대는 부모에게 물어 보아야 한다고 하고 집으로 간다.
④ 추양대는 부모에게 양산백의 청혼을 말하였으나 거절당한다.
⑤ 양산백은 추양대가 다른 가문에 허혼許婚한 사실을 알고 놀라 죽는다.
⑥ 추양대는 시집가는 도중 양산백의 묘 앞에서 금봉채로 묘를 치고 갈라진 묘 속으로 뛰어든다.
⑦ 묘는 다시 합쳐지고 추양대의 나삼자락이 밖으로 나와 떼어 내니 나비가 된다.

이 무가는 중국의 「축영대설화祝英臺說話」를 소재로 한 것이다. 이 「축영대설화」는 중국에서 인구에 회자하던 이야기로 소설·희곡의 소재로 많이 쓰였으며, 우리나라 고소설 『양상백전梁山伯傳』은 바로 이 설화를 소설화한 것이다.

---

29 서대석, 앞의 논문, pp. 84~99.

8) 세민황제본풀이

제주도에서 채록된 「세민황제본풀이」는 당태종唐太宗 이세민李世民의 회생담回生譚을 무가화 한 것이다. 「세민황제본풀이」의 플롯은 다음과 같다.

① 세민황제가 저승에 가서 원귀들에게 둘러싸이자 이승의 매일장상의 창고에서 돈을 빌려 원귀들에게 나눠주고 위기를 벗어난다.
② 세민황제는 다시 환생하여 매일장상을 찾아가서 적선지도積善之道를 묻고 모든 중생을 구제하기 위하여 『팔만대장경』을 내어올 것을 결심한다.
③ 세민황제의 명을 받고 호인대사는 경을 가지러 가다가 절벽 틈에서 '빠른가비'를 만나 절벽과 바다를 건너 극락세계에 가서 『팔만대장경』을 얻어온다.
④ 세민황제는 호인대사를 높은 벼슬을 주고 매일장상을 불러 모든 것을 의논하며 저승에서 진 빚을 갚는다.[30]

이것은 『서유기西遊記』와도 상통하는 내용이며, 고소설 『당태종전唐太宗傳』과도 같은 내용이다. 『서유기』의 손오공孫悟空이 무가에 '빠른가비'로, 『서유기』의 '상량相良'과 '장씨張氏'가 무가에 '매일장상'으로 바뀐 것은 흥미로운 점이며, 무가의 속성을 잘 반영해 주는 점이다. 당태종 회생담은 중국에서 널리 분포된 설화로서 「당태종입명기唐太宗入冥記」가 기록으로는 최고最古일 것이라 생각된다. 이 설화를 소재로 『서유기』가 지어졌고, 『서유기』에서 『당태종전』이 지어졌고 「당태종전」에서 파생된 설화가 무가에 수용된 것이라 생각된다.[31]

---

30 赤松智城・秋葉隆, 위의 책, pp. 480~496.
31 서대석, 앞의 논문, pp. 108~123.

4. 희곡무가

무가 중에는 희곡과 같이 전개되는 것이 있다. '굿놀이'라고 하는 무의에서 낭송되는 무가는 희곡과 꼭 같은 성격을 가진다. 이러한 무가를 일명 '무당굿놀이' 또는 '무극巫劇'으로도 불려지는데, 여기에서는 '희곡무가'로 설정하여 희곡장르로 다루고자 한다.

희곡무가의 자료로는 「삼공맞이」·「세경놀이」·「영감놀이」·「장님타령」·「소놀이굿」 등이 있다. 이러한 무가는 서사무가와 혼동되는 자료이나 2인 이상의 대화로써 구성되어 있으며, 인물의 행동까지 지시하고 있는 바 완전한 희곡의 형태로 진행되고 있는 것이다.

〈이때 밖에서 맹인 거지 부부가 막대를 짚고 툭툭 치며 찾아 들어온다.〉

夫 : 할망

妻 : 하르방

夫 : 난 발ᄒ쑬 쉬영 가사크라 담배 ᄒ대 부찌곡

妻 : ᄒ지 가주

夫 : 할망 아이고 꽝이여

妻 : ᄒ지 가주

夫 : 할망 조심허여이 엉치 ᄂ려지민 벌러지메이

妻 : 하르방

夫 : 아이고 우리 부인 아이고 허리여 아이고 죽어지켜어······ (하며 주저앉는다)[32]

이것은 제주도 무가 「삼공맞이」의 일부이다. 2인의 대화로 무가가 전개되고

---

32 김영돈·현용준, 『제주도 무당굿놀이』(문화재관리국, 1965), pp. 94~95.

있으며, 행위의 묘사까지 있어 희곡과 꼭 같은 형태를 취하고 있다.

다음에 경기도 무가 중 「장님타령」은 무녀 1인이 수역數役을 담당하고 있으나 역시 희곡과 같은 형태를 취하고 있다.

만신 : 장님 어디서 왔소?

장님 : 황해도 봉산서 왔소.

만신 : 무슨 사로 왔소?

장님 : 나는 우리집 가풍이 어떻게 나쁘던지 우리 할아버지는 땅꾼이구, 우리 아버지는 상두꾼이구, 우리 구춘이 한양성내에 있어 과거할려고 과거차로 올라 왔더니, 과거는 과해서 못하고 진사는 지내쳐 못하고 오다가, 뺑덕어멈 바둑어멈 노랑어멈 지내쳐 뺑덕어멈을 찾으러 왔소. 그러나 당신은 뭐하오?

만신 : 굿하지 뭘해.[33]

이상과 같은 무가는 희곡과 같은 성격의 것이며, 실제 행위에 있어서도 연극성을 띠고 있기도 하다. 그러면 어째서 이러한 무가를 민속극에 포함시키지 않느냐고 반문할 수도 있겠다. 그러나 그 이유로는, 첫째 이러한 무가는 전편이 모두 희곡의 형태를 취하는 것이 아니고 부분적으로 서사적 전개가 많으며, 둘째 무당굿의 일부로서 굿을 떠나서는 공연됨이 없고, 셋째 주술적 효과를 위하여 전개된다는 점 등을 들 수 있다.

이 같은 희곡무가는 「지노귀굿」이나 「독경」 등에서도 찾아볼 수 있으며, 민속극의 형성면에도 좋은 암시 자료가 된다. 무가는 본래 신성성이 강한 것이었는데, 그것이 세속화되고 흥미 위주의 오락성이 짙어지면서 이 같은 희곡무가가 발전되었으리라 생각한다. 그러나 무의에서 연극적 요소가 제거되면, 이 같

---

33 장주근 · 최길성, 『경기도 지역 무속』(문화재관리국, 1967), p. 177.

은 무가는 서사무가로 되어 사건의 스토리만 전승되는 것이다.

V 무가의 주술성과 문학성

무가는 다른 구비문학과 달리 주술적인 가요이다. 그것은 무가를 가창한다는 것이 어떠한 목적을 수행하기 위한 것, 이를테면 신을 하강시킨다든지 잡귀를 물리친다든지 인간의 복운福運을 빈다든지 하는 등이요, 그 가창을 통하여 실제로 효과를 거둔다고 믿기 때문이다. 무가의 주술적 효과가 표면으로 드러나는 것 중에 가장 뚜렷한 예가 강신降神이다. 강신의 면모는 무속에서 다양하게 나타난다. 입무 과정入巫過程에서 무병巫病을 거쳐 신과의 교령 능력交靈能力이 부여되는 것도 강신이요, 무의를 하는 도중에 신이 내리어 신의 행세를 하며 공수를 주는 것도 강신이며, 신장대를 내리는 것도 강신이다. 이러한 강신은 무가 주력呪力의 단적인 표현인 것이니, 신이 내리고 다시 신을 환위還位시키는 것이 모두 무가의 가창으로 이루어지는 것이다. 신과의 교통뿐만 아니라, 잡귀를 물리치는 「축귀문逐鬼文」, 「축사문逐邪文」도 또한 강력한 주술성을 가지고 있는 무가이다. 비록 무격巫覡이 아니더라도 이들 무가에는 그 자체에 잡귀를 물리치는 힘이 있어서 일반 사람의 송독誦讀에 의해서도 효과를 거둘 수 있다고 인식되어 있다. 그 밖에 점복에 낭송되는 「복사卜辭」나 구복救福을 위하여 가창되는 축원무가도 모두 주술력이 있는 것이다. 요컨대 모든 무가는 주술적인 가요인 것이다.

이처럼 주술력을 가진 무가는 또한 신성성이 있는 가요이기도 하다. 주술은 범속한 것보다는 신성한 데서 강화된다. 그리하여 신비스럽고 범인이 외경畏敬하는 분위기에서 숭엄하게 무의는 거행되며, 신에게 인간의 소원을 빌고, 인간에게 신의 의사를 전한다는 점에서 신성성과 주술성은 무가의 2대 특성인 것이라 할 수 있다.

그러나 주술성이 강하면 강할수록 문학성은 결여된다. 주술은 누구나 아는 평범한 언어보다는 의미의 해득解得이 어려운 신비로운 언어가 더욱 효과적이라고 인식되었다. 이런 점에서 무가보다는 무경이 주술력이 강하다고 인식되었고, 무가의 주술력을 보강하기 위해서 무경이나 불경 등 경문의 삽입이 이루어졌던 것이다. 무가에 가장 많이 삽입된 경문은 「천수경千手經」이다. 「천수경」은 불교 경문으로서 문장 구조가 국어와는 다른 범어梵語나 한문구이며, 그 의미는 듣기만 해서는 전혀 알 수 없는 것이다. 이러한 경문은 신비감을 자아내고 주술적 효과를 거두기에 가장 적합하였으리라 생각된다. 『관북지방 무가』에 「문열이천수」·「신선천수」 등은 그 일례이며, 양평楊平지방 서사무가인 「제석본풀이」에 잠근 문을 열기 위하여 주문을 외는데, 그 주문의 사설이 「천수경」인 것은 「천수경」의 주술적 성격을 단적으로 나타낸 점이라 할 수 있다.

그러나 이러한 신비스러운 경문에서 우리는 문학성을 찾을 수 없다. 문학은 의미의 예술이다. 의미를 파악할 수 없는 경문에서 문학성은 인정할 수 없는 것이다.

그러면 무가의 문학적 윤색이나 문학적 발전은 어떻게 되어 이루어진 것일까?

현재 구전되는 무가는 주술성은 오히려 약화되고 문학적 조탁이 다른 어느 구비문학보다도 심하게 나타나고 있다. 뿐만 아니라 주술성이나 신성성과는 거리가 먼 세속가요가 많이 삽입되어 있으며, 심지어는 무속인 자신을 풍자하기까지 하여 흥미 본위로 발전되어 있는 것이다.

귀연아기를 기를적에 어떤옷을 입혔나 해가돋아 일광단 달이돋아 월광단 높이떳다고 길문단 품틀어서 용문단 인조견이라 매화단 대천바다는 조개문단 인을그리어 광사단 백공단이면 궐공단 양단까지 곁들여 여름옷치장을 볼적시면 한삼하고 세모시 융천 죽고사 보기나좋게 쌓였구나 이댁가중에 거동을 봐라 옷치장이 그만할제 농사치장이 없을소냐 어떤벼를 심었느냐 여주이천은 자채벼 김포통진은 밀다리벼 쌀이좋아서 곡량조 귀가짤라서 은방조 귀가길어서 녹보리 이팔청춘은 소년벼 나이가 많은 노인벼…….　　　(지신황제풀이)[34]

여기에 삽입된 「비단타령」이나 「벼타령」과 같은 세속가요는 무가의 주술성이나 신성성에는 아무런 도움을 주지 못하는 요소들이다. 오직 흥미 위주로 문학적 윤색을 위해 삽입된 것이다. 무가의 세속가요는 이 밖에도 많이 나타난다. 경남 동래에서 손진태孫晉泰 씨가 수집한 「성주풀이」에 「새타령」·「꽃타령」·「배타령」·「소상팔경瀟湘八景」 등이 삽입되었고, 서울지방 「황제풀이」에는 「터다지기요」·「사벽도四壁圖풀이」·「비단타령」 등이 나타난다.

그러면 이 같은 현상은 어떠한 이유로 나타나게 된 것인가?

무속인을 입무 과정을 기준으로 분류하면 강신무와 세습무로 나눌 수 있다. 무의도 그 목적에 따라 주술적呪術的 무의와 자위적自慰的 무의로 나눌 수 있다. 무속인 중에 강신무는 비교적 보유한 무가가 질로나 양으로나 빈약하다. 그 이유는 당초부터 무속인이 되려고 했던 것이 아니고, 무병巫病이라는 과정을 거쳐 갑자기 무당이 되었기 때문에, 신과의 교령 능력은 부여받았으나 무의를 행하는 기교는 미숙한 것이 보통이다. 특히 무업巫業을 시작한 기간이 짧을수록 이러한 현상은 뚜렷하다. 그러나 이들은 영험을 보다 잘 나타낸다. 따라서 강신무는 무의를 능숙하게 하고 문학적으로 다듬어진 무가를 가창하는 데에는 서투르나, 신앙심이 강하고, 주술의 효과를 거두는 데는 세습무보다 우월하다.

---

34 장주근·최길성, 위의 책, pp. 172~175.

반면에 세습무는 세습적으로 대를 이어서 전수되기 때문에, 무의를 하는 기교나 무가의 가창을 장기간 학습하여 고정 전승의 무가형을 많이 보유하고 있다. 이들 무속인 집단은 신앙심이 대체로 희박하고 영험보다는 흥미 위주의 무의를 하게 된다. 따라서 무가의 문학적 발전은 바로 이러한 세습무에 의하여 이루어졌다고 할 수 있다.

또한 무의의 성격을 보더라도 주술적 무의는 치병·치재 등 인간에게 절박한 고난을 해결하기 위하여 행해지는 것이며, 자위적 무의는 주제자主祭者의 심리적 위안을 얻기 위하여 행해지는 '제수굿'과 같은 무의로서 대조되는 성격이 있다. 주술적 무의는 가정 환경이나 경제 사정의 여유와는 관계 없이 당면한 고난을 타개하기 위하여 필연적으로 행해졌고, 따라서 무의를 흥미 있게 하는 것보다는 효험이 있는 영험이 강한 무속인이 요청되었다. 그렇기 때문에 주술적 무의의 주재자는 대개 강신무가 적합하였고, 이때의 가창되는 무가는 문학성보다는 주술성이 강한 것이었다.

반면 자위적 무의는 당면한 문제의 해결이 아니고 장래의 재수가 있고 잘 되도록 해달라는 의미이기 때문에 무의의 효과를 즉시 측정할 수 없었고, 주재자의 심리적 위안이 주가 되기 때문에 흥미 본위로 오락성을 띠게 되었다. 따라서 무속인의 선택도 무의를 흥미 있게 진행하고 무가를 잘하는 인물이 요청되었던 것이다. 여기서 무가를 잘한다는 말은 그 음성이 듣기 좋아야 된다는 면에서 악곡적인 세련성을 의미한다고 할 수 있으나, 내용이 풍부하고 흥미롭다는 것은 문학적으로 무가가 훌륭하게 짜여지고 수식되어야 함을 의미한다고 볼 수 있다.

이와 같은 두 가지 무속인의 유형과 무의의 성격은 무가에 그대로 반영되어 주술성과 문학성의 양면을 가지게 되었다. 그러나 인지人智가 발달하고 과학적 의술이 대중에게 신임을 받게 되자 주술적 무의는 쇠퇴하기 시작했다. 반면에 인간의 요행심과 결부되어 자위적 무의는 더욱 득세하게 되었고, 이에 따라 무가는 주술성보다는 문학성이 강하게 나타나게 되었다. 또한 무의는 신성한 의례로부터 민중의 구경거리로 전락되었고, 무의 자체가 곡예화하고 연극화하기에 이르렀다.

이와 같은 시대 가치의 변천에 따라 무속인들은 생계를 유지하기 위하여, 또는 시대적 추세에 이끌리어 무가를 세속적으로 윤색하게 되었으니, 현재 전승되는 '굿놀이' 계의 희곡무가가 이러한 성격을 잘 반영하고 있다.

장님 : …… 그러나 당신 뭐하오
만신 : 굿하지 뭐해
장님 : 왜 굿을 하오 안택을 하지 무당은 멀쩡한 도둑놈이란 말이오 무당은 돈 이만
　　　원 드리면 떡해 놓고 장구치고 굿해 주지만 우리 봉사는 십만원만 주면 썩은
　　　콩나물 한 접시 사놓고 쉰 두부 한 접시 사놓고 곽각선생 불러놓고 피양 감사
　　　십년에 기생첩 하나 하지 못하고 죽은귀신 너도먹고 물러나고 과부 죽은귀신
　　　은 홀애비방으로 몰아넣고 홀애비 죽은귀신은 과부방으로 몰아넣고 처녀 죽
　　　은 귀신은 총각 죽은방으로 몰아넣고 총각 죽은귀신은 처녀 죽은방으로 몰아
　　　넣고 무당 죽은귀신일랑 장구통안으로 몰아넣고 장님 죽은귀신일랑 신선귀—
만신 : 저런 도둑놈 좀 보오 네가 도둑놈이지 내가 도둑놈이냐[35]

이것은 경기도 양주楊州의 「장님타령」의 일부이다. 여기서 장님과 만신의 대립되는 갈등을 엿볼 수 있거니와, 그보다도 신성 주술의 가요인 무가가 이처럼 세속화되고 골계스럽게 되었다는 것이 중요한 문제인 것이다. 이것은 민중에게 영합하기 위하여 자기 자신마저 풍자의 대상이 되고 있음을 보여 준다.

이러한 성격은 양주 「소놀이굿」 무가에도 잘 나타난다.

---

35 장주근 · 최길성, 위의 책, pp. 177~178.

무당 : 아 그 머리를 타령으로 옮겨주오.

마부 : 그럼 들어 보시겠오?

　　용대기 우에는 용두머리 남사당패 꼭두머리 남산으로 누여머리 용산 삼개는
　　돌머리요 양근 지평에 용머리 인력거꾼에는 상고머리요 꼬불꼬불은 곱수머리
　　너울너울은 조바머리 구시월이 돌아오니 울긋불긋 단풍머리 칠십노인의 헌머
　　리냐 늙은 마누라 쳇머리냐 낭자쪽도리 큰머리냐 만신마누라 엉덩머리냐 석
　　가세존의 공덕머리냐.

무당 : 그 중 한 머리를 셈기면 셈겼지 왜 만신마누라 응덩머리를 왜 섬기오?

마부 : 응덩머리를 아니 넣을 수가 없오.

무당 : 왜요?

마부 : 제일 소중한 게 그 응덩머리요.

무당 : 그 으째 응덩머리가 소중해요?

마부 : 그 응덩머리는 원두 나구 사또두 나고 대통량두 생기구 국회의원두 생기구 시
　　체 병장두 생기구 깡패두 생기구 여러 가지가 생기는데, 그 응덩머리를 아래
　　위를 툭 잘라 버리고 응덩머리만 해도 값이 쇠머리 값보단 많소.

무당 : 아 잘라 버리면 사람이 사나요?

마부 : 발을 두면 도망을 가고 대가리를 두면 밥을 먹으니까 아래 위를 잘라버리고
　　가운데만을 두지요.[36]

　이상의 무가를 보면, 민속극과 거의 일치하는 전개를 하고 있음을 알 수 있
다. 그런데 '만신 마누라 응덩머리'를 가지고 골계의 소재를 삼은 것은 역시
'무속인'의 자신을 희생시키면서까지 대중의 흥미를 이끌려고 한 수법이라 볼
수 있다.

　이처럼 무의가 오락화되고 흥미 위주가 되는 과정에서 무가는 문학적으로

---

36 이두현, "양주楊州 소놀이굿", 『국어국문학』, 39 · 40(국어국문학회), pp. 186~187.

성장했고, 순수 오락 장르가 발생하는 터전이 이룩된 것이라 본다.

'제석본풀이'형의 서사무가도 지역에 따라 골계적으로 세속화한 표현을 찾을 수 있다. 서사무가는 신을 강림시키는 청배무가로서 다른 무가보다도 숭엄한 면이 있는 것이다. 그럼에도 불구하고 강릉江陵의 '시준굿'·울진蔚珍의 '세존굿' 등에서는 다른 본에서 암시적으로 표현된 성행위가 노골화되고 있다.

이 같은 신성 주술의 무가가 세속화되어 흥미 본위로 수식되고 오락화하여 민중의 구경거리가 되는 동안 무가의 문학적 발전은 이룩된 것이며, '굿 보다'라는 말이 '구경하다'라는 의미로 전변하게 되었다. 또한 이러한 오락적 무의로부터 '제의'를 완전히 탈피하여 순수한 흥미 본위의 문학장르가 형성되기도 하였던 것이니, '판소리'·'배뱅이굿'의 발생이 그것이다.

VI 무가의 세계관

무가는 오랜 기간을 구전되어 오면서 끊임없이 주위의 다른 문학 장르를 수용했고 사회상을 반영했다. 사상 면에 있어서도 무속 고유의 사상이라는 것은 찾기 힘들다. 불교, 도교, 유교 등의 교리를 체계화한 고급사상의 영향을 끊임없이 받았다. 그리하여 잡다한 신앙이 곧 무속이며 무가 역시 잡다한 사상을 표현하고 있다.

무속의 신들은 실로 잡다하다. 그리고 그 신들 상호 간의 관계가 지극히 모호하다. 따라서 신의 직능 역시 불분명한 점이 많다. 이처럼 무가에 나타나는 신들이 체계가 없는 것이 무속적 특징이 된다. 무가에 등장되는 신은 '대감'·'산마누라'·'창부'·'말명'·'수비'·'손님'·'군웅'·'조상'·'호구' 등이 주가 된다. 그러나 이들 신은 누구의 통제를 받으며 그들 사이에 직능의 한계가 어디까지인가는 밝혀져 있지 않다. 또한 이러한 신뿐 아니라 '옥황상제玉皇 上帝'·'태상노군太上老君' 등의 도교적 신도 많이 등장하고, '석가세존釋迦世 尊'·'관음보살觀音菩薩' 등의 불교적 신도 많이 등장한다. 천상에는 옥황이 있 고, 사해四海에는 용왕이 있으며, 산에는 산신이 있고, 지방마다 토지 수호신이 있는 것은 확실하다. 그러나 이것은 도교적 질서로서 무속신의 일부 체계에 불 과하다. 석가와 옥황의 관계는 무속에서 공존하면서도 불분명하다. 또한 '대 감'·'마누라'·'성조'·'조상'·'제석' 등은 그 직능으로 어떻게 구별되는 것 인지 애매모호하다. 이처럼 신들의 체계가 없고 잡다한 것이 무속의 신관神觀 이라 할 수 있다.

다음에는 신들의 성격을 살펴보자.

무속의 신은 한마디로 말해서 인간적이다. 화가 나면 벌을 주고, 기분이 좋 으면 복을 준다. 제주도의 「당본풀이」를 보면 대부분이 좌정 경위인데, 자기 (신)를 모시고 위하여 주지 않으면 곧 마을 사람들을 못 살게 하여 신神으로 숭 앙을 받고야 마는 내용으로 되어 있다. 무속의 신들이 노하기 잘하는 것은 당 신목堂神木의 나뭇가지만 건드려도 병이 난다는 점을 보아 잘 알 수 있는 것이 다. 뿐만 아니라 탐심도 많고 욕심도 많으며, 정의·불의를 가리기보다는 자기 를 위하는 사람에게 편애하는 경향이 있다. 또한 뇌물을 받고 일을 엉터리로 처리하기도 한다. 저승사자는 인간 중에 수명이 다 된 사람을 저승으로 잡아가 는 임무를 수행하는 신이다. 그러나 음식을 주고 신발을 주고 빌면 다른 사람 으로 바꾸어 잡아간다. 저승의 문지기들은 사람이 죽어서 들어오면 뇌물을 달 라고 강요한다.

이러한 신들의 면모는 모두 인간의 면모에 준하여 형성된 것이라 볼 수 있으 며, 무속의 신은 성자적 존재가 아니고 위력적인 존재인 것이라 생각된다.

다음에 무가에 나타난 이계관異界觀을 검토하여 보자.

무가에 나타나는 세계는 셋으로 구분된다. 하나는 신들이 거주하는 곳으로 '천상天上' · '서천西天' · '극락' 등으로 불리는 곳이다. 또 하나는 귀신들이 들끓는 곳으로서 '명부' · '지하계地下界' · '저승' 등으로 불리는 세계이다. 그리고 인간계이다. 신들의 세계인 '천상'은 하늘 위에 있는 것으로 인식된다. 「시루말」(경기 오산), 「제석본풀이」(경기 양평) 등의 서사무가를 보면, 무지개로 다리를 놓고 안개로 병풍을 치고 올라가는 것으로 나타난다. 이런 점을 보면 천상은 수직 상방上方에 위치하는 세계인 것처럼 보인다. 그러나 보다 많은 자료에서 신의 세계는 인간계의 수평적 연장의 한 곳으로 나타난다. '서천'이나 '극락세계'는 인간계에서 오랫동안 걸어서 도달하는 곳으로 설정되어 있다. 「바리공주」에서 바리공주는 부모의 병을 고치려고 선약仙藥을 구하러 신선계神仙界로 출발한다. 평지 삼천리, 험로 삼천리를 걸어 바다를 건너 신선계에 이른다. 이는 인간계의 연장선상에 위치하는 신의 세계이다. 또한 「원천강본풀이」나 「이공본풀이」에서도 소위 서천국이 등장하는데, 이 서천국에 이르기까지의 긴 여정은 인간계의 수평적 연장 위에서 이루어진다.

다음은 죽어서 간다는 귀신의 세계이다. 귀신의 세계인 저승은 땅속으로 나타나지는 않는다. 이곳도 역시 인간계의 수평적 연장선의 한 지점으로 설정되어 있다. 저승사자가 수명이 다 된 인간을 잡으러 나올 때, 신발도 다 떨어지고 배도 고프고 목도 말라서 인간이 차려놓은 음식을 먹고 그 인간의 수명을 연장시켜 준다는 「황천혼쉬」 · 「맹감본」 · 「장자풀이」 등의 무가 내용을 보면, 사자가 왕래하는 저승과 인간계는 먼 길이며, 걸어서 다니는 점을 보아 수평적 연장선에 설정된 곳임을 알 수 있다. 「짐가제굿」 · 「차사본풀이」 등의 무가에서도 저승의 염라대왕을 모셔 오는 것이 나타나는데, 인간계의 한 지점에서 타지점으로 행하는 것과 같이 기술되어 있다.

이처럼 신계 · 인간계는 수직적 분포도 있고 수평적 분포도 있으나, 인간계와 저승과는 수평적 분포를 보이고 있는 것이 무가 이계관의 특징이라 할 수 있다.

결국 무가는 한국인의 환상적이고 관념적인 사고를 잘 보여 주는 구비문학 장르이다. 무가에 나타나는 환상이나 이계는 현실적인 인간의 사고 방식의 변형된 모습이며, 내세나 인간을 초월한 신계 중심의 사고의 표현은 아니다.

무가는 인간 현실의 다양한 투영이다. 현실의 고난과 그 고난의 극복, 또는 생활 신고辛苦에 대한 하소연과 일상 생활의 소박한 이상을 담고 있으며, 이 같은 점은 무가가 주술의 가요이면서도 우리에게 공감의 영역을 넓히고 있는 이유가 되고 문학성이 인정되는 면이기도 한 것이다.

그러나 무가는 역시 주술 종교적인 제약으로 인하여 문학적 성장에는 한계가 있었고, 그런 까닭에 무가 자체로는 본격적인 평민문학 장르로 발전되기는 불가능하였다. 그리하여 종교적 신성성이나 주술성에서 완전히 탈피하고, 이에 대하여 풍자적 또는 역설적으로 나타날 때에 진정한 문학 본연의 기능을 담당할 수 있었던 것이라고 생각된다.

　　　　　　　　서사무가 자료 일람(본토분)

무가명	전승지역	조사자	발표지
1. 創世歌	함남 함흥	孫晋泰	『朝鮮神歌遺篇』
2. 黃泉 혼시	〃	〃	〃
3. 淑英郎·鶯蓮娘神歌	〃	〃	〃
4. 도랑선배·청정각시 노래	함남 홍원	〃	〃
5. 오기풀이	〃	任晳宰·張籌根	『關北地方巫歌』
6. 돈전풀이	함남 함흥	〃	〃
7. 대감굿	함남 홍원	〃	〃
8. 짐가제굿	〃	〃	〃
9. 산천굿	〃	〃	〃
10. 셍굿	〃	〃	〃
11. 살풀이	〃	〃	〃
12. 안택굿	〃	〃	〃
13. 혼쉬굿	〃	〃	〃
14. 七公主	〃	金泰坤	『黃泉巫歌研究』
15. 신선세턴님청배	평북 강계	孫晋泰	『青丘學叢』22號
16. 원구님청배	〃	〃	〃
17. 데석님청배	〃	〃	『青丘學叢』23號
18. 일월노리푸넘	〃	〃	『青丘學叢』28號
19. 聖人노리푸넘	〃	〃	『文章』(1940. 9)
20. 三胎子 풀이	평남 평양	任晳宰·張籌根	『關西地方巫歌』
21. 성신굿	〃	〃	〃
22. 바리공주	서울	秋葉隆	『朝鮮巫俗研究』上
23. 成造本歌	〃	〃	〃
24. 시루말	경기 오산	〃	〃
25. 帝釋	〃	〃	〃
26. 帝釋本풀이	경기 양평	張德順·徐大錫	『東亞文化』9輯
27. 바리공주	서울	金泰坤	『韓國巫歌集』1
28. 발명굿	강원 고성	〃	〃
29. 시준굿	강원 강릉	〃	〃
30. 손님굿	〃	〃	〃
31. 제석굿	충남 부여	〃	〃
32. 七星굿	〃	〃	〃
33. 長者풀이	〃	〃	〃
34. 바리데기	경북 안동	〃	『黃泉巫歌研究』
35. 세존굿	경북 울진	〃	『韓國巫歌集』1
36. 심청굿	〃	〃	〃
37. 손님굿	〃	〃	〃
38. 성주풀이	경남 동래	孫晋泰	『朝鮮神歌遺篇』
39. 바리데기	전남 광주	金泰坤	『黃泉巫歌研究』
40. 오구물림	전남 나로도	〃	『韓國民族綜調查報告書』
41. 제석굿	전남 진도	〃	〃

제5장 판소리

I 판소리의 전반적 특징

　판소리는 음악이면서 문학이다. 판소리라는 말은 국악의 악곡 명칭이면서 구비문학의 갈래 명칭이기도 하다. 그러나 여기서 다루는 것은 구비문학으로서의 판소리이며, 판소리 사설만을 논의의 대상으로 한다. 사설 이외의 측면에 관하여서는 필요한 경우에만 간단히 언급할 예정이며, 특별히 밝히지 않는 한, 판소리라는 말은 판소리 사설을 의미하기로 한다. 단가短歌는 문학적으로 별개의 것이니 여기서는 다루지 않겠다.

　판소리는 서사문학이다. 이야기를 노래로 부르는 것이다. 이야기의 노래라는 뜻으로 구비 서사시口碑敍事詩라는 용어를 사용한다면, 판소리는 구비 서사시의 하나다. 판소리 광대는 '너름새'¹ 또는 '발림'이라고 하는 몸짓 연기를 하면서 판소리를 노래하고, 판소리의 구성에는 극적인 대목이 많다. 그렇다고 해서 판소리 가창이 연극이고 판소리 사설이 희곡이라고 할 수는 없다. 판소리는 대화만으로 이루어져 있지 않고 '바탕글'(지문)에 의한 설명이 큰 비중을 차지

1　신재효의 「광대가廣大歌」에서 사용된 용어이다.

하고, 수많은 인물들이 등장하며 공간적으로도 시간적으로도 복잡한 사건을 과거형으로 보여 주기에 서사문학의 기본적인 특징을 완벽하게 갖추고 있다.[2]

구비 서사시에는 판소리 외에 서사민요와 서사무가가 더 있는데, 판소리는 갈래적 특징에서 다른 둘과 차이가 있다. 판소리는 서사민요보다 형식적으로 복잡하고 문체상 다양하며, 현실을 일단면—斷面에서가 아니라 총체적으로 반영한다. 서사무가는 주술적인 기능을 가지고 초자연적인 상상력에 의해 작품이 전개되나, 판소리는 청중을 즐겁게 하기 위해서 부르는 흥행예술이며 보다 현실적인 성격을 가진 문학이다.

판소리가 흥행예술이라는 점은 매우 중요시해야 할 특징이다. 판소리는 판소리 광대만 부른다. 광대가 아닌 사람도 부를 수는 있으나 어디까지나 광대의 흉내를 내는 데 지나지 않는다. 판소리 광대가 되려면 전문적인 수련을 거쳐야 하고, 전문적인 수련을 거치지 않고서는 배울 수 없을 만큼 판소리는 음악적으로나 문학적으로나 세련되어 있다. 광대는 신분상으로 천민이며 줄타기·땅재주·노래 등의 재주를 팔아서 살아 나갈 수밖에 없다. 그러나 판소리 광대의 재주는 판소리뿐이다. 따라서 판소리 광대로서는 판소리를 얼마나 잘 지어 부르느냐에 따라 생계가 좌우되기 때문에, 기술을 연마하고 청중의 환심을 얻기 위해 끊임없이 노력해야 한다. 이와 같은 성격의 흥행예술은 구비문학의 여러 갈래들 중에서 판소리밖에 없다. 무가도 무당만 부르는 노래이나, 무당은 주술력으로써 목적하는 바 무의巫儀를 수행하는 것을 전문적으로 하는 사람일 뿐이다. 따라서 무가는 사설이 정확하고 풍부하지 않아도 되며 목청이 좋지 않아도 무방하다. 그러나 판소리는 내용이 흥미롭고 목청도 뛰어나야 하는 것이 필수적인 요건이다. 구비문학은 일반적으로 형식적으로나 내용적으로 단순한 것

---

2 조동일, "판소리의 장르 규정", 『어문논집』, 제1집(계명대학교 국어국문학회, 1969).

이 특징이다. 그러나 판소리의 흥행성은 판소리로 하여금 단순성으로 만족할수 없게 한다. 간단한 줄거리라도 복잡하게 꾸며야 하고, 단순한 문체에 머무르지 않고 다채로운 수식을 지녀야 한다. 현실을 있는 그대로의 진실성에 따라서 표현하는 데 그치지 않고, 여러 가지 화려한 설명을 첨부해야 한다. 그러기에 판소리는 구비문학이면서도 기록문학적인 성격까지 지니고 있다. 기록문학적인 성격은 특히 판소리 청중 중에 양반 좌상객이 상당한 비중을 차지하고 있음으로 해서 그들의 기호를 만족시키기 위해서 더욱 촉진된다.

판소리는 구비문학이 모두 그렇듯이 공동작으로 창조된다. 그러나 공동작에 참여할 수 있는 범위는 원칙적으로 판소리 광대로 제한된다. 신재효申在孝 같은 사람이 판소리를 개작한 것은 예외적인 현상이다. 그렇다고 해서 판소리가 판소리 광대의 의식만 충실하게 반영하는 것이 아니다. 판소리 광대가 지닌 하층민으로서의 의식을 표현하는 데 그치지 않고 민중 전체의 입상을 대변하며, 좌상객인 양반의 생각을 반영하기도 한다. 판소리 광대는 공동작에 만족하지 않고 개인적인 개작改作을 적극적으로 시도하되, 민중의 입장과 양반의 생각을 작품 속에서 대립시키고 융합시키는 창작을 자기대로 전개한다. 따라서 판소리는 평민문학이면서도 양반문학적인 측면도 지닌다.

판소리는 조선 후기의 새로운 사회에서 자라난 문학이며, 새로운 사회상을 사실적으로 반영했다. 조선 후기에 이르러서 구비문학에서도 주목할 만한 변화가 일어났으며, 민중의식의 성장을 정확하게 대변했으니, 그 좋은 예가 민속극이다. 민속극은 양반에 대한 민중의 비판을 특히 강렬하게 나타내나, 판소리는 사회변화를 다각도로 보여주면서 새로운 진실을 모색했다. 이는 판소리가 사회 각 계급의 상호관계에 밀착되어 자라난 흥행예술이라는 점에서 생긴 현상으로 생각된다. 가면극과는 달리 판소리에서는 기록문학으로의 전환이 활발하게 진행되어 고전소설의 최고 성과의 하나인 판소리계 소설을 산출했다.

'판소리'의 어원에 관해서는 두 가지 견해가 있음을 밝혀 둔다. 여러 가지 형태의 민속예술을 한 자리에서 벌이는 '판놀음'에서 유래한 '소리'이므로 '판소리'라는 견해(김동욱 설)[3]와 '판板'은 중국에서 악조樂調를 의미하는 것으로서 변화 있는 악조로 구성된 '판창板唱', 즉 '판을 짜서 부르는 소리'란 뜻으로 '판소리'라고 했다는 견해(최정여 설)[4]가 있다.

II 판소리의 자료 개관

판소리는 원래 다음과 같은 열두 마당이었다고 한다. 송만재宋晚載의 「관우희觀優戲」[5]와 정노식鄭魯湜의 『조선창극사朝鮮唱劇史』에는 열두 마당의 작품명에 차이가 있는데, 전자의 것은 '송宋'이라 하고 후자의 것은 '정鄭'이라 하여 구별하기로 한다.

① 춘향가

⑦ 배비장타령

② 심청가

⑧ 장끼타령

③ 흥부가(일명 박흥보가, 박타령)

⑨ 옹고집타령

④ 수궁가(일명 토끼타령, 토별가)

⑩ (송) 왈자타령 (정) 무숙이타령

⑤ 적벽가(일명 화용도타령)

⑪ 매화타령

⑥ 가루지기타령(일명 횡부가, 변강쇠타령)

⑫ (송) 신선타령 (정) 숙영낭자전

위의 열 두 마당 중에서 현재까지 판소리로 불려지는 것은 ①~⑤까지 뿐인

---

3 김동욱, 『한국가요연구』(을유문화사, 1961), pp. 275~281.

4 최정여, "판소리의 형태와 성립" (미발표).

5 이혜구, "송만재의 관우희", 『한국음악연구』(국민음악연구소, 1957).

데, 이 다섯을 오가五歌라 한다. 이 다섯도 판소리 외에 소설로도 전하는데, 나머지는 모두 소설로만 전한다. 다만 ⑩, ⑪, ⑫는 어느 소설인지 분명하지 않은데, ⑩이 「이춘풍전李春風傳」, ⑪이 「오유란전烏有蘭傳」(한문본뿐임), ⑫ 신선타령이 「삼선기三仙記」(한문본뿐임)일 것이라는 설이 있다.[6] 「숙영낭자전」은 국문본소설인데, 송만재가 말한 「신선타령」과 다르니 판소리는 열세 마당일 수 있다는 견해도 있다.[7] 이 밖에도 현재 전하는 고전소설들 중에서 판소리 사설의 정착이 아닌가 생각되는 것들이 더 있으리라는 추정도 가능하다.[8] 판소리가 열두 마당이라고 한 것은 꼭 열둘이어서가 아니라, 민속에서 열둘이라는 숫자가 특히 빈번히 사용되기 때문일 것이다.

현존 5가의 대본으로는 다음과 같은 것들이 있다.

① 신재효본[9] : 5가 외에 「가루지기타령」이 더 있어서 6가집六歌集이다. 신재효가 고종 연간에 개작한 것인데, 판소리의 특징이 기록문학적인 것으로 상당히 대치되었다 할 수 있다. 「춘향가」는 남창男唱과 동창童唱 두 종류로 되어 있는데, 후자는 오리정 이별에서 끝난다.

② 이선유 : 『오가전집』(1933)

진주晉州 이선유李善有의 창본을 김택수金澤洙가 채록한 것이다.

③ 이창배 : 『가요집성』(고려문예사, 1962)

민요 · 잡가 · 판소리를 같이 수록한 책이다.

④ 박헌봉 : 『창악대강』(국악예술학교 출판부, 1966)

판소리의 이론과 대본을 같이 수록한 책인데, 대본은 저자에 의해 대폭 개작되었

---

6 김기동, "판소리 플롯고", 『趙明基博士還曆紀念論文集』(간행위원회, 1965).

7 김동욱, "판소리는 열두 마당뿐인가", 『낙산어문』, 제2집(서울대학교 문리대학 국어국문학과, 1970).

8 김동욱, 위의 논문.

9 신재효, 『판소리전집』(연세대학교 인문과학연구소, 1970).

기에 실제로 가창되는 판소리와는 거리가 멀다.

⑤ 이혜구·성경린·이창배:『국악대전집』(신세기레코드주식회사, 1968)

　　레코드로 된 판소리 사설의 채록본이다.

⑥ 박헌봉·유기룡:『춘향가』(무형문화재 지정자료, 문화재관리국, 1964. 10)

　　김연수金演洙·김소희金素姬·김여란金如蘭의 창본을 채록한 것이다.

⑦ 김연수:『창본 춘향가』(국악예술학교 출판부, 1967)

　　저자가 자신의 창본을 정리한 것이며, 비교적 정확한 채록본이다.

⑧ 박헌봉·홍윤식:『심청가』(『무형문화재 조사보고서』, 문화재관리국, 1968. 12)

　　정권진鄭權鎭의 창본을 채록한 것이다.

이상 5가가 소설화된 작품은 구비문학이 아니기에 제외하기로 한다. 읽히기 위해 필사 또는 출판된 것은 소설로 보기 때문이다.

한편 「배뱅이굿」도 넓은 의미로는 판소리에 포함시킬 수 있다. 가창방식은 다르나 갈래 개념에서는 판소리라 할 수 있기 때문이다. 「배뱅이굿」은 황해도 이북지방에서 불렀던 것이기에, 호남을 위시한 남쪽지방에서 주로 부른 판소리를 남방계 판소리라 하는 데 비해, 「배뱅이굿」은 북방계 판소리라 부르기로 한다.[10]

「배뱅이굿」의 채록본은 다음과 같다.

① 김동욱 채록본(『한국가요연구』, 을유문화사, 1961, pp. 418~437 소재), 창자 이은관李殷官.

② 최상수 수록본(『민속학보』 제1집, 1956. 5), 창자 김성민金成敏.

---

10 김동욱, 『한국가요연구』(을유문화사, 1961), p. 322.

III 판소리사의 제문제

구비문학의 각 갈래들이 생겨난 시기는 알 수 없으나 몇 백 년 사이에 생겨
나지 않았던 것만은 사실이고, 이미 고대부터 있었다고 보아도 무방하다. 그러
나 판소리만은 사정이 다르다. 판소리는 고대부터 있었던 것이 아니고, 지금까
지 밝혀진 바로는 18세기 초(숙종 말~영조 초)에 판소리가 발생했다고들 한다.
판소리가 문헌에 최초로 나타난 것은 1754년(영조 30)에 된[11] 만화본晩華本「춘
향전春香傳」이다. 이는 한역본이니 판소리로서의 성립은 이보다 더 올라갈 것
으로 생각된다.

판소리의 기원에 관해서는 여러 가지 견해가 대립되어 있으나, 전라도의 무
속을 배경으로 하여 무가에서 판소리로의 전환이 일어났으리라는 설이 유력하
다. 그 이유로서는 다음과 같은 점을 들 수 있다.[12]

첫째, 판소리 광대와 무녀의 관계이다. 전라도를 중심으로 한 단골무丹骨巫
의 경우 여자들은 시어머니에서 며느리로 무업巫業을 세습하고, '사니'라고 불
리는 남자들은 조무助巫 악공樂工의 역할을 하면서 광대 노릇도 한다. '사니'의
가장 큰 소망은 명창이 되는 것이며, 성대가 나빠서 창이 잘 안 되면 땅재주를
넘거나 줄을 타는 재인才人이 되기도 하고, 그것도 여의치 못하면 잔심부름이
나 하게 되는 것이다.[13] 중부지방에서는 광대·재인의 집단이 무속과는 별도로
존재했던 것으로 보인다. '남사당'·'걸립패'·'굿중패' 등으로 불리는 유랑
연예인들은 무속과 관계 없으며 판소리도 모른다. 중부지방의 세습무는 수양
딸로의 세습이고, 남자 가족이 소리꾼의 역할을 담당하지는 않는다. 요컨대 판

---

11 김동욱, 『춘향전연구』(연세대학교 출판부, 1965), p. 77.
12 서대석, "판소리 형성의 삽의", 『우리문화』, 3집(우리문화연구회, 1969).
13 장주근, "한국구비문학사 상", 『한국문화사대계』, V(고려대 민족문화연구소, 1967), p. 698.

소리 광대는 원래 전라도의 단골무가丹骨巫家에서 나왔으며, 다른 지방에서도 무가巫家가 아닌 가문에서도 나오게 된 것은 나중의 일이라고 생각된다.

둘째, 판소리는 음악적으로 무악巫樂과 동계同系의 것이라는 점이다. 무가의 곡조는 지방에 따라 차이가 있는데, 전라도의 무악은 육자배기조로서 판소리와 비슷하다고 보고되어 있다.[14]

무가 중에서도 서사무가가 바로 판소리의 기원일 것으로 짐작된다. 서사무가는 판소리와 함께 같은 구비 서사시이니 전자에서 후자로의 전환은 원칙적으로 가능하다고 하겠다. 「춘향가」가 원래 살풀이굿에서 불리던 것이라는 설은 재고해 볼 만한 문제라고 생각한다. 그러나 서사무가와 판소리는 같은 것이 아니고, 이미 지적한 바와 같이 몇 가지 주목할 만한 차이가 있다. 따라서 서사무가 기원설이 인정될 수 있다면, 양자의 차이는 왜 생기게 되었는가를 설명하는 것이 다음의 과제가 된다.

서사무가에서 판소리로의 전환은 18세기 이래의 사회변동과 결부되어 나타났으리라고 이해할 수 있다. 자본주의적인 생산양식의 출현 및 이에 따르는 부유한 시민층의 형성 또는 민중 전체의 각성은 종교적이고 주술적인 문학보다는 흥미롭고 현실적인 문학을 요구하게 되었고, 초자연적인 영웅담보다는 범속인의 일상생활이 노래로 불려지기를 바랐다. 이러한 움직임에 양반도 동화되어 판소리가 흥행예술로 성공할 수 있는 토대가 마련되었다. '사니'는 조무악공으로 지내거나 다른 무엇을 하기보다 판소리의 명창이 됨으로써 생계 유지가 유리해지고 사회적으로 인정받을 수 있게 되었다. 조선 후기는 판소리 광대가 대원군大院君의 애호를 받기도 했다.

---

14 『한국민속종합조사보고서』, 전남편, p. 176. 최정여, "판소리의 형태와 기원"(미발표)에 의하면, 판소리는 음악적으로 중국의 판강음악板腔音樂(판소리처럼 변화 있는 장단으로 짜여진 음악)의 영향을 받았으리라고 한다. 판소리의 악조는 무가에 바탕을 둔 것이되, 중국 음악의 영향도 고려할 수 있으리라 본다.

이와 함께 원래 천대받던 하층 예술에 지나지 못하던 판소리가 사회적 지위에 있어서나 내용에 있어서나 현저히 상승되고 성장했다. 처음의 판소리는 단순하고 조잡했을 것으로 생각되는데, 한편으로 설화적인 소재를 확장하거나(「흥부가」·「수궁가」 등의 경우), 소설을 개작하기도 하고(「적벽가」의 경우), 민요·잡가를 삽입가요로 대량 수용하고 재담과 익살을 가미하며, 한시구와 고사 등을 가져와 문장을 윤색했다. 이리하여 판소리의 복잡성이 이루어지고 양반문학과 통하는 성격이나 기록문학에의 접근된 모습도 나타나게 되었다.

광대들의 활동을 중심으로 판소리사는 세 시기로 나눌 수 있다.[15] 첫 시기는 형성기로서 영·정조 때이다. 이 시기에 열두 마당이 전부 이루어졌으리라고 생각되며, 하은담河殷潭〔河漢譚〕·최선달崔先達·우춘대禹春大 등과 같은 명창이 있었다고 전한다. 둘째 시기는 전성기인데, 순조純祖에서 고종高宗 때 신재효까지이다. 신재효가 「광대가」에서 전한 송흥록宋興祿·모흥갑牟興甲·권사인權士人 등 명창이 활약하던 시기인데, 이들이 송선달·모동지·권생원 등으로 불려졌다는 사실은 주목할 만하다. 광대의 사회적 지위가 그만큼 높아졌음을 의미한다. 그리고 신재효와 같은 패트론patron이 출현해서 광대를 후원 지도하고, 판소리 사설을 개·창작했으며, 판소리에 관한 이론도 시도했다. 셋째 시기는 쇠퇴기라고 할 수 있는 개화기 이후이다. 다시 말하자면 송만갑宋萬甲·정정렬丁貞烈 등이 활약하던 시기이다. 판소리가 열두 마당으로 성립된 것이 형성기였다고 한다면, 전성기 말에 마당 수가 줄어들지 않았을까 한다. 신재효의 판소리는 모두 여섯 마당이다. 「가루지기타령」은 신재효의 여섯 마당에는 들어 있으나 오늘날에는 불려지지 않는다. 판소리의 마당 수가 줄어든 것은 판소리의 상승과 관련되리라고 본다. 특히 품위 있다고 생각되는 것만이 남

---

15 김동욱, "판소리사연구의 제문제", 『인문과학』, 제20집(연세대학교 인문과학연구소, 1968)에 의해 세 시기로 구분한다.

은 결과가 되었다.

판소리가 판소리계 소설로 소설화한 것은 전성기에 일어난 일이라고 생각되고, 창극으로 극화된 것은 쇠퇴기의 현상이다. 판소리의 소설화는 판소리 발전의 자연적인 추세의 하나라고 할 수 있으며, 소설로의 개작에서 평가할 만한 새로운 창작이 이루어졌다. 그러나 판소리의 창극화는 서구 연극의 개념에 따라 판소리의 본질을 바꾼 것이며, 새로운 창조를 가져오지 못했다. 그리하여 한때 국극國劇이라는 이름의 저급 통속극으로 공연되다가 그것마저 쇠잔했다.

판소리는 오늘날에도 가창되고 있다. 전통예술 중에서는 다른 어느 것보다 존중되어 보존된 셈이다. 그러나 오늘날의 판소리는 민중에 뿌리박지 못하고 있으며, 새로운 창조적인 생명은 상실하고 있다. 설화·민요 또는 무가는 오늘날 결코 높이 평가받지 못하며, 전수를 위한 노력도 적으나, 여전히 민중의 것으로 향유되고 있다. 판소리는 일찍 상승했던 전문인의 예술 갈래이기 때문에 표면적으로는 화려하였기에 아직까지 문화유산으로서만 평가되고 있을 뿐이다. 따라서 판소리의 계승과 발전은 전문적인 작가와 음악인에 의해 한층 더 의식적으로 이루어져야 할 것이다.

Ⅳ 판소리의 가창방식

판소리는 보수를 지불할 청중이 있으면 언제 어디서나 부를 수 있다. 광대들은 고기잡이철에는 어촌으로, 추수기에는 농촌으로 유랑하였으며, 장터에서 소리를 팔기도 하고, 부자나 양반집 잔치에도, 과거 급제자가 놀이를 벌일 때에도 초청되었고, 때로는 관아나 궁궐에 가서도 소리를 하였다. 무대 같은 것을 별설別設할 필요는 없으며, 마당에 자리 한 닢을 깔면 족하다. 그 위에 광대는 서고 고수鼓手는 앉아서, 광대는 창을 하고 고수는 북으로 장단을 치며 '추임새'라고 하는 탄성을 발해 흥을 돋운다. 일고수 이명창一鼓手二名唱이라는 말도 있듯이, 고수는 매우 중요한 역할을 하나 반주자에 불과하고, 작품 전개상의 상대역은 아니다.

가창을 시작하면서 맨 먼저 '목 푸는 소리' 또는 「허두가虛頭歌」라는 것을 먼저 부른다. 「단가短歌」라고 하여 가사풍의 노래를 따로 부르기도 하는데, 이는 판소리 사설의 서두에 작품의 주 내용과는 깊은 관련이 없는 부분이 있어 「허두가」의 구실을 한다. 「허두가」를 부르며 성대를 조절하고 청중의 관심을 모은다. 「단가」는 중머리 장단으로만 부르나, 판소리의 가창에서는 장단의 변화가 심하다. 가장 느린 진양조에서 가장 빠른 휘모리 사이에 중머리·중중머리·자진모리 등의 장단의 변화가 있어서, 사설의 내용이나 전달하고자 하는 분위기에 따라 이 중에서 필요한 장단을 적절하게 선택해서 사용한다. 진양조는 '애연조哀然調'이고, 중머리는 '태연泰然한 맛과 안정감'을 주며, 중중머리는 '흥취를 돋우고 우아한 맛'이 있고, 자진모리는 '섬세하면서 명랑하고 차분하면서 상쾌'하고, 휘모리는 '흥분과 급박감'을 준다.[16] 이러한 변화는 작품을 다채롭게 하는 효과를 지닌다. 작품의 어느 부분은 '아니리'라고 하여 말로 한다. 아니리는 광대로 하여금 숨을 돌리고 휴식을 취할 수 있는 구실을 하며, 문학적으로는 특히 작중인물이나 사건에 관해 흥미 있게 설명하는 구실도 한다.

광대는 손에 부채나 손수건 같은 것들을 들고 작중인물의 모든 시늉을 몸짓으로 나타낸다. 신재효의 표현에 의하면 "경각頃刻에 천태만상千態萬象 위선위귀爲仙爲鬼 천변만화千變萬化"[17]라고 할 수 있는 다양한 동작을 한다. '발림' 또

---

16 박헌봉, 『창악대강』, pp. 60~61. 장단명에는 '머리'와 '모리'가 있는데, 전자는 독립된 기본장단이며 후자는 파생된 것이다. '모리'는 어떤 기본장단을 빨리 몰아서 된 장단이라는 뜻이라고 한다.
17 신재효, 「광대가」(강한영, 『신재효 판소리사설집(전)』, 민중서관, 1971), p. 669.

는 '너름새'라고 하는 이런 동작은 판소리의 가창에서 매우 중요하며, 인물·사설·득음과 함께 판소리 광대의 4대 요건을 이룬다고 신재효는 말했다.[18]

판소리는 어느 것이나 한 사람의 광대가 부르기에, 광대는 일인다역一人多役으로 자문자답하며 작중인물이 되기도 하고 관찰·설명하는 제3자가 되기도 한다. 다인다역多人多役의 창극으로 판소리를 개편해 부르기도 한 것은 개화 후의 일이며, 이는 판소리의 본질과는 어긋나는 방식이다. 앞서 지적한 바와 같이, 판소리는 연극이 아니고 구비 서사시이되 극적인 방식을 빈번히 사용해서 혼자 구연한다는 점에서 특이한 가치가 있다.

판소리 전편을 다 부르려면 여러 시간이 소요된다. 그러니 전편을 다 부르기보다는 어느 대목만 부를 기회가 많고, 그럴 수 있도록 판소리는 구성되어 있다. 또한 부분만 따로 부르는 기회가 많기에 광대마다 특히 잘 부르는 부분이 있고, 개인적 개작이 부분적으로 이루어진다.

V 판소리의 구성과 문체

한 마당의 판소리(구비문학론의 전문적인 용어로는 한 유형의 판소리)에는 어느 각편에서나 고정적이고 몇 개의 서로 체계적인 단락들로 이루어진 유형구조가 발견된다. 이를테면 「흥부가」의 유형구조는 다음과 같은 단락들로 되어 있다.[19]

① 놀부는 흥부를 내쫓았다.

---

18 신재효, 위의 글.
19 조동일, "흥부전興夫傳의 양면성", 『계명논총』, 제5집(계명대학교 출판부, 1969) 참조.

② 흥부는 제비를 구해주었다.

③ 제비의 보은으로 흥부는 부자가 되었다.

④ 놀부는 제비를 해쳤다.

⑤ 제비의 복수로 놀부는 망했다.

⑥ 흥부가 놀부를 도와 잘살게 되었다.

①은 ⑥에 이르러서 역전되고, ②는 ④로써 모방되나, ③은 ⑤와 반대다. ①에서 ⑥까지의 단락들이 갖는 이러한 체계적인 관계가 있음으로 해서 「흥부가」라는 유형은 유지되고, 여러 각편들이 상이해도 「흥부가」로서의 공통성을 지니고 있다.

유형구조는 유형에 따라서 다르다. 단락들의 내용도 다르며, 단락들이 갖는 체계적인 관계의 성격도 다르다. 그러나 어느 유형에서든지 유형구조를 분석해 낼 수 있다. 유형구조에 의해서 유형이 이루어진다는 현상은 비단 판소리에서만 보이지 않고, 민담·서사민요·서사무가 등 여러 구비 서사문학에서 두루 존재한다. 더욱이 「흥부가」의 유형구조는 민담으로부터 온 것이다. 「흥부가」뿐만 아니라 판소리의 다른 유형들의 경우에도 유형구조는 대체로 설화에서 유래되었거나 설화와 공통적일 것으로 생각된다.

민요의 각편이 유형구조만으로 이루어져 있지 않듯이, 판소리의 각편도 유형구조만으로 이루어져 있지 않다. 유형구조를 이루는 면 외에 각편대로의 다른 내용도 있다. 전자를 고정체계면固定體系面이라 한다면, 후자는 비고정체계면非固定體系面이라 할 수 있다. 그런데 판소리에서의 비고정체계면은 민담 등 다른 구비 서사문학의 경우와는 상이한 성격이 있어서 주목된다. 일반적으로 비고정체계면은 고정체계면을 보조하는 구실을 하는 데 그치나, 판소리의 경우에는 고정체계면과는 별로 관계 없는 내용을 장황하게 보여주는 것이 예사이다. 「흥부가」에서 흥부의 가난과 매품팔이 등이나 「심청가」에서 심봉사와 뺑덕어미 사이에서 벌어지는 여러 가지 사건들이 그 좋은 예이다. 더 나아가서 비고정체계면은 고정체계면과 주제상 어긋나기도 한다. 「흥부가」의 고정체계면은 권선징악의 도덕률을 나타내나, 이와는 다른 주제를 비고정체계면은 지니고 있다. 「춘향가」에서는 고정체계면 자체가 새로운 사회상의 반영이나, 「흥부가」나 「심청가」에서는 새로운 사회상의 반영은 오로지 비고정체계면에서 나타난다.

판소리는 부분部分의 독자성獨自性이라고 부를 수 있는 방식에 의해 구성되었고, 이러한 현상은 비고정체계면에서 특히 두드러지게 나타난다. 부분의 독자성은 각 부분이 독자적으로 존재할 수 있으며 서로 상반相反될 수도 있다는 뜻인데, 판소리가 전편全篇이 한꺼번에 불려지기보다는 부분적으로 가창되는 기회가 많고 또한 장면화場面化의 경향이 짙기 때문에 생기는 현상이다. 부분의 독자성으로 인해서 각 부분은 서로 상반되기도 한다 했는데, 당착인 상반도 있지만 갈등인 상반도 있다. 「춘향가」에서 어사가 된 이몽룡이 남원 가는 길에 춘향의 편지를 가지고 한양으로 가는 아이를 만나는데, 처음에는 초면이었던 아이가 나중에는 전일前日 데리고 있던 방자房子로 나타난다.[20] 이는 당착의 좋은 예이다. 역시 「춘향가」에서 춘향은 기생이기도 하고 아니기도 한데, 이는 당착이 아니고 갈등이다. 신분적 제약과 이를 부정하는 인간적 해방 사이의 갈등이다.[21]

갈등은 당착과는 달리 리얼리티를 심화하는 아주 중요한 구실을 한다.

판소리는 어떤 사건을 나타냄에 있어서 되도록 장면화하려는 특징을 지니고

---

20 김연수, 『장본 춘향가』, p. 203.
21 조동일, "갈등葛藤에서 본 춘향전春香傳의 주제主題", 『계명논총』, 제6집(계명대학교 출판부, 1970) 참조.

있다. 이 점은 판소리와 문장체화한 판소리계 소설을 비교해 보면 잘 드러난
다. 광대는 발림을 풍부히 구사하여 가창하는 것을 자랑으로 삼으며, 부분을
따로 가창할 기회가 많으니 장면화가 유리하다. 그리고 장면마다 어느 정도의
극적인 전개가 필요하다. 그러나 장면과 장면 사이에는 설명에 의한 연결이 있
고, 때로는 설명과 장면이 어긋나기도 한다.

숭고한 것을 비속한 것으로 뒤집고, 슬픈 것을 웃음으로 뒤집는 전개가 판소
리에는 흔한데, 부분의 독자성에 의한 갈등 및 설명과 장면 사이의 갈등으로
이러한 전개가 용이하고 풍부하게 이루어진다. 이리하여 판소리는 점잖고 교
훈적인 문학이면서도 이를 뒤집는 풍자와 해학의 문학이기도 하다. 점잖은 교
훈은 판소리에서 새삼스레 나타나지 않은 양반문학적인 요소이나 풍자와 해학
은 새로운 가치를 창조한다.

이 사실을 문체면으로부터 살피면, 양반문학에서 빌려온 규범적인 문장을
민중의 일상적 구어체로 뒤집는다고 할 수 있다. 규범적인 문장을 장식하기 위
해서는 한시구漢詩句나 고사故事 같은 것이 널리 동원되나, 일상적 구어체는 반
복·과장·언어유희·욕설 등을 이루어서 특히 효과를 거둔다.

판소리에서는 장면화의 경향과 함께 노래화의 경향이라고 할 수 있는 것도
발견된다. 판소리 전체가 노래이지만, 어느 대목을 따로 불러도 좋을 만한 정
리된 노래로 만들어 부르고자 하는 경향이다. 그 좋은 예가 「춘향가」의 「십장
가十杖歌」이다. 이 대목을 여러 가지 방식으로 나타낼 수 있는데, 반드시 「십장
가」라는 노래로 부른다. 「십장가」는 어느 각편에서든지 반드시 등장한다. 흥
부가 주린 끝에 박을 탈 때에도 반드시 노래를 부르며 탄다. 긴장된 분위기를
노래로 완화시켜 주인공의 운명에 자기를 일치시키고자 하는 청중의 착각을
차단하며 비판적 거리를 갖게 하자는 수법이라고 이해할 수 있다.

판소리에 삽입가요挿入歌謠가 많은 현상도 이와 결부해서 이해할 수 있다. 삽

입가요로서는 민요 · 잡가 · 무가 · 경문 등이 두루 쓰이는데,[22] 이들은 문체를 다채롭게 하고 청중을 흥겹게 하기도 하나 긴장을 완화시켜 주는 구실도 한다. 때로는 비판적 거리를 갖게 하는 구실도 한다.

판소리는 대체로 4음보의 율문으로 되어 있으나, 아니리에는 율격이 없는 산문도 있다. 그리고 부분적으로는 3음보도 있고, 4음보라 하더라도 한 음보를 이루는 음절수에서 변화의 폭이 아주 넓다. 매우 불규칙적인 율문이라 할 수 있는데, 여러 가지 불규칙이 모두 일정한 효과를 지니고 다양하게 활용된다.

VI 판소리에 나타난 사회의식

판소리에는 관념적 인과론觀念的 因果論이라고 할 수 있는 사고방식에 의해 인간의 운명과 행위를 이해하고자 하는 경향이 농후하게 나타나 있다.

관념적 인과론의 첫째 내용은, 인간의 운명은 인간 스스로 인식할 수 없는 초자연적인 질서에 의해 결정된다는 것이다. 「춘향가」에서 춘향이 선녀를 따라 천상에서 내려왔으며,[23] 이몽룡과의 결연結緣이 미리 예시된다든가, 「심청가」에서 심청은 죽은 후에 천상의 모친을 만나고 회생된다든가, 「흥부가」에서 제비가 기적의 박씨를 물어 온다든가 하는 것들이 모두 그 구체적 예들이다.

관념적 인과론의 다음 내용은 인간은 악을 멀리하고 선을 행하면 초자연적인 질서에 따라 반드시 복을 받는다는 것이다. 춘향은 열녀이기에, 심청은 효녀이기에, 흥부는 우애를 행했기에 모두 복을 누리게 되었다는 것이다. 이와 같은 각도에서 각 작품의 주제를 논해 다음과 같은 견해가 널리 유포되어 있다.

---

22 김동욱, 『한국가요의 연구』(을유문화사, 1961), pp. 453~549.

23 김연수, 『창본 춘향가』에서.

춘향가 차권열야 심청가 차권효야 포타령 차권우야 매화타령 차징음야 토타령 차
징암야 화용도타령 차권지장이징간웅야 春香歌 此勸烈也 沈淸歌 此勸孝也 匏打令
此勸友也 梅花打令 此懲淫也 兎打令 此懲暗也 華容道打令 此勸智將而懲奸雄也[24]

관념적인 인과론은 판소리에서만 나타나는 것이 아니고, 선교仙敎 · 불교佛
敎 · 유교儒敎의 복합으로 이루어진 중세적인 이념이고 오랫동안 통념으로 작
용하던 것이다. 판소리는 본래 이런 생각을 주창하기 위해서 창안된 갈래는 아
니다. 판소리가 양반 · 지배층의 애호를 받으면서 또한 상승하면서 점차 이런
생각을 더욱 농후하게 지니게 되었으리라고 짐작된다.

그러나 판소리는 관념적 인과론만 나타내지 않는다. 관념적 인과론은 표면
적表面的 주제를 이루고 주로 설명을 통해 역설되지만, 작품의 실질적인 갈등
이나 장면에서는 이와는 다른 이면적裏面的인 주제가 구현되어 있고, 이면적
주제에서 판소리가 지닌 사회의식은 평가될 수 있다.[25]

이면적 주제로 나타난 사회의식은 현실적 합리주의라고 할 수 있다. 관념적
인 인과론은 사회적인 존재로서의 인간의 관해서는 깊은 관심을 갖지 않으며,
선구적인 또는 윤리적인 당위에 입각해 생각하는 사고 방식이다. 그러나 현실
적 합리주의는 사회적 존재로서의 인간의 실제 생활을 경험을 통해 인식하고,
이에 입각해 보다 합리적 가치를 추구하자는 태도이다. 민중은 언제나 현실에
입각한 경험적 사고를 해왔고, 이를 가치 판단의 근거로 삼았다 할 수 있으니,
이러한 현상은 민요 · 민속극 · 속담 등을 통해서 잘 확인된다. 판소리가 지닌
현실적 합리주의는 민중이 원래부터 지니고 있던 의식을 사회 변화에 밀착시

---

24 정현석, 『교방제보敎坊諸譜』 창가조倡歌條 ; 강한영, "판소리의 이론", 『국어국문학』, 49 · 50 합
   병호(국어국문학회, 1970) 참조.
25 조동일, "흥부전의 양면성", 『계명논총』, 제5집 ; "갈등에서 본 춘향전의 주제", 『계명논총』, 제6
   집에서 표면적 주제와 이면적 주제라는 용어가 사용되고, 이에 관해 여러 가지 분석이 이루어졌다.

켜 구체화하고, 관념적 인과론과의 작품 내의 대결을 통해 표현한다는 점에서 특이한 가치가 있다.

판소리는 어느 것이나 새로운 경제적인 변화를 민감하게 반영하고 있다. 돈이 널리 사용되어 위력을 발휘하고, 돈을 떠나서는 생활이 영위될 수 없음을 보여 준다. 「돈타령」이 작품의 도처에서 나타나는데, 「흥부가」에서 한 예를 들면 다음과 같다.

> 이 사람아, 이 돈 근본을 자네 아나, 잘난 사람도 못난 돈 못난 사람도 잘난 돈, 맹상군의 수레바퀴처럼 둥글둥글 생긴 돈, 생살지권을 가진 돈, 부귀공명이 붙은 돈, 이놈의 돈아 아나 돈아[26]

돈은 무엇이든지 상품화한다. 「흥부가」에서는 짚신까지, 「심청가」에서는 살구까지 상품으로 등장하고, 여러 가지 품팔이가 생기다 못해 「흥부가」에는 매품팔이까지 나타난다. 인간의 운명을 결정하는 것은 초자연적인 질서라고 해 놓고, 실제로는 돈에 의해서 운명이 좌우되고 있다. 효·열·우애가 인간의 할 일이라고 해 놓고서 금전적 이해 관계의 추구가 치열하게 전개됨을 보여 준다. 여기서 중요한 문제가 제기된다. 화폐 경제의 대두로 지금까지 자연 경제를 토대로 이룩된 사회구조 및 사고방식이 심각한 타격을 받았는데, 이 사실을 판소리는 심각하게 반영한다.

신분제에 입각한 사회질서는 금전적 이해관계 때문에 흔들리며 파괴되고, 신분적 제약에서 벗어나 인간적 해방을 성취하고자 하는 욕구가 광범위하게 되었다. 군자라는 이름의 이상적 인간이라고 분식粉飾되던 양반·지배층이 오히려 추악하게 취급되고, 미천한 하층민의 욕구와 주장이 생생하게 묘사되어

---

26 이혜구·성경린·이창배, 『국악대전집』(신세기레코드주식회사, 1968), p. 391.

있다.

「춘향가」는 표면적으로는 정절을 고취하나, 기생 춘향과 기생 아닌 춘향의 갈등에서 기생 아닌 춘향이 승리하는 것을 보여 줌으로써 신분적 제약에서 벗어나 인간적 해방을 성취하자는 주장을 나타내고 있다.[27] 특히 변학도와 춘향의 대결은 지배층에 항거하는 민중의식의 날카로운 한 단면이다. 「배비장타령」에서는 군자연한 배비장을 기생과 방자가 조소의 대상으로 삼고 있다. 「적벽가」에서는 『삼국지연의三國志演義』의 개작이되 원작에는 없는 군사들의 「설움풀이」가 큰 비중을 차지하는 것도 이와 관련된 현상이다. 전쟁으로 인해서 야기된 군사들의 고통과 불행을 자세히 나타내어 피지배층의 입장을 대변한다. 종래 조선조 군담소설軍談小說에서는 찾아볼 수 없던 민중의식의 발로이다.

이와 함께 신분적 사회질서를 지탱하고 있던 여러 가지 관념론과 도덕률이 심각한 위기에 처해 있음을 명확히 인식하고 새로운 가치관을 모색하고 제시하는 데서도 판소리는 주목할 만한 구실을 한다.

흥부는 여러 가지 점에서 도덕률과 완벽하게 일치하는 군자인데도 생활에 있어서는 아주 무능하고 바보에 가깝다. 작품은 표면적으로는 흥부를 옹호하나 결과적으로 흥부의 도덕률에 대한 깊은 반성을 하게 한다. 반대로 놀부는 표면적으로는 악인이나, 현실적이고 합리적인 사고에 입각해 기존 관념을 파괴하는 진취적인 행위가 아주 생동하게 그려져 있기에 단지 부정적인 인물만은 아니다. 「심청가」의 심봉사 역시 참으로 군자이나, 뺑덕어미와의 관계에서는 군자의 정체가 허망한 것으로 폭로된다. 현실적이며 합리적인 것이 가치가 있고, 인간의 본성에 맞는 행위를 긍정하자는 생각은 「가루지기타령」 같은 데서도 발견된다. 성애性愛는 가장 비열하다는 종래의 생각과는 달리, 「가루지기

27 조동일, "갈등에서 본 춘향전의 주제", 『계명논총』, 제6집.

타령」은 성애가 가장 큰 관심거리임을 드러내고, 약간의 도덕적 비난을 표면에 다 늘어놓으면서도 결과적으로 이를 긍정한다. 이와 비슷한 경향은 「춘향가」나 「배비장타령」에서도 발견된다.

판소리가 지닌 두 가지 주제, 관념적 인과론과 현실적 합리주의는 작품 속에서 그냥 병존하는 관계는 아니다. 관념적 인과론은 언제나 엄숙하게 역설되나, 이와 어긋나는 현실적 합리주의는 풍자와 해학을 통해서 표현된다. 풍자와 해학은 지금까지 엄숙하다고 믿어 오던 것이 사실은 허망하다고 밝혀질 때 생기며, 그릇된 관념을 파괴하는 아주 효과적인 수단이다. 그러기에 판소리는 관념적 인과론을 표면에 내세우면서도 결과적으로 이를 부정하고, 현실적 합리주의를 비난하는 것 같으면서도 사실상 이를 긍정하고 있다. 이 두 가지 주제의 다툼은 비단 작품 속에서만 존재하는 것이 아니고 18세기 객관적인 사회 사정의 정확한 반영이다. 판소리는 점차 사회적으로 상승하는 추세를 보였으나, 그렇다고 해서 양반·지배층의 의식에 동조한 것만은 아니다. 한편으로 이에 동조하면서도 새로운 사회의식의 발전에 적극적으로 기여했다.

판소리는 구비문학으로서도 판소리계 소설로 전환되어서도 민족문학의 보람찬 성과의 하나로 높이 평가될 수 있는 확실한 근거를 가지고 있다.

제6장 민속극

I 민속극의 범위와 특징

민속극民俗劇은 민간전승인 연극이다. 민간전승으로서 ① 가장한 배우가, ② 집약적인 행위로 된 사건을 대화와 몸짓으로 표현하는, ③ 다른 무엇에도 의존하지 않고 독립적으로 공연될 수 있는 예술이 민속극이다. 연극의 이 세 가지 특징과 합치되는 민간전승은 민속극이지만 민간전승이라 하더라도 연극이 아닌 것은 민속극에서 제외된다.

가면극假面劇과 인형극人形劇은 이 세 가지 특징을 완전히 갖추고 있다.

① 가면을 쓰거나 인형을 사용하므로 가장假裝이 용이하고 완벽하게 이루어진다.
② 특히 첨예한 갈등으로 된 집약적인 행위를 효과적으로 나타내기 위해 여러 가지 수법을 사용하며, 이를 전달하는 방식은 대화와 몸짓이다.
③ 어떤 다른 민간전승의 일부이거나, 어떤 다른 민간전승에 의존해서 공연되지 않고, 그 자체로서 독립되어 있는 예술이다.

그러나 「대문놀이」나 「군사놀이」와 같은 아동유희, 농악대의 잡색놀이, 무당놀이, 판소리 등을 민속극이라 할 수 있을지 검토해야 할 문제점들이 있다.

「대문놀이」나 「군사놀이」의 경우는, ① 놀이를 하는 아이들이 대문 열러 온 사람이나 군사들로 가장하기는 하나, ②에 해당하는 것이 빈약한 편이며, ③이라 하기는 어렵다. 부르는 노래가 다른 민요에 비해서 희곡적이기 때문에 희곡민요라 할 수 있어도, 완전한 연극은 아니다. 「풀각시놀이」나 「만석중놀이」 같은 것들을 민속극에 포함시키려는 시도도 있으나, ②에 해당하는 내용이 없기에 연극이라 하기는 어렵다. 「대문놀이」 · 「군사놀이」 · 「풀각시놀이」 · 「만석중놀이」의 근본적인 성격은 유희遊戲이다. 연극은 하면서 즐길 수 있다는 점에서 유희와 통하지만, 유희처럼 몰아적沒我的인 흥미에 머무르지 않고 자각적인 의미와 교훈을 적극적으로 지니고 있어서 인생의 성찰이며 사회의 비판인 점에서 차이가 있다.

농악대의 「잡색놀이」는 양반 · 각시 · 중 · 포수 등으로 분장한 잡색雜色들이 풍물잡이나 관중과 같이 다니며 간단한 대화를 나누어 웃기는 놀이이다. ①의 특징을 지니나, 가장자假裝者인 잡색만으로 공연되지 않고 비가장자非假裝者인 풍물잡이나 관중의 개입에 지나치게 의존하는 특수성이 있다. ②에 해당하는 것이 선명하게 나타나 양반 풍자 등의 주제가 날카롭게 부각되나, 대사가 단편적이고 즉흥적이어서 희곡이라 하기에는 미흡하다. 독립적으로 공연되지 않고, 어디까지나 농악놀이의 일부여서 ③이라 하기도 어렵다. 따라서 농악대의 「잡색놀이」는 연극이라기보다는 연극의 싹이므로 민속극에 포함시키지는 않겠으나, 가면극의 원초 형태를 보여 준다고 생각되기에 주목된다. 전남에서 조사된 「안놀음」과 「비비새놀음」은 거의 가면극에 근접한 예들이다.[1]

---

1 문화재관리국, 『한국민속종합조사보고서』, 전남편, pp.582~586.

제주도의 「세경놀이」나 「영감놀이」, 경기도의 「소놀이굿」, 평안도의 「제석방아놀이」 등으로 대표되는 무당굿놀이²는 ① 무당이 배우로 가장해서, ② 대화를 통해 극적인 행위를 보여 주므로 연극이며, 그 대사도 풍부한 내용이 있으나, 다만 굿의 일부로만 공연되므로 ③의 요건과는 어긋난다. 따라서 무당굿놀이는 민속극에서 다루기보다 무가(넓은 의미의 무속문학)에 포함시키는 입장을 취하고자 한다.

판소리가 연극이라는 견해는 널리 유포되어 있으나, 판소리 광대는 작중인물로 가장해서 노래하거나 말하기도 하나, 자기 자신인 채 작중인물에 관해 설명하기도 하니, ①은 부분적으로만 성립된다. 판소리의 내용은 ②라고 할 수 없고, 잡다하고 확장적인 성격을 지닌 이야기이며 서사문학이다. 따라서 판소리는 ③인 무대 공연이기는 하나 연극이 아니다.³

민간전승의 개념을 풀이한다면, ① 민중이 생활상의 필요에서, ② 공동적으로 보존하며 재창조하는, ③ 문자 기록에 의하지 않은 희곡을 가진 연극이 민속극이라 할 수 있다. 민간전승이 아닌 것은 민속극에서 제외된다.

가면극과 인형극은 민간전승의 이 세 가지 특성을 완전히 갖추고 있다.

① 민중이 부락 축전의 행사로서 또는 흥행물로서 공연하며, 민중생활과 민중의식을 충실하게 반영하는 연극으로서 양반에 대해서는 매우 적대적인 입장을 취한다.
② 형식과 내용이 공동적으로 전승되면서, 공연을 통해서 재창조가 이루어진다.
③ 그 희곡은 순수한 구비문학이다.

민간전승이 아닌 연극은 신극新劇의 성립으로 처음 시작되었다. 신극은 특히

2 김영돈·현용준, 『제주도 무당굿놀이』(무형문화재지정자료, 문화재관리국, 1965) ; 이두현, "양주소놀이굿", 『국어국문학』, 39·40 합병호(국어국문학회, 1968. 5).
3 조동일, "판소리의 장르 규정", 『어문논집』, 제1집(계명대학교 국문학과, 1969).

전문적인 연극인의 연극이라 할 수 있으나, 개인작의 기록문학인 희곡을 공연한다는 점에서 민속극과 다르다. 그러나 민속극과 신극의 차이는 이에 그치지 않고, 민속극은 우리대로의 전통을 가진 민중적 미의식의 산물이나, 신극은 서구 근대극의 원리를 수입해서 이루어진 것이라는 점에서도 주목할 만한 차이가 있다.

민속극은 구비문학의 하나이되, 다른 구비문학들에 비해 뚜렷한 특징이 있다. 특징은 민속극이 갈래상 희곡이라는 데 그치지 않고, 가장 민중적이라는 점이다.

민요는 설화보다 더욱 민중적이라고 했는데, 민속극은 민요보다도 더욱 철저히 민중적이다. 양반은 민속극의 공연자가 될 수 없음은 물론이고, 관중으로도 참여하는 경우가 거의 없다. 양반 동족부락에서 공연되는 민속극이든, 군·읍 소재지에서 공연되는 민속극이든, 민속극은 농민·이속吏屬·상인 등이 즐기는 문학이고, 그뿐만 아니라 민중의 생각과 주장을 강렬하게 나타내어 양반을 공격한다. 민요는 민중 스스로의 표현이기는 해도 반드시 양반에 대해 공격적이지는 않다.

연극은 몸을 움직여서 해야 하며, 공연자가 작중인물로 가장하고 전환되어야만 성립될 수 있다. 지나치게 몸을 움직이는 것이나 타인으로의 가장적假裝的인 전환은 양반의 점잖음과 체면을 유지하자는 욕구와는 크게 어긋난다. 그러나 민중은 언제나 몸을 움직여야만 살아갈 수 있으며, 가장적인 전환을 능숙하게 할 수 있어야만 양반의 억압에 맞서서 자기의 주장을 관철하고 결과적으로 승리를 얻을 수 있다. 양반이 연극을 좋아하지 않고, 민중이 연극을 자기의 예술로 발전시키는 것은 당연한 일이다.

민속극의 기원이나 형성에 관해서는 여러 가지 견해가 대립되어 있으나, 민속극의 형식과 내용이 민중의 생활과 경험을 예술적으로 집약하면서 발전되어 왔음은 부인할 수 없다. 그러기에 민속극의 미학적 원리로는 양반문학은 물론 다른 구비문학의 경우보다도 더욱 민중적일 수밖에 없다.

민속극은 어느 것이나 문제들을 극도로 전형화한 인물과 첨예한 갈등을 통해 나타내며 해학과 풍자로서 비판을 심화深化한다. 사회비판의 희극은 민중이 필연적으로 요구하는 연극이다.

II 가면극

1. 가면극의 자료 분포 및 채록본

현재까지 조사된 가면극 및 그 채록대본은 다음과 같다.[4]

1) 강릉관노탈놀이

강릉江陵에서 성황제城隍祭를 할 때 공연하던 가면극이다. 연희자가 관노官奴이기에 '관노탈놀이'라고 한다. 대본이 빈약해서 본격적인 가면극이라 하기는 어렵다.

채록본 : 임동권, 『강릉단오제』

2) 하회별신굿놀이

경북 안동군安東郡 풍천면豊川面 하회동河回洞에서 별신別神굿을 할 때 공연하던 가면극이다. 아직 연희로서의 독립이 충분히 이루어지지 않았다.

---

4 「북청사자놀음」은 사자무 위주의 민속놀이에 불과하다고 보아 가면극에서 제외한다.

채록본 : 유한상, 『국어국문학』, 18(1959. 2)

　　　　최상수, 『하회가면극의 연구』(1959)

양양군英陽郡 일월면日月面 주곡동注谷洞에도 이와 비슷한 가면극이 있었으나 전하지 않는다.

3) 야유

'들놀음'이라고도 하는데, '야유野遊' 외에 '야유冶遊'라고도 적는다. 부산 근처에 분포되어 있는 가면극이다. '지신밟기' 등의 농악놀이와 연관되어 있다.

동래야유東萊野遊

채록본 : 송석하, 『한국민속고』(일신사, 1960)

　　　　최상수, 『민속학보』, 2(1957. 6)

수영야유水營野遊

채록본 : 강용권, 『국어국문학』, 27(1964. 8)

　　　　최상수, 『한국예술총람』, 자료편(예술원, 1965)

부산진釜山鎭에도 야유가 있었는데, 대본이 채록되지 않았다.

4) 오광대

경남지방에 두루 분포되어 있던 가면극이며, 다섯 광대가 나오기에 또는 다섯 과장科場으로 구성되어 있기에 「오광대五廣大」라고 한다.

통영오광대統營五廣大(현재의 충무시에 전승되고 있다.)

채록본 : 이민기, 『국어국문학』, 22(1960. 8)

최상수, 『경상남도지』, 하(1963)

이두현, 『한국가면극』(문화재관리국, 1969)

고성오광대固城五廣大

채록본 : 정상박, 『국어국문학』, 22

최상수, 『경상남도』, 하

이두현, 『한국가면극』(문화재관리국, 1969)

진주오광대晋州五廣大

채록본 : 정인섭, 『조선민속』, 1(조선민속학회, 1933. 1)

송석하, 『한국민속고』

최상수, 『민속학보』, 2 ; 『경상남도지』, 하

마산오광대馬山五廣大(창원오광대昌原五廣大라고도 한다)

채록본 : 최상수, 『경상남도지』, 하

오광대는 원래 초계草溪에서 시작되었다 하고, 신반新反 · 의령宜寧 · 산청山清 · 진동鎭東 · 김해金海 등지에도 오광대가 있었으나, 모두 대본이 채록되지 못했다.

5) 산대놀이

서울 및 서울 근처의 가면극을 '산대山臺놀이'라 한다.

양주별산대楊州別山臺**놀이**(양주 구읍, 현재의 양주시에 전한다. 본산대의 것을 옮겨왔기에 별산대라고 한다.)

채록본 : 서울대학교 부속도서관본(예용해, 『인간문화재』, 어문각, 1963)에 수록되어 있다.)

임석재, 『협동』, 49 · 50호

이보라, 『현대문학』, 46~54 호(1958. 10~1959. 6)

임석재 · 이두현, 『무형문화재지정자료』(1964)

최상수, 『한국예술총람』, 자료편(예술원, 1965)

이두현, 『한국가면극』(문화재관리국, 1969)

서울의 녹번동碌磻洞 · 아현동阿峴洞(애오개) · 노량진鷺梁津 · 퇴계원退溪院 · 사직社稷골 등지에 「본산대놀이」가 있었다고 하나 전하지 않는다. 송파松坡에 도 「별산대놀이」가 있으나 대본이 채록되지 않았다.

6) 해서탈춤

황해도 일대의 가면극을 「해서海西탈춤」이라고 한다.

봉산탈춤(원래는 구봉산읍, 현재의 봉산군 동선면 고양리에서 공연했으나 1915년 경 사리원으로 옮겼다.)

채록본 : 송석하, 『한국민속고』(일신사, 1960)

임석재, 『국어국문학』, 18(1956)

최상수, 『해서가면극연구』(대성문화사, 1967)

이두현, 『한국가면극』(문화재관리국, 1967)

해주海州탈춤

채록본 : 최상수, 『해서가면극연구』(대성문화사, 1967)

강령康翎탈춤

채록본 : 임석재, 『현대문학』 29호(1957. 5)

최상수, 『해서가면극연구』(대성문화사, 1967)

이두현 · 김기수, 『연극평론』, 3(대성문화사, 1970. 12)

이 밖에도 기린麒麟 · 신원新院 · 서흥瑞興 · 평산平山 · 신막新幕 · 옹진甕津 ·

송림松林 · 추화秋花 · 금산金山 · 연백延白 · 안악安岳 · 재령載寧 · 신천信川 · 장연長淵 · 송화松禾 · 은율殷栗 등지에도 탈춤이 있었으나, 채록대본이 발표되지 않았고, 아직도 공연되는지 의문이다.

7) 사당패의 덧보기

위의 여러 가면극은 한 마을이나 고을에 정착되어 있으나, 이와는 달리 사당패라는 유랑극단이 공연하는 가면극으로서 특히 「덧보기」라고 부른다.

채록본 : 심우성, "남사당", 『무형문화재연구보고서』, 40호(1968)

2. 가면극사의 제문제

가면극에 관한 역사적 연구는 다른 어느 구비문학의 경우보다 활발하게 진척되어 왔는데, 논의의 초점이 기원에 관한 것이다. 그 기원을 둘러싸고 (1) 농경의식설農耕儀式說, (2) 기악설伎樂說, (3) 산대희설山臺戲說이 대립되어 있다.

(1) 농경의식설에 의하면,[5] 고대 이래로 농사가 잘 되라고 농민이 거행하던 농경의식이 가면극의 기원이다. 농경의식의 모습은 현존 서낭굿 등의 부락굿에서 잘 나타난다. 농악대, 가면을 쓴 사람들, 관중이 마을의 이곳 저곳을 돌아다니며 모의적인 싸움이나 성행위 등을 한다. 신의 가면이 인간의 가면으로 바뀌고, 자연과의 갈등을 주술적으로 해결하자는 굿에서 사회적인 갈등을 예술

---

5 이두현, "한국연극의 기원에 관한 몇 가지 고찰", 『예술논문집』, 4(예술원, 1965).
조동일, "가면극의 희극적 갈등"(서울대학교 대학원 석사논문, 1968).
─────, "농악극의 양반광대를 통해 본 연극사의 몇 가지 문제", 『동산 신태식박사 고희기념논총』(계명대학교, 1969).
─────, "가면극 악사의 코러스적 성격", 『동서문화』, 3(계명대학교 동서문화연구소, 1969).

적으로 표현하자는 연극으로의 전환이 일어나면서 가면극은 발생했다. 모의적인 싸움과 성행위 등은 굿에서와는 아주 다른 기능을 가지고 가면극에 남아 있다. 노장과 취발이의 싸움이나 양반과 말뚝이의 싸움, 영감과 할미, 취발이와 소무의 성행위는 모두 가면극이 지닌 굿의 흔적이다. 농악대가 악사로 전환되었고, 가면극의 관중은 극의 진행에 개입하는데, 이는 서낭굿의 단계에서부터 내려오는 전통이다. 농악대의 「잡색놀이」는 가면극의 맹아를 보여주고 있으며, 「하회별신굿놀이」나 「강릉관노탈놀이」는 굿에서 완전히 벗어나지 않은 가면극이다. 농경의식이 농민의 행사였기에 가면극은 처음부터 민중의 연극으로 자라났다.

(2) 기악설에 의하면,[6] 백제인 미마지味摩之가 중국 남조南朝 오吳나라에서 배워 일본에 전했다는 기악이 가면극의 기원이다. 13세기 일본 문헌인 『교훈초敎訓抄』에 전하는 기악은 묵극默劇이나, 그 내용이 오늘날의 「양주별산대놀이」나 「봉산탈춤」과 흡사하기에, 기악이 가면극으로 전승되었다고 인정해야 한다. 기악은 사원극寺院劇이고 불교 선전극宣傳劇이었는데, 부락극部落劇으로 불교에 대한 풍자극諷刺劇으로 바뀐 것은 그동안 있었던 저간這間의 변화이다.

(3) 산대희설에 의하면,[7] 산대희에서 산대극이 생겨났고, 산대극의 전파로써 각 지방의 가면극이 이루어졌다는 것이다. 산대희는 산처럼 높은 무대를 만들어 오색 비단과 인물·새·짐승·수레 등의 가작물假作物로써 장식하고, 그 위에서 가무歌舞와 규식지희規式之戲(줄타기·방울놀이·불놀이 등의 곡예), 또는 소

---

6 이혜구 , "산대극과 기악", 『한국음악연구』(국민음악연구사, 1957).
　―――― , "양주산대놀이의 옴·먹중·연잎과장", 『예술논문집』, 8(예술원, 1969).
7 김재철, 『조선연극사』(조선어문학회, 1933).
　최상수, "산대가면극연구", 『학술지』, 5(건국대학교 , 1964).
　이두현, 『한국가면극』.

학지회笑謔之戲를 하는 놀이였다.[8] 일찍이 신라에서 시작되어, 고려를 거쳐 조선에서도 국가적인 행위로서 계속 공연해 오다가, 인조仁祖 때 잠시 중단되고 영조英祖 이후에는 없어졌다. 국가적인 행사로서의 산대희가 없어졌으나, 그 연희자인 반인伴人(편놈)들이 민간에서의 산대놀이, 즉 가면극을 시작했다. 가면극의 연기는 규식지희의 연장이고, 대사臺詞는 소학지희에서 비롯했다.

이 세 가지 견해 중에서 가장 널리 유포되어 있는 것은 산대희설인데, 이에 대한 비판 역시 강력하게 대두되었다. 산대희의 내용은 현재 가면극과 너무나도 거리가 멀다. 소학지희만 하더라도 가면을 쓰지 않은 배우가 대체로 혼자서 하는, 즉흥적이며 다분히 시사적인 대사를 하는 화극話劇이어서 가면극의 대사가 소학지희에서 비롯했다고 생각하는 것은 무리이다. 산대희와 산대극의 공통점은 산대라는 명칭 이상의 것이 아니다. 산대라는 명칭도 산대극의 경우에도 사실상 무의미하다. 기악설에 대한 비판의 견해도 타당성 있게 제기될 수 있다. 기악과 가면극이 극히 유사하다 해도, 기악이 천 년 이상 거의 고정되어 전승되어 왔으리라고 생각하는 것은 무리이며, 더욱이 양자를 연결시킬 수 있는 중간 자료가 전무全無하다. 따라서 우리는 농경의식설의 견해를 취할 수밖에 없으며, 설사 기악설, 산대희설에서 말하는 것이 가면극에 어떤 흔적을 남기고 있다 해도 부차적인 요소에 지나지 않을 것이라고 본다.

기악설이나 산대희설에 의하면 가면극은 원래 상층문화였으나 후대에 민중의 것으로 바뀌었을 터이나, 농경의식설에 의하면 처음부터 민중연극으로 출발하고 자라났다. 가면극은 어느 것이나 민중의 생활 및 의식과 정확하게 합치된다는 점을 중요시한다면 농경의식설의 타당성을 인정하지 않을 수 없을 것이다.

---

8 산대희의 공연방식과 내용에 관해서는 양재연의 "산대극에 취하여", 『중앙대30주년기념논문집』 (1955) 참조.

기악설이나 산대희설의 견해를 따른다면 가면극사에서 발전이란 생각하기 곤란하다. 기악이 거의 그대로 전승되어 왔거나, 일단 성립된 산대극이 다른 지역으로 전파되면서 오히려 축소되었다고 보아야 기악설·산대희설의 견해는 성립될 수 있기 때문이다. 그러나 농경의식설에 의하면, 가면극의 발전은 참으로 중요시되어야 할 사실이며, 구체적으로 다음과 같이 파악될 수 있다.

가면극이 처음 성립된 곳은 농촌이고, 「하회별신굿놀이」와 같은 부락굿에서 분리되지 않은 단순한 가면극이 고대로부터 도처에 있었을 것이다. 그러다가 조선 후기에 이르러서, 평민의 경제적·사회적·문화적인 대두와 함께 도시 가면극이라고 할 수 있는 것이 나타나고 극 자체에서도 획기적인 발전이 이루어졌다. 도시가면극이 나타난 지역은 경남 낙동강洛東江 유역 및 해안지방과 서울 그리고 서울에서 평양 가는 길가, 또는 황해도 해안지방이었다. 이런 곳은 모든 상업이 발달해서 상인과 이속吏屬이 각 읍의 중심세력으로 등장했다. 상인은 상업의 확장을 위해서, 스스로의 오락이나 예술을 갖기 위해서, 양반에 대항해 자기의 주장을 내세우기 위해서 가면극을 육성하고 발전시킬 필요가 있었다. 농촌가면극과는 달리 부락굿에서 완전히 분리되고 평민적 전형典型의 역할이 더 확대되고, 양반 비판의 주제가 강화되고, 현실주의가 어떠한 관념적 사고보다 우월함을 주장하는 풍부한 내용의 연극으로 가면극을 발전시켰다. 그리고 상층의 가무나 문학의 요소들을 부정적으로 계승하여 폭을 넓혔다(산대희와 가면극이 관련을 가진다면, 이런 과정을 통해서 관련이 이루어졌을 것이다). 그리고 일단 성립된 높은 수준의 가면극은 아직 수준이 낮은 다른 지방의 가면극에 영향을 주었으니, 산대극이 특히 그런 역할을 했을 것이다. 「야유」에 대한 「오광대」의 영향도 이런 각도에서 이해할 수 있다.

그리하여 농민의 연극으로 출발한 가면극은 상인과 이속을 선도자로 한 평민 모두의 연극으로 발전하고, 조선 후기 평민문학의 한 정수로서 자라났다.

가면극이 판소리와 함께 조선 후기 평민문학이라는 시대적 의의를 뚜렷이 지니는 이유를 여기서 발견할 수 있고, 이 점에는 시대적 변화를 그리 심각하게 겪지 않은 구비문학들과 차이가 있다.

3. 가면극의 공연방식

1) 공연시기

1년에 한 번, 이른 봄부터 여름 사이에 있는 가장 큰 명절에 공연한다. 남쪽에서는 정월 보름날이고, 서울 이북에서는 5월 단오이다. 정월 보름이나 5월 단오는 농경의식인 부락굿이 거행되는 날이기 때문에, 부락굿과 관련된 가면극은 공연 일자가 변동될 수 없다. 그러나 부락굿과의 관련이 거의 없어진 「오광대」·「산대놀이」·「해서탈춤」의 경우에는 공연 일자에 융통성이 있다.

2) 연희자

부락민 중에서 특히 익숙한 사람이 하거나, 오랜 수련을 거쳐서 어느 정도 전문화된 연희자가 하기도 한다. 도시가면극일수록 연희자가 보다 전문적인 성격을 띤다. 그러나 능력에 있어서 전문적이라는 뜻이지 완전히 직업화된 예는 사당패를 제외하고는 찾아보기 어렵다. 연희자의 신분은 농촌가면극에서는 천민 또는 상민인 농민이고, 도시가면극 중에서 「산대놀이」의 반인(편놈)은 천민이었다고 하고, 「봉산탈춤」에서는 이속 또는 상인이어서 비교적 신분이 높다. 농촌가면극은 부락 공동의 비용으로 공연하며, 도시가면극의 경우에는 연희자들이 단체를 조직하여 상인의 후원으로 기금을 마련하고, 마련된 기금을 사용하여 연습·준비하며 공연한다.

3) 공연장소

많은 관중이 모일 수 있는 공터면 된다. 관중이 무대를 거의 원형으로 둘러싸고 구경하는데, 무대장치라고는 아무것도 없고, 연희자들이 가면을 바꾸어 쓰고 옷을 갈아입기 위한 개복청改服廳이라는 가건물이 무대 한쪽에 있다. 무대는 관중석과 같은 평면이다. 「봉산탈춤」에서처럼 다락을 만들어 오히려 관중석을 높이기도 한다. 다락을 만드는 이유는 상인들이 다락에서 구경하는 관중들에게 입장료 대신 음식을 팔기 위해서이다.

4) 악사와 반주

무대 한쪽에서 악사樂士들이 반주伴奏를 한다. 농촌가면극과 「야유」에서는 악사는 농악대이고, 악기도 농악기이며, 따라서 서서 반주하고 때로 연희자들과 함께 춤을 추기도 한다. 도시가면극에서는 악사가 앉아서 반주를 한다. 악사는 반주를 하는 외에 극중인물과 대화를 나누기도 한다.

5) 연기와 대사

연희자는 반주에 맞추어 춤추기도 하고, 반주가 쉴 때에는 몸짓만으로 연기를 하나, 어떤 몸짓이라도 춤에 가깝다. 대사는 노래로 하기도 하나, 말로 하는 경우가 더 많으며, 말이라 하더라도 어느 정도 노래와 비슷한 억양을 지니기도 한다. 대사는 전승적으로 고정되어 있으나, 고정되어 있는 건 윤곽에 불과하고 즉흥적인 창작에 의해 늘이고 줄일 수 있다.

6) 가면

약간의 예외를 제외하고는 모든 연희자들은 가면을 쓴다. 가면은 극중인물로의 전환을 용이하게 해주며, 전형화의 효과적인 수단이다. 가면의 표정은 고정되어 있으나, 고개를 숙이고 드는 각도에 따라 인상이 달라질 수 있다. 가면을 쓰기에 한 연희자가 과장이 바뀜에 따라서 다른 역으로 등장할 수도 있다. 또한 한 가면이 다른 과장에서 다른 역의 것으로 겸용될 수도 있다.

7) 공연시간

어두워지면 공연을 시작해 한밤중 또는 새벽까지 계속한다. 횃불을 켜 놓고 하는데, 횃불 조명이 분위기를 돋우고 가면의 효과를 높인다.

사당패의 가면극은 공연시간 및 연희자가 위에서 말한 농촌가면극의 경우와는 좀 다르다. 즉 공연시기의 제한이 없어서 1년에 한 번이 아니라 사당패가 여러 마을을 다니면서 거듭 공연한다. 사당패는 가면극 · 인형극(덜미) · 농악(풍물) · 줄타기(살판) · 대접돌리기(버나) · 가무歌舞 등 여러 가지 놀이를 직업적으로 하는 유랑배우이다. 그들은 천민으로서 사회적으로 천대받는 위치에 있으며, 놀이를 하는 외에 매음賣淫 · 걸식乞食 등도 하면서 지냈다. 절[寺]을 집결지로 삼고, 절과 관련을 가지고 있는 걸로 보아 원래 승려에서 파생되지 않았을까 생각된다.[9] 사당패의 가면극도 공연장소 등 그 외의 특징에서는 농촌가면극과 다름이 없고, 그 형식과 내용도 큰 차이가 없다.

4. 가면극의 극적 형식

다음과 같은 대사에 가면극의 극적 형식을 이해할 수 있는 중요한 단서가 있다.

9 이능화, 『조선해어화사』(학문각, 1968), pp. 282~287, 여사당패 참조.
  송석하, "사당고", 『한국민속고』.
  심우성, "남사당", 『무형문화재조사보고서』, 제40호.

① 목중 : 떵궁하는 바람에 구경을 나왔더니　　　(양주楊州 5:2 이두현)[10]

② 취발이 : (관중을 향하여) 여보 여러분 구경허신 손님네 여기서 좀 조심허는 이는

　　피허우. 여기서 깨딱허문 살인나오　　　　(양주 6:3 이두현)

③ 노장 : (취발醉發이를 장삼 소매로 쳐서 내쫓는다)

　　취발 : 아이쿠(하며 좀 뒤로 물러난다)

　　관중 여럿이 : 중놈이 사람을 친다아　　　(강령康翎 10 임석재)

④ 노장 : 그러면 영감은 어찌 잃었읍나?

　　미얄 : 우리 고향에 난리가 나서 목숨을 구하려고 서로 도망하였더니

　　　　　　　　　　　　　　　　　　(봉산鳳山 7 이두현)

① 무대에 나온 배우도 관중과 마찬가지로 극을 구경하러 나왔다고 한다.

② 배우가 관중에게 말을 걸어 자기의 생각을 나타내기도 한다.

③ 관중이 배우를 공격해 다투기도 한다.

④ 악공과 배우가 대화를 나누기도 한다.

이와 같은 형식은 우선 극의 진행을 용이하게 한다. 어떤 인물이 등장한 이
유를 달리 설정할 필요가 없게 하고, 사건의 전개가 간결하면서도 선명하게 이
루어질 수 있게 한다. 만약 등장인물이 관중이나 악공에게 말을 걸거나 대화를
나누지 않는다면, 극중인물의 내력을 알려 주고 생각을 나타내기 위해서 보다
복잡한 전개가 있어야 할 것이다.

뿐만 아니라 이러한 형식은 극의 내용과 관중의 세계 사이에 간격이 생기지
않도록 해준다. 배우도 구경하러 온 점에서 관중과 다름이 없다. 배우와 관중
은 서로 대화를 나누기도 하고, 관중은 ③에서와 같은 개입을 언제나 할 수 있

10　양주 별산대놀이 제5과장 제2경 이두현 채록본의 약호이다. 이하에서도 대사의 인용에는 같은
　　방식의 약호를 사용한다.

다. 그러기에 극의 내용은 관중이 생활하는 현실을 떠나 따로 존재하는 무엇이 아니고 바로 현실의 연장이다. 이와 같은 연극에서는 지나치게 극적인 환상 dramatic illusion이 생기지 않으며, 극적 환상으로 인해 촉발되는 몰아적인 도취도 존재하지 않는다. 관중은 언제나 자기를 의식하며 극을 보게 된다.

관중의 극에 대한 개입은 단지 관심을 나타내는 데 그치지 않고, ③에서 보듯이 비판적 성격을 띠고 있다. 극의 내용은 현실의 단순한 연장이 아니고 비판된 현실이다. 가면극이 강렬한 현실비판의 연극일 수 있는 이유가 바로 여기에 있다.

가면극이 지닌 이러한 형식적 특징은 농악대의 풍물잡이 및 관중이 가면 쓴 자와 어울려서 극적 대화를 나누던 마을굿으로부터 온 것이다. 마을굿에서 가면극으로 이행하고, 가면극이 발전함에 따라 관중의 역할이 축소되기는 했어도 관중은 극에 개입할 수 있는 자격은 여전히 지니고 있으며, 배우와 대화를 나눈다. 악공은 배역의 하나가 아니고, 전적으로 관중과 같은 입장에 선다.

가면극에는 일체의 무대장치가 없기 때문에 극중 장소를 나타내려면 대사와 몸짓으로 나타낼 수밖에 없다.

> 취발이 : 마침 이곳에 당도하니 산천은 험준하고 수목은 진잡한데, 중천에 뜬 소리개
> 란 놈이……   (봉산鳳山 4(3) 이두현)

위와 같이 말하면 극중 장소는 숲속이다. 또는 물 긷는 시늉을 하면 우물가를 말하는 것이 되고, 문을 열고 들어가는 시늉을 하면 방 안을 말하는 것이 된다. 그러기에 가면극에서는 대사와 몸짓에 따라 장면을 자유로이 전환할 수 있다. 장면을 자유로이 전환할 수 있다는 것은 또한 무대상의 거리와 극중 거리 사이에 아무런 비례 관계도 성립되지 않는다는 것을 의미한다. 무대 위에서 5미터

를 걸어갔으면, 극중 거리로서 5미터도 될 수 있고, 10리도 될 수 있다.

완보完甫 : ① 의관을 차려 가지고 가면 그런 일은 안 당한다.(하며 ② 저만큼 가서)
 애 먼지굴에서 잿골로 이사 오신 신주부댁이 어디냐?
완보 : (③ 신주부집에 온 양으로) 신주부 계십니까?　　(양주 5 임석재)

　이러한 행동은 ① 연극을 공연하는 놀이터, ② 신주부의 집으로 가는 길, ③ 신주부의 집이라는 서로 멀리 떨어진 세 장소에서 일어나나, 이 모두를 한 무대에서 연속해 보여 줄 수 있다. 만약 무대장치가 있다면, 무대장치를 몇 번 바꾸어야 ① · ② · ③을 다 나타낼 수 있다.
　극중 시간 역시 공연 시간과 일정한 비례 관계를 가지지 않는다. 10분 동안 공연한 것이 극중 시간으로는 10분일 수도 있고 한 달일 수도 있다. 한 달 후의 사건을 보이기 위해 막이나 장場을 바꿀 필요가 없다. 한 달이 지났다고 말하면 된다.
　장면과 시간의 자유로운 선택은 무대상의 그럴듯함에 구애되지 않고 극적 갈등을 첨예하고도 선명하게 나타낼 수 있게 한다. 그럴듯함은 극적 환상의 성립에 기여하고, 첨예한 갈등은 리얼리티의 심화를 가져온다. 때로 극중 장소로는 서로 멀리 떨어진 두 곳에서 각각 일어나고 있는 사건을 동시에 한 무대에서 대조해 보여 줄 수도 있다. 그 좋은 예로서 「통영오광대」(이민기 본本) 제4과장을 들 수 있다. 할미는 무대 한쪽에서 상을 차려 놓고 영감을 만날 수 있도록 해 달라고 빌고 있는데, 영감은 무대의 다른 한쪽에서 주안상酒案床을 차려 놓고 첩과 히히덕거리고 있다. 이와 같은 동시적 진행은 근대극에서는 불가능할 뿐만 아니라, 영화에서도 성립되지 않는다.
　대사의 형식도 그럴듯함에 구애되지 않고 리얼리티의 비판적 심화를 목적으로 특이하게 이루어져 있다.

어느 가면극에서나 노장老丈은 무언無言이나, 그와 맞서 있는 목중이나 취발이는 말이 많다. 노장이 무언인 이유는 그가 벙어리이기 때문만이 아니다. 노장이 지닌 성격적인 약점을 효과적으로 폭로하기 위해서 무언이라는 기법이 사용되었다. 취발이는 소무小巫의 말도 대신하고, 아들의 말도 대신한다. 인형으로 등장시킨 아들은 대사를 할 수 없기에 취발이가 그의 말을 대신 할 수밖에 없다 하더라도, 소무는 말을 하지 못할 사정이 없다. 취발이가 다른 인물의 말을 대신하는 것은 그의 성급한 성격이나 즐거운 심정을 나타내기 위한 기법이다.

처음에 엄숙하거나 우아한 말을 해 놓고, 이어서 비속하거나 모순에 찬 말을 해서 앞의 말을 급격히 뒤집어엎는 구조로 된 대사도 흔하다.

① 청보 양반 : 이놈 말뚝아 저 밑에 선 저 도령님이 남 보기에는 빨아 놓은 김치 가닥 같고 밑구멍에 빠진 촌충 같아도 평양감사 갔을 때에 병풍 뒤에서 낮거리해서 놓은 도령님이니 인사나 땡땡 꼬라 올려라.   (고성固城 3 정상박)

② 말뚝이 : 양반 나오신다아!……개잘량이라는 양자에 개다리 소반이라는 반자 쓰는 양반이 나오신단 말이요.   (봉산鳳山 6 이두현)

①은 양반이 하인에게, ②는 하인이 양반 행차를 관중에게 알리며 하는 말인데, 실제로는 허용될 수 없지만 연극적으로는 얼마든지 가능하다. 가면극은 일상 생활을 그대로 무대에다 재현하는 연극이 아니고, 생활의 근저에 존재하는 사회적 갈등을 비판적으로 제시하는 연극이기 때문이다. 밑줄을 치지 않은 말이 양반이 하인에게 강요하는 복종이라면, 밑줄 친 말은 하층민의 항거이다. 밑줄 친 말로써 양반은 급격히 비하卑下되고 우스꽝스럽게 되어 풍자가 극히 효과적으로 성립된다.

대사의 여러 가지 형식은 모두 민중생활의 반항적인 어법을 과장해서 나타낸 것이라 할 수 있다. 상대방은 무시하고 혼자 지껄여대거나, 상대방을 앞에 두고 자문자답하거나, 겉으로는 복종하면서 욕하는 등의 어법은 실제로 상용되는 정면적인 또는 표면적인 공격의 수법이다. 그러면서 이런 대사의 형식은 민중의 주장을 극적으로 표현하는 데 특히 효과적이다.

가면극은 몇 개의 과장으로 구성되어 있다. 이를테면 「봉산탈춤」의 과장들은 다음과 같다.

제1과장	사상좌춤
제2과장	팔목중춤
제3과장	사당춤
제4과장	노장춤
제5과장	사자춤
제6과장	양반춤
제7과장	미얄춤

각 과장은 사건에서 서로 연결이 없으며, 각각 독립적으로 존재한다. 다만 1·2·3·4·5 과장은 모두 중(승려)들이 등장하기에 소재상素材上 또는 등장인물에서 서로 관련을 가진다. 3과장에는 극적인 내용이라 할 만한 것이 없고, 1·2·4·5 과장과 6과장 및 7과장은 다만 주제에서만 서로 관련을 가질 뿐이다. 과장들 사이의 관계는 어느 가면극에서나 대체로 이와 같다. 한 과장을 몇 개의 경景으로 나눌 수 있는데, 경들 사이의 관계도 이와 같아서 서로 독립적이다.

한 과장 또는 한 경을 다시 구분하는 특별한 용어가 없는데, 편의상 단락이라 하자. 한 과장 또는 한 경을 이루는 몇 개의 단락들도 독립적일 수 있다. 특히 양반과장에서는 등장인물들이 모두 서로 어울려 대사는 없이 춤만 추는 춤 대목을 경계로 단락이 구분되는 것이 예사이고, 이와 같이 구분된 각 단락은 서로 선후관계나 인과관계를 갖지 않는다. 춤 대목은 가면극으로 발전되면서 대사를 하는 부분이 크게 확대되었지만, 같이 어울려 춤추는 대목은 여전히 남아 있다. 악사가 선 악사에서 앉은 악사로 바뀐 후에는 등장인물들만의 춤 대 목으로 남아 있다.[11]

가면극의 구성원리는 되도록 이야기를 배제하고 현실을 순수한 갈등에 입각해 날카롭게 반영하자는 것으로 해석된다. 이를테면 양반과 하인 말뚝이의 갈 등은 이야기에 의해 풀이될 필요가 없이 실제로 존재하고 작품상 존재할 수 있고, 이야기로 풀이된다면 오히려 둔화된다. 그리고 양반과 말뚝이의 갈등이 몇 가지로 나타나면, 이 몇 가지는 서로 순차적이거나 인과적인 관련을 가진다고 설명되지 않을 때 더욱 선명한 의미를 지닐 수 있다. 노장과 취발이의 갈등과 양반과 말뚝이의 갈등은 서로 이야기로는 관련을 가지지 않고, 무리하게 관련 지을 수도 없으나, 형식 논리를 넘어선 차원에서 관련을 가진다. 부분은 서로 독립적으로 존재하며 서로 갈등을 이루기에, 부분들의 갈등에 의해 총체로서 한 과장이나 작품 전편이 의미 있게 성립된다. 이리하여 서사문학과는 다른 극 문학의 독자적 성격과 가치가 가면극에서는 철저하게 구현되며, 사회비판의 주제가 아주 효과적으로 표현될 수 있는 조건이 마련된다.[12]

5. 가면극에 나타난 비판정신

가면극에는 흔히 노장이라고 하는 중이 등장한다. 노장은 처음에는 고승에

---

11 조동일, "가면극 악사의 코러스적 성격", 『동서문화』, 제3집(계명대학교 동서문화연구소, 1969)
12 조동일, "봉산탈춤 양반과장의 구성", 『연극평론』, 제3호(1970, 12).

어울리는 거동으로 나타나서는 소무 또는 각시에게 파계破戒를 한다. 소무의 환심을 사기 위해서 염주를 목에다 걸어 주고, 거울을 내어 자기 얼굴을 단장하기도 한다. 위대하게 보이던 고승이 우스꽝스럽게 비하된다. 노장이 평생을 두고 닦아온 불도란 참으로 허망한 것임을 폭로한다.

불도가 허망한 대신 세속적인 것이야말로 참으로 위대하다. 노장은 소무를 얻자, 비로소 인식의 능력을 갖고 살아갈 수 있는 지혜를 지닌다. 신장수와 흥정을 벌이고, 신장수를 위협해 쫓아버릴 수도 있게 된다. 그러나 그가 중임이 밝혀지자 다시 무력해 져서 취발이에게 쫓겨나고, 불도를 버린 대가인 소무마저 빼앗기고 만다. 이러한 전개는 특히 「양주 별산대놀이」와 「봉산탈춤」에서 선명하게 나타난다.

그리고 역시 「양주 별산대놀이」와 「봉산탈춤」에서 볼 수 있는 목중과 취발이는 노장과 반대로 세속적인 세계를 대변하는 인물들이다. 목중들은 중이라고 하나 전혀 중답지 않다. 목중들은 모든 것을 호기심의 대상으로만 여긴다. 노장이 죽은 듯이 넘어져 있을 때에도 그들에게서 나타난 첫 반응은 바로 흥미롭다는 것이다. 호기심과 흥미는 노장이 원래 가지고 있던 성격인 초월적인 무관심과는 반대로 세속적 인식의 원천이다. 취발이는 목중과는 달리 호기심이나 흥미에 머무르지 않으며, 또한 인식에 머무르지도 않고 소유하는 자이다. 그는 돈이 많다고 되어 있고, 무엇이든지 차지하기 위해 싸운다. 방탕하면서도 투쟁적이다. 소유욕의 화신이며 투쟁적이기에 취발이는 상인의 전형이라고 할 수 있을 것 같다.

그러기에 노장과 목중의 갈등보다 노장과 취발이의 갈등은 한층 더 심각한 것이고 노장의 패배 외에는 해결의 길이 없다. 목중들은 쉽게 뉘우치고, 사자에게 잘못을 고백하지만(봉산탈춤에서), 취발이는 끝까지 노장과 싸워 노장을 몰아내고 완전히 파멸시킨다.

요컨대 가면극은 노장이 지닌 초월적인 관념이 허망하다고 비판하고, 목중이나 취발이가 지닌 세속적 사고의 승리를 구가한다.

양반에 대한 풍자는 모든 가면극이 빠짐없이 지니고 있으며, 풍자의 방식도 다양하다. 우선 양반은 가면이 이지러져 있거나 불구자로 되어 있어서, 아무리 점잖은 거동을 하려고 해도 점잖음을 스스로 파괴한다. 특히 「야유」와 「오광대」에서는 다종다양하게 추악하거나 불구자인 양반이 다수 등장하기도 한다(「야유」와 「오광대」에서는 영노(용)가 나와 양반을 잡아먹겠다고 덤비기도 한다). 그리고 양반들끼리 지체를 다투면서 서로 약점을 폭로하기도 하는데, 이런 방식은 「하회 별신굿놀이」·「강령탈춤」 또는 「해서탈춤」에서 큰 구실을 하고 있다.

그러나 가장 내용이 풍부하고 효과적인 양반 풍자의 방식은 양반과 하인의 갈등을 보여 주는 것이다. 이 방식은 가면극의 성장과 더불어 발전되어 왔으리라고 생각된다. 농악대의 굿놀이에서는 양반은 반드시 있으나 하인역은 보이지 않는다. 「하회 별신굿놀이」에서는 하인역인 이매와 초랭이가 나타나되, 양반들끼리의 다툼을 거들고 있는 정도이지 하층민으로서의 성격이 아직 뚜렷하게 부각되어 있지 않다. 이와는 달리 「야유」·「오광대」·「산대놀이」·「해서탈춤」에서는 하인 말뚝이가 뚜렷한 성격을 가지고 양반 풍자의 주역이 된다.

양반이 하는 일이라고는 심심풀이로 시를 짓거나 지체를 자랑하는 외에 말뚝이를 불러 꾸짖는 것밖에 없다. 양반은 위엄있게 꾸짖고 철저히 억압한다. 만약 꾸짖고 억압하지 않으면, 말뚝이는 신분적 제약으로부터 벗어나려고 하기 때문이다. 말뚝이는 양반에 대해서 복종하는 형식을 취하기에 양반은 이를 현실적인 복종으로 알고 크게 만족한다. 그러나 형식적인 복종은 현실적인 항거에 의해 급격히 뒤집어진다. 양반은 뒤집어진 줄 모르고 일방적으로 만족만하기에 더욱 우스꽝스럽게 되고 풍자의 효과는 극대화極大化된다. 양반은 가장 똑똑한 척하나 사실은 바보다.

> 말뚝이 : 양반 나오신다아! 양반이라고 하니까 노론老論 소론小論 호조戶曹 병조兵曹
> 옥당玉堂을 다 지내고 삼정승三政丞 육판서六判書를 다 지낸 퇴로재상退老宰相으
> 로 계신 양반인 줄 아지 마시오. 개잘량이라는 양자에 개다리 소반이라는 반짜 쓰
> 는 양반이 나오신단 말이오.
>
> 양반들 : 야아, 이놈 뭐야!
>
> 말뚝이 : 아, 이 양반들 어찌 듣는지 모르겠소. 노론, 소론, 호조, 병조, 옥당을 다 지내
> 고 삼정승, 육판서를 다 지내고 퇴로재상으로 계신 이생원에 삼형제분이 나오신
> 다고 그리하였소.
>
> 양반들 : (합창) 〈이생원이라네〉 (굿거리 장단으로 모두 춤을 춘다. ……) (봉산 6 이
> 두현)

말뚝이는 양반의 어법을 흉내내며 뜻을 뒤집는 희인戲引 parody을 많이 사용
하기에 풍자는 더욱 효과적이다. 양반들이 짓는 시까지도 희인으로 뒤집어엎
는다.

「오광대」에서는 이 밖에 영감과 할미 과장에서도 영감이 양반으로 설정되어
있어서 양반에 대한 풍자가 계속된다.

요컨대 가면극은 양반을 풍자함으로써 신분적 특권을 비판하고, 양반이 얼
마나 무력한가를 보여줌으로써 평민의 항거가 정당하게 성취될 수 있음을 주
장한다. 양반에 대한 풍자적 비판은 조선 후기 평민문학에서 널리 발견되나,
가면극에서 가장 신랄하다. 그리고 양반을 풍자하는 평민의 전형 중에서도 말
뚝이가 특히 적극적이다.

영감과 할미가 나와서 다투는 과장도 여러 가면극에 두루 있는데, 영감이 양
반이라고 되어 있는 「오광대」의 경우를 제외하고는, 영감이나 할미가 다 못나

고 '허름한' 자들이며 살기 위해서 허덕이고 거칠 것 없이 돌아다니는 평민적 행동 양상을 보여주고 있다.

영감과 할미는 난리가 나서 헤어졌다고 하며 서로 찾아다니다가 오랜만에 반갑게 만난다. 그러나 만나자마자 할미에게는 새로운 불행이 시작된다. 영감은 첩을 데리고 살고 있었는데, 사소한 일로 영감과 할미의 싸움이, 또는 첩과 할미의 싸움이 일어나 마침내 할미는 죽게 된다. 어느 가면극에서나 할미의 죽음으로 이 과장이 끝난다.

할미의 가련한 신세를 보여 주어, 여성에게 가해지는 남성의 부당한 횡포를 고발하고 희생자인 여성에 대해 눈물 어린 동정의 웃음을 갖게 하는 것이 이 과장의 주제이다. 여성에게 가해지는 남성의 부당한 횡포는, 초월적인 관념을 지닌 허위 및 신분적 특권에 의한 양반의 압제와 함께 시정되어야 할 사회적인 모순이다. 가면극의 공연자이며 향유자인 민중은 이러한 사회적인 모순으로 인해서 큰 피해를 입고 있으며, 피해를 입으며 지내기를 원하지 않는다. 가면극을 통해 이러한 모순들을 고발하고 시정하기를 주장한다.

그러나 영감은 양반이나 노장과는 달리 민중에게 적대적인 인물은 아니다. 따라서 영감은 날카로운 풍자의 대상이기보다는 해학적으로 형상화되어 있고, 영감의 과오는 반성한다면 용서될 수 있는 것이다. 영감의 과오를 지적하는 것은 민중이 스스로 각성하자는 노력이라고 생각된다

III 인형극

1. 인형극의 자료 및 채록본

인형극은 사당패가 하는 「꼭두각시놀음」·「박첨지놀음」·「홍동지놀음」 또는 「덜미」라고도 하는 한 가지의 것밖에 없다. 그 채록본은 다음과 같다.

김재철, 『조선연극사』(조선어문학회, 1933)

최상수, 『한국인형극의 연구』(고려서적주식화사, 1961). 2본이 수록되어 있다.

심우성, 『남사당패 연구』(동화출판사, 1974)

이두현, 『한국가면극』(문화재관리국, 1969)

2. 인형극사의 제문제

인형극의 기원에 관해서는 '꼭두'라는 어휘와 연희자 사당패의 생태를 자료로 약간의 논의가 있었다. '꼭도' 또는 '곡두'가 중국의 '곽독郭禿'에서 왔고, 일본으로 가서는 'クグツ(gugutzu)'로 되었다는 데 대해 여러 학자들의 견해가 일치하고 있으며,[13] 더 나아가서 몽골어의 'godoröcin', 집시어의 'kuli, kukli'와의 연관까지 모색되고 있다.[14] 이런 견해는 인형극은 대륙에서 전래되었으리라는 것인데, 명칭만의 전래인지 극 자체의 전래인지는 확실하지 않다. 서역西城에서 중국으로, 중국에서 다시 한국으로 들어온 괴뢰자傀儡者가 사당

---

13 김재철, 『조선연극사』, pp.111~118.
　　송석하, 『한국민속고』, pp.163~164.
　　최상수, 『한국인형극의 연구』, pp.13~24
14 이두현 , 『한국가면극』, p. 394.

패의 기원이라고 하는 견해도 있다.[15]

가면극은 농경의식인 「농악굿놀이」에서 유래되었다고 했는데, 인형극의 기원 역시 이런 각도에서 고찰될 수도 있겠으나 구체적으로 연구된 바 없다.

인형극의 현재 대본 역시 가면극의 경우와 같이 조선 후기 평민문학이 크게 발전하던 시기에 이룩되었으리라고 생각된다.

3. 인형극의 공연방식

1) 무대

공연의 장소는 관중이 많이 모일 수 있는 공터면 된다. 기둥을 네 개 세우고, 위는 비워 놓고 사방에 흰 포장을 드리운다. 인형 조종자는 포장 안에 들어앉아 인형들을 손에 쥐고 조종한다. 인형들의 상반신만 포장 위로 올려서 관중들에 보이게 된다. 인형들은 입체감을 갖지 않고 관중을 향해서 한 평면에서 움직인다. 가면극에서와 같이 무대 장치는 없다. 악사들은 포장 밖에서 반주를 하고 인형과 대화를 나누는 '받는 소리꾼'의 구실도 한다. 관중들은 인형들이 나와 있는 포장 위를 삼면 또는 일면에서 바라본다. 사당패는 직업적인 연희자이기 때문에 관중은 돈을 내야 인형극을 볼 수 있다. 입장료를 받기 위해 공연장 전체에 큰 포장을 둘러치기도 한다.

2) 인형

조종자는 인형의 하반신을 손으로 잡고 손을 움직여서 인형의 몸 전체를 움직이게 한다. 인형은 팔이나 머리를 움직이는데, 실로 움직이게 하기도 하고, 손가락을 끼워서 움직이게 하기도 한다. 팔이나 머리의 동작은, 특히 손가락을

---

15 위와 같음.

끼워서 움직이게 하는 인형의 경우에는 아주 민활하다. 입을 움직이는 인형도 있다. 특히 박첨지는 대사가 많은 인형이기에 목구멍까지 죽통竹筒을 꽂고, 그 하단을 입에 대고 조종자가 박첨지의 대사를 한다. 다른 인형들의 대사도 조종자가 한다. 인형 외에 이시미도 등장한다. 이시미는 몸 속에 조종자가 손을 넣어서 움직인다. 꿩이나 매도 등장하는데, 철사에다 매달아 철사를 당기면서 움직이게 한다. 인형들이 상여를 메고 가기도 하고, 절을 짓기도 한다. 절은 미리 만들어진 부분품을 인형들이 들고 나와 조립한다.

4. 인형극의 극적 형식

첫 막에서 박첨지가 나와 받는 소리꾼과 대화를 나눈다. 받는 소리꾼의 물음에 답해 박첨지는 자기를 소개하고, 구경 나오게 된 경위를 설명하고, 장차 전개될 사건이 재미있다는 선전도 하고, 돈을 내고 보아야 한다는 것까지도 강조하는 등으로 익살스럽게 떠든다. 선전용 예고편 비슷한 부분이기도 하지만, 극중인물도 관중과 같이 구경하러 나왔다고 함으로써 극의 내용과 관중의 세계 사이에 생길 수 있는 장벽을 제거하고 지나친 극적 환상의 성립을 차단한다. 인형극은 사람과는 다른 인형이 신기하게 움직이는 연극이기에, 이런 수법에 의해 차단되지 않는다면 극적 환상이 가면극의 경우보다 더욱 철저히 성립되어, 다만 신기한 별세계의 놀이에 그치고 현실 비판이 되기가 어렵다.

악사들 중의 받는 소리꾼이 인형과 대화를 나누는 것도 극적 환상을 제거하고 비판적 의미를 강화하기 위한 개입이다. 가면극에서 악사가 개입하는 것과 같으나, 훨씬 더 비중이 크다는 차이점이 있다. 받는 소리꾼과 인형이 나누는 대화는 인형들끼리의 대화보다 양적으로 훨씬 많고 구실에서도 월등히 중요하다.

박첨지는 가장 빈번히 등장하고, 그 자신이 극의 주인공이면서도 받는 소리꾼과의 대화를 나누면서 극을 해설하는 구실도 한다. 박첨지의 해설이 있기에 인형극은 각 장면이 연관을 가지게 되고, 이 점에서 인형극의 막은 가면극의 과장과는 차이가 있다. 그러나 인형극의 막들도 근본적으로 서로 독립되어 있고, 박첨지의 해설이 계속될 뿐이지, 각 막의 상호 관계나, 한 막 내의 각 장면의 상호 관계는 근본적으로 가면극의 경우와 다른 것이 없다.

5. 인형극에 나타난 비판정신

인형극에도 중이 등장한다. 중 둘이 소무 둘을 희롱하고 있는데 홍동지가 나타나 중들을 몰아낸다. 중의 풍자라 할 수 있되, 취발이가 노장을 몰아내는 경우만큼 심각하게 처리되지는 않는다. 맨 마지막 막은 건사建寺이다. 절을 짓고서는 불교에 귀의하기를 권고한다. 이는 사당패가 절과 깊은 관련을 가졌기에 생긴 하나의 격식이라고 생각되며, 중에 대한 풍자를 뒤바꿔놓을 만한 의미는 가지지 않는다고 해야 할 것이다.

양반에 대한 풍자는 인형극에서도 철저히 나타나나, 가면극의 경우와는 성격이나 내용이 다르다. 가면극에서의 양반은 벼슬하지 않은 촌양반인 듯한데, 인형극에서는 평양감사平壤監司를 등장시킨다. 평양감사는 모상母喪을 당하자 상두꾼을 징발하는데 결국 홍동지가 나선다. 벌거벗은 홍동지가 신腎으로 상여를 떠밀고 가는 것도 우습거니와, 상주라는 평양감사의 거동이 가관이다. 그는 상여 뒤를 따라 가면서 곡을 한다는 것이

꼭곡 꿀곡 아리랑 아리랑 아라리야(혹은 「장타령」, 「양산도」를 부르기도 한다) 아이고 좋아 콩나물 안방차지도 내차지   (7막, 김재철)

더욱 가관인 것은 상주인 감사가 강아지를 짊어지고 간다.

홍동지 : 상제님 짊어진 것은 뭐요?
평양감사 : 나 짊어진 것은 산에 올라가 분향제焚香祭 지내려고 잔뜩 칠푼 주고 강생이 한 머리 사 짊어졌다.
홍동지 : 자고自古로 방귀放氣에 혹 달린 놈은 보았어도, 강생이로 분향제 지낸 놈은 처음일세.(위와 같음)

양반이 스스로 양반을 망신시키는 수법이다.

박첨지가 이시미에게 잡혀 먹힐 뻔한 대목에서, 이시미는 양반을 상징한다고 해석할 수 있다. 양반은 횡포하기 이를 데 없는 자이지만, 모든 위엄은 우스꽝스러운 허위라고 폭로되고 있다.

영감(박첨지)과 할미(꼭두각시)가 싸우는 대목은 특히 가면극과 흡사하다. 첩(돌머리집)도 등장하고, 할미는 죽게 된다. 가면극에서와 마찬가지로 꼭두각시의 가련한 신세를 보여 주어 남성의 횡포를 지적하나, 박첨지가 부정적인 인물은 아니다.

인형극은 가면극과 같이 중과 양반을 풍자하고 남성의 횡포를 지적할 뿐만 아니라, 모든 기존 도덕을 조소한다. 인형극에서는 존중되거나 심각하게 취급되는 것이라고는 아무것도 없다. 어떠한 권위도, 양반의 권위는 물론이고 노인(박첨지)이나 성도 우습게 취급된다. 신을 드러내어 벌거벗고 뛰어다니며, 누구에게나 욕지거리를 거침없이 하는 홍동지가 모든 도덕적 권위를 파괴하는 주역이다. 홍동지는 여러 모로 취발이와 비슷하나, 행동 양상이 취발이보다도 한층 더 노골적이다.

인형극은 가면극과 함께 사회적인 압제에서 벗어나자는 민중의 투쟁을 다른 어떤 문학작품에서보다도 직접적이고도 강렬하게 나타낸다.

제7장 속담

Ⅰ 속담의 특징

속담은 우리의 언어생활과 관계가 있기 때문에 퍽 익숙해진 말의 벗이기도 하다. 그러나 그 정의는 간단하지 않다. 속담을 속된 말이라고 한다면, 속된 말 중에는 비어卑語·은어隱語 등도 있으니 이들과 구별되어야 한다. 또한 '옛날부터 전해오는 격언'[1]이라고 해도 격언이 무엇이냐 하는 문제가 남아 있다. 격언과 속담은 같은 것인가, 다른 것인가도 밝힐 필요가 있다. 속담집의 자료를 기초로 속담의 정의를 내린다면 '민중에 유통되는 관용어구'라고 할 수도 있다. 그러나 간단한 비유를 하기 위해 사용되는 관용어를 속담으로 볼 것인지 아닌지가 문제된다.

이처럼 속담의 정의는 복잡하다. 그러면 먼저 격언과의 차이부터 살펴보면, 우선 속담과 격언은 그 언어의 기능이 같다고 할 수 있다. 즉 대화 중에 삽입되어 언술言術의 효과를 거둔다는 점에서는 동일하다 할 수 있다. 또한 양자 사이

---

1 이희승 편, 『국어대사전』.

의 명확한 한계는 거의 불가능하다. 그러나 개략적인 차이는 지적될 수 있으리라 본다. 격언은 속담보다 시時·공空의 제한이 없고 주로 교훈적인 내용을 담고 있는 것이라고 할 수 있다. 예를 들면 '천리 길도 한 걸음부터'는 속담도 되고 격언도 된다. 그러나 '오지랖이 넓다'는 속담은 되지만 격언이라고 할 수는 없는 것이다.

그러면 속담과 관용어와의 차이는 무엇인가? 관용어는 좀더 넓은 의미로서 그 가운데는 속담·격언·금기어禁忌語[2]·단순한 비유·은어 등이 모두 포함될 것이다. 그러면 속담은 이들과 구별되는 어떠한 특징이 있는가? 속담은 구체적이고 특수한 사례를 진술함으로써 일반적이고 보편적인 의미를 유발하는 기능을 가지고 있다. 언술된 문면 그대로의 의미 이외에 보다 넓은 일반적 의미를 추상할 수 있도록 하는 것이 속담의 특징이다. 즉 '원인이 있어야 결과가 있다'라고 하는 것은 일반적 언술이요, 그 자체의 의미 이외에 다른 뜻이 추상될 수 없다. 그러나 '아니 땐 굴뚝에 연기 날까'는 구체적이고 특수한 사실을 가지고 보편적 의미를 유발시키고 있다. 이런 점에서 속담은 보통의 언술과 구별되고 다른 관용어와도 구분된다. 은어는 특수사회의 관용어이며, 그것이 표준어로 바꿔 쓸 수 있을 뿐 더 큰 의미나 보편적 의미로 확대되지는 않는다. 금기어·길흉담吉凶談은 역시 민속신앙과 결부되어 민중 사이에 유통되고 있으나, 언술된 금기·길흉의 사실만을 의미하지 다른 자극적인 구실은 없는 것이다.

다음에 단순한 비유로 사용되는 표현도 속담이라고 하기는 곤란하다. '청산유수 같다'는 표현은 거침이 없다는 의미로 쓰이지만, 이것을 속담이라고 할 수는 없다. 마찬가지로 '쥐 죽은 듯', '얼간 망둥이', '어중이떠중이', '서슬이

---

2 심재기, "금기 및 금기담의 의미론적 고찰", 『서울대학교 교양과정부 논문집』, 2(서울대학교 교양과정부, 1970).

푸르다' 등등의 말은 단순한 관용어로서 사용되는 숙어들이지 속담은 아니다. 이들이 속담이라면 '꽃 같다'(아름답다), '늑대 같다'(사납다) 등의 말도 속담에 들어가야 할 것이다.[3]

속담은 결국 보편적 의미를 강조하기 위하여 쓰여지는 말인데, 언술 자체에는 생략되기도 하고, 개별적인 의미 진술과 결부되기도 한다. '옷은 새 옷이 좋고 사람은 옛 사람이 좋다'는 속담은 결국 '사람은 옛 사람이 좋다'는 의미를 강조하기 위하여 '옷은 새 옷이 좋고'라는 평범하고 개별적인 진술이 삽입된 것이다.

이상에서 속담의 요건을 추출하면 다음과 같다.

① 민중 속에서 생성된 관용적 표현으로서,
② 보편적 의미를 강조하기 위하여 쓰여지는,
③ 일정한 기능을 갖는 세련된 말이다.

따라서 속담의 특징에는 다음과 같은 것들이 지적될 수 있을 것이다.

1. 속담은 사회적 소산이다

속담의 작자는 밝혀지지 않는 것이 보통이다. 설화나 민요와 같이 대중 속에서 형성된 것이다. 개인의 창의에 의해서 발생되었다 하더라도 그것은 개성적인 특수한 정감의 표현은 아니다. 개성적이고 특수한 표현은 민중 누구에게나 공감을 줄 수는 없으며 따라서 민중 누구나가 체험하고 느끼던 사실을 속담 형

---

3 이 같은 견해는 김종택에 의해서 이미 지적된 바 있다. 김종택, "속담의 의미기능에 관한 연구", 『국어국문학』, 34 · 35(국어국문학회, 1967).

식에 맞춘 것에 지나지 않으며, 그런 의미에서 창작자가 알려진다 하더라도 그 작자는 무의미한 것이다. 속담은 민중의 산물로서 민중이 공감하고 애용할 때에 그 생명이 있는 것이다.

2. 속담에는 민중의 생활철학이 반영되어 있다

속담은 사물을 직관에 의해서 꿰뚫은 철리哲理가 아니고, 부단한 시행착오의 체험을 통하여 얻어진 일반화generalization의 법칙이다. 그러므로 속담은 성경현전聖經賢傳의 문구보다도 민중들에게 더욱 실감 있게 느껴지고 직접적으로 이해된다. 속담에는 처세의 교훈이 있고, 민중의 신념이 있으며, 세태의 풍자가 있고 인생관이 있다. 그러나 그것은 모두 일상생활의 주변에서 항상 보고 느끼는 소재로써 표현되어 있는 것이다.

3. 속담은 향토성을 반영한다

속담은 각 지방에 따라 방언이 다르듯이 지방에 따라 특유한 것이 많이 있다. 그것은 속담이 생활습관·풍속·생업과 관련되어 나타나기 때문이다. 즉 지역에 따라 생활방식이 다르고 가치관도 다르기 때문에 속담은 달라질 수 있는 것이다. 한 걸음 더 나아가 속담은 한 국가의 국민성이나 민족성을 반영한다. 세계 각국에 속담은 존재한다. 그러나 보편적 의미는 상통하는 예가 많지만 구체적 표현은 모두 다르다.

4. 속담은 시대상을 반영한다

각 시대에 따라 풍조가 다르고 제도가 변한다. 따라서 속담은 시대적 산물이며, 끊임없이 생성되고 사멸한다. 지금 구전되는 속담 가운데는 벌써 우리가 실감할 수 없는 봉건 시대의 속담들도 많이 있다. 또한 현대에는 현대의 시대사조에서 싹트는 속담이 나타난다. 이처럼 속담은 시대상을 반영하고 시대사조를 호흡한다는 점에서 다른 구비문학과 같은 성격을 가진다.

5. 속담의 형식은 간결한 것이 특징이다

다른 구비문학은 얼마든지 부연과 생략이 가능하다. 설화는 화자에 따라 즉흥적 윤색이 가미되기도 하고 생략되기도 한다. 그러나 속담은 꽉 짜여 있는 토막말로서 한 음절이나 한 단어를 더할 수도 덜할 수도 없는 말이다. 속담은 군더더기가 일절 없다. 그만큼 세련된 말이다. 그러므로 속담을 윤색해서 부연하면 속담으로서의 기능을 잃고 만다. 또한 속담의 한 어구를 생략해도 그 의미 전달이 불완전해지므로 속담으로서 구실을 할 수 없게 된다.

6. 속담은 언어생활을 윤택하게 한다

속담은 비유와 상징으로 쓰여지며, 전통적 진리로서 권위를 가지고 보다 큰 의미를 함축하고 있기에 천 마디, 만 마디의 긴 설명보다도 더욱 효과를 낸다. 그리하여 상대방을 설복하는 무기가 되고, 미성년자를 경계하는 교훈이 된다. 또한 오랜 생활 체험에서 얻은 지혜의 표현이므로 수양과 처세의 지침이 되며, 재치 있는 말이므로 청중을 흥미롭게 하며 말의 긴장감을 준다. 우리의 말은 속담 없이는 그야말로 무미건조해질 것이다.

II 속담의 생성과 변천

속담의 기원은 인류의 언어생활과 더불어 시작되었을 것이다. 그러나 고대의 언어를 우리가 완전히 알 수 없듯이 속담 또한 옛 시대의 전모를 파악할 길이 없다. 우리나라에서는 『삼국유사』에 실려 신라시대에 발생한 듯한 속담을 보여 주고 있는 것이 최고最古의 예로 생각된다. 『삼국유사』 권5 「욱면비염불 서승郁面婢念佛西昇」에 다음과 같은 기록이 있다.

> 신라 경덕왕 때에 욱면이란 계집종이 주인을 따라 미타사彌陁寺란 절에 가서 염불을 하게 되었다. 주인은 종이 일을 하지 않는 것을 미워하여, 날마다 곡식 2섬을 주고 방아를 찧게 하였다. 그러나 욱면은 염불하고 싶은 마음 때문에 방아를 바삐 찧어 일경一更에 마치고 절로 돌아오곤 하였다.

이런 옛 이야기로부터 '자기 일이 급하여 남의 일을 서두른다'는 뜻으로 '기사지망 대가지용촉己事之忙 大家之春促'이란 말이 나왔으리라 짐작된다. 오늘날 속담에 '내 일 바빠 한데 방아'라는 것은 위의 『삼국유사』 이야기에 연원을 두고 있는 것임을 쉽게 알 수 있다.[4]

우리는 고려시대의 속요 가운데 「정석가鄭石歌」에서 다음과 같은 구절을 찾을 수 있다.

> 삭삭기 셰몰애 별혜 나는, 삭삭기 셰몰애 별혜 나는, 구은 밤 닷 되를 심고이다. 그

---

4 이기문, 『속담사전』, 서문 참조, pp. iv~v.

바미 우미 도다 삭 나거시아, 그 바미 우미 도다 삭 나거시아, 유덕有德하신 님을 여
히♀와지이다.

이것은 유덕하신 님을 잊을 수 없다는 뜻으로 불가능한 사례를 비유로 든 노
래이다. 그런데 오늘날도 전혀 희망이 없다는 말을 속담으로 표현할 때 '군밤
에서 싹 나거든'이란 표현을 쓴다. 따라서 이러한 속담의 형성은 이미 고려 이
전에 이루어졌다는 추정을 할 수 있다고 본다.

『세종실록世宗實錄』에는 '고려공사삼일高麗公事三日'이란 말이 있는데, 이는
고려의 정치가 내구성이 없는 조령모개식朝令暮改式이란 것에서 비롯된 속담일
것이다.[5]

속담은 이처럼 어떠한 설화나 사건을 계기로 발생하기도 한다. 중국에서 형
성된 속담으로 보여지는 '닭의 벼슬은 될지언정 소의 꼬리는 되지 말라(寧爲鷄
口 無爲牛後)'란 말은 전국시대戰國時代의 유명한 변설가辯舌家 소진蘇秦이 한 말
이라고 하며 그 뒤 민중에 전파되어 속담이 된 것이다. 또한 별 차이가 없다는
말을 '오십보 백보五十步百步'라고 하는데, 이 말은 맹자孟子가 말한 '오십보소
백보五十步笑百步'에서 유래된 것이다. 이처럼 어떤 특정인이 창조한 명구名句
가 속담이 되기도 한다. '조삼모사朝三暮四', '새옹지마塞翁之馬', '오월동주吳越
同舟', '삼고초려三顧草廬' 등의 속담은 모두 고사故事에서 파생한 예이다.

또한 속담은 소설의 내용에서 유래되기도 한다. '홍길동이 합천 해인사 털
어먹듯', '놈 재주는 홍길동이다' 등은 『홍길동전洪吉童傳』에서 유래된 속담이
고, '팔선녀八仙女를 꾸민다'는 『구운몽九雲夢』에서, '춥기는 사명당四溟堂 사첫
방이다'는 『임진록壬辰錄』에서, '소대성이 모양 잠만 자나'는 『소대성전蘇大成
傳』에서 각기 유래된 것들이다.

---

5 이기문, 위의 책.

특히 『삼국지三國志』에서 파생한 속담이 많다. '장비張飛하고 쌈 안 하면 그만이지', '제 놈이 제갈량諸葛亮이면 용납容納이 있나', '조자룡趙子龍이 헌창 쓰듯 한다' 등이 『삼국지』에서 유래된 것들이다. 이처럼 속담은 어떤 특수한 사건이나 이야기나 소설에서 유래되고 생성되기도 한다. 그리고 그것이 민중의 공감을 얻고 확대 전파되어 그 유래는 모르고 관용구로서 사용되기도 한다.

또한 속담은 발생 지역을 드러내는 것도 있다. '평택平澤이 무너지나 아산牙山이 깨어지나', '지저분하기는 오간수五間水 다리 밑이라', '종로鐘路에서 뺨 맞고 한강漢江에서 눈 흘긴다', '은진恩津은 강경江景으로 꾸려간다' 등은 문면에 구체적 지역명이 등장하고 있는 예이다.

속담 중에는 최근에 발생한 것도 있다. '비행기 태운다', '일진회—進會 맥고모자 같다' 등은 한말韓末에 나타난 속담이며, '목사님 구호물자 저고리 입은 것 같다' 등은 해방 후에 생성된 것이다.

좀더 시기가 지나면 현대에 사용되는 많은 관용어가 속담으로 정립될 것이며, 지난날의 속담은 우리의 뇌리에서 많이 사라져 갈 것이다.

III 속담의 자료 개관[6]

속담은 옛날부터 선비들의 관심을 끌어왔다. 그리하여 학자들의 문집 중에 속담이 삽입되기도 하고 의식적으로 수집 기록한 것도 있다. 조선조 성종成宗 때 성현成俔의 『용재총화慵齋叢話』에는 '복비석장(腹肥石牆 : 돌담 배부른 것)' 등 3개의 속담이 한역되어 전하고 , 어숙권魚叔權의 『패관잡기稗官雜記』에는 '춘우

---

6 속담 자료집에 관한 해설은 주로 김사엽의 『속담론』에서 "조선인이 수록한 속담집"(pp. 156~164)과 이기문의 『속담사전』 서문을 참조하여 저자가 보충한 것이다.

삭래春雨數來(봄비 잦은 것)', '초헌마편輻軒馬鞭(초헌에 채찍질)' 등 15개의 속담이 수록되어 있다. 그러나 속담에 대해서 관심을 가지고 집록集錄한 것으로는 다음에 드는 『순오지旬五志』부터라고 하겠다.

1) 홍만종 : 『순오지』

효종孝宗 때 홍만종洪萬宗은 그의 수필집 『순오지』 권하卷下에 당시에 유행되던 속담 124수를 한역하여 기록하였다. 배열의 순서는 자수에 순서대로 2자짜리로부터 14자짜리까지 차례로 기술하였으며 해설까지 곁들이고 있다. 예를 들면 다음과 같다.

- 승소僧梳 : 언무용言無用
- 노축암怒蹴巖 : 언불인분노자반해어기言不忍忿怒者反害於己
- 오비이락烏飛梨落 : 언섭적혐의言涉迹嫌疑
- 간두과삼년竿頭過三年 : 언기내고지구言其耐苦之久
- 십작목무불전十斫木無不顚 : 언삼인투제지류言三人投梯之類
- 불연지혈연기생不燃之穴烟豈生 : 언인무취범외언부지言人無取犯外言不至
- 수심수지인심난지水深雖知人心難知 : 언인심불가측言人心不可測

그리고 속담 끝에 자기의 견해를 적되, "…… 이언俚諺이라고 홀대해서는 안 된다. 현자라도 만약 반우할 수 있어 처할 바를 안다면 반드시 작은 보탬이 있을 것이다(不可以俚諺忽之也 賢者如能反隅而知所處 則亦未必少補云爾)"라고 하였다. 홍만종이야말로 속담의 진정한 가치를 이해한 사람이라고 할 수 있다.

2) 이덕무 : 『열상방언』

영조英祖 때 이덕무李德懋의 『청장관전서靑莊館全書』 중에 「열상방언洌上方言」

조에 속담 100수가 한역되어 있다. 그런데 번역 태도가 『순오지』와 같이 자유롭지 않고 중국 속담을 본떠 6자로 글자수를 맞추었고 압운鴨韻까지 하였다. 예를 들면 다음과 같다.

- 양오피치오지量吾被置吾趾 : 언사가탁력이위야 피단이신족 족필노의야言事可度力而爲也 被短而申足 足必露矣
- 마행처우역거馬行處牛亦去 : 언부재재지속재면지여하이言不才在遲速在勉之如何耳

그러나 번역이 어색한 것도 없지 않다. '곡무호선생토谷無虎先生兎'는 지금의 '범 없는 골짜기에 토끼가 선생'이란 말인데, 한문으로는 이 뜻이 충분히 전달되지 않는다.

3) 조재삼 : 『송남잡지』

순조純祖 때 조재삼趙在三의 『송남잡지松南雜識』에도 많은 속담이 한역되어 있다. 특히 조재삼은 속담의 연유를 밝혀 놓았을 뿐 아니라 전와轉訛에 의한 오류를 교정하기도 하였다. 그러나 출전出典에 의한 견강부회牽强附會하여 무리한 설명이 보이기도 한다.

- 의환사륜蟻環篩輪 : 본출本出 부선의마지설夫旋蟻磨之說 우여마려답구적지어상사又與磨驢踏舊跡之語相似 파시을소모생졸坡詩應笑謀生拙 단단여마려시야團團如磨驢是也
- 재송망정栽松望亭 : 당시唐詩 아과노인택我過老人宅 불성노인심不誠老人心 하사잔양리何事殘陽裏 재송욕망음栽松欲望陰 금재송망정지어今栽松望亭之語 실출차實出此

4) 정약용 : 『이담속찬』

정약용丁若鏞의 『이담속찬耳談續纂』은 우리나라 속담 200여 수를 한역하여 놓은 것이다. 한역에 있어서는 『열상방언』과 같은 태도로 모두 8자로 하였고 운까지 달고 있다.

- 발노축석 아족기탁 發怒蹴石我足其坼
- 기승기마 우사견마 旣乘其馬又思牽馬
- 삼세지습 지우팔십 三世之習至于八十

5) 『동언해』

『동언해東言解』는 편자 미상으로 역시 우리나라 속담 400여 수를 한역하여 수록하고 있다.

- 십번작무불전지목 十番斫無不顚之木
- 아재부삼년수 兒在負三年搜
- 연풍걸인우비 年豊乞人尤悲

6) 최원식崔瑗植 : 『조선이언朝鮮俚諺』(신문관, 1913)

이 책은 한글로 900여 수의 속담을 기록하고 있는데, 속담사전의 선편先鞭을 잡은 최초의 국문 속담집이다. 여기에는 한문투의 되풀이와 이해에 도움이 될 간단한 설명을 붙이고 있다.

- 칼 물고 뜀 뛰기(검劍을 함啣하고 도하跳下하기) : 매사每事의 말로결심末路決心을 위謂함이니 생사존망生死存亡이 일거一擧에 재在하다 함이라.

7) 김상기金相冀 : 『조선속담朝鮮俗談』(동양서원, 1922)

이 책은 『조선이언』에 수록된 자료를 모두 그대로 싣고, 다시 추가해서 1,500여 수의 속담을 수록하고 있다.

8) 방종현方種鉉 · 김사엽金思燁 : 『속담대사전俗談大辭典』(조광사, 1940)

이 책은 우리나라의 속담 4,000여 수를 모아 ㄱ, ㄴ순으로 배열하고, 각 속담마다 주해註解를 달고, 원전을 밝혔으며, 반대 속담이나 또는 비슷한 속담을 병기並記하여 놓았다. 이 책은 우리나라 속담을 본격적으로 집대성한 속담집이다.

9) 조선어학회朝鮮語學會 김원표金源表 : 『조선속담집朝鮮俗談集』(정음사, 1948)

속담 700여 수를 ㄱ, ㄴ순으로 배열하고 간단한 뜻풀이도 덧붙여 놓고 있다.

10) 진성기 : 『제주도 속담』 1, 2집(제주민속연구소, 1959)

제주도 속담을 수집하여 제주도 방언으로 적고, 표준어로 해석을 붙였다.

11) 최근학崔根學 : 『속담사전俗談辭典』(경학사, 1962)

2,156수의 속담을 주제 및 ㄱ, ㄴ순으로 배열하고, 해당하는 영문도 첨부添付하고 있다.

12) 이기문李基文 : 『속담사전俗談辭典』(민중서관, 1962)

이 책은 과거에 출간된 속담집의 자료를 총망라하고, 다시 편자가 수집한 자료를 보충하여 7,000여 수의 우리말 속담과 2,000여 수의 한문 속담 및 성어成語를 수록한 최대의 속담집이다. 특히 속담의 출전, 해설뿐만 아니라 작품에서 사용된 용례까지 기술하고 있어 일반의 이해에 많은 도움을 준다.

이상이 대개 지금까지 출간된 속담 자료집이다. 이 밖에 외국인에 의하여 수집된 것이 약간 있다. 게일G. S. Gale의 『사과지남辭課指南 Korean Grammatical Forms』(1916) 속에 200여 수의 속담을 한글·영어번역·해석의 순서로 기술하고 있고, 일본인 다카하시 도루高橋亨의 『조선물어집朝鮮物語集』 부附 이언俚諺(조선총독부 조선민속자료 제3편)이 있으나 일본어로 번역되어 있다.

또한 신창순申昌淳이 약 600수의 속담을 『국어국문학』 32호(1996. 6)에 '신채속담新採俗談', 그리고 김선풍金善豊이 속담 380여 수를 『한국민속학』 3집(1970. 12)에 '신채언어新採諺語'라는 이름으로 수록하고 있어 참고할 만하다.

IV 속담의 유형

속담은 궁극적으로 지향하는 의미가 보편적 일반적 의미이다. 그러나 속담의 구조를 자세히 파악하면 개별적이고 특수한 사실만을 진술하고 보편적 의미는 생략되어 있는 경우와, 보편적인 의미가 속담의 언술 가운데 포함되어 있는 경우가 있다. 여기서 속담의 유형을 논함에 있어서 그 기준은 개별적인 의미와 보편적 의미의 결합 관계가 된다.

우선 개별적 의미와 보편적 의미의 구분을 위해서 예를 들어보자.

'호랑이도 제 말 하면 온다'는 속담은 전체가 개별적인 진술에 불과하다. 즉 이 속담의 의미는 이야기의 화두가 되었던 제3인물이 나타났을 때 쓰는 말로서 '남의 흉을 보지 말라', '말조심을 하라'는 일반적 의미가 숨어 있는 것이다. 그러나 이 같은 숨은 의미는 속담 문면에 나타남이 없다. 이것이 개별적 진술의 예가 된다. 그러나 '고기는 씹어야 맛이고, 말은 뱉어야 맛이다'라는 속담은 결국 '말은 해야 맛이다'라는 보편적 의미를 강조하기 위해서 '고기는 씹어야 맛'이라는 개별적 의미가 삽입된 것이다.

이러한 관점에서 속담의 유형을 검토하겠다.[7] 편의상 개별적 의미 진술부를 A, 보편적 의미 진술부를 B로 표시하면, 속담의 유형은

① A형
② A+A형
③ A+B형
④ B형
⑤ B+B형

의 다섯 가지로 분류된다.

다음의 각 유형에 대해서 검토해 보자.

1) A형

이것은 간단한 단어나 어구로서 상징적 의미를 가지고 쓰여지는 속담이다. '열 소경의 한 막대' 하면 그 문면의 뜻은 특수하고 개별적인 의미이나, 이것이 사용되는 의미는 '매우 긴요하고 소중하다'는 뜻이다. 즉 매우 귀중하고 소중한 것은 많지만 그 가운데 하나의 예로써 전체 의미를 대표한다. 그러나 전체 의미는 문면 그대로의 문법적 의미로는 표현되지 않는다. A형의 예를 들면,

• 갖은 황아다.
• 같은 값이면 다홍치마

---

7 속담의 구조적 유형에 관해서는 김종택의 분류가 있다. 그러나 필자는 그 재료재材料材와 의미재 意味材의 설정이 좀 어학적인 듯하여, 이 논문을 참고하여 필자 나름대로의 체계를 세웠다.

- 개 팔자
- 달도 차면 기운다.
- 드나드는 개가 꿩을 문다.
- 미운 놈 떡 하나 더 준다.
- 봉사 단청 구경
- 어느 구름에서 비가 올지
- 촉새가 황새를 따르다 가랑이 찢어진다.

등이다. 속담의 대부분이 거의 A형에 속하고 있다.

2) A+A형

'작아도 콩싸라기 커도 콩싸라기.' 이 속담은 대동소이한 것을 의미하는 속 담이다. 그러나 '커도 콩싸라기'라는 하나의 언술만 가지고는 속담으로서의 박력이 부족하다. 따라서 개별적인 의미를 중첩함으로써 속담의 기능이 발휘 되는 예이다.

- 엽자금葉字金 동자삼童子蔘이다.
- 쪽제비도 낯짝이 있고, 미꾸라지도 뱃통이 있고, 빈대도 콧등이 있다.
- 정 각각 흉 각각
- 가는 방망이 오는 홍두깨
- 나무에도 못 대고, 돌에도 못 댄다.
- 웃길도 못 가고, 아랫길도 못 간다.
- 일에는 배돌이, 먹을 때는 감돌이
- 반 잔 술에 눈물 나고, 한 잔 술에 웃음 난다.

3) A＋B형

'열 길 물속은 알아도 한 길 사람의 속은 모른다.' 이 속담은 결국 사람의 속을 모른다는 의미로 쓰여지며, 그 궁극적 의미가 속담 문면에 그대로 나타나 있다. 그러나 '열 길 물속은 알아도'는 결국 '한 길 사람의 속을 모른다'는 것을 강조하기 위하여 삽입된 개별적 의미에 불과하다.

이 형의 예는 다음과 같은 것이 있다.

- 호랑이는 죽어서 가죽을 남기고, 사람은 죽어서 이름을 남긴다.
- 그릇은 돌리면 깨지고, 여인은 돌리면 버린다.
- 옷은 새 옷이 좋고, 사람은 헌 사람이 좋다.
- 봉숭은 갈수록 덜고, 말은 갈수록 보탠다.
- 팔백금八百金으로 집을 사고, 천금千金으로 이웃을 산다.
- 물이 아니면 건너지 말고, 인정人情이 아니면 사귀지 마라.

4) B형

'장작불과 계집은 쑤석이면 탈난다'. 이것은 여자를 쑤석이지 말라는 보편적 의미가 그대로 속담에 노출되어 있다.

- 재떨이와 부자富者는 모일수록 더럽다.
- 부자는 망해도 3년 먹을 것이 있다.
- 부부 싸움은 칼로 물베기
- 먹는 죄는 없다.

5) B＋B형

- 밤 잔 원수 없고, 날 샌 은혜 없다.

- 계집 자랑 반 미치기, 자식 자랑 온 미치기
- 복은 쌍雙으로 안 오고, 화禍는 홀으로 안 온다.
- 잘 되면 제탓, 못 되면 조상탓

이 형은 순서에 의해서 그 강조 부분이 달라진다. 나중 부분이 대부분 강조되는 것이며, 사용할 때 상황에 따라 순서를 바꿀 수도 있다. 즉 자식 자랑하는 사람을 평할 때는 '계집 자랑 반 미치기, 자식 자랑 온 미치기'로, 계집 자랑하는 자에게는 다시 순서를 바꿔서 '자식 자랑 반 미치기, 계집 자랑 온 미치기'로 쓸 수 있는 것이다.

V 속담의 내용

속담은 민중들의 일상 생활에서 얻은 체험의 진리이다. 그 속에는 날카로운 풍자가 있고, 달관한 인생이 있고, 엄숙한 교훈이 있다. 여기에서는 인간의 체험적 진리, 인심의 묘파 및 실감나는 비유 등을 중심으로 속담의 내용을 검토하겠다.

- 둘째 며느리 삼아 보아야 맏며느리 착한 줄 안다.

이것은 사람은 많이 겪어 보아야 이해가 넓다는 의미이다. 사람은 언제나 이상과 현실이 일치하지 못한다. 며느리에 대한 이상도 실제 며느리에 대한 현실에 부딪혔을 때는 불만인 것이 사실이다. 그러나 많은 것을 경험하고 이해의 폭이 넓은 사람은 평가의 기준이 실제와 부합된다. 둘째 며느리가 더 사나우면 그제야 맏며느리가 착하다는 상대적 평가가 내려지는 것이다. 이와 비슷한 예로서 '구관이 명관이다'라는 말이 있다. 역시 같은 뜻이다.

- 적덕積德은 백년이요, 앙해殃害는 금년이다.

남모르게 음덕陰德을 쌓으면 그 보람을 먼 훗날에서도 찾을 수 있다. 당장에 복이 돌아오는 것은 아니지만, 은혜를 베풀면 자연히 그 보답이 돌아온다. 그러나 화를 당하거나 손해를 보는 것은 그때만 지나면 곧 회복될 수 있는 것이다. 이것은 권선징악의 교훈이 아니요, 실제 민중들의 인생 체험에서 얻어진 결론이라고 할 수 있다.

- 큰 말이 나가면, 작은 말이 큰 말 노릇한다.

이것은 어떤 사람이고 직책과 권한을 주면 다 해낼 수 있다는 의미이다. 대개 사회는 직책과 권한이 일을 하는 것이 아니고, 그 말은 사람의 개인적 인격에 의해서 일이 된다고 믿기 때문에 이 같은 속담이 생긴 것이다. 이것도 오랜 동안의 경험 속에서 얻어진 귀납적 결론이라고 할 수 있다.

- 횃대 밑에 더벅머리 셋이면, 날고 뛰는 놈도 별 수가 없다.

이 속담은 아이를 낳아 키우자면 돈도 많이 들고 힘도 많이 든다는 의미이다. 역시 자식을 키우면서 얻어진 체험의 표현이다.

이처럼 속담은 비근한 예로 직서直敍하되, 그 속에는 일반적 철학이 내포되고 체험의 일반화가 이루어지는 것이다.

다음은 인정을 묘파한 속담의 예를 들어 보자.

- 딸의 굿에를 가도 자루 아홉 가지고 간다.
- 뒷간에 갈 적 맘 다르고 올 적 맘 다르다.
- 한잔 술에 눈물 난다.
- 한 자루에 양식 넣어도 송사한다.
- 팔이 들이 굽지 내 굽냐.
- 진상은 꼬챙이에 꿰고, 인정人情은 바리로 싣는다.

이상의 예에서 보듯이 속담에서는 가장 일반적인 심리의 공통성을 묘파하고 있다. 속인은 자기 욕심을 다 채우는 법이다. 그래서 딸의 굿에를 가더라도 얻어올 차비를 하는 것이 본연의 심리이다. 또한 급한 사정이 있을 때는 수단과 방법을 가리지 않고 행동하고, 여유가 있으면 달라진다. 또 아쉬우면 인간은 치사해지게 마련이고, 부족한 것이 없으면 거만하게 군다. 이러한 인심의 양태를 가장 비근한 예를 들어 묘파하고 있는 것이다.

인간의 마음은 간사하다. 또한 인간은 감정의 동물이다. 따라서 아무리 사소한 것에서도 섭섭함을 느끼고 원한을 산다. '한잔 술에 눈물 난다'는 속담은 가장 평이하고 직접적이면서도 이 같은 인간의 심리를 잘 묘파한 말이다.

또한 사람은 언제나 이기적인 존재이다. 아무리 공정하다 해도 사심私心이 없을 수는 없다. 그래서 '팔이 들이 굽지 내 굽냐'하는 속담이 생긴 것이다.

다음에 눈에 거슬리는 모습을 여러 가지로 비유해 나타낸 속담이 있다. '거적문의 돌쩌귀', '짚신에 구슬 감기', '삿갓에 쇄자질', '개에게 호패', '돼지우리에 주석 자물쇠', '가게 기둥에 입춘立春' 등은 모두 격에 맞지 않는 것을 표현한 속담이다. 또한 '게으른 년이 삼가래 세고, 게으른 놈이 책장 센다'는 것은 게으름 피우는 사람을 징계하는 속담이다.

다음에 사람의 성품을 묘파猫破한 속담도 많다. '우물에 가 숭늉을 찾는다'는 성급한 사람에게 쓰는 말이며, '시집도 가기 전에 기저귀 마련한다', '시집

가기 전에 강아지 장만한다', '오동씨만 보아도 춤춘다', '떡방앗소리 듣고 김치국 찾는다' 등의 속담은 너무 미리부터 준비하고 서두는 사람들을 풍자하는 말이다. 인간의 만사는 기대했던 바와는 다른 것이 상례인 것이다. 그래서 항상 모든 일은 당해 보아야 그 진가眞假를 알게 되고, 지내본 다음에야 자신 있게 말할 수 있는 것이다. 그와 같은 경험에서 미리 서두르는 사람은 헛수고를 하는 때가 많은 것이며, 따라서 이러한 사람들을 풍자한 속담이 자연 많이 나타나게 된 것이라 생각된다.

또한 사리事理를 분별하지 못하고 덤벙대는 사람에게 쓰는 속담도 많다. '맥도 모르고 침통 흔든다', '쥐 밑도 모르고 은서피銀鼠皮 값을 친다', '말똥도 모르고 마의馬醫 노릇 한다', '자눈도 모르고 조복朝服 마른다' 등이 모두 이에 해당하는 말이다. 이들은 어디에서나 나서기를 좋아하고 아는 체하고 덤벙이는 사람에게 일침을 놓는 데 더할 나위 없이 적합한 말들이라 하겠다.

다음에는 여자에 대한 속담을 들어 보자.

여자들이 말을 많이 하는 것을 비유한 속담으로 '여자가 셋이면 나무 접시가 드논다', '여자 열이 모이면 쇠도 녹인다' 등이 있다. 이러한 속담은 여성의 사회참여가 거부되었던 과거 봉건사회에서 여자의 다언多言을 못마땅히 여기는 데에서 나타난 것이라고 보여지며, 이같이 여자의 말을 억압했기 때문에 여자들이 모여서 이야기할 기회가 있으면 더욱 극성스럽게 떠듦으로써 생겨난 속담이라 생각한다. 또한 '여자는 제 고을 장날을 몰라야 팔자가 좋다'는 속담은 여자의 사회 활동을 완전 무시한 관념에서 나타난 것으로 현대에 와서는 공감을 줄 수 없는 것이기도 하다.

이 밖에도 장님이나 벙어리 등의 불구자를 소재로 생성된 속담도 많다. '소경 매질하듯', '소경 단청 구경', '장님 제 닭 잡아먹듯' 등은 아무것도 모르고 시늉만 한다는 의미로 쓰여지는 말이며, '벙어리 삼신이라', '벙어리 소를 몰고 가듯', '벙어리 심부름하듯' 등은 말없는 사람들을 비유해서 쓰는 말이다.

이상의 속담 내용을 보면, 일상생활에서 체득한 진리로서 예리한 풍자와 엄숙한 교훈과 실감나는 비유가 민중의 기지에 의하여 번득임을 알 수 있다. 이들의 표현은 고상하기보다는 비속한 것이 많고, 교훈보다는 풍자가 많다. 그러나 이러한 속담은 천만 마디의 설명보다도 더욱 박력과 실감을 주며, 청산유수 같은 능변能辯보다도 더욱 효과를 주는 민중언어의 결정체結晶體다. 그 속에는 생활 상태와 풍속 · 관습 · 신앙 등이 반영되어 있다. 따라서 우리 언어생활을 윤택하게 하기 위해서뿐 아니라 우리 민족의 생활 감정이나 민족성의 일면을 이해하기 위해서도 속담의 연구는 필요한 것이며, 그 간결한 형식과 집약된 표현에서 문학적 연구의 대상으로서도 훌륭한 가치가 있다고 생각한다.

제8장 수수께끼

I 수수께끼의 특징

수수께끼는 은유를 써서 대상을 정의하는 언어 표현법이다.[1] 우리가 언어의 역사를 상고하여 볼 때 각개 단어들은 '선개념(정의) → 후명칭(단어)'의 과정을 밟아 왔음을 알 수 있다. 수수께끼의 형식 역시 정의가 먼저 있고 단어가 뒤따른다. 그러므로 '수수께끼집' 특유의 기술 태도는 정의에 합치되는 단어를 지정하여 주고 있는 것이라 하겠다. 그러나 어휘 사전의 경우는 이와는 정반대이다. 가령 우리가 뜻을 모르는 낱말을 대했을 때, 우리는 으레 국어사전을 펼쳐보아 그 정의를 찾아내게 되는데, 이것은 말하자면 언어사의 발달 과정, 즉

---

1 수수께끼 중에는 비은유적非隱喩的인 것도 있다. 가령 "이 세상에서 제일 큰 나무는 몇 개?"(하나), "제 장인하고 매부의 장인하고 둘이 물에 빠졌다면 누구를 먼저 건질 것인가?"(매부의 장인, 곧 자기 아버지) 등등. 그러나 이와 같은 유類는 일종의 퀴즈로 진정한 의미의 수수께끼라고는 볼 수 없으므로 수수께끼 정의에서는 제외한다. 단, 이런 유는 광의의 수수께끼로 다루어 분류항에서 언급될 수 있을 것이다.

'개념 → 단어'의 과정을 거꾸로 소급하는 것이다.

수수께끼의 정확한 어원[2] 및 최고 문헌 사용례는 미상이지만, 고어에 나타나지 않는 점으로 보아 이 용어의 역사는 그다지 오래지 않는 듯하다. 우리말에는 '수수께끼'란 용어의 몇몇 방언[3]을 제외하면 이 같은 형식의 언어 표현법을 지칭하는 별개의 용어가 없다. 간혹 과거 일인학자들의 영향을 받아 '미謎'라는 용어가 사용되기도 하나[4] 이를 학술용어로 채택하기보다는 재래의 우리 고유어를 쓰는 편이 나으리라고 생각되어, 이 책에서는 '수수께끼'란 용어를 택하였다.

또한 『사해辭海』 '미어謎語'에 의하면,

수수께끼(미어謎語)는 혹은 '은어'라고도 하고 '수사'라고도 하여 문인들이 유희거리로 여긴다. 오늘날 수수께끼를 만드는 사람은 글자나 책 속에 들어 있는 시사 문구나, 사회에서 유행하는 성문이나 성어, 혹은 고금의 인명이나 지명으로부터 일체의 사물의 명사를 미저謎底(수수께끼의 뜻)로 하고, 별도로 이것에 암시적으로 뜻이 같은 문구로써 미면謎面(수수께끼)으로 하여 사람에게 주어 풀게 한다. 이를 푸는 사람은 수수께끼에 의거하여 그 숨은 뜻을 푼다. 수수께끼를 푼 후에 수수께끼를 낸 사람이 문구라든가 음식 따위를 상으로 보내 주므로 일명 '문호文虎'라고도 하는 것이다. 또한 수수께끼를 푸는 것을 '사호射虎'라고도 하고, 등에 수수께끼를 써서 내거는 것을 '등미燈謎'라고 하고 '등호燈虎'라고도 한다(······ 按謎語 亦稱隱語 又曰廋辭 爲文人游戲之事 今人製謎者 以字或書籍中之詩詞文句 或社會流行之成文成語 或古今人名地名 以及一切事物之名詞稱謂爲謎底而另撰隱合於謎底之文句爲謎面 供

---

2 수수께끼의 어원을 '시어격猜詩格(글자로 헤아려 아는 격담)'에서 찾으려는 사람도 있으나 이는 별로 신빙할 것이 못 된다.(김동진, 『四千年間朝鮮俚語解釋』, 덕흥서림, 1928 참조).
3 수수께끼 · 수수적기(江原), 수수고끼(平北), 수지적기 · 수지기 · 준추세끼(全南), 두리치기 · 수수잡기 · 시끼저름, 예숙제낄락 · 걸룰락(淸州).
4 우리나라 최초라 할 수 있는 조선총독부 편의 수수께끼집도 『朝鮮の謎』로 되어 있다.

人猜射 射者卽憑謎面 以猜其所隱之謎底 猜中之後有由設謎之人 贈送文具食物以爲彩
品者 一稱文虎 亦稱猜謎曰射虎 其或張燈爲之者 稱爲燈謎 又稱燈虎).

라 되어 있어, '미謎'는 원래 중국에서 쓰인 것으로, 오늘날 우리가 말하는 '수
수께끼'와는 다른 것이라는 점도 고려하여야 하겠다.
　수수께끼의 특징으로는 다음과 같은 점을 들 수 있다.

1. 구연에 있어서 화자 · 청자 쌍방이 참여한다는 점

　수수께끼는 다른 구비문학 갈래들—이를테면 설화 · 민요 · 판소리 · 서사무
가 · 민속극 · 속담—이 일방적인 전달을 목적으로 함에 비하여, 화자와 청자
의 쌍방이 다같이 구연에 참여한다는 특징을 갖고 있다. 다시 말하면 수수께끼
는 주기만 하는 것이 아니라 주고받는 것이다. 그러므로 수수께끼의 구성은 설
문設問과 응답應答으로 이루어진다. 설문은 개념을 정의하는 부분으로 대개 의
문형의 문장을 취하는 것이 보통이나, 상황에 따라서 생략되기도 한다. 반면
응답은 주제라고도 말할 수 있으며[5] 흔히 하나의 단어로 단언된다. 설문의 내
용은 주제의 형태 · 기능 · 행동에 관한 것이다.

2. 묘사가 극히 단순하다는 점

　묘사의 단순성은 비단 수수께끼에만 국한되는 성질이 아니겠지만, 구비문학
갈래 중에서도 가장 간단한 형태를 띠는 것은 속담과 수수께끼라고 할 수 있

---

5 Alan Dundes, "Toward a Structural Definition of the Riddle", *Journal of American Folklore*,
　76:113(1963).

다. 그러나 속담과 수수께끼는 문장으로서는 가장 단순하나, 언어 현상으로는
극히 주목되어, 언어학자들에 의하여 누차 분석이 시도되어 왔다.[6]

이야기 형태를 가지고 있는 서사문학 갈래들이 화자의 임의로 첨가 부연됨
에 비하여, 속담과 수수께끼는 소수의 예외를 제외하면 1행 내지 2행의 단문장
으로 이루어진다. 문장이 길어질 경우 접속사 또는 접속어미는 흔히 생략된다.
가령 "새끼 서 발 깨진 동이 안 깨진 동이 죽은 말 산 말 죽은 사람 산 사람이
뭐냐?"[7]라는 수수께끼는 "새끼 서 발을 깨진 동이와 바꾸고, 깨진 동이를 안 깨
진 동이와 바꾸고, 안 깨진 동이를 죽은 말과 바꾸고, 죽은 말을 산 말로 바꾸
고, 산 말을 죽은 사람과 바꾸고, 죽은 사람을 산 사람으로 바꾸는 것이 무엇이
냐?" 하는 물음이 될 것이다.

3. 은유적 표현이라는 점

수수께끼는 어떤 사물에 대하여 직선적으로 표현하지 않고 완곡하게 표현한
다. 말하자면 수수께끼는 수사법상에서 말하는 메타포metaphor인 셈이다.

수수께끼를 메타포로 규정한 것은 이미 그리스 시대에도 있었다. 아리스토
텔레스Aristoteles(B.C. 384~322)의 『시학poetica』에 의하면,

수수께끼의 본질은 말의 불가능한 결합에 의하여 사실을 표현하는 점에 있다. 이
는 사물의 보통 명칭의 결합에 의해서는 불가능하나, 은유隱喩의 결합에 의해서는

---

6 cf. Charles T. Scott, "Persian and Arabic Riddles : A Language-centered Approach to Genre
   Definition", *International Journal of American Linguistics*, Part II(October 1965).
   ————, "On begining the Riddle : The Problem of a Structural Units", *Genre* vol. II,
   no. II.
7 『한국일보』(1962.11.22), 4,308호.

가능케 된다.[8]

고 하고 있는 것이다.

또한 포터C. F. Potter도

　수수께끼는 본질적으로 메타포다. 그리고 메타포는 연상·비교·유사점과 차이점의 인지와 같은 일차적인 지적 과정의 결과다.[9]

라고 하여 아리스토텔레스와 유사한 정의를 내리고 있다.

　가령 "머리를 풀고 하늘로 올라가는 것이 무엇이냐?" 또는 "올라갈 때는 붉은 옷, 내려올 때는 흰옷을 입는 것은 무엇이냐?"라는 수수께끼는 유사성에 의하여 '연기'와 '불티'를 각각 은유한 것이다.

　속담도 은유를 사용한다는 점에서는 수수께끼와 일치하지만, 수수께끼에서 은유를 사용하는 목적은 속담의 그것과는 근본적으로 다르다. 속담의 은유 사용은 특수한 것을 일반화하는 데 반해, 수수께끼는 일반적인 것을 특수화하는 것이다.

　속담 : 하룻강아지(특수) → 어리석다(일반)
　수수께끼 : 서면 작고 앉으면 큰 것(일반) → 개(특수)

8　Aristoteles, 『시학Poetica』(손명현 옮김, 『시학』, 박영사, 1960, p. 123, 제22장 참조).
9　Maria Leach, ed., *Standard Dictionary of Folklore, Mythology, and Legend*(New York : Funk & Wagnalls, 1972), p. 938.

4. 고의적 오도성誤導性을 띠고 있다는 점

수수께끼는 어떤 사물의 의미를 감추어서 그 결과 청자의 지적 상상력을 계 발시키기 위하여 의도적으로 애매한 용어들을 차용한다. 그러므로 힌트가 될 만한 점은 슬쩍 피하여 듣는 사람으로 하여금 자칫하면 관심을 딴 곳으로 돌릴 수 있도록 하는 것이다. 이 점에 대해 타일러Archer Taylor도

참된 수수께끼란 전혀 다른 무엇을 암시할 의도를 가진 용어로 사물을 묘사한 것 이며, 기능에 의한 것이 아니라 피상적인 용어로 사물을 정의한다.[10]

고 하였다.

'종을 세 개 갖고 있는 사람은?' 이라는 물음을 받았을 때, 청자의 머리를 떠 나지 않는 것은 '세 개의 종'에 대한 끊임없는 연상 작용이다. 그러나 실상은 이 문제의 해답은 '세종대왕'인 것이며, 설문 자체에 벌써 해답을 오도하기 위 한 화자의 의도가 포함되어 있는 것이다.

II 수수께끼의 자료 개관

수수께끼의 역사는 다른 어느 유형의 구비문학 갈래보다 더욱 장구한 것으 로 생각된다. 구전 수수께끼는 그만두고라도 현존 문헌에 기록된 어떤 자료들 은 서력기원을 훨씬 상회할 수 있는 가능성을 보여주고 있다. 예컨대 가장 대

---

10 Archer Taylor, "The Riddle", *California Folklore Quarterly*, vol. 2, no. 2(April 1943), p. 129.

표적인 것으로 『구약舊約 Old Testament』을 들 수 있겠는데, 그 중에는 '삼손의 수수께끼Samson' s riddle'[11]를 비롯한 여러 자료들이 포함되어 있다.

현전하는 최초의 '수수께끼집'은 아마 1151년에 이루어진 'Wynkyn de Worde'(Joyous Questions)일 것이다.[12]

유명한 그리스신화의 '스핑크스-오이디푸스Sphinx-Oedipus'의 수수께끼, 즉 "처음엔 네 발로 걷고, 다음엔 두 발로 걷고, 마지막으로는 세 발로 걷는 것이 무엇이냐"와 같은 것도 매우 오래 된 수수께끼 중의 하나이다. 그러나 이 수수께끼의 분포가 우리나라뿐만 아니라 세계 각지에 널리 퍼져 있다는 사실로부터 이 수수께끼의 동일 기원론, 곧 전파론을 주장하는 것은 매우 위험한 일인 듯싶다. 왜냐하면 복잡한 구조를 가진 민담의 경우와는 달리, 주어진 사물의 성질이나 외모에 대한 느낌을 짧은 문장으로 나타내는 수수께끼의 형식은 언제 어디서나 비슷하게 나타날 수가 있는 것으로 생각되기 때문이다.

한편 수수께끼가 기록되어 있는 우리나라 현존 최고의 문헌은 『삼국유사』라 할 것이다. 『삼국유사』에는 몇몇 수수께끼의 자료들이 수록되어 우리나라 수수께끼의 옛 모습을 짐작케 하여 주고 있다.

동서同書 권1 사금갑射金匣조에 "열어 보면 두 사람이 죽고 열어 보지 않으면 한 사람이 죽는다(開見二人死 不開一人死)"란, 까마귀들의 봉서捧書를 일관日官이 "두 사람이란 서민을 말하고 한 사람이란 임금을 말한다(二人者庶民也 一人者王也)"라 풀었고, 동同 태종 춘추공太宗春秋公조에 소정방蘇定方이 신라에 보낸 의미불명의 그림(畵犢畵鸞)을 원효元曉가 반절反切로 풀어 '속환速還'의 뜻으

---

11 『구약』, 사사기(판관기判官記, The Book of Judges) 14:14.
12 수수께끼집의 명목상의 최초는 아플레이우스Apleius의 Book of Jokes and Riddles로 알려져 있으나 이 책은 현재 전해지지 않는다. 한편 단행본으로 된 수수께끼집은 아니지만, 14세기 터키어의 기록인 The Codex Cumanicus(줄여서 Koman이라고 함)에 수록된 46개의 자료들은 수수께끼의 역사적 연구에 있어서 매우 중요한 의미를 가진다.

로 해석했던 것이다. 그런데 하나 재미있는 것은 원효대사가 수수께끼에 능했던 것 같다는 점이다. 원효대사는 위에서 말한 소정방의 수수께끼를 풀었을 뿐만 아니라, 스스로 "누가 자루 빠진 도끼를 빌려 주려는가 내가 하늘을 버틸 기둥을 찍으리라誰許沒柯斧 我斫支天柱"란 문제로 요석공주瑤石公主를 취했던 것이다.[13]

『삼국유사』 권2 문호왕文虎〔武〕王 법민法敏조에는 거득공車得公과 안길安吉 사이의 수수께끼가 실려 있다. 즉 지방을 암행하던 거득공이 안길의 후대를 받고 떠날 때 "나는 경사인인데 내 집은 황룡과 황성의 두 절 사이에 있고, 내 이름은 단오라고 하니 주인이 만약 경사에 오게 되면 내 집을 찾아오면 좋겠다(僕京師人也 吾家在黃龍·皇聖二寺之間 吾名端午也 主人若到京師 尋訪吾家幸矣)"란 미어迷語를 남기고 떠났다. 후에 안길이 경사에 기인其人으로 상경케 되어 거득공의 집을 찾았으나 아는 사람이 없었다. 그런데 길 가던 한 노인이 "두 절 사이에 한집은 대궐 안이고 단오라는 사람은 거득공이라(二寺間一家 殆大內也 端午者 乃車得公也)"고 해석하였던 것이다.

이 밖에도 『삼국유사』에는 '예조豫兆'와 관련된 수수께끼가 상당히 있다. 그 하나만 예를 들어본다면 『삼국유사』 권1 「태종춘추공조」에 나타나는 백제 멸망의 조짐과 같은 것이다. 백제왕은 땅 속에서 나온 귀배문龜背文에 '백제원월륜신라여신월百濟圓月輪新羅如新月'이란 한 예언을 놓고 희로喜怒했다. 무자巫者는 "둥근달은 가득 찬 것을 말하는데 가득차면 이지러지게 되고 신월은 아직 차지 않은 것이니 차지 않은 것은 점차 찰 것이라(圓月輪者 滿也 滿則虧 如新月者 未滿也 未滿則漸盈)"고 풀었고, 어떤 사람은 "둥근 달은 성한 것이고 신월은 작은 것이니 아마도 국가가 강성하니 신라가 작은 것을 의미한 것이 아니

---

13 『삼국유사』, 권4, 원효불기.

겠는가(圓月輪盛也 如新月者微也 意者國家盛而新羅寢微乎)?"라고 풀었던 것이다. 이는 민간에 전하는 다음 이야기와 동류라 할 수 있다. 즉 어떤 임금이 본색을 숨기고 파자점破字占 치는 사람 앞 땅바닥에 한일자(一)를 그어 보였다. 점쟁이는 '토상土上에 가일자加一字하니 왕王'이라 풀었다. 왕이 거지를 사서 똑같이 해 보였더니 이번엔 '노상路上에 장와長臥하니 장위강시將爲彊屍'라 풀었다는 것이다.

『삼국유사』 이후에도 각종 문헌들에서 수수께끼의 단편적 자료들이 간혹 발견된다. 그러나 수수께끼를 하나의 민간 문예로서 의식적으로 수집하였던 것은 비교적 근대의 일이다. 이런 점에서 수수께끼의 집성은 설화·민요·속담보다도 훨씬 연조年條가 얕다고 볼 수 있다.

현재 필자가 알고 있는 한 최초의 수수께끼집은 1923년 덕흥서림德興書林에서 발행한 『무쌍주해 신구문자집無雙註解 新舊文字集』인데, 이 책은 '부附 파자破字 급及 수수쩍기'란 부제로도 짐작될 수 있듯이 순수한 수수께끼집은 못 된다. 이 책엔 수수께끼 260개, 파자 105개, 도합 365개가 수록되어 있다.

실제로 한국 최초의 수수께끼집은 이보다 2년 후에 조선총독부에서 '조선민속자료 제1집'으로 발간한 『조선의 미朝鮮の謎』이다. 총수록 편수 888종으로 『무쌍주해 신구문자집』보다 두 배도 넘는다.

이 책은 한국 최초의 수수께끼집이란 점뿐만 아니라, 체계적인 수수께끼 분류를 맨 처음으로 시도했다는 점에서도 의의를 지닌다.[14] 채록의 체재는 우리말을 먼저 놓고 일역日譯을 뒤에 실었으며, 필요에 따라 주를 달고 간혹 삽화를 써서 이해하기 쉽게 하고 있다. 이 책의 내용은 최상수·이종출 두 사람의 수

---

14 이보다 후에 나온 최상수·이종출 두 사람의 수수께끼집도 전자는 문항의 가나다순, 후자는 답항의 가나다순으로 기재하여 분류와는 상관 없는 배열 방식을 취하였으며, 여타의 대부분의 자료집 역시 분류를 시도한 예가 별로 없다.

수께끼집에도 모두 재록再錄되었다.

다음에 해방 이후 지금까지 간행된 수수께끼 자료집들을 간단히 소개하기로 하겠다.

〈단행본〉

1949. 최상수 편, 『조선수수께끼사전』(조선민속학총서 6, 조선과학문화사), 총 897 편 수록. 배열 방법은 문항의 가나다순.

1962. 글벗집 편, 『수수께끼책』(글벗집, 1962), 500종 수록.

1965. 이종출 편, 『한국의 수수께끼』(형설출판사, 1965), 총 2,379편 수록. 배열 방 법은 답항의 가나다순.

〈기타〉

1956. 전해순, 『한국풍속지』(동인문화사, 1956), 134편을 천문 · 지리 · 초목 · 수 조 · 인체 · 피복 · 음식 · 주거 · 인사 · 문자로 분류하여 수록함.

1957. 『경기도지』, 하, 최상수 모음, 365편 수록.

1970. 문화재관리국, 『한국민속종합보고서』, 전라남도 편, 홍순탁 모음, 272편 수록.

1971. 문화재관리국, 『한국민속종합보고서』, 전라북도 편, 이병근 모음, 60편 수록.

III 수수께끼의 분류

앞에서도 언급한 바 있듯이 우리나라에서는 『조선의 미朝鮮の謎』의 경우를 제외하면 수수께끼의 분류가 전혀 없다고 하여도 과언은 아니다. 그러나 외국 의 예를 보면 상당히 다양한 방법론이 제기되었다. 가령

① 문항에 대한 답항이 수긍될 수 있는 논리적인 것이냐, 애매 모호한 것이냐?(H. A. Junod)

② 문항에 대한 답항이 한 단어로 되어 있느냐, 아니면 한 문장으로 되어 있느냐? (Junod-Jaques)

③ 답항의 내용이 자연현상·식물계·동물계·작물 및 음식·인체 등등 …… 중 어느 것으로 되어 있는가? (Schapera)

④ 문항의 내용이 생물·동물·인간…… 등등 중 어느 것이냐? (Lehmann-Nitsche, Archer Taylor)

등과 같은 방법이다.[15]

이상의 제설을 종합해 본다면 결국 수수께끼의 분류는 구조 또는 내용에 의거하나, 후자는 다시 문항에 의한 방법과 답항에 의한 방법으로 요약할 수 있을 것이다.

조선총독부 간행의 『조선의 미朝鮮の謎』는 이 중 답항에 의한 분류 방법을 취하여 다음과 같이 세분하고 있다.(〔 〕안은 수록 편수)

● 보통의 미〔769〕

① 天文(日·月·星辰)〔33〕② 歲時(歲月·四季·曆)〔19〕③ 地理(道路·橋梁·堤防·墓所·電柱·汽車·長丞·地名)〔19〕④ 地文(方向·空氣·晝夜·風雨·雷霆·雲霧·霜露)〔36〕⑤ 草木(草木·草卉·果實·野菜·穀類·藁稈類)〔104〕⑥ 鳥類〔41〕⑦ 獸類〔25〕⑧ 蟲類(一般 蟲類·爬蟲類·兩棲類)〔25〕⑨ 魚介類〔20〕⑩ 玉石類〔2〕⑪ 人體(人體各部·人體關係事項)〔53〕⑫ 疾病不具〔4〕⑬ 被服敷物(敷物·衣冠·履屐·容飾具·雜項)〔32〕⑭ 飲食物〔27〕⑮ 住居(家屋·建具·廐舍·巢穴)〔37〕⑯ 器物(家具·裁縫文房具·舟車轎輿·農工漁具·雜用具)〔217〕⑰ 武器〔12〕⑱ 遊具〔9〕⑲ 人事〔12〕⑳ 精神現象(資性·睡眠·夢)㉑ 身分職業〔4〕㉒ 經濟〔4〕㉓ 學事〔5〕㉔ 樂器〔3〕㉕ 鬼神〔1〕㉖ 雜〔19〕

---

15 P. D. Beuchat, "Riddles in Bantu", in *The Study of Folklore*, pp. 202～203, et passim.

● 字謎〔119〕

　그러나 수수께끼를 이와 같이 답항에 의해 분류했을 때 생기는 난점은 다음과 같다.

　첫째, 똑같은 문항에 대한 답이 여러 개 있을 때 분류가 어려워진다는 점(예 : 장은 장인데 못 먹는 장이 무엇이냐?＝송장·찬장·면장·교장·신발장·안장 등등)

　둘째, 수수께끼에서 중시되어야 할 것은 답항이라기보다는 문항의 기술 태도라고 생각된다. 그러므로 수수께끼의 분류는 마땅히 문항을 기초로 이루어져야 한다(예 : ① 이 세상에 태어나 머리 한 번 안 깎아본 것＝붓, ② 일 년에 머리 한 번 깎는 것＝무덤)

　그러나 답항을 전혀 고려하지 않고 문항에 의해서만 분류를 시도한다는 것은 전혀 무의미한 일이며, 때로는 불가능하기조차 하다(예 : 알이 알을 물고 알로 들어가는 것＝병아리가 조알을 물고 마루 알로, 당안에 장＝서당 안에 훈장). 왜냐하면 수수께끼는 문항이나 답항이 전혀 별개의 것으로 독자적으로 존재하는 것이 아니라, 서로 안팎을 이루고 있는 것이기 때문이다. 이제까지의 분류는 너무나 한쪽에만 치우친 흠이 없지 않아 있으므로, 필자는 양자 간의 관계를 유기적으로 고려하여 다음과 같이 분류하여 보았다.

1. 시늉(態)에 관한 것

1) 외형 묘사

- 귀는 여덟, 발은 넷, 입은 반인 것(＝뒤주)
- 눈이 셋에 발이 여섯인 것(＝애꾸눈이 말 탄 것)
- 모자를 쓰면 머리가 하나이고 벗으면 둘인 것(＝콩나물)

- 죄 없이 목 매어 달린 것(=병)
- 엉덩이에 뿔 난 것(=솥뚜껑)

파자破字 수수께끼의 소수를 제외한 대부분이 외형 묘사에 관한 것이다.
- 날일(日) 아래 사람인(人) 한 것이 무슨 자냐?(=시昰)
- 天脫冠而得點하고 乃笑杖橫帶한 자(=견자犬子=개자식)
- 늙은이가 지팡이 짚은 자(=내乃)
- 이 세상에서 제일 작은 자(=혈穴)
- 깍지(莢)란 자(=부夫)

2) 동작 묘사
- 일하러 갈 때마다 키를 맞대보는 것(=젓가락)
- 머리가 잘못한 걸 꼬리가 고쳐주는 것(=고무 달린 연필)
- 한 번 웃으면 이가 다 빠지는 것(=밤송이)
- 입으로 먹고 입으로 싸는 것(=만년필)
- 일 년에 머리 한 번 깎는 것(=무덤)

3) 성질 묘사
- 왼쪽으로 갈수록 높아지는 것(=주판)
- 불은 불인데 타지도 않고 뜨겁지도 않고 바람이 불어도 꺼지지 않는 불(=반딧불)
- 암만 실어도 무겁지 않는 것(=신문)
- 많이 들면 들수록 가벼운 것(=수소水素)
- 남의 입으로 먹고 사는 사람(=치과의사)

2. 소리(音)에 관한 것

1) 음사音似 : 동음이의어를 이용한 것

①

- 다 가도 가지 못한 곳(= 거진巨津)
- 값도 묻지 않고 사는 나라(= 아라사我羅斯)
- 못 사오게 했더니 사온 것(= 못)
- 거지가 새빨간 말을 타고 가는데, 이건 무슨 말이냐(= 새빨간 거짓말)
- 한 냥 조금 더 되는 것(= 양반兩班)
- 세상에서 제일 단 것(= 꾸러미 = 꿀어미)

②

- 놓고도 들고 가는 것(= 총)
- 이 세 개가 없어지면 어디로 갑니까(= 치과)
- 헌 병도 잡는 것(= 엿장수)
- 짜고 달고 쓰고 하는 것(= 문짝)

위에서 말한 ①과 ② 중 전자는 답항 자체의 동음이의어를 이용한 것이고,
후자는 답항의 성질을 이용한 것이다.

한편 파자 수수께끼에도 음의 상사相似를 이용한 것이 있다.

- 말 달리다 상한 자(= 상상裳 → 치마 상駝馬傷)
- 집 안에서 야단하는 자(= 처妻 → 아내 처)
- 끊어 놓고 떼쓰는 자(= 내乃 → 이어 내)
- 거듭 폭행하는 자(= 차且 → 또 차)
- 부르기 전에 대답하는 자(= 예豫 → 미리 예)

- 바깥에서 부르는 자(＝오픔→나 오)
- 물건 팔면서 반말하는 자(＝사糸→실 사)

2) 생략

①
- 알이 알을 물고 알로 들어가는 것〔＝병아리(병알이)가 조알을 물고 마루 알로〕
- 구가 구나무에 올라앉아 자야 태 올려라(＝할망구가 살구나무에 올라앉아 손자야 망태 올려라)
- 머니가 머니머니를 훔쳤는데 머니가 보고 머니더러 일러서 머니는 머니한테 실컷 얻어맞고 머니머니 하고 내뺀 것(＝아주머니가 할머니 주머니를 살그머니 훔쳤는데, 어머니가 보고 할머니한테 일러서, 아주머니는 할머니한테 실컷 얻어맞고, 아이구머니 아이구머니 하고 내뺀 것)

②
- 떡은 떡이라도 못 먹는 떡(＝목넘어 꿀떡, 김생떡 → 김상댁金生宅, 어덩떡 → 엉떡 → 언덕)
- 묵은 묵이라도 먹지 못하는 묵〔＝아랫묵(아랫목), 웃묵(웃목)〕
- 문은 문이라도 떠돌아다니는 문(＝소문所聞)

③
- 새 중에 제일 작은 새(＝눈 깜짝할 새, 모새 → 모래)
- 이 방 저 방 해도 제일 좋은 방(＝서방)
- 이 새 저 새 해도 제일 좋은 새(＝먹새 → 먹세)

④
- 투 안에 투(＝감투 안에 상투)

- 당 안에 장(＝서당 안에 훈장)
- 상에 군이 무엇이냐?(＝용상龍床에 인군人君)

⑤

- 산에 가도 사리, 집에 가도 사리, 들에 가도 사리(＝고사리, 새끼사리, 송사리)
- 하늘에 개 넷은?(＝안개, 솔개, 번개, 무지개)
- 한 아이가 명지(명주) 바지에다 온통 흙투성이를 하고 길에서 울고 있는데, 벙어리가 지나가다가 작대기로 땅에 갈지(之) 자 넉 자를 써 놓고 간 것은 무슨 뜻이냐?(＝명지 바지 입지 말지)

3. 슬기에 관한 것

수수께끼를 정의할 때 필자는 '은유적'인 특성을 이야기한 바 있다. 그리하여 이제까지 말한 '시늉'과 '소리'에 의한 수수께끼는 철저히 은유적이다. 말하자면 문항은 답항을 전제로 하여 성립되며 설명성을 띠고 있다.

그런데 앞서 필자는 '비은유적인 수수께끼'도 있음을 지적하고, 이를 광의의 수수께끼로 규정한 바 있었다(주 1 참조). 본 항에서 말하려는 '슬기(지혜智慧)'에 관한 수수께끼는 모두 이러한 '비은유적인 수수께끼'의 범주에 드는 것이다.

'비은유법적'이란 것(첫째) 말고도 이 수수께끼가 다른 수수께끼와 구별될 수 있는 점들을 들어 보면 다음과 같다.

둘째, 문항은 답항에 선행한다.

시늉 : 솥뚜껑(답) → 손바닥으로 움켜쥐면 한 웅큼이요, 두 팔로 껴안으면 한 아름

되는 것(문)

소리 : 할미꽃(답) → 젊어도 늙었다 하는 것(문)

슬기 : 이 세상의 바닷물은 몇 되나 되나?(문) → 한 되(답)

셋째, 답항이 하나의 문항을 구성하는 경우가 대부분이다. 하나의 단어로 되더라도 이유 설명이 부가되어야 한다.

• 꼽추는 어떻게 자나?(= 눈 감고 자지)

• 군함하고 바둑돌하고 어느 쪽이 더 무거운가?(= 바둑돌 · 군함은 물에서 뜨나 바둑돌은 가라앉으므로)

넷째, '무엇'에 관한 것이기보다는 '어떻게', '왜', '누구'에 관한 것.

다섯째, 답항은 합리적이라기보다는 엉뚱하거나 엉터리인 것이 대부분이다.

여섯째, 대개가 고유적인 것이 아닌 외래적인 것이며, 발생 연대도 상당히 근대적임이 분명하다. 이른바 '참새 시리즈'라 불리는 일련의 퀴즈를 생각해 보면 넉넉히 수긍이 간다.

• 전깃줄에 참새 2마리가 앉았다. 총으로 1마리를 쏘아 맞추었을 때, 죽어가는 참새와 산 참새 사이에는 어떤 말이 오고 갔을까?(= 내 몫까지 살아주, 정 두고 가지 마)

• 나무에 새들이 앉았는데, 총을 쏘아도 하나도 안 날아가더라. 왜?(= 한 마리는 귀머거리. 다른 여럿은 '귀머거리도 안 날아가는데 우리가 날아가?')

이런 수수께끼는 문항의 내용에 의해 다음과 같이 세분할 수 있다.

1) 방법을 묻는 것

• 석탄이 석유가 되게 하려면?(=석탄을 팔아 석유를 사면 된다)

• 막대기가 하나 놓여 있는데, 이 막대기에 손을 대지 않고 짧게 만들려면 어떻게 하나?(=그보다 긴 것을 그 옆에 가져다 놓으면 된다)

• 한 사람이 쌀하고 닭하고 여우를 가지고 가다가 강을 만났다. 그런데 강에는 조그만 나룻배만이 있어 한꺼번에 가지고 건널 수가 없어, 무엇이든지 한 가지씩만 가지고 가야 되는데, 여우를 먼저 가지고 가려면 쌀을 먹겠고, 쌀을 먼저 가지고 건너려면 여우가 닭을 잡아먹을 테니 어떻게 했으면 좋을까?(=먼저 닭을 가지고 건너가고, 다음에 쌀을 가지고 건너갔다가, 닭을 도로 가지고 와서 두고 여우를 가지고 건너가고, 그 다음에 닭을 가지고 건너가면 된다)

2) 이유를 묻는 것

• 학은 왜 한 다리를 들고 서나?(= 둘 다 들고 설 수는 없으니까)

• 고양이가 다리를 건너다가 왼쪽을 보았다 오른쪽을 보았다 한 이유는?(= 한꺼번에 양쪽을 다 볼 수는 없으니까)

• 비가 어째서 하늘에서 오나?(= 땅에서 비가 솟아오른다면 우산을 받을 수가 없으므로)

3) 선택을 요구하는 것

• 제 장인하고 매부의 장인이 둘 다 물에 빠진다면, 누굴 먼저 건질 것인가?(= 매부의 장인, 곧 자기 아버지)

• 모내기 할 무렵 도둑을 밤에 만났는데, 도둑을 잡으려고 뒤쫓아가다가, 길이 도중에 둘이어서 어느 쪽으로 갈지 망설이게 되었다. 어느 쪽으로 가야

하나? (= 개구리가 안 우는 쪽으로)

4) 촌수寸數를 묻는 것

- 외삼촌의 어머니의 딸은?(= 제 어머니, 또는 이모)
- 무덤가에서 울고 있는 사람에게 '이 무덤이 누구의 무덤이냐?' 물었더니, '이 무덤의 어미는 소인 아비의 어미요. 소인 아비의 어미는 이 무덤의 어미올시다'라고 대답하였다. 이 무덤은 누구의 무덤이겠느냐?(= 아비 무덤)
- 어떤 사람이 마차를 끌고 가는데, 어떤 노인이 '뒤에서 미는 이가 당신 아들입니까?' 하고 물으니, '예' 하고 대답을 하였다. 그런데 뒤에 있는 아이한테 '마차를 끌고 가는 사람이 너의 아버지냐?' 하고 물으니, '아니요'라고 대답했다. 앞에 끌고 가는 사람은 누구인가?(= 어머니)

5) 수數를 묻는 것

- 사내 뒤에 여자가 섰고, 여자 뒤에 사내가 섰으면 모두 몇 사람인가?(= 두 사람, 등을 맞대고 있음)
- 토끼 3마리가 있는데, 아버지 둘과 아들 둘이 몇 마리씩 가져야 똑같이 갖겠느냐?(= 1마리, 할아버지와 아버지와 아들이)
- 사내 형제만 치면 7명인데, 제각기 아래로 누이동생 한 사람을 가지고 있으면 몇 남매인가?(= 8남매)

IV 수수께끼의 표현과 형식

수수께끼의 형식적 유형을 이야기하기 전에 먼저 표현상의 특징을 살펴보기로 하자.

수수께끼의 표현은 주로 은유와 동음이의어를 이용한 말재롱의 두 가지를 바탕으로 이루어진다. 이것을 수사학상에서 말하는 문장의 기교로 세분해 보면 ① 대조, ② 예거, ③ 생략, ④ 은유, ⑤ 점층, ⑥ 중의와 같은 것을 들 수 있겠다. 이제 다음에 각각 그 예를 하나씩만 들어 보겠다.

① 나무를 주면 살고 물을 주면 죽는 것(＝불)
② 산은 있어도 나무는 없고, 강은 있어도 물이 없고, 철도는 있어도 기차가 없는 것(＝지도)
③ 나는 개와 기는 제비는 무엇?(＝솔개와 족제비)
④ 한 말 들이 꽃은?(＝백합百合)
⑤ 클수록 싼 것(＝물건의 흠)
⑥ 놓고도 들고 가는 것(＝총)

그러나 이들 예에서도 나타나고 있는 바와 같이 한 가지의 문장 기교로 이루어진 것은 드물고, 몇 개의 수사법이 동시에 혼용되고 있는 경우가 흔하다.

대조법은 '먼 데서 보이는데 가까이서는 안 보이는 것'(＝아지랑이), '바람이 불면 안 흔들리고 바람이 안 불면 흔들리는 것'(＝부채)과 같이 긍정과 부정의 대조로 이루어진다.

생략법은 반드시 어두語頭가 생략되는데, 이것은 다시 ① 동일 어미를 가진 단어들이 모여서 이루어진 문장에서 어두 부분이 생략된 것(슴이 슴을 먹고 슴이야 슴이야 하는 것 → 머슴이 점슴(점심)을 먹고 가슴이야 가슴이야 하는 것), ② 2개의 어절로 이루어진 하나의 단구單句에서 어두 부분이 각각 생략된 것(천에 파리 → 개천에 파리), ③ 하나의 단어에서 어두 부분이 생략된 것(뛰는 고리 개구리)의 셋으로 나뉜다.

점층법은 향대적向大的인 것과 향소적向小的인 것이 있다. 전자는 '깎을수록 커지는 것(= 구멍)'과 같이 분량과 크기가 점점 늘어나는 것이요, 후자는 '자랄수록 작아지는 것(= 어린이 옷)'과 같이 분량과 크기가 줄어드는 것이다.

중의법도 위의 예 ⑥과 같이 답항의 성질을 이용한 것과, '닫고도 꼭 닫지 못한 것(= 반다지)'과 같이 답항 자체의 음을 취한 것이 있다.

수수께끼의 표현상 또 하나의 특징은 문항이 비합리적 · 비상식적인 것으로 기술된다는 점에 있다. 예컨대 '가리면 보이고, 안 가리면 안 보이는 것'이나, '눈을 감으면 보이고, 눈을 뜨면 안 보이는 것'과 같은 예를 보면 언뜻 보아 매우 비합리적이다. 그러나 일단 이들이 '안경'과 '꿈'을 각각 의미하는 것임을 안 다음이라면 비합리적이던 것이 합리적인 것으로 받아들여질 수 있다. 그러므로 상식적인 것은 '수수께끼'가 될 수 없거나, 설령 되더라도 훌륭한 수수께끼는 못 된다. '깎을수록 커지는 것(= 구멍)'은 훌륭한 수수께끼가 되지만, '깎을수록 작아지는 것(= 연필)'은 훌륭한 수수께끼가 못 된다.

또한 수수께끼는 하나의 물음에 대하여 하나의 답만이 성립할 수 있는 것이라야 하지, 여러 개의 답이 가능한 것이라면 훌륭한 수수께끼가 못 된다(몸뚱이 하나에 발 4개). 그렇다고 하여 하나의 사물에 대해서는 하나의 수수께끼만이 성립될 수 있다는 것은 아니다. 하나의 사물에 대한 은유는 얼마든지 존재할 수 있듯이 하나의 사물에 대한 수수께끼는 얼마든지 가능한 것이기 때문이다.

수수께끼의 형식을 문항과 답항으로 나누어 정리해 보면 다음과 같다.

〈문항〉

1. **단문형單文型** : 주어와 서술어의 관계가 단일하게 구성된다.
• 하늘로 문 난 집은 무엇이냐?(= 돼지우리)
• 거꾸로 자라는 것은 무엇이냐?(= 고드름)

- 신나게 잘 노는 자는 무엇이냐?(＝지화자)
- 깍지라는 자가 무슨 자냐?(＝대大)

2. 혼문형混文型 : 둘 이상의 문장으로 구성된다.

대조형

- 아들은 늙고, 아버지는 젊은 것(＝목화)
- 젖은 옷은 입고, 마른 옷은 벗어놓는 것(＝빨랫줄)

나열형

- 그만 보면 순경이라도 도망치고, 옷 잘 입은 이에게 욕 얻어먹고, 비가 오면 일이 없어 놀게 되는 사람(＝물 뿌리는 사람)
- 윗동네에서는 연기 나고, 가운데 동네에서는 벌레가 생겼다고 야단이며, 아랫동네에서는 불이야 하는 것(＝밥하는 아궁이와 솥)

3. 설화형說話型 : 민담의 형태를 띠거나 민담 중에 삽입되어 있다.

- 좌칠우칠左七右七 횡산橫山이 도출倒出한 자字가 무슨 자냐?(손진태, 『조선민족설화의 연구』, p. 69)
- 여러 동무가 공을 가지고 놀다가 공이 조그만 구멍으로 들어갔다면, 너는 어떻게 그것을 끄집어 내겠느냐?(위의 책, p. 70)
- 코끼리의 무게를 알려는데, 너무 무거워서 저울에 달 수 없을 때 어떻게 하면 좋을까?(위의 책, p. 176)
- 두 마리의 백마가 있다. 모자를 분별하려면 어떻게 해야 하나?(위의 책, p. 176)
- 해는 하루에 몇 리나 가나?(임석재, 『다도해지역의 설화와 민담』, p. 64)

설화형 수수께끼의 특이한 형태로는 그림풀기 · 물건 알아맞히기 · 파자 수수께끼 · 반문식 수수께끼와 같은 것들이 있다. '그림풀기'는 그림의 의미를 판독하는 것이요, '물건 알아맞히기'는 상자 속에 들어 있는 물건을 알아내는 것으로 영웅의 신통력을 이야기하는 설화들에서 누차 사용된다. 『최고운전崔孤雲傳』에서는 최치원崔致遠이 중국에서 보낸 석함石函 속의 물건을 알아맞히고 있다. 또한 선덕여왕善德女王의 「지기삼사知幾三事」 중 '향기 없는 모란꽃'과 '옥문지 여근곡玉門池女根谷'도 설화형 수수께끼의 좋은 문헌 예라 할 것이다.

파자 수수께끼의 예로는 '국무성 문내유월 이일이시國無城 門內有月 二日二時'란 기생의 전서傳書를 '혹 한가하거든 오십시오'라고 풀었다는 이야기나, '잠상기유산 호하갱무천 액중반월횡 목변양인개씃上豈有山 昊下更無天 腋中半月橫 木邊兩人開'란 처녀의 연서戀書를 '금일야래今日夜來'로 풀었다는 이야기와 같은 것이다.

반문식 수수께끼는 난문難問에 대하여 난문으로 대꾸하는 것이다.

• 문 : 내가 서겠느냐? 앉겠느냐?

답 : 내가 이 문지방을 넘어서 나가겠는가? 들어가겠는가?

• 중국 문 : 조선의 한강수를 남김없이 배 한 척에 실어보내라.

조선 답 : 한강수는 남김없이 보내겠다만, 그것을 실을 배에는 모래로 된 돛〔帆柱〕이 필요하다. 조선엔 모래가 부족하니 높이 300척의 모래돛을 만들어 보내 달라.

4. 단구형單句型 : 하나의 구절로 이루어진다.

• 나는 꼬리(= 꾀꼬리)

• 짝에 치(= 문짝에 동냥치)

〈답항〉

1. 단어형單語型 : 하나의 단어로 이루어지는 것으로 수수께끼의 거의 대부분이 여기에 속한다.

2. **완문형**完文型 : 완전한 문장으로 이루어진 것.

• 박 생원이 병이 나서, 송 생원이 침을 주고, 노 생원이 고치는 것(=깨어진 바가지
를 송곳으로 뚫고 노끈으로 꿰매는 것)

3. **단구형**單句型 : 하나의 구절로 이루어진 것. 이때 단어의 연결은 소유격 ·
처소격 · 여동격與同格 조사로 연결된다.

• 영영 지지 않고 피어 있는 꽃나무는?(=그림 속의 꽃나무)
• 예쁜 각시가 꼬리를 달고 굴 속으로 들어가는 것(=바늘과 실)

제9장 구비문학에서 기록문학으로의 이행

I 전반적인 고찰

구비문학은 기록문학보다 선행한다. 처음에는 기록문학은 없고 구비문학만 존재했다. 기록문학이 없어도 구비문학은 존재하나, 구비문학 없이는 기록문학이 있을 수 없다. 기록문학은 오직 구비문학의 기록화에서 시작되었고, 차츰 구비문학을 떠나서 독자적인 성격을 지녀 갔으며, 문학사의 전 과정을 통해서 기록문학은 구비문학으로부터 필요한 영양소를 쉬지 않고 섭취했다.

구비문학이 기록문학으로 전환되고 기록문학에 영향을 미쳤듯이, 기록문학도 일단 성립된 후에는 구비문학에 영향을 미쳤다. 그러나 구비문학으로부터 기록문학으로의 전환은 기록문학의 근본적 성격을 결정하거나 변화시켰으나, 기록문학으로부터 구비문학에 미친 영향은 구비문학의 외면을 바꾸는 데 그쳤다. 구비문학의 갈래 개념, 형식과 내용의 핵심적인 면은 기록문학의 영향이 어떻게 가해지든 의연히 바뀌지 않았다. 바뀔 수 있는 외면은 장식적인 수사나 사회적 통념에 따르는 표면적인 주제 정도에 그친다고 할 수 있다. 구비문학의 주인인 민중은 독서하는 사람들이 아니고 특히 봉건사회에서는 고급의 기록문학을 접할 기회가 그리 많지 않았다. 그러나 기록문학의 창조자들은 구비문학의 구연을 담당하지 않는다 해도 구비문학에 귀를 기울일 기회가 많았고, 오로지 기록문학에만 몰두한 것은 아니었다.

한국에는 세 가지 문학이 있어 왔다. 구비문학, 국어로 된 기록문학, 한문학이다. 이 중 국어로 된 기록문학은 홀로 국문학을 대변하는 듯한 대접을 받기 일쑤이나, 사실은 구비문학과 한문학 사이에서 태어난 자식이라 할 수 있다. 국어로 된 기록문학은 한문학에서 큰 영향을 받았고, 그 작가들은 한문학의 작가를 겸하는 경우가 많았으며, 한문학에서 문학 의식이나 문학적인 견해를 키웠다 해도 무리가 아니다. 그러나 그들은 한문학으로 만족할 수 없기에 국어로 작품을 쓰고자 했고 국어문학의 전례를 구비문학에서 찾았다. 귀족적인 편견때문에 구비문학이 천하다고 하면서도, 한문학에서는 기대하기 어려운 민족적인 갈래나 형식을 구비문학에서 발견하고, 이를 세련시키는 과정에서 국어로된 기록문학이 성립되었다. 이러한 고민의 와중에서 "나무하는 아이와 물 긷는 아낙네의 소리 질러 화답하는 노래가 비록 천하다고 하나, 진실과 허위를 논한다면 학사學士와 대부大夫의 소위 시詩니 부賦니 하는 것들은 이에 견줄 바가 못 된다"[1]고 한 김만중金萬重의 각성도 나타났다.

기록문학은 심한 역사적 변화를 겪었다. 갈래의 변천도 심했고, 문학 사상도 바뀌었으며, 문학과 사회의 관계도 시대에 따라 달라졌다. 자세히 밝혀낼 길은 없지만, 구비문학은 그리 심한 변화를 겪지 않았으리라고 생각한다. 구비문학에서는 갈래의 변천이 별로 인정하기 어렵고, 문학 사상도 일층 완만하게 발전했을 것이다. 그 대신 구비문학이 기록문학에 가한 작용은 시대에 따라 다양했

---

1 閭巷間 樵童汲婦 咿啞而相和者 雖曰 鄙俚 若於眞贗 則固不可與學士大夫 所謂 賦詩者 不可同日而論學. 김만중, 『서포만필西浦漫筆』(조선 숙종조).

을 것이다. 기록문학사의 여러 변화는 다각도로 이해해야 하겠지만, 구비문학과의 관계가 시대에 따라 달라졌다는 면에서도 파악할 필요가 있다. 한 시대의 시대적 요청이 구비 서정문학의 기록문학화를 초래했다면, 그 다음 시대는 구비 서사문학의 기록문학화를 요구할 수밖에 없었다는 등으로 기록문학사를 정리할 수 있겠다. 그러는 동안에 구비문학 자체는 별로 달라지지 않았으나, 기록문학에서는 근본적인 변동이 일어났다.

구비문학을 기록문학으로 전환시키는 작업을 담당한 것은 대체로 귀족 또는 양반이었고, 그 전환은 그들의 요구에 합당하게 진행되었다. 그러나 민중의 사회적·문화적 성장이 현저해진 시기에 이르러서는 민중이 직접 구비문학을 기록문학화하고, 이에 따라 기존 기록문학에도 커다란 변화가 일어났다. 이리하여 기록문학사에서는 일층 다양한 발전이 이루어졌다.

현대문학은 일견 구비문학과 별로 관련이 없는 듯이 보이지만, 면밀히 살펴보면 밀접한 관련을 가지며, 구비문학의 새로운 계승은 중요한 의의를 가지고 거듭 모색되었다.

구비문학이 기록문학으로 전환되었다 해서 구비문학 중의 일부가 없어지거나 구비문학의 전 영역에서 기록문학화가 일어난 것도 아니었다. 구비문학 중에서 우선 민속극은, 기록문학으로 전환되지 않았으며 이와 대응될 수 있는 기록문학의 갈래도 없었다.

구비 서사시인 서사민요·서사무가·판소리 중에서 판소리만 소설로의 전환이 쉽게 확인되고, 나머지는 구비문학에 그쳤다. 수수께끼도 기록문학에서는 존재하지 않는다. 수수께끼가 기록문학이 될 수 없는 이유는 명백하다. 수수께끼는 묻는 자와 대답하는 자 사이에서 말놀이로 구연되지 않으면 존재 의의가 없어지기 때문이다. 그러나 민속극과 서사민요·서사무가의 경우에는 그 이유가 그리 간단하지 않다. 능히 기록문학으로도 존재할 수 있는 것들이

되, 이들을 기록문학화하고자 하는 요청이 나타나지 않았기 때문이라고 해야 할 것이다. 민속극의 경우에는 비활동적인 것을 숭상하는 귀족문화의 성격 때문에 극작가의 출현을 보지 못했다든지, 민속극이 허용될 수 있는 한계를 크게 벗어나 지배층을 비판했기 때문에 구비인 채로 존재하는 편이 유리했다든지 하는 등의 각도에서 구체적인 고찰이 진행되어야 하지 않을까 한다. 구비 서사시는, 서사문학에 대한 요구가 기록문학에서는 산문의 방향에서 실현되어야 하겠기에, 기록문학화하지 않았으리라고 보고자 한다. 그러나 가장 근본적인 이유는 구비문학은 어디까지나 구비문학이며 기록문학화하지 않아도 충분히 의의를 가지고 가치를 발휘할 수 있다는 데 있다.

오늘날 구비문학은 전에 겪지 않았던 심각한 위기에 처해 있다. 새로운 방식의 듣고 즐기기 문화인 방송·영화·음반 등과의 경쟁에서, 구비문학의 사회적 기반을 파괴하는 격심한 변동으로 인해서, 구비문학은 쇠퇴를 강요당하고 있다. 따라서 구비문학이 구비문학대로의 정상적인 전승과 창작을 기대하기 어렵고, 기록문학으로의 계승이 과거와는 다른 의미에서 절실히 요구된다.

II 역사적인 고찰

최초의 기록문학은 단지 구비문학을 문자로 기재하는 데서 시작되었다. 『삼국사기三國史記』·『삼국유사三國遺事』·『수이전殊異傳』 등을 통해 볼 수 있는 설화의 기재나, 「공무도하가公無渡河歌」·「황조가黃鳥歌」·「구지가龜旨歌」 등으로 대표되는 민요의 기재는 문자 사용의 첫 단계에서 이미 이루어졌다가, 몇 번 다시 적혀서 오늘날 볼 수 있는 형태로 되지 않았을까 한다. 처음에는 문자가 한문밖에 없었으니 부득이 한역될 수밖에 없었다.

특히 국가적인 의의가 있는 신화와 전설, 국가적인 행사에서 가창되던 의식요(「구지가」가 그 대표적인 예이다)가 우선적으로 기재되었을 것으로 짐작되고, 차츰 기재의 범위가 확대되어 귀족 문인의 개인적인 관심사가 되는 것들까지도 광범위하게 한역되었다. 참요讖謠는 대개 채집·기록되고 일반 민요의 한역도 이제현李齊賢 등에 의해서 계속되었다.[2] 특히 설화의 기재가 가장 활발하게 진행되어서 방대한 문헌설화의 유산을 남겼다.[3] 설화의 기재가 특히 활발했던 이유는 명백하다. 설화는 구비문학 중에서도 민중과 귀족이 공유할 수 있는 가능성이 가장 크고, 설화는 서사이기에 이야기로서 존재하고 비록 한역된다 해도 이야기의 줄거리는 쉽게 전달될 수 있기 때문이다.

그러나 구비문학의 기재, 특히 한역 기재는 기록문학으로서의 적극적인 의의를 갖지 못하고 있다. 어디까지나 구비문학의 정착에 불과하지, 기록문학대로의 갈래 개념이나 독자적인 성격과 가치가 확립된 것은 아니었다. 기재자 자신들도 기재가 문학 창작 활동으로서 특별한 의의를 갖는다고 생각하지는 않았고, 세상에 떠돌아다니는 이야기들을 흥밋거리로 적어본다는 생각에 머물렀다. 민요의 한시역漢詩譯은 설화의 경우와는 달라서 시작詩作이 될 수 있었으나, 민요에서 한시의 소재를 빌려오는 데 그치고 민요를 기초로 발전된 한시가 나타났기 때문에 의의가 있는 것은 아니었다.

따라서 한역 기재된 구비문학은 기록되어 존재하는 문학이라는 의미에서 기록문학이지 본격적인 기록문학은 아니었으며, 본격적인 기록문학의 성립을 촉진하는 구실을 하는 데 불과했다. 구비문학의 기재에서 본격적인 기록문학으로 이행하는 현상이 한문학에서는 나타나지 않았다.

본격적인 기록문학은 향가鄕歌에서 시작되었다. 향가라고 범칭되는 노래들

2 임동권, 『한국민담사』(집문당, 1964 ; 1986).
3 장덕순, "문헌설화의 분류", 『한국설화문학 연구』(박이정, 1995).

은 주지하는 바와 같이 두 가지로 나눌 수 있다. 민요의 정착인 향가와 개인작의 시인 향가이다. 전자에서 후자로의 이행은 구비문학에서 기록문학으로 넘어가는 과정의 전형적인 예가 될 수 있다.

향가 중에서 「서동요薯童謠」·「풍요風謠」·「헌화가獻花歌」·「처용가處容歌」등은 민요의 기재로 볼 수 있을 것이다. 단지 기재에 그쳤는지, 기록하면서 개작되기도 했는지는 자세히 밝히기 어려우나, 다른 향가들과는 달리 민요와의 관련이 깊은 것만은 사실이다. 이들 향가 중에서 가장 후대의 것인 「처용가」만은 8구체이고, 「서동요」·「풍요」·「헌화가」는 모두 4구체라는 사실도 민요와의 관련을 밝히는 데 좋은 단서가 된다. 현존 민요에서 보건대 민요의 가장 기본적인 형식은 2행이다. 다시 말하면 2구체이다. 2구체가 둘 겹치면 4구체가 된다. 4구체가 겹치면 8구체가 된다. 8구체까지는 민요의 자연적인 질서와 그리 어긋나지 않는다. 그러나 10구체는 성격이 다르다. 10구체는 '4+4+2'로 분석할 수 있으나 이런 식의 구성은 민요에서는 찾아볼 수 없고, 더욱이 9구(행)째의 처음에 감탄사가 오도록 짜인 방식은 민요의 질서와는 거리가 멀다. 생각의 지속적인 전개를 장엄하게 보여주다가 끝으로 매듭을 짓는 극히 세련된 형식이다. 향가는 10구체에 이르러서 민요와는 다른 세련된 형식을 창안했고, 이는 10구체 향가의 작자들이 주로 화랑花郎이나 승려僧侶라고 알려진 사실이나 그들의 작품이 지니고 있는 장엄하고 숭고한 감정과 직결된다. 향가는 처음에 민요의 정착으로 출발하여, 격조 높고 세련된 개인적인 서정시에 이르렀다.

그런데 문제는 향찰鄕札이라는 표기법이 생기자, 이는 왜 서정민요의 기재에만 주로 사용되었는지, 서정민요로부터 서정시로의 전환이 이 시기 문학사 주방향이었고 다른 갈래들에서는 같은 성격의 전환이 일어나지 않았는가에 있다. 이 문제에 대한 해답은 이 시기 기록문학을 담당하고 있던 고대 귀족의 성격에서 찾아야 할 것이다. 고대 귀족은 이상주의자 또는 주관적 관념론자라고 할 수 있다. 불교는 그들의 이러한 성격과 합치되고 그들의 세계관을 형성하는 데 중요한 역할을 했다. 따라서 그들로서의 현세적인 혹은 내세적인 이상을 추구하는 주관적인 정서가 가장 감동적인 것이고, 이를 표현하기 위해서는 서정시가 요청되었다.[4]

고려 중기 이래 신흥 사대부들이 기록문학 창조의 주역으로 등장하면서 구비문학으로부터 기록문학으로의 이행은 새로운 양상으로 전개되었다.

이 시기 신흥 사대부들은 무신武臣 집권 하에서 사회적 기반을 닦았으며, 무신란으로 인해서 거의 자취를 감추게 되었던 서라벌徐羅伐 문화의 계승자인 구귀족들과는 여러모로 성격을 달리한다.[5] 그들은 원래 시골 사람이었고, 실질적인 것을 숭상하는 기풍을 지녔다. 이상의 추구보다도 사물 · 생활 · 사회관계 등에 싶은 관심을 가졌으며, 그들의 사회적 지위가 굳어지고 마침내 조선 건국의 주역으로 등장하게 됨에 따라서, 독자적인 세계관을 뚜렷하게 형성했다. 고대 귀족이 주관적 관념론자라면 여말선초麗末鮮初의 사대부는 객관적 관념론자였고, 불교를 배격하고 성리학을 세계관으로 택했다.

이들 사대부는 예외 없이 한문학의 작가들이었지만, 한편 국어로 된 기록문학의 건설에도 적지 않게 기여했다. 이들 사대부의 기록문학 건설은 교술시敎術詩의 창안과 서정시의 재건이라는 두 가지 방향으로 전개되었다.

그들이 창안한 교술시는 처음에 경기체가景幾體歌였고 다음에 가사歌辭였다. 그들은 사물 · 생활 · 사회관계 등에 깊은 관심을 지니고 객관적 사고방식을 지녔기에, 이런 사고를 나타내기 위해서 무엇보다도 교술시를 요청하지 않을

---

4 향가가 상하 각층이 두루 소유한 국민문학이라는 견해는 타당하지 않다고 본다. "향가鄕歌의 전형적인 형식은 10구체로, 주동적인 작가는 승려로, 지배적인 내용은 불교적인 것으로" 규정한 정병욱 교수의 견해(『한국시가문학사』, 상 ; 『한국문화사대계』, 4)가 타당하다.
5 이우성, "고려말 이조초의 어부가"(『성균관대학교 논문집』, 9집) 참조.

수 없었고, 교술시의 모체를 구비문학에서 구하지 않을 수 없었다. 경기체가는 이른바 고려속요高麗俗謠를 형식적 모델로 하여 만들어 낸 교술시의 갈래라 할 수 있다. 3음보 후렴을 가진 분련체分聯體라는 공통점이 이 사실을 잘 말해준다. 가사는 4음보 연속체連續體 교술민요를 기록문학의 갈래로 바꾼 것이다. 처음 만든 경기체가는 형식상 교술로는 부적절하기에, 가사가 나타나자 차츰 쇠퇴했으리라 짐작된다. 가사는 형식상 장중하고 실질적인 사고에서 나오는 논리관 · 생활내용 · 자연애 등을 나타내기에 아주 적합하다.[6]

그러나 사대부는 교술시만으로는 만족할 수 없었다. 그들은 밖으로 사물의 세계를 노래해야 하는 한편, 안으로 심성의 세계도 노래해야만 했다. 그들은 객관적 관념론자였기에 객관적인 갈래도 필요로 했지만 관념적인 갈래도 필요로 했다. 그러기에 시조時調가 나타났다. 시조의 기원은 분명하지 않으나, 서정민요의 기본이 되는 2행 형식에 한 행을 덧붙이고, 3행 째에는 첫 음보는 결음절缺音節로, 둘째 음보는 과음보過音步로 하여 시상詩想의 집약적인 응결을 가능하게 한 것이라고 파악할 수 있다. 제3행의 구조는 10구체 향가 제9 · 10행의 구조와 관련이 있을 것이다. 시조는 10구체 향가처럼 웅장한 노래가 아니며 소박하면서 안정감을 가진다.

가사와 시조는 서로 경쟁적인 관계를 갖지 않고 상보적인 관계를 가지며 병행해서 발전했다. 한 시인이 둘 다 창작한 경우도 흔한데, 한 가지만으로는 만족할 수 없었기 때문이었다. 둘의 공통점은 4음보의 안정감이라 할 수 있고, 차이점은 길고 짧다는 것만이 아니고 하나는 교술 갈래이고 하나는 서정 갈래라는 점이 서로 상보적인 관계를 갖게 하는 근본적인 이유이다.

구비문학이 기록문학으로 전환하는 과정에서 나타난 다음 중요한 변화는 소

---

6 조동일, "가사의 장르 규정", 『어문학』, 21집(한국어문학회, 1969).

설小說의 출현이다. 소설의 갈래적 기원에 관해서는 많은 연구가 있었으나 선명한 결론에 이르지는 못했다. 대체로 말해서 설화에서 소설이 생겨난 것만은 분명하고, 서사무가·판소리 등도 소설의 형성에서 일정한 작용을 했다고 말할 수 있다. 고전소설의 가장 두드러진 특징의 하나가 일대기 형식―代記 形式이라 할 수 있는데, 이는 고대 건국신화建國神話와 서사무가에서 잘 나타나는 영웅의 일생이라는 유형이 소설화된 결과라고 생각한다.[7] 판소리가 판소리계 소설로 전환되었음은 주지의 사실이다.[8]

　소설은 갈래 자체가 구비 서사문학으로부터 성립되었을 뿐만 아니라, 구비 서사문학 특히 설화로부터 많은 소재를 차용한다.[9] 설화의 한 유형이 그대로 소설화한 경우, 몇 유형이 복합되어 소설화된 경우, 설화가 부분적으로 이용되는 경우 등이 거의 모든 소설에서 두루 발견된다. 뿐만 아니라 소설의 구성과 문체도 특히 민담과 판소리에 크게 힘입고 있다. 향가·시조·가사 등에서 발견할 수 없었던 현상이다. 향가·시조·가사 등은 구비문학에서 출발했지만, 일단 기록문학의 갈래로 성립된 후에는 구비문학과의 교섭이 그리 빈번하지 않았다. 그러나 소설에 이르러서는 구비 서사문학이 거의 전면적으로 기록문학화 한다는 새로운 현상이 나타났다.

　소설의 출현은 17세기 이후의 사회 변동과 밀접한 관련을 가지고 있다. 소설은 구비문학의 주인인 민중 자신이 사회적으로 성장하고 문화적으로 각성됨에 따라 생겨난 갈래이다. 양반 문인도 소설의 작자로서 다수 참여하고 있으나,

---

7　서대석, "서사무가 연구", 『국문학 연구』, 8(서울대학교 국문학연구회, 1969).
　조동일, "영웅의 일생, 그 문학사적 전개"『동아문화』, 10(서울대학교 동아문화연구소, 1971).
8　김동욱, 『춘향전 연구』(연세대학교 출판부, 1965 ; 증보 1976).
9　장덕순, 『한국설화문학 연구』(박이정〔서광학술자료사〕, 1995), 설화와 고대소설 참조
　최재옥, "설화의 소설화에 관한 구조적 분석", 『국문학 연구』, 7(서울대학교 국문학연구회, 1968).

이는 민중의 각성이 상층에까지 파급되거나 때로는, 상층에서 미리 인식된 결과라 할 수 있으며, 양반도 소설의 모체인 설화에 대해서는 원래부터 호감을 가지고 있었기에 민중과 양반 사이의 공동의 창조가 소설에서는 전개되기 용이했다. 각성된 민중의 이념은 현실주의라고 요약할 수 있다. 민중은 언제나 현실적이고 생산적인 활동에서 사고하고 관념적인 전제에 거의 지배되지 않았으며, 이 점은 구비문학의 여러 갈래에서 잘 확인되는 바이다. 그러나 민중만이 가지고 있던 현실주의를 사회 전체의 것으로 확대하고 보다 심화시키는 새로운 단계에 이르러서 소설이 가장 중요한 갈래로서 요청되었다. 관념적인 전제나 규범적 당위로부터 벗어나 현실 생활 자체에 참다운 의미를 부여하고 생동하는 인간을 제시하기 위해서는, 과거의 어느 기록문학의 갈래도 만족스러울 것일 수 없었고, 소설의 출현은 필연적이었다.

문학사의 이와 같은 변동은 소설을 출현 발전시키는 데 그치지 않고 기존 갈래들인 시조와 가사도 구비문학과의 관계를 새로이 하면서 변모하지 않을 수 없게 했다.

시조가 민요와 부딪쳐서 전아典雅한 형식이 파괴되고, 민요가 지닌 현실주의가 다양하게 수용된 결과 사설시조辭說時調가 나타났다. 시조는 사대부의 문학으로 극도로 세련되어 나가면서 거의 공허하게 되었을 때, 민중의 사설시조가 나타나 민요의 표현법을 충분히 활용해 모든 기존 관념을 희화했다.

가사는 형식이 파괴되지 않고 약간 문란해지고 길어지면서 평민가사平民歌辭로 바뀌었다. 형식이 문란해졌다는 것은 기교적으로 퇴보했기 때문이 아니고 민요로부터 새로운 영양소를 섭취한 결과이다. 규방가사閨房歌辭는 교술민요와 상호 밀접한 관련을 가지며 구비문학적인 성격을 농후하게 지닌다. 시조는 평민화하기 위해서 형식이 아주 달라지고 내용에서도 급전환이 일어났으나, 가사에서의 변화가 보다 완만했던 이유는 명백하다. 시조는 처음부터 관념적인 성격을 지니고 있었으나, 가사는 객관적인 성격을 지니고 있었기 때문이다. 그러기에 가사는 객관성이라는 테두리는 그대로 유지하고 객관적인 것의 구체적인 내용만 바꾸면 되었다.

구비문학을 현대문학의 입장에서 계승하자는 시도는 거듭 나타났으나, 특히 1920·1930년대의 주장이 주목할 만한 것이다. 이 시기에는 서구 내지 일본 문학의 영향을 적극적으로 수용하여 이룩한 번역체 신문학에 대한 반성으로서 민족적 전통에 대한 탐구가 주창되었고, 그 일환으로서 구비문학을 계승하고자 하는 시도가 나타났다. 김억金億이나 김소월金素月이 민요시인이고자 한 것도 이런 이유에서였다. 설화를 소설화한 작품도 다수 나타나게 되었다. 그러나 대체로 민요와 형식적으로 유사해진다든가, 설화에서 소재를 빌려 온다든가 하는 정도에 그쳤고, 문학의식에 대한 깊은 반성은 결여되어 있었다. 다만 김유정金裕貞과 같은 작가는 구비문학과 표면적으로는 무관한 듯하면서도, 구비문학의 미학을 깊이 있게 계승하는 평가할 만한 선례를 남겼다.

구비문학을 계승함으로써 민족문학을 새로운 차원으로 발전시키고자 하는 노력은 오늘날 다시 시도되고 있다.

제10장 구비문학의 현지조사

I 현지조사의 의의

현지조사는 구비문학 연구의 필수적인 전제가 된다. 구비문학의 자료는 현지조사를 통해서만 얻을 수 있고, 자료가 있어야만 연구가 성립되기 때문이다. 물론 문헌화한 구비문학의 자료도 있으니 문헌설화 같은 것이 그 좋은 예이다. 문헌화한 자료도 그것대로의 의의가 있고, 구비문학의 역사를 밝히거나 구비문학과 기록문학의 관계를 탐구하기 위해서는 불가결하다. 그러나 선인들이 문헌화한 자료는 구비문학의 실상과는 거리가 있을 수밖에 없고, 이미 생명을 상실한 흔적이기에 이차적인 중요성밖에 없다. 더욱이 구비문학의 문체나 표현을 논하고자 하는 경우에는 문헌화한 자료는 거의 쓸모없게 된다.

현지에서 정확히 조사된 자료는 비록 문자의 수단을 빌어서 정착되어 있다해도, 선인들이 문헌화한 자료와는 달리 실제 구전되는 말의 충실한 기술이기에 비로소 자료다운 자료이고 원문으로 된 작품일 수 있다. 그러나 이러한 충실한 자료가 아무리 많이 수집되어 있다 하더라도, 현지조사의 의의는 감소되지 않는다. 구비문학은 구전되면서 창작되기에 언제나 새로운 조사에 의해서 새로운 자료가 보고되어야 한다. 이미 여러 번 채록된 자료라도 거듭 채록할 때마다 새로운 가치를 가진 새 작품을 얻을 수 있다.

그러나 현지조사의 의의는 자료의 양을 확대하고 새로운 자료를 얻기 위한 것에 그치지 않는다. 아무리 정밀하고 정확히 기술된 자료라도 기록화하면서 구전 상태를 떠날 수밖에 없다는 데 문제가 있다. 아무리 잘 채록된 민담이라 해도 화자의 억양·몸짓·호흡이나 이야기하던 분위기는 전달되지 않는다. 문장으로 설명해도 언제나 불충분하다. 그러므로 살아 있는 그대로의 구비문학에 접해서 이를 연구하기 위해서는 이미 다른 학자들에 의해 보고된 자료에 만족할 수 없고 현지로 나가야 한다. 비유하자면 생물의 표본을 보고 연구하는 데 만족하지 말고 생물 자체를 연구해야 한다. 이 점은 구비문학 연구가 기록문학의 경우와는 매우 다른 사정이다.

구비문학의 연구에서 어떤 주제를 발견하거나 가설을 생각해 냈을 때, 이를 구체화하거나 입증하기 위해서 적절한 성격과 필요한 방법의 현지조사를 시도하는 것이 가장 효과적인 길이다. 현지조사는 어떠한 주제와 가설에도 기여할 수 있는 자료를 풍부하게 제공할 수 있다. 역사학자나 기록문학 연구자의 고민, 가설은 수립되어도 이를 입증할 만한 자료를 아무리 찾아도 발견할 수 없는 고민 같은 것은 구비문학 연구자는 갖지 않아도 좋다. 노력하면 자료는 얻을 수 있다. 다만 필요한 자료가 현지에서 발견되지 않는다면 주제가 적절하지 못하거나 가설이 잘못된 것이다. 구비문학의 현지조사는 이러한 의의를 가지기에 그 중요성이 더욱 커진다.

오늘날 구비문학은 쇠퇴하고 있다. 구비문학의 활발한 전승과 새로운 창작에 불리한 작용을 미치는 여건이 나날이 확대되고 있다. 그렇다고 해서 구비문학이 아주 없어질 것은 아니나, 쇠퇴가 더 심해지기 전에 좋은 자료를 가능한 많이 수집하고, 쇠퇴현상에 대해서도 정확한 진단을 내릴 것이 요청된다.

II 조사의 종류 및 그 선택

현지조사의 종류는 누가, 무엇을, 어디서, 누구로부터, 어떻게, 언제 조사할 것인가에 따라 다양하게 나뉘며, 이 다양한 종류의 조사 중에서 어느 것을 택할 것인가는 조사의 목적과 조건이라는 두 가지 요인에 의해서 결정된다. 목적이 없는 조사는 성과도 없을 것이며, 여건을 무시한 조사는 실현 불가능한 것이다. 조사의 목적과 여건을 종합해서 필요한 종류의 조사를 선택하는 것이 조사 계획이다.

(1) 누가 조사하는가는 조사자의 수와 능력 두 측면에서 고찰될 수 있다.

수에 있어서는 한 사람이 하는 조사도 있겠고, 수십 명이 하는 조사도 있다. 한 사람이 할 때에는 간단한 조사가 아니고서는 지나치게 바쁜 시간을 보내면서도 소홀해질 염려가 있다. 조수가 있으면 난점이 상당히 해소된다. 조사자가 다수일 때에는 어떻게 일을 분담하고 서로 협조할 수 있는가가 문제이다. 조사대상을 달리한 분담과 지역을 달리한 분담도 있고, 한 곳에서 한 대상을 두고 같이 조사할 때에는 관찰 기술하는 측면을 달리한 분담도 있다. 수십 명 또는 그 이상으로 구성되는 대규모의 조사단이 활동하는 경우도 있는데, 능률적인 조직과 효과적인 분담이 이루어지지 않으면 인원을 낭비하고 경비와 노력에 비해서 성과가 적을 염려가 있다.

조사자의 능력에 따른 구분은 숙련된 전문가의 조사와 비전문가의 조사, 그리고 전문가와 비전문가가 혼성된 조사이다. 비전문가의 조사는 시행착오를 범할 염려가 있고, 소기의 목적을 달성하는 데 큰 노력이 필요하나, 전문가와 비전문가의 혼성으로 구성된 조사단은 능률적인 활동을 할 수 있다.

(2) 무엇을 조사하느냐는 대상이 될 구비문학의 영역과 선택된 영역을 주로 다루는 측면의 두 가지 각도에서 고찰될 수 있다.

대상이 될 구비문학의 영역은 다음과 같은 몇 가지 경우로 나눌 수 있다.

① 가장 좁게는 한 유형의 것만을 대상으로 하는 조사.
② 한 갈래의 것만을 대상으로 하는 조사.
③ 몇 가지 갈래를 대상으로 하는 조사.
④ 가장 넓게 구비문학의 전 영역을 대상으로 하는 조사.

대체로 연구의 목적과 성격이 분명하게 결정되어 있을 때만 ①이나 ②를 택할 수 있다. ①이나 ②를 택할 때에는 목적으로 하는 자료를 이끌어내는 방법이 문제이고, 항상 부수입이 있게 마련인데 부수입도 소중히 간직할 필요가 있다. 때로는 연구의 목적이 ③이나 ④를 요청할 수도 있다. ④의 조사에서는 빠뜨린 것이 없는가 항상 유의해야 한다.

선택된 대상을 다루는 측면이란 이를테면 다음과 같은 것들을 말한다.

① 유형을 중심으로 하는 조사와 한 유형 내의 여러 각편들을 중요시하는 조사.
② 작품 자체에 치중하는 조사와 배경에 대해서도 깊은 관심을 갖는 조사.
③ 작품을 말로 된 부분만으로 설정하는 조사와 그 구연방식(억양抑揚 · 창곡唱曲 · 동작動作)까지도 설정하는 조사.

(3) 어디서 조사할 것인가는 조사지역과 조사장소의 두 가지 각도에서 고찰될 수 있다.

조사지역은 좁게 잡으려면 어떤 한 자연부락을 택하여야 한다. 자연부락이란 주민의 생활이 여러 가지로 공동적으로 이루어지는 터전이기에 지역의 단위로서 중요한 의의를 가지고 있다.

좀더 넓게 잡은 조사지역은 여러 개의 자연부락을 포함하고 있는 지역이다.

이 경우에는 지역 내의 부락들이 자연환경에서나 사회적인 조건에서나 문화적으로나 어떤 동질성이 있어야만 의미 있는 조사가 될 수 있다. 이런 동질성을 미리 확인하기 곤란할 때에는 행정구역을 따를 수밖에 없는데, 현행 행정구역보다는 조선시대 구舊행정구역을 따르는 편이 더 유리하다.

가장 넓게 잡은 조사지역은 전국이다.

조사지역은 구비문학의 자료 또는 선택된 대상의 자료가 풍부한 곳이어야 함은 물론이다. 대체로 근대 문명의 침투가 적은 곳일수록 유리하나, 너무 산골로 들어가서 인구마저 희소하고 주민 주거의 역사가 짧은 곳이면 도리어 역효과가 난다. 그러나 조사대상에 따라 사정이 다르기에 일률적으로 말하기는 어렵다.

조사지역이 여러 자연부락을 포함한 광범위한 곳일 때에는 그 중 어느 부락에서 조사할 것인가도 문제이다. 지역 내의 모든 부락을 조사할 수 없는 사정이면 자료가 풍부할 것으로 생각되는 부락을 택하되, 선택에는 일정한 원칙이 있어야 한다.

경우에 따라서는 현지가 아닌 곳에서 조사를 할 수가 있다. 이주자나 여행자를 제보자informant로 하는 조사이다. 대체로 그리 좋은 방법은 아니나 북한 지역의 자료를 얻기 위해서는 이주자를 제보자로 할 수밖에 없는 사정이다.[1]

조사장소는 제보자가 일상적으로 구비문학을 구연하는 곳이 이상적이나 조사의 편의도 고려되어야 한다.

(4) 누구로부터 조사할 것인가는 제보자의 선택을 말한다.

때로는 제보자를 선택할 여지가 없고 발견해 내는 것 자체가 문제인 경우도

---

1 이런 방식으로 함경도 · 평안도의 무가가 조사되었다.
　　임석재 · 장주근, 『관북지방무가』(문화재관리국, 1965).
　　──, 『관서지방무가』(문화재관리국, 1966).

있다. 이를테면 무가는 무당만의 것이니, 유능한 무당을 찾는 것이 문제이다.

이와는 달리 제보자가 될 수 있는 자격이 상당히 개방되어 있을 때에는 선택이 문제인데, 다음 세 가지 경우가 있을 수 있다.

① 우연 조사偶然調査 : 누구든지 우연히 만날 수 있는 사람을 제보자로 삼는 경우이다.

② 선정 조사選定調査 : 특별히 필요한 사람을 선정해서 조사하는 경우이다.

③ 전수 조사全數調査 : 그 지역에 거주하는 사람 전부를 제보자로 삼는 경우이다.

이 중에서 가장 바람직한 것은 ②이다. ①은 수고는 덜하나 저질의 자료만 얻을 위험이 있고, ③은 많은 노력이 소요되기에 특별한 목적이 없고서는 피해야 한다. 제보자의 선정에는 대체로 능력과 주거 경력이 고려되어야 할 것이나, 조사의 의도에 따라 그 자격은 동일하지 않다. 나이가 많고, 기억력이 좋고, 구연 기술이 세련되어 있으며, 그 지역에서 거주한 경력이 오랜 사람일수록 좋은 제보자라 할 수 있으나, 동요를 조사하려면 아이들을 만나야 하고, 민요의 쇠퇴를 조사하려면 노래를 잘 못 부르는 사람도 필요하다.

제보자는 한 사람씩 따로 만날 수도 있으나, 여럿을 한 자리에 모아서 조사하는 편이 대체로 유리하다.

(5) 어떻게 조사할 것인가는 실로 복잡한 문제이나, 다음과 같은 몇 가지 경우가 있음을 알아둘 필요가 있다.

① 개괄 조사와 정밀 조사 : 개괄 조사는 자료의 윤곽만을 파악하는 정도에 그치는 것이고, 정밀 조사는 자료에 관해 엄밀하고 정확한 기술을 시도하는 것이다.

② 기록 조사와 녹음 조사 : 자료를 그 자리에서 받아쓰는 것이 기술 조사이고, 녹음하는 것이 녹음 조사이다. 녹음 조사가 대체로 유리하나 기록의 보조를 받지 않으면 정리할 때 혼란이 생길 수 있다.

③ 방관 조사와 참여 조사[2] : 제3자로서의 방관적 입장에서 조사하는 것이 방관 조사이고, 같이 노래부르거나 이야기를 주고받으며 하는 조사가 참여 조사이다. 참여 조사가 자료를 끌어내는 데는 유리하나, 정확한 기술을 하는 데는 장애가 될 수 있다.

④ 인공적 조건에서의 조사와 자연적인 조건에서의 조사[3] : 조사자의 요청으로 제보자가 자료를 구연하는 것이 인공적 조건artificial context이고, 그러한 요청이 없이 스스로 구연하는 경우가 자연적 조건natural context이다. 자연적 조건에서의 조사가 월등히 유리하나 기회를 얻기 어렵고, 기술에는 오히려 불편할 수도 있다.

⑤ 일회 조사와 반복 조사 : 한 번씩만 듣고 기술하는 데 그치는 것이 일회 조사이고, 같은 자료를 거듭 구연해 달라고 해서 거듭 기술하는 것이 반복 조사이다. 반복 조사는 시간적인 간격에 따라 다시 여러 가지로 나눌 수 있는데, 변화를 측정하기 위해서는 필수적이나 지나친 반복은 제보자를 지치게 한다.

이 밖에도 제보자에 접근하는 방법, 필요한 자료를 유도해 내는 방법, 자료를 기술하는 방법, 수집된 자료를 정리 · 보고하는 방법 등이 문제인데, 다음에 상론할 예정이다.

(6) 언제 조사할 것인가는 조사기간 및 조사시기의 두 가지 각도에서 고찰될 수 있다.

조사기간이 길수록 성과가 크겠지만 여건상 제한될 수밖에 없다. 하루 또는 며칠로 끝나는 단기간의 조사도 있고, 1년 이상 계속되는 장기간의 조사도 있다. 장기간의 조사라 하더라도 실제 조사일수는 한정되어 있는 것이 보통이고, 경우에 따라서는 현지에 계속 거주하면서 조사할 수도 있다.

---

2 Kenneth Goldstein, *A Guide for Fieldworkers in Folklore*(Hatboro : Folklore Associates, 1964) 참조.

3 Ibid., pp. 80~82 .

조사시기는 계절적으로 제약될 수도 있고 임의로 선택할 수도 있다.

위에서 든 여섯 조건은 아주 복잡한 상호 제약관계를 가지고 있어서, 이 자리에서 모든 경우를 다 밝히기 어렵다. 조사자는 대상을 제약하고, 대상은 지역을 제약하고 또한 그 역도 가능하다. 이 모든 관계를 다 말한다는 것은 불가능에 가깝다.

그러나 실제 조사는 여건과 목적에 따라서 여섯 조건 중 어느 것이 미리 결정되고, 이미 결정된 바에 따라 나머지를 판단하며, 어느 조건은 미리 판단하기 어려우므로 현지에 나가서 사정을 보아가며 판단하도록 보류해 둔다. 조사계획이 이와 같이 진행되기 때문에, 실제 계획의 작성은 그리 어려운 일이 아니다.[4]

III 예비조사

계획의 수립 과정에서 또는 계획이 수립된 후에 예비 조사가 필요하다. 예비조사의 결과에 따라 이미 수립된 계획이라도 수정할 필요가 있으면 수정해야하며, 예비 조사는 본조사로 들어가기 위한 관문이라 할 수 있다.

예비 조사는 다음과 같이 몇 단계의 작업을 의미한다.

(1) 선택된 지역에서 선택된 대상에 관한 기존 조사 결과를 여러 문헌을 이용해서 찾아내어 정리하는 작업.

(2) 선택된 지역의 여러 형편과 선택된 대상의 자료를 수집할 수 있는 가능성을 문헌 · 면담 · 질문지questionaire 등을 이용해서 타진하는 작업.

---

4 조사 계획의 한 실례로서 조동일의 『서사민요연구』(계명대학교 출판부, 1970), pp. 20~30 참조.

문헌으로는 지도(각종 고지도와 현행 5만분의 1지도), 군·읍지(옛날 것과 지금의 것), 통계연보 등이 기본이다.

면담은 선택된 지역에서 오래 거주하다가 조사자가 사는 곳으로 이주해 온 사람을 대상으로 한다.

질문지는 간략하며 기입하기 쉽도록 작성하여, 선택된 지역의 이·동장 또는 초등학교 교사 등에게 우편으로 보내서 기입 회신해 주도록 요청한다. 이 경우에 응답자의 협조를 얻기 위해서는 친절한 설명과 간절한 부탁이 필요하고 응분의 사례를 하는 것도 좋은 방법이다.

(3) 선택된 지역의 형편과 자료 수집의 가능성을 보다 구체적으로 타진하기 위해서 직접 현지로 나가보는 방법을 택할 수도 있다.

이 경우에는 군·면 소재지 정도까지만 가서 필요한 인사와 면담을 통하여 알아볼 수도 있고, 지역을 일주하면서 몇 군데서 실제 조사를 시험적으로 해볼 수도 있다.

IV 조사장비

조사장비를 열거하면 다음과 같다.

① 노트·카드 및 필기도구
② 녹음기·녹음 테이프·녹음기용 건전지
③ 카메라(또는 촬영기)·필름
④ 지도·기타 현지에 관한 자료
⑤ 예시 자료

⑥ 의복 · 약품 · 양초 · 손전등 · 식품

⑦ 사례품

⑧ 신분증명서

①은 반드시 갖추어야 할 장비이다. 카드는 구연상황 · 자료내력 · 제보자내력 · 부락개관 등에 대해서 기입해야 할 것들을 미리 결정해 놓은 것이다(그 실례와 기입법은 앞으로 다룬다). 경우에 따라서는 별도의 카드 없이 노트를 사용할 수도 있다.

②도 거의 필수적인 장비이다. 개괄적인 조사에서는 없어도 되나, 자료를 정확하고 치밀하게 채록하려면 녹음기를 사용해야 한다. 그냥 받아쓸 때 생기기 쉬운 부정확성이나 주관적인 기술을 녹음기는 완전히 배제한다. 녹음기의 출현은 구비문학의 현지조사에서 획기적인 변화를 가져왔다. 녹음기는 휴대용이어야 하고, 카세트형이 재래식보다 테이프당 녹음시간이 길고 테이프를 바꾸기 쉽기에 편리하다.

③은 구비문학 이외의 민속조사에서는 필수적인 장비이나 구비문학의 조사에서는 사정이 좀 다르다. 구비문학 자체는 무형의 것이니 사진에다 담을 수 없고, 구연상황이나 제보자에 관한 자료를 수집하기 위해서 카메라는 매우 요긴한 장비이다. 촬영기는 비용 관계로 아직 널리 사용되지 못하고 있으나, 카메라 이상의 구실을 할 수 있다.

④는 현지에서 활동하는 데 필요한 것들이다.

⑤는 목표로 하는 자료를 제보자에게 알려주기 위해 필요한, 녹음된 테이프 또는 기록된 노트 등이다(그 용도는 앞으로 설명한다).

⑥은 현지에 머무르는 동안 생활에 필요한 것들이다. 이 중 의복에는 신경을 써야 한다. 가능한 한 검소하고 단정하며, 현지 주민과 비슷한 복장을 하는 편

이 조사에 유리하다. 등산복 차림 같은 것은 환영할 만한 것이 못된다. 취사도구까지 가지고 가서 음식을 조사자가 조리해 먹는 경우도 있다.

⑦은 제보자 및 안내자를 위한 것이다. 술·담배 같은 것은 현지에서 구입할 것이나, 그 밖에 부피가 크지 않으면서도 뜻 있는 사례품을 미리 준비해 가지고 가는 편이 좋다.

⑧이 필요하다는 데는 설명이 필요하지 않다.

그런데 장비를 모두 꾸렸을 때 지나치게 무거워서는 곤란하다. 자동차를 가지고 가지 않는 경우에는 무거운 장비를 운반하는 데 힘을 다 소모해 버릴 염려가 있으니, 조사의 목적에 비추어 필요성이 적은 것들은 짐에서 덜어 버리는 용기가 있어야 한다.

꾸린 장비의 운반은 배낭으로 하는 것보다 가방을 사용하는 편이 좋다. 배낭은 편리하기는 하나 현지주민에게 좋지 못한 인상을 줄 염려가 있다.

장비는 반드시 무엇이 필요한지 미리 계획되어야 하고, 떠나기 전에 자세히 점검되어야 한다.

V 접근·유도 방법

실제 조사에 들어가기 전에 또는 실제 조사를 시작하면서 문제되는 것은 현지 주민에게 어떻게 접근하고 제보자를 어떻게 유도하면 조사의 목적을 효과적으로 달성할 수 있는가 하는 방법이다.

맨 먼저 할 일은 편지를 보내는 것이다. 편지는 행정기관에 보내는 것, 안내자에게 보내는 것, 제보자에게 보내는 것으로 나눌 수 있다. 각급 행정기관 (군·면·리·동, 경찰서·지서)에 보내는 편지는 협조를 구하자는 것이기도 하

```
                          귀하

   안녕하십니까?
   금번 저희 학회에서는 학술조사의 일환으로 ○월 ○일부터 ○월 ○일까지 귀
   지방을 방문하게 되었습니다. 저희들의 조사분야는 설화·민요·무가·속담·
   수수께끼 등입니다. 바쁘신 가운데 폐가 많을 줄 믿사오나, 그 방면에 잘 아시는
   분을 소개하여 주시는 등 적극 협력하여 주시면 감사하겠습니다.


                              유첨 : 조사 계획서 1부


                              200○년   ○월   ○일
                              한국구비문학회
                                        ○ ○ ○
```

지만, 활동을 미리 알려서 지장이 생기지 않도록 하기 위한 것이다. 편지의 양
식은 예를 들면 위와 같다.

유첨有添인 조사 계획서에 포함될 내용은 조사의 목적, 반 편성 및 구성인원,
기간 및 일정, 경비, 장비, 조사 지역 및 약도 등인데, 이 계획서는 물론 공동 조
사의 경우에 필요한 것으로 원래 조사 단원 각자가 지참하기 위하여 만든 것이
지만, 현지 주민에게도 보내 주어 참고에 응하고자 하는 것이다.

안내자나 제보자에게도 미리 조사되어 있으면 편지를 보내야 할 것인데, 행
정기관에 보내는 편지보다는 친절하고 자세하게 쓰는 편이 좋다.

현지에 도착하면 먼저 안내자를 만나야 한다. 안내자는 구비문학의 조사에
어느 정도 이해를 가진 현지인으로서 현지 사정을 알려주고, 숙소를 주선해 주
고, 제보자를 소개해 줄 수 있는 사람이라야 한다. 면사무소 직원·학교 교사
도 안내인이 될 수 있으나, 전부터 알고 있던 사람이나 지방 유지일수록 좋다.

제보자가 미리 결정되어 있는 경우가 아니면 안내자의 소개로 제보자를 만나게 된다. 제보자에게 방문자의 신분을 알리고 방문의 목적을 설명하는 것도 안내자를 통해서 하는 것이 좋다. 안내자의 소개가 끝나면 정중히 인사를 나눈다음 제보자와의 대화를 시작한다.

이와 같이 하여 제보자와 대화를 할 수 있게 되었다고 해도 우리가 필요로하는 자료를 그들로부터 얻기에는 많은 어려움이 있다. 따라서 비교적 효과적으로 자료 수집을 하려면 다음과 같은 점을 유의하면 좋다.

첫째, 공포감을 없애 주어야 한다. 조사대상을 충분히 이해하였더라도 자기가 구술하는 자료가 부끄러운 것이 아닌가 하는 공포감 때문에 주저하는 사람이 많다. 이럴 때는 불필요한 자료라도 무관하다는 것을 말해 주어 안심하고진술하도록 하여야 한다. 특히 민요의 경우에는 분위기가 조성되지 않으면 조사가 불가능하다. 낯 모르는 사람 앞에서 노래하기란 촌가村家의 부녀들에게는곤란한 일이기 때문이다. 이런 때에는 술잔이라도 대접하여 어느 정도 흥을 돋울 수 있는 분위기를 만들어 주어야 한다. 그러나 술에 너무 취하게 하여서는안 됨은 물론이다. 이 밖에도 제보자에게 줄 간단한 사례품을 미리 준비할 것을 잊지 말아야 한다.

둘째, 피조사자의 기분을 상하게 하여서는 안 된다. 가령 제시하는 자료가불필요한 것이더라도 부드러운 말로써 조사대상을 설명하여야지, 창피를 준다든가 감정을 상하게 하기 쉬운 불쾌한 언사를 사용해서는 안 된다. 항상 태도는 공손하게 하고 존칭어를 써서 제보자에게 좋은 인상을 주도록 배려하여야할 것이다. 또한 조사자 자신이 아는 체를 많이 한다든가, 제시하는 자료에 대하여 논평을 가하는 것은 좋지 않다.

셋째, 호기심을 자극하면 효과적이다. 제보자들 가운데는 협력을 하기 싫어하는 냉담한 사람도 있고, 자료 제시를 귀찮게 여기는 사람도 있다. 이런 때 녹음기를 사용하여 자신의 음성을 즉시 들려준다든가, 다른 지방에서 수집된 자료를 들려주면 호기심으로 조사가 쉽사리 진행될 수도 있다.

처음에는 분위기를 조성하기 위해서 무슨 자료든지 가리지 않고 환영하다가, 차츰 목적하는 바로 제보자의 관심을 유도해야 한다. 무슨 자료든지 가리지 않고 채록했다가 정리할 때 필요한 것만 추리는 방법도 있겠으나 노력에 비해서 성과가 빈약할 염려가 있다. 특히 목표로 하는 자료가 어느 갈래만의 것이든가 어느 유형만의 것이든가 하는 등으로 한정되어 있을 때는 제보자의 관심을 일정한 방향으로 유도할 필요성이 더 커진다.

유도 방법으로는 우선 말로 설명하는 것이 있다. 이 방법이 가장 널리 사용되나, 제보자가 이해할 수 있도록 설명해야 한다는 데 깊이 유의해야 한다. 구비문학의 갈래나 유형에 관한 학술적인 용어와 제보자들이 갖고 있는 구분 의식 사이에는 거리가 있을 수 있으니 항상 후자에 입각해서 이야기해야 할 것이다. 제보자들이 갖고 있는 구분 의식을 존중한다는 것은 현재 조사의 편의를 위해서 유리할 뿐만 아니라, 구비문학 연구에서 기본적으로 중요한 입장이다.[5]

또 한 가지 방법은 목표로 하는 자료를 예시하는 것이다. 조사자가 이야기하거나 노래해 들려줄 수도 있고, 녹음된 자료를 틀어줄 수도 있다. 예시는 유도의 효과만 갖지 않고, 분위기 조성에서도 도움이 될 만한 구실을 하므로 권장할 만한 방법이다. 그러나 예시된 자료가 제보자가 기억하고 있는 자료에 어떤 영향을 미칠 가능성이 있다는 점을 유의해야 한다.

---

5 Dan Ben-Amos, "Analytical Categories and Ethnic Genres", *Genre,* vol. II no. III(University of Illinois at Chicago Circle, Sept. 1969) 참조.

VI 실제조사

이상에서 설명한 것은 실제조사에 이르기까지의 과정이고, 가장 핵심되는 작업은 실제조사이다.

실제조사는 다음과 같은 방법으로 진행된다.

1. 채록

실제 구연되고 있는 자료를 녹음이나 기록으로 고정시키는 행위를 말한다. 녹음에 의한 채록이 기록의 경우보다 유리함은 이미 지적한 바와 같다. 기록에 의존할 때에는 실제 구연되는 내용과 어긋나지 않도록 세심한 주의를 기울여야 하고, 그 자리에서 반복 조사를 하거나, 구연이 끝난 후에 다시 물어서 보충해 적어야 한다. 그러나 녹음에 의해 채록하는 경우에도 기록은 병행되어야 한다. 구연되는 자료 중에서 이해가 잘 안 되는 구절 같은 것들을 받아 적었다가 의문을 해소할 필요가 있다.

녹음기는 제보자 몰래 사용하는 편이 좋다는 주장과 제보자가 녹음기 사용을 알고 있어도 지장이 없다는 주장이 있다. 그러나 실제로 제보자 몰래 녹음기를 사용하는 것은 거의 불가능하며, 제보자가 녹음기 사용을 알고 있느냐가 문제가 아니고 녹음기 때문에 위축되느냐 그렇지 않느냐가 문제이다. 위축되지 않게 하기 위해서는 잡음이 함께 녹음되는 것을 각오하고서라도 마이크를 멀리 두는 것이 좋다. 음악 연구의 자료를 겸하는 경우가 아니면 잡음에 너무 신경 쓰지 않아도 좋다. 구경하러 온 마을 사람들이 미리 알아서 조용히 해주면 다행이겠지만, 그렇지 않은 경우에도 되도록 간섭하지 않는 편이 분위기 유지에 유리하다.

채록자는 방관적인 제3자의 입장을 유지하면서 조사의 목적을 달성하는 것이 이상적이다. 참여조사를 하는 경우에는 제보자들과 어울려 구연을 주고받는 조사자와 방관적인 제3자로서의 조사자라는 두 가지 상이한 입장이 분리될 필요가 있다.

녹음 채록을 하면서 항상 녹음 상태를 주시하는 것을 잊지 말아야 한다. 그리고 한 자료의 녹음이 끝날 때나 제보자들이 쉬고 있을 때는 녹음기를 틀어 점검도 하고, 제보자들의 흥미도 돋우고, 논평도 듣고, 빠진 대목도 찾아내고, 난해한 구절도 묻고 하는 것이 좋다.

2. 관찰

구연상황이나 제보자를 살펴보면서 필요한 사항을 기록하는 행위를 말한다. 관찰에는 카메라가 도움이 되고 촬영기가 있다면 더 도움이 되나, 가시적인 관찰만 있지 않고 심안心眼으로 판단해야 할 관찰도 있다. 또 사진 촬영은 분위기를 깨뜨릴 염려가 있으니 주의할 필요가 있다. 요컨대 관찰은 기계에게 맡기기보다 사람이 해야 하고 정확하면서도 예리해야 한다.

3. 면담

제보자나 그 주위의 사람들에게 물어서 자료의 내력, 제보자의 내력 또는 부락 개관 등을 알아보아 기록하는 행위를 말한다. 면담은 시간적으로 채록과 병행될 수 없다. 채록이 잠시 중단된 틈을 타서 하거나 채록이 끝난 뒤에 할 수밖에 없다.

면담에서 주의할 사항은 조사자의 의도가 충분히 전달되도록 질문을 해야 하고, 응답자의 대답이 신빙성이 있는가 마음속으로 분석하기를 소홀히 하지 말아야 한다는 점이다. 신빙성이 부족하다고 판단될 때는 질문의 방식을 바꾸거나 다른 응답자를 찾아야 할 것이다. 그러나 일문 일답식 면담보다는 응답자가 스스로 여러 가지를 설명하도록 하는 것이 효과적인 방법이다. 그렇게는 못되어도 응답자의 말을 중단시키지는 말아야 한다. 응답자로서는 제보자가 가장 중요하나, 어떤 질문은 제보자에게 바로 하기 곤란하기에 반드시 다른 응답자를 필요로 하는 경우도 있다.

이상의 세 방법 중에서 가장 중요한 것은 물론 채록이다. 채록에 의해 얻을 수 있는 것이 작품 자체인 주자료이고, 관찰과 면담에 의해 얻을 수 있는 것은 작품의 배경을 말해주는 보조적인 자료이기 때문이다. 관찰과 면담에 어느 정도의 중요성을 부여할 것인가는 조사의 목적에 따라 결정된다. 그러나 여기서는 관찰과 면담에도 최대한의 중요성을 부여한다는 가정 하에 설명을 계속하겠다.

관찰과 면담에 의해 얻을 수 있는 자료는 구연상황 · 자료 내력 · 제보자, 그리고 부락에 관한 것인데, 구체적으로 무엇을 조사할 것인가는 카드를 예시하고 간단히 설명하겠다.

구연상황 카드		
		조사자 :

일련번호 :	녹음번호 :	사진번호 :

시간 :　　년　월　일　오전·오후　시
지역 :　　도　군　면　리　마을　　장소 :
참석자 및 분위기 :

제보자 성명 :　　　　　　　　　제보자 카드번호 :
　음성·창 :
　표정 :
　동작 :
　자료에 대한 설명 :
　구연하게 된 동기 :
　구연의 조건 : 자연조건·인공조건
　완료되다·중단되다　　중단의 이유 :
구연의 반응 :

기타 참고사항 :

구연상황 카드는 구연된 작품마다 작성해야 한다.

자료 내력 카드						
						조사자 :

일련번호 :　　　　　　　　　　녹음번호 :

명칭 현지명 :　　　　　　　　　분류명 :

제보자 성명 :　　　　　　　　　제보자 카드번호 :

	성명	연령	성별	관계	거주경력	특징
전전제보자						
전제보자(A)						
전제보자(B)						

습득시기 :　(A)　　　　　　　　(B)
습득지역 :　(A)　도　군　면　리　마을　　장소 :
　　　　　(B)　도　군　면　리　마을　　장소 :
습득상황 :　(A)　　　　　　　　(B)

자연조건 :

자료 내력 카드 역시 구연된 작품마다 작성해야 되며, 일련번호는 구연상황 카드의 것과 일치한다.

전제보자前提報者는 제보자에게 자료를 전해 준 사람이고, 전전제보자는 그보다 한 단계 앞의 사람이다. 전전제보자의 확인은 매우 어렵고, 전제보자의 확인도 장르에 따라서는 용이하지 않는 경우도 있다. 전제보자는 둘 이상 있을 수 있기에 (A), (B)로 나누어 보았다.

제보자 카드					
					조사자 :
일련번호 :			사진번호 :		
성 명 :	남 · 여	연령 :	세(	년 현재 만)	
거주경력 현주소 :	도	군	면	리	마을
	도	군	면	리	마을에서 출생
	도	군	면	리	마을에서
	도	군	면	리	마을에서
	도	군	면	리	마을로
직업 :	교육 정도 :		부락 내의 위치 :		
외관 :	말씨 :				
조사자에 대한 태도 :					
성격 :					
기억력 :					
구연능력 :					
알고 있는 자료의 영역 :					
만나게 된 경위 :					
구연한 자료의 번호 :					

제보자 카드는 제보자마다 작성한다.

거주 경력은 아주 복잡할 수 있기 때문에 난을 여럿으로 한다.

부락 개관 카드		
		조사자 :
일련번호 :	지도번호 :	사진번호 :
도 군 면 리 마을 과거에 도 목牧 · 부府 · 군郡 · 현縣 소속		
위치 : 자연환경 : 교통 : 주민구성 : 호수戶數 : 산업상의 특징 :		
민속상의 특징 :		
구비문학상의 특징 :		
조사일정 :		
조사된 자료 :		

부락 개관 카드는 자연부락마다 작성한다.

VII 조사결과의 정리

조사결과의 정리에서 가장 핵심적인 작업은 녹음으로 채록된 자료를 기록하는 것이다. 녹음자료를 받아 적을 때 녹음할 당시의 여러 가지 기억은 큰 도움이 되므로 기억이 생생하게 남아 있을 때 기록하는 것이 좋다는 말이다. 타인이 녹음해 온 자료를 기록하는 것이 자기가 녹음한 자료의 기록보다 어려운 이유도 기억이 없기 때문이다. 그리고 현지에서 기록을 하면 빠진 것, 잘못된 것 등을 발견했을 때 보충하고 수정할 수 있다. 또는 난해한 구절은 제보자나 그것을 알 만한 현지인에게 물어서 해결할 수도 있다.

녹음자료를 기록하는 순서는, 먼저 작품 하나를 처음부터 끝까지 다 듣고, 들으면서 메모를 하고, 다시 부분적으로 들으면서 받아쓰고, 끝으로 전체를 들으면서 수정하는 것이 정상적이다. 한 번 들어서 잘 알아듣기 어려우면 되풀이해 들어야 한다. 한 사람이 기록할 수도 있지만, 여러 사람이 같이 듣고 적으며 적은 것을 서로 비교 · 검토, 확인하면 정확성을 기하는 것이 유리하다.

물론 제보자가 말한 그대로 받아 적도록 해야 한다. 음성학적 정확성까지는 필요하지 않으나, 음운론적 정확성은 확보해야 하고, 그러기 위해서는 방언학자의 도움을 받는 것이 좋다. 말의 고저 · 강약 · 음색의 변화 등까지 반영하는 기록이면 더욱 이상적이다. 민요 자료는 음악학자의 도움을 받을 수 있으면 채보採譜까지 하는 것이 이상적이다. 그리고 구연하다가 중단한 곳도 표를 해 밝히고, 구연상황 카드를 참고해서 중단의 이유도 적어 두어야 한다. 제보자나 청중의 자료에 대한 논평 같은 것들도 같이 녹음되어 있을 터이니 실제로 말해진 자리에다 기록해 두는 것이 좋다.

노트나 카드에 기록해 온 자료도 다시 읽어보고 난잡하게 적혀 있으면 청서淸書해야 한다. 청서는 기억이 생생할 때 해야 한다. 청서에서도 제보자의 말을 손상시키지 않도록 주의해야 할 것이다.

사진은 모두 인화하여 사진첩에다 붙이고, 일련번호를 달고 간단한 설명을 붙여 혼동되지 않도록 한다.

다음 단계의 작업은 자료의 분류이다. 우선 민요 · 설화 등으로 크게 나누고, 다음 더 세부적인 분류를 해서 질서 정연하게 배열을 해두어야 한다. 분류는 조사의 목적에 따라 지역별 · 제보자별 · 구연상황별 · 유형별 등 여러 가지 각도에서 할 수 있다.

자료가 분류되면 보고서 작성을 준비한다. 조사된 모든 자료가 보고서에 수록될 수도 있겠으나, 그 중 어느 것들만 선택되는 것이 예사이다. 선택되지 않은 자료도 소중히 보관해 두면 언젠가는 유용하게 쓰인다.

보고서 작성은 자료를 나열하는 것만을 의미하지는 않는다. 자료를 보고하는 부분은 보고서의 자료편이고, 자료편 외에 서론, 자료의 해석, 결론이 있어야 한다. 자료편은 자료의 해석보다 먼저 들어갈 수도 있고 나중에 들어갈 수도 있다.

서론은 일반 논저의 서론과 같은 것이되, 현지조사의 방법과 경과가 반드시 들어가야 한다. 서론을 집필하면서 현지조사에 대한 반성도 해야 하고, 반성은 보고서에 반영될 수도 있고, 그렇지 않을 수도 있으나 후일의 조사를 위해서 좋은 지침이 된다. 만약 현지조사에서 중대한 과오가 있으면 재조사를 하거나 보고서 집필을 단념해야 한다.

자료의 해석은 수집된 자료에 대한 해설 정도에 그칠 것이 아니라, 조사 전에 수립된 가설의 입증이어야 하고 의의 있는 논문이어야 한다. 가설은 수정되기도 하고 때로는 입증되지 못할 수도 있다. 경우에 따라서는 가설로 생각한 것과는 반대의 결과에 이를 수도 있다. 가설이 입증되든 그렇지 않든 논문으로서의 일관성·논리적 타당성을 갖는 내용이 있어야만 이상적인 자료의 해석이다. 그러나 실제 보고서에는 자료 위주의 것과 해석 위주의 것이 있다. 전자는 자료 제공면에서 기여하고, 후자는 학설의 제기라는 점에서 기여한다.

참고자료

한국 구비문학 자료의 전반적 양상

한국의 구비문학 유산은 매우 풍부하다. 한민족은 오천 년의 오랜 역사를 가진 문화민족으로서 삼천여 년 전부터 한반도와 만주 일대에서 국가를 세우고 집단생활을 해 왔다. 1세기경 신라, 고구려, 백제 등 삼국이 건국되면서 중국과 문화교류가 활발했고 한자가 전래되어 한문문학이 형성되어 발전되기도 하였다. 그러나 한자로 지어지고 읽혀진 문학은 사회 상층의 일부 지식인이었고 대다수의 국민은 말로 전승되는 구비문학으로 문학을 향유하였다. 특히 한반도는 농업이 일찍이 발달하여 농토를 개간하고 여러 사람이 한 곳에 정착하여 모여서 사는 농촌 공동체가 일찍이 형성되었다. 한국의 구비문학은 농촌 공동체의 생활문학으로서 생산되고 전승되었다고 해도 지나친 말은 아니라고 본다. 마을 단위로 행하던 마을 수호신이나 생산신에 대한 제전에서 신화가 형성되어 전승되었으며 농업 노동요와 장례 의식요 등이 향촌의 두레패를 중심으로 불려지고 전승되었다. 또한 만주, 시베리아 일대에서 자생한 샤마니즘인 무속신앙은 불교, 도교 등의 외래종교를 수용하면서 한국인의 전통신앙으로 자리를 잡았으며 무속제전에서 불려지던 무가의 사설은 오랜 기간 동안 전승되면서 오늘에 이르게 되었다.

15세기에 이르러서는 한글을 창제하여 한국어로 된 문학유산을 말 그대로 기록할 수 있게 되었다. 조선조 문헌에 산견되는 고려속요와 시조, 가사의 작품들이 그러한 예이다. 그러나 문헌을 편집하고 간행한 사람들이 대부분 사대부 지식인들이었기에 민간에서 전승되는 구비문학은 본격적으로 채록하려 하지 않았다. 조선 후기에 야담 사화류의 설화는 많은 양이 한문으로 번역되어 간행되었다. 그러나 여타의 구비문학 자료들이 본격적으로 한글로 채록된 것은 20세기에 들어와서였다. 현재 남북이 분단 상태에 있어 분단 이후에 이루어진 창작문학은 교류되지 않았으나 구비문학은 분단 이전에 형성된 문학유산으로서 남북한이 함께 향유하고 연구하는 민족 문학으로서 자리잡고 있다.

한국의 중요한 구비문학 갈래는 설화, 민요, 무가, 판소리, 민속극의 다섯 가지이다. 한국의 설화는 중세나 근대에 문헌에 한자로 기록된 문헌 설화와 현재 민간에서 전승되는 구비설화로 나누어진다. 문헌설화는 국가를 건국한 국조의 이야기, 고승, 명장, 명신, 명기, 명풍, 명의, 명복 등 유명한 사람의 이야기가 대부분이고 구비설화는 지명이나 물명에 얽힌 전설과 흥미 중심의 우스개 이야기가 많다. 그러나 지역이나 구연자에 따라서 이야기의 종류나 성격은 달라진다. 이들 자료를 신화, 전설, 민담의 셋으로 나누어 한국 설화문학 유산의 대강을 소개하기로 하겠다.

신화는 문헌에 한자로 기록된 건국신화와 무속 제의에서 무격들이 구연하는 무속신화로 나누어진다. 건국신화는 고려조에 간행된 『삼국사기』, 『삼국유사』, 『제왕운기』 및 조선조 문헌인 『응제시주』, 『세종실록지리지』, 『동국통감』 등에 수록되어 전하는데 「단군신화」, 「해모수신화」, 「해부루신화」, 「주몽신화」, 「유리신화」 등 북방지역신화와, 「박혁거세신화」, 「김알지신화」, 「석탈해신화」, 「김수로신화」, 「삼성신화」 등 남방지역 신화로 나누어진다.

무속신화는 전국 각 지역에서 수백 편이 채록되었는데 전국에서 전승되는 유형으로서 「제석본풀이」와 「바리공주」가 있고 창세신화 자료로서 함흥의 「창세가」, 오산의 「시루말」, 제주도의 「천지왕본풀이」가 있다. 또한 영남지역을 제외한 북한지역과 호남지역 등에서 전승되는 「칠성풀이」 유형이 있으며, 동해안 지역에서는 「심청굿」이, 경기지역에서는 「성주신가」가, 그리고 호남지역에서는 「장자풀이」가 전승되고 있다. 무속신화가 가장 풍부하게 전승되는 지역은 제주도인데, 여기에는 창세신화인 「천지왕본풀이」를 비롯하여 생산신신화인 「세경본풀이」, 저승차사 신화인 「차사본풀이」 등 육지에 없는 귀중한 무속신화가 많이 전승되고 있다. 특히 제주도에는 마을마다 본향당이 있고 당신에 대한 신화가 수백 편이 전승되는데 「서귀포 본향당본풀이」, 「토산당본풀이」, 「궤네깃당본풀이」 등의 당신화가 유명하다. 이러한 무속신화는 신화이면서 무속서사시로서 오늘날까지도 굿판을 찾는 많은 사람들에게 이야기문학으로서 흥미를 제공하고 있다.

전설은 전국에 걸쳐 지명이나 물명에 관한 사물전설이 두루 채록되었고 역사적 인물에 결부된 인명전설도 풍부하게 전승된다. 사물전설로서 광범위한 전승지역을 확보하고 있는 자료가 「장자못」, 「오뉘힘내기」, 「아기장수」, 「여우고개」 등이며 인물전설로서 많은 삽화를 보유하고 있는 자료가 명장 「강감찬」, 명유 「이토정」, 명의 「허준」, 명풍 「도선」, 명복 「홍계관」 등이다.

민담은 세계적으로 분포된 전래동화라는 전승유형과 한국의 역사적 상황에서 형성되어 전승되는 고담이 있다. 전래동화는 「선녀와 나무꾼」, 「해와 달이 된 오누이」, 「지하국대적제치」, 「구렁덩덩신선비」, 「우렁각시」, 「구복여행」, 「개와 고양이의 구슬 찾기」, 「야래자」 등이 있다. 한국적 상황에서 형성되었다고 생각되는 민담으로는 「바보사위」, 「부엉이의 노래재판」, 「콩쥐팥쥐」, 「도깨비방망이」, 「지네와 구렁이의 승천다툼」, 「두꺼비의 보은」, 「호랑이와 곶감」 등의 유형을 생각할 수 있다. 또한 옛문헌에 기록된 「왕자호동」, 「바보온달」 「서동」, 「조신」 등의 설화도 구비설화로 널리 전승된다.

설화의 본격적인 채록은 20세기에 들어와서 시작되었으며 녹음기가 보급되기 시작한 1960년대 이후에 본격적으로 이루어졌다. 특히 1980년대 한국정신문화연구원에서 전국 구비문학 조사를 실시하고 채록된 자료를 한국구비문학대계(전 82권)로 간행하면서 전국 각 지역에서 15,107편의 자료가 비교적 고르게 채록되었다. 또한 임석재가 채록한 설화가 『한국구전설화』 전 12권으로 간행되어(1987~1992) 북한지역을 포함한 전국의 자료가 정리됨으로써 한국

설화문학의 전반적 면모를 파악할 수 있게 되었다.

한국의 민요는 매우 풍부하다. 기능요로는 노동요, 의식요, 유희요가 풍부하게 전승된다. 노동요는 농촌에서 「모심기」, 「논매기」, 「밭매기」, 「보리타작」 등의 농업노동요가 전국적으로 전승되고 있으며, 부녀들이 부르는 「삼삼기」, 「물레노래」 등 길쌈노동요도 많이 채록되었다. 또한 「그물당기는 노래」, 「멸치 후리는 노래」, 「뱃노래」 등 어업노동요도 바닷가 어촌에서 활발하게 전승된다. 그 밖에 「집터다지기」, 「말뚝박기」, 「목도메기」 등 토목노동요도 많다. 의식요는 세시의식요로서 「지신밟기」가 장례의식요로서 「상여소리」와 「달구질소리」가 전국에서 전승된다. 유희요로는 「강강술래」, 「놋다리밟기」 등이 있다.

비기능요는 전국에서 불려지는 「아리랑」이 가장 유명하고 중부지역의 「노랫가락」, 「청춘가」, 「창부타령」, 호남지방의 「육자배기」, 영남지방의 「오돌도기」, 서도지방의 「수심가」, 「난봉가」, 관북지방의 「신고산타령」 등이 있다. 이러한 노래는 전문 소리꾼에 의하여 학습을 통하여 전승되고 방송 매체를 통해 전국적으로 보급되어 있다. 그러나 최근에는 유행가요에 밀리어 노년층 일부에서만 향유되고 있는 실정이다.

민요의 본격적인 수집 정리는 20세기에 들어와서 시작되었으며 초기에는 가사 위주로 수집되었으나 1960년대 이후 녹음기가 보급되면서 가사와 기능, 제보자의 인적 사항과 구연상황 등이 조사되었다. 1984년 『한국구비문학대계』가 간행될 당시까지 전국 각 지역에서 채록 정리된 민요의 각편 수는 약 15,000여 편이었다. 그 후 1994~1995년, 문화방송사에서 남한 각지역의 민요를 새로 채록하여 도별로 정리하여 CD음반과 책자로 출판하였고 1995년 임석재가 수집한 민요 자료 중에서 가려 뽑은 자료가 CD음반으로 출판되어 한국민요의 악곡과 사설의 대략이 정리되기에 이르렀다.

한국의 무가는 가장 특수한 구비문학의 갈래이다. 무가는 그 기능에 따라 청배, 공수, 축원, 오신으로 나눌 수 있다. 청배는 신을 부르는 무가인데 무속신화인 '서사무가'와 신의 행로를 기술하는 '노정기' 그리고 신의 명칭을 나열하는 '신통기' 등이 청배의 기능을 갖는다. 공수는 신의 언어로서 무의 몸에 강림한 신이 무의 입을 빌어서 표출하는 언어이다. 축원은 인간의 소원을 신에게 비는 말로서 대부분의 무가가 축원으로 되어 있다. '오신무가'는 신을 즐겁히는 무가인데 유흥적 분위기에서 인간과 신이 함께 놀면서 부르는 노래이다.

무가를 문학의 장르로 나누면 오신무가로 불려지는 「노랫가락」, 「대감타령」, 「창부타령」 등은 서정무가에 속하고 「성주축원」, 「조상축원」, 「해원풀이」 등의 축원무가는 교술무가로 분류되며, 「당금아기」, 「바리공주」 등의 무속신화는 서사무가로 분류된다. 또한 동해안 지역의 「거리굿」, 「도리강관원놀이」, 제주도의 「세경놀이」, 「영감놀이」, 「전상놀이」 등의 굿놀이 무가는 희곡무가로 분류된다.

무가의 수집 정리는 1920년대 이후에 시작되었으며 손진태의 『조선신가유편』(1930)이 최초의 한국 무가집이다. 그 후 지금까지 1,000여 편의 무가가 채록 정리되었는데 북한지역의 자료는 주로 월남한 무녀를 조사하여 채록한 것이다. 지금까지 채록된 무가는 1,200여 편에 달하는데 지역별로 많은 채록이 이루어진 곳과 거의 조사되지 않은 지역이 있어 지역의 편차가 심하다. 또한 무가의 사설만이 무가집으로 출간되었고 악곡을 담은 음반의 출간은 이루어지지 않았다. 그러나 현재까지도 무가는 전승이 활발하며 무가의 구연을 녹화하여 보존하는 자료 수집도 활발히 행해지고 있다.

판소리는 한국의 전문 소리꾼이 가창하는 구비서사시로서 조선 후기에 발생하여 지금까지 전승되고 있다. 판소리의 전성기인 19세기 중반에는 열두 마당이 있었다고 하나 현재까지 가창이 전승되는 자료는 「춘향가」, 「흥부가」, 「심청가」, 「적벽가」, 「수궁가」의 다섯 마당이다. 판소리는 호남지역에서 발생하여 전국으로 퍼진 서사시로서 구연자인 명창은 서고 고수는 앉아서 청중들 앞에서 명창이 '발림'이라는 몸짓을 곁들여 창과 아니리를 교체하여 가며 고수의 북장단에 맞추어 노래하는 예술이다. 판소리의 사설은 한국인의 정서에 맞도록 다듬어졌고 수많은 민간의 구비전승 자료가 용해되어 있어 대다수 한국인이 사랑하는 민족예술로 성장하였다. 또한 판소리의 사설이 소설책으로 출판되어 널리 보급되어 읽혀지기도 하였다. 「춘향전」, 「흥부전」, 「심청전」 등의 작품이 바로 그 것이다.

가면극은 마을 제전에서부터 발생한 놀이인데 제의 형태를 벗어나지 못한 단계의 놀이로서 「북청사자놀이」, 「하회별신굿」, 그리고 마을의 농악대굿 중 「잡색놀이」 등이 있고, 좀더 연극으로 발전한 형태의 도시가면극으로서 황해도 일대에서 전승되는 「봉산탈춤」, 「강령탈춤」 등 해서 가면극과 서울 주변의 「양주별산대놀이」, 「송파산대놀이」, 경남지역의 「고성오광대」, 「통영오광대」 및 「수영야류」 등이 있다. 가면극은 가면을 쓴 배우가 등장하여 춤과 대사로써 연극을 진행하는데, 하나의 극은 여러 개의 과장으로 나누어져 있고 각 과장은 독립되어 있다는 특징이 있다. 가면극에서 극적 갈등을 보여 주는 주요 과장들은 '노장과장', '양반과장', '미얄과장' 등이다.

인형극은 남사당패의 「꼭두각시놀음」뿐이다. 「꼭두각시놀음」은 「박첨지극」이라고도 하는데 남사당이라는 유랑 연예인 집단이 전국을 돌아다니며 공연하던 연극이다. 「박첨지극」이 공연되는 무대는 두세 사람이 몸을 숨길 만한 크기의 책상을 흰 천으로 가려 놓은 것이다. 인형을 놀리는 사람을 '산받이'라고 하는데 산받이는 무대 뒤에 숨어서 인형을 손에 쥐고 놀리면서 대사를 한다. 인형극도 가면극처럼 여러 과장으로 나누어져 있고 각 과장은 독립되어 있으며 양반과장과 미얄과장 등 가면극과 유사한 내용으로 전개된다. 그러나 가면극에 없는 홍동지라는 인물이 용강 이시미를 퇴치하는 과장과 평안감사 매사냥 과장, 그리고 절을 짓고 허무는 과장 등은 가면극에 없는 과장이다.

수록 자료

설화는 신화, 전설, 민담으로 나누어 배열하였다. 신화는 문헌에 수록되어 전하는 국조신화를 주로 수록하였고, 무속신화는 무가편에 수록하였다. 전설은 전국적으로 널리 알려진 자료와 학문적 관심이 높았던 자료를 뽑았다. 민담은 세계적으로 분포된 보편적 유형을 우선 골랐고 이야기로서 흥미가 높은 각편을 선정했다.

민요는 기능요로서 노동요, 의식요, 유희요로 분류하여 작품을 선정하였고 자료 배열 순서는 한국정신문화연구원에서 간행한 민요의 유형 분류를 따랐다. 민요는 음보별로 띄어쓰기를 하였고 행의 구분도 원문의 행 구분을 따랐다. 그러나 한정된 지면에 되도록 많은 자료를 수록하려는 의도에서 반복되는 후렴구는 기호로 대체하였다.

무가는 서정무가, 교술무가, 서사무가로 장르별로 나누어 수록하였다. 서정무가는 서울·경기지역의 「노랫가락」, 「대감타령」, 「창부타령」만 수록했으며 교술무가는 지두서, 청배, 축원으로 나누어 배열하였다. 서사무가는 창세신화 자료로서 제주도의 「천지왕본풀이」를 선정하였고, 전국적으로 전승되는 제석본풀이 유형의 각편으로 강계본인 「성인노리푸념」을 수록하였다.

판소리는 전승 다섯 마당 중에서 「수궁가」의 일부를 수록하였다. 「수궁가」는 소재가 『삼국사기』 「귀토지설龜兎之說」에서 유래한 것으로서 특히 해학미가 풍부한 명편이다.

민속극의 자료는 가장 널리 알려진 「봉산탈춤」에서 '노장과장'과, 「양주별산대」에서 '양반과장', 「동래 야유」에서는 '할미과장' 을 뽑았다. 여기에 수록한 과장들은 민속극의 대표적 과장으로서 전국적으로 유사한 내용이 전승되는 것들이다.

설화편

I 신화

1. 단군신화

한국 민족의 시조신인 단군의 신화이면서 최초의 국가인 고조선의 건국신화
이다. 이 신화는 일연의 『삼국유사』, 이승휴의 『제왕운기』, 권람의 『응제시주』
『세종실록지리지』 등에 전한다.[1] 단군은 고조선의 시조신으로서 신라의 삼국
통일 이후, 특히 고려시대에 이르러 민족통일 과업이 추진됨에 따라 민족의 공
동 조상으로 등장하게 되고, 조선 세종 때에 이르러 평양에 사당을 지어 고구
려 시조 동명왕과 함께 조상신으로 모시게 됨으로써 한국 민족의 시조로 숭앙
받게 되었다. 『제왕운기』본에는 환웅이 손녀에게 약을 먹여 여자의 몸을 갖게
하고 이 여인이 단수신과 결혼하여 단군을 낳는 것으로 되어 있다. 이 책에서
는 『삼국유사』본을 번역하여 수록한다.

---

1 여기서는 『삼국유사』 기이紀異 제1의 자료를 소개한다 .

『위서魏書』에서 말했다. 지금부터 2천 년 전에 단군왕검壇君王儉[2]이 아사달[3]〔경經에 이르기를 무엽산無葉山이라고 한다. 또 이르기를 백악白岳이라고 하니 백주白州 땅에 있다. 혹은 이르기를 개성開城 동쪽에 있다고도 하는데 지금의 백악궁白岳宮이 이곳이다〕에 도읍을 정하고 나라를 열어 이름을 조선朝鮮이라 했으니 요[4]임금과 같은 시기이다.

『고기古記』에서 말했다. 옛날 환인의 서자庶子인 환웅이 자주 천하에 뜻을 두어 인간 세상을 탐하여 구하였다. 그 아버지가 아들의 뜻을 알고 삼위태백三危太伯[5]을 보니 널리 인간을 이롭게 할 만하여 천부인天符印[6] 3개를 주고 보내어 다스리게 했다. 환웅이 무리 삼천을 거느리고 태백산 꼭대기〔곧 태백은 지금의 묘향산이다〕의 신단수神檀樹 아래로 내려와서 그곳을 신시神市라 하였는데 그를 환웅천왕桓雄天王이라고 부른다. 풍백風伯, 우사雨師, 운사雲師[7]를 거느리고 곡식, 인명, 질병, 선악 등 무릇 인간의 360여 가지의 일을 주관하였다.

그때 곰 한 마리와 범 한 마리가 굴에서 살면서 항상 신인 환웅에게 빌어 사람이 되기를 원하였다. 신인은 곧 신령스러운 쑥 한 줌과 마늘 스무 개를 주면서[8] "너희들

---

2 단군은 『삼국유사』에는 壇君으로 기록되어 있고, 『제왕운기』, 『세종실록지리지』, 『동국여지승람』에는 '檀君'으로 기록되어 있다.

3 아사달은 '조선朝鮮'이라는 의미의 고어

4 원문에는 '高로 쓰어 있는데, 이는 고려 정종의 이름이 '요堯'라고 해서 이것을 피하여 음이 비슷한 '고高'로 쓴 것이다.

5 삼위태백은 삼위와 태백을 각기 다른 산으로 보는 견해와 같은 산으로 보는 견해, 그리고 삼위는 세 가지 위험으로 해석하는 견해 등으로 나눌 수 있는데, 어느 것도 확실하지는 않다. '태백太伯'은 『제왕운기』, 『세종실록지리지』, 『응제시주』 등에서는 太白으로 표기되어 있다. 태백은 고유명사라고 볼 수도 있으나 백산 중에서 가장 큰 백산이라는 의미의 보통명사로 볼 수도 있다.

6 천부인에 관해서는 무당들이 사용하는 신경神鏡, 신령神鈴, 신검神劍등 무구巫具와 같은 사제자의 신성 징표라는 설, 방울〔鈴〕, 북〔鼓〕, 관〔冠〕 중의 하나라는 설, 그리고 풍백, 우사, 운사를 거느리는 부인符印으로 보는 설 등이 있으나 어느 것도 확실하지는 않다. 다만 이것이 지배자의 권위를 상징하는 신성한 물건이었음은 분명하다고 하겠다.

7 풍백은 바람, 우사는 비, 운사는 구름을 다스리는 주술적 능력을 지닌 존재로 이해된다. 환웅의 통치를 보필하는 존재로 보는 것이 무난하다고 본다. 그리고 바람, 비, 구름 등은 농경생활을 영위하는 데에 필수적인 기후 조건이므로 이 부분은 당시에 이미 농경생활을 하고 있었음을 시사해 주는 것이다.

8 쑥과 마늘은 민간에서 악귀를 구축하는 데에 유용한 영초로 인식된다. 더불어 질병을 다스리는 데

이 이것을 먹고 백일 동안 햇빛을 보지 않으면 곧 사람의 형상으로 변하리라."고 일러 주었다. 곰과 범이 그것을 얻어 먹고 곰은 삼칠일[9]을 기하여 여인의 몸이 되었으나 범은 능히 기하지 못하여 사람의 몸으로 되지 못하였다. 웅녀는 혼인할 사람이 없어 매일 신단수 아래에서 잉태할 수 있게 해 달라고 빌었다. 환웅이 사람으로 변한 뒤 혼인하여 아들을 낳았는데 단군왕검이라 불렀다.

요임금이 즉위한 지 50년 되는 경인년[요임금이 즉위하던 원년은 무진으로, 50년은 정사이지 경인이 아니다. 의심컨대 사실이 아니다]에 평양성에 도읍을 정하고 비로소 조선이라 하였다. 또 백악산 아사달阿斯達로 도읍을 옮겼는데 그곳을 궁홀산弓忽山이라 하였고, 또 금미달今彌達이라고도 한다. 나라는 1,500년간 다스렸다. 주호왕周虎王이 즉위하던 기묘년에 기자箕子를 조선에 봉하자 단군은 곧 장당경藏唐京으로 옮겼다가 후에 아사달로 돌아와 숨었다가 산신이 되었는데 나이는 1,908세였다.

2. 주몽신화

고구려의 시조인 주몽에 관한 신화이다. 동명은 부여 제족의 공동신을 나타내는 보통명사로 이해되는데, 주몽이 부여족의 일파인 고구려의 건국시조가 되면서 범 부여족 사이에 전승되던 「동명신화」를 가져와서 내용을 다채롭게 한 것으로 생각된다. 이 신화는 광개토대왕비 및 중국문헌인 『위략魏略』, 『논형論衡』 등과 우리나라 문헌인 『삼국사기』, 『삼국유사』, 『동국이상국집』에 그 기록이 전한다.[10]

에도 효험이 있다고 전해진다.

9 삼칠일은 곧 21일을 말한다. 이는 민간에서 출산 후 외부인의 출입을 21일간 금지시키는 기간과도 상응하는데, 아마도 금기禁忌 준수遵守의 중요한 기간으로 민간에서 인식했던 것으로 볼 수 있다.

10 여기서는 이규보, 『동국이상국집』, 권3, 「동명왕편」에서 주석으로 기술된 『구삼국사舊三國史』의 「동명신화」를 번역하여 수록한다.

한漢 신작神雀 삼년 임술壬戌에 천제는 아들 해모수를 부여왕의 옛 도읍터에 내려 보내어 놀게 하였다. 해모수가 하늘에서 내려올 때에는 오룡거五龍車를 탔고 종자 백여 인은 모두 백곡白鵠을 탔으며 채색 구름은 위에 뜨고 음악은 구름 속에 들리었 다.[11] 웅심산熊心山에 머물러서 십여 일이 지난 후에야 비로소 내려왔는데 머리에는 가마귀 깃으로 된 관[烏羽冠]을 쓰고 허리에는 용광이 빛나는 칼[龍光劍]을 찼다. 아침에 정사政事를 듣고 저녁이면 하늘로 올라가니 세상에서 이를 천왕랑天王郎이 라 하였다.

성북城北 청하青河[12]에 하백河伯의 세 딸이 아름다웠는데 장녀는 유화柳花, 차녀는 훤화萱花, 계녀는 위화葦花라고 하였다. 그녀들이 청하로부터 웅심연熊心淵 위로 놀 러 나가니 신 같은 자태는 곱고 빛났으며 수식한 패옥이 어지럽게 울려 한고漢皐[13]와 다름이 없었다. 왕(해모수)은 이들을 보고 좌우에게 말하되 "얻어서 왕비를 삼으면 아들을 두리로다." 하였다. 그녀들은 왕을 보자 즉시 물 속으로 들어가 버렸다. 좌우 가 말하기를 "대왕께서는 어찌 궁전을 지어 여자들이 들어가기를 기다렸다가 마땅 히 문을 닫지 않으십니까?" 하니 왕이 그렇게 여겨 말채찍으로 땅을 그으니 동실銅 室[14]이 문득 생기어 장관이었다. 방 가운데는 세 자리를 마련해 놓고 동이술을 두었 다. 그 여자들이 각각 그 자리에 앉아서 서로 권하며 술을 마시고 크게 취하였다. 왕 은 세 여자가 크게 취하기를 기다려 급히 나가 막으니 여자들이 놀라서 달아나고 장 녀인 유화만이 왕에게 붙들린 바 되었다.

하백은 크게 노하여 사자를 보내 말하기를 "너는 어떤 사람인데 나의 딸을 머물게 하였는가?" 하니 왕은 대답하되 "나는 천제의 아들로 이제 하백에게 구혼하고자 한 다." 하였다. 하백이 다시 사자를 보내 말하기를 "네가 천제의 아들로 나에게 구혼을

---

11 이러한 광경은 곧 일출의 그것과 동일하다는 해석이 설득력이 있다. 해모수는 성이 해씨이므로 태 양과 관련이 있으며, 따라서 그의 출행은 곧 일출의 광경을 의인화한 것일 수도 있다는 것이다.
12 청하青河는 지금의 압록강이라고 쓰여 있다.
13 중국 고대 여선女仙의 이름이다. 『한시외전韓詩外傳』에 주周의 정교보鄭交甫가 남으로 초楚에 가 는 길에 한고대漢皐臺 아래를 지나다가 두 여자를 만나 구슬을 찬 것을 보고 그 구슬을 청하여 얻었 다는 기록이 있다.
14 구리집.

하려 한다면 마땅히 중매를 보내야 될 터인데 이제 갑자기 나의 딸을 붙잡아 둔 것은 어찌 실례가 아닌가?"하였다. 왕은 부끄럽게 여겨 장차 하백을 가서 보려 하고 방으로 들어가지 못하고 그 여자를 놓아 주려고 하였으나, 여자는 이미 왕과 정이 들어서 떠나 가려고 하지 않았다. 그리고 왕에게 권하기를 "오룡거五龍車만 있으면 하백의 나라에 도달할 수 있다."고 하였다. 왕이 하늘을 가리켜 고하니 문득 오룡거五龍車가 공중으로부터 내려왔다. 왕과 여자가 수레를 타니 풍운風雲이 갑자기 일어나며 그 궁(하백의 궁전)에 이르렀다. 하백은 예禮를 갖추어 이들을 맞이하고 자리를 정한 뒤에 말하되 "혼인하는 법은 천하에 통용하는 법인데 어찌하여 예를 잃고 나의 가문을 욕되게 하였는가? 왕이 천제의 아들이라면 무슨 신이함이 있는가?"하니 왕이 말하되 "오직 시험해 볼 따름이다."라고 했다. 이에 하백이 뜰 앞의 물에서 이어鯉魚[15]가 되어 놀자 왕은 수달로 변화해서 이를 잡았다. 하백이 다시 사슴이 되어 달아나니 왕은 늑대가 되어 이를 쫓고 하백이 꿩으로 변화하니 왕은 매가 되어 이를 쳤다. 하백이 이 사람은 참으로 천제의 아들이라 여기고 예로써 혼인을 이루고 왕이 딸을 데려갈 마음이 없을까 겁내서 잔치를 베풀고 술을 왕에게 권해서 크게 취하게 한 뒤 딸과 함께 작은 혁여革輿[16]에 넣어서 용거龍車에 실어서 승천하도록 하였다. 그 수레가 물을 채 빠져 나오기 전에 왕은 바로 술이 깨어서 여자의 황금 비녀를 취해서 혁여를 찌르고 그 구멍으로 홀로 나와 하늘로 올라갔다.

하백은 크게 노하여 그 딸에게 말하되 "너는 나의 가르침을 따르지 않고 나의 가문을 욕되게 했다."하고 좌우에게 명령해서 딸의 입을 잡아 늘려 그 입술의 길이가 삼척이나 되게 하고 다만 노비 두 사람을 주어 우발수優渤水 가운데로 귀양 보냈다.

어사漁師 강력부추强力扶鄒가 (금와왕에게) 고하기를 "요즈음 양중梁中[17]에 고기를 가져가는 자가 있는데 어떤 짐승인지 알지 못하겠다."고 하였다. 왕은 이에 어사를 시켜서 그물로써 이것을 끌어 내게 하였더니 그물이 찢어졌다. 다시 쇠그물을 만들어 끌어내니 비로소 한 여자가 돌 위에 앉아서 나왔다. 그 여자는 입술이 길어서

---

15 '잉어'의 본디말.
16 가죽으로 만든 가마, 수레.
17 양梁은 물을 막아 고기를 잡는 설비를 말한다.

말을 할 수가 없으므로 그 입술을 세 번 자른 뒤에야 말을 했다.[18] 왕은 천제자의 비妃임을 알고 별궁別宮에 두었는데 그 여자는 햇빛을 받고 그 때문에 임신을 해서 신작神雀 사년 계해癸亥 하사월夏四月에 주몽朱蒙을 낳았는데 울음 소리가 매우 크고 골표骨表가 영웅답고 기이했다.

처음 주몽을 낳을 때 왼편 겨드랑이로 한 알을 낳았는데 크기가 닷되〔五升〕들이쯤 되었다. 왕이 이를 괴이하게 여겨 말하되 "사람이 새알을 낳은 것은 상서롭지 못하다." 하고 사람을 시켜서 이 알을 마목馬牧에 버렸으나 여러 말들이 밟지 않았고, 깊은 산에 버렸으나 백수百獸가 모두 보호했다. 구름이 낀 날에도 그 알 위에는 언제나 일광日光이 있으므로 왕은 알을 가져다가 그 어미에게 보내고 기르도록 했다.

알은 마침내 열리고 한 사내아이를 얻었는데 낳은 지 한 달이 못 되어 말을 하였다. (주몽은) 어머니에게 여러 파리들이 눈을 물어 잠을 잘 수 없으니 어머니는 나를 위하여 활과 화살을 만들어 달라고 했다. 그의 어머니가 갈대로 활과 화살을 만들어 주자 이것으로 방거紡車[19] 위에 파리를 쏘아서 화살이 날면 모두 맞았다. 부여에서 활 잘 쏘는 사람을 주몽이라고 하였다.[20]

나이가 장대해지자 재능도 겸비하였다. 금와왕에게 아들 일곱이 있었는데 항상 주몽과 같이 사냥하였다. 왕자 및 종자 사십여 인은 겨우 사슴 한 마리를 잡았으나 주몽은 사슴을 쏘아 잡은 것이 아주 많았다. 왕자는 이를 질투해서 주몽을 잡아 나무에 매어 놓고 사슴을 빼앗아 가 버렸는데 주몽은 나무를 뽑아서 돌아왔다. 태자太子인 대소帶素가 왕에게 말하되 "주몽은 신용神勇이 있는 사람이고 눈길이 남다르니 만약 일찍 도모하지 않으면 반드시 뒷 근심이 있을 것입니다." 하였다. 왕은 주몽에

---

18 입술이 길어져 나오는 것은 보통 계룡계鷄龍系 신화에서 나타나는 것인데, 이는 닭의 부리같이 된 입을 말한다. 신라 알영부인閼英夫人의 경우가 그 예가 된다.

19 솜이나 털 같은 섬유를 자아 실을 뽑아 내는 제구. 물레.

20 주몽의 활 쏘는 능력은 주몽집단이 농경생활을 영위한 것이아니라 유목생활을 했음을 보여 주는 단서이다. 이는 강하江河 화소話素에서도 확인할 수 있는 바인데, 유목생활을 하기 위해서는 광활한 목초지와 가축들을 이동시키면서 먹일 강하와 같은 물이 절대적으로 필요하기 때문이다. 농경생활의 일단을 보여주는 박혁거세 신화에서 사롸가 나타나지 않고 정천井泉 요소가 나타나는 것과 좋은 대조가 된다고 하겠다.

게 말을 기르게 하여 그 뜻을 시험코자 하였다. 주몽은 속으로 한을 품고 어머니에게 말하되 "나는 천제의 손孫으로 다른 사람을 위해서 말을 먹이고 있으니 사는 것이 죽는 것만 못합니다. 남쪽 땅으로 가서 국가를 세우고자 하나 어머니가 계시기로 감히 마음대로 못합니다." 하였다. 그 어머니가 말하되 "이것은 내가 밤낮으로 속 썩이던 것이다. 내가 듣기로는 먼길을 가는 사람은 모름지기 좋은 말에 힘입는다고 했으니 내가 말을 골라 주겠다." 하고 드디어 말 기르는 데로 가서 긴 말채찍으로 마구 치니 여러 말이 모두 놀라서 달리는데 한 누른 말이 두 길이나 되는 난간을 뛰어넘었다. 주몽은 그 말이 준마임을 알고 몰래 말 혀 끝에 바늘을 찔러 놓았더니 그 말은 혀가 아파서 물과 풀을 먹지 못하고 야위어 갔다.

왕이 마목을 순행하다가 여러 말이 모두 살찐 것을 보고 크게 기뻐하며 마른 말을 주몽에게 주었다. 주몽이 이를 얻어서 바늘을 뽑고 더욱 잘 먹였다. 주몽은 오이烏伊, 마리摩離, 협보陜父 등 삼인三人과 같이 남쪽으로 행하여 개사수蓋斯水에 이르렀으나 건널 배가 없었다. 추격하는 병사들이 문득 닥칠까 두려워서 이에 채찍으로 하늘을 가리키며 개연히 탄식하되 "나는 천제의 손이요 하백의 외손으로서 지금 난을 피해 여기 이르렀으니 황천후토皇天后土[21]는 나를 불쌍히 여겨 급히 주교舟橋[22]를 보내소서." 하고 활로써 물을 치니 고기와 자라들이 떠올라 다리를 이루어서 주몽이 건널 수가 있었다. 얼마 안 있어 추병追兵이 이르렀는데 추병이 물에 이르자 물고기와 자라들의 다리는 곧 없어지고 이미 다리로 올라섰던 자는 모두 몰사하였다.

주몽이 어머니와 이별에 임하여 차마 떨어지지 못하니 그 어머니가 말하되 "너는 어미의 염려는 하지 말아라." 하고 이에 오곡의 씨앗을 싸서 주었는데, 주몽은 생이별하는 마음이 간절해서 보리 씨앗을 잃고 말았다. 주몽이 큰 나무 아래서 쉬고 있자니 한 쌍의 비둘기가 날아왔다. 주몽은 "응당 이것은 신모神母가 보리씨를 보내는 것이다."라고 말한 후 활을 당겨 이를 쏘아 한 살에 함께 잡아서 목구멍을 열고 보리씨를 꺼낸 다음 비둘기에게 물을 뿜으니 비둘기는 다시 살아나서 날아갔다. 왕(주몽)

---

21 하늘의 신과 땅의 신. 천신天神과 지기地祇.
22 배다리.

은 스스로 띠자리[茀蕝] 위에 앉아서 임금과 신하의 위계를 정했다.

비류왕沸流王 송양松讓이 사냥을 나왔다가 왕의 용모가 비상함을 보고 불러서 자리를 주고 말하되 "바닷가에 편벽되게 있어서 일찍이 군자를 본 일이 없더니 오늘날 만나 보니 얼마나 다행이냐. 그대는 어떤 사람이며 어디에서 왔는가?" 하니 왕이 말하되 "과인은 천제의 손으로 서국의 왕이거니와 감히 묻겠는데 군왕은 누구를 계승한 왕이냐?" 하자 송양은 "나는 선인仙人의 후예로서 여러 대代 왕 노릇을 했는데 이제 지방이 아주 작아서 두 왕으로 나누는 것은 불가하니 그대가 나라를 세운 지가 얼마 안 되었으니 나에게 부용附庸²³함이 옳지 않겠느냐?" 하니 왕이 말하되 "과인은 천제를 계승했고 이제 당신은 신神의 자손이 아니면서 억지로 왕이라고 하니 만약 나에게 돌아오지 않는다면 하늘이 반드시 죽일 것이다." 라고 했다. 송양은 왕이 여러 번 천손天孫이라고 일컫자 속으로 의심을 품고 그 재주를 시험코자 하여 말하되 "왕으로 더불어 활쏘기를 하자." 고 하였다. 사슴을 그려서 백 보 안에 놓고 쏘았는데 그 화살이 사슴의 배꼽에 들어가지 못했는데도 힘에 겨워 하였다. 왕은 사람을 시켜서 옥지환玉指環을 백 보 밖에 걸고 이를 쏘니 기와 깨지듯 부서졌다. 송양이 크게 놀랐다. 왕이 말하되 "나라의 창업을 새로 해서 아직 고각鼓角²⁴의 위의威儀가 없어서 비류국의 사자가 왕래하되 내가 능히 왕례로써 영송迎送²⁵하지 못하니 이것이 나를 가볍게 보는 까닭이다." 하였다. 종신 부분노扶芬奴가 나와 말하되 "신이 대왕을 위하여 비류국의 북을 취해 오겠습니다." 하니 왕이 말하되 "타국의 감춘 물건을 네가 어떻게 가져 오겠느냐?" 하니 대답하되 "이것은 하늘이 준 물건인데 어째서 취하지 못하겠습니까? 대왕이 부여扶餘에서 곤곤할 때 누가 대왕이 여기에 이를 줄 알았겠습니까? 이제 대왕이 만번 죽을 위태로움에서 몸을 빼내어 요수 왼쪽[遼左]에서 이름을 드날리니 이것은 천제가 명해서 된 것인데 무슨 일이든지 이루지 못할 것이 있겠습니까?" 하였다. 이에 부분노 등 세 사람이 비류국에 가서 고각을 가져왔다. 비류왕은 사자를 보내 고했으나 왕은 고각을 와서 볼까 겁내서 색을 어둡게 칠해서 오

---

23 천자天子에 직속直屬하지 아니한 제후諸侯에 부속한 작은 나라.
24 군중軍中에서 호령하는 때에 쓰는 북과 나팔.
25 맞이하는 일과 보내는 일.

래된 것처럼 하였더니 송양은 감히 다투지 못하고 돌아갔다. 송양은 도읍을 세운 선후先後를 따져 부용附庸시키고자 하므로 왕은 궁실을 짓되 썩은 나무로 기둥을 하니 오래됨이 천년이 된 것 같았다. 송양이 와서 보고 마침내 감히 도읍 세운 것의 선후先後를 다투지 못했다.

왕이 서쪽으로 사냥을 가서 흰 사슴을 잡아 이것을 해원蟹原에 거꾸로 매달고 주술을 행해 말하되 "하늘이 만약 비를 내려서 비류의 왕도王都를 표몰漂沒시키지 않으면 나는 너를 놓아 주지 않을 것이다. 이 난관을 면하려면 네가 능히 하늘에 호소하라." 하니 그 사슴이 슬피 울어 그 소리가 하늘에 사무쳤다. 장마비가 칠 일이나 와서 송양의 도읍을 떠내려가 버렸다. 왕이 갈대 새끼줄을 가로질러 늘이고 압마鴨馬를 타니 백성이 모두 그 줄을 잡았다. 주몽이 채찍으로 물을 그으니 물이 줄어 들었다. 6월에 송양은 나라를 들어 와서 항복하였다.

7월에 검은 구름이 골령鶻嶺을 덮어 사람은 그 산을 볼 수 없고 오직 수천 명의 사람 소리만 들리며 나무 베는 소리만 들렸다. 왕이 말하기를 "하늘이 나를 위해 성을 쌓는다."고 하더니 칠 일 만에 구름과 안개가 스스로 걷히고 성곽과 궁대宮臺가 스스로 이루어졌다. 왕은 하늘에 절하고 나아가 살았다.

추구월秋九月에 왕은 하늘로 올라가고 다시 내려오지 않으니 그때 나이가 사십이었다. 태자太子는 왕이 남긴 옥편玉鞭으로써 용산龍山에 장사를 지냈다.

유리類利는 어려서부터 기절奇節[26]이 있었다. 어렸을 때 새를 쏘아 잡는 것으로 업을 삼더니 한 부인이 인 물동이를 보고 쏘아 깨뜨렸다. 그 여자는 노해서 욕하기를 "아비도 없는 아이가 내 동이를 쏘아 깼다."고 했다. 유리는 크게 부끄러워 진흙 탄환으로 동이를 쏘아 구멍을 막아 옛 것같이 하고 집에 돌아와 어머니에게 나의 아버지는 누구냐고 물었다. 어머니는 유리가 나이가 어리므로 희롱해서 말하되 너에게는 정해진 아버지가 없다고 하였다. 유리는 울면서, "사람이 정해진 아버지가 없다면 장차 무슨 면목으로 다른 사람을 보리오?" 하고 드디어 자결하려고 하였다. 어머니는 크게 놀라 이를 말리며 말하기를 "앞의 말은 희롱이다. 너의 아버지는 바로 천

---

26 뛰어난 절개節概.

제의 손자이고 하백의 외손자인데, 부여의 신하됨을 원망하여 남쪽 땅으로 도망가서 처음으로 국가를 세웠으니 너는 가서 뵈옵지 않겠느냐?'고 하니 대답하기를 "아버지는 사람들의 임금이 되었는데 아들은 남의 신하가 되니 제가 비록 재주는 없으나 어찌 부끄럽지 않겠습니까?' 하였다. 어머니가 말하되 "너의 아버지가 떠날 때 말을 남긴 것이 있으니 '내가 일곱 고개 일곱 골짜기 돌 위 소나무에 물건을 감춘 것이 있으니 이것을 얻은 자라야 나의 아들'이라 하였다." 고 했다. 유리는 스스로 산골짜기로 다니면서 찾았으나 얻지 못하고 지치고 피로해서 돌아왔다. 유리는 집 기둥에서 슬픈 소리가 나는 것을 듣고 보니 그 기둥은 돌 위에 소나무였고 나무의 몸은 일곱 모였다. 유리는 스스로 이를 해석하되 일곱 고개 일곱 골은 일곱 모요 돌 위에 소나무는 곧 기둥이라 하고 일어나 가서 보니 기둥 위에 구멍이 있어서 부러진 칼 한 조각을 얻고 매우 기뻐했다. 전한前漢 홍가鴻嘉 4년 하사월夏四月에 고구려로 달아나서 칼 한 조각을 왕에게 바치니 왕이 가지고 있던 칼 한 조각을 꺼내어 이를 맞추자 피를 흘리며 이어져서 하나의 칼이 되었다. 왕이 유리에게 말하되 "네가 실로 나의 아들이라면 어떤 신성함이 있는가?' 하니 유리는 소리에 응해서 몸을 들어 공중으로 솟으며 창을 타고 해에 닿아 그 신성의 기이함을 보였다. 왕은 크게 기뻐하며 세워서 태자를 삼았다.

3. 박혁거세신화

신라 시조인 박혁거세의 신화이다. 왕호는 거서간居西干으로 비妃는 알영부인이다. 한 국가와 한 씨족의 시조신화로서 박혁거세와 그의 비 알영부인의 출생, 성장, 타계의 과정이 분명하게 서술되어 있다. 『삼국사기』와 『삼국유사』 등에 그 내용이 전한다.[27] 「동명신화」가 부와 모가 결합한 후 주인공이 태어나는 '결혼-출생형'이라면, 이 신화는 주인공의 출생 후 배필을 맞이하는 '출생-

---

27 여기서는 『삼국유사』, 기이紀異, 제2의 기록을 번역하여 수록한다.

결혼형'이라 할 수 있다. 신라의 신화에는 여기서 소개하는 「제박혁거세신화」
뿐 아니라 뒤이어 「탈해신화」, 「김알지신화」 등이 연이어 등장한다.

　　진한辰韓 땅에는 옛날 여섯 마을이 있었다. 첫째는 알천閼川 양산촌楊山村인데 남
쪽이 지금의 담엄사曇嚴寺다. 어른은 알평閼平으로서 처음 표암봉瓢嵓峰으로 내려왔
는데 그가 급량부及梁部 이씨李氏의 조상이 되었다〔노례왕弩禮王 9년에 설치하고 급
량부라고 부르다가 본 왕조(고려 태조太祖) 천복天福 5년 경자庚子에는 중흥부中興
部라고 고쳐 불렀다. 파잠波潛, 동산東山 피상彼上의 동쪽 마을이 속한다〕.
　　둘째는 돌산突山 고허촌高墟村이다. 어른은 소벌도리蘇伐都利로서 처음 형산兄山
으로 내려왔는데 그가 사량부沙梁部(梁은 道라고 읽으니 혹 탁涿으로도 쓰나 음은
역시 道이다) 정씨鄭氏의 조상으로 되었다. 지금은 남산부南山部라고 하니 구량벌仇
良伐, 마등麻等, 오도烏道, 북회덕北廻德 등의 남쪽 마을이 속한다〔지금이라고 말하
는 것은 태조가 설치한 것이니 아래도 그런 예로 알아야 한다〕.
　　셋째는 무산茂山 대수촌大樹村이다. 어른은 구례마俱禮馬〔俱를 달리 仇로도 쓴
다〕로서 처음 이산伊山〔달리 개비산皆比山이라고도 한다〕으로 내려왔는데 그가 점
량부漸梁部〔梁을 달리 탁涿으로도 쓴다. 또 모량부牟梁部라고도 한다〕 손씨孫氏의
조상으로 되었다. 지금은 장복부長福部라고 이르니 박곡촌朴谷村 등의 서쪽 마을이
속한다.
　　넷째는 자산觜山 진지촌珍支村이다〔珍支를 달리 賓之 또는 賓子 또는 氷之라고도
쓴다〕. 어른은 지백호智伯虎로서 처음 화산花山으로 내려왔는데 그가 본피부本彼部
최씨崔氏의 조상으로 되었다. 지금은 통선부通仙部라고 이르니 시파柴巴 등의 동남
쪽 마을이 속한다. 치원致遠은 곧 본피부 사람이니 지금 황룡사皇龍寺 남쪽 미탄사味
呑寺 앞에 옛 터가 있다고 한다. 그것이 최씨네의 옛 집터라는 것이 아마 명확할 것
이다.
　　다섯째는 금산金山 가리촌加里村이다〔지금 금강산金剛山 백률사栢栗寺의 뒷산이
다〕. 어른은 지타祗沱를 달리 只他라고도 쓴다〕로서 처음 명활산明活山으로 내려왔

는데 그가 한기부漢岐部〔漢岐部를 또 韓岐部라고도 쓴다〕 배씨裵氏의 조상으로 되었다. 지금은 가덕부加德部라고 이르니 위아래 서지내아西知乃兒 등의 동쪽 마을이 속한다.

여섯째는 명활산明活山 고야촌高耶村이다. 어른은 호진虎珍으로서 처음 금강산金剛山으로 내려왔는데 그가 습비부習比部 설씨薛氏의 조상으로 되었다. 지금의 임천부臨川部니 물이촌勿伊村, 잉구며촌仍仇旀村, 궐곡闕谷〔달리 갈곡葛谷이라고도 한다〕 등의 동북쪽 마을이 속한다.

상기의 글을 상고하건대 이 육부六部의 조상들이 모두 하늘로부터 내려온 것 같다. 노례왕 19년에 처음으로 육부의 이름을 고치고 또 여섯 성을 주었다. 요사이 풍속으로는 중흥부를 어머니라고 치고 장복부를 아버지라고 치고 가덕부를 딸이라고 치고 임천부를 아들이라고 치는데 그 내용은 자세하지 못하다.

전한前漢 지절地節 원년元年 임자壬子〔고본古本에서 건호建虎 원년元年이라고도 하고 또 건원建元 삼년三年이라고도 한 것 등은 모두 잘못이다〕 3월 초하루 육부의 조상들이 각각 젊은이들을 거느리고 알천 언덕 위에 모여서 의논하기를 "우리들에게는 위로 뭇백성들을 다스리는 임금이 없으므로 백성이 모두 방종하여 제멋대로 행동하니 덕이 있는 분을 찾아내다가 임금으로 삼아서 나라도 세우고 도읍을 차려야 할 것이 아니냐?"고 하였다.

이에 높은 곳을 올라가서 남쪽을 바라보니 양산楊山 아래 나정蘿井[28] 옆에 번개빛 같은 이상한 기운이 땅으로 드리웠는데 흰 말 한 마리가 꿇어서 절하는 시늉을 하였다.[29] 곧 뒤져 보니 자주빛 나는 알〔달리 큰 푸른 알이라고도 한다〕 한 개가 있고 말

---

28 우물이 등장한 것은 이 부족이 농경생활을 영위하고 있었음을 의미한다. 정착하여 농경생활을 하기 위해서는 항상 이용할 수 있는 물이 있어야 하므로, 혁거세의 탄생지가 그러한 생활방식의 특징을 드러내기 위해 우물로 설정된 것이다.

29 백마의 등장은 나정과 동일하게 농경생활의 한 단면을 보여주는 것으로 이해된다. 백마는 『삼국유사』, 권6, 「문무왕본기」의 기록처럼 신에게 바치는 희생 제물의 의미를 지니기도 하지만, 여기서는 하늘을 날아다니는 천마天馬의 의미가 더 강하다고 하겠다. 천마는 하늘의 사자使者이면서 구름을 일으키고 비를 내리게 하는 용마龍馬의 성격으로 이해되는 것이다. 고대의 신화나 전설에서 보면, 한 지역의 강우를 조절하는 영물靈物이 지룡池龍으로 나타나지만 이 지룡은 천제의 명령에 의해서 움직이는 경우가 많다. 이 천제의 명령을 전달하고 강우를 조절하는 역할을 천마가 담당했다

은 사람을 보자 길게 소리를 뽑아 울면서 하늘로 올라갔다.[30] 그 알을 쪼개니 사내아이가 있는데 모습이 단정하고 아름다웠다. 놀랍고 이상해서 동천東泉〔동천사東泉寺는 사뇌詞腦들 북쪽에 있다〕에서 목욕을 시키었더니 몸에서 광채가 나고 새와 짐승들이 모두 춤을 추며 천지가 진동하고 해와 달이 청명하였다.

인해서 혁거세왕赫居世王〔대개 우리말인데 혹은 불구내왕弗矩內王이라고도 하니 광명하게 세상을 다스린다는 말이다. 해설하는 사람은 이르기를 그를 서술성모西述聖母가 낳은 것이다. 그런 까닭에 선도성모仙桃聖母를 찬양하는 중국 사람의 글에는 "어진 이를 낳아 나라를 이룩하였네."라는 구절이 있는 것이다. 이에 계룡鷄龍[31]이 상서를 나타내면서 알영閼英을 낳기에까지 이르렀으니 또 어찌 서술성모가 나타난 것이 아니라고 할 수 있느냐?〕이라고 이름짓고 직위의 칭호로는 거슬한居瑟邯이라 했다〔혹은 거서간居西干이라고도 한다. 처음 입을 열 때 자기 스스로 일컫기를 '알지閼智 거서간居西干 일기一起'라고 하여 그가 말한 대로 부르게 된 것이다. 그로부터 이후로는 임금 노릇하는 사람의 명칭으로 되었다〕. 그 당시의 사람들이 다투어 가면서 치하하기를 "이제 천자가 내려오셨은즉 마땅히 덕이 있는 황후를 찾아내어 배필을 정해야 하겠다."고 하였다.

이 날 사량리 알영 우물〔달리 아리영娥利英 우물이라고도 한다〕에서 계룡이 나타나더니 왼쪽 옆구리로 계집아이를 낳았다〔달리 이르기를 "용이 나타났다가 죽어서 그 배를 가르고 얻어냈다."고도 한다〕.[32] 얼굴이 아주 고우나 입술이 닭의 주둥이와

고 하는 민간의 인식이 여기에 반영되어 있는 것이다. 『태평광기』, 권418, 「이정李靖」편에 보면 천마의 강우기능이 잘 나타나고 있다.

30 하늘에서 내려온 알에는 태양신의 후손이라는 관념이 내재해 있다. 태양의 정기를 받아 태어난 영웅의 고귀한 혈통이 여기서 확보되는 것이다. 이 화소는 중국 상商나라의 시조인 설契가 까마귀가 떨어뜨린 주과朱果로 인해 탄생되었다는 신화와 상통하는데, 까마귀는 태양에 사는 짐승이며, 그 까마귀가 준 주과 역시 태양의 상징으로 인식되기 때문이다. 주몽이 일조감잉日照感孕의 결과로 난 생卵生하는 것 역시 마찬가지이다.

31 계룡은 닭과 용이 합해진 상상의 동물이다. 닭은 일반적으로 동방東方을 상징하는 동물로서 다산多産의 의미도 지닌다. 용 역시 동방을 상징하는 영물인 바 계룡은 동방의 나라 신라가 동토東土 혹은 일출日出의 땅이라는 의미를 지닌 서라벌徐羅伐로 국호國號를 정한 것과 관련이 있는 것이다.

32 좌협左脇에서 태어났다고 하는 화소는 피를 흘리지 않고 정결하게 태어났다고 하는 신성성을 의미한다. 이는 석가모니의 탄생담과 동일한 것이며 로마의 시저 탄생담과도 같은 맥락이다.

같았는데 월성月城 뒷내에 데리고 가서 목욕을 시킨즉 그 주둥이가 뽑혀져서 떨어졌다. 인해서 그 내를 발천撥川이라고 불렀다.

남산 서쪽 기슭〔지금의 창림사昌林寺이다〕에 궁실을 짓고 거룩한 두 아이를 받들어 길렀다. 사내는 알로 나왔으니 알은 박과 같고 우리나라 사람들이 호瓠를 박이라고 하기 때문에 인해서 성을 박씨라고 하였으며, 여자는 자기가 난 우물 이름으로 이름을 지었다. 두 성인의 나이 13세에 이르러 오봉五鳳 원년元年 갑자甲子에는 사내가 임금으로 서면서 여자를 왕후로 삼았다. 나라 칭호를 서라벌徐羅伐 또는 서벌徐伐(지금 '경京'자를 새겨서 서벌徐伐이라고 하는 것이 이 까닭이다)이라고 하고 혹은 사라斯羅 또는 사로斯盧라고도 이른다. 맨 처음 왕이 계정에서 난 까닭에 혹은 계림국鷄林國이라고도 하니 계룡이 상서를 나타내기 때문이다. 달리 말하기를 탈해왕 때 김알지를 얻었는데 그때 닭이 숲속에서 울어 이에 나라 칭호를 계림이라고 고치었다가 후세에 와서 드디어 신라란 칭호로 정해 버렸다고 한다.

나라를 다스린 지 61년 만에 왕이 하늘로 올라가더니 이레 후에야 유해가 흩어져서 땅 위로 떨어졌고 왕후 역시 작고하였다. 나라 사람들이 합해서 장사를 지내려고 하였더니 큰 뱀이 쫓아다니면서 금하므로 다섯 부분을 다 각각 장사 지내어 다섯 능으로 되었다. 또 사능蛇陵이라고 부르니 담엄사 뒤의 왕릉이 바로 그것이다. 태자 남해왕南解王이 왕위를 계승하였다.

II 전설

1. 지네 장터[33]

이 설화는 지명 유래 전설로서뿐 아니라 민담으로서도 전국적인 전승을 보

---

33 원문은 최상수, 『한국민간전설집』(통문관, 1958), pp. 82~86에 수록되어 있는데, 1936년 12월

이는 것으로, AT 300 '용 퇴치자The Dragon-Slayer' 유형에 포함될 수 있다. 효성스런 한 소녀가 제물로 바쳐져 죽게 되었을 때, 소녀가 기르던 두꺼비가 지네를 죽임으로써 소녀를 구했다는 내용이다. 이로 인해 사람을 제물로 바치는 일도 없어지게 되었다고 한다. 인신공희담人身供犧譚과 동물보은담의 성격이 아울러 나타나는 이야기이다.

충청북도 청주 지네 장터蜈蚣市場는 그 옛날 지네를 위한 당집이 있었다고 한다.

옛날, 이 지네 장터에서 몇 십 리 밖 어느 마을에 장님 아버지 한 분을 모시고 살아가는 효녀가 있었으니, 그의 이름은 순이라고 하였다. 그의 어머니는 그가 어렸을 때, 이 세상을 떠나가자 어린 순이는 아버지의 슬하에서 자라면서 또한 아버지를 봉양하게 되었으니, 남의 집 일을 보아주고 밥과 옷을 얻어다가 아버지를 지성으로 봉양하였다. 그러나 순이는 나이가 먹어갈수록 자기 아버지를 남과 같이 편안하게 못해 드리는 것을 항상 안타까워하였다.

하루는 그가 부엌에서 일을 하다가 수채에 물을 부으려고 하자, 웬 두꺼비 한 마리가 나오므로 순이는 밥찌끼와 고기 뼈다귀 같은 것을 주었더니, 그런 뒤로는 아침저녁으로 꼭 그 두꺼비가 나오므로 순이와는 둘도 없는 동무가 되었고, 수년 후에는 그 두꺼비가 큰 강아지만큼이나 컸었다.

그런데 그때 지네 장터 마을에서는 큰 지네가 나타나 인명의 피해가 많으므로 마을 사람들이 아무리 퇴치를 하여도 퇴치를 하면 할수록 인명의 피해는 더 심하여 갔다. 그리하여 마을 사람들은 서로 의논하고서 그 지네를 위하여 당집을 짓고 해마다 처녀 한 사람씩을 제물로 바치기로 하였다. 그런데 문제는 제물로 바칠 처녀가 문제였다. 그리하여 또다시 의논한 결과 마을에서는 돈을 거두어서 여러 사람이 딴 마을로 가서 그 돈으로 처녀를 사오기로 하였다.

그때 마침 순이가 살던 동리에도 그 사람들이 와서 많은 돈을 주고 처녀를 사 간다

충북 청주군 청주읍에서 함귀봉이 구연한 것을 최상수가 채록 · 정리한 것이다.

는 말이 들렸다. 순이는 이 소문을 듣고서는 며칠 동안 밥을 먹지 않고 생각한 나머지 자기 몸을 팔아서 그 돈으로 앞 못 보는 불쌍한 자기 아버지를 편안하게 해 드리기로 결심하였다. 그리하여 순이는 사람 사러 온 사람을 찾아가서 자기가 몸을 팔겠다고 말하고 사정 이야기를 하였다. 그러자 그 사람들도 그 이야기를 듣고 눈물을 흘리면서 동정을 하고 그러면 그 대신 돈을 많이 주겠다고 하면서 데리러 오는 날짜를 약속하고 돈을 가득 넣은 큰 궤 하나를 내어주었다.

순이는 그 돈을 받아가지고 집으로 돌아와서 그날부터 나날이 맛있는 음식을 사서 아버지에게 드리며 위로하였다. 그리하여 순이는 약속한 날 아침 일찍이 자기가 일하던 장자長者집 어른에게 가서, 그 자세한 이야기를 하고 또 자기 아버지의 뒷일을 부탁하였다. 그리고 집으로 돌아와서는 자기 아버지 몰래 유서를 한 통 써서 돈과 함께 아버지에게 드렸다. 그리고 한 벌 남은 새 옷을 갈아입고 부엌 뒤 수채 구멍에서 나와 있는 두꺼비에게 밥찌끼를 주며, 사람에게 말하듯이 "두껍아, 이젠 너와도 마지막이다. 이제 내가 가면 너에게 밥 줄 사람도 없을 테니, 너는 너 갈 대로 가거라." 하고 눈물을 흘리었다.

어느덧 약속한 시각이 되어서 사람 사러 온 장정 두 사람이 찾아 왔으므로 순이는 그 사람들을 바깥에서 잠깐 기다리라 하고 자기 아버지에게는 마지막 인사로 아랫마을에 잠깐 다녀오겠다고 속이고 눈물을 머금으면서 그 장정들과 같이 집을 떠났다.

그날 저녁때에야 순이는 두 장정이 멘 가마에서 제전의 마당에 내리게 되었다. 그리하여 제관들은 순이를 흰 베로 손과 발을 묶어 컴컴한 당집 안 넓은 마룻바닥 위에 엎어 놓고 제를 다 지낸 뒤에는 그 당집의 문을 걸고서 나가버리고 말았다. 그리하여 밤이 깊었을 때, 순이는 이제는 죽는가 보다 하고 눈를 감고 있으니, 무엇이 발목으로 기어 올라오는 것이 있으므로 순이는 깜짝 놀라 자세히 보니까 그것은 자기가 수년 동안 기르던 두꺼비였다. 순이는 매우 반가웠으나 묶인 몸이요 죽는 몸이라 어떻게 할 수가 없었을 뿐더러 어떻게 하여 이 두꺼비가 나 있는 곳까지 왔을까 하고 생각하였을 때 첫 닭이 울었다. 그러자 제전의 불이 꺼지며 찬 바람이 일어나는 것 같더니, 천정 처마에서 무슨 불덩어리 같은 빛이 자기 앞으로 오기 시작하였다. 그러자 자기 발목에서는 푸른 빛 불줄기가 그리로 또 올라가고 있었다. 이러하더니 당집 안에서는 붉은 불덩이 빛과 푸른 불줄기가 서로 밀면서 맹렬히 여러 시간을 싸우더니, 당집 안 처마에서 붉은 불덩어리 빛이 쫓기어 꺼지려 하자 안 처마에서 큰소리가 나면서 천정에서 무겁고 크나큰 것이 마루 바닥 위에 떨어졌다.

날이 밝자, 당집 밖에서 어젯밤 제 지내던 제관들이 모여와서 관을 메고 시체를 가지러 왔다. 제관들이 문을 열고 보니, 죽었으리라고 생각했던 처녀는 살아 있고, 당집 안 마루 바닥 위에는 크나큰 지네가 죽어 자빠져 있고, 또 당집 한구석에는 두꺼비 한 마리가 입에서 푸른 독기를 뿜고 있었다.

이것을 본 제관들은 이 두꺼비가 독기를 뿜어 그 지네를 죽인 것을 알았다. 이리하여 제관들은 달려들어 묶여 있는 순이를 끌어내려서 자기 집으로 보내 주었다. 그런 뒤로 그 마을에는 지네의 피해라고는 없었다고 하며, 두꺼비는 효녀 순이에게 은혜를 갚기 위하여 그 뒤를 따라와서 독기를 뿜어 지네를 죽였던 것이라고 하는데, 이로 인하여 뒷날 사람들이 그곳을 지네 장터라 불러 온다고 한다.

2. 치악산雉岳山과 상원사上院寺[34]

이 유형은 동물 보은담의 성격을 지니고 있어, 주인공이 위험에 빠진 동물을 구해 준 후, 자신이 위험에 빠졌을 때 그 동물로부터 도움을 받는다는 AT 554 '고마운 동물들The Grateful Animals'과 관련을 지닌다. 이 설화는 그 전승 기간이 오랜 유형으로서 각편에 따라 많은 변이가 나타난다. 그 중 강원도 치악산 지명 유래 전설로 전승되는 각편을 실었다. 활 잘 쏘는 한 젊은이가 산길을 가다 우연히 뱀에게 먹힐 위기에 처한 꿩의 목숨을 구해주나 이로 인해 죽음의

---

34 최상수, 『한국민간전설집』(통문관, 1958), pp. 413~415. 1936년 1월 강원도 원주군 원주읍에서 박동필이 구연한 것을 최상수가 채록하여 정리한 것이다.

설화편 363

위기에 봉착하게 되고, 자신이 구해 준 꿩들의 희생으로 죽음의 위기에서 벗어나다는 내용으로, 동물 보은담의 성격을 지니고 있다.

　강원도 영동 어느 마을에 한 젊은이가 있었는데, 그는 활 잘 쏘기로 유명하였다. 그는 어느 해 큰 뜻을 이루어 보고자 활통을 메고 고향을 떠나 서울로 향하여 길을 떠났다.

　그리하여 몇 며칠을 걸어 산을 넘고 물을 건너며, 밤이 되면 나무 아래에서 혹은 절간에서 또는 길가에서 자기도 하였다. 하루는 그가 원주 적악산赤岳山 중에서 길을 가는데, 어디서 무엇인지 신음하는 소리가 들리므로 이상히 여겨 그 자리에 서서 가만히 귀를 기울이고 있으려니까, 그 소리가 자기 옆 나무 밑에서 나고 있었다. 그리하여 가까이 가 보니 그곳에는 두 마리의 꿩이 가엾게도 큰 뱀에게 전신을 감기어서 방금 입 안으로 들어가려는 판이었다. 이것을 본 그는 재빨리 활에 살을 재어 그 큰 뱀을 보고 쏘니, 그 몸 한가운데가 맞아 뱀은 죽고 말았다. 그러자 뱀에게 감기어 죽을 뻔하였던 두 마리의 꿩은 기뻐서 어쩔 줄을 모르며 서쪽으로 파드득 하고 날아가 버리고 말았다.

　그 젊은이는 또 산길을 걷기 시작하였다. 그리하여 날이 저물어 어두워지자, 인가를 찾아 헤매다가 간신히 집 한 채를 찾아 들어가니, 그 집 안에서 한 어여쁜 여자가 등불을 들고 나오므로 그는 하룻밤 자고 가기를 청하였다. 그녀가 쾌히 승낙을 하고 자기 있는 맞은편 방으로 인도하여 주므로 그는 그곳에서 하룻밤을 새우기로 하였다. 그런데 보니까 그 집은 자그마한 절로서 앞 뜰 기둥에는 종이 걸려 있었다. 그는 드러눕자 전신이 피곤하여 이내 그만 잠이 들고 말았다.

　그런데 얼마 안 가서 잠을 자다가 숨을 잘 쉴 수가 없음을 느끼자 눈을 떠 보니, 뜻밖에도 그 여자가 큰 뱀으로 화하여 자기 몸을 친친 감아 붙이고 입을 벌리고 있었다. 그리고는 그 젊은이에게 "나는 아까 길가에서 너의 화살에 맞아 죽은 뱀의 아내다. 오늘 밤은 네가 나에게 죽을 차례다. 어디 보아라." 하고 곧 잡아 먹으려는 것이었다. 그때였다. 그 절의 종소리가 땡! 하고 울렸다. 그러자 그 뱀은 종소리를 듣더니

만 어떻게 된 일인지 깜짝 놀라며 아무 소리도 없이 몸을 움추리고 슬며시 자기 몸을 풀어놓기 시작하였다. 그러자 또 종소리가 땡! 하고 울리자 뱀은 어디로인지 달아나고 말았다(뱀은 쇠소리를 들으면 겁이 나서 움쩍을 못한다고 한다).

그 젊은이는 사람이라고는 없는 이 빈 집에 종이 울리는 것이 더욱 이상하여 밤이 새기를 기다려 새벽녘에 그 종 있는 곳으로 가 보니, 그곳에는 어제 구원하여 준 꿩 두 마리가 주둥이와 뼈가 부러지고 전신에는 피가 묻어 무참하게도 죽어 있었다. 그 젊은이는 이 꿩의 보은을 보고, 꿩에게 무한한 감사를 드리며 그 근처 좋은 땅에다 꿩을 고이 묻어 주었다.

그리하여 그는 그 뒤 서울 가는 것을 그만두고 그곳에다 길을 닦고 절을 세웠는데, 그 절이 지금의 상원사라고 하며, 그는 중이 되어 오랫동안 절을 지키며 꿩의 영혼을 위로하였다고 하는데, 그런 뒤로 이 적악산을 치악산雉岳山이라 고쳐 부르게 되었다고 한다.

3. 용소龍沼와 며느리 화석[35]

이 설화는 못이 있는 한국 전 지역에서 그 못의 유래담으로 광범위하게 전승되는 장자못 유래 전설이면서, 성경에 있는 '소돔과 고모라'와 같은 세계적으로 분포된 보편적 전설 유형이다. 고승을 박대한 한 인색한 부자가 그 인색함으로 인해 파멸을 당하고, 그 고승에게 시주를 한 며느리는 난을 모면하나 뒤를 돌아보지 말라는 금기를 어겨 돌이 되었다는 이야기이다. 여기 수록한 것은 황해도 장연군 용연면 용정리의 용소라는 연못에 얽힌 전설이다.

---

35 원문은 조희웅, 『한국구비문학대계』, 1-1 서울시 도봉구편(한국정신문화연구원, 1980), pp. 259~262에 수록되어 있다. 서울시 도봉구에서 1979년 5월 13일 조희웅이 김용규(남, 80세)에게서 채록한 것이다.

용소는 장연읍에서 한 이십 리 되는 거리에 있는데, 에- 장연읍에서 그 서도 민요로 유명한 몽금포 타령이 있는 데거든. 그 몽금포 가는 길 옆에 그 인지 바로 길 옆에 그 용소라는 것이 있는데 그 전설이 어떻게 됐냐 할 꺼 같으면, 그렇게 옛날 옛적 얘기지. 옛날에 그 지금 용소 있는 자리가 장재〔長者〕 첨지네 집터자리라 그래. 장재 첨지네 집터자린데, 거게서 그 영감이 수천 석 하는 부자루 아주 잘 살구 거기다 좋은 집을 짓구서 있었는데, 그 영감이 아주 깍쟁이가 되서, 뭐 다른 사람 도무지 뭐 도와두 주지 않구, 돈만 모으던 그런 유명한 영감이래서 거기 사람들이 말하자면, '돼지 돼지' 하는 그런 영감이라네. 그래서 구걸하는 사람이 구걸을 와두 당최 주질 않구, 또 대개 중들이 인지 그 시주를 하러 와두 도무지 주지를 않구, 그런 아주 소문이 나쁘게 나 있는 영갬인데, 어느 여름철에 거기서 인지 그 용소 있는 데서 한 이십 리 가면 불타산이라는 산이 있는데 그 불타산은 절이 많기 때문에 불타산이라는 그런 절이 있는데, 거게서 그 도승이, 그 영감이 아주 나쁘다는 소리를 듣구서, 우정(일부러) 인지 그 집을 찾어가서 목탁을 치면서 시주를 해 달라고, 그러니까 이 영감이 뛰어나가면서,

"이놈, 너이 중놈들이란 것은 불농불사[36]하구, 댕기면서 얻어만 먹구 그러는데 우리집에서는 절대루 인지 쌀 한 톨이라두 줄 수가 없으니까 가라."

구 소리를 질러두 그대루 그 중이 이제 가지를 않구섬날 독경讀經을 하구 있으니까, 이 영감이 성이 나서 지금은 인지 대개 삽이라는 게 있지마는 옛날에는 저 그것을 뭐이라구 하나. 부삽이라구 하나, 그거 있는데 그걸루 두엄더미에서 쇠똥을 퍼가주구서는,

"우리 집에 쌀은 줄 꺼 없으니까 이거나 가져 가라."

하구서는 바랑에다가 쇠똥을 옇단 말야. 그래두 그 중은 조금두 낯색두 변하지 않구서, 거저 '나미아미타불' 만 부르다가 그 쇠똥을 걸머진 채 바같으루 나오는데, 그 마당 옆에 우물이 있었는데 우물가에서 그 장재 첨지의 며느리가 인제 쌀을 씻구 있다가, 그 광경을 보구서, 그 중 보구서는 얘기하는 말이,

---

36 불농불사不農不事. 농사도 짓지 않고 일도 안 한다는 의미 .

"우리 아버지 천생天性이 고약해서 그런 일이 있으니까, 조금두 나쁘게 생각하지 말라."

구 그러면서 쌀 씻든 쌀을 바가지에다 한 바가지 퍼섬낭, 그 바랑에다 여 줬단 말야. 그러니께 그 중이 며느리 보고 하는 말이,

　"당신 감 집에 인제 조금 있다가 큰 재앙이 내릴 테니까, 당신 빨리 집으루 들어가서, 평소에 제일 귀중하게 생각하는 것이 무어 있는지, 두세 가지만 가지구서 빨리 나와서는, 저 불타산을 향해서 빨리 도망질하라."

구 그랬단 말야. 그러니까 그 며느리가 급히 자기 집으루 들어가서, 방 안에 자기 아들을, 뉘어서 재우든 아이를 들쳐업구, 또 그 여자가 인지 명지를 짜던 그 명지 도토마리[37]를 끊어서 이구 나오다가, 그 또 자기네 집에서 개를, 귀엽게 기르던 개를 불러 가지구서 나와서는 인지 그 불타산을 향해서 달음박질루 가는데, 어린애를 업구 명주 도토마리를 이구, 개를 불러가지구 인지 그 불타산을 향해서 얼마쯤 가는데, 그때까지 아주 명랑하던 하늘이 갑자기 흐리면서 뇌성벽력을 하더니 말야. 근데 그 중이 먼저 무슨 주의를 시켰냐면,

　"당신, 가다가서 뒤에서 아무런 소리가 나두 절대루 뒤를 돌아 보면 안 된다."

는 거를 부탁을 했는데, 이 여인이 가는데 가분자기 뇌성벽력을 하면서 그 벼락치는 소리가 나니까, 깜짝 놀래서 뒤를 돌아봤단 말야. 그러니까 그 자리에서 그만 화석이 돼서, 그 사람이 그만 화석이 되구 말았다는 〔조사자 : 그러니까 그 애두 화석이 되구 명주두 화석이 됐습니까?〕 예, 〔조사자 : 개두요?〕 거럼, 예, 개두 그렇게 화석이 돼서 그 자리에 서 있다고 하는데, 그 지금두 그 불타산 아래서 인지 얼마 내려 오다가서 그 비슥(비슷)하니 인지 거기 사람들은 이것이 인지 며느리가 화석된 게라고 하는 바위가 있는데, 역시 사람 모양하고, 뭐 머리에 뭐 인거 겉은 거 하구, 그 아래 개 모양 겉은, 그런 화석이 상게두 있단 말야. 한데 그때 그 이 벼락을 치면서 그 장재 첨지네 그 집이 전부 없어지면서 그만 거기에 몇 백 길이 되는지 모르는 이제 큰 소沼가 됐단 말야. 한데 그 소가 어느 만침 넓으냐 하면, 여기 어린이 놀이터보담두 더

37　베를 짤 때 날을 감아 베틀 앞다리 너머의 채머리 위에 얹어 주는 틀.

넓은데, 이거 고만 두 배쯤 되는 품인데 그 소에서 물이 얼마나 많이 나오는지, 물 나
오는 소리가 쿵쿵쿵쿵쿵쿵 하면서 그 곁에 가면 이제 지반이 울린단 말야. 이리 이리
너무 물이 많이 나와서 그 물을 가지구서 몇 만 석인지 되는, 이제 말할 것 같으면 수
천 정보에 그 인지 평야에, 논에 물을 소에서 나오는 물 가지구서 대는데, 그 물은 아
무리 비가 와두 느는 볍이 없구, 아무리 가물어두 주는 볍이 없는데, 사람들이 그게
얼마나 깊으나 볼라구 명지실을 갖다가, 돌을 넣어서는 재니까 명지실 몇을 넣어도
도무지 끝을 모른다는, 그만침 깊은 소가 됐단 말야.

4. 여우고개[38]

이 설화는 주로 지사地師의 내력담으로 비교적 전국적인 전승을 보이는 유형
이다. 여우의 희롱으로 알지 못할 병에 걸린 한 학동이 여우의 구슬을 빼앗아
삼켜 결국은 지리에 통달하는 신이한 능력을 보유하게 되었다는 이야기이다.
여기에 수록한 것은 그 여우가 죽었던 고개의 지명 유래와 결부된 각편이다.

이전에요. 이전에는 그 여우고개가 아니고 그냥 고개라고 그래요. 그런데 이 부락
에 한 열다섯이나 여섯 살 된 아이가 있는데, 저 우두 아시요? 춘천시에 우두동. 우두
동에 지금에는 학교지만 그땐 한문 서당이 있었어요. 서당에 인제 공부를 하러 다니
는데, 이 아이가 밥두 잘 먹고 공부도 잘하고 몸두 건강한 아인데 그 서당엘 한 삼 년
댕기고 나니간 꼬지꼬지 마르고 핏기가 없어요. 얼굴이. 그러니깐 즈 어머니가 그 이
상하거든요.
"너 그래 어데가 아프냐. 어디가 아프냐?" 해도,
"아무데도 아픈 데는 없다."고

38 원문은 서대석, 『한국구비문학대계』, 2-2 강원도 춘천시 · 춘성군편(한국정신문화연구원, 1981),
    pp. 1341~344에 수록되어 있다. 강원도 춘성군 신북면에서 박석산(남, 70세)으로부터 1980년 7
    월 12일 서대석이 채록한 것이다.

"그럼 너 얼굴에 핏기가 없느냐?"

그러니깐,

"글쎄, 그건 모르겠어요. 건 뭐……."

그런데 나중엔 그 아이가 핏기만 없는 것이 아니라 저런 나무토막이나 돌멩이에 종이 백지를 발른거나 한가지야. 해사해지거든요. 그러니깐 제 어머니가 보기에 안 되겠으니깐 우두동 선생님한테 쫓아갔다 말이예요.

"저 우리 애는 이 서당엘 못 보내겠습니다."

인제 선생님한테 그러니깐.

"왜 그러느냐?"

그래서,

"선생님이 보다시피 얘가 지금 아주 핏갈이 없어지고 물으면 사실은 아무 일이 없다는데 이러니, 여기 댕기게 된 뒤로 이러니깐 인제 공부를 그만두고 안 보내겠다."

이러니깐 그 선생님이,

"내가 보기에도 걔가 그런데 걜 여기 이, 다 여러 아이들을 다 내 보내고 걔 하나만 여기 불러 앉혀 놓고서 내가 물어 볼 테니까 어머니두 듣고 가시오."

인제 이거야. 그래서 여러 아이를 다 내보내고선,

"넌 여기 나가 놀아라."

하고선 걔 불러 가주고선,

"니가 여기 댕기면서 필경 무슨 곡절이 있어. 니가 얼굴에 핏갈두 없구 너 며칠 안 있으면 쓰러져 죽을 판이야. 선생님한테는 기탄없이 얘기해야 되고 또 선생님 아니고 너 어머니야. 그러니깐 기탄없이 얘기해라."

그러니깐 이 아이가 말하는데,

"참 재미있는 일이 있어유."

이러거든. 그래 거기 귀가 번쩍 띄어서.

"재미있는 일이 뭐냐?" 그러니깐,

"저 고개를 아침에 올 적엔 아무것두 없구 저녁에 갈 적에만 아주 얼굴이 달덩이 같은 처녀가 나와서 놀다가 가라고 손목을 잡아 댕긴다고 그러니 내 나이가 열다섯 살 여섯 살 되었는데 그런 어여쁜 처녀가 나와 손목을 끄는데 안 따라 갈 수가 없다고. 따라 가면 별 장난이 아니고 귀를 붙들고 입을 맞춘다 그거야. 귀를 붙들고 입을 맞추는데 그 처녀 입에 한쪽은 빨갛고 한쪽은 하얀 구슬을 물었더라 이거예요. 구슬을 내 입에 다 넣었다가서 또 내가 뱉으면 제 입에 넣고 이렇게 하는 것이 약 한 식경, 예전에 한 식경이면 지금으로 치면 두 시간 폭이에요. 한 식경 폭이나 인제, 내 입에 넣었다가 제 입에 넣었다가 이래 하다가서 이 처녀가 결국은 제 입에 넣고선, 이젠 많이 놀았으니 가라고 그러면 그래서 집에 가곤 하는데 그 재밌는 일 그 일뿐이지, 뭐 내 몸 아픈 일 없고 아무 일 없습니다."

이젠 얘길해. 가만이 선생님이 생각해, 그걸 보니깐 그 필연 곡절 이상한 일이거든.

"그럼, 오늘이고 내일이고 그 처녀가 또 어떻게 놀 적에, 놀 적에 그 입에 어떻게 한쪽은 빨갛고 한쪽은 하얀 구실을 너 입에다 넣어 주거든 그걸 또 뱉아서 그 처녀 입에다 넣지 말고 꿀떡 삼켜라. 꿀떡 삼켜서 벌떡 자빠져서 하늘을 쳐다 봐라. 하늘을 쳐다 보고 또 폭 엎어져서 땅으로 내려다 봐라."

이랬단 말이야. 그러니깐 이 아이가 시킨 대로 아닌 게 아니라 인제 저녁에 가는데 그 어여쁜 처녀가 나와서,

"아 너 인제 오니? 놀다 가거라."

인제 이러고 델고 들어 가서 역시 그 구슬을 입에서 내물리고 내물리고 이러는 광경을 하거든. 그래 선생님이 시킨 대로 이 아이가 그 구슬을 제 입에 넣을 적에 꿀떡 샘켰다 그 말이에요. 꿀떡 샘키니까 그 처녀가 그 뱉아라고 어떻게 옆구리를 간질르는지 하늘을 못 쳐다 보고 땅만 드려다 봤데요. 고만 간질리니까. 그 땅만 내려다보고서, 고만 그 내려다보고선 일어 나지도 못하고 그만, 뱃기지 않을려고 인제 뱃 속에 들어 간 구실을 뱃기지 않을 작정으로 폭 엎어져 있으니까 이 색씨가 껑충 뛰면서 깽깽하고 쓰러지거든. 보니깐 색씨가 아니고 큰 여우더랍니다. 그래 여우가 구실을 뱃기고서 그만, 색씨가 구실을 뱃기고선 여우가 되더라 이거요. 그래 고만 쓰러져서 죽거든, 고만.

"아하, 니가 처녀가 아니고 이런 짐승이구나."

하고선 그 구실을 먹고선 집으로 갔지 이제. 집에 가서 그래 뭐 어떻게 해 본데도 없고. 집에 가서 인제 어머니 보고도 그런 얘기를 하고, 그런 말을 선생님한테도 얘기를 하니깐.

"그래 이 자식아. 암만 간지러워도 먼저 하늘을 보라고 그랬는데 왜 땅을 봤니?"

"하늘을 볼라는데 어떻게 간질르는지 아 뭐 하늘을 쳐다볼 수가 없고 엎어져서 땅밖에 못 봤습니다."

그러니께,

"너는 앞으로 땅을 열 질을……."

지금 열 질이라면, 지금 이 목척으로다 한 육십 척 되는 곳이예요. 한 육십 척이니까 지금으로 한 삼십 메타 들여다보는 그런 지릴 알게 돼. 하늘을 먼저 봤으면 천문박사가 되고 지리박사가 되는데.

"너 이 자식, 너 하늘을 안 보고 땅을 봐서……."

그런데 그 아이가 커가주구 그렇게 지릴 잘 디려 꿰였대요. 그런데 그 아이 이름을 내가 잊어버렸어요. 네. 그래서 그 고개가 지금도 여우고개예요. 그게. 그래서 여우고개랍니다.

5. 아기장수[39]

「아기장수전설」로 통칭되는 이 유형의 설화는 용마의 발자국이 새겨져 있다는 특정한 형상의 바위나 용마가 솟아났다는 연못 등을 증거물로 하여, 전국 각 지역에서 전승되고 있는 전설이다. 탁월한 능력을 지닌 장수가 그 뜻을 이루지 못하고 태어난 지 얼마 안 되어, 그 아이가 역적이 될지도 모른다는 두려

---

39 본문은 서대석, 『한국구비문학대계』, 2-2 강원 춘천시 · 춘성군편(한국정신문화연구원, 1981), pp. 670~673에 수록되어 있다. 강원도 춘성군 북산면에서 1980년 8월 11일 박광천(남, 46세)으로부터 서대석이 채록한 것이다.

움을 지닌 부모로부터 죽임을 당한다는 비극적인 내용이다. 이러한 비극 속에는 민중들의 좌절된 변혁 의식이 담겨 있어, 역설적으로는 세상을 바꾸어 놓을 장수가 출현하리라는 기대가 나타나 있는 것이기도 하다.

장씨네 들어오신 담에 박씨네가 인제 들어왔잖아요. 들어와가주구선 우리 박씨네가 젤 어딜 들어와 게시냐 하면 저 구멍동이라는 데 있잖아요. 여기 지도 보며는 구멍동 있죠.

근데 참 하루는 이제 (박씨네) 부모가 돌아가셨어. 그래서 인제 산자릴 못 잡구서 인제 임시 이렇게 아무데나 묻어놓구 있는데 하루는 중이 와서 자구 가자 그래요. 그래 자라 그러니깐, 봐두 벌써 상제가 다르잖아요.

"아, 쾬양반 상제가 아니냐?" 구.

"그래 난 상제다."

"어떻게 아버지 산자리나 바루 구해 썼느냐?"

그래서,

"못 살다 보니깐 산자리두 구해 못 씨구 이렇게 아무데나 그냥 모시구 있다."

구 그러니깐,

"그럼 내가 산을 한 자리 본 게 있으니깐 내일 상제님들이 거길 가자."

이거예요. 게 참 밥을 싸가지구 일찍 아니 떠나자구 그래선 밥을 싸가지구 가는데, 어디냐 하면 지금 그 동면 번개터지. 저 덕받제 동면이야 거기가.

〔청중 : 시방은 홍천군이야.〕 아 그전엔 동면 덕받젭니다. 그 동면 덕받제라는 델 가더니 턱 지관이 하는 말이,

"여기다 산을 쓰슈."

이 말야. 게 보니까 참 앞에 장군석이 서이가 돌이 서 있어유. 그래서,

"알었다."

구 말야. 그래선 와가지군, 참 중들이 간 담에 신체를 모셔다 거기다 썼어요. 썼는데, 그 후루 참 태기가 있어가주구서 언낼 뜩 났는데, 이 언네 어머니가 밤에 한밤중된에

보면 언네가 땀이 촉촉히 난단 얘기야, 이상허게. 이것두…… 사흘째 그렇게 땀이 나거던. 게 하룻 제녁엔 아주 새우면서 이걸 봤어. 이게 왜 이렇게 땀이 나나 하구 보니깐, 이 새빨구뎅이 어린애가 바시시 일어나더니 문을 열구 나가더란 얘기예요. 갓난 언애가. 나가더니 고 앞에 가래낭기 커다만 게 하나 있는데 훌쩍 날아 올라가더니, 가래낭구에 인제 오르락 내리며 인제 재줄 허는 기야. 재주를 디려 허더니 내려오더니, 들어와선 어머니 품속에 딱 들어오넌데 맨져 보니 그때 땀이 나더란 얘기야. 게 선 시아부지한테 얘길 한거야.[40]

"큰일 났습니다."

"왜 그러니?"

"저 인제 한 나달 된 게 저렇게 가래낭글 떡 넘어가서 밤이면 재주를 부리구 그러니 이 어떡헙니까?"

"쥑여야 된다."

이거지, 그럼 잘못되면 역적이구 잘됨 충신이니까 이거 안 된단 얘기야. 그러니까 팥섬을 막 지질러 놓니까 참 들썩들썩 하더니, 이놈을 쥑였어요. 아주 지지 눌러가지고 쥑였는데, 사흘 만에 아 중이 찾어온 거야. 찾아오더니,

"이 집이 아기 낳으니 아기 내놔라."

이거거든. 아 그래선,

"아, 안 났다."

구 그래니깐,

"아, 그런 애기 없다."구.

"빨리 내놔라."

이거야.

"이거 내가 데루구 갈 테니깐 내놔라."

그래선 그런 일 없다니깐 절대 꼭 났으니깐 내노라구. 그래선 노골적 얘길 했어.

---

40 앞서 이 부부의 부친 묘자리를 구하고 있는 것으로 미루어 볼 때, 시아버지가 살아 있다는 것은 구연자의 착오가 있었던 듯하다.

"이거 잘못되면 우리 역적으루 몰려서 우리 박씨네가 죽을 거 같어서 이걸 지지 눌러서 쥑였다."

구. 그래니깐 아 자기 복장을 막 디려 치더래요. 분하다구 말야.

"이걸 내가 데려다 꼭 키워야 되는데 어쩐 말이냐."

그래니깐,

"앞으루 둘이 또 날 테니깐 이거는 꼭 날 됐다 다과."

계군 중은 가더란 얘기야. 그런데 기 이튿날 아 으앙 소리가 나더니 용마가 하나 와가주구선 마당에서 말야 네 무릎을 꿇곤 볶아치더래요. 그래더니 훌쩍 건너가서 그 근너 가서 엎드려 죽어서, 거기서 인제 배낭기 하나 올라왔거던요. 그래 지끔두 거길 '용의배나무꼴'이라구 그럽니다. 여기 올라가면, 구멍동 가면 예, 용의배나무 꼴이 있어요. 게 거기가 용이 엎드려 죽었는데 거기서 배낡기 하나 올라왔어요. 그래 용의배나무꼴이예요. 게 우리 박씨네가 장사 또 둘 난다는 바람에 이걸 아주 못나게 하느냐구, 아주 저 처녀 총각 죽은 놈에 뫼를 파다간, 송장을 파다간 앞뒤다 꽉 눌러 썼어요. 게선 꼼짝을 못하죠. 게 지금두 이게 우리 조상이지만 이제 묵어요.

〔조사자 : 아, 그걸 파내 버림 되잖어요.〕

지금 그래서 우리가 해마두 얘길해요. 이걸 우리가 가 파내자. 이게 여러 갈랜데, 우리 여기 우리 동네 사는 사람 몇 안 돼요. 그래구 전체 나가 있는데 이놈의 거 합동 이 안 돼요.

III 민담

1. 구복여행求福旅行[41]

이 설화는 세계적으로 분포된 AT 460B 'The journey in search of for-

41 원문은 한국구비문학회 편, 『한국구비문학선집』(일조각, 1977), pp. 53~54에 실려 있다. 1967 년 충북 영동군 영동읍에서 박래필이 구연한 것을 조희웅이 채록한 자료이다.

tune'의 한국 전승 유형이다. 가난하게 사는 집안의 막내아들이, 복을 구하기 위해 하늘로 가는 길에, 얻는 남편마다 죽는 여인과 용이 못 된 이무기 등을 만나 그들의 문제를 해결해 주고 복을 얻는다는 이야기이다. 이는 인간의 행·불행이 이미 정해져 있다는 동양적 숙명론을 전제하였지만, 결과적으로는 주인공이 복을 얻고 있어서 운명은 개척될 수도 있다는 적극적인 사고를 보이고 있다. 한편 이 설화 유형의 한국 자료에서는 주인공이 복을 얻기 위해 자의自意로 길을 떠난다는 점에서 타의他意에 의해 출발하는 서구 자료와 차이를 보이며, 또 서구 자료에서는 복을 가져다 주는 존재가 주인공에게 적대적인 지옥의 악마이지만, 한국 자료에서는 옥황상제라는 호의적 존재이어서 운명을 관장하는 절대자에 대한 동·서양의 인식태도에서 차이를 보인다.

　　그래 이야기가 어찌 되는가 하면, 그 전에 사부자四父子[42]가 있었는데, 농사를 많이 지으면, 오히려 농사 안 지은 때보다도 더 간고艱苦[43]하게 산단 말이지. 짚신을 삼고 살면 때거리[44]는 되는데, 그 중 끝에 아들이 한 날은 아버지에게 말하기를

　　"난 하늘에 올라가서 옥황상제한테 왜 우린 복이 없느냐고 원정을 가겠소."

했거든. 그러니까

　　"에이 미친놈! 네가 하늘을 어찌 가?"

　　야단치니,

　　"전 그래도 갑니다."

하고는 하루는 쇠지팽이를 마쳐서,

　　"하늘을 가리라."

　　하고

42　아버지와 세 아들.
43　가난하고 고생스러움.
44　끼니를 이을 만큼.

"어딘지 쇠지팽이가 닳도록 가면 하늘가가 있겠지."

했어. 그래 죽 간다고 간 것이 바다에 나섰어. 그래 간다고 가니까 배는 고픈데, 기와 집이 있는데, 거기서 자야겠다 하고, 주인을 찾으니, 밥 해 먹는 여자가 나온단 말야.

"나 여기서 자고 가야겠다."

하고 대문간방을 얻어 들어가서 저녁을 먹고 있으니, 주인이란 젊은 여자인데, 식모 하고만 살고 있었어. 저녁 후 서로 만나서 이야기를 하는데

"어디 사는 도령인데 어디를 가오?"

"난 아무 데 사는데, 난 그 집의 막내요. 농사를 지으면 얻어 먹고, 짚신을 삼으면 사니 그 이유를 알고자 원정原情[45]가고 등장等狀[46]하는 길이요."

"그럼 기왕 가시는 길이면 내 원정을 좀 들어다 주시요."

"뭐요?"

"이 앞 들이 다 내 것인데 남편을 얻기만 하면 죽어서 만날 과부가 되니 내 원정을 얻어다 주시요."

"그러시요."

하고 밥을 먹고 갔지. 그래 바다에 달하니 갈 길이 없어 방황을 하다 보니까 조그만 배가 있어서 타니까 갑자기 회오리바람이 불어 무변대해無邊大海[47]로 가니 복판에 한 뾰족한 산이 있는데 거기다 대거든. 그 산날망에 무엇이 맷방석만치 번들번들한 것이 있어 보니까 용 못 된 이무기야. 그래 그때에는 뱀도 말했던지 뚜르르 일어서며

"웬 사람이 여길 오느냐?"

그래

"내가 옥황상제께 원정을 하러 하늘을 가는 길이요."

"그럼 내가 하늘을 가도록 해 줄 테니까, 나는 득천得天[48] 기회가 넘었는데도 왜 올라가지 못하는지 그 원정을 들어다 달라."

---

45 사정을 하소연하다.
46 여러 사람이 연명連名으로 관아에 억울한 일을 호소하다.
47 그지없이 넓은 바다.
48 하늘로 올라 가다(승천昇天).

고 해서

"그러마."

고 했다. 그래서 입으로 안개를 뿜어 무지개 다리로 하늘을 올라가니 옥황상제가 있던 곳을 갔어.

"제가 원정을 왔습니다."

"어찌 왔느냐?"

"그래 저희 사부자는 복을 어찌 마련하셨습니까? 농사 지으면 밥 못 먹고, 짚신을 삼어야 겨우 살아가니 어찌 된 일입니까?"

"너희는 그밖에 복을 마련할 길이 없어. 편하면 일찍 죽으니 그런다."

"저희 복은 그렇다 하고도 그러면 아무 데 사는 과택寡宅[49]여자는 어찌 그럽니까?"

"그 여자는 아무 때라도 여의주를 얻은 남편을 얻어야 해로偕老[50]하고 살지, 여의주가 없는 남편은 죽는다."

"그 아무 데 사는 이무기는 왜 승천을 못 합니까?"

"그놈은 욕심이 많아서 여의주를 하나면 득천할 것을 두 개를 가져서 못 올라 간다."

이래서 제 것은 못 알고 남의 원정만 듣고 도로 나와서 무지개 다리로 와서 그것을 타고 내려오니 이무기가

"그래 뭐라더냐?"

"용님은 욕심이 많아서 여의주가 두 개라요? 날 하나 주시요. 그러면 간단해요."

"그럼 그래라."

하고 한 개를 주니 이내 득천이야. 그 배에 앉아서 바람으로 딱 가서 그 여자한테로 가니 여자가 물으니,

---

49 남편을 잃고 혼자 사는 여자. 과부.
50 부부가 한평생 같이 지내고 늙음.

"아무 때라도 여의주를 얻은 남편을 얻어야 백년해로 한다니 내가 가졌으니 나하고 살자."

이래서 여자 얻고 의복을 차반[51]하고 자기 집으로 와서 제 부형을 보니 놀라더래. 그래 잘 살았소.

2. 개와 고양이의 구슬 찾기[52]

이 이야기는 세계적으로 분포된 설화유형 AT 560 'The magic ring'의 한국 전승 유형으로 「견모쟁주 설화犬猫爭珠說話」라고도 한다. 어느 늙은 부부가 우연히 수꿩을 잡아서 먹고 아들을 낳았는데 아들이 커서 장가를 가게 되자, 구렁이가 나타나 자기의 수꿩을 대신 먹고 태어난 것이니 잡아먹겠다고 하자 신부가 꾀를 내어 구렁이의 구슬로 구렁이를 죽이고 구슬의 덕으로 부자가 되었으나 친구가 훔쳐간 탓에 가난해진다는 앞부분은 다른 각편과 다른 이 설화의 특징이다. 집에서 기르던 개와 고양이가 길을 떠나 구슬을 찾아온다는 후반부는 대체로 다른 각편과 일치한다.

옛날에 어떤 농사나 짓구 냉기[53]나 해 때구 하는 사람이 하나 있는데, 할런[54] 낭걸[55] 하러 가니까 저 쟁끼라구 있잖아요. 수꿩, 쟁끼가 이만한 놈이 그냥 가지 않구 펄펄 뛰면서 그런단 말야.

'아 이놈이 어떻게 된즉, 붙들어 봐야……'

---

51 맛있게 잘 차린 음식. 예물로 가져 가는 맛있는 음식.
52 원문은 서대석 편, 『한국구비문학대계』, 2-2(한국정신문화연구원, 1981), pp. 591~601에 수록되어 있다. 1980년 강원도 춘성군 신동면에서 유재춘이 구연한 것을 서대석이 채록한 자료이다.
53 나무.
54 하루는.
55 나무를.

가 붙들었단 말예요. 이놈을 붙들어 가주 와서 낭구짐에다 해 매달구 지구 와서 내려놓구 보니, 죽어두 뵈기 존 거는 쟁끼야. 벌건 놈이. 아 이놈을 방에다가, 두 내 우가 문을 닫구서 갖다 가두구는, 아 이놈이 돌아치는 귀경을 실컷 하다가,

"아 뭐 이럴 것 없이 우리 이거 잡아서 끓여서 실컷 먹자."

구. 그놈의 걸 잡아서 인제 두 부부가 실컷 먹었단 말야. 실컷 먹구는 그날 저녁으로 인제, 동품[56]을 했단 말야. 동품을 했는데 자식이 없었거든. 없었는데 동품을 해서 십 삭이 차니까 미남잘 낳았단 말야. 미남잘 났는데, 옛날에 그 한문서당도 일곱 살이면 하여간 서당엘 보내니까, 서당엘 보내서 공부를 시키는데 재주가 아주 엄청 좋거든. 문일지십聞一知十이야. 하날 들으면 열 가지를 안단 말야.

"아, 인제 늦게 자식 하나 잘 낳았다."

그래 이놈이 오이 자라듯 보글보글 큰단 말야.

"아이구 내가 늦게시리 자식을 봤이니 메누리나 내 일쩍하니 얻겠다."

구. 게 엇다 혼삿말[57]을 넣으니까 데걱 된단 말야. 게 혼사를 정해 놓구 잔칫날을, 옛 날에는 순전히 대살大事 지낼라면 참 가서 날을 골라서 택일擇日[58]을 해가지구 이렇 게 잔칠 지내구 이랬는데, 택일을 하니까, 아무 날이 좋다구, 그렇게 했다구.

그런데 그 아이가 어떻게 공부를 하다가, 그러니까 옛날엔 선생님이 달돌림이라 구 있습니다. 인제 한 달씩 돌아가며 제자들이 '너 어느 달, 나 어느 달', 달돌림허는 수가 있어요. 게서 요만한 달등어리[59]가 있는데, 여기루 말햄 아마 반고개 장등[60] 같 은 거지. 장등을 넘어서 인제 글을 배우러 댕기게 됐는데, 할른[61] 가 공부를 하구서 장등을 척 올라가서 내려오느라니까 이따위 뱀이 나섰단 말야. 아 이놈이 입을 딱 벌 리구서 쇠[62]를 홰홰 내두르면서, 질을 막는단 말야.

---

56 동침同寢. 부부가 잠자리를 함께 하다.
57 혼담婚談. 혼인을 하자는 청혼의 말.
58 혼인하기 좋은 날을 가림.
59 산 등어리.
60 산 마루.
61 하루는.
62 혀.

"야! 너 점잖은 짐승이 이럴 수가 없다. 저리 물러나라."

안 물러간단 말야. 그래 이거 큰 야단났단 말야.

"아니 그러면 니가 날 못 가게 허니깐, 날 잡아먹을 작정이냐?"

그러니깐 아 이놈이 고갤 끄떡인단 말야. '아 이거 죽었구나.' 음 그 전후사前後事[63] 얘길 했어요.

"우리 아버지가 날 늦게 낳아가주구서 메누리나 보구 돌아가신다구 혼탁을 해 놓구 대삿날[64]을 받아 놨다. 아무날이 대삿날이니까 가서 내 성례成禮[65]나 허구 원풀이로 성례나 하구 내 곧바로 너한테로 올 거니까 너 그때까징은 좀 참아다구."

그러니깐 이놈의 구렝이가 그렇겠다구 슬며시 물러간단 말야.

가만히 생각하니깐 죽었는데, 그래니깐 아주 기운이 없단 말야. 죽게 됐으니깐 인제.

그래 그 잔칫날이 딱 당해 와. 잔칫날이 다가오니 성례허러, 인제 신부집엘 가 성례를 했단 말야. 성렐 허구 침방을 정했는데 신랑이 아주 거절하구 딱 앉았단 그 말야, 신부가 들어가니까. 그래 신부가 하는 말이

"여보, 자기허구 나허구 오늘 백년가약百年佳約[66]을 맺었는데 당신이 어떻게 그렇게 요지부동搖之不動[67]으루 앉었으니 우쩐 일이냐?"

"아이그 얘기헐 꺼 없이 나는 이 길루 가겠으니까 그리 아슈."

"아, 여보 거 무신 말이요. 그래 하여간 첫날 제녁에 소박疏薄[68]을 하다니 게 내가 어디가 틀려서 그렇소. 우째 그러우?"

다구쳐 물었단 말야. 물으니까,

"나는 오늘 제녁에 죽는 사람이니까 자기 몸에다가 내가 손댈 필욘 없다. 우리 아버지 원풀이나 헐라구 오늘 와 성렐 했으니까 그런 줄 알구 간다."

---

63 일이 처음부터 끝까지 진행된 자세한 사연.
64 大事날. 혼례일婚禮日. 혼례를 치르기로 한 날.
65 혼례를 치르다.
66 젊은 남녀가 결혼하여 한평생을 같이 지내자는 아름다운 언약.
67 흔들어도 조금도 움직이지 않음.
68 아내를 박대하여 내쫓다.

아 일어나 내빼우.

자 이거 신부가 가만히 생각하니깐 참 기가 맥힌 일이란 말야. 그냥 그저 족두리 씐 채 그냥 쫓아가는 게야. 쫓아가니깐 어느 짤뚜막엘 간단 말야. 떡 가다 보니깐 그 놈에 뱀이가 그날 만나자구 그래니깐 그 시에 나온단 말야.

"인제는 내가 왔으니깐 니가 잡아먹을 테면 잡아 먹어라."

아 이놈이 아가릴 불리구 먹을라구 뎀빈단 말야. 그 신부가 생각허니깐 기가 맥힌 단 말야. 그래 자기 신랑을 그냥 그저 단장한 채, 그냥 가서 족두리 씐 채, 가서 자기 신랑을 척 끌어안구 초매를[69] 싹 끌어안구서 게서 연율[70]했다 그 말씀이야.

"너 우째서 이 사람을 잡아먹을려구 그래냐?"

그래니깐 옛날에는 구렝이도 말을 했던지,

"나 먹을 요식을 이 사람 아버이가 갖다 먹구 이거 태여났어. 그랬으니깐 난 이거 밖엔 먹을 수 없다."

이 말이야. 그 꿩을 잡아 먹을라구 그 구렝이가 그 놀을 디리다[71] 못 가구 있는 걸 붙들어다 먹었단 이 말야. 구렝이 놀던 거를. 그래구선 태였거던.

"그래. 그렇다면 나는 이 사람과 백년기약을 맺었는데 이 사람을 니가 잡아 먹을 꺼 같으면 나는 어떡허냐? 허니깐 너 덮어놓구 나 당대 먹을 방도를 가리켜 줘야지 그렇잖음, 나 안 놓는다."

그 말야. 게 이놈의 구렝이가 둘채 먹을 순 없거든 경우가. 이놈의 구렝이가 눈깔을 시리쳐 감구 우둑허니 있더니 대가릴 쫙쫙 하더니 마날쪽[72] 같은 구실[73]을 하나 게 운다 그 말야. 구실.

"그래 이걸 게워 놓니 이거 어떡허는 게냐?"

허니깐,

---

69 치마를.
70 연유緣由. 어떻게 된 사연을 말하다.
71 겁을 주어 정신을 혼란케 하다.
72 마늘쪽.
73 구슬.

"이게 모가 서인데 한짝 모를 이렇게 대구서 쌀 나오램 쌀 나노구, 한짝은 돈 나오램 돈 나오구, 한짝은 웬수 진 놈 너 죽어라 하면 죽는다."

그거야. 아 그래니깐,

"그럼 너 죽으란 말야!"

그랬단 말야. 그걸 구렝이한테다 대구,

"아, 그럼 너 죽어."

아 이놈이 눈깔을 시르르 감구 벌렁 자빠져 죽는단 말야.

"야, 인젠 됐다!"

그 신랑은 아주 벌써 까무라쳤다 그거야. 벌써 그만해두 구렝이 아주 놀이 들었거든. 아 그래니깐 신부가, 아 참 든든했던 게야. 신랑을 들쳐 업구 갔단 말야. 자기집으루. 갖다 늅히니 그 뭐 아주 정신 없지. 아 그래서 회생단을 사다 멕인다 벨노릇을 다 하니까 야중[74]에 피어나 멀쩡한 사람이 됐단 말야.

그제선 시집을 왔는데 와 보니 가난하기가 짝이 없소 그래. 장이라는 건 백항아릴 담그. 백항아리니까 장독이 숫자가 백이 아니라 하얀 요만한 백항아리로 하나 담구, 지직[75]은 천 잎을 깔았단 말야. 방에 들어가 보니깐, 요만큼씩 한 걸.

'자아 이거 신랑 남편은 잘 얻었는데 살림이 이렇게 간구[76]하구나. 아따나 까짓 거 내 보물을 얻었으니까 관계 없다야.'

그걸 가지구 쌀 나오라구 하니까 그저 쌀이 어서 막 쏟아지듯 산떠미처럼 쌓인단 말야. 푹푹 퍼서 그저 그릇에 담어서 척척 쌓아 놓으니 아 그만함 산다 말야. 돈 없임 돈 나오램 돈 나오구.

'아 그거 이만함 됐다.' 그래 잘 살아.

근데 고 이웃에 같은 동문수학同門修學[77]이 있어요. 동문수학으로 댕기던 사람이 그 사람두 재주가 좋구 그런데 그 사람두 역시 간구허단 그 말야.

---

74 나중.
75 방바닥에 까는 짚으로 만든 자리.
76 간고艱苦하다. 몹시 가난하여 고생스럽다.
77 한 스승 또는 한 학교에서 같이 학문을 갈고 닦다. 同門同學.

"야 너 나허구 같이 나서 같이 자라는 친구간이 아니냐. 그러니 넌 그렇게 가난허더니 어떡허면 그렇게 부자가 담박 돼 사니?"

그래니깐 그 얘길했어.

"우리 집이 보물이 하나 있는데 글루해서 잘 산다."

"얘 그러면 되는 수가 있어. 너하구 나하구 이렇게 의리가 좋구 한데 너 잘 살구 나두 잘 살면 좋지가 않냐." 말야.

"그걸 좀 빌려다구."

그 말야.

"아 그래 보자."

아 빌려줬단 말야. 아 이놈이 가주구서 도망을 쳤소. 그놈이 그 고자리 살면 둘이 그 사용했음 졸겐데 그놈 벌써 심복[78]이 나쁘잖우.

아 그걸 잃어버렸으니 뭐 도루 간구해진단 말야. 근데 그 집이 개가 하나 있구 고냉이[79]가 하나 있구 짐승의 새끼 둘이 있는데, 아 되루 살림이 간구허단 보니까 아 이놈의 짐승두 두 놈이 일제히 어디루 갔는지 아주 없어졌단 말야.

"야 살림이 이렇게 어려우니까 짐승의 새끼두 이게 고만 내빼는구나. 에이."

그래 어디루 간 줄 아나. 이놈들이 둘이 떠나서,

"자아 우리가 그렇게 잘 먹구 얻어먹구 호의호식好衣好食하구 잘 살다가 그놈에 자식이 그 보물을 훔쳐가주 가서 못 사니까 그놈을 찾자."

그 말이야.

"이놈을 어디 가든지 찾자."

찾아가는기야. 그저 허턱대구 어디든지 가는기야. 가다보니깐 대강大江[80]이 내달아. 근데 고냉이가 시험[81]을 잘 못 해요. 개는 헴을 잘 허죠.

"야 너는 혬을 잘 못허니깐 내 등어리에 엡혀. 그럼 내가 업구서 근너가마."

---

78 복심腹心. 겉으로 드러나지 않는 속마음.

79 고양이.

80 큰 강.

81 헤엄.

"아 그래람."

업구서 건너가서 내려. 게 얼마침 가니깐 들이, 들판이 널른데 수천여 호가 사는데 그놈의 마을 복판에 쑥 들어가니까 복판에 젤 큰 놈에 집이 하나 있는데 아마 잘 사는 모양 같애.

"아 이놈에 집이 이게 잘 사는게니 여기 들어가 우리가 도적질해 먹을 수밖에 없다."

게 들어가니깐 큰 광이 있는데 그놈에 광엘 들어가니깐 세상에 없는게 없어요. 먹을 꺼 뭐 많단 말야. 그래서 뜩 들어가 배고픈 판에, 그저 뭐 쇠다리두 있구 뭐 떡두 있구 별 거 다 있어.

"우리 식량에 맞는 대루 먹자."

그저 괴기를 실컷 뜯어 먹구는 그놈에 곡간에 뜩 올라가 앉았는 게야. 올라 앉았이니까, 아 쥐란 놈이 한 군데서 들어오더니 아 삼각수三角鬚[82]를 거사리구 쥐란 놈이 몇 해나 묵었는지 큰 개만한 놈이 아 떡 나와서 앉는다 말야. 고냉이가 '야옹!' 소릴 치니까 하 이놈이 고만 꼬랭일 샅에다 끼구 앉어.

"야 너 무서워 헐 꺼 없어. 내가 널 잡아 먹진 않을 게니까, 너 이놈에 집에 저 보물이 있다. 그놈의 보물을 가져와 이놈이 이렇게 잘 살지 그렇지 않으면 그럴 수가 없어 그러니까……."

그 주인놈이 훔쳐다가 돌함을 만들어 가주구 돌함 속에다 넣구서 딱 봉해 놓고 그리구 꼭 머리맡에다 두구 자니 이놈의 것 뭐 해볼 수가 없어.

그 고냉이가 하루는 가만히 생각해 보니까 안 되겠어. 게 사랑마두 방마두 살살 댕김 보니까, 아 그놈 자는 방에 문을 이렇게 발루 허비구 딜여다 보니까 거기 있다 말야. 아 그래 보구는 고냉이가 나왔지. 떡 나와서 그 쥐더러 하는 말이,

"너 이 주인집 그 영감 자는 머리맡에 그 돌함이 하나 있다. 근데 그 돌함 속에 요런 구실이 하나 있을 테니까 너 그거를 찾아내줘야 망정이지 그렇잖으면 너의 가족은 전멸허리라."

---

82 세 갈래로 난 수염.

아 그 몽죄리 댕김 물어 먹으면 씨가 질 테니[83] 어떡하냐 말야. 안 그려. 그래 고냉이가 의쥐[84]를 불러다가 놈을 불러 앉혀 놓구,

"네가 우째던지 그걸 찾아 내줘야 망정이지 그렇잖으면 너의 종자는 전멸을 아주 시키겠다."

이 말이야.

쥐란 놈이 그 소리를 들으니까 그 야단났잖우. 죽게 생겼단 말야. 그래서,

"아이구, 예! 해 드리겠습니다."

안 죽을래니까. 허든 못 허든 대답은 해야지.

"그저 한 달 말미만 주세요. 이거 뭐 쉽사리는 안 되겠습니다."

"아 그래 그 한 달 말미만 주지."

그래곤 그놈의 광에서 그저 먹고 있는거야. 고냉이하구 쥐, 개, 세 놈들이 그저 그 다 파 먹구 엎드려 있는거지. 자 이놈의 쥐가, 시방으로 말하면 군청에서 뭐 공문 들어오듯 골고루 공문을 돌리니 아무 날 아무 시에 어디로 전부 서생원[85] 모여 오너라 그 말이야. 명령을 내리니까, 자 이놈의 경상도 뭐 황해도 할 것 없이 각도 각군 각읍 각리에서 이놈의 쥐새끼들이 전부 모여 간다.

"야 강원도 왔지."

아 경상도 쥐가 쩩하고 모여가는데 죄다 들이닥치드라 그 말이야. 아 그거 당도했지. 당하니깐 쥐가 여러 억 십만 마리가 모였으니 그놈의 곡간에 그 식량을 인제 다 파먹을 작정이라 그 말이야. 이놈의 쥐가 인제 몇씩 보낸단 말야. 이놈들이 이 방 이 중방 밑으로다 구멍을 요만큼 뚫어 놓고는 은근히 들어가는 거야. 아 들어가서 이놈의 것을 갉작거려 보니 두 번만 갉작거리면 이빨이 시어서 이놈의 거 할 것이 아니다. 그러니까 펄쩍 갈러 오지. 아 이놈들두 하 오래 이놈을 가 갉작거리니까 구녕이 뚫어질 수밖에. 한 달 말미를 주었으니까 한 달 안에 그놈의 것을 해야 하니까. 하 하 두 댕기면서 갈고 하니까 아 구녕이 제법 요만큼 뚫린단 말이야. 자 그러니 이따우

<hr>

83 씨가 지다. 쥐의 종족이 하나도 남지 않다.
84 대장쥐.
85 생원生員. 쥐[鼠]의 별칭.

큰 놈의 쥐가 들어 갈려니 들어 갈 재간이 있나 말이야.

"야 이거 할 수 없다."

제일 골방쥐 적은 놈을 들여 보냈단 말이야.

"너 가서 가져 오너라."

골방쥐 쬐그만 놈은 전부 웬만하면 들어 가거든, 이놈이. 그래 이런 틈으로 드나들어. 이놈이 들어가 보니까, 마늘쪽 같은 게 뭐 있단 말이야. 이놈이 그걸 물고 오니까 큰 쥐가 거기 가 지키고 있다가 물고 내뺐어. 그래서 괴생원[86]한테 바쳤지. 두 무릎을 착 꿇고서,

"그래 여기 가져 왔습니다."

하고. 아 보니까 그게란 말야.

"됐다. 너 이번 역사에 참 대단히 수고가 많단 말이야. 그러니깐 너 여기 있는 대로 다 털어먹고 헤어져 가거라. 이놈이 도적놈이니까 도적놈의 물건 다 털어 먹어라. 아 그러고 우리는 간단 말이야. 너 잘 있어. 우리는 간다."

이놈을 찾아 가지고서 복 떼가지고 오는 게야. 인제 오는데 얼마를 오니 그놈의 집에서 떠나니깐 뭐 먹어볼 게 있느냐 말이야. 배가 고파 죽겠지.

그런데 그놈의 꺼 건내가야 할 강을 또 당했어. 당했는데 거기 오니까 밤이야. 아 그래 개란 놈이 또 고양이를 업고서 인제 헤엄을 치는데 말이야. 이놈의 게,

"단단히 물었니?"

"단단히 물었다."

"꼭 물었니?"

"꼭 물었다."

아 이 지랄을 하면서 그 강을 건너 오는데, 이놈의 고양이가 그 묻는 말에 대답을 하는 바람에, 그 아가리 벌린 바람에 강복판에 들어와서 이놈의 구슬을 떨궜네. 그어떻게 되느냐 말이지. 이런 망할 것이 있나. 십 년 공부에 나무아미타불이 됐단, 그거 보면 맥이 없지. 그래 강을 떠억 건너 갔단 말이야.

---

86 고양이의 별칭. 묘생원猫生員을 잘못 구연한 듯.

"구슬 어쨌니?"

내놔라 그거야. 고양이더러. 그래 그 얘길 했단 말이야. 그러니깐 너 날 죽일 테면 죽이고 마음대로 해라 이거야. 할 수 없다 그 말이야. 개란 놈이 가만히 생각하니까,

"그 천상 우리 팔자가 그런데 널 죽이면 뭘 하니? 그런데 제일 이거 배가 고파 죽을 지경인데 이걸 어떡하냐 말이야."

강변으루 슬슬 돌아 댕기면 보니까 어떤 자가 밤 낚시질을 한단 말이야. 거기 가우두커니 인제 숨어서 지키고 있으니까 이만치 뭐 이렇게 하는데 뭐이 덜썩 소리가 나는데 아 잉어를 이따만한 것을 낚아서 챈단 말이야. 이놈을 지키고 있지. 그걸 훔쳐 먹을라구. 아 이놈의 첨지가 그걸 하나 잡아서 좋다구 놓고선 또 강엘 가는 거야. 낚시댈을 들고서 정신없이 앉아 있지.

"야 이놈의 것을 먹자."

이놈의 것을 훔쳐서,

"여기서 먹다가 들킬 테니 물구 가자."

물구 어디만큼 가서 아 둘이 몽창 다 먹네.

"이거 몽창 다 먹자. 죽을 지경인데……."

배알이고 뭐고 다 깨물어 먹는 판이야. 아 그래 건저 먹었는데 밸[87]이 나오는데, 아 개란 놈이 먼저 물고 이걸 먹을라니깐 아 이가 씨끈한다 말이야. 딱딱한 게 뭐 있어.

"아 이놈의 건 뭔가?"

하고서 뱉으니 그놈의 구슬이야.

"야 이거 희한하구나."

근데 잉어 큰 놈은 아가리가 이만하잖아. 이걸 물 먹느라구 벌컥벌컥할 동안에 이게 일이 바로 되느라고 그 구슬이 떨어질 적에 아 이 아가리 벌럭할 적에 이놈의 잉어 아가리로 쑥 들어간거야. 하필이면 그놈의 낚싯대가, 낚시질하는 놈이 그놈을 하필 물어 잡아 챘단 말이야.

"자 인제 됐구나. 이게 하느님이 다 도와주는고나."

---

87 창자.

야 개란 놈이 물고 간다. 그놈의 잉어 한 마리 잔뜩 먹어 힘이 나니까.

"빨리 가자."

이놈들이 자동차 이상 가게[88] 냅다 달리는데 아 얼만큼 가다 보니까 자기 집이 내달아. 떠억 왔지,

"얘 나는 천상 한 데서[89] 얻어 먹고 사는 물건이고 너는 방에서 얻어 먹고 방에서 잠두 자는 물건이니까 니가 이걸 물고 들어 가서 주인한테 바쳐라."

아 그래. 아 그런데 쥔이 이놈의 고양이와 개가 간 곳이 없었는데 아 일제히 왔단 말야. 아 그래 반가와서,

"아이구 야. 너가 어딜 갔다 오느냐?"

고 아 그러구 있는데 고양이란 놈이 안방으로 떡 들어와 아 게워 놓는데 그놈의 걸 게워 놔.

"아이구, 너희가 세상에 어디서 이걸 찾아 왔니?"

하고 아 그놈의 고양이를 쓰다듬어 주면 아 그놈의 걸 저 신주 할애비보다 더 위하네. 그놈의 걸 찾아주니까. 그저 밤낮으로 괴기만 사 멕이고 쓰다듬어 줘. 개란 놈이 밖에서 가만히 생각해 보니까 잘 먹긴 잘 먹는데 고양이만큼 대우를 못 받는다 그 말이야. 하 이놈의 개가 가만히 생각을 하니까 기가 막히다 그말이야.

"오냐 이놈의 고양이가 니가 알랑거려 가지구서 너만 응, 잘 그거 하지. 오냐, 오늘 저녁에 문 밖에 나올 날 있을 테니, 나오기만 해 봐라."

잔뜩 벼르고 있는 판이야. 아 그런데 이놈의 고양이가 똥을 눌라고 나오자 이놈이 지키고 있다가 그저 가는 잔댕일 덥썩 물어서 내리 판대길 치니 아 그까짓놈에거 죽지, 뭐 죽었단 말야. 그래서 그때에 개허구 고양이허구 상극相剋[90]이 됐다는거야.

---

88 자동차보다도 빠르게.
89 바깥에서.
90 두 사람 또는 사물이 서로 맞지 않거나 마주치면 서로 충돌하는 상태.

3. 이야기 주머니[91]

이 설화는 한국의 전 지역에서 널리 전승되는 유형으로 이른바 「이야기의 이야기」라고 하는 'metafolklore'에 해당한다. 어떤 아이가 어른들이 하는 옛날이야기를 종이에 받아 적어 주머니에 넣어서는 대들보에 매달아 두었다. 아이가 커서 장가를 가게 된 전날, 주머니에 갇힌 이야기들이 자신을 가두어 두기만 하고 풀어주지 않은 그 아이를 죽이겠다고 말하는 것을 하인이 듣게 되었다. 다음날 그 하인의 도움으로 목숨을 건진 아이는 주머니를 터뜨려서 이야기들을 풀어주었다는 내용이다. 이는 민담의 본질을 말해주는 것으로, 이야기란 듣고 마는 것이 아니라 사람들의 입을 통해서 끝없이 전해져야 한다는 뜻을 함축하고 있다.

그전 옛날에 이제 대가집이서 독선생을 앉히구 인제 공부 시켰어요. 지금 잘사는 집이서 선생님 모셔 놓구 과외공부 시키는 것과 한가지야. 그전에 참 대가집이서 독선생을 앉혀 놓구 아들 공부 떡 시키는데 이놈이 공부 않어. 허재며는 자기 아버지하구 그 이웃 노인네하구 앉아서 옛날 얘기를 하는데, 이놈이 공부 하면서도 이 얘기하는 것을 다 적는거야. 적어선, 하룻제녁에 한 마디 들으면 하날 적어서 요걸 꼭 종이에다 적어가주군 요놈에 걸 봉해가주군 주머닐 하나 맨들어서 거기다가 쳐넣구, 쳐넣구 한 게 삼 년 동안을 그래다 보니깐 주머니 세 개가 찼어요. 그러니깐 자기방 대들보에다 딱 달아났지. 요놈의 걸, 얘기 주머니를 게니깐 삼 년 동안을 저녁마다 한 개씩 집어 넣었으니깐 얘기 주머니가 엄청나게 얘기가 많이 들어간 거예요. 주머니 세 개가 찼으니깐.

사 년째 되던 해에 장가를 가게 됐어요. 이런 동네서 살 꺼 같음 저기 홍천쯤으로

---

91 원문은 서대석 편, 『한국구비문학대계』, 2-2(한국정신문화연구원, 1981), pp. 682~685에 실려 있다. 1980년 강원도 춘성군 북산면에서 박광철이 구연한 것을 서대석이 채록한 것이다.

장가를 가게 됐어요. 이런 영嶺[92]을 하나 넘어가야 하는데 그전엔 왜 가마에다 이렇게 가야 되잖아요. 그런데 별쯤 출발하게 되면 오늘쯤 자기 아버지가, 이제 하인들이 있으니깐, 하인더러 명령을 하는거야.

"너는 내일 누구누구 가말 모시구 누구는 손님 접대를 해라."

이렇게 참 정해 줬단 말야.

그런데 그 가마 모시구 그 샌님 도령을 모시구 영 넘어갈 그 종이, 참 동짓달인데 허깨눈이 밤에 갑짝시레 이렇게 와서 눈을 씰러 그 도련님 방 문턱엘 이렇게 돌려 씰 재니까 그 방은 도련님은 없구 빈 방인데 얘기소리가 중중중중 나더란 얘기예요. 그전 공부하던 방인데. 건 그때 피했는데, '하 도련님이 여기 안 기시는데 여기서 무슨 얘기소리가 이렇게 나는가?' 말여. 게서 귀를 이렇게 찌우 들으니깐, 아주 여러 사람이 떠드는게,

"이놈에 새끼가 우릴 주머닐 넣어 가두고 안 풀어놓는다."

는 얘기야.

"그래니깐 이 새끼가 낼 저 고개 넘어 장갤 간다니까 낼 우리가 잡아야 된다."

이거지.

"우리 여레 이걸 잡아야 되는데……."

그래니깐 이런 토론이 많이 나오겠지. 응 귀신찌리래두.

"그럼 그걸 어떻게 잡아야 되느냐?"

그래니깐,

"내 말 들어라. 동지 섣달에 이 고개 마루턱에다가 난데없는 돌배를 크다만 걸 하나를, 이렇게 잎이 피어 늘어지게 하고 돌배가 이렇게 매달리고 허먼 하 그걸 먹을라고 앨 쓸거다. 그래니깐 그놈의 걸 이렇게 떡 맨들어 놓으면 새신랑이 오다 그거만 딱 쳐 먹으면 죽을 테니깐 걸 해 놓자."

아, 요걸 그 가매바리[93] 모시구 갈 그 종놈이 들었단 얘기야. 도련님은 내가 살려

야겠다는 결심을 먹었거든,

아 근데 아침에 신랑 아버지가,

"아 부득한 무슨 일이 있으니까는 너는 낼 도련님 모시구 거길 가라구 그랬더니 오늘 집안 일을 봐야 되겠다."

이거거던,

"안 되겠습니다. 내가 가야 되겠습니다."

이거야.

"이놈! 어느 명령이라 니가 불복不服[94]을 하느냐?"

"내가 목이 짤라져두 가야 되겠습니다."

이거야. 아 그래니깐 그 새신랑짜리가 가만히 생각하니까 이상허거든.

"아 무슨 얘기야?"

"아, 내가 이번엔 도련님을 모셔야지 안 됩니다."

이거야. 그래니깐 또 그 새신랑두 그 종이 맘에 들었었구.

"아버님, 이번에 뭐 아버님 첨 마음 먹었던 대루 이 사람이 이렇게 가게 하죠.

"아냐, 이 사람이 집에서 손님 접델 해야 돼."

아 서루 의견충돌이 되는거야. 그래니깐 죽어두 간대네. 내 목이 짤라져두 간대는데 어떡하느냐 이기야. 아들이 부추기구. 그래서 그 사람이 모시구 간 거야.

아, 아나나 달러? 이놈의 고개를 동지 섣달에 눈이 허연데 올라가는데 아 고개 마루턱에 난데없는 놈의 돌배남기[95] 올라와서 돌배가 이렇게 늘어졌는데 아 황홀지게 폈거든. 돌배가 많이 열지두 않았어요. 두 개가 딱 열었는데,

"하, 저거 따다 날 달라."

이기야,

"고갤 올러오니까 목이 마르는구나."

게 인제 따 달라구 그래니깐 이놈이 가매바릴 내려놓구 따는 척하며 따선 네미 돌

---

94 복종하지 않다.
95 야생으로 자란 배나무가.

팔매질을 해서 멀리 팽개쳐 버린거야. 요게 꼬부장했단 말야.

"저 새낄 우리 아버지가 떼 놀라구 그럴 적에 떼 놓구 딴 놈을 데려왔어야 저 돌밸 내가 먹을 놈에 걸 잘못 생각했다."

는 거지. 속에다 꼬부장하게······ '원젠가 너는 나한테 죽는다는 걸 각오해라.' 그럭 허군 가 잔칠 지냈어요. 잔칠 지내 와가주구는 삼 일이 지나간 담에 인제 그 종놈을 부른거야. 돌밸 집어던진 놈을, 오라구 그래서 와가지구,

"너 무슨 혐의가 져서 내가 꼭 먹겠다는 돌밸 네가 따서 집어 내버렸느냐?"

"예, 그게 이유가 있습니다. 그날 부쩍 우겨서 내가 도련님을 모시구 간 것두 이유 가 있습니다."

"뭐냐?"

그 얘길 쫙 했어.

"눈 씰러 이렇게 돌아가니깐 도련님 그 공부하던 방에서 서루 그 귀신들찌리 얘길 허는데 그날 가두구서 풀어주지 않으니까 이걸 잡아야 되겠다구 그러면서 그 돌밸 만들어 놓구 그걸 먹음 죽게 이렇게 하자구. 그래서 내가 우정 그렇게 간거라."

구.

이놈이 가만히 생각해 보니깐 그 얘기주머니 생각이 나거던.

"아, 그래."

아, 그래선 참 자기 공부하던 방에 가 보니깐 대들보에다 얘기주머니 세 개 이렇게 똘똘 말아선 이렇게 주머니 속에 가뜩 가뜩 채워 논 게 매달려 있거든. 아 그래 이놈 의 얘기주머니를 갖다가선 터쳐서 다 풀어 내보냈단 말야. 게 그때 헤쳐 내보냈는데 겨우 나는 그놈에 걸 줏어 듣다 보니깐 그저 한 반 주머니밖에 못 가졌어요 예. 이걸 루 끝납니다.

4. 해와 달이 된 오누이[96]

이 설화는 한국의 전 지역에서 널리 전승되는 대표적인 민담이다. 호랑이가 할머니를 잡아먹고, 할머니로 둔갑해서 오누이가 살고 있는 할머니의 집을 가서 오누이도 잡아먹으려고 했다. 쫓아오는 호랑이를 피해서 높은 나무에 올라간 오누이는 하늘에서 내려온 새 동아줄을 타고 하늘로 올라가, 동생과 오빠는 각각 해와 달이 되었다. 헌 동아줄을 타고 올라가던 호랑이는 수숫밭에 떨어져서 그 피가 묻어서 수숫대의 끝이 빨갛게 되었다는 내용으로 해와 달이 생겨난 것과 수숫대 끝이 빨개진 것을 설명하는 유래담에 해당한다. 한편 승천한 남매가 해와 달이 되었다는 부분은 이 유형에 속하는 다른 나라의 이야기에는 없는 것이다. 이는 한국인의 세계관이 반영된 것으로서, '하늘에서 땅으로의 하강'이란 신화적 세계관에 역행하는, '땅에서 하늘로의 상승'이란 인간 중심의 민담적인 세계관에 바탕을 둔 것이다. 여기에 실린 자료는 충남 금산군에서 1990년에 채록된 것이다.

옛날에 할머니 하나가, 저기 인제 애덜이 둘인데. 산 너머로 일을 하러 가서루, 인저 일을 다 해주고 늦게서 산 너머서 밥을 얻어 갖고 오며는, 호랑이가 앞에 나와 앉아서,

"할머니, 할머니!"

"왜 그러냐?"

"거기, 그, 할머니 가져 가는 거 나 좀 줘."

"우리 애기들 줄라 그러는데."

그랑께

---

96 이 자료는 이인경이 1990년 8월 21일에 충남 금산군 진산면에서 조사한 미간행 자료로서, 이인경, "화자의 개성과 설화의 변이", 서울대학교 석사논문(1992)에 부록으로 실려 있다.

"할머니, 그럼 내가 잡아먹지."

그랑께. 그래 인제 밥을 줬어. 주고서 한 고개를 훨훨 넘다 보니께 또 호랑이가 앞에 나와 촐싹 앉아.

"할머니!"

"왜 그러냐?"

"할머니, 그 팔 하나 띄어 줘"

"아이고! 팔 하나 띄 주면 난 어떻게 살라고 그러냐?"

"그럼, 할머니, 팔 안 띄주면 잡아먹지."

그래 인저 팔을 뚝, 살을라고 띄 주고.

한 고개를 넘어 멀리도 갔어. 그래 넘어가서 인제 이렇게 보니까 또 앞에 와 촐싹,

"할머니!"

"왜 그러냐?"

"할머니, 그 팔 하나 마저 띄 줘!"

"아고! 팔 하나 마저 띄 주고 나면 나는 어떻게 하라고 그랴?"

"그럼, 할머니 잡아먹을 텨."

그럼 인제 팔 하나 뚜욱 띄 주고 그냥 오는 거야.

또 한 고개를 홀 넘으면, 앞에 와 촐싹 앉어.

"할머니!"

"왜 그러냐?"

"그 다리 한 짝 떼 줘."

"애고! 다리 한 짝 떠 주면 내가 집에를 어떻게 가냐?"

"그럼 할머니 내가 잡아먹을 텨."

그러니, 또 다리 한 짝을 떼 줬어.

떠주고서 인저 한 고개를 얼른 오니께 또 앞에 와 촐싹 앉어.

"할머니!"

"왜 그러냐?"

"그 다리 하나 마저 떠 줘."

"아이! 마저 떠 주고 나면 난 어떻게 가라고 그러냐?" 그렁께,

"그럼, 잡아먹을 텨."

인저 떠 주고서 기어서 또 한 고개를 넘어오니께 또 앞에 와 앉았어.

"할머니 인제 마저 잡아먹어야겠어."

"애고 잡아먹으면 우리 애기들 어떻게 하라고 그러냐? 지금 우리 애기들이 날 지금 얼마나 지달리는지 알어?"

"그래도 할머니 잡아먹을 텨."

잡아먹고서르 인제 그 아이들 집으로 왔어.

와서루, 오니께. 애들이 저 엄니 올 때만 이렇게 바라보고 있는데. 와서 문에 이렇게 디다보고,

"아무거시야! 아무거시야! 나 여기 왔어."

인제 그래 이렇게 내다 봉께, 인제 저 엄마가 아녀.

"아니, 우리 엄마 아닌데."

"나가 늬 엄마여."

"그러믄 발 하나 딜여밀어 봐라. 우리 엄니 발인가 아닌가 보게."

그래 발을 이렇게 들어밍께 털이 숭숭 났어.

"우리 엄마 아니다! 우리 엄마 발은 저렇게 안 생겼다."

그렁께, '별걸 다 트집잡네. 방앗간에 가서루 가루를 듬뿍 묻히고 와야지.' 그러면서 인제 방앗간에 가서 가루를 듬뿍 묻히고 와서,

"나 왔다, 인자"

"발 디밀어봐라."

그렁께 발을 디밀으니, 뽀얀해.

"인저 우리 엄닌가 보네."

"인제 늬 엄닌께 문좀 열어 줘."

그래 문 열어주니께는 '인자는 옳게 됐다! 배부른 꼴 봤다.' 하고 인제 그 애들 둘

을 잡아먹을려고 하거든.

그러고 인저 그 호랭이가 잠이 들었어. 그래서 인저 가만가만 나와서르 뒷채에다 큰 둥구나무가 있는데 둥구나무에가 올라갔어. 형제, 형제 올라가서 인제 이렇게 있응께, 그 밑에 가 샘이 있어. 샘이 있응께, 샘을 쳐다보더니 호랑이가

"아고! 너희들 어떻게 올라갔냐? 어떻게 올라갔냐?"

"야, 저기 거시기 장자네 집에 가서 참지름 얻어다가 발르고 올라왔지."

참지름 바르니까 더 미끄랍지. 그 동생 지집아가,

"야, 장자네 집에 가서 도치[97] 얻어다 콕콕 찍고 올라왔다."

그러니께 도치로 콕콕 찌스니까 올라가지, 올라가서 있으니께, 또 죽게 생겼어. 즉게 생겼으니까 인저 머슴아가 그랬어,

"하느님! 하느님! 저희를 살릴라믄 새 동아줄을 내리시고 죽일라믄 헌 동아줄을 내리세요."

그라거든. 그러니께 호랭이도 인제 올라갔어. 그래 인자,

"하느님! 하느님! 저를 살릴라문 새동아줄을 내리시고 죽일라믄 헌 동아줄을 내리세요."

그라니께, 걔들은 인제 새 동아줄을 내렸어. 새 동아줄을 내려서 하늘로 올라가고. 호랑이도 인저 따라서 그랬어.

"하느님! 하느님! 저를 살릴라믄 새 동아줄을 내리시고 죽일라믄 헌 동아줄을 내려 주세요."

그랬거든. 그러니께 헌 동아줄을 내려서르 동아줄이 뚝- 떨어져서, 거 수수댕이, 수수댕이 있잖아? 수수댕이다 똥구녁을 푹 찔려서 죽었지. 죽은께, 그 수수댕이가 빨간이 거기가 피가 묻었다는 겨.

그래서 인저 남매는 거기 올라가서 서로 그랬어.

"오빠는 밤길 걸어. 나는 낮길 걸으께, 나는 밤이 무서워 못 댕겨."

그래 해는 여자고 달은 남자라는 거여.

---

97 도끼.

5. 우렁각시 이야기[98]

이 자료는 「선녀와 나무꾼」과 함께 한국에 널리 전승되는 대표적인 민담 중의 하나로 마법담의 성격을 갖고 있다. 혼자 사는 가난한 총각이 밭을 갈면서 '누구와 함께 먹고 사나?' 하고 노래를 하자 '나랑 먹고 살지.'라고 대답하는 우렁이 있었다. 우렁이를 물 항아리에 넣어두자 아름다운 색시로 변하여 함께 살게 되었다. 고을 원이 우렁색시를 빼앗으려고 여러가지 내기를 걸었지만 색시의 도움으로 모두 이겨 두 사람이 잘 살았다는 내용이다. 한편 우렁색시가 목욕하는 것을 보지 말라는 금기를 신랑이 어긴 탓에 두 사람이 헤어지게 되는 비극적 결말을 갖는 각편도 많이 있는데, 이는 '욕신금기 설화浴身禁忌說話'라고 불리는 것으로서 전 세계에 분포하는 설화 유형인 AT Motif C 31.1.2. 'Tabu : looking at supernatural wife on certain occasion'에 해당한다.

그전에 초야草野[99]에 삼서, 초야란 저 비산비하非山非野[100]로 산도 가찹고 들도 가차운디 살면서. 말하자면 풀도 많은 디 공유지서 산다 말여 이. 사는디, 아 이 사람이 조실부모早失父母[101]허고 혼자 단독單獨으로 살아가는디, 아 어떻게 해서 살아가는 길을 찾어야 하는디,

"아, 어떻게 찾어야 하느냐?"

하고 한참 생각허닌개 팽이를 하나 사가지고 떼밭을 이루게 되았어. 아 떼밭을 이루는디, 날마다 이루고 단지 밥을 해먹고 잠은 인자 또 움막 속에가 자고. 인자 떼밭을

---

98 원문은 최래옥 편, 『한국구비문학대계』, 5-3(한국정신문화연구원, 1981), pp. 415~421에 실려 있다. 이 자료는 1981년 최래옥이 전북 부안군 줄포면에서 최경호의 구연을 채록한 것이다.
99 궁벽한 시골.
100 산도 아니고 들도 아닌 곳.
101 일찍 부모를 잃다.

매일같이 이루는디, 아, 그것도 한 열흘 이루다 보니 스몰증[102]이 났어. 앉어서 인자
그 한다 소리가,

"내가 이 떼밭을 이뤄서 농사를 져가지고 누구허고 먹고 살 것인고?"

헌개, 아, 땅 속에서,

"나허고 먹지, 누구허고 먹어?"

괴상한 일이거든. 그러댄 또 그런 말이 안 나오고, 또 한참 일허다 되야서 쉼서,

"이 땅 이뤄서 누구하고 먹고 살 것인고?"

그러면,

"나허고 먹지, 누구허고 먹어?"

하고 여자 소리가 나거든. 매일같이 그 취미를 부치고 땅을 이뤄서 가꿔서 그놈을 밭
을 맨들고, 인자 움막이 가 저녁이 되면 잠을 자고 또 아침이면 단지허고 쌀허고 가
져와서 밥을 먹을 밭을 늘 이루는디, 아, 하루는,

"이 땅을 이뤄서 누구허고 먹고 살 것인고?"

"나허고 먹지 누구허고 먹어?"

"아, 대관절 니가 무엇이냐?"

헌개,

"오늘은 내가 안 갈켜 주고 앞으로 한 사흘간 있어야 자세히 가르쳐 줄 테이께 꾹
참고 일이나 해라."

하거든. 그래서 사흘을 기다려서 인자 땅을 부랴부랴 이뤄서 사흘을 기다려 당해서,

"'나허고 먹지 누구허고 먹어.' 한 사람이 어디가 있어?"

한다 말이,

"흙 한 사발 떠놓고 보라."

고 하거든. 흙 한 사발 떠놓고 본개 거가 우렝이 한 개가 있거든. 큰부엉 우렝이.

"아, 니가 무엇이냐?"

한개, 아무 말도 안 혀. 그래서 뽀글 뽀글 뽀글 거품을 이는디, 좌우간 자그가 살림을

---

102 싫증.

하는 물항 속이다 너줬어. 넣어 줘놓고는 이자 그 이튿날 되야서 밭을 또 일워고[103] 또 밥을 해먹을라고 가서 본개, 물항 속이 그대로 있어. 우렁이.

솥단지를 열고 밥을 또 히먹고 자고, 아침이 또 일어나 양석[104] 짊어지고 가서 밭이 가서 늘 떼밭을 이뤄서 하는 그기 일인디. 아 근디, 우렁을 갖다 물항 속이다 는[105] 지가 삼 일간 되았는디, 하 인자 밥을 할라고 딱 보인게, 아 솥단지다가 밥을 딱 해서 반찬을 딱 넣어 놨거든.

"이거 괴이헌 일이다."

하고 밥을 먹어 본개, 자그가 한 놈보다 더 맛이가 있어. 인자 그놈을 먹고 자고. 아침이 단지에다 딱 밥을 해먹고 또 저녁까지 일하다 와 본개, 또 여전히 누가 밥을 히 났어.

"이거 괴헌[106] 일이구나."

그 밥 먹고 그 이튿날은,

"내가 저녁 때 일찌감치 와서 엿을 좀 봐야 하겠구나."

해서 그 이튿날 일을 하고 제녁 밥을 할 때 되니까 집으로 가만 와서 석카래 밑에서 엿을 봐.

'좌우간 무엇이 밥을 히 놓는고?'

허고 엿을 본개, 아 물항 속이서 인자 밥헐 때가 되니께, 물항 속이서 이쁜 각시가 나오더니 솥을 싹싹 딲더니 밥을 싹 혀. 인자 시장은 보러가던 못 허고, 이자 사다 논 김치께나 다듬어서 반찬을 싹 허더니, 또 물항 속으로 '텀벙' 하고 들어가.

"아하! 니가 그러는구나."

하고 그전에 알아서 인자 그날은 밥을 먹고 그 이튿날 밭에 가서 또 해 넘기 전에 일찌감치 왔어. 아 그려서 인자 밥헐라고 나온 여자를 한참 솥 딲어서 밥을 해서 불을 때는 도중에 가서 손목을 딱 잡았어.

---

103 일구고.
104 양식.
105 넣은.
106 괴이한, 이상한.

"대관절 당신도 하나요, 나도 하나요, 나허고 삽시다."

한개,

"아직 살 시간이 못 됐다."고.

"그럼 언제야 살 것이냐?"

한게,

"한 사흘만 기다리면 당신이 안 붙잡어도 당신과 부부지간이 될 것인게 그러지 말고 일이나 부지런히 허시요."

그래서 그 말대로 꾸벅꾸벅 일을 허고, 하 그려 사흘을 고대 기다려. 사흘이 돌아온다 말여이. 아 그때는 들어가도 안 허고 붙잡을 것도 없이 밥을 차려갖고 왔는디, 자그[107] 밥까지 딱 겸상兼床[108]을 차려 갖고 왔어. 탁 먹고서는, 아 그제는,

"서로 부부지간夫婦之間[109]이 되자."

고 딱 언약言約을 놓고 사는 거여. 아 사는디, 일등미인一等美人[110]이거든.

근디, 그 소문이 널리 퍼져가지고 그 고을 원이, 아, 백성들이,

"그 이쁜 각시를 데리고 아무개가 암디 산단다."

한개 원이 욕심이 났던개비여.

"얼마나 이쁜고?"

하고 하루는 그곳에 가서 썩 돌라 본개, 하, 일등미인이여.

"하, 조놈에게는 너무 과하다.[111] 저놈을 뺏어다가 내 소첩小妾[112]으로 삼어야겠다."

인자 나쁜 맘을 먹었어이. 그러갖고는, 아 원님이 그리로 통지를 내보냈어. 통지를 보인개,

---

107 자기의.
108 한 상에서 둘이 마주 앉아 먹도록 음식을 차림. 또는 그 차린 상.
109 부부의 사이.
110 뛰어나게 아름다운 여자.
111 분수에 넘친다는 뜻.
112 소실小室. 본처 외에 혼인을 하지 않고 데리고 사는 여자.

"니 마누래를 나를 도라." [113]

오라고 했어. 가인개,

"아, 너는 니 마누래가 너무 과하더라. 그걸 나를 도라."

하인개,

"아, 어디가 그럴 리가 있습니껴?"

헌개,

"아, 어트게서 그런 소문이 났느냐?"

헌개 사실직고事實直告 [114]를, 얘기를 다 히 줬어.

"그러면 여하튼 그 마누래를 나를 도라."

"그럴 수가 있습니껴? 그럼 집이 가서 물어 볼라우."

"음, 그럼 가서 물어 보고 온나."

그리고 저녁이 가서 밥도 안 먹고 그냥 가서 누웠어. 그런개 마누래가 한다 소리가,

"어째서 밥을 안 잡수요?"

"하, 이 사람아 오늘 원이서 기별해서 갔더니만, 자네를 돌라고 하니 내가 무슨 입맛으로 밥을 먹겠는가?"

"안 준다고 허쇼. 안 준다고 하쇼. 그러면 원이 장기를 두자고 헐 것이요."

"하, 이 사람아, 내가 장기를 못 두는디 장기를 두면 자네를 뺏길 것 아닌가?"

"내가 시킨 대로 허시오. 장기를 두는데 물론 당신보고 먼저 두라고 헐것이오. 아 그럼 '어른께서 먼저 두셔야죠.' 하고 그 원이 한 수를 딱 둔 다음에 쪼그마한 쉬파리가 하나 올 것이오. 와서 그놈이 딱 앉았다가 요리 폴짝 날으면 그 파리 앉은 데만 놓으시오."

"아, 그려."

하고 마누래 말만 듣고 원한테 가니라만.

"하, 어쩐다 하더냐?"

---

113 달라.
114 사실대로 말하다.

"아, 안 된다 합디다."

"그러면, 너하고 나허고 내기 장기를 두자."

"안 밴 장기를 어떻게 두더라우?"

"아, 그런개 인자 내가 니 마누래를 뺏을라고 그려."

"그려, 한 수 둡시다."

어느 영이라고 안 둘 수 있어? 또 마누래가 시켜서 보냈겄다. 둘이 마주앉아 떡 두는디,

"니가 먼저 한 수 두거라."

"아뇨, 원부터 먼저 두시오."

근개 원이 딱 한 수를 둔다 말여이. 아, 인자 마누래가 일러준 대로 딱 보고 있는디, 쪼그마한 파리가 뾀뚱말뚱하게 발끈하게 뛰앉거든. 땅 하고 놓고 난개 또 원이 한 장 놓히고. 파리가 뛰어앉는 대로만 봐. 원이 논 다음 파리가 뛰어앉거든. 아 반절쯤 두더니,

"아, 니가 사람의 장기로 신출神出[115]난다. 장기 하면 나를 이길 자가 없는디. 아 장기는 안 되겄다. 다른 수를 쓰야 허겄다. 가서 자고 낼 오너라. 내일 오야 하는디, 말을 가지고, 내가 말 한 마리 줄 것이여. 말 가지고 저 암디 강을 가는디, 만약이 못 뛰면 마누래는 내가 갖기로 하자."

허, 대답도 못 허고 집으로 왔어. 와서 또 저녁밥도 안 먹고 기운 없이 있으니께 마누래가 들어왔어,

"결국은 자네 뺏길라나 보네. 내일은 말을 한 마리 줄 테인개 강을 뛰넘으라니, 아 못 뛰면 자네를 뺏는다고 하니 자기는 좋은 말 타고 나는 나쁜 말 줄 것이 아닌가?"

"물론 그럴 테지. 그런디 나 허라는 대로 하시오."

"어트게 하까?"

"물론 그 양반이 좋은 말을 타시겄지요. 타는데 당신은 저 모퉁이를 돌아가면 비루먹은 땅나구 같은 말이 하나 있을 것이오. 그놈을 달라고 허쇼. 그러면 '아 좋은

---

115 귀신의 경지에 이르렀다는 뜻.

놈 냉겨 놓고 나쁜 놈 달라고냐.' 하면서 웃을 것이오.

'아, 그냥 그놈 주쇼. 내가 언제 말 타봤소? 아, 나는 떨어질까 싶은개, 그놈 그냥 주쇼.' 하면 '아, 그러라.'고 할 것이오. 좌우간 원의 말은 다섯 발 물러가서 뛰는디, 당신은 열 발 물러가서 하여간 뛸라고 할 참에 '이놈아, 오래간 만에 생긴 마누라 안 뺏기게 해도라.' 하고 뛰시오."

하, 마누래가 하는 말이 신이 난단 말여이. 아 가인개,

"왔느냐?"

"예."

하고 하인을 시켜 자그는 텅 소리 나는 호마虎馬[116]를 타고,

"거 암디 말을 끄서내라."

하인개,

"아, 나 저 말 겁나서 못 타겠습니다."

하고 쫄레쫄레 다니더니, 저 한쪽이 가 비루먹은 땅나구 같은 놈을 끌고,

"아, 이놈을 나 주슈."

"아, 그것은 안 된다."

"아녀, 나는 말도 안 타보고 무선개[117] 이놈을 탈라우."

'하, 그럴 것 있구나. 아, 마누래 뺏을라구 한개 좋은 말 줄 것이요마는 저 강도 못 건너 허부적댈 것이다.' 하고는,

"아, 그러라."

그랬단 말여이, 그런개 속으로 말 그놈도 용맹은 있는디, 그냥 있었던 개비여. 그 호마 비등한 용기가 있는디. 인자 이눔을 떡 타고 떡 가는디, 대체 촌 사람, 동네 사람들이 귀경을 하면서 웃어.

"하 미친 자식. 차라리 내기를 허지 말 일이지, 아싸리 내기를 포기할 일이지 무슨 우세를 할려고 저것을 타고 가냐?"

---

116 용맹스러운 말.
117 무서우니까.

하고들 비웃거든. 그러나,

"가는 길인개 간다."

고 인자 가는디. 아, 한 댓발 뒤로 가서 '헉' 하고 뛰는디, 뒷발이 강에서 꽉 빠져가지고는 한참 허부적거리다 나가거든. 원님이 먼저 뛰었는디.

그제 이 사람이 뛸 차례란 말여. 하여간 마누래가 시긴 대로, 한 여나문 발 뒤로 가서는, 탁 허니 무릎팍에 채찍을 해서,

"이놈아, 까딱하면 마누라 뺏기게 생겼는디 안 뺏기게 좀 해도라."

헌게 '업!' 뛰는디 강을 훌딱 뛰거든. 아 원님이 헐 수 없이,

"니 마누래는 하늘에서 낸 마누래다. 할 수 있느냐, 그대로 잘 살어라. 그런디 내가 답례라도 히줘야지 그냥 보내서 될 것이냐."

함서 원의 재산을 거의 반절이나 덜어주더래느만. 그래서 땅을 파다 그 사람은 성공을 했어.

6. 선녀와 나무꾼[118]

이 설화는 세계적 전승 유형 AT 313. 400. 465. '백조처녀설화The Swan maiden'에 해당하는 것으로 한국에서 전승되는 대표적인 민담이다. 가난한 나무꾼이 사슴의 말대로 목욕하는 선녀의 옷을 숨겨서 아내로 삼았다. 아이 셋을 낳을 때까지 날개옷을 주지 말라는 사슴의 당부를 어기고 아이 둘을 낳았을 때 날개옷을 주자, 선녀는 아이들과 함께 하늘로 올라가 버렸다. 나무꾼은 다시 사슴의 도움으로 천상에 올라가 여러 시험을 통과하고 거기서 살게 되었다. 얼마 후 어머니를 만나러 인간세상으로 내려온 나무꾼은 선녀의 말을 여기고 말에서 내려 박국을 먹은 탓에 하늘로 올라가지 못하고 죽어서 수탉이 되어 하늘

---

118 원문은 성기열 편, 『한국구비문학대계』, 1-7(한국정신문화연구원, 1984) pp. 287~292면에 실려 있다. 1981년 경기도 강화군 길상면에서 김순이가 구연한 것을 성기열이 채록한 자료이다.

을 향해 운다는 내용이다. 이 유형에 속하는 각편에는 이처럼 선녀와 나무꾼이 분리되는 비극적 결말 유형과 나무꾼이 지상에 다시 내려오는 모티브가 나타나지 않는 행복한 결말 유형이 있다. 이는 천상적 존재와 지상적 존재가 화합할 수 있는가 그렇지 않은가에 대한 인식의 차이를 보여 준다고 하겠다.

낭구꾼이 내깔에 가서 낭구를 하는데, 사슴이가 포수에게 쫓겨서 따라 나오면서 낭구꾼더러,

"나좀 숨켜 달라"

고 그랴. 그러니깐 '난 저기 포수가 온다.'구 그러니깐, 낭구를 헤치고설라무니 그 속에다 감춰 주고 낭구를 덮었어. 덮었는데, 아, 뒤쫓아 온단 말야. 포수가,

"아, 여보! 여보! 여기 사슴이 하나 지나가지 않았소?"

그러니깐

"네. 저리 뛰어가던 걸요. 저 건너짝으로 뛰어가던 걸요."

그랬거든. 그러니까는 그리 뛰어가거든. 그러니까, 그러니깐, 이 사슴이가 나왔단 말야. 나와가지고는,

"아휴! 도령 때문에 난 살았으니 내 그 신세를 갚아 주겠소."

그러니깐,

"어떻게 그 신세를 갚어?"

"아무 데, 이러저러한 데 가면 우물이 있소. 우물이 있는데, 밤에 보름날이거든 그 우물을 가라."

그러거든. "그럼 하늘 선녀들이 거시기에 내려서 미역을 감는다."

고. 그러니깐 그 사슴이 일러주는 데로 갔지. 가니깐 아닌 게 아니라 선녀 싯이 내려와서 미역을 감거던, 옷을 벗어 놓구.

그런데 그 사슴이가 하는 말이, '옷을 싯을 벗어 놓되, 말째성[119] 옷, 둘째 옷 말구, 싯째 옷을 감추라.'구 그러거든.

---

119 맏형. 제일 큰 언니.

그래서 가, 그 소릴 듣고 가서, 살그머니 멱감는 김에 막내 동생의 옷을 감췄어. 감춰가지구 어디로 숨었어.

아, 멱을 다 감고 나오더니 옷도릴 입는데 막내동생의 옷이 없거던. 그냥 그래서,

"내 옷이 없어졌으니 웬 일이냐?"

구 펄펄 뛰거든.

그런데 그 사슴이 일러 주기를 '그 옷을 감춰뒀다가 아이 싯만 낳거든 내 줘라.' 그랬거든. 그러니까는 그렇게 일러줬거든.

그러니까는 이 옷을 감췄지. 감춰선, 감추고 있는데 아, 이 선녀 둘은 시간이 되니까 올라가잖어? 그러니까 아, 이 동생은 그날 옷을 못 찾았거던. 못 올라가구 쩔쩔매니깐 그 총각이, 그땐 옷은 딴 데다 감춰 두구. '그런데 왜 이렇게 이러냐?' 구 '우리집으로 가자.' 구 그러거던.

그래 인제 갔지. 쫓아가선 그 집에 가서 살잖어? 살아서 인젠 내외가 되선 살지. 내외가 돼서 사는데, 아이를 참, 하나 낳더인. 아이를 하나 낳구, 둘째아이까진 낳거던. 낳았는데 맨날 성화 받쳐 한단 말야.

"아휴! 난 옷을 잃어버려서 이렇게 못 찾고 있으니, 그냥 나는 인제 천상엔 생전 못 올라가겠다."

구. 아, 이러면서 한탄을 하거던.

아 그러니깐 안타까와서 아이 둘 난 년[120]에 옷을 줬단 말야. 옷을 내주니까 아, 그냥 옷을 입구 아이 둘을 옆구리에다 끼구 그냥 하늘루 올라가 버리거던. 그러니까는 여편네를 잃어버리지 않았냐 말야.

그러니까는 계속 혼자서 실심을 하고 인제 홀애비로 사는데, 인제 한 날 사슴이가 또 왔드라. 와서.

"왜 내가 아이 싯만 낳거든 내주라니까 둘 난 년에 옷을 내줬냐?"

구. 그러면서 인제는 또,

'보름날 인제 그 우물에 가라.' 구. '그리면 인제 속아서 인제 멱을 감으로 내려오

---

120 아이를 두 명을 낳은 해에.

질 않고 두레박으로 퍼 올릴 거니, 퍼 올릴테니 첫번 내려오고 두번째 내려오고 시번째 내려오거던 그 두레박 물을 쏟아내버리구 두레박을 타구 앉았으라.' 그러거던. 그러니간 인제 일러 준 대루 그대루 하는 거야. 일러 준 그대로 허니까는 천상으로 올라갔거던.

올라가니까는 시악씨가[121] 거기 왔거든. 아이들두 둘하고.

"아니 어떻게 올라왔냐?"

하니까는,

"사슴이가 일러줘서 올라왔노라."

고 그러니까는, 그러구 인제 부인하고 거기서 살려고 그러는데, 아! 장인이, 시악씨 아베가,

"너 내 딸하구 살려면 살[122]을, 인간에게 활을 쏴라."

구 그러거던. 쏘라구 그러니까는 활을 쐈는데 누구네 외아들 겨드랑을 그냥 맞쳤거던. 활을 맞아서 죽었거던. 그냥 이 사람넨 초상이 나구, 야단이 나지 않았나베, 그러니까는 부인이 또 일러줬어, 시악씨가. '누굴 내려보내서 그 활을 빼게 하라.' 구. '빼주라.' 구. 그래서 인제 화살을 빼서 그 아인 살았지. 살았는데 그래두 또 못 마땅해서 또, 뭘 하라구 장인이 그러거던. 그러니깐은 인제 그것을 새악씨가 일러주거던. 새악씬 같이 살라구 일러주니깐, 일러주니깐 그대루 허거던. 그대루 새악씨가 일러주는 대루 허니깐 됐잖어? 아 그래선 다 인제 그 모면해서 인제 그땐 살게 됐어. 새악씨가 일러주는 대루 말을 들어서.

아 그런데 그냥 가만히 있었으면 괜찮았을 텐데 즈의 색씨한데,

"난 여기 온 지가 하두 오래 되니깐 가서, 인간에 내려가서 어머이 좀 보겠다."

그러거던.

"어머이 좀 보구 오겠다."

구.

---

121 색시가.
122 화살.

'올라 오겠다.'구. 그러니깐 부인이, 새악씨가 하는 말이, '절대 내려가지 말라.' 그러거던. '내려가지 말라.'구. '내려가면 여기 못 올라온다.'구 그러거던.

"그래두 부모님이 원한데 어머님 한 분을 그렇게 오래 효재[123]를 못하고 있으니 가서 잠깐 보구 올라 오겠다."

구 그래거던.

"그러면 정히 가고 싶으면 인간에 내려가서 말에서 내리지두 말구 그냥 어머이 찾아서, 말 위에서 어머이 하구 말하구 올라오라."

그러구선. '그리구 인간에 내려가서 절대 박국을 먹지 말라.' 그러거던.

그래 인제 내려왔지. 말을 타고 내려왔지. 내려왔는데 내려와선 말에서 내리지두 않구. 시악씨가 일러줬거던. 내리지 않구 서서 문 앞에 가서 어머이를 불렀거던. 그러니깐 어머이가 그냥 내달으며,

"아휴! 너 어디 갔다 이렇게 오냐?"

그러니깐 반색을 하거던. 그러면서,

"어서 들어오라."

그러거던.

"어머니, 저는 못 들어갑니다. 어머이만 보고 인사만 드리고 저는 가갔습니다."

그러거던.

"얘! 내가 너를 위해설라무니 음석[124]을 해놓은 게 있다. 그리구 날마다 기둘렸다.[125] 어서 들어오너라."

그러거던.

'들어갔다가는 그럼 못 간다.'구. 아, 그러니깐 할 수 없이 어미 말에 못 이겨서 그만 말에서 내렸거던. 말에서 내려서 박국을 먹었어. 박국을 끓였더랴. 박국을, 밥 해서 박국을 먹구 나와보니까 벌써 말은 하늘루 치빼더랴. 치빼니까는 어떡햐? 말이 없으니.

---

123 孝道를, 효자 노릇을?
124 음식.
125 기다렸다.

그러니깐 그건, 그때는 이 사람이 죽었댜. 죽어가지구 수탉이 됐댜. 수탉이 돼가 지구,

"꼬끼여."

하구 울잖아? 그러면 그건,

"박국일세."

하구 우는 거래. 그 소리가. 닭이 그러구 울잖아? 목을 누루구. 그러니깐 '박국일세' 그러구 운대. 그 박국 때문에 그러니깐 시악씨가 박국이랑 절대 먹지 말라구, 그리구 말 잔둥에서 내리지두 말라구 그랬거던. 그런 걸 어머니가 하두 자꾸 권하니까 말에 선 내려가지군 들어가니깐 박국을 갖다 주거던. 게서 그 박국을 먹었는데 먹구나선, 말이 없으니 어떻게 올라가냐 말야? 그러니깐 그땐 고만 이제 수탉이 돼버렸댜. 수 탉이 돼 가지구.

"꼬끼요!"

허고 울잖아? 수탉요. 하늘을 쳐다보구 울잖어? 울문 벌써 이리구 울잖어? '박국일 세' 그리구 우는 거래, 그게. '난 박국 때문에 하늘에 못 올라갔다.'구. 그 다 모두 말 에 이치가 있는 거야.

7. 구렁덩덩 신선비[126]

이 설화는 한국 전 지역에서 전승되는 유형으로서 AT 425 'The search for the lost husband'에 해당된다. 뱀으로 태어난 신랑이 결혼한 첫날 허물을 벗 고 미남자로 변신하고 뱀의 허물을 태움으로써 신랑이 사라지고 신부의 노력 으로 사라진 신랑을 찾아 재결합하는 데 성공한다는 이야기로서 마법담의 요 소를 두루 갖추고 있다. 여기에 수록된 자료는 1980년 전북 동상면에서 조사

---

126 원문은 최래옥, 『한국구비문학대계』 5-2(한국정신문화연구원, 1981), pp. 640~643에 실려 있 다. 1980년 전북 완주군 동상면에서 임영순이 구연한 것을 최래옥이 채록한 자료이다.

된 것이다.

그전에 할머니가 하나 계시는디요. 아들을 하나 낳았대요. 아들을 난 것이 구렁이를 낳았다네요. 애기를 낳아서 저 굴뚝 밑에다, 옛날엔 삿갓이 있거든요. 일을 할라면 삿갓을 쓰고 일을 해요. 애기를 낳아서 삿갓을 덮어놨대요. 그런 소문이 난게로, 딸이 삼형제라던가, 그 삼형제 중에서 제일로 큰 딸이 저 집에 애기를 낳았다니 구경이나 가자구, 그래서 가서 할머니를 부름서,

"할머니, 할머니, 애기 낳았다더니 애기를 어디다 두셨냐?"구.

"저 모팅이 가서 삿갓 한번 떠들어 봐라."

그러더래요. 그래서 가서 떠들어 본개 구렁이가 혓바닥을 너울너울너울 하더라네요.

"에 할머니도 애기 낳았다더니, 구렁이를 낳아서 덮어 놓고 애기 낳았다고 해."

그럼서 도망을 가드래요. 둘째 딸이 또 와서 할머니 애기 낳았다더니. 낳셨다더니 애기를 어디다 두셨냐구. 저 모팅이 가서 삿갓을 한 번 떠들어보라고. 떠들어 보고는 구렁이라고 또 놀래.

이제 막내딸이 오더니 할머니 할머니 애기 낳았다 하시더니 어딨냐고, 저 모팅이 가서 삿갓을 떠들어 보라고, 가서 삿갓을 떠들어 보더니,

"잉, 이 할머니는 구렁덩덩 신선비를 낳으셨네요."

막내딸이.

그러자 구렁이는 막내딸이 맘에 들어. 세 딸 중에 어떤 딸이 맘에 드냐고 그러닌개, 막내딸이 제일로 맘에 든다고 그러더래요. 커서 장가 갈 때가 됐는데, 그래 부모, 인자 첫딸을 가서 물어 본게, 에이 시집을 못 가면 못 갔지 구렁이한테는 시집을 안 간다고. 그래 둘째딸에게 가서 얘기를 하닌개 그 딸도 그렇게 놀래더래요. 막내딸한테 그런게,

"어머니 말씀이 허락을 해주셔야지, 제 말로는 허락을 할 수가 없다."

고. 허락은 다 받은 것이지. 인자, 그렇게 허락을 받고 인자 구렁이가 나와서 '어머

니, 어머니, 물 조깨[127] 디라'[128]고, '따습게 디고, 밀가루 한 통 갖다 놓으라'고. 인자 물을 더[129]놓은게, 목욕을 싹 하고 밀가루 칠을 싹 하고는 옷을 입은개, 그렇다 하는 신부가 돼부렀어.[130] 그렇다 하는 한량이 돼부렀어. 그래가지고 결혼을 했는데, 결혼을 할 적에 그 사람이, 구렁이 껍데기를 저고리 동정 속에다 넣어서 입으라고 했거든요. 신부더러, 그래 동정을 달아서 입었는데, 이렇다 할 신랑이 됐거든요. 신선이 됐는디.

그런데 그 딸들이 욕기慾氣[131]를 낸단 말여. 그 신랑이 과거를 가는디. 과거 간 뒤에 무엇을 갖고 왔다고, 그걸 눈치를 채고 문을 걸어놓고 있거든요. 나가다가 '동생 이거 맛난 것 갖고 왔다.'고 문을 따래도 안 따주고, 팥죽 갖고 와서 손이 뜨겁다고 '얼른 문을 열라.'고, 그래서 할 수 없이 문을 열어줬어. 열어줬더니 아, 이를 잡재. 머리의 이를 안 잡힐라고 해두 자꾸 잡는다고 하더니, 어느새 그놈을 빼다가 불에다 살라버렸어. 그걸, 그 허물을.

그 불티가 선비 밥상에 올라앉네. 벌써. 인자 선비가 올 때가 됐는디, 안 와. 벌써 느이 성한테 뺏겼다고 짐작하고는 안 온다고. 이 신부가 나섰어. 선비를 찾아갈라고 나섰어.

옷을, 누더기 옷을 입고 얼굴에다 껌정칠을 하구, 참 이뻐, 이 신부도 물어물어 찾아가며 어디 모 심는 디 있으면 모 심어주고 묵고, 가다가, 갈 적에 어디만치 가다가, 갈 적에 어디만치 가다가 빨래하는 디 있으면 빨래해 주고 묵고, 짐장[132]하는 디 가면 짐장해 주고 묵고, 서울로 갔는디.

그러다가 서울에 당했는디, 참 어느 찾아 들어가서 동냥을 달라소 했어. 초가집 가서, 그런개 동냥을 줬어. 그렇게 생겼은개, 동냥아친줄[133]알고 동냥을 줬어. 스슥

---

127 조금.
128 데우라고.
129 데워.
130 신선 같은 선비가 되었다는 말.
131 욕심.
132 김장.
133 거지인 줄.

쌀[134]을 스슥쌀을 준개 젓가락으로 그걸 집어 담으니 담어질 거여? 밑 없는 자루에다 받아갖고, 그러다 저러다 해가 넘어갔어. 주어 담다 해가 저물었어.

'좀 재워 달라.'고 한개, '잘 데가 없다.'고, '마루 밑에라도 재워 달라.'고, '마루 밑에는 검둥이가 있는개 못 잔다.'고, '어디 하다 못해 여물청이라도 자고 가자.'고. 그래 여물청에서 자고 가라고 했어. 그게 집[135]이던개벼.

자다가 달이 화낭청 밝은개.

"달도 밝다. 무낭천지 달도 밝다. 저기저기 저 달은 우리 구렁덩덩 신선비를 보련마는, 이내 나는 눈이 둘이래도 구렁덩덩 신선비를 못 본다."

고, 탄식을 하고 노래를 불러.

선비가 글을 줄줄 읽다, 그 소리를 들었거든.

'어디서 듣던 말소린디. 저게 내가 잘못 들은 말소리지?

하고, 또 글을 읽어. 글을 읽느라고 하면 또 그렇게 노래를 불러, 한심하게 두 번을 참았다가 세 차례째는 몸종을 내보냈어. 저게 무슨 소린가 알고 오라고. 집 마당에 가 들은개, 그 사람이 그렇게 노래를 부르네.

"달도 달도 밝다. 저기 저 달은 우리 구렁덩덩 신선비를 보련마는, 이내 나는 눈이 둘이래두 구렁덩덩 신선비를 못 본다."

고, 처량하게 노래를 불러.

몸종이 눈치를 채고 "나오시라"구. 아니 그 소리를 듣고는 선비한테 그 소리를 했어.

'이러구 저러구 동냥아친디, 낮에 동냥을 줬더니 좁쌀을 줏어 담다가 못다 줏어넣고 해가 저물어서, 여기서 잠자리를 구해 달라는디 여물청에서 잔다고 하더니 저분이 그렇게 처량하게 노래를 부른다.'고.

그때는 나갔어, 선비가. 안 뵈는 척 의지하고 섰은개, 그렇게 또 노래를 처량하게 부르네. 그제는

---

134 서속黍粟. 기장과 조.
135 신선비가 있는.

"노래하는 분이 어느 분인가 이 앞으로 나타나라."고,

"나타나 보시라."고.

그래도 못 나가, 인자 옷을 그렇게 입고 그렇게 생겼은개. 그 노래를 또 불러.

"달도 달도 밝다. 화낭창창 달도 밝다. 저기저기 저 달은 구렁덩덩 신선비를 보련마는, 요내 나는 눈이 두 개라도 구렁덩덩 신선비를 못 본다."

구. 이렇게 애처럽게 앉아서 노래를 부른다. 그렇게 자꾸만 그러고만 있어. 선비가,

"오래된 당신이 어디서 왔느냐?"

고. 그 사람이 또 그 얘기를 죽 혀.

"이러고 저러고 해서 당신이 그 옷을 비치지 말라고 했는디, 하도 언니들이 와서 죽겠다고 사정해서 문을 열어줬더니, 이를 잡자고 해서 잡혔더니 허물을 태워 버렸다."

고.

"당신이 안 오셔서 이렇게 물어 물어 이렇게 찾아왔다."

고. 그래서 만나 갖고는

"그러냐?"고 옷을 싹 댓기고[136] 새옷을 입혀서 거기서 그렇게 과거를 하고 잘 살았대요.

---

136 씻고.

민요 편

I 노동요

1. 모찌기노래[1]

    모를 찔 때 부르는 농업노동요로 선후창으로 부르는 분장체의 노래로서, 흔히 '상사디야'라고도 한다. 모를 찌면서 일을 재미있게 하기 위해 주로 부르는데, 지역에서 따라서는 처음 모를 찌기 시작할 때와 모찌는 일이 거의 끝나갈 무렵에 하는 소리가 다르게 나타나기도 한다. 그리고 모찌는 소리는 흔히 '등지소리'라고도 하며, 간혹 모를 심을 때나 논매기할 때 부르기도 한다.

    얼~럴~럴 상사듸야~ (# = 후렴)

    얼럴럴 상사듸야 #　　　　냉하때[2]를 꺽어들구 #

  1　김영진, 『한국구비문학대계』, 3-2, 충청북도 청주시·청원군(한국정신문화연구원, 1981), pp. 802~807. 김영진, 맹택영이 1980년 충북 청원군 옥산면에서 채록한 자료로 앞소리는 정기모(남, 60)가 하였고, 뒷소리는 마을 노인들이 하였다.
  2　냉초대(?). 산지에 나는 여러해살이 풀로 뿌리는 약용으로 쓰고, 어린 잎은 먹는다.

이슬타기를 놀러가세[3] #

저루자 저루자[4] #

이모자리로 저뤄보세 #　　　얼럴럴 상사듸야 #

서울이라 한강변에는 #　　　과거보러 가는선비 #

개나리봇짐 짊어지고[5] #　　　처마밑에 자랑하네 #

서울이라 선비들께 #　　　아덜나와 함께갈제[6] #

금년과거는 내가하네 #

상주함창 공갈못에[7] #

연밥[8]따는 저큰애가 #　　　연밥줄밥 내따줄께 #

내품안에 잠들게라 #

한칸두칸 부시땡이[9] #

총각낭군 주시려구 #　　　맨들었다 가져왔네 #

머리좋고 날쌘처녀 #　　　올뽕남게 앉어우네 #

올뽕들뽕 내따줄께 #　　　명주도포明紬道袍는 날내주게 #

얼럴럴 상사듸야

산지조정은 곤륜산이요[10] #

수지조정은 황해술쎄[11] #　　　논배미에 조종찾아 #

덕전[12]앞들 찾아갈까 #　　　오산[13]앞들 찾어갈까 #

---

3 '보리타리로 건너가세'인 듯. '보리타리'는 논의 양쪽 가장자리 중 낮은 곳.
4 '조이자 조이자.' 모판이 줄어드는 것을 뜻한다.
5 괴나리봇짐 짊어지고.
6 서울에 사는 선비들이 다들 나와 함께 갈 때의 뜻(?).
7 함창咸昌은 경상북도 상주군尙州郡의 옛 읍. 공갈못은 이 지역에 있는 못 이름.
8 연꽃의 열매. 약으로 쓰고 먹기도 한다.
9 '부시땡이'는 불을 일으키는 부시와 부시돌인 듯(?).
10 산지조종山之祖宗은 곤륜산崑崙山이요. 산의 근본은 곤륜산이라는 뜻. 곤륜산은 중국에 있는 산 이름.
11 수지조종水之祖宗은 황하수黃河水일세. 물의 근본은 황하라는 뜻. 황하는 중국에 있는 강 이름.
12 전라북도 전주시에 있는 지명.
13 경기도에 있는 지명.

물좋고 논두좋아 #	이논배미 모를심어 #
삼배출로[14] 심을주게 #	여기꽂고 저기꽂고 #
보기좋게 심어주게 #	
담장밖에 화초심어 #	
담장학을 헤쳐졌네 #	저기가는 저양반네 #
저꽃보고 길못가네 #	
무정세월아 가지를마라 #	
아까운청춘 반은늙는다 #	샛달같은 저질가에 #
반달같이 떠나오네 #	
니가무슨 반달이냐 #	초생달이 반달일세 #
초생달만 반달이냐 #	우리임두 반달일세 #
이태백이 봄철읊어[15] #	이별행상 떠나가네 #
오늘해가 늦어간다 #	골골마다 연기나네 #
우리님은 어디를 가구 #	저녁할줄 모르시나 #

2. 모내기노래[16]

한반도 전역에서 전승되는 농업노동요로 모를 심으면서 교환창으로 부르는
노래이다. 후렴 없이 한 사람씩 혹은 여럿이 제창으로 돌아가면서 주고받아 나
아가며 부르기 때문에 가사가 매우 다채롭다. 모내기노래를 남녀 교환창으로

---

14 삼배출三倍出은 한 마지기의 논에서 석 섬의 벼가 나는 것을 말한다.

15 '이태백李太白이 봄철을 읊어'이나 다른 민요에는 '이태백이 본처를 잃어'로 나온다. 이백은 중국
   당나라 중엽의 시인으로, 태백은 그의 자字이다.

16 조동일, 『경북민요』(형설출판사, 1977), pp. 26~30. 1972년 경상북도 영덕군 영덕면에서 조동
   일이 채록한 노래로, 창자는 박성근(남, 71)과 윤순옥(여, 66)이다. 이 지방에서는 모내기노래를 남
   녀 교환창으로 부른다. (남)이라고 한 것은 박성근이고, (여)라고 한 것은 윤순옥이다. 둘은 각각 부
   르기도 하고 교환창으로 부르기도 했다.

부르기도 하는데, 이러한 사실은 모내기노래가 원래 농사를 풍성하게 되기를 바라는 기풍祈豊 행위의 하나로 불렸으리라는 것과 관련이 있다.

(남) 사례야 질고 장찬밭에 목화따는 저큰아가[17]

　　못화야 다레야[18] 내따줌세 백년가약을 내캉함세

(남) 상주야 함창 공갈아 못에 연밥따는 저큰아가

　　연밥아 줄밥아 내따줌세 백년언약百年言約을 내캉함세

(여) 이 논뱀에다 모를싱거 쥔네할량은 어데갔소[19]

　　쥔네야 할방은 간데가 없고 첩으 방으로 돌아갔소

　　첩으 방으는 연밭이오 요내 돌저구는 연밭아이라[20]

(남) 이물케 저물케 헝헐어 두고 쥔네 양반은 기워데 갔노[21]

　　담배야 설합을[22] 손에다 들고 첩으방에다 놀러갔네

(여) 무신첩으가 유정有情해여 밤에가고 낮에가노

　　낮으로는 놀러가고 밤으로는 잠자로 갑니다

(남) 서울이라 나무없어 중절비여를 다리났네[23]

(여) 그다리 저다리 건널라니 중절춤이가 절로나네

(여) 서울이라야 왕대밭에 백비달기가 알을낳소[24]

17　밭이랑이 길고도 먼 밭에 목화를 따는 저 큰애기(처녀)야.

18　목화 다래. 목화 열매.

19　'이 논에다 모를 심어놓고(?) 주인 한량은 어디에 놀러갔소.'의 뜻. 한량은 할 일 없이 빈둥거리며 놀러다니는 사람. 주인을 한량으로 표현한 것이다.

20　'첩의 방은 연밭이고 요내 돌저구(?)는 연밭이 아니네.'의 뜻. 다른 각편에서는 첩의 방을 꽃밭으로, 본처의 방을 연못으로 비유하여 꽃밭의 나비는 한철만 즐기지만 연못의 금붕어는 사시사철을 함께한다고 한다.

21　'이 물고 저 물고 다 허물어두고 주인 양반은 어디에 갔느냐.'의 뜻. 물고는 논에 물을 대고 빼기 위해 만들어 놓은 수로水路.

22　담배와 설합을. '설합'은 책상·문감·장농·경대 따위에 딸린 빼었다 끼웠다 하게 된 뚜껑 없는 상자.

23　'서울에 나무가 없어 중절비녀로 다리를 놓았다.'는 뜻.

24　'서울에 왕대밭에 흰 비둘기가 알을 낳았다.'는 뜻.

그 알저알을 나를주면 금년과게今年科擧로 내가하게[25]

(남) 동에동산 돋은해는 일모서산을 넘고넘네[26]

(여) 우루임은 어데가고 저녁할줄 모르시네

(남) 새야새야 원앙새야 니어데이 자고왔노

　　수양아청청 버드나무에 이리흔들 저리흔들 흔흔들 자고왔네

(여) 서울이라 유다락에[27] 금비달기 알을까서

　　그알저알 나를주면 금년과게로 내가하지요

(여) 형제야형제야 말을타고 그에옥에로 돌아가니

　　옥사정아 문열어래이 기리분 형제로 만내보자[28]

(남) 해도지고 정저문날에 어떤행상이 떠나가노[29]

　　이태백이 본처가 죽은 행상이 떠나가네

(여) 해야지고야 돌아보니 웃고단이 반달일세[30]

　　니가야 무신 반달이고 초승달이가 반달일세

(여) 임아임아야 우루임이 초롱같은 우루임아

　　임은 가고요 나는있네 서울가신 우루임아

(여) 오기사오기사 오데마는 칠성판[31]에 실레오시네

　　칠성망자 어데두고 한상공포[32]만 떠나오노

(남) 초롱아 초롱아 청사초롱 임우 방에다 불밝혀라

25　'그 알을 나를 주면 금년 과거를 내가 할 수 있네.' 의 뜻(?).

26　'동산에 돋은 해는 날이 어두어져 서산을 넘고 넘는다.'는 뜻. 곧 하루 해가 동쪽에서 떠서 서쪽으로 저물어간다는 의미이다.

27　서울 사는 유씨집의 다락에.

28　'옥獄을 지키는 관원아 옥문을 열어라, 그리운 형제를 만나보자.'는 뜻.

29　'해도 져서 날이 아주 저물었는데 어떤 상여가 떠나가나.'의 뜻. 행상은 상여가 나가는 것을 말한다.

30　위에 논다랭이가 반달 모양으로 생겼다는 뜻.

31　칠성판七星板. 관 속 바닥에 까는 얇은 널조각으로 북두칠성을 본떠서 일곱 구멍을 뚫어 놓았음.

32　행상공포行喪空布. 상여와 장례 행렬시 들고 가는 베로 만든 깃발.

임도 눕고 나도 눕고 저불끌이 없구나[33]

(남) 동에동산 돋은해는 임모서산日暮西山을 넘고넘네

　　골개야 골작은 그늘이졌네

　　우루임은 워데가고 저녁할 줄을 모르시노

(여) 해도지고야 돌아보니 옷고단이 반달일세

　　니가야 무신야 반달이고 초승월색이 일월일레라

(남) 해도 지고야 정저문날에 골개골서 그늘졌네

　　우루야임은 어데가고 저녁할줄 모르시노

(여) 알송아 달송아[34] 구자중침[35] 대구야 달싹 끈달았소[36]

　　인지줌세 전지줌세 더디야울도 아니주네[37]

(남) 알곰아 솜솜아 잘난처네 올뽕나무에 걸았았네[38]

　　올뽕연밥아 내다줌세[39] 백년언약 날캉하자

(여) 알곰아 삼삼이 잘난처네 올뽕나무에 걸았았소

　　올뽕아 채붕아 네따다주메이 백년채관[40]을 날캉하거라

(여) 입고제라야 입고지리 울포적삼을 입고져라[41]

　　울포야 안섶밑에 분통겉은 저젖보소

(여) 신사줌세야 신사줌세 처네신으로 내사주마[42]

---

33 임도 자리에 눕고 나도 자리에 누웠으니 저 불을 끌 사람이 없다는 뜻.
34 알송달송. '알송달송'은 여러 가지 얕은 빛깔의 점이 나 줄로 된 무늬가 고르지 않게 뒤섞여서 함부로 이루어진 모양.
35 중침으로 바느질한 웃옷.
36 대구에 달싹 끈 달았소. '대구帶鉤'는 혁대의 두 끝을 서로 걸어 합치거나 끼어 맞추어서 띠를 죄는 쇠붙이. '달싹'은 어떤 것에 붙었던 것이 약간 흔들렸다 가라앉았다 하는 것.
37 인제 줌세 전에 줌세 더디게도 아니 주네.
38 '알곰솜솜 잘난 처녀 뽕나무에 걸터 앉아 있네.'의 뜻. '알곰솜솜'은 얕고 잘게 얽은 자국이 밴 모양.
39 내가 따줌세.
40 백년언약과 같은 뜻. 곧 결혼을 의미한다.
41 '입고 싶어라 입고 싶어라 울포적삼(?)을 입고 싶어라.'의 뜻.
42 '신을 사주마 신을 사주마 처녀신으로 내가 사주마.'의 뜻.

처네야 처네야 유다른 처네 신을 사주며는 남이 알고

돈을 주며는 내사진지 요리조르로 연애를 거자

(여) 땀복땀복 밀수지비 사우야반에 다올랐네[43]

딸이야 도둑년 어데가고 에미연을 멕이노[44]

3. 논매기노래[45]

한반도 전역에서 전승되는 농업노동요로 모를 심고난 후 이를 매는 일을 하면서 선후창으로 부르는 분장체의 노래이다. 선창자가 노래를 하면 후창자들이 후렴만을 이어서 부르는데 선창자는 논매는 일은 하지 않고 노래만 하는 경우가 많으며 노래를 통하여 작업의 지휘를 행한다. 여기에 수록한 노래는 초벌맬 때의 소리, 두벌 맬 때의 소리, 자진방아로 구성되어 있다.

(1) 단호리야

오하월신 덴호리야[46#] (# = 후렴)

—농악—

(이홍철 씨가 북을 치면서 선창했다)

오하월선 단호리야

---

43 가득 담은 밀 수제비가 사위가 먹는 상에 다 올라 있네.
44 '딸은 아무 말도 없이 어디로 가서 나(어머니)의 속을 태우느냐.'의 뜻. 딸을 도둑년으로 표현한 것은 도둑처럼 친정의 재물을 가져간다는 의미이다.
45 서대석, 『한국구비문학대계』, 1-2(한국정신문화연구원, 1980), pp. 435~440. 경기도 여주군 점동면에서 1979년에 서대석이 채록한 노래이다. 선창은 이홍철(남, 56)이 했고, 후창은 김인식(남, 52) 외 여러 명이 하였다.
46 흥을 돋구는 후렴구. 구체적인 뜻은 미상.

고시례

오하월신 덴호리야 #

여보옵소 농부님네 #

시격 내격⁴⁷ 시격을 말고 #

일심 합력一心合力 매어를 보세 #

망건網巾 편자 땀이 나두룩⁴⁸ #

삼동 허리를 굽일면서⁴⁹ #

서마지기 논뱀이⁵⁰가 #

반달같이 남어를 가니 #

이 논뱀이를 얼른매고 #

장구뱀이루 넘어를 가세⁵¹ #

천하지대본天下之大本은 농사인데 #

농사 짓기에 힘을 쓰세 #

잘두하네 잘두하네 #

단호리 단참⁵² 매어를 주구서 #

삼천리 방방에 곳곳마다 #

풍년이 들었으니 #

저 건너 김풍헌⁵³ 거동을 보소 #

노적가리⁵⁴를 달아를 놓며 #

---

47 옳고 그르니 서로 다투는 것.
48 망건편자에 땀이 나도록. '망건편자'는 망건을 졸라 매기 위하여 아랫 시울에 붙이어 말총으로 좁고 두껍게 짠 띠.
49 삼동과 허리를 굽히고 일으키면서. '삼동三同'은 머리·몸뚱이·팔다리를 합한 것을 이르는 말.
50 논두렁으로 둘러싸인 하나의 논.
51 장구배미로 넘어가세. '장구배미'는 장구 모양과 같이 가운데가 잘룩하게 들어간 논배미. 한편 이는 '장두배미'의 와음으로 볼 수도 있다. '장두배미'는 마을에서 제일 큰 논배미.
52 단참에. 곧, 단숨에.
53 김씨 성을 가진 풍헌. '풍헌'은 면面이나 이里의 일을 맡아보던 향소직 관리.
54 한데에 쌓아 둔 곡식더미.

춤만 둥실 추는구나 #

올해두 풍년 내년에두 풍년 #

년년년년 풍년이 오면 #

우리 농부가 신이 나서 #

태평성대를 누립시다 #

오하월심 덴호리야 #

술담배참이 늦어를 가니 #

이논뱀이 얼른매고 #

담배참을 하여를 보세 #

(2) 이듬노래(두벌 맬 때 부르는 논매기 소리)

골~ 골~ 골었네[55] 뎅이만 슬슬 굴려라(# = 후렴)

골~ 골~ 골었네 뎅이만 슬슬 굴려라 #

에~ 잘두하네 잘두나 하네 #

에~ 아이논 맬적에 군은 흙뎅이 이듬매기에 다물렀구나[56] #

에~ 굴려어 굴려어 굴려주게 이듬매기로 굴려주게 #

에~ 이풀저풀 다뽑아라 논뱀이 복판에 박어주소 #

에~ 논이듬하기에 힘쓰지말고 달노리소리를 힘씁시다 #

에~ 잘도하네 잘도하네 논매기 소리를 잘도하네 #

(3) 자진방아

에히여라하 방아호(# = 후렴)

에히여라하 방아호 #

에~이방아가 어디방아냐 #

---

55 (땅을 평평하게) 골랐다는 뜻.
56 애벌 맬 적에 군은 흙뎅이 두벌 맬 때 다 주물러 고르게 했다는 뜻.

에~여주이천에는 자체방아[57] #

어~강태공에는 조작방아[58] #

어~이논저논 다고만두고 #

어~여주이천에 자체방아로 #

어~덜커덕쿵탕 찧어나보세 #

어~잘도찧네 잘도찧네 #

어~금상따래기에 자체방아를 쿵닥쿵닥 잘도찧네 #

에히여라하 방아호 #

4. 나무꾼노래(초군 노래, 어사용)[59]

산에 나무하러 가서 부르는 벌채노동요로 나무꾼이 부르는 독창 형식의 노래이다. 혼자하는 노래이기에 율격이 엄격하지 않다. 대체로 4음보로 이루어져 있고 경북지방에서는 「가마귀타령」이라고도 한다. 나무를 하던 이들은 주로 머슴들이었기에 그들의 신세 한탄이 주가 되어 있다. 예컨대 잠시도 쉴 틈이 없는 일에서 벗어나 인간답게 살아보고자 하는 욕구 및 인간의 순수한 본능인 욕정 등이 잘 나타나고 있다.

구야구야 가마구야
신에신곡산 가리갈가마구야[60]

---

57 여주 이천의 자체방아. '여주驪州 이천利川'은 경기도에 있는 지명. '자체방아'는 자채벼를 찧는 방아. 자채벼는 올벼의 한 가지로 쌀의 품질이 좋아 밥맛이 좋으므로 상품 쌀로 유명하다. 경기도 이천 부근에서 많이 생산된다.

58 강태공姜太公의 조작造作방아. 강태공이 때를 기다리며 곤궁하게 살 때에, 자기 부인이 피를 가져다가 음식을 만드는 것을 보고 만든 방아.

59 조동일, 『경북민요』(형설출판사, 1977), pp. 87~88. 조동일이 1969년 경상북도 영천군 화북면 죽전동에서 채록한 자료로, 손인술(남, 68)이 노래한 것이다.

60 깊고 깊은 산에 갈가마귀야.

니껌다고 한단마라[61]

니껌은줄은 온조선이 다알건마는

이내속에 울홰병 든줄은[62] 어느누가 알아주리

남날적에 나도나고 나날적에 남도나고

남캉같이[63] 났건마는

어떤 사람은 팔자좋아 고대광실高臺廣室 높은집이

부귀영화를 누리는데

이내팔자 무삼죄로 요다지도 궁곤하야

이다지도 지내는구 어허허허

노자 젊어노자 초로같은 우리인생

아니놀고 못하리

초로같은 우리인생 한번아차 실수되면

한포중 깊은 질로[64] 두일고 열네매끼[65]

아하하하 설은둘이 행산군아[66]

저건네 저꼴작이 북방일세

북망산천北邙山川[67] 찾아가면 깊이파고 안장하고

슬프게 우는 상주喪主 어허허

두견새만 벗을삼고 어허허

금잔디로 옷을삼고 황토로 밥을삼고 주야장철 누었은들

---

61 까마귀의 털이 검기에 까마귀더러 털이 검다고 한탄을 하지 마라는 뜻. 산에 나무하러 가면 보이
   는 것이 까마귀이다. 까마귀의 을씨년스런 모습이 노래하는 사람의 신세와 통한다고 생각되어 까
   마귀를 보고 신세타령을 하는 것이다.

62 울화병鬱火病이 든 줄은.

63 남과 같이(똑같이).

64 '한포'는 파초의 섬유로 짠 날이 굵은 베. 깊은 질은 저승길을 의미하는 듯하다.

65 두(2) 일곱(7) 열네 매끼. 죽은 사람을 염할 때 시체를 묶는데 열네 번 묶는다.

66 서른두 명의 상여를 매는 사람을 일컫는다.

67 북망산은 중국 낙양(지금의 하남성)성 낙양현에 있는 산 이름. 한나라 이래로 유명한 묘지이므로,
   전하여 무덤 또는 묘지의 뜻으로 쓰인다.

일가친척 많다한들 어느누가 찾아오리

친구분 많다한들 어느친구 찾아오리

한심하고 가련하다 아이고답답 내팔자야

5. 줌치노래(주머니노래)[68]

부녀자들이 모여서 삼을 삼으면서 부르는 노동요로, 선창자가 부르는 노래
가사를 한 소절씩 후창자가 그대로 따라 부르는 선후창 민요이다. 또한 「줌치
노래」는 '삼삼기'라는 부녀노동요로서의 기능도 갖는다. 주머니를 만든 유래
와 주머니에 대한 자랑이 늘어져 있는 노래로 부녀자들끼리 모여서 재미있게
부른다.

우리금조	삼근나무[69]	만인간이	물을주소
삼년만에	가서보니	아람드리	되였고나
오년만에	가서보니	아람드리	되였고나
십년만에	가서보니	아람으루두	열두아람
가지수론	삼백가지	잎으로는	구만잎에
동쪽으로	뻗은가지	해두열구	달도열어
햇랑따서[70]	겉을하고	달랑따서	안을넣어
상침놀때[71]	상침놓고	중침놀때[72]	중침놓아
외꽃으로	섶을달고	흑두명삼	깃을달아

---

68 한국구비문학회편, 『한국구비문학선집』(일조각, 1984 중판), pp. 108~110. 이 노래는 충청북도
　　영동군 충산면에서 1967년 서대석 외 1인이 채록한 노래이다. 창자는 김점순(여, 41)이다.

69 심은 나무.

70 해는 따서.

71 상침上針으로 바느질 할 곳에. 상침은 가는 바늘.

72 중침中針으로 바느질 할 곳에. 중침은 중간 바늘.

질로꽃을[73]	동정달아	맹자고름	선치달고[74]
부춘잎	안옷고름	곱게곱게	다려내어
살금살짝	나콰내어	은다리미	불을담아
살금살짝	다려내어	입을라니	몸때묻고
개열라니[75]	구겨지고	서울이라	올라가서
우리없는	건황남게[76]	끝끝이라	걸어놓고
올라가는	신감사[77]야	줌치구경	하고가자
그줌치를	누가냈나	서울양반	맏딸애기
순금씨[78]가	내였다네		
내려가는	구감사[79]야	줌치구경	하고가세
그줌치를	누가냈나	서울양반	맏딸애기
순금씨가	내였다네		
어사출도	상감님이	순금씨를	볼라고서
천리적담[80]	뛰넘다가	모시천릭[81]	건천릭을
치닷치나	찢었다네		
월명사창에[82]	달밝으면	말듣겠네	말듣겠네
나죽갔네	나죽갔네	순금씨를	볼라고서

---

73 절레꽃 모양의 동정을 달아. 동정은 한복 저고리깃 위에 덧꾸미는 흰 헝겊.
74 명주 옷고름에 선채先彩 달고. 선채는 혼인을 정하고 혼례를 지내기 전에 신랑 집에서 신부 집으로 보내는 채단.
75 개려고 하니.
76 건황나무에.
77 신감사新監司.
78 줌치를 만든 사람.
79 구감사舊監司.
80 천리千里나 쌓인 담장.
81 모시로 만든 천릭. 천릭은 옛날 무관이 입는 전투복.
82 월명사창月明紗窓에. '월명'은 달이 밝다는 뜻이고, '사창'은 커튼을 친 창으로 부녀자들이 기거하는 방을 이렇게 부른다. 뒷구에 '달밝으면'이 나오기에 이 구는 전체적으로 '사창에 달밝으면'으로 보아야 한다.

천리적담	뛰넘다가	모시천릭	건천릭을
치닷치나	찢었으니	안해한테	말듣겠네
순금씨의	하는말은	걱정말고	들어주소
그말답변	내해주지		
문간방에	들어가니	순금씨의	하는말은
배깎아라	배깎아라		
순금씨가	깎은배는	맛두좋고	물도많네

6. 방아찧기노래[83]

한반도 전역에서 전승되는 노동요로 방아를 찧으면서 선후창 또는 독창으로
부르는 노래이다. 선후창은 많은 곡식을 여러 사람이 함께 찧을 때 주로 사용
되며, 골계적 내용이 많다. 독창은 대개 부녀자들이 힘이 덜드는 방아를 찧을
때에 이용되며, 신세 한탄이 주내용이다.

쿵더쿵 쿵더쿵 찧는 방아
언제나 다찧구 밤마실 가나
잣나무 방애는 자지라지게두 찧어라
소나무 방아도 쿵더쿵 쿵더쿵 찧어라
오돌돌 뭉치다 송방울[84] 상투
원지나[85] 커서는 내낭군 삼나
여기서 저만큼 들떨기 상투

---

83 한국구비문학회편, 『한국구비문학선집』(일조각, 1984 중판), p. 120. 이 노래는 충청북도 보은군
   마노면에서 1968년 서대석 외 2인이 채록한 것이다. 창자는 이순이(여, 64)이다.
84 솔방울.
85 언제나.

원지나 커서는 내낭군 삼나

쿵더쿵 쿵더쿵 찧는 방아

찧다가 시누아씨가 하는 말이

자외나무 자외끝에 이슬같은 저각시는

누구간장을 피우자구 저리곱게 생겼는고

그말 말게 그말 말게

비단에두 흠이 있고 공단에두 흠이 있고

오백미라 찧은 쌀두

뉘두 있고 돌두 있네

7. 집터다지기노래(지경소리)[86]

한반도 전역에서 전승되는 토목노동요로 커다란 돌에 줄을 사방으로 매어 잡아 올렸다 놓으며, 기둥 세울 자리의 땅을 다지면서 선후창으로 부르는 분장체의 노래이다. 집터다지기는 집단적 노동이므로 서로의 손발을 맞추고 흥취를 돋우기 위한 후렴구의 역할이 매우 중요하다. 그리고 이 노래는 집터뿐만 아니라 저수지의 둑이나 그 외 흙을 다지는 작업에서도 불려진다.

에헤헤여라 지경이요(# = 후렴), 에헤여라 지경이요(## = 후렴)

에헤헤여라 지경이요 　　　　　헤헤여라 지경이요

에헤헤여라 지경이요 　　　　　여보시오 지경님네 #

우리인생 살구보자니 # 　　　　이집터를 마련을헐제 #

86　조희웅, 『한국구비문학대계』, 1-9, 경기 용인군 편(한국정신문화연구원, 1984), pp. 136~140. 조희웅 외 2인이 1982년 용인군 모현면에서 채록한 노래로, 선창은 전만길(남, 66)이 했고, 후창은 박제근(남, 59)과 박제성(남, 59)이 했다.

여러해십년을 #
여보시오 동네님네 #
가만가만히 다져를주소 #
가만가만히 다져를주소 ##
자라한쌍이 묻혀있으니 #
잡었소 지경님네 ##
이집한칸 짓자하면 ##
여보시오 지경님네 #
앞뒤를 돌라보니 #
뒷산내령을 보고허니[87] #
이집터가 마련이될제 #
관악산에 정기받어 #
무명산이 솟아있나 #
쳉겨산에 명기받어 #
무명산에 정기받어 #
이집터가 마련이됐소 #
아들을나며는 효자를낳구 #
딸을나면 열녀인데 #
이집터가 마련이됐소 #
여보시오 지경님네 #
효자열녀가 나는자리 #
에헤여라 지경이요 #

큰사를모우고 #
여보시오 지경을 닦되 #
거북이한쌍이 묻혀있으니 #
에헤헤여라 지경이요 ##
에헤헤여라 지경이요 ##
너도나도 생전시生前時에 ##
일심공덕一心功德이 다들었으니 ##
가만가만히 다져를주소 #
좌우청룡左右靑龍이 잘되어서 #
뒷산내령을 찾어봅시다 #
경기도허구도 관악산[88]요 #
관악산에 명기明氣[89]가 내려 #
낙생면하고 쳉겨산[90]요 #
무명산이 솟아있고 #
이정기 저정기 다받아서 #
이집진지[91] 삼년후에 #
딸을나며는 열녀를낳소 #
열녀효부 다보시니 #
이집터가 장이좋소[92] #
술두잡숫구 쉬어갑시다 #
이만허며는 더볼래요 #

---

87 뒷산 산줄기(來龍) 보고 집을 지으니의 뜻.
88 관악산冠岳山은 경기도 과천과 서울시에 걸쳐 있는 산 이름.
89 명당의 정기. 밝은 기운.
90 낙생면은 광주군에서 최근 성남시로 편입된 면面. 청계산淸溪山은 경기도 광주군에 있는 산 이름.
91 이 집을 지은 지.
92 매우 좋다는 뜻.

8. 소모는 소리[93]

소를 몰아 밭을 갈면서 부르는 농업노동요로 독창으로 부르는 노래이다. 농업노동요로는 매우 특이한 노래로 가사의 내용은 주로 소에게 어떻게 움직이라는 지시어와 잘했을 때 하는 칭찬, 잘못했을 때 하는 욕설로 구성되어 있다. 곡조는 사설의 내용에 따라 달라지며 부르는 사람의 재량에 따라 달라진다.

> 이러! 호러마러 호라러 왜이래이거
> 흘러서 저말럴 비키지 말구~
> 밀구 들어서거라~ 에이~
> 너무 끌구 나가지 말구~
> 웃소리에~ 나도 멀리~
> 멀구 들어서거래이~
> 너무 끌구 나가지는 말구~
> 덤성대지를~ 말어래이~
> 저 맑에쇠이~
> 어디여 저~ 소~
> 니나 내나 참[94] 잊어간다
> 조끔 더해구 쉬서 해자~
> 너무 덤성대지 말구~
> 저 두렁 안으루[95]~
> 밀구 들어서게이~

---

93 서대석, 『한국구비문학대계』, 2-6 강원도 횡성군 편 I (한국정신문화연구원, 1984), pp. 154~
    155. 서대석 외 2인이 1883년 횡성군 횡성읍에서 채록한 자료로, 창자는 김정복(남, 59)이다.
94 먹을 시간.
95 논두렁 안쪽으로.

왜그렇게 덤성대나~

저마라 젖혀서로

한나절을 어이 넘어가리

어려절서어~ 우겨주고

저마라 젖혀주게

어디 안써 우겨라 우겨

허 어딜 이걸 이렇게

허어 안쓸 우겨줘이~

저 드렁안으루 들어서이~

II 의식요儀式謠

1. 액맥이타령[96]

「액맥이타령」은 고사告祀를 지낼 때 부르는 의식요로, '고사풀이'의 일부를
이루는데, 때로 독립적으로 불리기도 한다. 흔히 '어루 액이야……' 하는 후렴
을 수반하여 선후창으로 가창이 되며, 아래와 같이 후렴 없이 독창으로 불리기
도 한다. 이 민요는 말 그대로 액厄을 막아 없애자는 뜻을 담고 있는 노래로서,
각 달의 명절을 액을 푸는 날로 설정하고 있으며, 섣달 그믐의 고사를 한 해의
액을 다 떨어 버리는 계기로 삼고 있다.

---

96 이 민요는 1990년에 순창군 팔덕면 월곡리에서 권상규(남, 79)가 구연한 것이다. 자료 원문은
MBC, 『한국민요대전—전라북도민요해설집』(1995), p. 234에 실려 있다.

액厄[97]을 막자 액을 막자

정월에 드는 액은 이월로 막아내고

이월에 드는 액은 삼월 삼질[98]에 막아내고

삼월에 드는 액은 사월 팔일 막아내고

사월에 드는 액은 오월 단오端午에 막아내고

오월에 드는 액은 유월 유두流頭 막아내고

유월에 드는 액은 칠월 칠석七夕 막아내고

칠월에 드는 액 팔월 한가우[99] 막아내고

팔월에 드는 액은 구월 중구重九[100] 막아내고

구월에 드는 액 시월 모날[101] 막아내고

시월에 드는 액은 동짓달 동지冬至로 막아내고

동짓달에 드는 액은 정월 섣달 그믐날

떡시리[102]로 막아내세 어찌 아니가 좋을소냐

섬겨 드리자 고사告祀로다 고설 고설

2. 지신밟기노래[103]

「지신밟기노래」는 세시의례인 지신밟기를 하면서 부르는 민요로, 선후창 형
태를 취하고 있다. 지신밟기는 연초에 각 가정의 지신地神〔터주신〕을 밟으며 위

---

97 모질고 사나운 운수.

98 삼짇날. 음력 3월 3일.

99 한가위. 곧 추석秋夕.

100 중양절重陽節. 음력 9월 9일.

101 음력 10월 10일.

102 떡시루. 곧 고사告祀를 이른다.

103 여기 수록한 자료는 1967년에 충북 영동군 충산면 덕진이에서 서대석이 채록한 것으로, 창자는
김경태(남, 57)이다. 한국구비문학회 편, 『한국구비문학선집』(일조각, 1977)에 원문이 수록돼 있다.

해 줌으로써 그 힘을 빌어 잡귀를 막고 복을 받아들인다는 의미를 지닌다. 이 의식을 거행함에 있어 「지신밟기노래」를 부름으로써 지신과의 의사 소통을 통한 소원의 성취를 기약하게 된다. 그 소원의 내용은 평안平安과 다산多産, 풍요 등으로 요약된다. 이 노래는 이러한 주술적 의미 이외에 마을 사람들 서로 간의 친목과 우의를 다지는 데도 큰 역할을 한다.

어허 지신아 어허 지신아(# = 후렴)

고실고실 고사告祀로다 기밀기밀 기밀이야 #
산지조종山之祖宗은 곤륜산 수지조종水之祖宗은 황하수라 #
곤륜산 명기明氣[104] 뚝떨어져 어데를 간지 몰랐더니 #
서울장안에 들어와서 삼각산이 생겼구나 #
삼각산 명기 뚝떨어져 어디를 간지 몰랐더니 #
태백산이 생겼구나 태백산 명기 뚝떨어져 어디를 간지 몰랐더니 #
소백산이 생겼구나 소백산 명기 뚝떨어져 어디를 간지 몰랐더니 #
보은이라 속리산이 생겼구나 속리산 명기 뚝떨어져 어디를 간지 몰랐더니 #
화랑산이 생겼구나 화랑산 명기 뚝떨어져 어디를 간지 몰랐더니 #
백화산이 생겼구나 백화산 명기 주춤주춤 내려와서 #
이댁 이터주가 생겼구나 이댁 이집터가 생겼네 #
이집터를 잡을적에 각도 각군各道各郡 각궁수가 시[105]를놓고 잡을적에 #
한자로 잡을건가 세자로 잡을건가 석자로 모셨구나 #
아따야 그집 잘잡았네 그터를 잘잡았네 #
이댁 이터를 잡을적에 은가래[106]에다 놋줄 달고 놋가래에다 은줄달아 #

---

104 맑고 경치 좋은 산천의 기운.
105 쇠. 곧 풍수가 터를 잡을 때 쓰는 물건. 일종의 나침반이다.
106 은으로 만든 가래. '가래'는 흙을 떠서 던지는 농기구.

어차어차 끌어낼때 우뚝뿔이[107] 자박뿔이[108] #

꽁지없는 동경소[109]가 어차어차 밀어내어 #

이집터를 닦아놓고 집재목을 구하랴고 #

앞집에라 김대목金大木[110]아 뒷집에는 박대목朴大木 #

연장망태 둘러메고 산중첩첩 들어가서 #

나무끝을 바라보니 가마귀 가치 집을 지었네 #

나의 성주 삼으랴고 남[111]의 성주목 빌수있나[112] #

그남글[113] 밀쳐놓고 또한남글 골라잡아 #

나물베어 제쳐놓니 황장목[114]나고 두장목[115]나고 도리기둥 다났고나 #

그나물 가져올제 우뚝뿔이도 자박뿔이 반짐노인이 어차어차 실어다가 #

곧은남근 곧게깎어 굽은나무는 곱다듬어 #

네귀라 맞춰놓니 요거만하면 무던하고 요거만하면 만족하다 #

그터를 돋울적에 은사銀絲실로 반자[116] 매고 금사金絲실로 산자[117]얽어 #

어허 지신아 #

네귀에다 풍경[118]달아 동남풍이 건듯부니 풍경소리도 요란하다 #

이거만하면 무던하고 이거만하면 만족하지 #

방안치장 둘러보자 방안에 치장을 둘러봐 #

방안치장 볼것이면 공단이불이 열두채 #

---

107 우뚝뿔이. 뿔이 안으로 굽은 소.
108 뿔이 뒤로 제껴진 소.
109 꼬리 짧은 소. '동경이'는 꼬리가 짧은 개의 종류.
110 김씨 성을 가진 큰 목수.
111 여기서 '남은' 까마귀 까치를 뜻한다.
112 벨 수 있나.
113 그 나무를.
114 관을 만드는 데 쓰는 질 좋은 소나무.
115 '황장목'을 '한장목'으로 치고 짝을 맞춘 말인 듯하다.
116 한옥에서 방이나 마루의 천장을 평평하게 만드는 시설물.
117 지붕 서까래나 고물 위에 흙을 받치기 위해 엮어 까는 싸리나무 엮음.
118 처마 끝에 다는 경쇠.

화담[119]에 요가 열두채 오동장농이 세주룩 #

샛별같은 놋요강을 발치로 닿게 밀쳐놓고 #

요만하면 만족하고 요거만하면 만족하지 #

자공[120]을 불어주자 자공을 불어주세 #

한태줄에 팔형제요 한태줄에 칠남매라 #

한서당에 글을갈쳐 과거참에도 늦어간다 #

자공살[121]을 풀어주세 자공에 살을 풀어줘 #

삿대돛대 늙는 살이오 실겅[122] 끝에는 성주살 #

마당 가운데 비락살[123] #

들로 가면은 요왕살[124] #

부자간에는 자궁살 #

이살 저살 업살業煞을랑 물알로[125] 쇠멸[126]하고 #

정지시간[127]을 불어주자 정지시간을 불어줘 #

정지시간 볼때이면 국솥이 열두채요 #

밥솥도 열두죽 #

공솥도 열두죽 #

밥주걱이 열두죽 #

은수저가 열두죽 #

놋기명器皿이 열두죽 #

---

119 화단華緞, 花緞. 좋은 비단이란 뜻인 듯하다.
120 자궁子宮. '자궁을 불어준다.'는 것은 자손을 창성하게 해 준다는 뜻이다.
121 자궁살子宮煞. 자손을 해치는 독한 기운.
122 '시렁'을 뜻하는 말인 듯하다.
123 벼락살. 곧 벼락 맞을 살.
124 용왕살龍王煞.
125 물 아래로. '물 아래'는 인간세계가 아닌 다른 세계를 말한다.
126 쇠멸消滅. 모두 없어지다.
127 부엌 세간.

씨부지깽이[128] 아흔아홉을 여기저기 세워놓고 #

이만하면 만족하고 요거만하면 무던하지 #

토지시간[129] 불어주자 토지시간을 불워줘 #

난데없는 학이 와서 노적봉[130]에 올나앉아 #

한날개를 툭탁치니 일천석이 쏟아지고 #

또한날개를 툭탁치니 사오천석 쏟아진다 #

이만하면 만족하고 요거만하면 무던하지 #

도장陶醬[131]시간 불어주자 도장에 시간을 불어줘 #

석섬독이 한주룩 #

두섬독이 두주룩 #

한섬독이 열다섯죽 #

요거만 하면 만족하고 요거만하면 무던하다 #

어허루 지신아 #

장독에 시간을 불어주자 장독에 시간을 불어줘 #

된장단지 열두채 #

고치장단지가 열두죽 #

장물동이가 다섯죽 #

요거만 하면 무던하다 요거만 하면 무던해 #

마구[132]시간 불어주자 마구시간을 불어줘 #

우궈뿔이 자박뿔이 #

꽁지없는 뎅경소[133]가 #[134]

---

128 오래된 불 때는 막대기.
129 토지세간.
130 곡식을 쌓아 만든 봉우리.
131 질그릇.
132 소나 말 등의 가축.
133 동경소.
134 이와 같은 각종 가축이 집안에 가득하다는 내용이 누락되었다.

어허 지신아 #

이살 저살 걷어다가 물알로 쇠멸할가 #

물알로 쇠멸해 #

3. 상여소리[135]

「상여소리」는 장례의식 때 상여꾼(향도꾼, 상두꾼)들이 부르는 선후창의 노래
로서 「향두가」, 또는 「행성소리」라고도 한다. 전국적으로 장례식을 거행할 때
는 으레 「상여소리」를 불렀다. 「상여소리」는 이승을 떠나는 사자死者의 입장
에서 이별의 슬픔과 회한悔恨, 산 사람들에 대한 당부를 엮어 나가는데, 그 사
설과 선율이 구슬퍼서 비장감을 자아낸다. 이러한 특징은 아래 수록한 자료에
서도 확인된다. 이 자료는 크게 세 부분으로 구성돼 있는데, 「상여 어르는 소
리」는 상여 나가기 전에 부르는 것이고, 「상여소리」는 상여를 메고갈 때의 노
래이며, 「잦은상여소리」는 언덕을 올라갈 때나 좁은 다리를 건널 때 부르는 것
이다.

(1) 상여 어르는 소리
아, 어~ 호오

　　아~ 어~ 호오(# = 후렴)

에이 갑자년 유월 학생 김해김공

정명定命[136] 팔십 다 못살고 북망산천北邙山川[137] 가는구나 #

---

135 이 자료는 1984년에 경남 고성군 고성읍 우산리에서 채록된 것으로, 김임종(남, 52)이 앞소리를
　　 맡았다. 이 자료는 MBC, 『한국민요대전-경상남도편 민요해설집』(1994), pp. 115~117의 자료를
　　 옮겨 정리한 것이다.
136 정해진 수명.
137 사람이 죽어서 가는 곳.

에~헤이 청산靑山 가네 청산 가네 ~이 청산 가는 길이 에~이

일가 친척 행상 행하行上行下[138]가 아 모다[139] 잊지 못할 혈족血族이로고나 #

에~ 이 세상 벗님네들 그리운 친우 갑인親友甲人[140]들과

아~ 옛 놀던 추억이 모다 꿈이로구나아 #

에이 애탄개탄[141] 살던 세간 안 먹고가며 쓰고 갈까 #

에~ 이 간다 간다 나는 간다 북망산천 나는 간다 아 #

(2) 상여소리

어~호 ~어어 ~호 어이가리 넘차 ~어 ~호

　　어~호 ~어어 ~호 어이가리 넘차 ~어 ~호(# = 후렴)

북망산천이 머~다더니마는 문전산門前山이 북망산이네 #

황천수黃泉水가 머~다더니마는 한분[142] 가면 못오는고 #

일가친척이 많건마는 어느 일가가 대신갈꼬 #

명사십리 해당화야 꽃이 진다고 서러 마라 #

명년 삼월이 돌아오면 너는 다시 피련마는 #

우리 인생 한번 가면 다시 오지는 못하리라 #

명정공포銘旌功布[143]가 앞을 서니 황천길이 분명코나 #

앞 동산에 두견새야 너도 나를 기다리나 #

뒷동산에 접둥새야 너도 나를 기다리나 #

두견 접둥아 우지 마라 나도 너를 찾아간다 #

---

138 손위 항렬과 손아래 항렬.
139 모두 다.
140 동갑내기 친구.
141 애를 태우고 탄식하다.
142 한 번.
143 '명정'은 죽은 사람의 관직과 성명을 쓰는 조기弔旗. '공포'는 하관 전에 관을 닦는 삼베.상여행
　　렬에 들고 가는 베로 만든 기.

인제 가면 언제 오나 돌아올 날이나 일러보자 #

동방화개東方花開 춘풍시春風時[144]에 꽃이 피거든 내가 오지 #

말 머리에 뿔이 나면 이 세상에 다시 올까 #

까마구 머리가 희어지면 이 세상에 다시 올까 #

쪼그마한 쪼약돌이 널다란 광석廣石 되야 #

정이 맞거든 다시 올까 언제 다시 돌아올꼬 #

석상石上에다가 진주眞珠를 심어 싹이 나거든 다시 올까 #

평풍[145] 안에 그린 장닭 두 나래를 훨훨 치며 꺽꺽 울거든 다시 올까 #

북망산천을 찾아가서 사토[146]로 집을 짓고 #

송죽松竹으로 울을 삼고 두견 접동새 벗이 되야 #

산첩첩이 하니 처량한 것이 혼백이라 #

자손들이 늘어서서 평토제사平土祭祀[147] 지낼 적에 #

어동육서魚東肉西 좌포우혜左脯右醯 삼색 과실을 채려 놓고 #

방성통곡放聲痛哭 슬피 운들 먹는 줄을 뉘가 알며 #

꾸는 줄을 뉘가 알꼬 아이구 아이구 내 신세야 #

어화 세상 벗님네들 살아 생전에 많이 먹고 재미있게 잘 사시오 #

(3) 잦은 상여소리

넘차~ 넘차   어이가리 넘차 #

        어화 넘차(# = 후렴)

열 두발[148] #   상두꾼아 #

---

144 동쪽에 꽃이 피고 봄 바람이 불 때.
145 병풍屛風.
146 沙土. 모래와 흙.
147 시신을 매장할 때 묘터를 지면과 같이 평평하게 한 뒤 지내는 제사.
148 '열두 명'의 잘못인 듯하다.

발 맞추어 #	운상運喪[149]하소 #
앞에 사람은 #	땡겨 주고 #
뒤에 사람은 #	밀어 주소 #
태산 준령 #	험한 길을 #
상두꾼아 #	언제 갈꼬 #
다리 아파서 #	내 못가겠다 #
넘차 넘차 #	어화 넘차 #
어이가리 넘차 #	넘차 넘차 #

4. 달구질소리[150]

「달구질소리」는 시신을 매장한 다음에 묘를 다지면서 부르는 선후창의 민요
이다. 무덤을 만들 때 회를 섞어서 다졌으므로, 「회방아소리」, 「회다지기소리」
라고도 한다. 그 내용으로는 인생의 허무함과 삶의 어려움을 표현한 것도 있고
묘지가 명당임을 나타낸 것인데, 아래의 자료는 후자에 해당한다. 이 노래는
비장감보다는 오히려 활달하고 흥겨운 느낌을 주는데, 그러한 특징은 사별死別
의 고통을 극복하여 삶의 활력을 찾으려는 정신적 의지의 구현으로 이해할 수
있다.

에헤~호리이 도올고오
　　고시레~[151]

---

149 상여를 메고 운반하다.

150 이 민요는 1980년에 강원도 춘성군 신동면 거두2리에서 서대석이 채록한 것으로, 선창자는 홍재
　오(남, 55세)이며, 7명의 창자가 뒷소리를 했다. 자료 원문은 『한국구비문학대계』, 2-2(한국정신문
　화연구원, 1981), pp. 639~646에 수록돼 있다.

151 고수레. 들에서 음식을 먹을 때 음식을 조금씩 떼어 던지며 부르는 소리.

에헤~호리이 도올고오

　　　고시레

에헤~호리이 도올고오

　　　에헤~호리이 도올고오

골루구 골라 잘들어 섰소

　　　에헤~호리이 다알고오(#=후렴)

할라버텅 세응님네[152] #	내말없이 못나와요 #
에헤~호리이 달고야~ #	먼데사람 듣기좋게 #
곁에[153] 어른이 보기두 좋게 #	아주쾅쾅 다아주소[154] #
허리를 구르며 탕탕다아 #	할라버텅 세응님네 #
이내말씀 가는대로 #	에헤~호리 달고야 #
나무발등[155] 찧지말고 #	아주쾅쾅 다아주소 #
삼동허리를 굽일우소 #	아주쾅쾅 다아주소 #
사람은 많은데 소리는적소 #	먼데사람 듣기좋게 #
아주쾅쾅 다아주소 #	잡~담은 그만두고 #
회심곡回心曲으루 드리리까 #	답산가踏山歌[156]루 드리리까[157] #
답산가루 드리리다 #	천지현황天地玄黃 생긴후에 #
일월영책日月盈昃 지였으니 #	만~물이 번성헐제 #
관~음산 제일봉은 #	산악이 조종祖宗이요 #
산지중에 흘러들어 #	산하구지[158] 되었구려 #

---

152 미상未詳. 달구질하는 군중을 지칭하는 말인 듯하다.

153 곁에.

154 달구질을 해주소.

155 남의 발등.

156 「산천풀이」와 같은 가사로서, 「달구질소리」의 가사로 쓰인다.

157 달구질 소리로 「회심곡」과 「답산가」가 함께 쓰일 수 있음을 보여주는 대목이다. 「회심곡」은 「답산가」에 비해 그 사설이 훨씬 구슬프다.

158 강토라는 뜻.

만화바당 세방님네¹⁵⁹ #　　　　　심두들구¹⁶⁰ 땀두나니 #

자차배기¹⁶¹루 부르리다 #

(속도가 빨라짐)

에헤호호리~ 다알고야

　　　　에헤호호리~ 다알고야(#=후렴)

옳다인젠 잘두 하소

하염없어 세방님네 #　　　　　이내말쌈 들어보소 #

상주님에 이맬보소¹⁶² #　　　　　땀방울이 맺히는데 #

무슨근심이 있을런지 #　　　　　아~지를 못허리다 #

광~중壙中¹⁶³이 쾅쾅울게 #　　　　　아주쾅쾅 다아주소 #

천리를 바라보고 #　　　　　지리를 살펴보니 #

안~산案山¹⁶⁴이 주산이고 #　　　　　한라산이 남산인데 #

박~용포 흐른물결 #　　　　　자축자축¹⁶⁵ 흐르는가 #

백두산은 주산이요 #　　　　　한라산은 남산인데 #

망향루~ 녹양봉은 #　　　　　구정지¹⁶⁶가 분명허다 #

상~천上天을 바라보니 #　　　　　태평천지 오날일세 #

에헤호호리 다알고야 #

황해도라 구월산은 #　　　　　음~강수¹⁶⁷ 흘러있네 #

경기도라 삼각산은 #　　　　　임진강이 둘러있소 #

---

159 달구질하는 군중을 지칭하는 말.

160 힘도 들고.

161 달구질소리 중에 속도를 빠르게 부르는 소리.

162 이마를 보소.

163 시신을 묻기 위해 판 구덩이 속.

164 묏터나 집자리 맞은 편에 있는 산.

165 힘이 없어 절뚝거리는 모양.

166 옛날에 정한 터인 듯하다.

167 강 이름을 잊은 듯, 불분명하게 발음함. 본래 '예성강'일 듯하다.

강원도라 금강산은 #　　　소양강이 둘러있고 #

경산도[168]라 태백산은 #　　낙동강이 둘러있고 #

충청도라 계룡산은 #　　　공주금강 둘러있고 #

전라도라 지리산은 #　　　금강수 둘러있소 #

강원도로 왔으니까 #　　　산천을 둘러보니 #

봉이산[169]이 뚜렷허네 #　　아미를 굽어보니 #

이마에 문물[170]이요 #　　소중화小中華 되였에라 #

이산자리 구하려고 #　　　있는풍수 구했으니 #

어느 풍수 당도했나 #　　산거사ㅡ 도선이요 #

팔도명산 굽어보니 #　　명당지지 여기로다 #

여보옵소 군정님네[171] #　　심두들구 해도지니 #

이만저만 고만두지 #　　오주밭[172]에 새들었네 #

오ㅡ

III 유희요

1. 유희동요선遊戲童謠選[173]

우리나라에는 매우 많은 동요童謠가 전승돼 왔다. 그 노래들은 아이들 스스

---

168 경상도.

169 봉의산鳳儀山. 춘성군에 있는 산 이름.

170 '위만의 문물'인 듯하다.

171 달고질을 하는 여러 장정님네.

172 오조밭(?). '오조'는 일찍 익는 조.

173 여기 수록한 노래들은 전국 각지에서 수집된 것들이다. 이 자료들의 원문은 임동권, 『한국민요
집 1』(집문당, 1961), pp. 480~498에 실려 있다.

로 지어서 즐긴 것으로 그 감성을 잘 담아내고 있다. 동요의 대다수는 유희요 내지는 비기능요들인데, 특히 각종 유희에 맞추어 부르는 유희요의 발달이 주목된다. 아래에 그 중 일부를 뽑아 실었다.

(1) 소꿉노래

이 노래는 「소꿉놀이」를 하러 가자고 부르는 노래이다. 아이들 몇몇이 이 노래를 부르며 다니면 다른 아이들이 노래를 듣고 함께 어울려 동행이 되어 합창을 하면서 놀러 가게 된다. 그 노랫말에는 소꿉놀이의 정취가 소박하고도 아름답게 아로새겨져 있다.

● 대구지방

가자가자 놀러가자	뒷동산에 놀너가자
꽃도따고 숫꿉놀겸	복순일랑 색씨내고
이뿐일랑 신랑삼아	꽃과풀을 모아다가
조개비로 솥을 걸고	재미있게 놀아보자

(2) 맴돌기노래

이 노래는 맴돌기놀이를 하면서 부르는 것이다. 제자리에서 뱅글뱅글 돌면서 주위가 어지럽게 돌아가는 모습을 살피는 놀이이다. 맴을 도는 아이와, 그 눈에 비친 맴도는 세상의 모습이 생생하다.

● 경북 영주지방

고초[174]먹고 뺑 뺑	찔레먹고 뺑 뺑

---

174 고추.

뒷집도 돈다	앞산도 돈다

(3) 뜀뛰기노래

이 노래는 아이들이 높은 곳에서 뛰어내리기 시합을 하면서 부르는 노래이다. 뜀뛰기를 하기 앞서 용기를 얻고 안전을 기원하는 뜻을 담고 있다. '범 다리'와 '내 다리'의 대조가 재미있다.

● 황해도 옹진지방

범의다리 뚝깍[175]	내다리 생생
당추장[176] 먹고	넘어지지 말라

(4) 술래잡기노래

이 노래는 「술래잡기놀이」를 하면서 부르는 것이다. 숨어 있는 친구에게 주의를 환기하는 내용으로 돼 있는데, 술래를 솔개로, 숨은 친구를 병아리로 비유한 것이 신선한 느낌을 준다.

● 충남 청양지방

솔개미[177] 떴다	병아리 숨어라
에미날개 밑에	애비다리 밑에
꼭꼭에 숨어라	나래미[178]가 나왔다

---

175 뚝 부러지는 모습을 나타내는 말.
176 고추장.
177 솔개. 곧 매.
178 날개.

(5) 각시놀이노래

이 노래는 아이들이 「각시놀음」을 하며 부르는 것이다. 「각시놀음」은 각시 풀(무릇)로 각시 모양을 만들어 결혼과 신방 등의 흉내를 내는 놀이이다. 이 노래는 노랫말을 통해 놀이 도구와 노는 모양을 생생하게 살리고 있다.

● 경남 고성지방

앞산에는 빨간꽃요	뒷산에는 노랑꽃요
빨간꽃은 초마[179]짓고	노랑꽃은 저고리짓고
풀꺾어 머리허고	그이딱지[180] 솥을거러
흙가루로 밥을짓고	솔잎을랑 국수지여
풀각시를 절시키네	풀각시가 절을하면
망근을쓴 신랑을랑	꼭지꼭지 흔들면서
밤줏것[181]에 물마시네	

(6) 널뛰기노래

이 노래는 「널뛰기놀이」를 하면서 부르는 것이다. 높이 높이 널뛰기를 하는 모습이 콩 하나를 심은 것이 한 되, 한 말, 한 섬이 되는 식으로 펄쩍 펄쩍 뛰는 추상적 현상과 재미있게 연결돼 있다.

● 전남 화순지방

좀먹지 말게[182] 뛰어라	친간[183]밑에 꽃꼽아놓고
쿵쿵 뛰어라	형네집에서 콩하나를

---

179 치마.
180 게의 딱지(껍질).
181 밤의 쭉정이로 만든 주걱.
182 좀스럽지 않고 시원하게.
183 미상.

얻어다가 심었더니   콩한되가 되었네
한되를 심었더니   한말이 되었네
한말을 심었더니   한섬이 되었네

무가편

I 서정무가

1. 노랫가락[1]

「노랫가락」은 서울지역 굿거리에서 오신무가로 불려지는데 민요의 「노랫가락」과 악곡구조도 같고, 사설도 유사하다. 무가의 「노랫가락」 중에는 시조에서 차용한 사설도 많이 나타난다. 종류에는 「산마누라노랫가락」, 「별성노랫가락」, 「제석노랫가락」, 「군웅노랫가락」 등이 있다. 여기서 소개하는 「노랫가락」은 서울 열두거리굿 중에서 비교적 시문학적 가치가 높다고 생각되는 작품을 고른 것이다.

벽사천리소碧砂千里昭하니[2] 본향양산本鄕兩山[3]이 산에 올우

---

1 여기에서 소개하는 자료의 원문은 赤松智城·秋葉隆,『朝鮮巫俗の硏究』, 上(大阪屋號書店, 1937), pp. 73~100에 있는 것으로 1930년 초반 경성 무녀 배경재 구술본이다. 여기에서는 고어 표기로 된 부분을 현대 표기법으로 바꾸었다.
2 푸른 모래가 천리에 걸쳐 밝으니.
3 신의 이름. 마을신을 말한다.

야심夜深은 찬우에⁴ 잠도 아니 오노매라

사위四方〔圍〕의 서천명월西天明月이 화위和誼본가

본향양산 뵈오련하고 적막하니 산에 올라⁵

호렴단신孤影單身에 구비마다 돌아드니

설상雪上에 매화 진 꽃이 나비 본 듯⁶

본향양산 오시는 길에 가야고⁷로 다리 놓소

가야고 열두 줄에 어느 줄마당 서게우서⁸

줄 아래 덩기덩 소리 노니라고

산간데 그늘이지거 용가신데 소이로다

소이라 깊소컨만 모래위마다 서게우셔

마누라 영검술을 깊이몰나

네가조와 나를거냐⁹ 내가좋아 너를거냐

배나무 바듸집의 소리좋아 거렸느냐

청배도 약이연마는 신위좋아 거렸구나

남산은 천년산이요 한강수는 만년수라

봉확〔峰壑〕은 억만봉인데 우리검주님 만만세

우리도 금주님모시고 동락태평

남산에 달래를 캐여 한강수에 흘니씨서

4 밤이 매우 깊었는데도.
5 본향양산을 배알하려고 적막한 산에 올라.
6 눈 덮인 산 위 여기 저기에 핀 매화꽃은 나비를 본 듯하고.
7 가야금.
8 가야금 열두 줄 마다에 서 계십시오.
9 그리워하느냐.

꽃그린 화류장반에 어리서리 피여들고
그달내 맛이좋소와 진상갈가
진주로 얼그신독에 어백미로 술을빛어
만구름 차일아래 모란병풍 둘러치고
동자야 잔가득 부어라 매일취케

간밤에 부든바람 만정도화 다지겠다
아해는 비를들고 쓸으려고 하는고나
낙화는 꽃아니랴 쓸어모와

초당에 곤히든잠 학의소래 놀라깨니
아해는 간곳없고 들리는이 물소리라
동자야 낙대가저오너라 고기나잡게

2. 대감타령[10]

대감타령은 서울지역 열두거리 굿 중 대감거리에서만 불려지는 오신무가이
다. 흔히 후렴구를 따서 「닐리리야」라고도 하는데 민요의 「닐리리야」와도 관
련이 있다고 본다.

얼시구 좋다 절시구
어떤 대감이 내대감이냐
욕심 많은 내대감님에 탐심이 많은 내대감
상산上山 대감두 내대감이구 별상대감두 내대감

---

10 여기에 수록한 자료의 원문은 김태곤이 1966년 서울에서 용산 무녀 문순덕의 구연을 채록한 것이
다. 김태곤, 『한국무가집 1』(이리 : 원광대학교 민속학연구소, 1971), pp. 34~36.

마머리루 서낭대감

이산 저산은 안개 주산主山놀구 댕기던 내 대감

화살 전통을 높이 허시구 술역巡歷을 돌구

안개 주산에 넘든 대감 어언 군웅대감

얼씨구 좋다 절씨구

가는 사망두[11] 손을 치구 오는 사망을 휘디려서

억수나 장마 비퍼붓듯

대천 바대서 물밀니듯

염창 목에는[12] 배닿듯이

재수사망을 셈겨주자

얼씨구 좋다 절씨구

내 대감님에 거동을 봐라

한나래를 툭탁치면 일이나 만석이 쏟아지구

또한나래를 툭탁치면 억조나 만석이 쏟아진다

밑에 노적은 싹시나구 우에 노적은 꽃이피구

부엉덕새[13] 새끼를친다

금구렝이는 굽을치구 업쪽재비는 꼬리를 물구

도와를주던 내대감님 어사를 도시던 내대감

술역을 도시던 내대감은 청사초롱에 불을 밝히구

계수나무 능장 짚구 어사를 도시던 개비대감

얼씨구 좋다 절씨구나

나갈적에는 빈바리요

들어올적엔 찬바리로구나

---

11 사망事望, 일의 좋은 징조나 전망.
12 영창鹽倉. 즉 소금 가마가 있는 곳.
13 부엉이와 덕새.

얼씨구 좋다 절씨구

3. 창부타령

창부란 광대의 신명으로 광대신이라 할 수 있으며 또한 무계 출신으로 가무
를 일삼는 우인優人이나 무당의 남편으로 우악巫樂을 맡은 사람의 뜻으로도 쓰
인다. 「창부타령」은 창부신을 즐겁게 하기 위해 부르는 오신무가로서 서울 중
부지역의 굿에서 불려지는데 경기민요인 「창부타령」과도 악곡과 사설이 서로
통한다. 그러나 무가의 「창부타령」은 신의 모습을 예찬하고 신의 덕을 칭송하
는 사설이 주가 되는 반면 민요의 「창부타령」은 님을 그리는 정한情恨의 사설
이 많다.

창부타령(1)[14]
얼시고나 절시구, 지아자 절시고
이 때가 어는 때냐
춘삼월春三月 호시절好時節 꽃이 피면 화산花山이요
잎이 피면 청산靑山이요
구월九月은 황산黃山이요 봉봉이[15] 단풍丹楓이요
골골마다 산국화山菊花라[16]
삼월이 좋다해도 구시월만九十月만[17] 못하리라

---

14 여기에서 소개하는 자료의 원문은 赤松智城·秋葉 隆, 『朝鮮巫俗の硏究』, 上(大阪屋號書店,
     1937), pp. 107~115에 수록되어 있는 1930년 경성 무녀 배경재 구술본이다. 비교적 시문학적 가
     치가 높은 연을 골라 현대표기로 고쳐서 수록했다.
15 봉우리마다.
16 계곡마다 산국화라. '산국화'는 산에 피는 국화를 말한다.
17 9월, 10월만. '구시월'은 9월과 10월을 함께 이르는 말이다.

얼시구나 절시구 지아자 절시구

산지조종山之祖宗은 곤륜산崑崙山[18]이요

수지조종水之祖宗은 황하수黃河水라

능지조종陵之祖宗은 건원능建元陵[19]이요

문지조종門之祖宗은 숭례문崇禮門[20]이요

무당조종은 아황여영娥皇女英[21] 광대조종은 문흥갑文興甲[22]이요

나라광대는 박광대요 양반조종은 금상마마今上殿下

어룬조종은 태상노군太上老君[23] 아이조종은 강님도령姜任道令[24]

사령조종司令祖宗은 형한양사刑漢兩司[25] 군사조종은 금정군사禁庭軍士[26]

요지일월堯之日月이요 순지건곤舜之乾坤이라

남산南山은 천년산千年山이요 한강수漢江水는 만년수萬年水라

부악[27]은 억만봉億萬峯인데 허씨양위許氏兩位가 만만세

얼시구나 절시구 지아쟈 절시구

천증세월天增歲月 인증수人增壽요

춘만건곤春滿乾坤이 복만가福滿家라[28]

---

18 중국의 전설 속에 나오는 산. 처음에는 하늘에 이르는 높은 산, 혹은 아름다운 옥玉이 나는 산으로
  알려졌으나 전국시대 말기부터는 서왕모西王母가 살며 불사不死의 물이 흐르는 신선경神仙境이라
  믿어졌다.
19 조선 태조 이성계李成桂의 능陵.
20 서울의 남대문에 있는 문 이름.
21 옛날 중국 요堯임금의 두 딸로 순舜임금의 부인들이 되었다가 순舜이 죽은 후 상강湘江에 빠져죽
  어 상군湘君이 되었다고 전한다. 흔히 이비二妃라 칭한다.
22 판소리 광대로 유명한 모흥갑牟興甲의 잘못인 듯하다.
23 도교道教에서 노자老子를 높여 이르는 말이다.
24 사람의 영혼을 저승으로 인도하는 차사差使. 제주도 무가 「차사본풀이」의 강림도령.
25 형조刑曹와 한성부漢城府를 '형한'이라 한다.
26 의금부義禁府의 군사.
27 북악산北嶽山의 잘못.
28 입춘날에 써붙이는 입춘첩立春帖의 하나. '하늘이 세월을 더하니 사람은 나이'를 더하고, 봄 기운
  이 하늘과 땅에 가득하니 복이 집에 가득 차네(天增歲月人增壽 春滿乾坤福滿家)의 뜻.

치여다보니 만학천봉萬壑千峰 내려다보니 백사지땅白沙地²⁹이라

만학천봉 흐르는 물에 흐르는 이 물이요 뛰는 이 족족 고기라³⁰

얼시구 좋다 절시구 지아쟈 절시구

팔도광대八道倡優가 올라온다

전라도全羅道 남원南原광대 아해광대 어룬광대

아해광대는 옥져玉笛불고 어룬광대는 단소短簫불고

로광대는³¹ 호적胡笛불고 한양성내漢陽城內 올나올때

광대치장이³² 없을소냐

절구통바지 골통행전 고양나이高陽白木 속버선에³³

몽기삼싱蒙古三升 것버선에 아미탑골阿彌塔洞 미투리에³⁴

장창底皮박고 굽창踵皮박고 매부리大釘에 잣징小釘 박고³⁵

어-ㄹ 망건網巾 당사唐絲끈에

엽낭葉囊³⁶차고 샹낭香囊차고

메고나니 검낭錦囊이요 차고나니 샹낭이라

한양성내 올라올때

나무껵어 다리놓고 돌도 굴려 구렁막고

산천경개를 돌아보니 각색초목이 무성허다

십리안 오리장송 오리에 십리장송

---

29 흰 모래가 깔려 있는 땅.
30 튀어 오르는 것이 모두 물고기라는 뜻.
31 늙은 광대는.
32 광대가 옷을 꾸며 입는 것을 '광대치장'이라 한다.
33 절구 모양의 바지, 상자 모양의 각반脚絆, 고양에서 나는 목면으로 짠 속버선에. '고양백목'은 고
   양군에서 생산되는 목면木綿.
34 몽골에서 나는 삼승으로 짠 겉버선에 탑골에서 나는 미투리에. '삼승'은 몽골에서 나는 비단 이
   름. '탑골'은 지금의 파고다 공원을 말한다.
35 밑바닥에 가죽을 붙이고, 굽에 가죽을 붙이고, 큰 못과 작은 못을 박아.
36 '엽낭'은 엽전을 넣은 주머니.

곳곳이 다 - 섰고나
양반남근[37] 참나무요 조상남근 밤나무요
귀신남근 사시나무 무당남근 신남기[38]요
주러진[39] 장목長木 늘어진 가지 넙적[40] 떡갈 능수버들
고루수 백달이 늘어섰네[41]
만산萬山 홍들紅綠은 봄을 만나 다 - 피었네

II 교술무가

1. 지두서[42]

「지두서」는 초혼제에서 불려지는 무가이며, 서두축원문의 성격을 가진다.
그 내용은 천지개벽 이후 강산의 생성된 모습과 조선 왕조까지의 간략한 역사
서술과 제석, 군웅, 영산, 조상, 말명, 수비 등의 신을 차례로 청하여 제물을 흠
향하고 가정을 행복하게 해 달라고 기원하는 것으로 되어 있다.

하늘은 언제 나며 땅은 언제나 계신고
천지天地 없는지라 태극太極이 어린 후에[43]
음양陰陽이 모호하여[44] 지리地理가 생긴지라

---

37 양반의 나무는.
38 신목神木.
39 구부러진.
40 잎이 넓고 평평한.
41 고로쇠나무, 박달나무가 쭉 늘어서 있네.
42 이 자료의 원문은 赤松智城·秋葉 隆, 『朝鮮巫俗の硏究』, 上(大阪屋號書店, 1937), pp. 271~277
   에 있는 「烏山指頭書」로서, 경기도 오산 남무男巫 이종만과 이종하의 구연본이다.
43 응결凝結한 후에.
44 음양이 서로 교합하여.

수화금목토水火金木土는 일인지오행五行이라[45]

오행이 생생하여 만물이 생길세라

천황씨天皇氏는 천하 마련하고 지황씨地皇氏는 지하 마련하고

태호太昊 복희씨伏羲氏 황제 헌원씨軒轅氏 수인씨燧人氏는 물을 내고

화덕씨火德氏는 불을 내고 목덕씨木德氏는 남글 내고

신농씨神農氏는 농사 마련할 제

구백 곡식씨를 던져 성실히 지어 내니

공산空山에 섰는 나무 옥도玉刀로 베어 내여

강태공姜太公의 조작방아 찧어 내니 옥미玉米로다

메 한 그릇 지어 내어 금주수土[46]님께 올린 후에

그 남은 쌀은 이 수인간 먹게 마련하여 오실 적에

곤륜산 제일봉은 산악지조종이라

산제룡 흘러 들어 천하 구조 되었어라

천하가 적단 말씀 공자孔子의 대언大言이요

노국魯國이 적단 말씀 우리는 모르노라

천문天文을 바라보고 지리를 굽내보니

태양이 현무玄武 되고 홍산紅山이 주작朱雀이라

천태산天台山이 청룡靑龍이요 금곽산金廓山이 백호白虎로다

진시황秦始皇 만리장성萬里長城 벼리를 삼아 두고

남경南京은 응천보應天府요 북경北京은 순천보順天府라

동남東南 한실漢室이 간 데 없고

오희吳姬는 어디 가고 지당池塘은 어디 간고

세간문물世間文物이 남가일몽南柯一夢이라

---

45 동양 철학에서, 만물을 생성하고 만상을 변화시키는 다섯 가지의 원소인 '金, 木, 水, 火, 土'를 이
르는 말.
46 지금의 임금.

우조宇宙에 빗기누워[47] 상고上古를 생각하니

삼조선三朝鮮 치국시治國時에 임군이 누구던고

단군檀君 천년 기자箕子 천년 합 이천년 치국이요

강남 땅 돌우잡아[48]

아혼아홉 방성防城이요 아혼아홉 도장都墻이라

조선국 돌아잡아

홋여덟[49] 방성이요 홋여덟 도장이라

첫서울 치국은

경상도慶尙道 경주慶州 금비대왕金溥大王 치국이요

두번째 치국은 전라도全羅道 전주全州 공민왕恭愍王이 치국이요

세번째 치국은

충청도忠淸道라 부여夫餘 백제왕百濟王의 치국이요

네번째 치국은 평양平壤은 반서울

기자 천년 단군 천년 이천년이 치국이요

다섯번째 치국은 개성부開城府 덕물산德物山

선덕물 후덕물[50] 왕근王建 태조 최일崔塋 장군[51]

완월도偃月刀 삼지창三枝槍 비수금匕首劍 받아 오시고

여섯번째 치국은 시지 한양 아태조我太祖 등극登極

게 뉘라 잡으셨나

강남서 나온 무악無學[52]이 근령쇠[53] 띄어 놓고

---

47 비스듬히 누워.
48 강남 땅을 정할 것 같으면.
49 오직 여덟 개의.
50 先德物 後德物. 선덕물先德物은 송기철의 안성무가 「조왕굿」에는 신덕물新德物로 되어 있다.
51 덕물산은 개성 동남방 10여 리 밖에 위치한 산으로 이곳에 최영 장군의 사당이 있고 거기서 큰굿
   이 베풀어진 것으로 알려져 있다.
52 무학대사를 말한다. 이성계가 도읍을 정할 때 무학대사가 그 자리를 잡아줬다고 한다.
53 자석.

산천 경계山川景槪를 둘러 보니 넉넉히 살펴보니

경상도 태백산太白山은 낙동강落東江이 둘러 있고

전라도 지리산智異山은 백마강白馬江이 둘러 있고

충청도 계룡산鷄龍山은 공주公州 금강錦江 둘러 있고

강원도江原道 금강산金剛山은 용흥강龍興江 둘러 있고

평안도平安道 잠물산慈母山은 대동강大洞江 둘러 있고

황해도黃海道 구월산九月山은 세류강細流江이 둘러 있고

함경도咸鏡道 백두산白頭山은 두만강豆滿江이 둘러 있고

경기京畿 삼각산三角山은 임진강臨津江이 둘러 있는데

부악北嶽은 억만봉億萬峰인데 우리 금주今主님 만만세라

대궐터 잡으실 때

새문西大門안[54] 대궐은 금계포란형金鷄抱卵形[55]이요

경복궁景福宮 대궐은 장군이대좌형將軍對坐形이요

동관昌德宮 대궐은 옥녀탄금형玉女彈琴形이요

한강漢江이 조수潮水되고 동작銅雀이 수기水氣막아

아랫대궐 웃대궐 경복궁 새 대궐

차례로 마련할 때

역驛으로 역마驛馬 놓고 촌村으로 기복마騎伏馬 놓고

서울은 육조六曹 마련할 제

정승政丞은 삼정승三政丞[56] 판서判書는 육판서六判書[57]

도감都監[58]은 오도감五都監 낭청郎廳[59]은 팔낭청八郎廳

---

54 서대문 안의.

55 닭이 계란을 품고 있는 형국의 지세로서 큰 인물이 나는 명당으로 알려져 있다.

56 삼공三公. 곧 영의정, 좌의정, 우의정.

57 고려와 조선시대에 기능에 따라 나라 일을 분담하여 집행하던 여섯 개의 중앙 관청. 곧 이조, 호조, 예조, 병조, 형조, 공조를 통틀어 이르는 말이다.

58 도감은 고려와 조선시대에 국장國葬, 국혼國婚 따위를 맡아보는 관청이다.

59 조선시대에 '당하관堂下官'을 달리 이르던 말이다.

동부東部 서부西部 남부南部 북부北部 한성부漢城府를 마련하고

시골은 적다 하여 육방六房을 마련할 제

경상도 칠십일관七十一官 문경聞慶이 도외관道外官이요

대구大邱 감영監營 마련하고

전라도 오십삼관五十三官 여산礪山이 도외관이요

전주 감영 마련하고

충청도 오십삼관五十三官 직산稷山이 도외관이요

공주 감영 마련하고

강원도 이십육관二十六官 철원鐵原이 도외관이요

원주原州 감영 마련하고

함경도 이십사관二十四官 덕원德源이 도외관이요

함흥咸興 감영 마련하고

평안도 쉬흔세골五十三郡 성천成川이 도외관이요

평양 감영 마련하고

황해도 사십육관四十六官 금천金川이 도외관이요

해주海州 감영 마련하고

경기 삼십육관三十六官 죽산竹山이 도외관이요

새문박[60] 경기 감영 마련하고

각골 육방六房 마련하고 일품一品을 다녀 보자

광해江華 일품 광주廣州 이품二品 수원水原은 정삼품正三品

차례로 마련할 제 남양南陽은 제명장兼營將?

금과천衿果川 꽃대주花大州 양안성陽安城 군수 현령郡守縣令

차례로 마련할 제

모군某郡 모면某面 모리某里 거주居住 모씨某氏 이 정성을 들일 적에

---

60 서대문 밖에.

임의 여름 지어 내어[61]

그저 먹고 그저 쓰기에는 어렵고 두렵사와

천하궁天下宮을 나가 천대 박수天大博士 지하궁地下宮 공무당公巫堂

낡은 책력冊曆 제쳐 놓고 햇책력 내어 놓고

일상상기一上生氣 이중천의二中天宜 삼아절체三下絶體 사중유혼四中遊魂

오상화해五上禍害 육중복덕六中福德 칠아절명七下絶命 팔중귀혼八中歸魂

남생기男生氣 여복덕女福德 여생기女生氣 남복덕男福德

좋은 날을 가려 내어 문 위에 붙여 놓고

조라 치성神酒致誠 드리려고

새박아 지새동이 옆에 끼고[62]

공중에 솟은 물 셋 일곱 스물한三七二十一 박 떠 내어

상탕上湯에 머리 감고 중탕中湯에 목욕沐浴하고

하탕下湯에 열손 발원十手發願 시위손侍衛客의 상床에

전조단발剪爪斷髮 신영백모身纓白茅 정성으로 들어 놓고[63]

단골 만신萬神 청좌請坐하여

제관집사祭官執事 사지성방 세워 놓고[64]

이 정성을 들일 때에

처음에 오시는 님신 어느 님신이 오시느냐[65]

---

61 농작물을 지어 내서.
62 새 바가지 새 항아리를 옆에 끼고.
63 손톱 깎고 머리 깎고 몸을 흰 갈대풀로 싸서 묶고. 이는 은나라 탕임금이 기우제를 지낼 때 스스로 희생이 되어 제를 드리는 모습을 말한 것에서 유래된 말이다.
64 삼지사방. 여러 곳에.
65 처음에 오시는 신 어느 신이 오시는가?

2. 청배

청배는 굿 첫머리에 신을 청하는 행위를 말한다. 어떤 신을 불러 오느냐에 따라 'ㅇㅇ청배'로 불린다. 청배무가는 대체로 신격의 나열, 신이 오는 과정을 묘사하는 「노정기路程記」, 신의 내림을 비는 「강신축원」 등이 있는데, '무경巫經' 중에는 「신장편神將篇」도 청배의 기능을 가지며, 서사무가도 일종의 청배무가라 할 수 있다.

조상청배[66]

응헤 조선 제일 강남은 담비라요
우리나라 전라군성 나주가 본本일레라
사파세계娑婆世界 남선부주
해동 데일海東第一 대한국大韓國에
산지조종 곤륜산이요 수지조종 황하수라
데일 명산 돌아드니 ㅇㅇ도라 ㅇㅇ군에
ㅇㅇ면 ㅇㅇ리서 ㅇㅇ성가姓家에
이 정성 놀이 디릴적에
조상님에 정성디려
해원날은 ㅇㅇ년 해원이요 달에나 월생 ㅇ월달에
날에 성수 ㅇㅇ날 아침ㅇ시 이 정성 디리시고
조상님에 기도 정성 디리자고
이 나라에 음력을 놓고 저 나라에 양력을 놓고
백둥녁百中曆을 서른 세 책 내어놓고

---

66 여기에서 소개하는 자료는 임석재·장주근, 『관서지방무가』(문화재관리국, 1966)에 있는 것으로, 평양 남무 정운학의 구연본이다.

턴기天機대로 펠테놓아[67] 원천강에 날을 골라

주역선생周易先生 시時를 맥여[68] 생일 생기 골라내니

대주에는 천길 날에 계주에는 상길 날

자子에 자손 복福들 날에 이 정성 놀이 디립니다[69]

앉은 조상님이 오시라고 차례 차례 연 차례로

맨제 가신 구舊 조상과 후에 오신 신新 조상님

십이대조 하라바님 양위부처兩位夫妻

십일대조 하라반네 양위부처

십대조 하라반네 양위부처

구대조 하라바님네 양위부처

팔대조 하라바님네 양위부처

칠대조 하라바님네 양위부처

육대조 하라바님네 양위부처

오대조부 양위부처

증조부에 양위나 부처

조부님에 양위부처

동본同本 동셍同姓 아니 즐매

왕고모[70] 세 고모 가신 즐매

손 위에는 삼촌 부모

손 아래는 조카 반석 가신 즐매

사촌에 가신 조상 오륙촌에 가신 조상

칠팔촌에 가신 조상 육촌 안에 드는 조상

---

67 펼쳐 놓아.

68 매기어.

69 드립니다.

70 대고모大姑母. 할아버지의 누이. 곧 아버지의 고모를 말한다.

열촌 밖에 나는 조상 말[71] 안에 드는 조상

말 밖에 나는 조상님네 대주 갈래 열두 갈래

게주 부인 열두 부인 삼팔 갈래 오는 조상

색 싹은 조상 식 싹은 조상님네

고 삭은 조상님네 검은 갓을 눌러 쓰고

나삼 소매 부여잡고 청학에 무릴짓고

백학에 떼를 지어 쌍거쌍래雙去雙來 오실 적에

화랑도 널흔[72] 길이 널다 좁다 오시고요

들어드릴 청이니 가시지 말고

차례차례로 오실 적에 일천 동무 삼천 벗이

일천 거마 명을 싣고 삼천 수레 복을 싣고

삼천 술로 오시라고 세細 모래 밭에

자추[73]없이 들어서서 아흔 아홉 삼색 길로

쉰 살 부채 그늘 아래로 강림을 하옵시고

삼일三日 열락悅樂 삼일 도신 받으시고

이 가중家中에 자손 애기를

하루걸이 도와주시고 명命과 복을 도와주시고

자손 애기 출세시켜 노인 부모 양위부처

혈과 나운 높아 세상정 소년 향락 시겨주고[74]

부귀공명 시겨 부처 해로夫妻偕老 자손 만단子孫萬端

자손출세 도와주고 가물 때를 베께주고[75]

선한 때를 입혜주어 부귀공명 도와줄 때

---

71 마을〔村〕.
72 넓은.
73 자취.
74 시켜주고.
75 가뭄으로 입었던 재해를 사라지게 하다.

부처에 액운 자손에 액운 재물에 실패

삼재 팔난三災八難 관재 구설官災口舌

영문 출퇴營門出退 동네 구설

산중 낙마山中落馬 수중水中 낙마

불에 화재火災 도적에 실물失物

원악 대악을 의주 월장으로 소멜[76]을 시겨

아리던 걱정 보끼던 친구

우환 걱정 근심 다 소멜시겨

차 가중此家中에 낮이면은 물이 밝고

밤이면은 불이 밝고 수화 병청水火倂淸 도와주고

구년 지수九年之水 말른 듯이

대한 칠년大旱七年 왕 가물에

빗 밭갈이 도와주고

수평선을 노는 듯이 수평기를 띄운 듯이

일취월장 도와주고

순지 건곤舜之乾坤 요지 일월堯之日月같이 도와서리

자손 애기 간 곳마다 일금 생금 도와주고

보무래다[77] 잠을 자고 세간에다 기를 걸어

나무 눈에 잎이 피고 집안 가정에 무궁화가 만발한 듯

웃음으로 낙을 삼고 영화榮華로 문을 삼아

없는 자손 생겨주고 있는 자손 길러스리

사해에 출세시기고 높은 벼슬 이어줄 때

일년 하고 열두 달과 삼백 하고 예순 날에

하루걸이 도와주고 이 삼년이 돌아가고

---

76 소멜.
77 미상.

후 삼년이 돌아와도 안과태평安過太平 도와주고

국가사업國家事業하는 가문에 국가 명문名門 높혀스리

벼슬 정책 높혀주고 나라에다 사물받어

지장없이 도와서리 십년에다 왕운王運주고

이십년에 재운再運주고 삼십년에 대운大運주고

오십년에 식신[78]달아 안과태평 널려주고

자손네는 조상님을 숭상하고 조상님은 자손네를 믿사올 때

오늘날 조상님네들이 상 감응感應에 내린 감응하셨다가

영신당으로 좌덩[79]하여 명命과 복을 점지하옵소사

3. 축원

성주축원[80]

성주는 '성조成造'라고도 불리는데, 가정의 길흉화복을 관장하는 가옥신으로 대들보에 존재하므로 상량신이라고도 한다. 이 무가는 가신인 성주신에게 농사의 풍요나 자손의 번성, 재운의 도래 등 가장 보편적인 인간 소망을 기원하는 내용으로 되어 있다. 새로 집을 지었거나 이사했을 때 대주의 나이가 17, 27, 37 등 7자가 드는 해의 10월에 길일을 택하여 벌이는 성조받이(굿)의 축원문이다.

성조대도감成造大都監 그늘에[81] 대직장大直將 대별감大別監 표골장군豹骨將軍

---

78 食神. 음식을 맡고 있는 귀신.

79 좌정.

80 여기에서 소개하는 자료의 원문은 赤松智城・秋葉隆, 『朝鮮巫俗の硏究』, 上(大阪屋號書店, 1937), pp. 107~115에 수록되어 있는 1930년 경성 무녀 배경재의 구술본이다.

81 휘하에.

사살군웅射殺軍雄 안아부인 아홉아들 한 딸애기

일곱 손자 거느리고

초년성주初年成造 열 일곱 이년성주二年成造 스물 일곱

중년성주中年成造 서른 일곱 노자성주老者成造는 쉰 일곱

예순 하나는 환갑성주還甲成造

뜰 가운데 공대성주空垈成造 와가성주瓦家成造 대가성주大家成造

대주垈主가 성주요 지신地神이 계주季主요 안당內堂이 자손이요

성주가 산란散亂하면 대주가 산란하고

지신이 산란하면 계주가 산란하고

안당이 산란하면 자손이 산란하고

성주마누라 낮이면 인간을 세어내고[82]

밤이면 세어들이고[83]

이 정성 받으신 후

성주지신 안당도 안읍하고[84]

광적倉賊 수적水賊 화재火災 부새도 막아내고

꿈자리도 물리치고 삼재팔난三災八難 손재실물損財失物

천리만리千里萬里로 다 제치고

악인惡人을 제지하고 성인聖人을 상구常求하고

죄악罪惡에 거침없이

오는 사망 휘어들여 가는 사망 손을 쳐서[85]

만사망 떼사망이 억수장마비 퍼붓듯

함박물에 물 퍼붓듯

---

82 성조 마누라는 낮이면 인간을 돌보러 나가고.
83 밤이면 인간을 돌보러 들어옵니다.
84 평안하게.
85 오는 이익을 끌어 들이고, 가는 이익을 손으로 불러서.

대천바다에[86] 물밀어 들어 오듯이

웃음으로 열락悅樂하고

천량[87]으로 놀이하고 자손으로 화초花草삼고

봉학鳳鶴 넘는 듯이 만사萬事가 대길大吉하고

백사百事가 순종順從하게 매사每事 일이 다 잘되게

도와줍소사

III 서사무가

1. 천지왕본풀이[88]

이 무가는 한국의 창세시조신화에 속하는 것이다. 창세시조신화에는 천지
개벽, 일월조정, 인류시원, 인세차지경쟁 등의 화소가 포함되어 있다. 함흥의
「창세가」, 「솅굿」, 오산의 「시루말」 등이 바로 무가로 전승되는 창세신화이다.
여기서 소개하는 「천지왕본풀이」는 제주도 초감제에서 구연하는 것으로 알려
져 있는데, 천주왕의 수명장자 징치, 천주왕과 총맹부인과의 혼인, 대별왕 소
별왕의 쌍둥이 형제 탄생, 형제간의 인세차지경쟁 등의 내용이 들어 있다.

인간에 수명장자가 사옵는데 무도막심無道莫甚하되

말아홉 소아홉 개아홉이 있어서 사나우니

---

86 큰 바다에.

87 전량錢糧의 속음俗音이다.

88 이 자료의 원문은 赤松智城·秋葉 隆, 『朝鮮巫俗の研究』, 上(大阪屋號書店, 1937) pp. 460~466
에 실려 있는데, 제주도 서귀포 남무인 박봉춘의 구연본이다.

인간사람이 욕을 보아도 어쩔 수 없사옵는데

수명장자가 하루는 천왕天王께 향하여 아뢰되

이 세상에 날 잡아갈 자도 있으리야 호담을 하니

천주왕이 괘씸히 생각하여 인간[89]에 내려와서

수명장자 문 밖에 청버드 낭가지[90]에 앉아

일만군사一萬軍士를 거느리고 숭험[91]을 주되

소가 지붕을 나가서 행악行惡해하고

숫솥釜과 푸느채[92]를 문 밖으로 걸어 당기게 하되

수명장자 조금도 무서워 아니하니

천주왕의 머리에 쓴 싱엄[93]

수명장자 머리 위에 씌워 놓으니

두통이 심하난 종놈을 불러서[94]

내 머리가 너무 아프니

돗치로[95] 깨라고 호언을 하니

천주왕이 어이없어 참 지독한 놈이라 하고

숭엄을 벗겨 쓰고 돌아오는 길에

백주 늙은 할망白珠老婆 집에 들러서

오늘밤 여기 유숙해야 겠노라 하니

노파 하는 말이 이런 집에 천주왕을

모실 수 없습니다 하니 관계없다 하고 드니

밥하여 놓을 쌀이 없어 노파가 걱정을 하난

---

89 인간 세상.
90 푸른 버드나무가지.
91 흉험凶險.
92 미상.
93 머리에 쓴 두건頭巾.
94 두통이 심하자 종놈을 불러서.
95 도끼로.

수명장자 집에 가서 쌀을 달라 하면

주리니 갔다가 함서[96] 하니

쌀을 얻어다가 밥을 해서 천주왕께 드리고

일만군사 대접한 후 천주왕이 자는 밤중에

옥얼내기玉櫛로 머리 빗는 소리가 나니

이상하다 하고 백주노파한테 물으니

우리 딸애깁니다 하니

불러본즉 월궁선녀月宮仙女같은 아기씨라

그날밤부터 배필配匹을 무어서 살다가[97]

삼일후에 올라가려 하니

천주왕께서 올라가버리면 저는 엇지 살녀

만약에 자식이 나면 어찌합니까 하니

부인은 박이왕[98]이 되어 인간 차지하고

자식이란 낳거든 이름을 대별왕 소별왕이라 짓고

나를 만나겠다고 하거든 본미[99]를 줄터이니

정월축일正月丑日에 칵씨[100] 두방울을 심으면

사월축일四月丑日에 줄이 옥황玉皇으로 뻗쳐 올라가리니

그줄로 옥황에 보내라 하여 서로 작별하고

일년 후에 아들 형제를 낳아 나이 일곱이 되니

어멍왕[101]에 가서 아방왕[102]이 어딥니까 물으니

옥황이 천주왕이다 그러면 어찌 하야가 뵈오리까

---

96 줄 것이니 가져다가 하시오.
97 그날 밤부터 부부가 되어서 살다가.
98 '박' 혹은 '바가지'와 관련 있는 듯하나, 분명하지 않다.
99 신표信表. 근본을 증명하는 물건.
100 박씨.
101 어머니 왕(母王).
102 아버지 왕(父王).

칵씨 두방울을 심어서 줄이 옥황에 뻗치거든

이 본미를 가지고 올라가라 하니

정월축일에 칵씨를 심었더니

사월축일에 줄이 옥황에 뻗치니

옥황에 올라가서 아방왕을 만나니

이름 성명을 묻고 네 이름이 무엇이며

어멍왕은 누구며 본미가 무엇이냐

이름은 대별왕 소별왕이며 어멍왕은 바에왕이고

본미는 여기 있습니다

내어 보이니 내 아들이 분명하다

너희 형제가 인간의 길흉화복吉凶禍福과

지옥地獄이[103] 수유장단壽夭長短을 차지하여 나아가라 하고

은대야에 꽃을 둘을 심어서

꽃이 잘 장성하는 사람은 인간을 차지하고

꽃이 잘 되지 아니한 사람은 지옥을 차지하라

은대야에 꽃을 심으니

소별왕 차지는 꽃이 잘 아니되고

대별왕 차지는 꽃이 잘 되어

너의 차지대로 나아가라 하니

인간에 나오되 소별왕이 근심하기를

자기가 인간 차지하고 형이 지옥 차지하게 되면

수명장자를 버력[104]을 주어서 행실을 가르치지마는

우리 형은 못하리라 생각하고

옵서 형님 잠이나 잡시다 하고 누워 자는 체하고

---

103 지옥의.
104 벌악罰惡. 악을 징벌하다.

형의 꽃은 자기 앞에 놓고

자기 꽃은 형의 앞에 놓고 형을 깨워 하는 말이

어떤 일로 형님 꽃이 유을고[105] 나 꽃이 성하니

무슨 일입니까 하니 형이 이 꾀를 알아 먹고

네가 그런 짓을 하면 아방왕이 알면 죽으리라 하니

소별왕이 형님께 사죄하고

옵서 형님 예숙이나 겨웁시다[106] 하야

그리하라 하니 동방낭 입은[107] 무사[108]

겨울이 들어도 떨어지지 아니합니까

속이 아니 구리니[109] 아니 떨어진다

그러면 수리댄[110] 속도 구려도

무사 떨어지지 아니합니까

또 동산에 곡식은 잘 아니되고

무사 아래 밭 곡식은 잘됩니까 물으니

위의 흙과 물이 아래에 흘러 오니

아래는 잘된다 그러면 위는 아니되고

아래 잘되는 건 무슨 까닭입니가

대답을 못하여서 너한테 졌노라 하니

아시[111]가 말하기를 형님은 아니 되어도

아시가 잘되어야 좋지 않습니까 하니

그러면 네가 인간을 차지하기는 하라

---

105 시들고.
106 수수께끼 내기나 합시다. '예숙'은 수수께끼의 제주 방언이다.
107 동백나무 잎은.
108 왜.
109 속이 텅 비어서.
110 수리대는 가는 대의 일종이다.
111 아우.

나는 지옥 차지하겠노라

네가 만약에 잘못하면 재미없으리라 하고

꽃을 바꾸어 주어서 아시는 인간 차지하고

형은 지옥을 차지하였습니다

아시는 인간 차지하야 수명장자를 불러다가

네가 인간의 포악무도한 짓을 많이 하니

용서할 수 없다 하여 압밧듸 벗텅걸나[112]

뒷밧듸 작지갈나[113] 참지전지한 연후에[114]

뼈와 고기를 빚어서 허풍 바람에 날리니

목이 파리 빈대 각다러되어[115] 날아가고

파가망신破家亡身[116] 시킨 후에 인간의 버릇을 가르치고

복福과 록祿을 마련하여 선악善惡을 구별하고

인간 차지하옵네다

2. 성인노리푸념[117]

이 무가는 손진태가 평북 강계에서 전명수의 구송을 채록하여 『문장』 1940
년 9월호에 발표한 자료이다. 전국적으로 전승되는 '제석본풀이' 유형의 하나
로서 북한지역 전승본 중에서는 가정 먼저 채록된 자료이다. 성인이 불공을 드
려 기자치성의 결과로 출생되었다는 성인 출생담과 마음씨가 나쁜 장자가 성

---

112 앞 밭에 형구刑具를 갖추어 놓고.
113 뒷 밭에는 작두를 갈아 놓고.
114 참형斬刑을 한 후에.
115 모기 · 파리 · 빈대 · 각다귀가 되어.
116 패가망신敗家亡身.
117 이 자료의 원문은 『문장』 1940년 9월호에 수록되어 있는데 독자의 편의를 위해 주석을 달고 일
부 방언 어휘의 표기를 고치고 행의 길이도 더 길게 분절하였다.

인을 박대하고 집이 함몰된다는 「장자못 전설」과 같은 내용의 이야기가 삽입되어 있다. 서장애기가 붉은 구슬을 치마에 받고 아들 삼 형제를 잉태하였고 아이들이 아버지를 찾아가 시험을 치루고 합혈을 하여 부자간의 혈통을 확인하고 부자가 모두 종이 말을 타고 승천한다는 내용에서 「주몽신화」에서 찾아지는 천신강림의 신화소를 찾을 수 있다.

성인[118]님으 근본은가 황금산[119]이 근본이요
황금산 주재문장 석다녈여대부테[120]
노란쇠부테 흰쇠부테 검은쇠부테
삼불상 성인님이올시다.
성인님으 오만이는[121] 마울태지 부인이오.
성인님 아바니는[122] 마울태자 선비이오
초년에 말을 부치고[123] 둥년에 편지받아
삼년만에 혼간을 무어[124] 살아가는데
남녀간 자식을 못보와 매일 설워하옵더니
할날은 어떠한 중상이 저반당월님 동뜰로 드러오며
정상상관 암승보살 나무하비타불
눅게범니상 나무하비타불 눅자넘불[125]을 들어리니

---

118 여기서의 성인은 유교에서 말하는 덕망과 지혜가 뛰어난 이상적 인물을 가리키는 것이 아니고
    불교에서 이상적 존재로 생각하는 부처나 불교적 신격을 말한다.
119 황금산은 지상에 존재하는 현실적 공간이 아니고 성인이 거주하는 신성공간이다. '황금'이란 말
    은 고어 '한곰大神'과 관련이 있는 것으로 천신天神과 산신山神, 불교적 신神이 습합되는 과정에서
    형성된 어휘라고 생각된다.
120 '석가여래 부처'라는 의미인 듯하다.
121 어머니.
122 아버지.
123 혼삿말을 건네고.
124 혼인을 해서.
125 육자염불六字念佛을 말한다. '나무아미타불'의 여섯 글자를 부르며 하는 염불.

성안님 오만이가 내다보더니

데중상은 범난한[126] 중상이 아니라

재미독에 가서 어백미[127] 논으로 논생미[128]

서되서홉을 떠다주면 하는말이

이중상아 내말 한마디 들어보시오

이 재미[129]를 개구가서 수륙재마지[130]를 드리면서 빌적에

자식없는 사람을 자식을 보게 하여달라 빌어주시오 하니

그 중상이 말하기를

이것을 가지고 자식볼라면 보고 말라면 말면

세상에 자식없을 사람이 어데있아오릿가 하면서 하는말이

황금산에 올라가서 석달열흘 백날 성공을 하여보옵소서 하니

그러면 성공하여 보자하고

어백미 논으로 논생미를 설혼서말 서되서홉을 개구[131]

기림재미 무재미도 만이 개구 갈적에

황금산에 올라가서 그달부텀 성공[132]을 하는데

낮이면 수륙제마지를 드리고

밤이면 촛불연등에 방덩불 화등에

불서 발기기만[133] 일삼우면

석달열흘 백날을 채울적에

구십구일이 되여도 아무형지도[134] 없으니

---

126 범상한. 평범한.
127 '어백미御白米'는 본래 임금에게 바치던 흰쌀. 여기서는 신에게 바치는 쌀을 의미한다.
128 상미上米. 품질이 좋은 상품의 쌀.
129 불교의식에서 부처님께 공양하는 데 사용하는 쌀.
130 수륙재水陸齋 불교에서 수륙의 잡귀를 위하여 재를 올리고 경문을 외는 의식.
131 가지고.
132 정성과 공양.
133 불을 켜 밝히기기만.
134 형체를 드러내다.

마울태자 선부과 마울태자 부인과

둘이 말하기를 성공도 쓸대없다하고

오늘 저녁 마즈막 자고 가자하고

초경에 잠들어 이경에 꿈귀여 삼경만에 깨다르니

하늘로서 붉은구슬 한알이

내려와 초매앞에[135] 쌔와 보이거늘

마울태자 부인이 마울태자 선부과 말하기를

하늘로서 붉은구슬 한알이 내려와서 초매앞에 쌔와보이오

죽을 꿈을 구었는지 살꿈을 구었는지

알수 없외다 하니 마울태자 선부가 말하기를

나도 모루갔오 하고 그날로 집에와서 있는데

그달부텀 태기있어 한달두달 석달넉달

피를모아 다섯달 반반구비 여섯달 닐굽달 야들달

아홉달 문다다 열달만에 탄생을 받아나갔는데

아해가 배안에서 말을하는데

알으로는 탄생을 못갔아 하오니

오마니 머리에 딜은 금봉채[136]를 뽑아내어

배한판[137]을 금을 그려주면 탄생하갔노라 하니

배한판을 금을 그려주니 탄생하여 아해 말하기를

오마니 아바지를 갓듯이 찾고 그날부터 말을 못하는 것을

열세살을 나두록 말을 못하다가 그날부터 말을 하는데

오맘 아밤을 갓듯이 찾아놓고 말을 하는데

오만이 옷치매로 바랑을 지어주옵고

속허리띠로 곡갈을 지어주옵고

---

135 치마폭에.
136 봉황새 장식을 한 금비녀.
137 배 한가운데.

아바지 동초막[138]으로 당삼을 지여주면

황금산에 올라가서 본명을 타오갔아오니다

마울태자 부인이 말못하든 자식이 말을 하니

너머 기뻐 곡갈당삼을 지어주니

곡갈쓰고 당삼입고 자지바랑 등에지고

가는 거동을 보니 앞으로 보면 중이 완연하고

뒤로 보면 신선이 완연하다

황금산에 올라가니 삼불상 성인이 안젰데

우에는 힌부테가 안졌삽고

아루꾸테는 거먼쇠부테 안졌고

가운데는 노른쇠부테 안졌는데

황금산 주재문장이 부테님과 말하기를

본명을 주옵소서 하니

힌쇠부테님이 하는 말이

나는 무엇을 주면 본명이 되갔노 한면 하는 말이

나는 대권선[139]을 주노라하고 대권선을 내여주고

검은쇠부테는 나는 무엇을 주면 본명이 되갔노 하면

나는 눅한당[140]을 주노라하고 눅한당을 내여주고

노른쇠부테는 말하기를

나는 무엇을 주면 본명이 되갔노하면

나는 목닥을 주노라 하고 목닥을 내여주니

황금산 주재문장이 본명을 타개구 내려올적에

주문을 듣는데 당주애비가 살기를 부재로 사는데

---

138 남자들이 입는 웃옷. 등거리 적삼.

139 권선대勸善袋. 불교에서 선심이 있는 사람에게 보시를 청하는 주머니. 시주 바랑.

140 육환장六環杖. 스님이 짚고 다니는 지팡이.

용심이 사나와서 중이 가면 귀를 비비여 쫓고

동녕앗치[141] 가면 쪽박을 깨딜이고

곡석을 꾸이되 말등으로 꾸이고

말안으로 받아먹고 그런다는 말을 듣고

당주애비네 집으로 드러가면

눅자넘불을 드러티면 재미공덕 하라하니

당주애비가 말하기를

데 중상은 범난한 중상이 아니오니

노덕이 나가서 재미를 떠다 주라하니

당주노덕 나오난 거동을 보니

아즐악 바가지 모주랑비을 들고

삼년묵은 두짓간에 드러가서

이구석 데구석 쓸어모아

봉댕이를 한바가지 모아다 주니

황금산 주재문장이 봉댕이를 받아

회올바람에 살살이 디루어노으니

쥐똥 네알이 나맛거늘

황금산 주재문장이

쥐똥 한알은 비비여 말을 맹그러 놓고

또 한알은 비비여 길이매[142]를 맹그러커놓고

두알은 비비여 짝딜이[143] 맹글어 말께 싯고 나오니

당주애비 내다보드니

데 중상이 우리복을 폭 뺏어가니

아들이 나가서 뺏딜어 오라하니

---

141 동냥을 받으러 다니는 거지.
142 그리마. 그리마과에 속하는 절족동물. 그리마를 보면 돈이 생긴다는 속신이 있다.
143 미상.

당주 아들이 나가서 뱃딜여 오니

도루 쥐똥네알이 되였거늘

당주애비가 하는말이

이것을 두었다가는 또 일허베리갰으니

먹어버리자 하고 모혀안저서

쥐똥을 노나 먹는구나

한알을 내가 먹고 두알체는 노덕이 먹고

세알체는 아들이 먹고 네알체는 메늘이가 먹어라 하고

부자간이 쥐똥을 노나 먹는구나

황금산 주재문장이 나오는데

당주며늘이가 재미독에 가서

어백미를 서되서홉 떠다주니

중상이 받아개구 가면서 말하기를

낼 오시가 되면 너이집이 넝당늪피¹⁴⁴ 되갰으니

불상하지 아닌가오하니

당주 며늘이가 말하기를

이오소 중상아 사람사는 모책이 아니있소 하니

그 중상이 말하기를

나가는 길로 오면 살터이니 오시오 하니

당주며늘이가 말하기를

어찌 중상 간길을 알갔소 하니

그 중상이 말하기를

나간길은 돌도 깨여디고 흑도 패와디고

나무도 끈어지고 하였으니

글로 따라오면 살것이오

---

144 연당蓮塘 늪. 연꽃이 피어 있는 연못.

오면 뒤에서 벼락소리가 나도

도라보지 말고 오라하니

그러갔소 하니 중이 가거늘

그날밤 자고나 아츰밥을 할라구

부엌을 내려가니 부엌 구석에

안나든 샘물이 졸졸이 나오구

무쇠농말기 좀이 먹어내려오고

세발장지가 터바를 도라보고 드러오니

시오만 자는데 올라가서

이어소 오만이 드러보시오?

부엌구석에 안나든 샘물이졸졸이 나옵네다 하니

시오만이가 말하기를

외며누리가 먼물 길지말고

게서 퍼서 진지를 지어서

아반이 공대하라 하는것이로다

물독에 금붕어 한쌍이 아들갑네다 하니 또 말하기를

우리가 세간모을적에 고기를 보면 밥도적이라 하고

울당을 넹겼드니 이저는 나이 널로하여가니

게서 잡아 반찬하라구 그르느니라

세발장대가 터바를 돌아보고

드러옵네다 하니 또 말하기를

아아 그말 말어라 너이는 더우면

어드래 바깥을 나가느냐

그것두 너머 더워 그러느니라 하고

또 말하기를 낭반으 집에

쌍놈으 자손이 드러오드니

아츰진지는 아니짓고 시오만이과 올라와서
수수깩기만 하갔느냐
썩 내려가서 진지나 하여라 하니
내려오니 부엌구석이에 나오든 내물이
부엌 바당에 차드니 고막묵에 차느니
고막묵이 차드니 알웃방이 차는구나
할수없어 갈밖엔 전혜없다 하구
아해를 업고 개지를 더리고 고넹이도 더리고
바느질 광이도 니고가는데
그 중상 간길을 찾아가는데
뒷동산으로 올라가거늘 동산으로 올라가는데
뒤에서 악수베락 소리가 나는데
그 중상이 가면서 말하기를
뒤에서 베락소리가 나도
뒤를 보지말고 오라하였는데
아니 볼수가 없어 게트랑이 아레로
조곰보는게야 무어시랴하고
게트랭이 아래로 내려다보니
발서 집이 넌당눕피되여
수영버두나무 한나이 나서 커는데
시오마니는 암탉이 되고 시아바니는 수탉이 되여
나래를 휘휘 티며 울다가 게서 떠러저 죽어
청먹자구 황먹자구 되여 싸오니
그뻬부텀 먹자구손이 사람손이 같소
당주 메느리가 게트랭이 아래로
본죄로 게서 죽어 부우 세존으로 돌레보내니

그때부텀 애기바우 둥지바우

개바우 고냉이바우 비우세존을

시월파일 곳전노리 기름재미 무재미로

받아먹게 돌레보내고

황금산 주재 문장이 게서 떠나

서장애기네 집으로 내려오는데

서장애기네 집을 당도하니

대문 아흔아홉 대문이어늘

첫대문을 열고 드러가니 또 대문이 있거늘

또 열고 드러가니 열두대문이어늘

열두대문 열고 드러가며

그 반장월님 동뜰로 드러서며

정상상과 남승보살 녹게범나승보살 마아살

눅자넘불을 드려티면 재미공덕 하옵소서 하니

서장애기가 내다보드니

안문걸쇠야[145] 재미를 떠다주라 하니

황금산 주재 문장이 말하기를

안물걸쇠 밧문걸쇠 떠다주는 것은

아니개구 가갔노라하고

서장애기가 떠다주어야 개구 가갔소하니

서장애기 말하기를

별놈 중상을 보갔소하고

할수없어 서장애기가 재미독에 가서

어백미 논으로 논생미 서되서홉을 떠다

바랑에 네어주니 그놈으 바랑이

---

145 집을 지키는 하인의 이름.

밑이 빠딘 바랑이 분명하여

그 반당월림 동뜰에 활활이 널어노와스니 할수 없어

안문걸쇠야 키내오고 비내오나라 하니

그 중상이 말하기를

키길에도 아니먹고 비길에도 아니먹소

서장애기과 날과 한양주우야¹⁴⁶개구 가갔노라하니

할수 없어 서장애기과 황금산주재 문장과

둘이 줍는데 서장애기는 두되 두홉을 주었엇데

황금산 주재 문장은 한되한홉을 주었거늘

다 주어 노으니 일락서산하였으니

갈수가 없아워라 하고 좀 자구 갑시다 하니

서장애기가 말하기를

남출공가男出空家이니 못잔다하니

중상이 말하기를

작투탕¹⁴⁷에서 좀 잡시다 하니

그러면 작투탕에 자라하니

작투탕에 드러세드니 말하기를

고두쇠¹⁴⁸가 무서워 못자갔노라 하고 말하기를

서장애기 아밤자는 방에서

좀 잡시다 하니 그럼 자라 하니

문을 열고 한발을 디려놓드니 또 못자갔노라 하니

어드레서 못자갔다 하는가 하니

가래침내가 나서 못자갔노라 하고

---

146 함께 주워야.
147 여물 써는 작두를 두는 헛간.
148 작두날을 작두 바탕에 거는 쇠로 만든 물건.

서장애기 오루반이[149] 자는 방에서

좀 잡시다 하니 그러면 자라 하니

문을열고 발을 디려놓드니 또 못자갔소 하니

어드레서 못자갔는가하니

호령ㅅ기가 나서 못자갔노라 하고

그 중상이 말하기를

서장애기 자는 방에서 길마리에서 좀 잡시다 하니

서장애기가 말을 하는데 못잔다 하니

중상이 하는 말이

만일 그러면 서장애기 자는 방문을

안으로 봉하고 안으로 쇠를 채우고

것츠로 봉하고 것츠로 채우고

그 쇠를 열지않고 자취없이 드러가면

재우갔는가하니 서장애기가 생각하니

제가 무슨재간 있어 문을 열고 하고

그러면 그러자 하고 문을 봉허여 노으니

그 중상이 간고디 없거늘

서장애기가 발세 그랬으면 발세 가갔는 것을

달넌을 하였오 하고 문을 열고 드러가보니

그 중이 어들로 드러갔는지 자추없시 드러가서

서장애기 초매거는데 당삼을 버서걸고

서장애기 달아곡지 거는데 곡갈을 버서걸고 안잤거늘

서장애기가 할수 없서 어찌 할줄을 모르고 방황하는데

황금산주재 문장이 말하기를 서장애기야 내말을 드러보아라

둘모래를 파다 가온데 놓고 게다가 물을 떠다놓고

149 오라버니. 오빠.

서장애기는 아룻구테서 자고 나는 웃구테서 자는데

적강隔江이 칠리千里라하니 엇지하로릿가

그러면 그를밖엔 없다하고 물모래를 파다 가운데다 놓고

게다 물을 떠다놓고 서장애기는 아룻구테서 자구

황금산주재 문장은 웃긋테서 자면 서장애기 잘가하고

서장애기는 황금산 주재 문장 잘가하고 서로 말근배기만 하다가

황금산주재 문장이 잠석줌을 쥐여 서장애기 한테 내리티니

서장애기가 잠을 자는구나

초경에 잠을 들고 이경에 꿈을 꾸어

삼경에 깨다르니 하늘로서 붉은구슬 세알이

내려와 초매앞에 쌔와 보이거늘

잠을 깨다르니 밝았거늘

알렛녁 내려 디하박사 텬하박사 한데가서

문수단점이나 하여보자 하고 나가는데

황금산주재 문장이 말을하되 아 서장애기야

내 너꿈 해몽을 본듯이 하여주마하니

서장애기가 그러면 해몽을 하여주웁소서 하니

황금산주재 문장이 말하기를

하늘로서 붉은 구슬 세알 어려와

초매앞에 쌔와 보이는 것은 아들 삼태자 날꿈이오

오른 어깨에 액두보살 외인어깨에 금두보살 안저

아감신 우감신 하여 보이는 것은

그 아해들이 나서 나한데 성달레 올르지라[150] 하고

황금산 주재 문장이 쌀한알을 주며

진지나 지어오라 하니

---

150 성姓을 달라고 찾아올 조짐이라는 말.

서장애기가 쌀 한알을 개구 어찌 진지를 지을가 하고

쌀을 보태면 알가봐서 한알을 가마안에 두고 불을 니으니

밥이 자연 되였거늘 서장애기가 밥을 가매채 가저다

황금산주재 문장앞에다 노으니

황금산주재 문장이 가매두웅[151]도 아니 열어 보거늘

서장애기가 말하기를 어찌 가매두웅도

아니여러 보심넷가 하니

황금산주재 문장이 말하기를 우리는 내로 흠영歆饗하고

빛으로 구감하는 세존이지 밥은 먹지아니하는 사람이라 하고

너나 개저다 먹어라 하니

서장애기가 밥을 내려다 먹으니

인간팔딘미에서도 더 맛이 있거늘

밥을 한가매를 다 먹었어도 남부거늘[152]

당울티꺼지 훌터 먹어도 남부거늘

밥먹는 동안에 그중상이 간곳이 없거늘

서장애기가 그달부텀 태기가 있어

한달 두달 석달이 되니 밥에서는 뜨물내 나고

장에서는 메주내가 나고 애금새금 문들레 쌈만 드리라고 하면

앞남산이 높아가고 뒷남산이 낮아가고

자리에서 니디못하는데 서장애기 아바지가

아랫넉헤 배포살레 갔다가 오누라고 오리덩에 방포를 노으니

집에 있는 사람들이 모도 다 나가는데

서장애기는 자리에서 니디못하여

나가지 못하니 서장애기 오만이가 말하기를

---

151 가마솥 뚜껑.
152 부족하거늘.

어찌하여 서장애기가 아니 나오느냐 하니

종들이 말하기를 어떠한 중상이 왔다 가옵드니

장에서 메줏내 나고 밥에서 좁쌀내 나고

애금새금 문달레¹⁵³만 개오나라 하옵드니

앞남산이 높아가고 뒷남산이 낮아가서

자리에서 니지못하와 나호지 못하였아 옵네다 하니

서장애기 오만이가 종년들을 댕착大責을 하며 하는말이

그거한나 있는것을 모함하여 죽일라고 하느냐하고

서장애기 오마니가 하는말이

내가 드러가 보갔다하고 드러가 보니 과여시 옳거늘

서장애기 부친이 말하기를

낭반으 집에 이것이 웬말인고 하고

종을 불러 하는 말이 빨리가서 자바내오라 하니

종들이 드러가서 서장애기를 잡아내올라니

서장애기가 하는말이 내가 나가갔으니 어서 나가자 하고

서장애기 나가는 거동보소

오룬손에 참대둑당¹⁵⁴을 딥고 외인손에 버들둑당을 딥고

신을 꺽구루 신고 초매를 꺽구루 쓰고 나가서니

서장애기 부친 하는말이

바삐 칼목둑이에 올레노아라 하니

올레노으니 칼장이를 불레 바삐 버이라하니

칼장이가 넝슈을 듣고 농천금龍泉劍을 드러 목을 티니

목은 아니 부러지고 검이 오각쪼각 부러저서

청나부 황나부되여 백운둥턴白雲中天에 니떠서

---

153 시금한 맛이 나는 머루나 다래.

154 참대나무로 만든 지팡이.

황금산주재 문장이 앞에가서 검이되여 내려디니
황금산주재 문장 살펴보드니
서장애기를 죽이려 한다하고 살릴밖언 없다하고
도술을 부리니 서장애기를 죽이지 못한다
할수 없어 듯짐을 지워 돌을 안기워 넌당늪에
집어니으면 제아니 죽으리오
하고 듯짐을 지워 돌을 안기워 넨당늪페 너으니
발당구만티니 이래서는 안되갔다하고
건져내 우리집이 아흔아홉간인데 한간에 가두고
안으로 봉하고 밖으로 봉하여 노으면
제아니 죽으리오 하고 가두와 놓고 니젓버렸는데
서장애기가 죽게되였는데
하늘로서 청학 백학이 내려와서
한날개를 갈고 한날개를 더퍼
아들 삼태자를 탄생하니
할수 없어 서장애기가 아해들과 말하는데
너이들이 세존아들이 분명하면 이쇠를 열고 나가서
외큰아바지 외큰아마니[155] 찾아보아라 하니
야애들이 손톱으로 그 쇠를 띄니 쇠가 열렜구나
아이들이 나가서 외큰아바지 외큰오마니 왔외다 하니
서장애기 아바지 오만이 서장애기 손이로구나 하고
서당에를 보내누나
서당아이들이 가아들 서일 애비없다구 말을하니
야아들이 한날은 저 오마니과 말하기를
오늘은 아바지를 찾아조오하니

---

155 외할아버지 외할머니.

서장애기가 말하기를

뒷동산에 소나무 알에가서

한참잤드니 너이가 설어왔다 하니

야아들이 소나무 알에가서

절을하며 아바지 성다라주오

소낭기 말하기를 나는 아바지될거 없다

그러니 할수 없어서 그 아들이 도루와서

저 어맘과 그대로 말을하니

서장애기가 또 말하기를

노가지 향나무 아레가서 잤드니

너이가 설어왔다하니

그 아들이 향나무 알에가서

절을하며 성다라주오 하니

노가지 향낭기 말하기를

너아방 죽은댐에 향불이나 노으면

너 아밤이 되갔는지 될것없다 하니

아이들이 도라와서 저 어맘과 말하기를

아니라고 합데다 하니

서장애기가 말하기를

어떤 중상이 와서 자구가드니

너 삼태자가 낳느니라 하니

아이들이 말하기를

그럼 어딜가야 아바질 찾갔오 하니

서장애기가 말하기를

그러면 너이가 황금산으로 올라가서

주재 문장을 찾아서 성다라 달라고 하여라 하니

아이들이 그때는 황금산으로 올라갈적에

길이 세고드로 났거늘 한고든 벌건 길이오

한고든 흰 길이오 또 한고든 퍼른 길이라

그러니 아이들 삼형제가 맞형이 말하기를

어느 길로 가면 황금산을 가겠느냐 하니

맞형이 말하기를 퍼렁길로 가자하니

셋챗아이가 안됩니다

가운댓아가 벌건길로 가자하니

셋챗아이가 말하기를 안됩니다 흰길로 갑시다 하니

저 형들이 말하기를

어더레서 흰길로 가자느냐 하니

기아가 말하기를 성인이 되니 흰길로 가는게

올습네다 하고 흰길로 가니

과여시 황금산이 있거늘

황금산덜에 올라가니 아흔아홉 중상이 있거늘

드러가니 중상들이 황금산주재 문장과 말하기를

스승님으 아들레가 성달레 옵니다 하니

황금산주재 문장이 이게 무슨말을 이떻게하느냐

중이 아들이 있다 이게 무슨말이오 하니

아해들이 드러와서 황금산주재 문장과

성다라 달라하니 너이가 성달레 왔으면

이 아흔아홉 중들 꼭갈을 버서

석거노으면 제해금 골라씨우면 성다라 줄라하니

아이들이 꼭갈버서 석거노은걸 제해금 골라 씨우고

황금산주재 문장으 꼭갈을 들고가서

성다라 달라하는구나

그래도 모루갔다하고 그러면은 이밖 모래밭을

밭짜구 업시 나갔다 드로오면 성다라 줄라하니

야아들이 모래밭으로 나가니 밭짜구가 나는구나

도로 드로오니 밭짜구가 바람이 부러 맷구어 놓네

그래도 모루갔다

그러면은 이 아랫녘 내려가서

층암절벽에 곳이 피였으니

그곳츨 꺾어오면 성다라 주마하니

야아들이 곳꺾어러 내려가 보니

올라도 못가갔고 내려도 못오겠고

이런데라 삼동을 니어서[156] 곳츨 꺾어오니

그래도 모루갔다

그러면은 합혈슴血이나 하여보자 하고

대야에다 물떠다 놓고 아아들 손꼬락을

깨밀러 피를 세방울을 떨러 놓고

황금산주재 문장이 손꼬락을 깨밀러 피를 떠루니

피 세방울을 싸고 도라간다 할수 없다 성다라 준다

초경에 낫다 초경손이오

이경에 낫다 이경손이오

삼경에 낳다 삼경손이라

이름을 지어주고 하늘로 올라가니

야아들이 아밤을 찾았다가

도로 잃어버러서 아밤 간고드로 찾아간다

종이말로 하여타고 배운 동턴白雲中天에 올라가니

주재 문장이 하늘에 올라가서 내리다보니

---

156 삼 층으로 무동을 세워서.

야 이놈들이 올라오누나 올라오면 안되갔으니

내려뜨린다 소내기 석줌을 쥐여 내리뜨리니

종이말이 저저 못올라가고 내리디니

헐수없어 생불이 되여서 나라댕긴다

도선 여들도朝鮮八道 중들이 생불을 구허려 가는구나

생불을 구해여서 개지구 강을 건너오는데

포수가 보더니만 너 그것 무엇이냐 하니

생불이라 허는구나 생불을 보자허니

보믄 나라나갔으니 못본다고 하니

부썩 보자고하니 조꼼 함을 열고 으시오 하니

함을 열고보니 생불이라 활짝 나라서 나와서

버드나무에 올라 앉었네 생불구해 개지구 오든 사람이

생불을 잡아달라 허는구나

잡을 수가 없어 총으로 쏘았구나

쏘아노으니 죽었소다 그때부틈 됴선 여들도

덜마당 암자마당 죽은 부톄요

聖人님아 다놀려 오옵소사

판소리편

I 수궁가[1]

　판소리 「수궁가」는 지금까지 창곡이 전승되는 다섯 마당 중 하나로서 토끼와 자라를 등장시켜 인간사회를 풍자한 해학미 넘치는 작품이다. 병이 든 용왕이 토끼 간이 약이 된다는 말을 듣고 자라로 하여금 토끼를 꾀어 용궁으로 데려오게 하나, 토끼는 꾀를 내어 용왕을 속이고 육지로 살아나간다는 이야기를 판소리로 짠 것이다. 이러한 「수궁가」의 이야기는, 인도의 옛 불교 경전에 나오는 「원숭이와 악어」의 이야기에 근원을 둔 것으로 보이는데, 우리나라에서도 『삼국사기』 열전 김유신조에 「귀토지설」이란 같은 유형의 이야기가 실려 있는 것으로 미루어 그 설화로서의 전승이 오랜 것임을 알 수 있다. 그 설화가 조선 왕조에 접어들어 자라와 토끼의 이야기로 판소리화한 것이다. 판소리 「수궁가」는 「토생전」, 「토끼전」, 「별주부전」 등의 이름으로 소설화되기도 하였다.

---

1 이 자료의 원문은 박봉술 창본(『판소리 다섯 마당』, 한국브리태니커회사, 1982) pp. 161～186에 수록되어 있음.

「수궁가」는 다른 어느 판소리 작품 못지 않게 해학과 풍자, 비판 의식이 두드러진다. 「수궁가」가 형성되던 조선 후기에는 서민 계층의 자각이 나타나면서 부패무능한 지배층에 대해 비판 의식이 고조되던 시기였다. 병든 용왕을 정점으로 하는 수궁의 사회가 부패한 관료의 세계를 나타낸다면, 토끼는 서민계층의 삶의 모습을 보여 주는 존재라고 할 수 있다. 토끼는, 유혹에 빠져 이용당하는 전반부와 달리, 후반부에서는 용왕을 속이고 위기를 모면하면서 용왕의 권위를 한껏 비하시키는 발랄하고 생기 있는 모습을 보이고 있다. 용왕은 이러한 토끼의 생기 발랄함과는 대조적으로 무기력하고 무능력한 모습을 드러내는데, 이는 조선 후기의 지배층의 일면을 폭로하고 있는 것이기도 하다.

구연자인 박봉술은 1922년 전라남도 구례에서 태어나 순천에서 자랐다. 박봉술의 「수궁가」는 동편 소리제에 속한다. 동편 소리제란 전라도 동북쪽에서 전승되던 판소리제를 말하는데, 서편 소리제가 부드럽고 정교한 데에 비하여 웅장하고 정대하다는 특징이 있다. 박봉술의 「수궁가」는 전통적인 동편제의 더늠을 모두 간직한 것으로 높이 평가되고 있다.

(아니리)

세재歲在 지정至正[2] 갑신년甲申年 중하월仲夏月[3]에 남해 광리왕廣利王[4]이 영덕전靈德殿 새로 짓고, 복일卜日[5] 낙성연落成宴[6]에 대연을 배설排設하야 삼해 용왕을 청하니, 군신빈객君臣賓客이 천승만기千乘萬騎[7]라. 귀중貴重 연筵[8]에 궤좌跪坐하고 격

---

2 중국 원나라 순제 때의 연호.
3 한여름에 해당하는 음력 5월.
4 남쪽 바다를 맡아 다스린다는 용왕.
5 점으로 가려 낸 좋은 날.
6 집을 다 지은 것을 기념하여 베푸는 잔치.
7 수레 천 대와 말 만 마리. 탈것들이 많이 있는 만큼 손님이 많다는 의미.
8 임금이나 지위가 높은 사람이 앉는 대자리.

금고이명고擊琴鼓而鳴鼓로다.[9] 삼일을 즐기더니, 남해 용왕이 해내海內 열풍熱風을 과過히[10] 쏘여 우연 득병허니, 만무회춘지도萬無回春之道하고[11] 난구명의難求名醫 지구至久라.[12] 명의 얻을 길이 없어, 용왕이 영덕전 높은 집에 벗 없이 홀로 누워 탄식을 허는듸,

(진양)

탑상榻牀[13]을 탕탕 뚜다리며 용왕이 운다. 용이 운다.

"천무열풍天無熱風[14] 좋은 시절, 해불양파海不揚波[15] 태평헌듸,

용왕의 기구[16]로되, 괴이한 병을 얻어

남해궁으가 누웠은들 어느 뉘랴 날 살릴거나?

의약 만세 신농씨神農氏[17]와 화타華陀[18], 편작扁鵲 노월老越[19]이며,

그런 수단을 만났으면 나를 구완허련마는,

이제는 하릴없구나."

용궁이 진동허게 울음을 운다.

(아니리)

이렇닷이 설리 울 제, 어찌 천지가 무심하리요.

(엇몰이)

현운玄雲[20] 흑운黑雲이 궁전을 뒤덮어,

---

9 거문고를 타고 북을 치도다. 곧 풍류를 즐기도다.
10 지나치게.
11 병이 나아 건강을 되찾을 길이 없고.
12 훌륭한 의원을 구하지 못한 지가 오래되었다.
13 걸상이나 침대 따위를 통틀어 일컫는 말.
14 하늘에는 병을 일으키는 더운 바람이 불지 않는.
15 바다에는 파도가 일지 않고. 나라가 태평스러움을 일컫는 말.
16 살림살이가 골고루 갖추어져 있는 터전.
17 중국 전설상의 임금으로, 농사 짓는 법을 가르치고, 약초를 찾아내어 병을 고치게 했다고 한다.
18 중국 후한 말기의 뛰어난 의원.
19 편작은 중국 춘추 시대의 명의로, 그의 이름은 진노월秦老越이었다 한다. 노월, 곧 늙은 월인은 늙은 편작을 지칭하는 듯하다.
20 검은 구름.

폭풍세우暴風細雨가 사면으로 두르더니,

선의仙衣 도사가 학창의鶴氅衣[21] 떨쳐입고 궁중으 내려와

재배이진再拜而進[22] 왈,

"약수弱水[23] 삼천리 해당화 구경과,

백운 요지연瑤池宴[24]의 천년벽도千年碧桃를 얻으랴고 가옵다가

과약풍편果若風便[25]으 듣사오니 대왕의 병세 만만 위중타기로

뵈옵고저 왔나니다."

(아니리)

용왕이 반기허사, "나의 병세는 한두 가지가 아니오라 어찌 살기를 바래리요마는,
원컨대 도사는 나의 황황惶惶한 병세 즉효지약卽效之藥을 가르쳐 주소서." 도사가
두 팔을 걷고 용왕의 몸을 두루두루 만지더니, 뒤로 물러앉어서 병 집중執症[26]을 허
것다.

(중몰이)

"대왕님의 중한 형체, 인생人生과는 다른지라,

양각兩角이 쟁영崢嶸하야[27] 말소리 뿔로 듣고,

텍[28] 밑에 한 비늘이 거실러[29] 붙었기로, 분을 내면 일어나고,

입 속의 여의주는 조화를 부리오니,

조화를 부리재면 하늘에도 올라가고,

몸이 적자 하거드면 못 속에도 잠겨 있고,

---

21 소매가 넓고 검은 베로 가를 댄 흰 옷.
22 두 번 절하고 앞으로 나와서.
23 중국 곤륜산에서 시작되는 강으로 길이는 2,700리이며, 부력이 약해서 가벼운 기러기 털마저 가라앉는다고 하는 전설의 강.
24 서왕모가 사는, 중국 곤륜산에 있다는 전설의 못인 요지에서 열리는 잔치.
25 과연 풍편에 들리는 말과 같이.
26 병의 증세를 살펴 알아내다.
27 매우 높이 솟아.
28 '턱'의 방언.
29 '거슬러'의 방언. 거꾸로.

용맹을 부리자면 태산을 부수며 대해를 뒤집으니,

이 형체 이 정상으 병환이 나졌으니,[30]

인간으로 말허자면,

(잦은몰이)

간맥幹脈이 경동驚動하야 복중腹中으서 난 병이요,

마음이 슬프고 두 눈이 어둡기는 간경肝經 음화陰火[31]로 난 병이니,

약으로 논지허면, 주사朱砂, 영사靈砂, 구사狗砂, 웅담熊膽,

창출蒼朮, 백출白朮, 소엽蘇葉, 방풍防風, 육계肉桂, 단자〔丹砂〕, 차전車前, 전실〔蓮實〕,

시호柴胡, 전호前胡, 목통木通, 인삼人蔘,[32] 가미육군자탕加味六君子湯, 청서육가탕〔清暑六和湯〕, 이원익기탕二元益氣湯,

오가탕五加湯, 사물탕四物湯,[33] 신농씨 백초약을 갖가지로 다 써도 효험 보지를 못하리다.

침으로 논지허면, 소상少商, 어제魚際, 태연太淵, 경거經渠,

내관內關, 간사間使, 곡지曲池, 견우肩骨禹, 단중膻中, 구미鳩尾, 중완中脘이며,

삼리三里, 절골〔京骨〕, 심총〔神庭〕,[34] 사혈瀉血,[35] 갖가지로 다 주어도 회춘回春허지 못하리다.

(아니리)

진세塵世 산간에 천년 퇴간〔千年兎肝〕이 아니며는, 염라대왕이 동성 삼촌이요, 강

---

30 '나셨으니'의 방언.
31 음증의 병. 한의학에서는 병을 음양에 따라 열이 많이 생긴 양증과 열이 부족하여 생긴 음증으로 나눈다고 한다.
32 '주사~인삼'은 모두 한약재의 이름들이다. 이 중 단사는 주사와 같은 한약재 명이다. 전실은 연실蓮實의 와음이 아닌가 한다.
33 '가미육군자탕~사물탕'은 한방 탕약들이다.
34 '소상~심총'은 모두 침을 놓는 부위들이다. 이 중 '절골'은 '경골', '심총'은 '신정'의 와음인 듯하다.
35 정맥에서 피를 뽑아내어 병을 치료하는 방법.

님 도령이 외사촌 남매간이라도, 신사이원身死離遠,³⁶ 누루 황, 새암 천, 돌아갈 귀 하

겠소."³⁷ 용왕이 이 말을 듣더니마는, "그 어찌 신농씨 백초약은 약이 아니 되옵고 자

그마한 거 퇴간이 약이 된단 말이오?" 도사 가로되, "대왕은 진辰³⁸이요, 토끼는 묘卯³⁹

라, 묘을손卯乙巽은 음목陰木이요,⁴⁰ 간진술艮辰戌은 양퇴陽土ㅣ온데,⁴¹ 갑인진술甲寅

辰戌은 대강수大江水요,⁴² 진간사산辰艮巳山은 원속목元屬木이라,⁴³ 목극토木克土하얏

으니⁴⁴ 어찌 약이 아니 되오리까? 용왕이 이 말을 듣더니 탄식을 허는듸,

(진양)

왕 왈, "연然하다. 수연雖然이나,

창망蒼茫헌 진세간의 벽해만경碧海萬頃 밖으 백운이 구만리요,

여산驪山 송백松栢 울울창창 삼척三尺 고분孤墳 황제묘皇帝墓인데,⁴⁵

토끼라 허는 짐생은 해외 일월 밝은 세상

백운 청산 무정처로 시비 없이⁴⁶ 다니는 짐생을

내가 어찌 구하더란 말이요?

---

36 몸이 죽어 멀리 떠나.

37 한자로 적으면 '황천귀黃泉歸'이므로, 죽음을 뜻한다.

38 십이지의 하나로, 용을 나타낸다.

39 십이지의 하나로, 토끼를 나타낸다.

40 『주역周易』의 점술법으로, 십이지의 묘卯와 십간의 을乙은 목木에 속하는데, 팔괘의 손巽이 음양
   중 음陰에 속하므로, 셋이 합하여 음목陰木이 된다는 것이다.

41 『주역』의 점술법으로, 십이지의 진辰과 술戌은 토土이고 팔괘의 간艮은 양陽이어서 합하여 양토
   陽土가 된다고 한 것이다. 하지만 실제로 간은, 양의兩儀로는 음陰에 속하며, 사상四象으로도 태음
   太陰이다. 뒷부분의 '목극토木克土'와 관련지어 생각해 볼 때, 토끼의 간이 용왕에게 약이 된다는
   점을 뒷받침하기 위하여 '묘을손은 음목'의 음에 대립시킬 필요가 있어 양으로 설정한 것 같다.

42 '갑인진술은 큰 강의 기운을 나타낸다.'는 뜻인데, 육십 갑자를 차례대로 늘어 놓고 갑, 병, 술, 경,
   임의 다섯 가지 음으로 시작되게 꾸민 육십 갑자 병납音立納音에는 '갑인을묘 대계수大溪水'로 나
   와 있다.

43 점술이나 택일에 쓰이는 홍범洪範 오행五行에 '진간사산은 본디 목에 속한다.'고 하였다.

44 토끼는 목이고 용은 토인데, 목이 토와 상극이므로 용왕의 병이 낫는다는 뜻이다.

45 세 자밖에 안 될 조그맣고 외로운 황제의 무덤. 중국의 진시황이 영주산, 봉래산, 방장산의 세 신
   산神山에 신하를 보내어 불사약을 구해 오게 했으나 끝내는 죽고 말았다는 뜻을 암시한 말이다.

46 본래는 '옳고 그름을 따지는 다툼 없이'라는 뜻인데, 여기서는 '가림 없이' 정도의 뜻으로 쓰였다.

죽기는 내가 쉽사와도 토끼는 구하지 못하겠으니

달리 약명을 일러 주고 가옵소서."

(아니리)

도사 가로되, "대왕의 성덕으로 어찌 충효지신이 없으리까?' 말을 마친 후에 인홀
불견因忽不見, 간 곳이 없것다. 공중을 향하야 무수히 사례한 후에, "수부水府 조정
만조백관滿朝百官을 일시에 들라." 영을 내려 노니, 우리 세상 같고 보면 일품 재상
님네들이 모두 들어오실 터인듸, 수국이 되어 물고기떼들이 각기 벼슬 이름만 따가
지고 모두 들어오는듸, 이런 가관이 없던가 보더라.

(잦은몰이)

승상丞相[47]은 거북, 승지承旨[48]는 도미, 판서判書[49] 민어, 주서注書[50] 오징어,

한림학사翰林學士,[51] 대사성大司成[52] 도루묵, 방첨사蚌僉使[53] 조개, 해운공蟹 運公[54]
방게, 병사兵使[55] 청어, 군수郡守 해구海狗, 현감縣監 홍어, 주부장部將[56] 조구,[57] 부별
랑청[58] 장대,[59] 숭대,[60] 교리校理,[61] 수찬修撰[62] 낙지, 고등어, 지평持平,[63] 장령掌令,[64]

---

47 옛날 중국의 벼슬인데, 우리나라의 정승에 해당한다.
48 조선 왕조 때 승정원에 딸려 임금의 명령을 전하거나 아랫사람들의 보고나 건의 따위를 임금에게
    전하는 일을 보던 정3품 벼슬.
49 조선 왕조 때 육조의 으뜸 벼슬로, 정2품.
50 조선 왕조 때 승정원에 딸려 역사 자료를 적는 일을 하던 정7품 벼슬.
51 조선 왕조 때 예문관에서 사초史草를 꾸미는 일을 보던 정9품 벼슬. "한림학사에 박대"라 적힌 이
    본이 많아, '박대', 즉 '박죽상어'가 생략된 듯하다.
52 고려와 조선 왕조 때 유학 기관이던 성균관의 으뜸 벼슬로, 정3품이다.
53 '첨사'는 내시부의 종3품 벼슬이며, '방'은 조개를 뜻한다.
54 방게가 떠다니는 모습이 배와 같으므로, 바다에서 배로 사람이나 물건을 운반한다는 말인 해운海
    運에서, 바다 '해'자와 음이 같은 방게 '해'자를 써서 말의 재미를 부린 낱말이다.
55 병마절도사.
56 '조구'의 앞 자를 따, '조부장'이라 한 듯하다. 부장은 종6품 무관 벼슬.
57 '조기'의 방언.
58 '비변랑備邊郎'. 비변랑은 낭청郎廳이라고도 하는데 나라 안팎의 군사 기밀을 맡아 관리하던 종6
    품 벼슬이다.
59 '달강어'의 방언.
60 바닷물고기인 '성대'의 방언.
61 조선 왕조 때 궁중의 문서를 관리하고 임금을 자문하는 관청이던 홍문관의 정5품 벼슬.

청다리, 가오리, 금부禁府 나졸邏卒, 좌우 순령수巡令手, 고래, 준치, 해구, 모지리, 원
참군黿參軍[65] 남생이, 별주부鼈主簿[66] 자래, 모래모자,[67] 멸치, 준치, 갈치, 삼치, 미끈
배암장어, 좌수座首[68] 자개사리, 가재, 깨고리까지 영을 듣고 어전에 입시入侍하야 대
왕으게 절을 꾸벅꾸벅 허니,

(아니리)

병든 용왕이 이만 허고 보시더니마는, "어, 내가 이런 때는 용왕이 아니라, 팔월대
목 장날 생선전의 도물주都物主가 되얐구나. 경들 중에 어느 신하가 세상에를 나가
토끼를 잡어다가 짐의 병을 구하리요?" 좌우 제신이 어두귀면지졸魚頭鬼面之卒 되야
면면상고面面相顧에 묵묵부답默默不答이었다.

(중몰이)

왕이 똘똘[69] 탄식헌다.

"남의 나라는 충신이 있어서, 할고사군割股事君 개자추介子推[70]와

방초망신〔誆楚亡身〕 기신紀臣이[71]는 죽을 임군을 살렸건마는,

우리나라도 능신能臣[72]은 있건마는, 어느 뉘기라서 날 살리리요."

정언正言[73] 잉어가 여짜오되,

---

62 조선 왕조 때 홍문관의 정6품 벼슬.
63 조선 왕조 때 정치의 옳고 그름을 따지고, 관리를 감사하고, 풍속을 바로잡던 사헌부에 딸린 정5
   품 벼슬.
64 조선 왕조 때 사헌부에 딸린 정4품 벼슬.
65 조선 왕조 때 개성부의 정7품이나 훈련관의 종7품 벼슬인 참군 자리의 남생이.
66 조선 왕조 때 종6품 벼슬인 주부 자리의 자라.
67 '모래무지'의 방언.
68 조선 왕조 때 지방 관청의 자문 기관인 향청의 우두머리.
69 '돌돌빼빼'이 된소리 현상으로 변한 말, 뜻밖의 일을 당하여 내는 소리.
70 중국 춘추시대 진晉나라의 충신인 개자추가, 문공이 조나라에 망명 가 있을 때에 배고파하는 것을
   보고 허벅지의 살을 베어 문공에게 먹였다고 한 데서 온 말.
71 기신은 한나라 고조 때의 충신. 한 고조 유방이 하남성에서 초나라의 항우에게 포위당했을 때, 여
   자들에게 갑옷을 입혀 뒤를 따르게 하고, 임금의 수레를 타고 성 밖으로 나가 임금을 대신해서 죽고
   임금을 피신시켰다고 한다.
72 재주 있고 능력 있는 신하.
73 조선 왕조 때 임금에게 간하는 일을 맡아 보던 사간원의 정6품 벼슬.

"세상이라 허는 곳은 인심이 소박疏薄하와,

수국인갑水國鱗甲곧⁷⁴ 얼른하면⁷⁵ 잡기로만 위지〔爲主〕를 허니,

지혜 용맹이 없는 자는 보내지를 못허리다."

"승상 거북이 그럼 어떠하뇨?"

정언 잉어가 여짜오되,

"승상 거북은 기략이 널렀삽고⁷⁶, 복판이 모도 다 대모玳瑁⁷⁷인 고로,

세상으를 나가 오면 인간들이 잡어다가 복판 떨어,

대모 장도粧刀, 밀이개 살착⁷⁸, 탕건 묘또기⁷⁹, 주일쌈지⁸⁰ 끈까지

대모가 아니며는 헐 줄을 모르니 보내지를 못허리다."

"아서라, 그래면 못 쓰겄구나. 방첨사 조개가 그럼 어떠하뇨?"

"방첨사 조개는 철갑이 꿋꿋하야 방신제도〔防身之道〕는 좋사오나,

옛글에 이르기를, 관방휼지세觀蚌鷸之勢허고 좌수어인지공坐收漁人之功이라,

휼조라는 새가 있어 수루루 퍼얼펄 달려들어,

휼조는 조개 물고 조개는 휼조 물고

서로 놓지 아니허다 어부 손에 모도 다 잽히어

속절 없이 모도 죽을 것이니, 세상 보내지를 못허리다."

(아니리)

"아서라, 그러면 못쓰겄다. 수문장 미에기⁸¹가 그럼 어떠하뇨?"

(잦은몰이)

정언이 여짜오되,

---

74 비늘 달린 물고기만.
75 '언뜻하면' 의 방언. 나타나기만 하면.
76 '넓으옵고' 의 방언.
77 공예품이나 장식품 따위에 귀하게 쓰이는 바다거북의 등껍질.
78 살쩍밀이. 망건을 쓸 때에 살쩍을 망건 밑으로 밀어넣는 데에 쓰는 도구. 살쩍은 귀 밑에 나는 머리털.
79 탕건의 오똑한 데에 붙이는 꾸미개인 듯하다.
80 '쥘쌈지' 의 방언. 옷소매나 호주머니에 넣을 수 있도록 헝겊으로 만든 담배쌈지.
81 '메기' 의 방언.

"미에기는 장수구대長鬚口大하야 호풍신好風神[82]허거니와,

아가리가 너머 커서 식량이 너른 고로,[83]

청림 벽계 산천수, 요기감을 얻으랴고 이리저리 히댈[84] 적에,

사립 쓴 어옹들 사풍세우불수귀斜風細雨不須歸라.[85]

입갑 뀌여서 물에다 풍덩, 감식甘食으로[86] 덜컥 생켜,

인간의 이질痢疾, 복질腹疾, 설사, 배아피[87] 얻은 듸

약으로 먹사오니, 보내지를 못하리다."

(아니리)

한참 이리 헐 적에, 해운공 방게란 놈이 열발을 쩍 벌리고 엉금엉금 기어 들어오며,

(중중몰이)

"신의 고향 세상이라, 신의 고향은 세상이라.

청림 벽계 산천수 가만히 장신藏身하야

천봉만학千峰萬壑을 바래봐, 산중퇴 월중퇴[88]

안면 있사오니, 소신의 엄지발로

토끼놈의 가는 허리를 바드드드드 집어다가 대왕 전에 바치리다."

(아니리)

"아니, 그럼 너도 이놈, 그러면 신하란 말이냐?", "아, 물고기떼는 다 마찬가지지요.", "어라, 저놈 보기 싫다! 두 엄지발만 똑 떼여 내쫓아라!" 공론公論이 미결未決헐 적에,

---

82 풍채가 좋음.

83 먹는 양이 많은 까닭으로.

84 '허둥댈'의 방언.

85 스쳐가는 바람과 가랑비 속에서 어부가 세월을 잊고 돌아갈 줄을 모른다는 뜻. 당나라 시인 장지화張志和의 시 「어부」의 한 구절.

86 맛난 음식으로.

87 '복통'의 방언.

88 달 속에 있는 토끼. 달 속에 토끼가 있다는 전설과 관련하여 '산중퇴'에 대응하는 겹말을 쓴 것이다.

(진양)

영덕전 뒤로 한 신하가 들어온다.

은목단족隱目短足이요 장경오훼長頸鳥喙로다.[89]

홍배[90] 등에다 방패를 지고 앙금앙금 기어 들어와

국궁재배鞠躬再拜허며[91] 상소를 올리거늘,

(아니리)

떼어 보니 별주부 자래라. "네 충성은 지극허나, 세상에를 나가며는 인간의 진미가 되어 왕배탕王背湯으로 죽는다니, 그 아니 원통허냐?" 별주부 여짜오되, "소신은 수족이 너이오라, 강상에 둥실 높이 떠 망보기를 잘하와 인간의 봉폐逢弊는 없사오나, 해중지소생海中之所生으로 토끼 얼골을 모르오니, 화상畫像 하나만 그려 주시면 꼭 잡어다 바치겠습내다.", "아, 글랑 그리하여라.

(중중몰이)

화사자畫師子 불러라." 화공을 불러들여 토끼 화상을 그린다.

동정洞庭 유리琉璃 청홍연靑紅硯[92], 금수추파錦水秋波 거북 연적硯滴[93], 오징어로 먹 갈아

양두兩頭 화필을 덥벅 풀어 단청 채색을 두루 묻히어서 이리저리 그린다.

천하 명산 승지 강산 경개 보던 눈 그리고,

두견, 앵무, 지지 울 제 소리 듣던 귀 그리어,

봉래, 방장[94] 운무 중의 내 잘 맡던 코 그리고,

난초, 지초, 왼갖 향초, 꽃 따먹던 입 그리어,

대한 엄동 설한풍의 방풍防風허던 털 그려,

만화방창萬花方暢 화림花林 중의 펄펄 뛰던 발 그려,

---

89 눈이 작고 다리가 짧고, 목이 길며 주둥이가 까마귀의 부리처럼 뾰족하다.
90 '흉배胸背'의 와음인 듯하다.
91 몸을 굽혀 공손히 두 번 절하며.
92 중국 호남성에 있는 동정호의 유리창琉璃廠에서 나는, 푸른 빛과 붉은 빛이 감도는 고운 벼루.
93 비단처럼 고운 가을 물결을 담은, 거북처럼 생긴 벼룻물을 담는 그릇.
94 봉래산, 방장산. 주 45 참조.

신농씨 상백초嘗百草[95] 이슬 털던 꼬리라.

두 귀난 쫑긋, 두 눈 도리도리, 허리난 늘찐[96], 꽁지난 묘똑,

좌편 청산이요, 우편은 녹수라.

녹수 청산의 헤굽은 장송長松, 휘늘어진 양류楊柳 속,

들락날락 오락가락 앙그주춤 기난 김생,

화중퇴畵中兎ㅣ 얼풋 그려,

"아미산월蛾眉山月으 반륜퇴半輪兎ㅣ[97] 이여서 더할소냐.[98]

아나, 엿다, 별주부야, 네가 가지고 나가라."

---

95 신농씨가 맛을 보던 백 가지 풀.

96 '늘씬'의 방언.

97 아미산 위에 뜬 반달 속에 보이는 토끼가. 아미산은 중국 사천성에 있는, 눈썹처럼 생긴 높은 산.

98 그림 속의 토끼의 형상이 실제 토끼와 거의 같다는 뜻.

민속극편

I 가면극

1. 봉산탈춤[1]

「봉산鳳山탈춤」은 황해도 지방에서 전승되는 여러 도시 가면극 중에서도 가장 유명한 것이다. 이 가면극은 세시 풍속의 하나로 오월 단오날 밤에 공연돼 왔다. 총 일곱 개의 과장으로 돼 있는데, 파계승을 풍자하는 '목중과장' 및 '노장과장', 양반을 풍자하는 '양반과장', 남성의 횡포를 고발하는 '미얄과장' 등이 그 주요한 것들이다. 각 과장마다 여러 인물이 등장하여 흥취로운 춤과 해학적인 대사를 엮어 나간다. 여기 실은 것은 그 가운데 '노장과장'으로서, 수행 높은 고승高僧이 여색에 빠져 방탕하다가 여자를 빼앗기고 쫓겨 나가는 과정을 골계적으로 그려내고 있다. 그 과정을 통해 '금욕주의'와 같은 중세적 관념이 현실에 있어 얼마나 허구적이고 무기력한 것인지가 여실히 폭로된다.

---

1 이 자료는 임석재의 「봉산탈춤 대사」를 옮겨 정리한 것이다. 그 원본은 심우성, 『한국의 민속극』 (창작과비평사, 1975), pp. 220~233에 실려 있다.

제4과장 ―노장―

소무小巫[2] : (2인 등장. 화관花冠몽두리[3]를 쓰고, 검무복劍舞服을 입었다. 8먹중이 이 소
무 둘을 각각 가마에 태워 들어와, 장내 중앙쯤 와서 내려놓는다. 소무는 가마에서
내려와서 먹중들과 어울려서 타령곡에 맞추어 춤을 춘다. 이렇게 추는 동안 장내의
한편으로 다가서서 손춤을 추다가, 먹중과 노장老丈[4] 사이에 여러 가지 일이 일어
나게 되면 적당한 시기에 살며시 퇴장한다.)

노장 : (살며시 등장하여 장내 한편 구석에 선다. 검은 탈을 쓰고 송낙[5] 쓰고 먹장삼[6] 입
고 그 위에다가 홍가사紅袈裟[7]를 걸치고, 염주를 목에 걸고, 한 손에 사선선四仙扇
을 들고, 한 손에 육환장六環杖을 짚었다. 먹중과 소무들이 난무亂舞하는 동안에 남
모르게 가만히 입장하여 가지고 한편 구석에 가서 서서 사선선으로 얼굴을 가리고
육환장을 짚고 버티고 서서, 그 난무의 상相을 물끄러미 본다.)

먹중 I : (한참 춤추다가 노장 있는 쪽을 보고 깜짝 놀래여) 아나야아. (타령곡과 춤이
일제히 그친다.)

먹중 일동 : 그랴 와이이―[8]

먹중 II : (노장 쪽을 가리키면서) 저 동편을 바라보니 비가 오실랴는지 날이 흐렸구나.

먹중 II : 내 한번 들어가 보겠구나. (하며 춤을 추면서 노장한테 가까이 갔다 곧 돌아와
서) 아나 얘―

먹중 일동 : 그랴 와이이―[9]

먹중 II : 날이 흐린 것이 아니다. 내가 자서仔細히 들어가 보니 옹기장사가 옹기짐을 버
트려 놨더라.

---

2 예쁜 여자 역. 술집 여자를 뜻하는 '소매'에서 온 말로 추정된다.
3 화관 족두리. 여자가 예로 치장할 때 쓰는 족두리로, 칠보로 만든 꽃으로 장식한다.
4 노장중. 나이 많고 덕행이 높은 중.
5 중이 쓰는 모자. 소나무 겨우살이로 만든다.
6 검은 장삼. '장삼'은 검은 베로 만드는 중의 웃옷.
7 붉은 가사. '가사'는 장삼 위에 왼쪽 어깨에서 오른쪽 겨드랑이 밑으로 걸치는 긴 천.
8 상대방을 부르는 말. '아나'는 '여봐라'의 뜻을 지닌 말이다.
9 '그래, 왜?'의 뜻.

먹중Ⅲ : 내가 가서 다시 한번 자서히 알어보고 나올라. (노장한테 가서 보고 돌아와서) 아나야아.

먹중 일동 : 그랴 와이.

먹중Ⅲ : 내가 이자 자서히 들어가 본즉 숯장수가 숯짐을 버트려 놨더라.

먹중Ⅳ : 아나야아.

먹중 일동 : 그랴 와이.

먹중Ⅳ : 내가 가서 다시 한번 자서히 보고 나올라. (노장한테 갔다 와서) 아나야아.

먹중 일동 : 그랴 와이.

먹중Ⅳ : 내가 이제 자서히 들어가 본즉 날이 흐려서 대맹大蟒이[10]가 났더라.

먹중 일동 : (큰 소리로 놀래며) 대맹이야?

먹중Ⅴ : 아나야아.

먹중 일동 : 그랴 와이.

먹중Ⅴ : 내가 또 다시 가서 보고 올라. (엉덩이춤을 추면서 가나, 무서운 양으로 노장에게 가까이 가서 이모로 저모로 살펴보다가 깜짝 놀래며 땅 위에 구을면서 돌아온다.)

먹중 일동 : (먹중Ⅴ가 굴러오는 것을 보고) 아 이놈 지랄을 벋는다. 아 이놈 지랄을 벋는다.

먹중Ⅴ : (일어나서) 아나야아.

먹중 일동 : 그랴 와이이—

먹중Ⅴ : 사실이야, 대맹이 분명하더라.

먹중Ⅵ : 아나야아.

먹중 일동 : 그랴 와이이—

먹중Ⅵ : 사람이 이렇게 많이 모여 있는데 대맹이란 말이 웬 말이냐. 내가 가서 자세히 알고 나오리라. (노장 있는 데로 슬금슬금 가서 머리로 노장을 부딪쳐 본다. 노장 부채를 흔들흔들한다.)

---

10 대망이. 아주 큰 구렁이.

먹중Ⅵ : (놀래며 후퇴하여 와서) 아나야아.

먹중 일동 : 그랴 와이이―

먹중Ⅵ : 대명이니 숯짐이니 옹기짐이니 뭐니뭐니 하더니, 그것이 다 그런 게 아니고 뒷
절 노시님[11]이 분명하더라.

먹중Ⅶ : 아나야아.

먹중 일동 : 그랴 와이이―

먹중Ⅶ : 그럴 리가 있나. 내가 가서 다시 자세히 알고 오리라. (타령곡에 맞추어 춤을
추며 유유히 노장한테로 가서) 노시님!

노장 : (부채를 흔들며 고개를 끄덕끄덕한다.)

〈채록자 주 : 노장은 일체 말을 안 하고 동작으로 표시한다.〉

먹중Ⅶ : (달음질하여 돌아와서) 아나야아.

먹중 일동 : 그랴 와이이―

먹중Ⅶ : 노시님이 분명하더라. 그렇다면 우리 시님이 평생 좋아하시든 것이 백구타령
白鷗打令이 아니드냐. 우리 백구타령 한번 하여 들려 드리자.

먹중 일동 : 그거 좋은 말이다.

먹중Ⅷ : 그러면 내가 들어가서 노시님께 여쭈어보고 나올라. (춤을 추며 노장에게로
가서) 노시님!

노장 : (고개를 끄덕끄덕한다.)

먹중Ⅷ : 백구타령을 돌돌 말아서 귀에다 소르르―

노장 : (고개를 끄덕끄덕한다.)

먹중Ⅷ : (돌아와서) 아나야아.

먹중 일동 : 그랴 와이이―

먹중Ⅷ : 내가 이자 가서 노시님게다 백구타령을 돌돌 말아서 귀에다 소르르 하니까, 대
갱이[12]를 횟물[13] 먹은 메기 대갱이 흔들 듯이 하더라. (혹은 굶주린 개가 주인 보고

---

11 노스님.
12 '머리'의 비속어.
13 석회수. 소독·살균용으로 쓴다.

대갱이 혼들 듯이 *끄덕끄덕끄덕하더라.*)

먹중 I , II : (둘이 같이 어깨를 겨누고 타령곡에 맞추어 같이 노래를 병창하며 노장에게
로 간다.) 백구야 훨훨 날지 마라. 너 잡을 내 아니도다. 성상이 바리시니 너를 좇아
여기 왔다. 오류춘광五柳春光……

먹중 III : (노래가 끝나기 전에 뒤좇아가서 갑자기 I , II의 면상을 친다. I , II 놀래며 돌
아다보면) 백구야 껑충 날지 마라. (하고 노래 부르며 셋이 같이 타령곡에 맞추어
춤추며 돌아온다.)

먹중 IV : 아나야아. (타령곡과 춤 그친다.)

먹중 일동 : 그랴 와이이.

먹중 IV : 아 네미를 붙을 놈들은 백구야 껑충 나지 말라 하는데, 우리는 오도독이타령이
나 한번 여쭈어 보자. (하며 노장 가까이 가서) 오도독이타령을 돌돌 말어 귀에다
소르르…….

노장 : (고개를 *끄덕끄덕한다.*)

먹중 IV : (이걸 보고 먹중들 있는 데로 와서) 아나야아.

먹중 일동 : 그랴 와이이ㅡ

먹중 IV : 내가 이제 노시님께 가서 오도독이타령을 돌돌 말어 귀에다가 소르르 하니까,
대갱이를 용두[14]치다가 내버린 좆대갱이 혼들 듯이 하더라.

먹중 V : 아나야아.

먹중 일동 : 그랴 와이이ㅡ

〈채록자 주 : 이하 약畧. 단 남은 먹중들도 각각 번갈아서 시조나 단가를 돌돌 말어서 노장의 귀에다 넣
어 줬다고 하고 와서는 노장을 모욕하는 말을 하는 것이다.〉

먹중 I (첫목) : 아나야아.

먹중 일동 : 그랴 와이이ㅡ

첫목 : 시님을 저렇게 불붙은 집에 좆기둥 세우듯이 두는 것은 우리 상좌의 도리가 아니
니 그 시님을 모셔야 하지 않느냐.

---

14 용두질. 수음手淫.

먹중 일동 : 네 말이 옳다. (하고, 모두 노장이 있는 데로 간다. 먹중 둘이 노장이 짚고 있는 육환장의 한쪽 끝을 붙잡고 앞서 온다. 노장은 그에 따라온다. 남은 다른 먹중들은 나무대성 인로왕보살南無大聖引路王菩薩의 인도소리를 크게 합창하면서 뒤따른다. 중앙쯤 와서 노장은 힘이 차서 육환장을 놓고 거꾸러진다. 다른 먹중 하나가 얼른 육환장을 잡는다. 앞서 가는 먹중들은 노장이 여전히 따르거니 하고 그대로 간다. 한참 가다가 돌아다보고 의외의 경류에 놀란 듯이 큰 소리로) 노시님은 어데 가고 이게 웬 놈이란 말이냐.

앞서 가던 다른 먹중 : 이럴 리가 있나. 노시님이 온데간데 없어졌으니, 아마도 상좌인 우리가 정성이 부족하여서 그런 것이다. 우리 같이 한번 노시님을 찾아 보자. (타령곡이 시작되자 먹중 여덟은 서로 어울려져 난무하며 노장을 찾아 본다. 노장이 넘어져 누워 있는 것을 먹중 하나가 본다.)

먹중 하나 : 쉬ㅡ. (타령곡과 춤 그친다.) 이거 안된 일이 있다.

다른 먹중 하나 : 무슨 일이냐.

먹중 하나 : 이제 내가 한편을 가보니 노시님이 누워 있으니 아마 죽은 모양이더라.

먹중 VI : 아나야아.

먹중 일동 : 그랴 와이이ㅡ

먹중 VI : 노시님이 과연 죽었는가 내가 가서 자세히 보고 올라. (달음질하여 가서 멀찍이 노장이 누운 양을 보고 돌아와서) 이거 야단 났다.

먹중 VII : 무슨 일이게 야단 났단 말이냐.

먹중 VI : 노시님이 유유정정화화柳柳井井花花했더라. 아 그놈 벽센 말 한 마디 하는구나. 유유정정화화, 유유정정화화야? 그것 유유정정 화화라니, 아! 알았다. 버들버들 우물우물 꽃꽃이 죽었단 말이구나.

먹중 III : 아나야아.

먹중 일동 : 그랴 와이이ㅡ

먹중 III : 우리 노시님이 그렇게 쉽사리 죽을 리가 있나. 내가 들어가 다시 한번 자세히 보고 올라. (달음질하여 노장 있는 데 갔다가 되돌아와서) 야아, 죽을시 분명하더

라. 육칠월에 개 썩는 내가 나더라.

먹중Ⅴ : 아나야아.

먹중 일동 : 그랴 와이이—

〈채록자 주 : 이와 같이 남은 먹중들은 번갈아서 노장이 누워 있는 곳에 갔다가 와서 죽었다는 보고를 하여 노장에 대하여 모욕적 언사를 쓴다. 그러나 여기서는 약略한다.〉

먹중Ⅰ : 중은 중의 행시行勢를 해야 하고 속인은 속인의 행세를 해야 하는 법이니, 우리 가 시님에 상좌가 되여 가지고 거저 있을 수 있너냐. 시님이 도라가셨으니 천변수 락에 만변야락 굿을 하여 보자꾸나.

먹중 일동 : 그랴 와이이— 거 옳은 말이다. (하며 먹중들 각각 징 · 장고 · 북 · 꽹과리 등 악기를 들고 치면서, 노장이 엎드러진 곳의 주위를 돌면서 염불하며 재齋를 올 린다.) (염불조로) 원아 임욕명종시 진제일체제장애 면견피불아미타 즉득왕생 안 락찰願我 臨欲命終時 盡除一切諸障碍 面見彼佛阿彌陀 即得往生 安樂刹[15]……

먹중Ⅱ : 아나야아. (염불과 굿치는 소리 그친다.)

먹중 일동 : 그랴 와이이—

먹중Ⅱ : 염불이 약은 약이다. 시님이 다시 갱생更生을 하는구나. 그러면 시님이 평생 좋아하시던 것이 염불이댔으니 염불을 한바탕 실컨 하자. (팔먹중들, 염불조로 악 기를 치면서 한참 난무하다가 전원 퇴장.)

소무 2인 : (먹중들이 다 퇴장하자 등장하여 노장이 누워 있는 그 자리에서 좀 떨어진 데서 양인兩人 상당 거리를 두고 서서 염불타령 곡조에 맞추어 춤을 춘다.)

노장 : (누운 채로 염불곡에 맞추어 춤추며 일어나려 한다. 그러나 넘어진다. 다시 춤추 며 일어나려 하는데 또 넘어진다. 겨우 하여 육환장을 짚고 일어나서 사선선으로 면面을 가리고 주위에 사람이 있나 없나를 살펴보려고 부채살 사이로 사방을 살핀 다. 그러다 소무가 춤추고 있는 양을 보고 깜짝 놀라며 다시 땅에 엎딘다. 한참 후 에 다시 일어나 사방을 살펴보고 소무를 은근히 응시한다.)

〈채록자 주 : 노장과 소무는 일체 무언. 다만 행동과 춤으로써 그의 심중의 모습을 표현한다.〉

---

15 죽을 때에 이르러 일체의 장애를 없애고 저 아미타불을 본다면 극락에 왕생할 수 있다는 뜻.

노장 : (동작과 춤으로써 다음과 같은 심정의 모습을 표현한다.―소무의 미용美容을 선
　　　녀인가 의심한다. 선녀가 이 속세에 어찌 왔나 한다. 그런데 그는 선녀가 아니고 사
　　　람임을 알게 된다. 인간세상에도 저런 미색美色이 있구나 하고 매우 감탄한다. 그
　　　리고 산중에 들어박혀 무미하게 지냈던 자기의 과거가 몹시도 무의미했고 적막한
　　　것을 깨닫는다. 생을 그렇게 헛되이 보낼 것인가 하고 회의해 본다. 인간세상이란
　　　저러한 미인과 자유로이 즐길 수 있는 세상인가 하고 생각해 본다. 자기의 과거의
　　　생활을 그대로 계속할 것인가 그렇지 않으면 인간세상에 들어와서 저러한 여인과
　　　흥취 있는 생활을 하여 볼까 하고 비교하여 본다. 어떠한 결정이 지어졌는지 고개
　　　를 끄덕끄덕한다. 그래도 좀 계면쩍은지 부채로 면面을 가리고 육환장을 짚고 염불
　　　곡에 맞추어 조심조심 장내를 돈다. 소무 I 을 멀찍이 바라보며, 그 주위를 춤추며
　　　세 바퀴 돈다. 소무의 주의를 끌 동작을 여러 가지 한다.)
소무 I : (노장을 본체만체하고 그냥 그 자리에서 춤만 춘다.)
노장 : (소무의 무관심함을 보자, 좀 적극적으로 나가 보려 든다. 육환장을 어깨에 메고
　　　춤추며 소무 곁으로 간다. 그러나 아직도 조심스러운 동작이다. 소무의 배후에 가
　　　만히 접근한다. 그리고 자기 등을 소무의 등에 살짝 대어 본다.)
소무 I : (모르는 체하고 여전히 춤만 춘다.)
노장 : (소무가 본체만체하므로 소무의 앞으로 돌아가서 그의 얼굴을 마주쳐 본다.)
소무 I : (보기 싫다는 듯이 노장을 피하여 돌아선다.)
노장 : (낙심한다. 휘둥휘둥¹⁶하다가 소무의 전면으로 돌아가 본다.)
소무 I : (또 싫다는 듯이 돌아선다.)
노장 : (노한 듯이 소무의 앞으로 바짝 다가선다.)
소무 I : (약간 교태를 부리며 살짝 돌아선다.)
노장 : (초면에 부끄러워서 그렇겠지 하고 소무의 심정을 해석하고, 자기를 싫어하지 않
　　　는구나 하고 좋아서 고개를 끄덕끄덕하고, 두 손으로 육환장을 수평으로 들고 소무

---

16 허둥지둥하는 모양.

곁에 가까이 가서 여러 가지 춤으로 얼러 본다. 그러다가 육환장을 소무 사탱이[17] 밑에 넣었다가 내어 든다. 소무를 한참 들여다본다. 육환장을 코에다 갖다 대고 맡아 본다. 뒤로 물러나와서 육환장을 무릎으로 꺾어 내버린다. (이때 반주는 타령곡으로 변한다. 이 곡에 맞추어 춤춘다. 염주를 벗어서 소무의 목에 걸어 준다.)

소무 I : (걸어 준 염주를 벗어서 팽개친다.)

노장 : (놀래어 염주를 주워 들고 소무 앞으로 가서 정면正面하며 얼른다.)

소무 I : (살짝 돌아선다.)

노장 : (춤추며 소무 곁으로 다가서서 얼리며 염주를 다시 소무의 목에 걸어 준다.) (이러한 동작을 수차 되풀이한다. 그리하다가 내종乃終에는 소무는 그 염주를 벗지 않고 그대로 걸고 춤을 춘다.)

노장 : (대단히 만족해 하며 춤을 춘다. 한참 추다가 소무에게 가까이 가서 입도 만져 보고 젖도 만져 보고 겨드랑도 후벼 보다가, 염주의 한편 끝을 자기의 목에 걸고 소무와 마주 서서 비로소 회회낙락하며 춤을 춘다.)

(노장은 이와 같은 동작과 순서로 소무 II에게 가서 되풀이하여 자기의 수중에 들어오게 한다.)

(생불生佛이라는 노장은 두 소무를 자기의 수중에 넣은 것이나, 사실은 소무의 요염한 교태와 능란한 유혹에 빠진 것이다. 노장은 두 미녀의 사이에 황홀히 되었다.)

〈중략 : 신장수 하나가 원숭이를 데리고 나와 신을 팔자, 노장이 신을 사 소무에게 주고 신 장수와 원숭이를 쫓아 보내는 내용이 공연된다. 그 중에는 원숭이가 소무 및 신 장수와 음란한 행위를 하는 대목이 포함돼 있다.〉

취발 : (허리에 큰 방울을 차고 푸른 버들가지를 허리띠에 꽂고 술 취한 것처럼 비틀거리고 등장하다가 갑자기 달음질하며 중앙으로 온다.) 에에케, 아그 제에미를 할 놈에 집안은 고뿔인지 행불인지 해해 년년이 다달이 나날이 시시때때로 풀돌아들고

---

17 사타구니의 속어.

감돌아들아. (타령곡에 맞추어 한참 춤춘다.) 쉬— (타령과 춤 그친다.) 산불고이수려山不高而秀麗하고 수불심이청징水不深而淸澄이라.[18] 지불광이평탄地不廣而平坦하고 인부다이무성人不多而茂盛이라.[19] 월학月鶴은 쌍반雙伴하고 송죽松竹은 교취交翠로다.[20] 녹양綠楊은 춘절春節이라. 기산 영수箕山潁水[21] 별건곤別乾坤에 소부巢父 허유許由[22]가 놀고 채석강采石江 명월야明月夜에 이적선李謫仙[23]이 놀고 적벽강赤壁江 추야월秋夜月에 소동파蘇東坡[24]가 놀았으니 나도 본시 오입쟁이로 금강산 좋단 말을 풍편에 잠간 듣고 녹림간 수풀 속에 친우 벗은 하나도 없고 승속僧俗이 가하거든 중이 되여 절간에서 불도佛道는 힘 안쓰고 이뿐 아씨를 데려다가 놀리면서……. (타령곡에 맞추어 춤추며 노래 부른다.) 꾸웅떠벙. (하며 노장 옆으로 간다.)

노장 : (부채 꼭지로 취발이를 딱 친다. 타령곡과 취발이의 춤 끝난다.)

취발 : 아이쿠 아아 이것이 뭐이란 말인고. 아 대체 매란 것이 맞아 본 적이 없는데 머이[25] 빽하고 때리니 아 원 이거 머이라는 건고. 오오 알겠다. 내가 세이인간사불문洗耳人間事不聞하여[26] 산간에 뜻이 없어 명승처 찾어나니 천하명승 오악지중五岳之中에 향산香山이 높았으니 서산대사西山大師 출입 후에 상좌중 능통자能通者로 용궁에 출입다가 석교상石橋上 봄바람에 팔선녀 노던 죄로 적하인간謫下人間 하직하고 대사당大師堂 돌아들 때,[27] 요조숙녀는 좌우로 벌려 있고 난양공주蘭陽公

---

18 산은 높지 않되 수려하고 물은 깊지 않되 맑도다.
19 땅은 넓지 않되 평탄하고, 사람은 많지 않되 무성하구나.
20 달과 학이 짝을 이루고 소나무 대나무가 서로 푸르구나. '월학'의 자리에는 일반적으로 '원학猿鶴'을 쓴다.
21 기산과 영수는 중국의 산과 강의 이름. 요임금 때에 소부와 허유가 은거한 곳이다.
22 소부와 허유는 요임금 때의 큰 선비로서, 요임금으로부터 천하를 물려받기를 거절하고 기산에 은둔하였다.
23 중국 당나라 때 시인 이백李白. 술에 취해 채석강에 비친 달을 건지려다 빠져죽었다고 전해진다.
24 송나라의 문인. 적벽강으로 귀양 가서 뱃놀이를 하면서 쓴 「적벽부」가 전해진다.
25 무엇이.
26 귀를 씻고 인간의 일을 듣지 않아서.
27 『구운몽』에 나오는 성진性眞의 행적을 옮긴 것임. 작품대로라면 '서산대사'는 '육관대사六觀大師'가 돼야 한다.

主 진채봉秦彩鳳이며 세운細雲같은 계섬월桂蟾月과 심요연沈鼻燕 백능파白凌波[28]
와 이 세상 시일토록[29] 노닐다가 귀가하여 돌아오던 차에 마침 이곳에 당도하고
보니 산천은 험준하고 수목은 진잡한 이곳에 아마도 금수 오작禽獸烏鵲이 나를 회
롱하는가 보다. 내가 다시 들어가서 자세히 알고 나와 보겠다. (타령곡에 맞추어
춤추며 노장 옆으로 가면서 노래부른다.) 적막은 막막漠漠 중천에 구름은 뭉게뭉
게 솟아 있네.

노장: (부채 꼭지로 취발의 면상을 탁 친다. 타령곡과 취발의 춤, 노래 그친다.)

취발: 아 잘은 맞는다. 이, 이게 뭐람. 나라는 인간은 한창 소년시절에도 맞어본 일이 없
는데, 아 이거 또 맞았구만. (노장을 쳐다보며) 아 원, 저거 뭐람. 오오 이제 알겠다.
저이 거밋거밋한 것도 보이고 또 번득번득한 것도 보이고 히뜩히뜩한 것도 보이고
저 번들번들한 것도 보이는 것을 본즉 아마도 금金인가부다. 이 금이란 말이 당치
않다. 육출기계六出奇計 진평陳平이가 황금 삼만냥을 초군楚軍 중에 흩었으니[30] 저
금이란 말도 당치 않다. 그러면 옥玉인가? (노장한테로 한발 가까이 가서) 너 옥이
여든 옥에 내력을 들어 봐라. 홍문연鴻門宴 높은 잔체 범증范增이가 깨친 옥이 옥석
玉石이 구분구분俱焚이라, 옥과 돌이 다 탔거든 옥이란 말도 당치 않다. 그러면 귀신이
냐? (노장에게로 한발 더 나간다.) 너 귀신이여든 귀신에 내력을 들어봐라. 백주청
명白晝清明 밝은 날에 귀신이란 말이 당치 않다. 그러면 네가 대명이냐?

노장: (고개를 좌우로 흔들고 취발이 앞으로 두어 걸음 나온다.)

취발: 에이 이것 야단났구나, 오오 이제야 알겠다. 자세히 보니까 네 몸에다 칠포장삼
漆布長衫을 떨쳐 입었으며 육환장을 눌러 짚고 백팔염주 목에 걸고 사선선四仙扇을
손에 들고 송낙을 눌러 썼일 때에는 중일시가 분명하구나. 중이면 절간에서 불도佛
道나 심씰 것이지[31] 중에 행사로 속가俗家에 내리와서 예분 아씨를 하나도 멋한데

<hr>

28 이상 『구운몽』에 등장하는 양소유 처첩들의 이름이다.
29 싫도록.
30 한고조의 신하 진평의 고사故事. 진평은 여섯 가지 기묘한 계책의 하나로 초나라 장수들에게 황금
을 흩어 범증을 모해하여 항우와 이간하였다.
31 힘쓸 것이지.

둘씩 셋씩 다려다 놓고 낑꼬랑 깽꼬랑……. (타령곡에 맞추어 한참 춤춘다.) 쉬―
(타령과 춤 그친다.) 이놈 중놈아, 말들어 거라하니, 너는 예쁜 아씨를 둘씩이나 다
려다 놓고 저와 같이 노니 네 놈에 행세는 잘 안됐다. 그러나 너하고 나하고 내기나
해보자. 너 그전에 땜질[32]을 잘했다 허니 너는 풍구[33]가 되고 나는 불 테이니, 네가
못 견디면 저 년을 날 주고 내가 못 견디면 내 엉뎅이밖에 없다. 그러면 솟을 땔까
가마를 땔까. (타령에 맞추어 한참 춤춘다.) 쉬― (타령과 춤 그친다.) 아 이것도 못
견디겠군. 그러면 이번에는 너하고 나하고 대무對舞하며 네가 못 견디면 그렇게 하
고 내가 못 견디면 그렇게 하자. (타령곡에 맞추어 춤추며 노래한다.) ―백수한산
심불노白首寒山心不老[34] ― (타령 춤 노래 그친다.) 아 이것도 못 견디겠군. 자 이거
야단난 일이 있군. 거 저 도깨비는 방맹이로 휜다드니 이건 들어가 막 두들겨 봐야
겠군. (타령곡에 맞추어 춤추며 노래한다.) 강동江東에 범이 나니 길로래비가 휠
휠……. (하며 노장한테 간다.)

노장 : (부채로 취발의 면상을 한 대 친다.)

취발 : 아이쿠. (타령과 춤 그친다. 휠적 한번 뛰어 노장에게서 도망친다.) 아이쿠 이 웬
일이냐, 이놈이 때리긴 바로 때렸다. 아 이놈이 때리긴 발 뒤축을 때렸는데 아아 피
가 솟아 올라서 코피가 나는군. 아 이것을 어떻게 하면 좋단 말인가. 거저 코 터진
건 타라막는[35] 것이 제일이라드라. 자 그런데 코를 찾일 수가 있어야지, 상판[36]이 조
선朝鮮 반半만 해서 어디가 코가 있는지 찾일 수가 있어야지, 그러나 지재차산중只
在此山中이지 내 상판 가운데에 있겠지. 그런즉 이걸 찾일라면 끝에서부터 찾어 들
어와야지. (하며 머리 정수리부터 더듬어서 아래로 차차 내려온다.) 야 여기가 코
가 있는 걸 그렇게 애써 찾었구나. (코에다 무엇을 틀어막는다.) 아 이 코를 타라막
아도 피가 자꾸 나오는구나, 이걸 어떡허나. 옛날 의사 말에 코터진 건 몬지로 문지

---

32 불 때는 일.
33 풀무의 사투리. 불을 피울 때 바람을 일으키는 도구.
34 백발로 차디찬 산에 있으매 마음은 늙지 않는다.
35 틀어막는.
36 '얼굴'의 속어.

르는 것이 제일이라드라. (하며 흙먼지로 코 터진 데를 문지른다.) 이 이렇게 낫는 것을 애를 괴연히[37] 빠락빠락 썼구나. 이제는 다시 들어가서 찬물을 쥐여 먹고 이를 갈고서라도 이년을 때려 내쫓고 저년을 다리고 놀 수밖에 없다. (타령곡에 맞추어 노장에게로 춤추며 노래 부르며 간다.) 소상반죽瀟湘斑竹 열두마디— (노장을 탁 때린다.)

노장 : (취발이에게 얻어맞고 퇴장.)

취발 : (좋아하며 신이 나서 춤추며 노래한다.) 때렸네 때렸네. 뒷절 중놈을 때렸네. 영 낙 아니면 송낙이지. (노래 끝내고 소무 I 에게로 간다. 타령과 춤 그친다.) 자 이년 아 네 생각에 어떠냐. 뒷절 중놈만 좋와하고 사자 어금니 같은 나는 싫으냐? 이년아 돈 받어라.

소무 I : (손을 내민다.)

취발 : 아 시러배 아들년 다 보겠다. 쇠줄피[38] 밭다[39] 대통 기름자[40] 보고 따라댕기겠군. 이년아 돈 받어라. (돈을 던져 준다.)

소무 I : (손을 내민다.)

취발 : (큰 소리로) 앗! (돈을 제가 주워 넣는다.)

소무 I : (뒤로 물러 나간다.)

취발 : 아 그년 쇠줄피 밭은 것을 보니 문고리 쥐고 엿장수 부르겠다. 그러나 너 내에[41] 말 들어 보아라. 주사청루酒肆青樓에 절대가인絕對佳人 절영絕影하야[42] 청산青山 동무로 세월을 보내드니마는 오늘날에 너를 보니 세상인물이 아니로다. 탁문군卓文君[43]에 거문고로 월노승月老繩[44] 다시 맺어 나하고 백세百歲를 무양無恙[45]하는 게

---

37 공연히.
38 돈 꾸러미를 말하는 듯하다.
39 사이가 촘촘하다. 또는 탐하고 바란다.
40 담뱃대 그림자. '대통'은 담뱃대의 담배를 담는 부분.
41 나의.
42 기생집에 아름다운 여자가 없어.
43 한나라 때의 음악을 좋아했던 여인 이름. 과부로, 사마상여의 거문고에 반하여 집을 도망쳐 나와 그 아내가 되었음.
44 월하노인月下老人이 가지고 다니며 남녀의 인연을 맺어준다는 붉은 끈. 월하노인은 부부의 인연

어떠냐.

소무 I : (싫다는 듯이 살짝 외면해 선다.)

취발 : 아 그래도 나를 마대?[46] 그러면, 그것은 다 농담이지만 너겥은 미색美色을 보고
주랴던 돈을 다시 내가 거두어 가진다는 것은 당치 않은 일이다. 아나 돈 받어라.
(소무 I 에게로 돈을 던진다.)

소무 I : (돈을 받아 줏는다.)

취발 : (타령곡에 맞추어 춤추며 노래한다.) 낙양동천洛陽東天 유하정柳下亭[47]······. (하
며 소무 I 에게로 가서 같이 어울러서 춤춘다. 한참 춤춘 후 타령과 춤이 그친다.)

소무 I : (배 잃는 양을 한다.)

〈채록자 주 : 이와 같은 동작을 소무 II 에 대해서도 되풀이한다.〉

소무 : (배 잃는 양을 한 뒤에 아이를 낳았다 하고 둘 다 퇴장한다.)

취발 : (춤추며 소무 섰던 곳으로 가서 아이를 안고서 아이 우는 목소리로) 애 애 애.
(자기 목소리로) 에게게 이것이 웬일이냐. 아아 동내洞內 양반들 말씀 들어보오. 년
만칠십년晩七十에 생남生男했오. 우리 집에 오지도 마시요. 우리 아이 이름을 지어
야겠군. 둘째라고 질까. 아 첫째가 있어야 둘째라 하지. 에라 마당에서 낳으니 마당
이라 질 수밖에 없군. 마당 어머니 젖좀 주소. (아이 어르는 소리로) 에게게 둥둥둥
둥 내 사랑. 어델 갔다 이제 오나. 기산영수箕山潁水 별건곤別乾坤에 소부巢父 허유
許由와 놀다 왔나. 채석강采石江 명월야明月夜에 이적선李謫仙과 놀다 왔나. 수양산
首陽山 백이伯夷 숙제叔齊[48]와 채미採薇하다 이제 왔나 둥둥둥둥 내 사랑이야. 아이
소리로) 여보 아버지, 날 다리고 이렇게 둥둥타령만 할 것 없이, 나도 남의 자식들
과 같이 아 글공부를 시켜 주시요. 자기 목소리로) 야 이게 좋은 말이로구나. (소아
小兒 소리) 그러면 아버지 나를 양서兩書로 배워주시요. (제 소리) 양서라니 평안도

을 맺어준다는 전설 속의 인물.

45 몸에 탈이나 병이 없음을 뜻.

46 싫다고 해?

47 일반적으로 '낙양동촌洛陽東村 이화정梨花亭'으로 쓰는 말이다. 이는 낙양 동쪽 마을의 정자라는
    뜻으로, 『숙향전』에 나오는 지명이다.

48 백이와 숙제는 옛 임금과의 의를 지켜 수양산에 들어가 나물을 캐먹고 연명하다 죽은 충신들이다.

平安道하고 황해도黃海道하고.[49] (소아 소리) 아아니 그거 아니라우. 언문諺文하고
진서眞書[50]하고. (제 소리) 오냐. 그는 그렇게 해라 하늘 천天. (소아 소리) 따 지地.
(제 소리) 아 이넘 봐라. 나는 하늘천 하는데 이넘은 따지 하는구나. (소아 소리) 아
버지. 나는 하늘천 따지도 배와주지 말고 천자 뒤풀이로 배와주시요. (제 목소리)
거 참 좋은 말이다. (음악에 맞추어 노래 부른다. 자시子時에 생천生天하니 불언행
사시不言行四時 유유피창悠悠彼蒼[51] 하날 천天. 축시丑時에 생지生地하다 만물창성
萬物昌盛 따 지地. 유현비모[52] 흑적색黑赤色 북방현무北方玄武 가물 현玄. 궁상각치
우宮商角徵羽[53] 동서사방東西四方 중앙토색中央土色 누루 황黃. 천지사방天地四方
몇만 리냐 거루광활巨樓廣濶[54] 집 우宇. 여도 국도國都[55] 흥망성쇠興亡盛衰 그 누구
집 주宙. 우치홍수禹治洪水 기자춘[56] 홍범구주洪範九疇[57] 넓을 홍洪. 전원장무田園
將蕪 호불귀胡不歸[58] 삼경취황三徑就荒 거칠 황荒. 요순성덕堯舜聖德 장하시 취지여
일취之如日[59] 날 일日. 억조창생億兆蒼生[60] 격양가擊壤歌 강구연월康衢煙月[61] 달 월
月. 오거시서五車詩書 백가서百家書 적안영상積案盈箱[62] 찰 영盈. 밤이 어느 때냐 월
만즉측月滿則昃[63] 기울 측昃. 이십팔숙二十八宿[64] 하도낙서河圖洛書[65] 중성공지重星

---

49 '양서兩西', 곧 관서關西와 해서海西로 이해한 것이다.
50 한문을 높여 부르던 말.
51 아직 사계절의 구별이 없을 때의 끝없이 넓고 푸른 하늘.
52 '유현미묘幽玄微妙'의 착오. 이치가 아득하고 오묘함을 뜻.
53 동양 음악의 바탕이 되는 다섯 음계. 각각 중앙 및 서·동·북·남의 방위와 통한다.
54 크고 넓은 누각.
55 '연대 국조連代國朝'가 나와야 할 자리이다.
56 '기자추연箕子推衍'의 잘못. 기자가 자세히 덧붙이고 설명한.
57 『서경』 홍범편에 나오는, 나라를 다스리는 아홉 가지 원칙. 기자箕子가 주나라 무왕에게 자세히 설
   명해 바침으로써 세상에 널리 알려지게 되었다고 한다.
58 전원이 장차 거칠어지려 하니 어찌 돌아가지 않겠는가. 도연명의 「귀거래사歸去來辭」에 나오는
   구절이다.
59 해처럼 빨리 나아가다.
60 세상의 온 백성.
61 사방으로 통하는 번화한 거리의 태평한 모습.
62 책상 위에 쌓이고 함에 가득 찬 책들.
63 달이 가득 차면 기운다.
64 해와 달, 여러 별들의 자리를 밝히려고 하늘을 스물 여덟으로 나눈 것.

拱之 별 진辰. 투계소년鬪鷄少年 아해들아 창가금침娼家衾枕 잘 숙宿. 절대가인 좋은 풍류 만반진수滿盤珍羞 벌 열列. 야반삼경夜半三更 심창리深窓裡에 갖은 정담情談 베풀 장張.[66]…… (소아 소리) 그건 그만해 두고 언문諺文을 배와주시요. (제 소리로) 그래라. 언문을 배우자. 가갸 거겨 고교 구규……(소아 소리) 아버지 그것도 그렇게 배우주지 말고 언문 뒤풀이로 배와주시요. (제 소리로 노래조로) 가나다라 마바사아 자차카타 아차차 잊었구나. 기억 니은 지긋[67]하니 기억자로 집을 짓고, 니은같이 사잤더니 지긋같이 벗어난다. 가갸거겨 가이없는 이내몸은 거지없이 되였구나. 고교구규 고생하던 이내몸이 고구하기 짝이없다. 나냐너녀 날라가는 원앙새야 널과 날과 짝을 무쳐, 노뇨누뉴 노류장화路柳墻花 인개가절人皆可折[68] 눌로 말미암아 생겨났는고. 다댜더뎌 다닥다닥 붙었든 정이 덧이없이 떨어진다. 도됴두듀 도장에 늙은몸이 두고가기 막연하다……. (이하 략略) (타령곡에 맞추어 춤을 한바탕 추고 아이를 들고 퇴장.)

2. 양주楊州별산대놀이[69]

경기도 양주군에 전해지는 가면극으로, 4월 초파일이나 5월 단오, 8월 추석 등에 공연돼 왔다. 현재는 전해지지 않는 서울의 본산대 놀이를 본따 만들었다고 한다. 총 8개 과장으로 짜여져 있으며, 주요 과장 및 순서는 「봉산탈춤」 등과 크게 다르지 않다. 여기서는 그 가운데 양반 풍자를 주제로 하는 '샌님(양

---

65 '하도'는 중국 고대 복희씨 때에 황하에서 용처럼 생긴 말이 가지고 나왔다는 그림으로, 주역 팔괘의 바탕이 됨. '낙서'는 하나라 우임금 때 낙수에서 나온 거북의 등에 적혀 있었다는 글로 홍범구주의 바탕이 됨.
66 이상의 천자뒤풀이는 판소리 「춘향가」에서 차용한 것인데, 특히 그 사설이 김세종제 「춘향가」의 천자뒤풀이와 같다.
67 '디귿'의 방언 발음.
68 누구든지 꺾을 수 있는 길가의 버들과 담 밑의 꽃. '노류장화'는 창부娼婦를 가리키는 말이다.
69 여기 실은 자료는 이두현, 『한국의 가면극』(일지사, 1979), pp. 170~177에 실린 "양주별산대놀이 대사"를 주석을 달아 옮긴 것이다.

반) 과장'을 실었다. 이 과장은 의막사령놀이와 포도부장놀이로 나누어지는데, 각 부분은 내용상 독립성을 지닌다. 의막사령놀이는 말뚝이와 쇠뚝이가 의기 투합하여 양반을 욕보이는 것이 주된 내용으로, 양반에 대한 하인들의 태도가 매우 공격적이다. 포도부장놀이에서는 양반이 스스로 자신을 희화화하면서 패배를 인정하는 모습을 보인다.

제7과장 ―샌님―

〈제1경〉 의막사령놀이

말뚝이 : (샌님, 서방님, 도령님을 모시고 등장하여 남쪽 가에 삼현청을 향해 선다. 쇠뚝이 내외는 미리 삼현청三絃廳[70] 앞에 나와 있다.) 의막사령― 의막사려영―

쇠뚝이 : 어느 제밀할 놈이 남 내근內勤[71]하는 데 와 의막사령해.

말뚝이 : 네밀붙을 놈. 내근하다니 사람이 인성만성[72]하고 만산편야滿山偏野한데 내근해.

쇠뚝이 : 네밀붙을, 어찌 허는 말이냐. 사람이 인성만성하고 만산편야했더래도 두 내외가 앉았으니 내근하지.

말뚝이 : 오옳겄다, 너희 두 내외가 앉아 있으니까 내근해.

쇠뚝이 : 영락없다.

말뚝이 : 얘 제밀할 놈, 목소리 들으니까 반갑구나.

쇠뚝이 : (벌떡 일어서며 인사한다.) 아나야이!

말뚝이 : 아나이! 네밀할 놈, 너 만나본 지가 경중경중하구나.[73] 쇠물에 지프라기 같다. 족통足痛이나 아니 났느냐.

쇠뚝이 : 아이구 내 것이야.

---

70 악사들의 자리. 인물들이 이곳에서 등장하기도 한다.
71 관청 따위의 구내에서 일을 보다.
72 여러 사람이 복작거려 떠들썩한 모양.
73 경충껑충하구나. 오래됐다는 말이다.

말뚝이 : 애, 그러나 저러나 내가 옹색한 일이 있다.

쇠뚝이 : 뭐가 옹색하단 말이냐.

말뚝이 : 우리댁 샌님과 서방님, 도령님께서 과일科日이 당도해서 과거를 보러 올라오시다가 뗑꿍하는 데 구경에 미쳐서 날 가는 줄 모르셨어. 그래 의막依幕[74]을 날더러 정하라고 하시니 내가 강근지친強近之親[75] 없구 아는 친구 없구 이 번화지시繁華之時에 밤은 들구 어찌하는 수가 없어 대단히 곤란하다가 너를 마침 만나니 천만 외다. 하니 너 날 의막을 하나 정해 다오.

쇠뚝이 : 애 그 제밀할 놈들이 그래 구경에 미쳐설랑 의막을 정해 달라고 그래. 그래 네가 참 대단히 옹색하겠다. 내가 그래 보마. (의막 정하러 나간다고 장내를 여러번 돌고 말뚝이 앞에 와서) 자 의막을 정했다.

말뚝이 : 너 어떻게 정했느냐.

쇠뚝이 : 뺑뺑 둘린 말장[76]을 박고 허리띠를 매고 문을 하늘로 냈다.

말뚝이 : 거 네밀 붙을, 시방 셋집채 양옥집 같구나.

쇠뚝이 : 영락없지.

말뚝이 : 그럼 그놈들이 들어가려면 물구나무를 서 들어가야겠구나.

쇠뚝이 : 영락없지.

말뚝이 : 그럼 돼지새끼 같구나.

쇠뚝이 : 영락없지.

말뚝이 : 애애, 저 샌님이 바깥에 서 계신데 니가 좀 나가서 모셔들일 수밖에 없다.

쇠뚝이 : 내가 그 제밀붙을 놈들을 그 왜 모셔들인다는 말이냐.

말뚝이 : 그래, 그래도 그렇지 않다. 너하구 나하구 사귄 본정으로 해두 그래 그렇지 않으니깐두루 니가 모셔들일 수밖에 없다.

쇠뚝이 : 오옳겄다. 너하구 나하구 사귄 본정으로라도. 그래 네 사정을 봐서 그렇구나.

---

74 임시로 거처하게 된 곳.

75 가까운 친척.

76 말목. 가늘게 깎아서 무슨 표가 되게 박는 말뚝.

말뚝이 : 영락없지.

쇠뚝이 : 그래라. (쇠뚝이는 앞서고 말뚝이는 채찍을 들고 뒤에서 그 사이에 샌님, 서방님, 도령님을 넣고 채찍을 휘두르며 '두우두우 구울구울구울' 하며 중앙 돼지우리간으로 모셔들인다.)

샌님 : 말뚝아.

말뚝이 : 네이.

샌님 : 네 이 의막을 누가 정했느냐.

말뚝이 : 소신은 정한 게 아니구 강근지척두 없구 번화지시에 알 수가 없어서 쇠뚝이란 놈을 아니깐두루 그놈더러 정해 달랬더니 그놈이 정해 주었습니다.

샌님 : 그렇겠다. 얘 대단히 정갈스럽고 깨끗해 좋다.

말뚝이 : 그런데 아래 웃간을 정해서 서루 양반의 자식이니깐두루 담배질을 허두래두 아래 웃간이 있어야 할 것 같아서 두 칸을 정했습니다.

샌님 : 그래.

쇠뚝이 : (말뚝이에게) 넌 그래 그댁 뭐냐.

말뚝이 : 난 그댁 청지기⁷⁷다.

쇠뚝이 : 이놈아 어디 보자. 청지기가 평량일⁷⁸ 썼어?

말뚝이 : 아니다 그런 게 아니다. 그댁 출계出系⁷⁹다.

쇠뚝이 : 옳겠다. 네가 출계다.

말뚝이 : 그러면 얘 너 들어가 샌님을 좀 뵈어라.

쇠뚝이 : 그 제미붙을, 내가 왜 그놈들을 뵌단 말이냐.

말뚝이 : 그래도 그렇지 않다. 그 양반이 벼슬을 시작할 것 같으면 사닥다리 기어올라가듯 한다. 그럼 너도 뭐든지 헌다.

쇠뚝이 : 그래 네 말도 그럴듯하다. 그놈의 음성을 들어보니 용생龍相이다. 총을치⁸⁰

---

77 양반집에서 잡일을 맡아 보는 하인.
78 패랭이를.
79 채록자 주에 의하면, '서출庶出'을 뜻한다고 한다.
80 청올치. 칡덩쿨의 속껍질. 베 등의 원료로 쓴다.

같다.

말뚝이 : 벼실 영락없지, 가 뵈어라.

쇠뚝이 : (타령조에 맞추어 양반 일행 앞뒤를 돈다.) (샌님을 보고는) 제길 양반의 자식
인 줄 알았더니 양반의 자식커녕 잡종이로구나. 두부보자기를 쓰구 화선花扇을 들
구 도포를 입구 전대띠를 맸으니 이게 화랭[81]의 자식이로구나. (서방님을 보고는)
관을 쓰기는 썼다마는 도로 입구 이놈두 화선을 들구 전대띠를 맸으니 이것두 화랭
의 자식이로구나. 나쁜 자식들이구나. (도령님을 보고는) 이놈이 사당보를 뒤집어
쓰구 전복을 입구 전대띠를 매구 이놈두 부채를 들어서 이놈두 양반의 자식은 맥물
두 안됐다. (말뚝이에게 와서) 얘 가보니깐 그놈들이 멀쩡한 화랭이 자식들이지 어
디 양반의 자식들은 아니더라.

말뚝이 : 그래 그럴듯하다. 네가 그럴듯하다마는 그댁이 간고하서서 세물전(貰物廛)에
가 의복을 세를 해 얻어 입느라구 구색이 맞지 않아 그렇다.

쇠뚝이 : 옳아, 따는 그것도 그렇겠다마는 그 양반의 자식들은 아니더라.

샌님 : 말뚝아.

말뚝이 : 네이.

샌님 : 네 이놈 어디 갔더냐.

말뚝이 : 샌님을 찾으려고요.

샌님 : 어두루.[82]

말뚝이 : 네이, 서산 나귀 솔질하여 호피안장 도두놓아가지고요, 앞남산 밖남산 쌍계동
벽계동으로 해서 칠패 팔패 돌모루 동작일 넌짓 건너 남대문 안을 써억 들어서 일
간장 이먹골 삼청동 사직골 오궁터 육조 앞으로 해서요, 칠관안 팔각재 구리개 십
자각 아이머리 다방골로 어른머리 감투전골로 해서요 언청다리를 건너 소경다리
를 건너서 배우개 안내거리 써억 나서서[83] 아래 위로 치더듬고 내더듬어 보니깐두

---

81 화랭이. 남무男巫를 일컫는 말. 광대 예능인을 지칭하는 말로 많이 쓰인다.
82 어디로.
83 이상은 여러 지명地名을 숫자 등에 맞추어 나열한 것이다.

루 샌님의 새끼라곤 강아지 애들 녀석 하나 없길래 아는 친굴 다시 만나서 물어보
니깐 떵꿍하는 데로 갔다 하길래 여기 와서 발랑발랑 찾아 여기를 오기깐두루 내
증손자 외아들놈의 샌님을 예 와서 만나봤구려.

쇠뚝이 : (그 소리를 듣고) 애애애 그 양반을 발 안 들여놓려고 했다가 그 뭐하니깐두루
이담에 청편지 한 장을 맞더래도 내가 문안할밖에 없다.

말뚝이 : 그래라.

쇠뚝이 : 샌님, 남우[84] 종 쇠뚝이 문안 들어가오. 잘못 받으면 육시처참에 송사리뼈도 안
남소. (샌님에게 문안하러 들어간다. 양손을 앞에 모으고 오른쪽 다리만 내놓고 껍
죽껍죽 하면서 들어간다.) 아 샌님, 아 샌님, 아 샌님, 소인─ (샌님은 아무 말이 없
다. 인사를 드리고 말뚝이에게 와서) 애 그 보니깐두루 양반은 분명한 양반이더라.
진중하시더라.

말뚝이 : 아 점잖은 양반이구 여부가 있느냐.

쇠뚝이 : 그래 대관절 그놈의 집 가문이 어떻단 말이냐.

말뚝이 : 그놈의 가문이 이샷날이믄 사당문을 열고 새끼 한 발을 꼬아가지구 운운이[85]
심지를 꿰가지구 한 끝을 주욱 잡아당기면 주루룩 따라나와서 개밥궁에서 한발을
들여놓고 한발은 내놓구 여러 놈이 쩍쩍거리는 그런 가문이다.

쇠뚝이 : 거 돼지로구나.

말뚝이 : 영락없다. 너 서방님한테 가봐라.

쇠뚝이 : (서방님께 문안 간다.) 아 서방님 아 서방님. (잠자코 있는 서방님을 보고) 소
인─. (말뚝이 앞에 와서) 참 분명한 양반이더라.

말뚝이 : 샌님한테 문안드려도 개 엘렐레[86] 같구 아니 드려도 개 엘렐레 같구 서방님한
테 문안을 디려두 개 씹구녕 넌덜머리 같은데 저─ 끝에 계신 종가댁 되령님이신데
그 되령님한테 문안을 착실히 잘 해야지 만일 잘못했다가는 육시처참에 넌 송사리
뼈도 안 남는다. 가 봐라.

---

84 남의.
85 미상
86 성기性器를 일컫는 속어.

쇠뚝이 : 거 네 말이 그럴 듯하니 가 볼밖에 없다.

말뚝이 : 이왕 양반집에 거론하기가 볼촬이지.

쇠뚝이 : (도령님에게 문안 간다.) 아 되련님 아 되련님 소인―.

도령님 : 고이 있드냐.

쇠뚝이 : (말뚝이 앞으로 와서) 얘 그 양반은 분명한 양반이더라. 거 우리네가 인사를 할 것 같으면 너 에미 애비 씹덜이나 잘 하느냐 할 텐데 아주 고이 있더냐 하는 걸 보니 점잖은 양반이다.

말뚝이 : 거 이를 말이냐.

쇠뚝이 : 애애 그렇지만 나 가서 다시 문안 드릴밖에 없다.

말뚝이 : 어떡헌단 말이냐.

쇠뚝이 : 한 잔도 못 먹는 날은 뜰을 아래 웃뜰을 돌아다니며 멀쩡히 청결허고, 한 잔 먹고 두 잔 먹어 석 잔쯤 먹어 얼굴빛이 지지벌건다면[87] 아래 윗댁으로 댕기며 조개란 조개는 묵은 조개 햇조개 할 것 없이 일수 잘 까먹구[88] 영해 영덕 고등어 준치 방어 소라 애들놈 일수 잘 까먹는 남의 종 쇠뚝이 문인이오 그래라.

말뚝이 : 얘 그 제에밀붙을, 문안이 사설이구나. 옭음 영락없다. (샌님을 보고) 여보 샌님 남의 종 쇠뚝이 문안 드려 달랍니다. 잘못 받으면 육시처참에 송사리뼈도 안 남소. 한 잔도 못 먹는 날은 아래 윗댁으로 댕기며 뜰을 멍쩡히 청결하고, 한 잔 먹고 두 잔 먹어 석 잔쯤 먹어놓아 얼굴이 지지벌건다면은 아래 윗댁으로 댕기며 조개란 조개 묵은 조개 햇조개 할 것 없이 치까고 내리까고 몽주리 치까먹고 영해 영동 고등어 준치 방어 소라 애들놈 일수 잘 까는 남의 종 쇠뚝이 문안드려 달랍니다.

샌님 : (부채를 홱 펴들고) 여봐라 지놈!

말뚝이 : 예에―.

샌님 : 삼노고상〔三路街上〕하던 양반더러 과언망설過言妄說하고 과도한 짓을 허니 그런 네에미 씹을! 헐 놈들이 어디 있느냐. (정좌하고) 말뚝아.

---

87 '벌거스름해지면' 의 뜻인 듯하다.
88 여기서 '조개' 는 여성의 성기를 나타낸다.

말뚝이 : 예.

샌님 : 남의 종 쇠뚝이 잡아 디려라.

말뚝이 : (안 가겠다는 쇠뚝이를 억지로 거꾸로 잡아끌고 온다.) 네, 잡아들였습니다.

샌님 : 그 네밀한 놈이 얼굴은 정주 난리터를 갔단 말이냐.

말뚝이 : 그놈이 그런 게 아니라 그놈의 얼굴을 볼 것 같으면 샌님댁 대부인 마나님이
    기절절사氣絶折死 할까봐 거꾸로 잡아들였오.

샌님 : 그럼 그놈의 모가지를 빼다가 꽉 박아라.

말뚝이 : 꽉 박았오. (획 돌려놓는다.)

샌님 : 그 뒤에서 꼼지락꼼지락하는 건 뭐냐.[89]

말뚝이 : 네, 밤이면 샌님댁 대부인 가지고 노시는 거요.

샌님 : 여봐 지놈!

쇠뚝이 : 제밀붙을. 내가 이름이 분명히 있는데 날더러 누가 이놈이라고 그래.

샌님 : 거 여봐라 지놈. 네가 이름이 있으믄 무어란 말이냐.

쇠뚝이 : 예 샌님이 부르기가 적당하오. 아당 아자, 번개 번자요.

샌님 : 아당 아자, 번개 번? 아당 아자, 번개 번?

쇠뚝이 : 아니오, 그렇게 하는 거 아니요. 샌님도 양반이니깐두루 하늘천 따지 감을현
    누르황 배우구는 천지현황을 붙여 부르지 않우. 이것도 붙여 불러요.

샌님 : 번아.

쇠뚝이 : 왜 이건 바루 붙이지 거꾸로 붙이우.

샌님 : 얘 그 제밀할 놈의 이름 대단히 팽패롭다.[90] 아아아.

쇠뚝이 : 이건 지랄을 허오, 붙여요 어서. 십 년 석 달 불러도 소용없오.

샌님 : (하다못해) 아번![91]

말뚝이 : 왜―.

---

89 성기를 두고 하는 말이다.
90 성질이 괴상하고 거칠다.
91 아버지. 이 말을 듣기 위해 이름을 둘러댄 것이다.

샌님 : (자기 집 하인에게 모욕을 당하고 분해서) 남의 종 쇠뚝이는 허하구 사해 주구
　　내 종 말뚝이 잡아 디려어라!

쇠뚝이 : 예 지당한 분부올시다. (말뚝이의 패랭이를 뺏아쓰고 채찍을 뺏어들고) 이놈
　　아 니가 양반의 집에 댕긴다고 세도가 분명허구 허더니 이놈아 세무십년勢無十年
　　에 화무십일홍花無十日紅이다. 이놈아 경쳤다.

말뚝이 : 아 너 술 취했다.

쇠뚝이 : 술이 이놈아 무슨 술이야. 가자 가자. (말뚝이를 끌고 들어간다.) 샌님 분부대
　　로 잡아들였오.

샌님 : 그놈을 엎어놓고 까라. 대매[92]에 헐장歇杖[93]허구 두 대매에 그놈 물고를 올려
　　라.[94]

쇠뚝이 : 예 샌님 지당한 분부요. (혼잣말로) 눈깔허구 보니간 어른애 가진 돈도 빼앗겠
　　오. 그놈 무슨 죄졌오 엎어놓라게. (때리려고 하니 말뚝이가 돈을 줄 테니 살살 때
　　리라고 한다. 쇠뚝이 머리를 끄덕거린다.)

샌님 : 여봐라 지놈!

쇠뚝이 : 예.

샌님 : 너희 두 놈이 네밀 썹들을 허자고 공론을 했느냐.

쇠뚝이 : 아니올시다. 그런게 아니라 저놈이 샌님 안전顏前에 이 매를 맞고 보면 죽을
　　모양이니 헐장해 달랍디다, 헐장해 달래.

샌님 : 아니다.

쇠뚝이 : 아니면 뭐란 말이요, 이거 죽을 지경이네.

샌님 : 아니야.

쇠뚝이 : 열량 준답디다 열량. 아니 틀림없이 열량이올시다.

샌님 : 아니다.

92　단매. 단 한번의 매.
93　때리는 시늉만 하는 매질.
94　(죄인을) 죽여라. 호되게 치라는 뜻이다.

쇠뚝이 : 아 이걸 어떻게……. 그럼 내가 댓량을 보태서 죄[95] 해서 열댓 냥이올시다 열

    댓 냥.

샌님 : 열댓 냥?

쇠뚝이 : 그럼 귀에 구수허우?

샌님 : 야 이놈!

쇠뚝이 : 예.

샌님 : 저 끝에 앉아계신 이가 종가댁 되련님이신데 봉채[96] 받아논 지가 석 삼 년 열아홉

    해다. 열녁 냥 아홉 돈 구 푼 오 리는 댁으루 봉상奉上허구 그 남저지[97] 있는 건 가지

    구 나가다가 술 한 잔 사서 냉수에 타서 마시구 화수분[98] 설사 뒹지 섣달 무시똥[99]

    깔기듯 허구는 된 급살이나 맞아 죽어라.

쇠뚝이 : 예에 샌님 지당한 분부요. (샌님 일행은 삼현청으로 퇴장한다.)

말뚝이 : (일어서면서 불림으로) 녹수청산綠水靑山 깊은 골에 청황룡靑黃龍이 굼틀어졌

    다……. (말뚝이와 쇠뚝이 맞춤을 추고 퇴장한다.)

3. 동래들놀음[100]

「동래들놀음」은 부산 동래지역에서 전승돼 온 가면극으로, 신년맞이 행사의
일환으로 정월 대보름날에 공연돼 왔다. 총 4개의 마당(과장)으로 짜여 있는
데, 그 중 양반을 풍자 공격하는 '양반마당'과 서민생활의 갈등을 그린 '할미
마당'이 중심을 이룬다. 여기서는 그 중 '할미마당'을 실었다. 이 마당은 한 할

---

95 모두.

96 봉치. 혼인 전에 채단과 예장禮狀을 보내는 일.

97 나머지.

98 재물이 자꾸 생겨 줄지 않음.

99 물똥.

100 여기 수록한 자료는 천재동의 '동래들놀음 연희본'을 표기법을 정돈해 옮긴 것이다. 원문은 심
    우성 편저, 『한국의 민속극』(창작과비평사, 1975), pp. 104~108에 실려 있다.

미의 뜻밖의 죽음을 통해 서민의 삶에 얽혀 있는 모순을 되돌아보는 의미를 지니고 있다. 전반부가 매우 희극적인 데 비하여 극 종반으로 가면서 비장悲壯의 요소가 나타나 극의 분위기를 변화시키는 점이 관심을 끈다.

할미마당

잡이[101]들이 신명지게 탈판을 돌면서 한바탕 흥을 돋구다가 한 곳에 자리잡으며 새로운 기분으로 굿거리 장단을 울린다.

이때 누런색 동저고리[102]에 고동색 치마를 입고 처네[103]를 쓴 할미가 지팡이를 짚고 쪽박과 짚신을 허리에 차고 장단에 맞추어 춤추며 등장, 탈판을 돌다가 힘이 빠져 엉덩이춤을 추며 피로한 기색을 보인다. 할미의 거동은 추하고 우스꽝스런 것으로 가끔 옆구리를 극적극적 긁기도 하고 오줌을 누기도 하는데 이럴 때도 율동은 정지치 않고 항상 장단과 일치한 움직임을 보인다.

할미가 탈판을 돌며 사방을 기웃거리다가 한 곳에 이르러 이마에 손을 얹고 발버둥치며 먼 곳을 살핀다. (장단이 멈춘다.)

할미 : 영감아. (두리번거리며 살핀다. 다시 장단에 맞추어 한동안 춤추다가 이마를 짚으며 발버둥친다.) (장단이 멈춘다.) 영감아. (다시 춤추다가 잡이의 앞에 가서 지팡이를 휘젓는다.) (장단이 멈춘다.) 여기 영감 한 분 안 지나갑디까?

잡이 : 모색이 어떻게 생겼노?

할미 : 색골[104]로 생겼지요, 키가 크고 얼굴은 갸름하며 코가 크지요.

잡이 : 그런 영감 조금 전에 이리로 지나가는 것 봤소.

할미 : 아이고 그러면 바삐 가봐야겠다.

(웅박캥캥 장단이 울리면 할미가 생기있는 춤으로 놀이판을 돌다가 한 곳에 이르

---

101 악사樂士. 들놀음의 악사는 서서 연주한다.
102 동옷. 남자가 입는 저고리.
103 머리처네. 시골 여자가 나들이할 때에 장옷처럼 머리에 쓰던 물건.
104 여색을 좋아하는 사람을 농담으로 일컫는 말.

러 오줌을 눈다. 이때 허술한 평복에 백색 두루마기를 입고 갓을 쓰고 손에 부채를 든 영감이 춤추며 등장하여 할미와 같은 거동으로 놀이판을 돈다. 두 사람이 한 놀이판에서 놀고 있지만 서로 멀리 떨어져 있는 시늉을 한다. 서로 찾고 있는 것이다.)

영감 : 할맘아 할맘아. (몇 차례 부르다가 부채로 잽이 쪽을 막으면 장단이 멈춘다.)

영감 : (구경꾼을 향하여) 여보소 조금 전에 웬 할맘 하나 안 지나가던가.

잽이 : 모색이 어떻게 생겼노.

영감 : 얼골은 포르쭉쭉하고[105] 입은 크지요.

잽이 : 그런 사람 조금 전에 이리로 지나갔오.

영감 : (그 쪽을 향하여) 할맘 할맘.

(웅박캥캥 장단이 울리면 영감은 부산하게 놀이판을 돌며 춤을 춘다. 두 사람은 서로 스치며 엇갈리는 중에 엉덩이를 뒤로 맞대고 비비기도 하고 다소 음란한 행동을 하다가 서로 얼굴을 맞대고서야 반가워서 부둥켜 안는다. 영감이 부채를 펴들면 장단이 멈춘다.)

영감 : 할맘아.

할미 : 영감아.

(웅박캥캥 장단이 다시 울리며 할미와 영감의 대무對舞는 절정을 이루는데 음란한 일면도 보인다. 할미가 지팡이를 들어 장단을 멈추게 하며)

할미 : 내가 영감을 찾을랴고 계림鷄林 팔도를 다 돌아댕겼고 면면촌촌面面村村이 방방곡곡이 얼개빗[106] 틈틈이 찾다가 오늘 이 놀이판에서 만났구료.

영감 : 할맘 할맘, 내 말을 들어보게. 내가 할맘을 찾을랴고 인천 제물포까지 갔다가 거기서 작은마누라 하나를 얻었네.

(할미는 영감의 말뜻을 알아듣지 못하는데 영감은 장고 장단에 춤추며 제대각시를 데리러 간다. 할미도 덩달아 엉덩춤으로 따른다.)

---

105 푸르죽죽하고.
106 얼레빗. 빗살이 굵고 성긴 큰 빗.

영감 : (멀리 대고) 제대각시! 제대각시!

(꽃고깔을 쓰고 노랑 저고리에 다홍 치마, 목에 분홍 명주 수건을 두른 제대각시가 춤추며 등장하면 장단이 커진다. 영감과 제대각시가 어울려 정분나게 춤추며 논다. 샘이 난 할미가 지팡이로 땅을 친다. 이윽고 땅에 퍼질러 앉아 치마 밑 주머니에서 조그마한 면경을 꺼내 화장하는 형용을 하다가 지팡이를 흔들어 장단을 멈추게 한다.)

할미 : (구경꾼을 향해) 아이고 여보소, 저 인물이 내보다 잘났나? 내가 더 잘났지!

(할미도 같이 어울려 3인이 가정불화의 양상을 노골적으로 춤으로 나타낸다. 제대각시에게 정분을 쏟는 영감에게 화가 난 할미는 결국 제대각시를 쫓아내려고 한다. 그러나 영감은 되려 제대각시만을 귀여워한다. 이에 화가 난 할미가 지팡이로 제대각시를 쫓아내면 그 뒤를 따르려는 영감을 할미가 가로막는다. 할미가 영감을 놀이판 한가운데로 끌어내면, 장단을 멈추고 잽이들도 잠시 퇴장한다.)

할미 : 그런데 영감! 삼백주[107] 통영갓은 어디다 두고 파의파관破衣破冠이 웬 말고?

영감 : 그것도 내 복이로다.

할미 : 명지〔명주〕 두루막은 어디다 두고 먹새 창옷[108]이 웬 말고?

영감 : 그것도 내 복이로다! 그런데 할맘, 내 갈 적에 아들 삼형제를 두고 갔는데 큰놈 내 솔방구는 어쨌노?

할미 : 떨어져 죽었다.

영감 : 뭐 떨어져 죽었다? 그래 둘쨋놈 내 돌멩이는 어쨌노?

할미 : 던져서 죽었다.

영감 : 뭐 던져서 죽었다? 그래 셋쨋놈 내 딱개비는 어쨌노?

할미 : 민태서[109] 죽었다.

영감 : 뭐 민태서 죽었다? 그래 자식 셋을 다 죽였다 말이지. 휴— (구경꾼을 향하여) 이

---

107 삼백 번 돌림을 한 넓은 갓.
108 남자 두루마기의 한 가지.
109 문질러서.

사람들아 다들 보소. 이년이 아이 셋 있는 것을 죽여버리고 또 내 소실 하나 얻은 것까지 심술을 부리니 내가 어떻게 살겠나, 못 살지 못 살아. (할미에게) 에이 이년 죽어라 죽어. (발로 찬다.)

할미 : (두 손 모아 빌며) 영감아 내가 잘못했다. 그것 복이라고, 잘 봐주소.

영감 : 아나 여겼다, 네 복 가지고 가거라. (발로 몹시 찬다.)

할미 : 아이고 아이고. (넘어졌다 다시 일어나며) 영감아 영감…… (전신을 떨다가 넘어져 끝내 죽는다.)

영감 : (넘어진 할미의 거동이 수상해서) 으응 아이고, 이 일을 어야노〔어찌 하노〕, 할맘! 할맘! (맥을 짚고 가슴에 귀를 대어보고 주무르고 부채질한다.) 의원을 불러야지. (이리저리 뛰면서) 의원! 의원!

(백의에 갓을 쓴 의원이 보자기를 들고 나와 할미 앞에서 앉아 맥을 짚어 보고 쓰다듬어 본다. 침을 내어 침질을 하며)

의원 : 안 죽으면 살 병이라, 에헴 없어지는 것이 상책이로다. (도망치다시피 퇴장.)

영감 : 인자는 봉사를 불러 경을 읽혀야겠다. 봉사님! 봉사님! (이리저리 뛴다.)

(백의에 갓 쓴 봉사가 북을 메고 영감의 안내를 받아 등장. 할미 앞에 앉는다.)

봉사 : 성씨가 무엇이오.

영감 : 심달래 심씨오.

봉사 : (북을 두드리며 경經을 외운다.) 해동 조선국 경상남도 동래읍 복천동 심달래 신운身運이 불행하야 우연 졸도 명재경각命在頃刻하였으니 천지신명은 대자대비하옵소서……. (고개를 저으며) 죽고 난 뒤에 경 읽으니 소용 있나. (중얼대며 주섬주섬 챙겨 퇴장하며) 에헴 에헴 정구업진언淨口業眞言110 수리수리 마하수리 수수리 사바하…….

영감 : 정말 죽은 게로구나. 아이고 아이고. 인자는 원한이나 없구로111 무당이나 불러 굿이나 해야겠다. (퇴장한다.)

---

110 불경『천수경』첫머리에 나오는 진언. '입으로 지은 업業을 깨끗이하는 진언'이라는 뜻.
111 없도록.

(무당들이 격식대로 등장하여 한바탕의 굿이 끝날 무렵 상복으로 갈아입은 영감을 따라 다섯 사람의 상도꾼이 등장한다. 상도꾼은 백색 바지 저고리에 백색 고깔 혹은 두건을 쓰고 행전을 쳤다. 일동은 할미를 옮겨 일단 퇴장했다가 상여를 메고 다시 등장, 놀이판을 돌며 상도놀이를 한다.

〈상도소리〉

앞소리 : 이 세상 올 적에는 백년이나 살자더니 먹고진건[112] 못다 먹고 어린 자손 사랑하며 천추 만세千秋萬歲 지낼려고 했더니 무정세월 여류하여 인생을 늙히는구나.

뒷소리 : 아아 어어 어어 아아.

앞소리 : 북망산천北邙山川[113]이 먼 줄 알았더니 방문 밖이 북망이로다.

뒷소리 : 너화홍 너화홍 너화넘차 너화홍.

앞소리 : 황천수黃泉水[114]가 멀다더니 앞냇물이 황천술세. 수야수야 이억수야 너와나화 너이롱.

뒷소리 : 너화홍 너화홍 너화넘차 너화홍.

---

112 먹고 싶은 것은.
113 사람이 죽어 묻히는 곳.
114 저승에 있는 냇물.

주요 참고문헌

● 총론

가. 자료

강진옥 외, 『양주의 구비문학』, 2 자료편, 박이정, 2005.

경희대학교 민속학연구소 편, 『서산민속지』, 서산문화원, 1987.

동아대학교 한국어문학부, 『구비문학 조사 보고서』, 동아대학교 한국어문학부, 1998.

상명대학교 구비문학연구회, 도서출판 한국문화, 『구비문학대관』, 1996.

서대석 편, 『구비문학』, 한국문학총서 3, 해냄, 1997.

조희웅 외, 『경기북부 구전자료집』, I~II, 박이정, 2001.

한국정신문화연구원, 『한국구비문학대계』, 전 82권, 한국정신문화연구원, 1980~1988.

한상수 편, 『충남의 구비전승』, 한국예술문화단체총연합회 충청남도지회, 1987.

횡성문화원, 『횡성의 구비문학』, I~II, 횡성문화원, 2002.

나. 연구서

강등학 외, 『한국 구비문학의 이해』, 월인, 2000, 개정판 2002.

강진옥 외, 『양주의 구비문학』, 1 연구편, 박이정, 2005.

고정옥, 『구전문학연구』, 과학원출판사, 1962.

김선풍 · 김금자, 『한국민간문학개설』, 민속학연구 1, 국학자료원, 1992.

김선풍 · 김의숙 · 장정룡 · 이창식 공저, 『민속문학이란 무엇인가』, 집문당, 1993.

김열규 외, 『우리 민속문학의 이해』, 개문사, 1979.

김태곤 외 6인 공저, 『한국구비문학개론』, 민속원, 1996.

서대석, "구비문학", 조동일 외, 『한국문학강의』, 길벗, 1994.

서대석 외, 『한국인의 삶과 구비문학』, 집문당, 2002.

성기열, 『한국구비전승의 연구』, 일조각, 1976.

윤용식 · 최래옥, 『구비문학개론』, 한국방송통신대학, 1989.

장권표, 『조선구전문학개요 : 고대 중세편』, 평양 : 사회과학출판사, 1990.
장덕순 · 조동일 · 서대석 · 조희웅, 『구비문학개설』, 일조각, 1971.
조동일, 『구비문학의 세계』, 새문사, 1981.
조희웅, "구비문학", 윤채한 엮음, 『고전문학의 이해』, 우리문학사, 1993.
한국구비문학회 편, 『한국 구비문학사 연구』, 박이정, 1998.

Adams, R. J., et al, *Introduction to Folklore*, Rev. ed., Columbus, Ohio : Collegiate Publishing Co., 1974.
Brunvand, Jan Harold, *Folklore : A Study and Research Guide*, New York : St. Martin's Press, 1976.
Clarke, Kenneth W. & Mary W., *Introducing Folklore*, New York : Holt, Rinehart & Winston, 1963.
Dundes, Alan, *The Study of Folklore*, Englewood Cliffs, N. J. : Prentice-Hall, 1965.
Folklore Fellow Communication(FFC) Series, 1910~.
Heda Jason and Dimitri Segal, *Patterns in Oral Literature*, The Hague : Mouton, 1977.
Hoffman-Krayer, E., *Volkskundliche Bibliographie*, Berlin, 1919~.
Isidore Okepewho, *African Oral Literature : Backgraunds, Character and Continuity*, Bloomington : Indiana University Press, 1987.
Krappe, Alexander Haggerty, *The Science of Folklore*, London : Methuen, 1930 ; New York : W. W., Norton, 1964.
Laubach, David C. *Introduction to Folklore*, Portsmouth, NH : Boynton / Cook Publishers, Heinemann, 1989.
Leach, M. ed., Funk & Wagnalls, *Standard Dictionary of Folklore, Mythology, and Legend*, 2 vols., New York : Haper SanFransisco, 1949 ; 1972.
Paul Zumthor, *Interoductionà la poèsie orale*, Paris : Seuil, 1983.
Reaver, J., Russell and George W., Boswell, *Fundamentals of Folk Literature*, Oosterhout, Netherlands : Anthropological Publications, 1962.
Richard Dorson ed., *Folkiore and Folklife*, Chicago : University of Chicago Press, 1972.
Wolfgang Mieder, Tradition and Innovation in Folk Literature, Hanover and London : university Press of New England, 1987.

다. 정기간행물
『구비문학』, 한국정신문화연구원 어문학연구실, 1~9, 1979~1990.
『구비문학연구』, 한국구비문학회, 1~21, 1994~2005.

Arv, Stockholm〔etc.〕: Almqvist & Wiksell, 1, 1945~.
Asian Folklore Institute, Nagoya : Asian Folklore Institute, 1942~.
Béaloideas, Dublin : Journal of the Folklore of Ireland Society, 1, 1927~.

Fabula : Zeitschrift für Erzhlforschung ; journal of folktale studies : revue d'etudes sur le conte. Walter de Gruyter GmbH & Co. KG. 1, 1958~.

Folklore, London : Folklore Society, 1, 1890~.

Journal of the American Folklore, Washigton(etc.) : American Folklore Society, 1, 1888~.

Journal of the Folklore Institute, 1964~1982, Continued by Journal of Folklore Research, Bloomington, Ind., etc. : Folklore Institute, Indiana University, etc., 1964~.

● 설화

가. 자료

*(지방지 소재 자료들은 대체로 할애했음.)

강원대 인문과학연구소, 『강원의 설화』, I~II, 강원도, 2005.

김균태 · 강현모, 『부여의 구비설화』, 1~2, 보경문화사, 1995.

김영돈 · 현용준 · 현길언, 『제주설화집성』, 탐라문화총서 2, 제주대학교 탐라문화연구소, 1985,

단국대학교 교육대학원 설화조사반 편, 『김포의 설화』, 김포문화원, 1999.

박종수 · 강현모, 『용인 지역의 구비전승』, 전 4책, 보경문화사, 1996 태학사, 2000.

박종익 외, 『한국구전설화집』, 전 9책, 민속원, 2000~2004.

서대석 편저, 『조선조문헌설화집요』, I~II, 집문당, 1991~1992.

예능민속연구실, 『구비전승자료』, 전남 · 전북, 문화재관리국문화재연구소, 1987.

이복규 편저, 『이강석 구연설화집』, 민속원, 1999.

임석재, 『한국구전설화』, 전 12책, 평민사, 1987~1993.

조희웅 외, 『영남구전자료집』, 전 8책, 박이정, 2003.

최웅 · 김용구 편저, 『설화』, 강원전통문화총서 3, 국학자료원, 1998.

화경고전문학연구회 편, 『설화문학관계 논저목록』, 단국대학교 출판부, 1999.

Dorson, R. M., ed., The Folktales of the World Series, Chicago & London : University of Chicago, 1963~.

Grimm, J., und W., Kinder-und Hausmärchen der Brüder Grimm, 초판 1812~1822.

Leyen, F., von der, Die Märchen der Weltliteratur, 1915~.

나. 연구서

간행위원회 편, 『설화문학연구』, 상 · 하(황패강선생고희기념논총), 단국대학교 출판부, 1998.

강현모, 『한국 설화의 전승 양상과 소설적 변용』, 역락, 2004.

곽정식, 『구비문학의 이해 : 설화를 중심으로』, 신지서원, 1999.

국어국문학회 편, 『설화 연구』, 태학사, 1998.

김대숙, 『한국 설화문학과 여성』, 월인, 2002.

김대숙, 『한국설화문학연구』, 집문당, 1994.

김동훈, 『중국 조선족 구전설화 연구』, 한국문화사, 1999.

김선풍 외, 『한국 육담의 세계관』, 국학자료원, 1997.

김승호, 『한국 사찰 연기설화의 연구』, 동국대학교 출판부, 2005.

김화경, 『북한설화의 연구』, 영남대학교 출판부, 1998.

김화경, 『한국설화의 연구』, 영남대학교 출판부, 1987.

민속학회 편, 『설화』, 한국민속학총서 1, 교문사, 1989.

박현국, 『한국 공간설화의 연구』, 국학자료원, 1995.

배원룡, 『나무꾼과 선녀 설화연구』, 집문당, 1993.

서대석, 『한국구비문학에 수용된 재담 연구』, 서울대학교 출판부, 2004.

성기열, 『한국설화의 연구』, 인하대학교 출판부, 1988.

성기열·최인학 공편, 『한국·일본의 설화연구』, 인하대학교 출판부, 1987.

소재영, 『한국설화문학 연구』, 숭실대학교 출판부, 1989.

손지봉, 『한국설화의 중국인물 연구』, 박이정, 1999.

손진태, 『조선민족설화의 연구』, 을유문화사, 1950.

송효섭, 『설화의 기호학』, 민음사, 1999.

신동흔, 『역사인물 이야기 연구』, 집문당, 2002.

신월균, 『풍수설화』, 민속의 세계 307, 밀알, 1994.

안병국, 『귀신설화연구』, 규장각, 1995.

우상렬, 『중국 조선족설화의 종합적 연구』, 국학자료원, 2002.

이강엽, 『바보 이야기, 그 웃음의 참뜻』, 평민사, 1998.

이강옥, 『조선시대 일화연구』, 태학사, 1998.

이경우, 『한국야담의 문학성 연구』, 국학자료원, 1997.

이동철, 『한국 용설화의 역사적 전개』, 민속원, 2005.

이수자, 『설화 화자 연구』, 박이정, 1998.

임재해, 『민족설화의 논리와 의식』, 지식산업사, 1992.

임재해, 『설화작품의 현장론적 분석』, 지식산업사, 1991.

임철호, 『설화와 민중』, 전주대학교 출판부, 1996.

임철호, 『설화와 민중의 역사의식』, 집문당, 1989.

장덕순, 『설화문학개설』, 삼우사, 1973.

장덕순, 『한국설화문학 연구』, 서울대학교 출판부, 1970.

장장식, 『한국의 풍수설화 연구』, 민속원, 1995.

정명기, 『한국야담문학 연구』, 보고사, 1996.

정재호 외, 『백두산 설화연구』, 민족문화연구총서 60, 고려대학교 민족문화연구소, 1992.

조동일, 『삼국시대 설화의 뜻풀이』, 집문당, 1990.

조동일, 『한국설화와 민족의식』, 정음사, 1985.

조희웅, 『설화학강요』, 새문사, 1989.

조희웅, 『조선후기 문헌설화의 연구』, 형설출판사, 1980.

조희웅, 『한국설화의 유형』, 일조각, 1996.

최남선 원저, 고려대학교 아세아문제연구소 육당전집편찬위원회 편, 『신화 · 설화 · 시가 · 수필』, 육당최남선전집 5, 현암사, 1973.

최내옥 외, 『설화와 역사』, 집문당, 2000.

최운식, 『한국설화연구』, 집문당, 1991.

최인학 편저, 『한 · 중 · 일 설화 비교연구』, 민속원, 1999.

최인학, 『구전설화연구』, 새문사, 1994.

최인학, 『한국민담의 유형 연구』, 인하대학교 출판부, 1994.

최인학, 『한국설화론』, 형설출판사, 1982.

최철 · 설성경 엮음, 『설화 · 소설의 연구』, 한국고전비평집 4, 정음사, 1984.

허경회, 『한국씨족설화연구』, 전남대학교 출판부, 1990.

현길언, 『제주도의 장수설화』, 홍성사, 1981.

황인덕, 『한국기록소화사론』, 태학사, 1999.

Bolte, J. u., Polivka, G., *Anmerkungen zu den Kinder-u. Hausmärchen der Brüder Grimms*, Leipzig : Dieterich' sche Verlagbuchlandlung, Bd, I~V, 1913~1932.

Cook, Elizabeth, The Ordinary and the Fabulous : An Introduction to Myths, Legends and *Fairy Tales for Teachers and Storytellers*, Cambridge : Cambridge University Press, 1969.

Kaarle Krohn, Die Folkloristische Arbeitmethode, Oslo : Ascheboug, 1926.

Lüthi, Max, *Das europänische Volksmärchen* : Form and Wesen, Bern, u. München : Francke Verlag, 1947(trans. J. D. Niles, *The European Folktale : Form and Nature*, Philadelphia : Institute for the Study of Human Issues, 1982 ; 이상일 역, 『유럽의 민화』, 중앙신서 23, 중앙일보사, 1978).

Lüthi, Max, *Es War einmal : vom Wesen der Volksmärchen*. Göttingen : Vandenhoeck u. Ruprecht, 1962(trans. Lee Chadeayne, Paul Gottwald, *Once upon a Time : on the Nature of Fairy Tales*, Bloomington, Indiana : Indiana University Press, 1970).

Natalie Kononenko, *The Turkish Minstrel Tale Tradition*, New York : Garland Publishing, 1990.

Olrik, Axel, *Principles for Oral Narrative Research*, Bloonington : Indiana University Press, 1992.

Pinnon, Roger, *Le Conte Merveilleux comme Sujet d'Études*, Liège : Centre d' Education Populaire et de Cultre, 1955.

Propp, Vladimir, *Morphology of the Folktale*, 1938 ; trans by Laurence Scott, Bloomington, Indiana : Indiana University Press, 1958 ; 2nd rev. ed., Trans, by Laurence Scott and revised by Louis A. Wagner, Austin : University of Texas Press, 1968 ; 황인덕 역, 『민담형태론』, 대방문예 16, 대방출판사, 1987 ; 유영대 옮김, 『민담형태론』, 새문사, 1987.

Propp, Vladimir, *Morphology of the Folktale*, Indiana University Research Center in Anthropology, Folklore, and Linguistics, Publication 10, Bloomongton : Indiana University Press, 1958, Austin : University of Texas Press, 1968, revised edition.

Ranke, Kurt, *Enzyklopädie des Märchens : Handwörterbuch zur historischen u. vergleichenden Erzählforschung*, hrsg. von Kurt Ranke zusammen mit Hermann Bausinger ··· (et al.), Berlin · New York : Walter de Gruyter, 1977~.

Thompson, S., *The Folktale*, New York : Holt, Rinehart and Winston, Inc., 1946 ; 윤승준 · 최광식 공역, 『설화학원론』, 계명문화사, 1992.

Thompson, Stith, *Motif-Index of Folk-Literature : a Classification of Narrative Elements in Folktales, Ballads, Myths, Fables, Medieval Romance, exempla, Fabliaux, Jest Books, and Local Legends*, vol. 6, Copenhagen, 1955~1958 ; Indiana U. Studies, vol. 19~23, Bloomington, Indiana : Indiana U. P., 1955~1958 ; FFC Nos. 106~109, 116~117, 1932 ~1936, rev. ed., 1955~1958.

Thompson, Stith, *The Types of Folktale*, FFC vol, LXXV, no. 184, Helsinki : Suomalainen Tiedeakatemia, 1964.

● 신화

가. 자료

김태곤 · 최운식 · 김진영 편저, 『한국의 신화』, 시인사, 1988.

서대석, 『한국의 신화』, 집문당, 1997.

신동흔, 『살아있는 우리신화』, 한겨레신문사, 2004.

한상수, 『한국인의 신화』, 문음사, 1980.

황패강, 『(민족서사시) 한국의 신화』, 단국대학교 출판부, 1988.

松原孝俊, 『朝鮮神話』, 神田外國語大學, 1991.

Seo Dae Seok, comp.; Lee, Peter H., ed. *Myths of Koera*, Seoul : Jimoondang Publishing Company, 2000.

나. 연구서

김무조, 『한국신화의 원형』, 정음문화사, 1988.

김열규, 『한국의 신화』, 일조각, 1976.

김재용 · 이종주, 『왜 우리 신화인가』, 동아시아, 1999.

김재원, 『단군신화의 연구』, 정음사, 1947.

김헌선, 『한국의 창세신화』, 길벗, 1994.

박상란, 『신라와 가야의 건국신화』, 한국학술정보, 2005.

박종성, 『한국창세서사시 연구』, 태학사, 1999.

서대석, 『한국신화의 연구』, 집문당, 2001.

송효섭, 『탈신화 시대의 신화들』, 기파랑에크리, 2005.

신월균, 『풍수설화』, 민속의 세계, 307, 밀알, 1994.

윤철중, 『한국의 시조신화 보고서』, 1998.
이강엽, 『신화』, 문학의 기본 개념 08, 연세대학교 출판부, 2004.
이기백 편, 『단군신화논집』, 새문사, 1988.
이복규, 『부여·고구려 건국신화 연구』, 집문당, 1998.
이은봉 엮음, 『단군신화 연구』, 온누리 국학총서 3, 온누리, 1986.
이지영, 『한국 건국신화의 실상과 이해』, 월인, 2000.
이지영, 『한국신화의 신격유래에 관한 연구』, 태학사, 1995.
임재해, 『민족신화와 건국영웅들』, 천재교육, 1995.
장주근, 『한국신화의 민속학적 연구』, 집문당, 1995.
장주근, 『한국의 신화』, 성문각, 1961.
전북대 인문학연구소, 『창조신화의 세계』, 소명출판, 2002.
조현설, 『동아시아 건국신화의 역사와 논리』, 문학과지성사, 2003.
조현설, 『우리신화의 수수께끼』, 한겨레출판, 2005.
최남선, 『조선의 신화와 설화』, 홍성신서 3-91, 홍성사, 1986.
최원오, 『동아시아 비교서사학』, 월인, 2001.
최진원, 『한국신화고석』, 성균관대학교 대동문화연구원, 1994.
표인주, 『공동체신앙과 당신화 연구』, 집문당, 1996.
홍기문, 『조선신화 연구』, 지양전서 32, 지양사, 1989.

Arthur Cotterell, *A Dictionary of World Mythology*, New York, Oxford : Oxford University Press, 1990.

Campbell, Joseph, *The Masks of God*, Vol. 1~4, New York : Penguin Books, 1959~1968 ; 이진구 외 옮김, 『신의 가면』, I~IV, 까치, 1999~2003.

Day, Martin S., *The Many Meanings of Myth*, New York & London : University Press of America, 1984.

Dundes, Alan, *Sacred Narrative : Readings in the Theory of Myth*, Berkeley : University of California Press, 1984.

Fernand Comte, *Mythology*, Chambers Edinburgh, New York, Toronto : W& R Chambers Ltd, 1991.

Fontenrose, J., *The Ritual Theory of Myth*, Folklore Studies 18, Berkeley / Los Angeles : University of California Press, 1966.

Georges, Robert A., ed., *Studies on Mythology*, Homewood, Illinois : The Dorsey Press, and Nobleton, Ontario : Irwin-Dorsey Limited, 1968.

Herzberg, M. J., *Myths and Their Meaning*, Boston : Allyn and Bacon, 1966.

Jensen, A. E., *Myth and Cult Among Primitive Peoples*, Chicago : The University of Chicago Press, 1963.

Kirk, G. S., *Myth : Its Meaning & Functions in Ancient and Other Cultures*, Berkeley : University of California Press, 1970.

Lévi-Strauss, Claude, *Myth and Meaning*, New York : Schocken Books, 1978 ; 임옥희 옮김, 『신화와 의미』, 이끌리오, 2000,

Littleton, C. S., *The New Comparative Mythology*, Berkley, Los Angeles : University of california Press, 1966.

Lord Raglan, *The Hero : A Study in Tradition, Myth, and Drama*, New York : The United State of America, 1979.

Maranda, P. ed., Mythology: Selected Readings, Harmondsworth ; Penguin Books, 1972.

Northrop Fry, L.C., Knights and others, *Myth and Symbol-Critical Approaches and Application*, ed., by Bernice Slote Lincoln : University of Nebraska Press, 1963.

Ruthven, K. K., *Myth*, London : Methuen, 1976 ; 김명렬 역, 『神話』, 서울대학교 출판부, 1987.

Sebeok, Thomas, A., ed., *Myth : a Symposium*, Bibliographical and Special Series of the American Folklore Society, Bloominton : Indiana University Press, 1955, 1965 pap.

Spence, Lewis, *An Introduction to Mythology*, London: George G. Harrap & Co., 1921.

● 전설

가. 자료

박영준, 『한국의 전설』, 전 10책, 한국문화도서출판사, 1972.

유증선, 『영남의 전설』, 형설출판사, 1971.

임헌도, 『한국전설대관』, 정연사, 1973.

최상수, 『조선민간전설집』, 을유문화사, 1946.

최상수, 『한국민간전설집』, 통문관, 1958.

나. 연구서

조동일, 『인물전설의 의미와 기능』, 민족문화총서 1, 영남대학교 민족문화연구소, 1979.

최내옥, 『한국구비전설의 연구』, 일조각, 1981.

최상수, 『한국민족전설의 연구』, 한국민속학연구총서 9, 성문각, 1985.

● 민담

가. 자료

박영만, 『조선전래동화집』, 학예사, 1926.

손진태, 『조선민담집』(日文), 동경 : 향토문화사, 1930.

최인학 · 엄용희 편저, 옛날이야기꾸러미 전 5책, 집문당, 2003.

Cho Hee-Woong, *Korean Folktales*, Seoul : Jimoondang Publishing Co., 2001.

Zong In-Sob, *Folk Tales From Korea*, Seoul: Hollym, 1970.
(*그 밖에 이 책 pp. 81~85의 자료집 목록 참조)

나. 연구서
김열규 · 성기열 · 이상일 · 이부영 공저, 『민담학개론』, 일조각, 1982.
김종대, 『민담과 신앙을 통해 본 도깨비의 세계』, 국학자료원, 1994.
성기열, 『한국민담의 세계』, 인하대학교 출판부, 1982.
성기열, 『한일민담의 비교연구』, 일조각, 1979.
손동인, 『한국 전래동화 연구』, 정음문화사, 1984.
이부영, 『한국민담의 심층분석』, 집문당, 2000.
최운식 · 김기창 공저, 『전래동화 교육론』, 집문당, 1988.
최인학, 『한국민담의 유형연구』, 인하대학교 한국학연구소 연구총서 12, 인하대학교 출판부,
    1994.

Lüthi, Max, Das Volksmärchen als Dichtung, Ästhetik und Anthropologie, Göttingen:
    Vanenhoeck u, Ruprecht, 1990.

● 민요

가. 자료집

강원도, 『강원의 민요』, I~II, 강원도, 2001~2002.
김선풍 편, 『한국민요자료총서』, 전 8책, 계명문화사, 1991.
김소운 편저, 『언문 조선구전민요집』, 영창서관, 1950.
김소운, 『한국의 구전민요』, 중앙일보사, 1981.
김순제, 『한국의 뱃노래』, 호악사, 1982.
김승찬 · 박경수 · 황경숙 공편, 『부산민요집성』, 세종출판사, 2002.
김영돈, 『제주도민요연구』, 상, 일조각, 1965.
김영돈, 『제주도 민요연구』, 상 : 자료편, 일조각, 2002.
박종섭, 『거창의 민요』, 거창군, 1992.
박종섭, 『민요와 한국인의 삶』, 1~2, 거창문화원, 2002~2003.
브리태니커편집부, 『팔도소리』, 1~3, 뿌리깊은나무사, 1989.
신경림, 『한국전래동요집』, 창작과비평사, 1981.
울산대학교 인문과학연구소 편, 『울산울주지방 민요자료집』, 인문과학연구총서 제1집, 울산대학
    교 출판부, 1990.
이소라, 『한국의 농요』, 1~5, 현암사 ; 민속원, 1985~1992.
이창배, 『한국가창대계』, 홍인문화사, 1976.

임동권, 『한국민요집』, I-Ⅶ, 집문당, 1961~1993.

임석재 편, 『한국 구연민요 : 자료편』, 집문당, 1997.

임석재, 『임석재 민속동요』, 전 4책, 고려원미디어, 1996.

정진호, 『한국민요대전집』, 소리출판사, 1978.

조동일, 『경북민요』, 형설출판사, 1977.

조희웅 외, 『영남 구전민요 자료집』, 전 3책(정선 CD 별책), 박이정, 2005.

한국정신문화연구원, 『임석재 채록 한국구연민요자료집』, 민속원, 2004.

MBC, 『한국민요대전』, 제주도(1992), 전라남도(1993), 경상남도(1994), 전라북도(1995), 경상북도(1995), 충청북도(1995), 충청남도(1995), 강원도(1996), 경기도 (1996).

나. 연구서

강등학, 『정선아라리의 연구』, 집문당, 1988.

강등학, 『한국민요의 현장과 장르론적 관심』, 집문당, 1996.

고정옥, 『조선민요연구』, 수선사, 1949.

김무헌, 『한국 민요문학론』, 집문당, 1987.

김연갑, 『팔도 아리랑 기행』, 집문당, 1994.

김영돈, 『제주의 민요』, 신아문화사, 1993.

김헌선, 『한국 구전민요의 세계』, 지식산업사, 1996.

나승만 · 고혜경, 『남도민요 기행, 노래를 지키는 사람들』, 문예공론사, 1995.

박경수, 『한국민요의 유형과 성격』, 국학자료원, 1998.

유종목, 『한국 민간의식요 연구』, 집문당, 1990.

이보형 외, 『강원도 민요와 삶의 현장』, 집문당, 2005.

임동권, 『한국민여연구』, 선명문화사, 1974.

임동권, 『한국민요사』, 문창사, 1964.

임석재, 『한국 구연민요 : 연구편』, 집문당, 1997.

조동일, 『서사민요연구』, 계명대학교 출판부, 1970.

좌혜경, 『제주 전승민요』, 집문당, 1993.

최   철, 『한국민요학』, 연세대학교 출판부, 1992.

한국역사민속학회, 『민요와 민중의 삶』, 우석출판사, 1994.

Bowra, C. M., *Primitive Song*, New York : The World Publishing Company, 1962.

Bücher, Karl, *Arbeit und Rhythmus*, Leipzig und Berlin : B. H. Leubner, Vierte, neubearbeitete Auf, 1909.

다. 학회지

『민요논집』, 민요학회, 집문당, 1988~.

『한국민요학』, 한국민요학회, 교문사, 1991~.

● 무가

가. 자료집

김금화,『김금화의 무가집』, 문음사, 1995.

김영진,『충청도무가』, 형설출판사, 1976.

김진영 · 김준기 · 홍태한,『서사무가 당금애기 전집』, 1~2, 민속원 1999.

김진영 · 홍태한,『바리공주 전집』, 1~2, 민속원, 1997.

김태곤,『한국무가집』(I-IV), 원광대학교 민속학연구소, 1971 ; 집문당, 1978~1980.

김헌선 역주,『일반무가』, 연강학술도서 한국고전문학전집 18, 고려대학교 민족문화연구소,
   1995.

박경신,『울산지방 무가 자료집』, 전 5책, 울산대학교 인문과학연구소, 1993.

박경신,『한국의 별신굿무가』, 전 12책, 국학자료원, 1999.

서대석 · 박경신 역주,『서사무가 I』, 연강학술도서 한국고전문학전집 30, 고려대학교 민족문화
   연구소, 1996.

서대석 · 박경신,『안성무가』, 집문당, 1990.

손진태,『조선신가유편』, 동경 : 향토연구사, 1930.

이경엽,『무가문학연구』, 박이정, 1998.

이선주,『인천지역무속』, I : 동아사, 1987 ; II~III, 미문출판사, 1988.

진성기,『제주도 무가 본풀이 사전』, 민속원, 1991.

최길성,『한국무속지』, 1~2, 아세아문화사, 1992.

최정여 · 서대석,『동해안무가』, 형설출판사, 1974.

하주성,『경기도 도당굿 무가』, 기전문화예술총서 2, 경기문화재단, 2000.

하주성,『경기도의 굿』, 기전문화예술총서 1, 경기문화재단, 1999.

현용준,『제주도무속자료사전』, 신구문화사, 1980.

현용준 · 현승환 역주,『제주도무가』, 연강학술도서 한국고전문학전집 29, 고려대학교 민족문화
   연구소, 1996.

홍태한 · 이경엽,『바리공주 전집3』, 민속원, 2001.

赤城智城 · 秋葉 隆,『朝鮮巫俗の硏究』, 상 : 자료편, 서울 : 대판옥호서점, 1937.

나. 연구서

김열규,『한국신화와 무속연구』, 일조각, 1977.

김인회 외,『한국무속의 종합적 고찰』, 고려대학교 민족문화연구소, 1982.

김인회,『한국인의 가치관 : 무속과 교육철학』, 문음사, 1979.

김태곤,『한국무속론』, 민속학총서 3, 형설출판사, 1981.

김태곤,『한국무속연구』, 집문당, 1981.

김태곤,『황천무가연구』, 창우사, 1966.

김헌선,『경기도 도당굿무가의 현지연구』, 집문당, 1995.

서대석, "무가", 『한국민속의 세계』, 8, 고려대학교 민족문화연구원, 2001.
서대석, 『한국무가의 연구』, 문학사상사, 1981.
열화당, 『한국의 굿』(총서), 전 18책, 열화당, 1983~.
유동식, 『한국무교의 역사와 구조』, 연세대학교 출판부, 1975.
이경엽, 『씻김굿무가』, 박이정, 2000.
이균옥, 『동해안 지역 무극연구』, 박이정, 1998.
이수자, 『큰굿 열두거리의 구조적 원형과 신화』, 집문당, 2004.
장주근, "한국구비문학사 : 상", 『한국문화사대계 : Ⅴ』, 고려대학교 민족문화연구소, 1967.
최길성, 『한국무속의 연구』, 아세아문화사, 1978.
최길성, 『한국의 무당』, 열화당, 1981.
하효길 외, 『한국의 굿』, 민속원, 2002.
현용준, 『무속신화와 문헌신화』, 집문당, 1992.
황루시, 『한국인의 굿과 무당』, 문음사, 1988.

赤城智城・秋葉 隆, 『朝鮮巫俗の硏究』, 하 : 연구편, 서울 : 대판옥호서점, 1937.
Boudewijn Walraven, *Songs of the Shaman : The Ritual Chant of Korean Mudang*, London and New York : Columbia University Press, 1994.
Eliade, Mrrcea, *Shamanism*, Princeton, N. J. : Princeton University Press, 1974.

● 판소리

가. 자료집
강한영, 『신재효 판소리사설집(전)』, 민중서관, 1971.
김기형 역주, 『강도근 5가전집』, 박이정, 1998.
김진영・김현주, 『적벽가』, 박이정, 1999.
김진영・김현주 역주, 『춘향가』, 박이정, 1996.
김진영・최동현, 『흥보가』, 박이정, 2000.
김택말, 『오가전집』, 〔개인 출판〕, 1933.
박헌봉, 『창악대강』, 국악예술학교 출판부, 1966.
송순섭・전형대 편저, 『동편제 판소리 창본』, 한샘, 1991.
윤주필 주해, 남호거사, 『성춘향가』, 태학사, 1999.
이창배, 『한국가창대계』, 홍인문화사, 1976.
정광수, 『전통 오가사 전집』, 문원사, 1986.
최동현 주해, 『동초 김연수 바디 오정숙 창 오가전집』, 민속원, 2001.
최동현・최혜진, 『판소리사설전집』, 1~15, 민속원, 2005.
판소리학회 감수, 『판소리 다섯마당』, 한국브리태니커회사, 1982.

나. 연구서

강한영 외, 『판소리』, 전북신서 6, 전북애향운동본부, 1988.

국어국문학회 편, 『판소리연구』, 태학사, 1998.

김동욱, 『춘향전연구』, 연세대학교 출판부, 1965.

김동욱, 『한국가요의 연구』, 한국문화총서, 제17집, 을유문화사, 1961.

김명곤, 『광대열전』, 예문, 1988.

김익두, 『판소리, 그 지고의 신체전략』, 평민사, 2003.

김종철, 『판소리사 연구』, 역사비평사, 1996.

김종철, 『판소리의 정서와 미학』, 역사비평사, 1996.

김현주, 『판소리 담화분석』, 좋은날, 1999.

김현주, 『판소리와 풍속화 : 그 닮은 예술의 세계』, 효형출판, 2000.

김흥규, 『판소리』, 민속의 세계 8, 고려대학교 민속학연구소, 2001.

류수열, 『판소리와 매체언어의 국어교과학』, 역락, 2001.

박　황, 『판소리소사』, 신구문화사, 1974.

박관수, 『한국판소리 사설 형성 연구』, 국학자료원, 1996.

박영주, 『판소리 사설의 특성과 미학』, 보고사, 2000.

백대웅, 『다시보는 판소리』, 어울림, 1996.

백대웅, 『한국 전통음악의 선율구조』, 대광문화사, 1982.

서종문, 『판소리사설 연구』, 형설출판사, 1984.

서종문 · 정병헌 편, 『신재효 연구』, 태학사, 1997.

설중환, 『판소리 서설 연구』, 국학자료원, 1994.

손태도, 『광대의 가창 문화』, 집문당, 2003.

이국자, 『판소리 연구』, 정음사, 1986.

이국자, 『판소리 예술미학』, 나남, 1989.

이기우 · 최동현, 『판소리의 지평』, 신아출판사, 1990.

이태호, 『서편제 바로보기』, 한미디어, 1995.

이혜구, 『한국음악연구』, 국민음악연구회, 1957.

인권환, 『토끼전 수궁가 연구』, 고려대학교 민족문화연구원, 2001.

전경욱, 『춘향전의 사설형성 원리』, 고려대학교 민족문화연구소, 1990.

정노식, 『조선창극사』, 조선일보사, 1940.

정병욱, 『한국의 판소리』, 집문당, 1981.

정병헌, 『신재효 판소리 사설의 연구』, 평민사, 1986.

정병헌, 『판소리 문학론』, 새문사, 1993.

정병헌, 『판소리와 한국문화』, 역락, 2002.

정양 · 최동현 · 임명진, 『판소리 단가』, 민속원, 2003.

정충권, 『판소리 사설의 연원과 변모』, 다운샘, 2001.

조동일 · 김흥규 편, 『판소리의 이해』, 창작과비평사, 1978.

진봉규, 『판소리의 이론과 실제』, 수서원, 1984.

최동현, 『판소리 명창과 고수 연구』, 신아출판사, 1997.
최동현, 『판소리 이야기』, 인동의 책 1, 인동, 1999.
최동현, 『판소리란 무엇인가』, 에디터, 1991.
최동현, 『판소리란 무엇인가』, 에디터, 1991.
최동현 · 김기형 엮음, 『수궁가 연구』, 동리연구회 학술총서 5, 민속원, 2001.
허원기, 『판소리의 신명풀이 미학』, 박이정, 2001.

다. 학회지
『판소리연구』, 한국판소리학회, 1990~.

● 구비서사시

Blackburn, Stuart H., et al. ed., *Oral Epics in India*, Berkeley : Univerbity of California Press, 1989.
Bowra, C. M., *Heroic Poetry*, London & New York : Macmillan, 1952.
Chadwick, Nora, K, & Victor Zhirmunsky, *Oral Epics of Centural Asia*, Uralic & Altaic Series, III, Cambridge : The University Press, 1969.
Lord, A. B., *The Nature of Oral Poetry, Comparative Research on Oral Tradition : A Memorial for Milman Parry*, ed., John Miles Foley, Ohio : Slavica Publisher Inc., 1987.
Lord, A. B., *The Singer of Tales*, New York : Atheneum, 1973.
Merchant, D., *The Epic*, London : Methuen, 1971.
Oinas, F. J., *Heroic Epic and Sag : an Introduction to the World's Great Folk Epics*, Bloomington, Indiana : Indiana University Press, 1978.
Sandars, N. K., *The Epic of Gilgamesh : An English Version with an Introduction*, Revised edition incorporating new material, London : Penguin Books, 1960 ; 1972.
Vries, Jan de, *Heroic Song and Heroic Legend*, London : Oxford University Press, 1963(Orig. publ. in Dutch, Heldenlied en Heldesage, 1959).

● 민속극

가. 자료
송석하, 『한국민속고』, 일신사, 1960.
심우성, 『한국의 민속극』, 창작과비평사, 1975.
이두현, 『한국가면극』, 문화재관리국, 1969.
이두현, 『한국가면극선』, 교문사, 1997.
전경욱, 『민속극』, 한샘출판사, 1933.

최상수, 『해서가면국연구』, 대성문화사, 1967.

나. 연구서
김일출, 『조선 민속탈놀이 연구』, 과학원출판사, 1958.
김재철, 『조선연극사』, 학예사, 1933.
박진태 엮음, 『동양고전극의 재발견』, 박이정, 2000.
박진태, 『동아시아 샤머니즘 연극과 탈』, 박이정, 1999.
박진태, 『탈놀이의 기원과구조』, 새문사, 1990.
박진태, 『한국가면극 연구』, 새문사, 1985.
박진태, 『한국민속극 연구』, 새문사, 1998.
박진태, 『한국민속극의 실천』, 역락, 1999.
사진실, 『공연문화의 전통』, 태학사, 2002.
사진실, 『한국연극사 연구』, 태학사, 1997.
서연호, 『산대탈놀이』, 열화당, 1987.
서연호, 『서낭굿 탈놀이』, 열화당, 1991.
심우성, 『남사당패 연구』, 동화출판사, 1974.
유민영, 『한국극장사』, 한길사, 1982.
윤광봉, 『조선후기의 연희』, 박이정, 1998.
윤광봉, 『한국연희시 연구』, 이우출판사, 1985.
윤광봉, 『한국의 연희』, 반도출판사, 1992.
이두현, 『한국무속과 연희』, 서울대학교 출판부, 1996.
이두현, 『한국연극사』, 학연사, 1987.
임재해, 『꼭두각시놀음의 이해』, 홍성사, 1981.
전경욱, 『북청사자놀이 연구』, 태학사, 1997.
전경욱, 『한국 가면극, 그 역사의 원리』, 열화당, 1998.
조동일, 『탈춤의 역사와 원리』, 홍성사, 1979.

● 속담

가. 연구서
고재환, 『제주도 속담연구』, 집문당, 1993.
김도환, 『한국속담의 묘미 : 한국속담의 체계적 정리』, 제일문화사, 1976.
김사엽, 『속담론』, 대학총서 2, 대건출판사, 1953.
김선풍 · 리용득 공편, 『속담이야기』, 국학자료원, 1993.
최창렬, 『우리속담 연구』, 일지사, 1999.

나. 자료

고재환, 『제주속담사전』, 민속원, 2002.

방종현 · 김사엽, 『속담대사전』, 조광사, 1940.

송재선 엮음, 『우리말 속담 큰사전』, 서문당, 1983.

원영섭 엮음, 『우리속담사전』, 세창출판사, 1993.

이기문 편, 『속담사전』, 민중서관, 1962.

임동권, 『속담사전』, 민속원, 2002.

정약용 저 ; 정해렴 역주, 『아언각비 · 이담속찬』, 현대실학사, 2005.

지병길 편, 『속담 맛보기』, 코람데오, 2001.

Kuusi, M., *Towards an International Type-System of Proverbs*, FFC 211, Helsinki : Suomalainen Tiedeakatemia, 1972.

Permyakov, G. L., *From Proverb to Folk-Tale : Notes on the General Theory of Cliché*, Moscow : Nauka Publishing House, 1979.

Taylor, Archer, *Selected Writings on Proverb*, FFC 216, Helsinki : Suomalainen Tiedeakatemia, 1927.

● 수수께끼

가. 자료

김성배 엮음, 『한국수수께끼사전』, 언어문화사, 1973.

이종출 편, 『한국의 수수께끼』, 형설출판사, 1965.

최상수 편, 『조선수수께끼사전』, 한국민속학총서 6, 조선과학문화사, 1949.

Scott, Charles T., *Persian and Arabic Riddles: A Language-Centered Approach to Genre Definition*, Supplement International Journal of American Linguistic 31:4, Part II, Bloomington : Indiana Universiyt Press, 1965.

Taylor, Archer, *English Riddles from Oral Tradition*, Berkeley and Los Angeles : University, of California Press, 1951.

● 기록문학과 구비문학

Ong, W. J., *Orality and Literacy*, London & New York : Methuen, 1982 ; 이기우 · 임명진 옮김, 『구술문화와 문자문화』, 문예출판사, 1995.

● 현지조사

조동일 · 조희웅 · 인권환 · 서대석, 『구비문학 조사방법』, 한국정신문화연구원, 1979.

Jackson, Bruce, ed., *Freldwork*, Urbana / Chicago : University of Zllinois Press, 1987.

Kenneth, S. Goldstein, *A Guide for Field Workers*, Hatboro : Folklore Associates, 1964.

LiZndahl, Carl & J., Sanford Rikoon, Elaine J. Lawless, *A Basic Guide to Fieldwork of Beginning Folklore students : techniques of selection, collection, analysis, and presentation*, Folklore monographs series : v. 7. 〔Bloomington, Ind.〕 : Folklore Publications Group, c1979.

찾아보기

554

한글개정판
구비문학개설

1판 1쇄 펴낸날 2006년 3월 20일
1판 10쇄 펴낸날 2023년 2월 28일

지은이 | 장덕순·조동일·서대석·조희웅
펴낸이 | 김시연

펴낸곳 | ㈜일조각
등록 | 1953년 9월 3일 제300-1953-1호(구 : 제1-298호)
주소 | 03176 서울시 종로구 경희궁길 39
전화 | 02-734-3545 / 02-733-8811(편집부)
02-733-5430 / 02-733-5431(영업부)
팩스 | 02-735-9994(편집부) / 02-738-5857(영업부)
이메일 | ilchokak@hanmail.net
홈페이지 | www.ilchokak.co.kr

ISBN 978-89-337-0491-2 93810

값 20,000원